HEYNE

SCIENCE FICTION

Ein Verzeichnis aller BATTLETECH®-Romane
finden Sie am Schluß des Buches.

Die Mechwarrior-Trilogie

STEPHEN KENSON

Väterchen Frost

BLAINE LEE PARDOE

Triumphgebrüll

BLAINE LEE PARDOE & MEL ODOM

Blutsverrat

Fünfzigster Band im
BATTLETECH®-Zyklus

WILHELM HEYNE VERLAG
MÜNCHEN

HEYNE SCIENCE FICTION & FANTASY
Band 06/6250

Titel der amerikanischen Originalausgabe
GHOST OF WINTER
ROAR OF HONOR
BY BLOOD BETRAYED
Deutsche Übersetzung von REINHOLD H. MAI

Umwelthinweis:
Dieses Buch wurde auf chlor- und säurefreiem Papier gedruckt.

2. Auflage

Deutsche Erstausgabe bei Phoenix/Fantasy Productions, Erkrath

http://www.heyne.de
Printed in Germany 2002
Umschlagbild: FASA Corporation/Jürgen Rogner
Umschlaggestaltung: Nele Schütz Design, München
Technische Betreuung: M. Spinola
Druck und Bindung: Elsnerdruck, Berlin

ISBN 3-453-17941-2

INHALT

STEPHEN KENSON

VÄTERCHEN FROST

1

Kore
Peripherie

11. April 3060

Die Sensoren kreischten ihre Warnung, als die Raketen herabstürzten. Sturm Kintaro riß den Steuerknüppel zurück. Der über das vereiste Gelände Kores rennende Mech flog herum und wich dem Angriff aus. Die Servomotoren des fünfzig Tonnen schweren *Centurion* heulten auf, als der riesige Kreiselstabilisator im Rumpf gegen die Schwerkraft ankämpfte, um die humanoide Kampfmaschine aufrecht zu halten. Die Raketen schossen knapp einen Meter vorbei, krachten in den Boden und schleuderten eine Wolke aus Schmutz, Schnee und zu Staub zerblasenem Gestein auf. Sturm kämpfte gegen die Druckwelle des Beinahetreffers an, schaffte es, den Mech auf den Beinen zu halten, und drehte ihn dem neuen Angreifer entgegen.

Er nutzte die Staubwolke als Deckung und schätzte den Neuankömmling ab. Es war natürlich ein ClanMech, eine Maschine des Typs, dem man in der Freien Inneren Sphäre nach dem nordischen Gott der Bogenschützen den Codenamen *Uller* gegeben hatte, während er bei den Clans als *Kit Fox* lief. Dieser *Uller* schien entsprechend einer der Alternativkonfigurationen mit Langstreckenraketen bestückt zu sein. Verglichen mit dem schlanken, humanoiden *Centurion* erinnerte der feindliche Mech mit seinem tief gebeugten Torso an eine Krabbe.

Mit nur dreißig Tonnen Masse war der *Uller* leichter als Sturms *Centurion*, aber zugleich auch schneller und beweglicher. Zudem gaben ihm die Raketenlafetten auf größere Distanz einen Vorteil. Sturms Kampfkoloß war mit einer Autokanone und einer einzelnen LSR 10er-Lafette bestückt. Wenn Sturm auf Distanz zu dem *Uller* blieb, konnte er damit rechnen, daß der schnellere Mech den Angriffen auswich und den *Centurion* mit seinem Raketenbeschuß in einen Haufen Altmetall verwandelte. Er entschied sich, vorzurücken und die überlegene Größe und Nahgefechts-Feuerkraft seines BattleMechs zu nutzen.

Diese Gedanken nahmen nur den Bruchteil einer Sekunde in Anspruch. Kaum hatte Sturm den Gegner erkannt, als bereits kampfgestählte Reflexe die Kontrolle übernahmen und den Steuerknüppel nach vorne stießen. Der *Centurion* rannte mit nahezu maximaler Geschwindigkeit auf den feindlichen Mech zu und erreichte auf er gefrorenen Tundra fast sechzig Stundenkilometer.

Während er sich seinem Ziel näherte, preßte Sturm den Feuerknopf der LSR-Lafette und sandte eine kreischende Salve Raketen, weiße Rauchbahnen hinter sich herziehend aus dem Torso des *Centurion* auf ihren Weg. Wie erwartet, war der Pilot des *Uller* schnell genug, rechtzeitig auszuweichen. Die meisten Raketensysteme der Freien Inneren Sphäre waren ungelenkt, und Treffer waren mehr vom Können und Glück des Schützen abhängig als von Elektronik.

Sturm nutzte den gefrorenen und von einer weißen Schneedecke bedeckten Boden aus, die sich unter den wuchtigen Schritten der Metallgiganten rapide in braugraunen Schlamm verwandelte. Auf dem eisigen Untergrund war man ständig in Gefahr, auszurutschen, aber diesmal legte Sturm es sogar darauf an. Im Vertrauen auf das Gyroskop seines Mechs und unter beträchtlichen Anstrengungen, die Kontrolle über den Steuerknüppel nicht zu verlieren, schlitterte er über den Rest der Distanz zu seinem Gegner wie ein spielendes Kind auf winterlichem Gehsteig. Das Manöver war darauf angelegt, den *Uller*-Piloten zu überraschen, und es funktionierte.

Die Beine des *Centurion* trafen unter dem Quietschen protestierenden Metalls und dem Scheppern von Panzerplatten auf das linke Bein des *Uller*. Aufflackernde gelbe Lichter auf dem Schadensdiagramm meldeten kleinere Schäden an der Beinpanzerung des mittelschweren Mechs, aber keine ernsthaften Beschädigungen der internen Systeme. Das Titanstahlskelett der gigantischen Kampfmaschine war unversehrt. Der *Uller* hingegen wedelte auf eine sehr menschliche, beinahe komische Weise mit den Armen, bevor er mit einem donnernden Krachen umkippte, das im Innern des Cockpits nur gedämpft an Sturms Ohren drang.

Kintaro verlor keine Zeit damit, sich am Anblick des wie eine von einem Lausebengel auf den Rücken gedrehte Schildkröte strampelnden ClanMechs zu weiden. Er packte die Kontrollen fester und richtete den *Centurion* so schnell er konnte auf ein Knie auf, um ihn in Schußposition zu bringen. Der Pilot des *Uller* versuchte dasselbe, aber wie die meisten nicht-humanoiden Mechs ließ sich auch seine Maschine nur unter Mühe wieder aufrichten.

Der Pilot hob den rechten Mecharm und versuchte, die LSR auf den *Centurion* zu richten. Sturm grinste. Langstreckenraketen hatten auf kurze Entfernung eine notorisch schlechte Trefferquote, und der feindliche Krieger konnte froh sein, wenn er den Planeten nicht verfehlte.

Laut röhrend jagten die LSR auf Feuerzungen auf den *Centurion* zu. Mehrere schlugen in den linken Arm und Torso ein. Warnsignale meldeten heulend einen Schaden an der Raketenlafette der Maschine. Der Abschußmechanismus war schwer beschädigt und ausgefallen. *Verdammt!*

Mit einem geknurrten Fluch hob Sturm den rechten Mecharm und richtete die schwere Luxor-Autokanone auf die Unterseite des *Uller*-Torsos. Mit der anderen Hand zog er das Fadenkreuz des mittelschweren Laser über das Zentrum des gegnerischen Mechrumpfs. Dann stieß er die Feuerknöpfe durch.

Ein dumpfes Wummern hallte durch die Kanzel, als die AK/10 Feuer spuckte und einen Strom von 80mm-Granaten abschoß, unter deren Aufprall die Kompositpanzerung des *Uller* zerbarst. Gleichzeitig zuckte eine smaragdgrüne Lichtlanze aus dem mittelschweren Laser, verwandelte die Panzerung zu Wolken aus superheißem Dampf und schnitt in die überlebenswichtigen internen Systeme der Clan-Maschine.

Ein greller Lichtschein flammte in den Tiefen des *Uller* auf, als Sturms Laser den Fusionsreaktor des gegnerischen Mechs fand. Sturm brachte den *Centurion* vollends auf die Beine und zog sich hastig zurück, als der beschädigte Reaktor außer Kontrolle geriet. Ein dumpfes Wummern aus der Richtung des beschädigten Mechs zeigte an, daß der Pilot die Rettungsautomatik ausgelöst hatte. Sturm konnte niht sehen, ob es dem Clanner gelungen war, aus dem am Boden liegenden Mech auszusteigen. Dann leuchtete der *Uller* wie eine winzige Sonne auf, und die unkontrollierte Fusionsreaktion verzehrte die internen Systeme. Als sie verblaßte, ließ sie nur noch einen schwarzen Krater und etwas zerschmolzenes Metall zurück.

Aber Sturm erhielt keine Gelegenheit, seinem Sieg zu genießen. Gerade als er sich die Schäden des *Centurion* noch einmal näher ansah und das Schlachtfeld nach anderen Mechs abzutasten begann, hatte er auch schon den nächsten Feindkontakt. Die Sensoren hatten kaum Gelegenheit, warnend aufzuheulen, bevor eine Raketensalve in die mittelschwere Maschine einschlug. Das Schadensdiagramm leuchtete auf und zeigte Panzerverluste entlang der rechten Rumpfseite. Den Raketeneinschlägen folgten zwei feuerrote Energiebündel. Laserstrahlen zerkochten die Panzerung an Torso und Arm des *Centurion*. Sturm wirbelte zu seinem neuen Gegner herum, riß alle verfügbaren Waffen hoch … und erstarrte.

Es war ein *Mad Cat*, einer der tödlichsten Clan-OmniMechs überhaupt. Mit fünfsiebzig Tonnen hochmoderner Waffen- und Panzertechnik verfügte er über die anderthalbfache Masse des *Centurion*. Der gebeugte Rumpf ähnelte der Konstruktion des *Uller*, wirkte aber weit bedrohlicher. Der *Mad Cat* war mit schweren und mittelschweren Lasern in beiden wuchtigen, an Keulen erinnernden Armen bestückt, je einer Langstrecken-Raketenlafette auf beiden Schultern und einer Phalanx Maschinengewehre und Laser unter dem spitz vorstehenden Bug des granatenförmigen Torsos. Die breiten, gespaltenen Mechfüße wuchteten über den gefrorenen Boden und verliehen dem Metallriesen in Verbindung mit den nach hinten abknickenden Beinen beinahe das Aussehen eines gigantischen Raubvogels.

Sturm zögerte nur einen Augenblick, bevor er mit allem gegen den *Mad Cat* losschlug, was er hatte. Die Autokanone des *Centurion* brüllte, und sein mittelschwerer Laser sang. AK-Granaten zerschellten auf schwerer Ferrofibritpanzerung, und der Lichtwerfer hinterließ eine schwarze Narbe auf dem rechten Bein des Clan-Mechs, aber die schwerere Kampfmaschine rückte unbeeindruckt weiter vor und feuerte ihre Waffen ab, während sie näher wuchtete. Der *Centurion* versuchte auszuweichen, aber es war zu spät.

Verdammt! dachte Sturm. *Das Ding ist nicht nur größer als ich, sondern auch noch schneller.* Die rubinroten Laserstrahlen des *Mad Cat* peitschten über den *Centurion* wie glühende Klingen, schnitten die Panzerung in großen Brocken weg und legten Myomermuskeln und empfindliche interne Strukturen frei. Wieder kreischte eine Wand aus Raketen heran und krachte ins Bein des Mechs. Warnlichter flammten auf und meldeten den Verlust wichtiger Panzerung. Der Schaden war allerdings nicht allzu bedrohlich … noch nicht. Aber es gab keinen Zweifel, daß der mittelschwere BattleMech einem derartigen Beschuß nicht lange standhalten konnte.

Das Cockpit des *Centurion* war erstickend heiß, und Sturms nur in Stiefel, Shorts und eine Kühlweste gekleideter Körper triefend naß von Schweiß. Seine Hände waren so glitschig, daß er Probleme hatte, die Steuerknüppel zu fassen. Er legte die Stirn auf die Innenseite des Neurohelms und ging hastig seine Optionen durch.

Das Problem ist, dachte er, *wenn ich diesem Burschen den Rücken kehre, kann ich mich einsargen lassen.* Der *Centurion* gehörte zu den wenigen Mechs mit Bewaffnung im Rücken, aber Sturm hatte arge Zweifel, daß ein einzelner mittelschwerer Laser einen *Mad Cat* beeindrukken würde. Die Waffen des ClanMechs hingegen würden seine dünne Rückenpanzerung schon mit der ersten Breitseite durchschlagen und die internen Systeme des *Centurion* pulverisieren, so wie Sturm es kurz zuvor an dem *Uller* vorexerziert hatte. Aber er konnte sich auch nicht rückwärts zurückziehen, nicht auf so trügerischem Untergrund und gegen einen so schnellen Gegner. Seine einzige Chance bestand darin, den größeren Mech auszumanövrieren, in seinen Rücken zu kommen und dann zu rennen wie der Teufel, bevor der *Mad Cat* sich wieder fing und ihn abschoß.

Sturm duckte den Mech nach links, als der nächste Raketenhagel anflog und ihn nur knapp verfehlte. Er biß die Zähne zusammen und rammte den Steuerknüppel nach vorne, trieb den *Centurion* auf Höchstgeschwindigkeit, als er in einem Zickzackkurs, von dem er sich die größte Chance erhoffte, den gegnerischen Waffen zu entgehen, beinahe direkt auf den Clanner zustürmte. Der Pilot des *Mad Cat* ließ sich vom Anblick des auf ihn zu rennenden Fünfzig-Tonnen-Mechs keine Sekunde beeindrucken und bewegte seinen Kampfkoloß beinahe schlendernd weiter vor.

Sturm feuerte die Autokanone des *Centurion* ab und zog eine Kraterlinie am linken Bein des *Mad Cat* hoch über den Torso, während er vorpreschte, und schaffte es, den anfliegenden Raketen und dem größten Teil der Laserschüsse auszuweichen. Ein einzelner mittelschwerer Laser erwischte ihn links am Mechtorso, und das Schadensdiagramm meldete interne Schäden.

»Komm, Baby, halt durch«, murmelte Sturm, als der *Mad Cat* auf dem Sichtschirm immer größer wurde und die Zahlen auf der Distanzanzeige der Sichtprojektion immer kleiner. *Verdammt, ist der groß.* Nur noch ein paar Meter ...

Als der *Centurion* dicht genug an die titanische Clan-Kampfmaschine heran war, zog Sturm den Steuerknüppel hart nach links und änderte die Richtung. Fast wie ein Matador, der sein Cape schwang, drehte der *Mad Cat* den Torso und schwenkte einen der immensen Mecharme wie eine Keule. Sturm sah den Schlag kommen, aber er konnte nicht schnell genug reagieren, um ihm auszuweichen. Der riesige Metallarm schoß auf seinen Mech zu und füllte fast den gesamten Sichtschirm aus.

Ein ohrenbetäubendes Krachen hallte durch das Cockpit, als der Schlag den *Centurion* außer Kontrolle nach hinten warf. Sturm kämpfte mit der Steuerung, um die Maschine aufrecht zu halten, aber Kores Schwerkraft hatte die fünfzig Tonnen humanoides Metall fest im Griff, und der Mech kippte wie ein k. o. geschlagener Preisboxer aus den Pantinen. Das ganze Cockpit erzitterte, als die Schockabsorber bis zum Äußersten belastet wurden, und Sturm wurde hart in die Gurte geschleudert.

Aber er dachte nicht daran, aufzugeben. Beinahe reflexartig warf er den *Centurion* in eine seitliche Rolle, um dem nächsten Angiff zu entkommen. Aber statt wie erwartet mit dem anderen Arm zuzuschlagen, trat der *Mad Cat* mit einem seiner breiten Krallenfüße aus. Der Aufprall brachte das ganze Cockpit wie eine Glocke zum Hallen, Panzerung und interne Systeme zerbarsten, und auf der Schadensanzeige flammten rote Warnlichter auf. Als Sturm versuchte, die Autokanone auf seinen Gegner zu richten, blickte er zum Sichtschirm hoch und sah den *Mad Cat* einen seiner riesigen Arme senken. Sturm griff nach den Kontrollen. Dann füllte ein höllisch rotes Licht den Sichtschirm, die Temperatur im Innern der Kanzel schoß nach oben, und plötzlich wurde es dunkel.

2

Trainingszentrum der Kore-Lanciers, Niffelheim, Kore Peripherie

11. April 3060

Die Tür der Kapsel öffnete sich mit einem Zischen, und kühle Luft strömte ins Innere, während Sturm die Sitzgurte löste und die Arme hob, um den Neurohelm abzunehmen, damit der Luftzug den Schweiß trocknen konnte, der von seinem Gesicht tropfte und seine Haut wie ein Film bedeckte. Er stellte den Helm beiseite, wobei er sorgfältig darauf achtete, sich nicht in den Kabeln zu verheddern, und kletterte aus der Luke, um sich seine Standpauke abzuholen. Er fuhr sich mit einer Hand durch das nasse dunkle Haar, das in einem unter MechKriegern verbreiteten Stil oben länger, aber seitlich extrem kurz geschoren war, um den Kontakt mit den Neuropflastern des Helms zu erleichtern.

Sturm grinste den draußen auf ihn wartenden Mann keck an, aber es war deutlich zu sehen, daß Stabsfeldwebel Aaron Krenner nicht in der Stimmung für Witzeleien war.

Der Stabsfeldwebel der Kore-Lanciers war über zwei Meter groß. Sein gesamter Körper war eine einzige wuchtige Muskelmasse, die er mit unerbittlichen Trainingssitzungen zu unchristlich frühen Morgenstunden stahlhart hielt. Das Neonlicht des Trainingshangars glänzte auf seiner ebenholzschwarzen Haut und dem billardkugelglatten Kopf. Krenner rasierte sich täglich den gesamten Schädel mit Ausnahme eines sauber getrimmten Kinnbarts, der ihm in den Augen mancher seiner Schüler ein etwas unheimliches Aussehen verlieh. *Vermutlich hat er ihn genau deshalb*, dachte Sturm.

Er trug die Standarddienstmontur der Lanciers mit dem grauweißen Tarnschema, das sich sowohl für arktisches Gelände wie für Stadteinsätze eignete, und andere Geländearten gab es auf Kore nicht. Der Unteroffizier hatte die kräftigen Arme vor der Brust verschränkt und einen Ausdruck von mühsamer Geduld aufgesetzt. Sturm erkannte auf den ersten Blick, daß ihm eine Predigt bevorstand.

»Feldwebel ...«, setzte er an, aber Krenner fiel ihm mit seiner tiefen Baritonstimme ins Wort, so, als habe er nur darauf gewartet, daß der junge MechKrieger etwas sagte.

»Das war erbärmlich, Kintaro.«

»Aber, Spieß, ich ...«

»Nichts ›aber, Spieß‹, MechKrieger! Ich bin hier, um Sie auszubilden. Sie sind vielleicht kein Anwärter mehr, aber wenn Sie jemals einen wirklichen Einsatz erleben wollen, müssen Sie noch verdammt viel lernen. Mit so einer Darbietung wären Sie in einem echten Gefecht inzwischen tot!«

Fast hätte Sturm den Kopf geschüttelt. Als ob er hier draußen jemals erwarten könnte, in ein echtes Gefecht verwickelt zu werden, auf einer Bergwerkskolonie am äußersten Rand des erforschten Weltraums, Lichtjahre entfernt vom Geschehen in der Inneren Sphäre. »Es war nur ein Trainingskampf«, protestierte er zaghaft. Krenner hatte recht, wenn er feststellte, daß er sich nicht gerade berauschend geschlagen hatte, aber dafür gab es einen Grund. »Außerdem«, erklärte Sturm weiter, »war es nicht fair. Ich meine, ein *Centurion* gegen einen *Mad Cat*?«

»Fair?« explodierte Krenner. Sturm zuckte zusammen und erkannte, daß er genau das Falsche gesagt hatte. »Wir reden hier von Krieg, Kintaro! Das ist kein Spiel. Da draußen in der Wirklichkeit werden Sie in einem echten Mech sitzen, und echte Menschen werden versuchen, Sie umzubringen. Und manche davon werden in größeren Mechs als dem Ihren sitzen, kapiert? Wenn Sie gegen die versagen, gibt es keinen ›Neustart‹-Knopf. Wenn dieser *Mad Cat* echt gewesen wäre, dann wären Sie jetzt tot. Das ist der Grund für diese Ausbildung. Sie sollen lernen, am Leben zu bleiben.«

Sturm setzte zu einer Entgegnung an, überlegte es sich dann aber anders. Er senkte den Kopf, dann sah er wieder zu Feldwebel Krenner hoch. Schließlich hatte der Spieß ja recht. Wie üblich. »Tut mir leid, Kren. Nächstes Mal mach ich's besser.« Einen Moment hellte Krenners düstere Miene ich auf. Bei all seiner Grimmigkeit betrachtete er Sturm fast wie einen Adoptivsohn. Er hatte sich entschlossen, auf Jenna Kintaros Sohn aufzupassen, nachdem sie vor zehn Jahren gefallen waren, und er dachte nicht daran zuzulassen, daß Sturm sich bei seinem ersten wirklichen Kampfeinsatz gleich über den Haufen schießen ließ.

»Tut mir leid bringt's nicht, Sturm«, erklärte er streng. »Bessere Leistung, das bringt's. Deswegen mußt du üben, und deswegen mußt du lernen, wenn du ein MechKrieger sein und die Erfahrung auch überleben willst.«

Sturm nickte. Er hatte verstanden.

Jetzt trat Kenner an die Steuerkonsole neben der Kapsel und rief die Aufzeichnung von Sturms Sitzung auf. Er ließ sie ein Stück weit durchlaufen, dann drückte er den Pausenknopf. »Na schön, dann fangen wir mal damit an, wie du dich gegen den *Uller* benommen hast.«

»Was war daran falsch?« protestierte Sturm. »Mit dem bin ich doch gut fertig geworden. Ich hab' ihn abgeschossen, oder etwa nicht?«

»Ja, hast du, aber du warst nachlässig. Die Rutschpartie war ziemlich gut, und gegen einen Mech der Inneren Sphäre hätte sie auch perfekt funktioniert. Aber du hast vergessen, daß Clan-LSR nicht mit denselben Schwierigkeiten über kurze Distanz zu kämpfen haben wie unsere. Indem du auf den *Uller* zugestürmt bist, hast du dir einen geringeren Vorteil verschafft, als du dachtest. Der *Uller*-Pilot hat das ausgenützt und dabei deinen Raketenlafette zerstört. Du hattest Glück, aber beim nächsten Mal könnte das schon anders aussehen. Lerne deine Feinde kennen, MechKrieger!«

Sturm nickte. Verdammt, diese Eigenheit der Clan-Raketen hatte er völlig vergessen. Er war wirklich überrascht gewesen, als der *Uller* ihn auf so geringe Entfernung getroffen hatte.

»Und was den *Mad Cat* angeht: Der Versuch, ihn auszumanövrieren, war purer Schwachsinn.«

»Was hätte ich denn machen sollen?« fragte Sturm. »Mich zu Klump hämmern lassen?«

»Nein. Du hättest umdrehen und rennen sollen, weg, so schnell du konntest, und daß sofort, als du ihn gesehen hast.«

Sturms Miene mußte sich verhärtet haben, denn Krenner schien genau zu wissen, was jetzt in ihm vorging.

»Du hast ganz richtig gehört, ich habe gesagt *rennen*. Das ist keine Feigheit, Sturm. Nur ein Vollidiot bleibt stehen und stellt sich zu einem Kampf, von dem er weiß, daß er ihn nicht gewinnen kann. Du hast selbst gesagt, daß ein Kampf zwischen einem *Mad Cat* und einem *Centurion* nicht gerade fair ist, also weißt du auch, wovon ich rede. Der ClanMech war deinem um mehr als zwanzig Tonnen überlegen. Er hatte mehr Panzerung, mehr Waffen und war schneller als du. Es war völlig ausgeschlossen, gegen ihn zu gewinnen. Im Augenblick, als du ihn gesehen hast, hätte dein erster Gedanke sein müssen, wie du so schnell wie nur möglich Land gewinnst, ohne völlig zerblasen zu werden.«

»Ich dachte nicht, daß ein MechKrieger den Schwanz einkneifen sollte, wenn's mal haarig wird.«

»Soll er auch nicht. Von einem MechKrieger wird

erwartet, daß er für die Einheit sein Leben riskiert, *wenn* die Situation das erfordert. Aber es wird auch von ihm erwartet, zu wissen, wann er sich selbst und seiner Einheit einen größeren Dienst erweist, indem er den Rückzug antritt. Ein Krieger, der erkennt, wenn es an der Zeit ist, bis zum Tod zu kämpfen, und dann auch dazu bereit ist, hat Mut. Ein Krieger, der grundsätzlich nicht bereit ist, zurückzuweichen, ist einfach nur dumm, und wahrscheinlich ziemlich schnell tot. Du hattest die Gelegenheit, dich aus dem Staub zu machen, und die hättest du ergreifen müssen.«

Sturm sah Krenner einen Moment in die dunklen Augen, und in seinen Gedanken formte sich eine unausgesprochene Frage. Er starrte seinen Ausbilder eine Weile stumm an, dann nickte er. »Ich verstehe, Spieß.«

Krenner erwiderte das Nicken und drehte sich wieder dem Bildschirm zu. »Gut, dann wollen wir uns mal ansehen, wie du von da hättest abhauen und deinen Mech intakt halten können, und möglicherweise sogar das Blatt wenden und auf dem Abmarsch etwas Schaden anrichten.« Er zeigte es Sturm, benutzte das Wrack des *Uller* als Deckung vor den Waffen des *Mad Cat* und betonte erneut, wie wichtig es war, Clan-Taktik und -Gedankengänge zu studieren, um den Gegner ebensogut kennenzulernen wie sich selbst.

Sturm hörte sich Krenners Ratschläge und Kritikpunkte an und überlegte sich, wie er die Situation hätte anders angehen können. Und er dachte darüber nach, was Krenner gesagt hatte. *Früher oder später,* dachte er, *kann ein MechKrieger sich nicht mehr zurückziehen. Mama hat das herausgefunden. Manchmal muß man sich einfach stellen, selbst wenn man weiß, daß man es nicht überleben wird.*

Die Nachbesprechung ging ziemlich schnell zu Ende, und Sturm hatte noch etwas Zeit, bevor er sich für die Ankunft des Landungsschiffs *Tammuz* fertigmachen mußte. Er verschwand unter die Dusche und zog sich um, und die ganze Zeit spulte er in Gedanken immer wieder die Analyse seiner Simulatorübung ab.

Krenner hatte recht. Teufel, der Stabsfeldwebel hatte immer recht. Sturm hatte seine Anwärterzeit zwar absolviert und es zum vollwertigen MechKrieger der Kore-Lanciers gebracht, aber er hatte immer noch eine Menge zu lernen. Ihm wurde jetzt erst allmählich deutlich, wie viel.

Solange er denken konnte, hatte Sturm davon geträumt, ein MechKrieger zu werden. Anfangs war es nicht mehr als ein Kindertraum gewesen. Wahrscheinlich gab es im ganzen bekannten Weltraum kein Kind, das nicht später einen Mech steuern wollte, und vorerst mit Mechfiguren spielte, wie Sturm es getan hatte. Später war es der Wunschtraum eines Jungen geworden, der seine Mutter angebetet hatte: Jenna Kintaro, die Kommandeurin der Kore-Lanciers. Die schneidige MechKriegerin. Nicht unbedingt das Bild einer Mutter, das die meisten Leute mit diesem Begriff verbanden, aber Jenna hatte ihren Sohn geliebt und sich immer gut um ihn gekümmert.

Sturm erinnerte sich immer noch gerne daran, wie sie ihn mit in die Zentralbasis der Lanciers genommen und ihm die riesigen BattleMechs gezeigt hatte, die ehrfurchterweckenden, zehn bis zwölf Meter großen stummen Metallkolosse in ihren Wartungskokons. Sturm erinnerte sich daran, wie er aus der Ferne die Gefechtsmanöver verfolgt und gesehen hatte, wie die Männer und Frauen in den Cockpits, seine Mutter eine von ihnen, den gewaltigen Mechs Leben eingehaucht hatten. Vom ersten Moment, in dem er einen Mech in Aktion gesehen hatte, wollte Sturm selbst eine dieser Kampfmaschinen steuern. Jenna hatte sein Interesse immer gefördert, ihn mit Spielen und Mechfiguren versorgt. Für den jungen Sturm waren BattleMechs genau das gewesen: ein riesiges Spielzeug.

Seit Jahrhunderten war der BattleMech die ultimative Kampfmaschine des gesamten von Menschen besiedelten Weltraums. BattleMechs kämpften um die Vorherrschaft unter den Nachfolgerstaaten, den Erben des alten Sternenbunds, der in einem schier endlosen Krieg auseinandergebrochen war, in dem die verschiedenen Fraktionen versuchten, die Kontrolle über die ganze, auf eine riesige Sphäre von hunderten Lichtjahren Durchmesser verteilte, Menschheit zu gewinnen. Das Kriegsglück hatte sich erst dieser, dann jener Seite zugeneigt, Schlachten wurden gewonnen oder verloren, aber die Nachfolgekriege hatten weiter getobt, über Jahrhunderte hinweg. MechKrieger auf ihren mechanischen Streitrössern waren die neuen Ritter des modernen Schlachtfelds. Das Bild des heldenhaften MechKriegers hatte etwas Romantisches, besonders für einen kleinen Jungen am Rand des bekannten Weltraums, einen Jungen, der die Schrecken des Krieges nie selbst erlebt hatte. Jedenfalls nicht, bis die Clans gekommen waren.

Als der Sternenbund zerbrach und die verschiedenen Fürsten der Inneren Sphäre versucht hatten, sich gegenseitig niederzuwerfen, war das Sternenbundmilitär gezwungen gewesen, sich zu entscheiden. Der von Menschen besiedelte Weltraum war unter den zerstrittenen Nachfolgerstaaten aufgeteilt worden, und die mächtigen BattleMechs und sonstigen Streitkräfte des Sternenbunds konnten sich dem Krieg nicht entziehen. Statt sich für eine Seite zu erklären oder von widerstreitenden Loyalitäten zerrissen zu werden, hatten viele der Truppen eine dritte Möglichkeit gewählt.

Unter dem Befehl General Aleksandr Kerenskys hatten die Sternenbund-Verteidigungsstreitkräfte sich zu einer gewaltigen Armada von Sprungschiffen formiert, die ihre BattleMechs und übrige militärische Ausrüstung transportierte. Dann waren sie in den Hyperraum eingetaucht und in den unerforschten Weltraum weit jenseits der Peripherie menschlich besiedelter Systeme gesprungen.

Für Jahrhunderte hatte man nichts mehr von ihnen gehört. Der Exodus der SBVS war zu einem Mythos geworden, zur Legende. Die Menschen in der Inneren Sphäre hatten darüber geredet, daß General Kerensky und seine Sternenbundarmee eines Tages zurückkehren würden, wenn die menschliche Zivilisation ihre Hilfe benötigte. Sie hatten keine Ahnung davon gehabt, wie sich diese Prophezeiung tatsächlich bewahrheit sollte.

Vor zehn Jahren waren plötzlich aus dem Weltraum jenseits der Peripherie geheimnisvolle BattleMechs aufgetaucht. Sie hatten Grenzsysteme ohne Vorwarnung angegriffen, ihre Planeten erobert, und waren sofort weitergezogen. Niemand hatte gewußt, wer diese Angreifer mit ihren seltsamen neuen Mechkonstruktionen waren, nur, daß sie gnadenlos effizient vorgingen und ihre BattleMechs allem weit überlegen waren, was man seit den Zeiten des Sternenbunds in der Inneren Sphäre gesehen hatte. Es waren die Erben Kerenskys gewesen, die Nachkommen der Militärstreitmacht, die Jahrhunderte zuvor aus der Inneren Sphäre aufgebrochen war. In Generationen des Kriegs und Konfliktes hatten sie sich zur ultimativen Kriegerkultur entwickelt, deren Lebensziel die Eroberung war. Sie waren zurückgekehrt, wie die Legenden versprochen hatten, aber nicht, um der Inneren Sphäre zu helfen, sondern, um sie zu erobern und das Erbe zu beanspruchen, das ihre Vorfahren zurückgelassen hatten. Sie nannten sich die Clans.

Kore, zehn Parsek von der äußeren Grenze der Lyranischen Allianz entfernt, lag am Rand des riesigen Keils, den die Clanner in die Innere Sphäre getrieben hatten. Er war ein abgelegener Planet, kaum von Interesse für angehende Eroberer, nur auf Grund seiner Rohstoffe und Bergbauoperationen von Wert. Aber die Clans kümmerte das nicht. Ihre Truppen eroberten jede bewohnte Welt, die sie fanden, und marschierten danach weiter. Clan-BattleMechs waren auf Kore gelandet, um den Planeten zu beanspruchen, und nur die Kore-Lanciers hatten ihnen Widerstand geleistet.

Von der Schlacht auf der Eiswüste der Tundra hatte Sturm nicht viel mitbekommen. Er war damals erst elf Jahre alt gewesen und hatte sich mit seinem Vater in einem Bunker versteckt gehalten, zusammen mit Dutzenden anderer Zivilisten, während von draußen der Schlachtlärm hereindrang. Sturm hatte gewußt, daß seine Mutter und ihre Lanciers die Invasoren aufhalten würden. Schließlich gab es nichts, was sie nicht vollbringen konnten. In dieser Beziehung hatte er sich keine Sorgen gemacht, auch wenn der Lärm der Kämpfe ihm Angst gemacht hatte. Sein Vater hatte die ganze Zeit blaß und krank ausgesehen. Er hatte Sturm zu beruhigen versucht, daß alles gut werden würde, aber der Junge hatte gespürt, daß sein Vater ihn belog. Da hatte er es dann auch mit der Angst zu tun bekommen. Er hatte seine Mutter nie wiedergesehen.

Inzwischen wußte er, daß der Kampf damals vorbei gewesen war, bevor er begonnen hatte. Die Truppen der Lanciers waren den überlegenen Clan-Maschinen nicht gewachsen gewesen.

»Ein Krieger, der erkennt, wenn es an der Zeit ist, bis zum Tod zu kämpfen, und dann auch dazu bereit ist, hat Mut. Ein Krieger, der grundsätzlich nicht bereit ist, zurückzuweichen, ist einfach nur dumm«, hatte Krenner erklärt. Was sagte das über seine Mutter? fragte sich Sturm, während er sich die Schweißschicht vom Körper wusch. War Jenna Kintaro eine mutige Heldin gewesen, die bei der Verteidigung ihrer Heimat und Familie gegen eine überwältigende Übermacht ihr Leben geopfert hatte, oder nur zu verbohrt zu erkennen, daß sie nicht gewinnen konnte? Vielleicht ein wenig von beidem. Sturm hielt den Kopf unter die Dusche und ließ sie seine quälenden Zweifel davonspülen. Er zog es vor, seine Mutter als Heldin zu sehen. Es war ihr Mut gewesen, der seinen Wunsch, ein MechKrieger zu werden, gefestigt hatte.

Die Clanner hatten sich nicht lange auf Kore aufgehalten, nur ein paar Monate. Sie waren auf einem Eroberungszug, und eine einzelne kleine Peripheriewelt war für sie kaum von Interesse. Nachdem sie die planetare Bevölkerung befriedet und ihre Stellung abgesichert hatten, war der größere Teil der Clan-Truppen ins Herz der Inneren Sphäre weitergezogen. Nur eine symbolische Garnison von Mechs und Infanteristen in hydraulischen Rüstungen, die sich Elementare nannen, war zurückgeblieben, um die unterworfenen Koren zu bewachen.

Sturm erinnerte er sich noch gut an seinen Haß auf die Clanner, wenn sie ihm in den Straßen Niffelheims begegnet waren. Besonders die Elementare waren beängstigend gewesen. Die durch Genmanipulation für die Anforderungen gezüchteten Infanteristen, die das Steuern einer der Clan-Rüstungen stellte, waren gute zwei Meter siebzig groß und muskelbepackt. Sie ähnelten Ogern und Riesen der Sagenwelt. Und wie alle Clan-Krieger waren sie überheblich und selbstgefällig gewesen und hatten auf die Bevölkerung, die sie unterworfen hatten, herabgesehen wie Wölfe auf eine Schafsherde.

Sturm hatte diese kalte Arroganz gehaßt. Wie hatte er sich gewünscht, einfach einen Stein zu packen und eine dieser höhnischen Fratzen damit einzuschlagen. Aber er hatte sich beherrscht. Ein elfjähriger Knabe konnte gegen einen ausgebildeten Soldaten und Mörder nichts ausrichten. Möglicherweise war das seine erste Lektion im besseren Teil der Tapferkeit gewesen, dachte Sturm, als er das Wasser abdrehte. Er tapste über den kühlen Fliesenboden, zog ein Badetuch vom Ständer und trocknete sich ab.

Irgendwann hatte sich das Schlachtglück gewendet. Kore wurde von keiner der Herrscherdynastien der Inneren Sphäre kontrolliert, sondern gehörte komplett der Alfin-Bergwerks-AG, und während es den mächtigen Sternenreichen trotz ihrer riesigen Militärapparate schwerfiel, den Clans effektiven Widerstand entgegenzusetzen, hatte Alfin ironischerweise die bei der Firma unter Vertrag stehenden Söldner in Marsch setzen können, um den Tod ihrer Lancier-Kameraden zu rächen und Kore zu befreien. Damals hatten die Sturmreiter bereits fünfzehn Jahre im Dienst des Konzerns verbracht, und ihre MechKrieger waren entschlossen gewesen, die Clanner für das, was sie sich geleistet hatten, teuer bezahlen zu lassen.

Die Sturmreiter hatten Kore massiert angegriffen. Diesmal waren es die Stahlviper-Truppen gewesen, die in der Unterzahl waren, von der Front isoliert und mit einem übermächtigen Feind konfrontiert. Die ClanKrieger hatten verwegen und bis zum Tod gekämpft, um zu verteidigen, was sie erobert hatten, aber der Sieg hatte den Konzernsöldnern gehört. Kore war befreit und eine neue Mecheinheit unter dem alten Namen Kore-Lanciers aufgestellt worden, um die Welt zu verteidigen. Die Sturmreiter hatten, nachdem sie bei der Befreiung des Planeten schwere Verluste erlitten hatten, von Alfin die Erlaubnis erhalten, in der Bevölkerung der Kolonie Rekruten zu werben, und einer dieser Rekruten war Sturm Kintaro gewesen, inzwischen ein vollwertiger MechKrieger und Mitglied der Sturmreiterlanze der Kore-Lanciers.

Er warf das Badetuch beisete und hob die dünne Lederschnur auf, die er abgelegt hatte, bevor er unter die Dusche gestiegen war. Ein kleines, an den Kanten verkohltes Metallstück hing an einem an einer Seite hineingefrästen Loch davon herab. Andächtig hängte er sich das Bruchstück vom BattleMech seiner Mutter wieder um den Hals. Der neue Kommandeur der Sturmreiter hatte es ihm nach der Befreiung Kores geschenkt, und er hatte es während der gesamten Ausbildung getragen, so, wie er es jetzt ständig trug, wenn er im Dienst war. Es war eine ständige Erinnerung daran, warum er hier war.

Er stand einen Moment in dem dunstgefüllten Badesaal und hilt das kühle Stück Metall in der Hand. Dann zog er eine saubere Uniform an und kämte sich. Er hatte gerade noch Zeit, zuhause vorbeizuschauen, bevor er zur Basis mußte. Für Nostalgie blieb ihm später Gelegenheit.

Die Pflicht ruft, dachte Sturm und machte sich auf den Weg.

3

Niffelheim, Kore
Peripherie

11. April 3060

Sturm fuhr in einem Lanciers-Jeep von Ausbildungszentrum zu dem kleinen Haus in der Nähe des Planetographischen Forschungszentrums, in dem sein Vater arbeitete. Es war später Nachmittag, und in den Straßen Niffelheims herrschte reger Verkehr. Die Menschen hatten es eilig, durch die kalte Stadt zu kommen. Kores bleiche Sonne badete den frierenden Planeten in blassem Licht. Selbst in der wärmsten Jahreszeit stieg die Temperatur hier im Siedlungsgebiet nur wenige Grade über Null. Für den weitaus größten Teil des Jahres lag ein strenger Winter über der ganzen Welt. Sturm hatte Geschichten von Planeten mit erkennbaren Jahreszeiten gehört, und grüner Vegetation. Er hoffte, sie eines Tages mit eigenen Augen sehen zu können. Mit etwas Glück konnte sich die Mitgliedschaft bei den Sturmreitern irgendwann als sein Ticket ins All und in die Innere Sphäre erweisen.

Durch die konzerneigene Uniformjacke mit den Aufnähern und Rangabzeichen eines Lancier-MechKriegers auf Schultern und Kragen spürte er dem frostigen Wind kaum. Er war daran gewöhnt. Kälte machte ihm nichts aus. Wie die meisten Koren hatte er »dickes Blut«, selbst wenn ihm das aufgeschossene nordische Aussehen der meisten Kolonisten abging.

Kore war von der Lyranischen Allianz aus besiedelt worden, die sich erst vor kurzem wieder aus dem größeren Vereinigten Commonwealth gelöst hatte. Viele Welten der Allianz besaßen größere Bevölkerungsteile nordisch-germanischer Abstammung. Auch Sturms

Mutter Jenna hatte zu ihnen gehört: großgewachsen, blond und blauäugig, von muskulöser, robuster Statur. Sturms Vater dahingegen war von nahezu reiner japanischer Abstammung. Seine Verwandschaft reichte bis ins Draconis-Kombinat, und Hidoshi Kintaro war stolz auf sein asiatisches Erbe.

Sturm teilte den Stolz seines Vaters nicht. Es war nicht leicht gewesen, mit einem sichtbar abweichenden Aussehen auf einer so isolierten Kolonialwelt wie Kore mit einer so kleinen Bevölkerung aufzuwachsen. Sturm war eines der wenigen Kinder nicht-europäischer Herkunft gewesen, auch wenn deren Zahl inzwischen mit jedem weiteren Kolonistenschiff zunahm, das die Alfin-AG schickte.

Sturm war größer als die meisten Japaner, und manche fanden, seine eurasischen Züge unter der weitgehend bleichhäutigen, blond und braunhaarigen Bevölkerung des Planeten würde ihm ein exotisches Flair verleihen. Er hatte das dunkle, fast rabenschwarze Haar seines Vaters. Sturm band sich das lange Haar häufig auf der Schädeldecke zu einem Knoten zusammen, ähnlich den Frisuren der alten Samurai Terras.

Aber seine Augen hatte er von der Mutter, eisblaue Pupillen, wie ein Bergsee zwischen den Gipfeln der Jotunberge. Sie waren leicht mandelförmig unter dünnen, leicht gebogenen Brauen. Sein Gesicht als Ganzes war schmal und lief unter einem kleinen Mund zu einem spitzen Kinn zu. Sturm betrachtete sich kurz im Rückspiegel des Jeeps und lächelte. Er gefiel sich in Uniform, und er hatte sich noch immer nicht wirklich daran gewöhnt, besonders nicht an das Donnerkeilemblem der Sturmreiter auf seiner Schulter. Er war erst seit wenigen Monaten vollrangiges Mitglied der Einheit.

Er plante, bald in die Kaserne des Stützpunkts umzuziehen, jetzt, da dort ein Platz für ihn frei war. Im Grunde wohnte er jetzt schon in der Basis oder dem

Trainingszentrum und ließ sich häufig genug zwischen den Schichten und Trainingssitzungen irgendwo auf eine freie Pritsche fallen, um zu schlafen. Sein Zuhause besuchte er nur noch gelegentlich, um irgend etwas zu holen, oder kurz einen Bissen zu essen, weil das Haus zwischen der Basis und einigen der anderen Attraktionen Niffelheims lag, die er regelmäßig besuchte. Und er machte sich normalerweise zur Regel, tagsüber kurz vorbeizuschauen, so wie jetzt.

Er stellte den Jeep vor den Reihenhäusern ab, in denen ein Teil der Wissenschaftler und Verwalter der Alfin-AG untergebracht waren. Mit ihren stumpfgrauen Stahlbetonwänden und den hohen, schmalen Fenstern, die das fahle Sonnenlicht bei geringstmöglichem Wärmeverlust einfingen, wirkten sie sehr funktional. In Gedanken verglich Sturm sie häufig mit Bunkern, und damit lag er gar nicht einmal so falsch. Bei der Clan-Invasion Kores hatten die meisten Gebäude in Niffelheim keinerlei Schaden genommen. Sie sahen vielleicht nicht gerade einladend aus, aber sie waren für die Ewigkeit gebaut.

Außerdem verbrachte ohnehin niemand mehr Zeit als nötig im Freien, so daß es überflüssig war, die Außenfassaden zu verschönern. Diese Anstrengung hob man sich meistens für das Innere auf. Sturm kannte Häuser in der Kolonie, die von außen wie eingefrorene graue Felsbrocken wirkten, im Innern aber warm und heimelig waren. Nicht, daß sein Vaterhaus dazugehört hätte.

Wie üblich herrschte drinnen eine gewaltige Unordnung. Tisch und Arbeitsflächen in de Küche waren übersät mit Ausdrucken und Projektionsfolien, die von den verschiedensten Gewichten an ihrem Platz gehalten wurden, hauptsächlich Datenchips und diversen Elektronikwerkzeugen. Sie enthielten planetologische Meßkarten der planetaren Oberfläche, von kleinen Satelliten erstellt, deren Aufgabe es war, aus der Umlaufbahn die reichsten Konzentrationen abbaubarer Metall- und Mineralvorkommen festzustellen. Abgesehen von den reichen Bodenschätzen besaß Kore wenig, was diese Welt attraktiv machte. Der ganze Planet war eine einzige Erzader, deren Abbau Alfin auf Jahrzehnte einen steten Zufluß an profitabler Verkaufsware garantierte. Es war keineswegs unwahrscheinlich, daß dieses ganze System aufgegeben werden würde, sobald die Bodenschätze komplett ausgebeutet waren. Andererseits konnte es natürlich sein, daß sich auf Kore bis dahin andere Industrien angesiedelt haben würden. Möglicherweise würde die Kolonie in hundert Jahren den größten Teil der Planetenoberfläche umfassen. Sturm kümmerte das wenig. Er hatte nicht vor, hierzubleiben und es abzuwarten.

Er ging in direkter Linie zum Kühlschrank und holte eine Flasche Wasser heraus. Bei den Trainingssitzungen vergoß er regelmäßig literweise Schweiß, was bei der extremen Hitze im Innern eines Mechcockpits beim Kampf auch kein Wunder war. Hinterher plagte ihn immer der Durst. Ein Bier wäre ihm lieber gewesen, aber sein Dienst fing gleich an, und da sein Vater grundsätzlich kein Bier trank, brauchte er auch gar nicht danach zu suchen.

Er nahm einen langen, tiefen Schluck direkt aus der Flasche, schloß die Kühlschranktür und hätte sich vor Überraschung fast verschluckt. Er schaffte es, die Flasche abzusetzen, ohne etwas von dem kalten Wasser zu verschütten, und wischte sich mit dem Handrücken über den Mund.

»Sturm«, sagte die Gestalt im Türrahmen.

»Vater!« erwiderte Sturm. »Ich hatte nicht erwartet, dich hier zu sehen. Ich dachte, du wärst auf der Arbeit.«

Hidoshi Kintaro war kein großer Mann. Sturm überragte ihn um mindestens sieben Zentimeter, und an den nordischen Standards gemessen, die auf Kore galten, war er selbst nicht gerade groß. Trotzdem erschien Sturms Vater ihm in seiner Vorstellung immer als ein Riese. Dr. Kintaros Gesicht war ausgeprägt kantig, mit hohen Wangenknochen und schwarzen Augen unter engen, dunklen Brauen, Augen, die unablässig zu beobachten, analysieren und beurteilen schienen. Sturm selbst fühlte sich nur selten freundlich oder beifällig beurteilt. Das graumelierte Haupt- und Barthaar seines Vaters war sauber gestutzt und wie üblich so kurz geschnitten, daß es kaum Pflege brauchte. Über seiner Kleidung trug er den allgegenwärtigen Laborkittel, dessen Taschen sich unter Instrumenten, Datenchips und ähnlichen Berufsutensilien bauschten.

Der Kintaro war Wissenschaftler und Gelehrter. Er hatte kaum Zeit für die Welt außerhalb seiner Arbeit. Wohl zum millionsten Mal fragte sich Sturm, was seine Mutter an diesem Mann angezogen haben mochte. Jenna Kintaro schien der einzige Mensch gewesen zu sein, dem es gelungen war, den Panzer aus Formalität und kühler Höflichkeit zu durchbrechen, der ihren Gatten umgab. Und wie auch immer ihr das gelungen war, Sturm teilte ihr Geheimnis nicht.

»Ich *bin* bei der Arbeit«, erwiderte der Doktor mit einem Tonfall, aus dem hervorging, daß ihn die Andeutung, er könne seine Pflichten jemals vernachlässigen, zutiefst beleidigte. »Ich habe mich entschlossen, einen Teil der Meßkarten und Untersuchungsergebnisse hier zu Hause durchzusehen, wo ich mehr Ruhe habe.«

Solange ich nicht hier bin, dachte Sturm. Sein Vater war gegen Sturms Eintritt in die Kore-Lanciers und seinen Umzug gewesen, aber jetzt, nachdem es einmal geschehen war, schien er die Situation geradezu zu genießen. Plötzlich fühlte Sturm sich wie ein Eindringling.

»Na, ich muß gleich zum Dienst«, meinte er und stellte die Wasserflasche auf den Tisch. »Ich bin nur vorbeigekommen, um mir ein paar Sachen zum Wechseln und etwas zu Trinken zu holen.«

»Natürlich«, antwortete Dr. Kintaro mit einem Nikken. Er trat an Sturm vorbei in die Küche zu den auf dem Tisch ausgebreiteten Meßkarten und Datenausdrukken. Sein Stuhl schrammte kurz über den Boden, als er sich setzte und den kleinen Stoß Ausdrucke, den er mitgebracht hatte, auf den Stapel legte, der sich schon auf der Tischplatte erhob. Ohne Sturm einen zweiten Blick zu gönnen, machte er sich an die Arbeit, las die Karten und suchte nach Hinweisen auf neue Mineralvorkommen oder andere planetologische Phänomene für die Berichte an seine Vorgesetzten in der Alfin-Zentralverwaltung, neue Gelegenheiten für Profit und Fortschritt.

»Wir haben ein paar interessante Meßwerte in den Jotunbergen erhalten«, stellte der Doktor in beiläufigem Ton fest, ohne aufzusehen. »Die Hitzeschlote und hohen Erzkonzentrationen erschweren genaue magnetische und Infrarotabtastungen, aber es gibt Anzeichen auf reichliche natürliche Lavaschlote und Tunnel. Ein Teil davon dürfte interessante metallokristalline Formationen beherbergen, die eine nähere Untersuchung wert wären. Kannst du Oberleutnant Holt mitteilen, daß ich in den nächsten Tagen Unterstützung von seinen Maschinen bei der Durchführung einer Oberflächenerkundung benötigen werde?« Hidoshi nannte BattleMechs niemals bei ihrem Namen oder auch nur der gebräuchlichen Abkürzung Mech. Für ihn waren sie nur die »Maschinen«, gelegentlich auch die »verdammten Maschinen«, als wäre ihre bloße Existenz obszön. Es behagte ihm absolut nicht, irgend etwas mit ihnen zu tun zu haben, aber die auf Kore stationierten Mechs blieben die robustesten und geländegängigsten Fahrzeuge des ganzen Planeten, was sie zu einem nützlichen Hilfsmittel für manche wissenschaftliche Untersuchung machte, insbesondere, da es auf einer so isolierten Welt wie Kore für die Mechpiloten sonst kaum etwas zu tun gab.

»Sicher, sag' ich ihm.« erwiderte Sturm. Holt würde nicht gerade jubeln. Keiner der MechKrieger auf Kore riß sich darum, an wissenschaftlichen Expeditionen teilzunehmen. Es war eine langwierige, schwierige Arbeit, und Dr. Kintaro war ein harter Expeditionsleiter, dem man es nie recht machen konnte.

Sein Vater reagierte nur mit einem kurzen Brummen auf Sturms Antwort und blickte nicht einmal von seinem Datenstudium hoch. Ohne ein weiteres Wort drehte Sturm sich um und ging den Flur hinab in sein Zimmer.

Er schloß die Tür hinter sich und blieb einen Moment nur stehen und starrte geradeaus. *Wieso lasse ich mich von ihm immer so in Wut bringen?* fragte Sturm sich. Wobei das Schlimmste war, daß es sein Vater wahrscheinlich gar nicht darauf anlegte, Sturm zu ärgern, sondern sich nur einfach so verhielt, wie er es gewohnt war. Sturm wußte, daß er nicht erwarten durfte, auch nur einen Funken Interesse an seiner Laufbahn oder seinen sonstigen Aktivitäten von seinem Vater zu erwarten. Das war schon so, seit seine Mutter im Kampf gegen Clan Stahlviper gefallen war. Hidoshi hatte sich in seiner Arbeit vergraben und ließ sich von nichts mehr aus seinem selbstgewählten inneren Exil holen, auch nicht von seinem Sohn. Sturm war sich klar darüber, daß dies die Art seines Vaters war, mit seiner Trauer fertigzuwerden, aber das ging jetzt schon zehn Jahre! Zehn Jahre ohne ein einziges aufmunterndes Wort, ohne …

Nein, dachte Sturm und strich sich mit einer Hand durchs Haar und über den Knoten. *Ich werde mich nicht aufregen, nicht heute. Ich bin es satt.* Er ging zu der kleinen Kommode an einer Wand des kleinen Raums und suchte sich mehrere saubere Hemden und Hosen heraus, die er in seinen Seesack stopfte. Langsam beruhigte er sich.

Es war nur noch eine Frage der Zeit, bis er endgültig in sein Quartier in der Lanciersbasis umzog, und danach würde er sich damit nicht mehr herumschlagen müssen. Er würde seinen Vater nur noch zu offiziellen Anlässen sehen müssen, wenn der Forschungsstab für irgendeine Untersuchung die Unterstützung der Lanciers anforderte oder ähnliches. Davon abgesehen würde Sturm seinem Vater aus dem Weg gehen und ihn mit seinen geliebten Daten und Forschungsmaterialien allein lassen können. So wie es Hidoshi am liebsten zu sein schien.

Irgendwann würde Sturm, wenn alles gut ging, diesem isolierten, frostklirrenden Felsbrocken Lebewohl sagen und eine Position auf einer der anderen Welten ergattern können, mit deren Schutz die Sturmreiter beauftragt waren. Vielleicht würde er sogar an der Grenze der Clan-Besatzungszone ein paar echte Gefechte miterleben. Jedenfalls würde er ganz sicher nicht den Rest seines Lebens damit verschwenden, über verpaßte Möglichkeiten zu brüten. Er würde nicht so werden wie sein Vater, ein einsamer, verbitterter alter Mann, der nichts kannte als seine Arbeit. Das stand fest.

Er hob seinen Seesack auf und sah sich noch einmal in seinem Zimmer um. Ein großer Teil der Einrichtung war immer noch die eines Kinderzimmers, mit BattleMechmodellen auf dem Regalbrett über dem Bett und ringsum verstreuten Kleidern und Datenchips. Sturm trat ans Bett und hob ein eingerahmtes Bild seiner Mutter auf, in Uniform, auf einem Fuß eines riesigen BattleMechs stehend. Es war eines der wenigen Bilder von ihr, die Sturm hatte.

Wie bist du mit ihm fertiggeworden, Mama? fragte er sich. Er sah das Bild lange an, bevor er es auf seine Kleider in den Seesack legte und die Verschlußkordel festzog. Er warf sich den Sack über die Schulter und atmete tief durch, bevor er zurück in die Küche ging. Sein Vater saß noch am Tisch, so, wie er ihn verlassen hatte.

»Ich bin weg«, meinte Sturm, als er zur Tür ging.

»Mmmh«, bestätigte Dr. Kintaro. »Denk daran, Oberleutnant Holt meine Nachricht auszurichten.«

»Ja.« Sturm hatte Mühe, die Tür nicht hinter sich zuzuschlagen.

* * *

Als die Tür sich schloß, blickte Dr. Kintaro von den Karten auf. Er starrte zu der Tür, durch die sein Sohn gerade das Haus verlassen hatte, und der Ausdruck seiner dunklen Augen wurde etwas sanfter. Draußen heulte ein Motor auf, als der Lancier-Jeep in Richtung Mechbasis davonbrauste.

»Sturm ...« sagte der Doktor mit einer Stimme kaum lauter als ein Flüstern. Er schüttelte traurig den Kopf, dann wandte er sich wieder der vor ihm liegenden Arbeit zu. Sein Sohn war fort.

4

Kore-Lanciers-Basis, außerhalb Niffelheims, Kore Peripherie

11. April 3060

Die Basis der Kore Lanciers lag wenige Kilometer vor den Stadtgrenzen von Niffelheim auf der weiten offenen Tundra Kores, auf deren Permafrostboden eine glitzernde Schnee- und Eisdecke funkelte. Nur eine Straße führte von der Stadt zur Basis. Sie war breit genug für Bodenfahrzeuge und wurde durch immerwährende Räumarbeit des Lancier-Personals für den Verkehr freigehalten. Der Streu- und Räumdienst gehörte zu den unangenehmeren Erinnerungen Sturms an seine Zeit als Anwärter. Er hatte ihn kennen und hassen gelernt, wann immer Feldwebel Krenner das Gefühl gehabt hatte, der Junge brauche eine Bestrafung oder etwas mehr Zeit, über die Fehler nachzudenken, die er sich beim Training geleistet hatte.

Die Basis selbst war ein grauer Betonbau wie die meisten Gebäude auf Kore. Den größten Teil des Geländes beanspruchte ein breiter, eingefaßter Stahlbetonplatz, der als Landefeld für die riesigen Landungsschiffe diente, die den Planeten bei ihren Besuchen mit Lebensmitteln und sonstigen Bedarfsgütern versorgten und im Austausch gefeinte Erzlieferungen luden. Die Basis fungierte als Hauptraumhafen der Kolonie, da es hier draußen in der Peripherie kaum Raumverkehr gab. Nahezu die einzigen Schiffe, die Kore besuchten, gehörten Alfin. Gelegentlich traf neues Sturmreiterpersonal ein, aber auch das benutzte meistens Konzernschiffe.

Das mehrstöckige Zentralgebäude enthielt alle für die Raumflugkontrolle benötigten Instrumente und koordinierte den Landeanflug der Schiffe aus der Umlaufbahn um Kore. Von hier aus wurde auch der Funkkontakt mit den interstellarflugfähigen Sprungschiffen aufrechterhalten, die an den Sprungpunkten des Systems blieben, Millionen Kilometer über den Polen der Sonne, knapp außerhalb ihrer Schwerkraftsenke. Sprungschiffe warteten grundsätzlich an den Sprungpunkten und luden ihre Keary-Fuchida-Triebwerke für die Transition zurück zu den besiedelten Systemen der Inneren Sphäre auf.

Sturm sah zum fahlblauen Himmel hinauf, auf dem nur ein paar weiße Federwolken zu sehen waren. Irgendwo dort oben flog ein Landungsschiff des Konzerns gerade mit einem konstanten Schub von 1 g in Richtung Kore, beladen mit Nachrichten und Nachschub aus der fernen Inneren Sphäre.

An einer Seite des Zentralgebäudes lag der Hangar für die vier BattleMechs der Einheit. Er ähnelte einer gigantischen Höhle, in der die metallenen Riesen zwischen Kränen und Gerüsten standen, während Teams von Techs sie warteten. Jeder BattleMech war ein Stück modernster Militärtechnologie des einunddreißigsten Jahrhunderts, und trotz des beträchtlichen Alters der Kore-Lancier-Mechs waren die Maschinen noch immer von einem unglaublichen Wert und wurden mit großer Sorgfalt instandgehalten. Zusätzlich beherbergte der Hangar auch noch die verschiedenen Bodenfahrzeuge und Jagdmaschinen der Lanze, die allerdings weit öfter bei Erkundungsmissionen für Alfins kartographische Abteilung zum Einsatz kamen als im Gefecht, nicht viel anders als die Mechs.

Eine steife Brise blies weiße Schneefahnen über den grauen Stahlbeton, als Sturm den Jeep auf die Basis steuerte. Die Posten winkten ihn nach einem kurzen Blick durch. Die Sicherheitsmaßnahmen der Basis waren an den Maßstäben der Inneren Sphäre gemessen reichlich lax, aber das lag daran, daß es auf Kore kaum politische Probleme mit irgendwelchen Auswirkungen auf dessen Verteidiger gab. Die gesamte planetare Bevölkerung bestand aus Konzernangestellten und deren Familien, die Lanciers inbegriffen, und Terroristen, Dissidenten oder Kriminelle waren praktisch unbekannt. Zu stehlen gab es nicht viel, und wer, zum Teufel, hätte sich denn auch für Kore interessieren sollen? Krenner murrte gelegentlich, daß der Aufenthalt auf dieser Welt im Vergleich zu anderen Garnisonen, die er kannte, ein Urlaub war, aber selbst er wußte, daß es keinen Sinn machte, hier auf der strikten Disziplin zu bestehen, die man in Basen in der Inneren Sphäre benötigte. Und so lief hier draußen alles etwas entspannter ab.

Als Sturm den Mechhangar erreichte, kamen mehrere Techs in Parkas durch das offene Hangartor. Einer von ihnen winkte, als er den jungen MechKrieger aussteigen sah.

»Da sind Sie!« brüllte ihm JuniorTech Tom Flannery zu. »Sie sollten besser einen Zahn zulegen, Kintaro! Die Zentrale hat durchgegeben, daß das Landungsschiff bald aufsetzt, und man braucht euch mutige, große MechKrieger für die schweren Hebearbeiten!«

Sturm zeigte dem Tech den Finger, und Flannery kehrte lachend an die Arbeit zurück. Er hatte zwar einen Witz gemacht, aber was er sagte, war die traurige Wahrheit. Oberleutnant Holt bestand darauf, daß alle MechKrieger der Lanze Dienst taten, wann immer ein Landungsschiff in die Atmosphäre von Kore eintrat.

Angeblich ging es dabei um die Sicherheit der Basis und der Stadt. Aber Sturm hatte schon jede Menge Landungsschiffe ankommen sehen, seit er ein Kind gewesen war, während seiner Anwärterzeit und später als MechKrieger. Die Konzernschiffe trafen regelmäßig alle paar Monate ein, und es gab nie irgendwelche Probleme. Mit Ausnahme des kurzen Zeitraums, als Kore von den Stahlvipern besetzt gewesen war, verlief der Landungsschiffverkehr schon jahrzehntelang ohne den geringsten Zwischenfall. Die zehn Meter großen Stahlriesen der Mechlanze fungierten in aller Regel schnell als glorifizierte Lastkräne zur schnellen und effizienten Aus- und Einschiffung schwerer Ladungen. Unter den Lanciers waren Witzeleien darüber an der Tagesordnung, aber trotzdem spürte Sturm, wie ihm Flannerys Kommentar die Röte ins Gesicht trieb. Wozu sich überhaupt anstrengen, ein MechKrieger zu werden, wenn man anschließend nichts Gefährlicheres zu sehen bekam als das Laderauminnere eines Frachtschiffes?

Wieder einmal mußte Sturm sich an die Chance erinnern, sich mit guten Leistungen eine Versetzung von Kore in die Freie Innere Sphäre zu verdienen, wo die anderen Sturmreiter operierten, vielleicht in eine der Konzernniederlassungen im lyranischen Raum oder sogar zu einem der anderen Auftraggeber der Einheit, in der Nähe der Clanbesatzungszonen oder an der Grenze zur Liga Freier Welten. Sturm dachte an all die zahllosen Orte in der Unendlichkeit des Alls, an denen er lieber wäre, während er in die hallende Weite des Hangars ging. Er blieb am Eingang stehen und sah voller Stolz zu seinem Mech hoch.

Mein Mech, dachte er stolz. *Meiner.* Trotz all der erniedrigenden Hilfsarbeiten verspürte Sturm immer noch ein Schaudern, wenn er den riesigen Kampfkoloß betrachtete und sich bewußt wurde, daß er ihm gehörte.

Der *Thorn* war kein großer Mech. Ganz im Gegenteil sogar. Mit einer Masse von nur zwanzig Tonnen war er als leichter ScoutMech klassifiziert, obwohl er schwerer war als viele Panzerfahrzeuge. Die etwa neun Meter große Kampfmaschine war entfernt humanoid, bis auf den rechten Arm, an dessen Stelle sie ein Langstrecken-Raketenlafetten vom Typ Zeus-5 besaß. Der linke Arm verfügte allerdings über eine vollmodellierte und funktionsfähige Hand, und nicht zu vergessen einen mittelschweren Hellion-Laser.

Ein zweiter mittelschwerer Laser befand sich unter dem »Kinn« des Metallriesen, knapp unterhalb der Pilotenkanzel. Soweit es Sturm betraf, hätte er es vorgezogen, wenn die Konstrukteure seines Mechs diesen zweiten Lichtwerfer irgendwo anders angebracht hätten, zum Beispiel weiter unten am Torso. So heizte der Laser dem Mechpiloten durch die große Nähe zum Cockpit gehörig ein, wenn er abgefeuert wurde.

Der ganze Mech war in dem typischen grauweißen Polartarnschema der Lanciers lackiert, und auf den Bein- und Schulterplatten prangte das Donnerkeilsymbol der Sturmreiter. Sturm warf sich den Seesack über die Schulter und marschierte durch den Hangar zum Umkeideraum der Piloten, wo er seine dicken Wintersachen auszog und eine dem Inneren eines Mechcockpits angemessenere Bekleidung anlegte, soll heißen, so wenig wie möglich.

Eines der größten Probleme der BattleMechtechnologie war die Abwärme. Da sie von eingebauten Fusionsreaktoren angetrieben wurden, verfügten Mechs über einem beinahe endlosen Energievorrat. Aber jede Bewegung der Myomermuskeln und erst recht das Abfeuern der zahlreichen schlagkräftigen Waffensysteme baute Abwärme auf, die sich in der internen Struktur und im Cockpit des BattleMechs staute. An der Außenhaut der Maschine waren Wärmetauscher installiert, leistungsstarke Kühlsysteme, die sich abmühten, die gestaute Wärme abzuleiten und die Innentemperatur des Kampfkolosses innerhalb der von den dort installierten technischen Systemen vorgegebenen Betriebsgrenzen zu halten, und in eisigen Außentemperaturen, wie sie auf Kore herrschten, gelang ihnen das sogar besonders gut. Aber trotzdem fühlte man sich im Innern eines aktiven BattleMechs häufig genug wie in der Bratröhre.

Deshalb trugen MechKrieger im Einsatz kaum Kleidung. Sturms Montur bestand aus gepolsterten Shorts aus dehnbarem, atmungsaktivem Synthetikmaterial und flachen Schuhen mit Gummisohlen. Über den nackten Oberkörper zog er die Kühlweste, ein spezielles Kleidungsstück aus Hunderten von dünnen Plastikschläuchen. Durch diese Schläche zirkulierte Kühlflüssigkeit und half, den Träger abzukühlen, wenn die Kanzeltemperatur stieg. Schon mehr als ein MechKrieger hatte ein Gefecht nicht etwas deshalb verloren, weil die Bewaffnung oder Panzerung seines Mechs der Aufgabe nicht gewachsen gewesen wäre, sondern weil er mitten im Kampf durch Überhitzung und Erschöpfung ohnmächtig geworden war. Die Weste hatte einen gepolsterten Kragen für den Neurohelm, der dem Piloten half, den humanoiden Stahlkoloß zu kontrollieren.

Sturm steckte ein Fahrtenmesser in eine um den rechten Knöchel geschnallte Scheide und eine schlanke Laserpistole in ein Holster am linken Oberschenkel. Diese Waffen waren hauptsächlich als Vorkehrung für den Fall gedacht, daß ein Pilot in feindlichem Territorium gezwungen war, den Schleudersitz auszulösen und seinen Mech zu verlassen. Von den Lanciers konnte man zwar kaum behaupten, daß sie sich hinter den feindlichen Linien befanden, aber Krenner drillte alle Anwärter solange, bis diese Vorbereitungen reflexartig abliefen. Dasselbe galt für die Überprüfung der Notfallreserven und sonstigen Sicherheitsvorkehrungen, die Sturm im Cockpit seiner Maschine vornehmen würde, bevor er deren Systeme hochfuhr.

»Diese Routine könnte euch eines Tages das Leben retten«, erklärte Krenner regelmäßig. »Dann werdet ihr mir für den Drill dankbar sein.«

»Warum so eilig, Kleiner?« riß eine Stimme Sturm aus dessen Gedanken. »Die *Tammuz* braucht noch über eine Stunde, bis sie hier ist.« Sturm drehte sich um und sah Lon Volker, den anderen neuen MechKrieger der Lanze. Volker lehnte mit einem breiten Grinsen auf dem bärtigen Gesicht an der Tür des Umkleideraums. Sturm erwiderte das Lächeln in dem Versuch, höflich zu sein, aber so sehr er sich auch anstrengte, er schaffte es einfach nicht, Volker zu mögen.

»Oberleutnant Holt hätte sicher nichts dagegen, wenn wir pünktlich zum Dienst erscheinen, Volker.«

Der andere MechKrieger grinste immer noch. Volker war kaum ein Jahr älter als Sturm und hatte es als erster der Kore-Anwärter geschafft, vollwertiger MechKrieger zu werden. Jetzt benahm er sich wie ein Veteran und behandelte Sturm wie einen naiven kleinen Bruder, den er necken und reizen konnte, wann es ihm gerade gefiel. Und es gefiel ihm ziemlich häufig. Volker war ein guter Mechpilot, so gut, daß er manchmal damit durchkam, die Verhaltensregeln im Dienst und außerhalb zu beugen. Während Sturm sich bemühte, militärische Disziplin aufrechtzuerhalten, nutzte Volker die laxe Atmosphäre bei der Handhabung der Vorschriften hier auf Kore dazu aus, in seiner Freizeit über die Stränge zu schlagen. Aber wenn er einmal im Dienst war, erledigte er seine Aufgaben so gut, daß niemand sich beschweren konnte, nicht einmal der pingelige Stabsfeldwebel Krenner. Manchmal war Sturm regelrecht neidisch auf die lockere Art seines Kameraden.

»Ja, dem Leutnant würde es auch mal guttun, sich zu entspannen. Wir sind hier nicht an der Front, Kleiner. Wir laden hier nur Fracht aus. Es ist nicht, als müßten wir eine Clan-Invasion zurückschlagen. Holt stellt sich bei allem an, als wäre es eine Sache von Leben und Tod.«

»Es bleibt unsere Pflicht«, erwiderte Sturm zaghaft.

Volker trat an seinen Spind und zog sich um. Er war in vielerlei Hinsicht ein typischer Vertreter der nordischen Mehrheit unter den Siedlern Kores: hoch aufgeschossen, breitschultrig, muskulös. Sein dunkelblondes Haar trug er kurzgeschoren, aber er hatte einen buschigen blonden Vollbart, den er sorgfältig stutzte. Blondgelocktes Haar bedeckte seinen Brustkorb wie eine schützende Decke. Er behauptete regelmäßig, seine nordische Abstammung erlaube ihm, mit der Kälte zu leben wie ein Eisbär. Sturm hingegen hatte kaum Bartwuchs, und die wenigen Haare, die ihm im Gesicht wuchsen, waren so spärlich, daß er sie lieber abrasierte. Auch seine Brust war nackt, was Volker ab und an zu der Bemerkung veranlaßte, eigentlich brauche Sturm gar keine Kühlweste, weil er nichts hatte, was ihn hätte wärmen können.

»Ja ja, unsere Pflicht. Weißt, woraus unsere Pflicht besteht, Kleiner? Unsere Pflicht ist es, so schnell wie möglich einen Weg zu finden, wie wir von diesem öden Felsen weg und irgendwo hinkommen, wo die Post abgeht. Du weißt das, ich weiß es, und selbst Ober-Scheiß-Leutnant Holt weiß es. Kore ist eine Sackgasse. Hier schicken die Reiter ihre abgehalfterten MechKrieger her, damit sie die Zeit bis zum Ruhestand absitzen, und die Unruhestifter, damit sie sich abkühlen. Zur Hölle, sie machen sich doch nicht einmal mehr die Mühe, Ablösungen herzuschicken. Statt dessen werben sie Jungs wie uns beide an, damit wir die Drecksarbeit erledigen. Aber ich denke nicht daran, mich für den Rest meines Lebens hier begraben zu lassen. Früher oder später verschwinde ich von diesem Felsbrocken. Die Lanciers sind nur der erste Schritt auf meinem Weg hier weg.« Volker zog die Kühlweste über und zupfte sie zurecht. »He«, meinte er. »Hast du gehört? Hans behauptet mal wieder, Väterchen Frost gesehen zu haben.«

Sturm sah von den Riemen seines Pistolenholsters auf, die er gerade um den Oberschenkel band. »Wirklich?«

»Ja. Aber ich möchte wetten, er hatte sich vorher

schon einen hinter die Binde gekippt. Wahrscheinlich mehr als einen einen, wie ich Brinkmann kenne.« Volker mimte lachend, wie er sich eine Flasche an den Mund setzte. Hans Brinkmann hatte tatsächlich einen Ruf als Trinker. Er war der älteste MechKrieger der Einheit, sogar noch älter als Oberleutnant Holt. Soweit Sturm gehört hatte, war er nach Kore strafversetzt worden, aber Brinkmann selbst redete nicht darüber, und niemand sonst in der Einheit schien Näheres zu wissen.Oder wenn doch, dann behielt er es für sich.

Natürlich war das nicht die erste Sichtung von »Väterchen Frost«. Im Gegenteil, er war ein regelmäßiges Gesprächsthema der Lanciers auf ihren langen Dienstschichten oder wenn sie nach dem Dienst zu einem Drink zusammen saßen. Angeblich hatte wenigstens einer der ClanKrieger, die zur Verteidigung Kores zurückgeblieben waren, als die Hauptinvasionsstreitmacht weiterzog, sich so in den Kampf gegen die Sturmreiter verbissen, als diese auftauchten, um den Planeten zurückzuerobern, daß er (möglicherweise war es auch eine Sie gewesen, die Geschichte hatte verschiedene Varianten) geschworen hatte, Kore bis über den Tod hinaus gegen alle Invasoren zu verteidigen. Seitdem berichteten MechKrieger immer wieder von seltsamen Sensorabtastungen und sogar geisterhaften BattleMechs, die spät nachts irgendwo in der Tundra oder den Jotunbergen zu sehen waren.

Anfangs hatte Sturm über diese Erzählungen gelacht, auch wenn er sich gelegentlich selbst dabei ertappt hatte, auf Nachtstreifen die Sensordaten seines Mechs besonders sorgfältig zu überprüfen. Einmal hatte er die Geschichten seinem Vater gegenüber erwähnt. Dr. Kintaro hatte sie als »idiotischen Aberglauben« abgetan und sich langatmig darüber ausgelassen, wie die Metallablagerungen und manche vulkanischen Dampfschlote ein trügerisches Sensorbild eines großen, heißen Metallobjekts erzeugen konnten, das die Sensoren auf den ersten Blick mit einem anderen Mech verwechselten konnten. Trotzdem besaßen die Clans mit ihrer legendären Wildheit, ihrem Ehrenkodex und ihrer Bereitschaft, bis zum letzten Blutstropfen zu kämpfen etwas, das den Berichten Gewicht verlieh. Sturm fragte sich, ob es irgendeinen Soldaten oder MechKrieger auf Kore gab, der in manchen Nächten nicht hinaus in die Tundra sah und sich fragte, ob an den Erzählungen nicht möglicherweise doch etwas dran war. Na schön, Volker wahrscheinlich.

Sturm zuckte die Schultern. Sich über Volker zu ärgern oder über Väterchen Frost den Kopf zu zerbrechen, war reine Zeit- und Energieverschwendung, wenn er statt dessen in seinem Mech sitzen konnte, wo er hingehörte. Er verstaute den Rest seiner Sachen im Spind und ging zur Tür.

»He, Tiger«, rief Volker ihm nach. »Bring' nicht alle Container um. Laß ein paar für uns übrig. Wir anderen möchten auch etwas Ruhm abbekommen.« Sein bitteres, höhnisches Lachen verfolgte Sturm in den Gang.

5

Kore-Lanciers-Basis, außerhalb Niffelheims, Kore Peripherie

11. April 3060

Sturm kletterte die Kettenleiter zum Cockpit des *Thorn* hoch. Er zitterte etwas in dem eisigen Wind, der durch die offenen Hangartore blies. Oben angekommen, schwang sich der junge MechKrieger ins Cockpit und ließ sich auf die gepolsterte Pilotenliege sinken. Er warf einen Kippschalter um, und die Cockpitluke schloß sich mit einem Zischen, dem ein sattes Wummern folgte, als die Verriegelung einschnappte. Automatisch flammte die Innenbeleuchtung auf und badete die Kanzel in fahlem Licht. Der Sichtschirm wurde hell und zeigte die auf 120° komprimierte 360°-Rundumsicht um den Mech. Über dem Schirm lag eine Sichtprojektion mit technischen Daten, während mehrere Hilfsmonitore zusätzliche Informationen über Waffen und sonstige Systeme lieferten. Alles war in bestem Zustand.

Sturm griff nach oben und zog den Neurohelm herab, ein Schlüsselelement in der Steuerung eines Kampfkolosses. Der Helm war ein ausgesprochen wuchtiges Gebilde mit offenem Visier und dicken Kabelleitungen, die ihn mit dem Bordcomputer des *Thorn* verbanden.

Eine der größten Anfangsschwierigkeiten bei der Entwicklung von BattleMechs hatte in dem Problem bestanden, die riesenhaften Kampfmaschinen aufrecht zu halten. BattleMech-Myomerfaserbündel funktionierten ganz ähnlich wie menschliche Muskeln, indem sie sich auf elektrische Spannungssignale hin zusammenzogen oder entspannten. Das gestattete dem Mech, sich fast wie ein Lebewesen zu bewegen. Aber durch das

Fehlen der von einem lebenden Gehirn ständig unterbewußt gelieferten minimalen Ausgleichsbefehle verfügte ein zehn oder zwölf Meter hoher BattleMech nicht einmal über das Gleichgewicht und Koordinationsvermögen eines fünfjährigen Kindes. Wenn seine Bewegungen nicht genau aufeinander abgestimmt waren, kippte ein Mech einfach um. Ein Teil der notwendigen Gegensteuerung wurde von einem internen Gyroskop und einer Reihe hochkomplexer Bewegungsmodelle im Bordcomputer geliefert, die dem Mech menschenähnliche Bewegungen gestatteten.

Den Rest der Balance lieferte der MechKrieger im Cockpit der Maschine. In mehr als nur einer Hinsicht war der Mechpilot das »Gehirn« des Mechs. Im Innern des Neurohelms lagen mehrere Kontaktpflaster fest an der Kopfhaut des Trägers auf. Sie speisten Nervenimpulse aus dem Gehirn des Piloten in die Steuersysteme des BattleMechs. Die Hauptfunktionen der Kampfmaschine mußten weiter manuel gesteuert werden. Das Neurofeedback war nicht weit genug entwickelt, um das System zu einem primären Kontrollsystem ausbauen zu können. Aber es reichte aus, um dem Bordcomputer den Rückgriff auf den Gleichgewichtssinn des Piloten zu gestatten. Mit dieser Unterstützung durch den Neurohelm bewegte sich der Metallgigant entsprechend den Befehlen seines Piloten fast wie ein lebendes Wesen.

Sturm zog sich den Neurohelm über den Kopf und stöpselte die Medsensorstecker in die vier Buchsen unter seinem Kinn. Die Kontrollen leuchteten grün auf, und er fühlte das vertraut seltsame Kitzeln im Hinterkopf, als die Neuralsysteme aktiviert wurden und die Gleichgewichtszentren seines Gehirns mit den Antriebssystemen des *Thorn* koppelten. Gleichzeitig tastete der Helm Sturms Gehirnwellenmuster ab. Sie waren ein Teil des »Schlüssels« zu seinem Mech. Er befestigte den Helm an den Schulterpolstern der Kühlweste.

Auf dem Sichtschirm blinkten die Worte PASSCODE EINGEBEN auf.

»Jennas Traum.« Auf dem Schirm blinkte zweimal PASSCODE AKZEPTIERT auf, dann erwachte die riesenhafte Kampfmaschine zum Leben. Auf dem Sichtschirm erschien wieder das Innere des Mechhangars, während Sturm die Bordsysteme überprüfte und die Verbindungen der Maschine zum Wartungskokon löste. Er schob den Steuerknüppel vor, und der Metallriese bewegte sich langsam vor. Seine Schritte donnerten auf dem Stahlbetonboden der Halle. Sturm lenkte den Mech aus dem Hangar und in schnellem Trab zum Landefeld.

Mit einem Knopfdruck öffnete er die Kommverbindung.

»Zentrale von Kintaro. Bin auf dem Weg zum Landefeld. Ende.« Aus Sturms Helmlautsprecher drang ein lautes Knistern.

»Kkkksssrtttt … Verstanden, Kintaro … bsssst … gehen … sssssssttttt«

»Bitte wiederholen, Zentrale. Ich kann Sie kaum verstehen.«

»Tut mir leid, Sturm«, krachte die Stimme in seinen Ohren. »… Wir haben ein … kkksssssttt … Schwierigkeiten mit dem Kommsystem … kkkkkrrrrrrrkkk … suchen nach der Ursache.«

»Vielleicht magnetische Interferenzen«, schlug Sturm vor. Sein Vater ließ sich ständig über Kores ungewöhnlich starkes Magnetfeld aus, das immer wieder für Probleme mit der elektronischen Ausrüstung sorgte. Sturm selbst war schon mehr als einmal von falschen Magnetabtastungen durch konzentrierte Metallablagerungen in manchen Felsformationen zum Narren gehalten worden.

»Wahrscheinlich liegt es an dem ganzen Müll aus zweiter und dritter Hand, mit dem wir hier abgespeist werden«, mischte sich eine dritte Stimme ein.

»Hallo, Lon«, antwortete Sturm. »Freut mich, daß du dir die Mühe gemacht hast, uns Gesellschaft zu leisten.« Er vergrößerte die Silhouette von Volkers aus dem Mechhangar trottenden *Panther* auf dem Sichtschirm. Der schlanke graue Mech war eine humanoide Konstruktion wie sein eigener *Thorn*, aber etwas schwerer und mit einer Partikelprojektorkanone in einem Arm bestückt.

»Ich kann dich doch nicht ganz allein gegen diese Frachtcontainer losziehen lassen, Kleiner«, gab Volker zurück. »Das könnte zuviel für dich werden.«

»In dem Falle würde ich vorschlagen, daß Sie beide das Gelaber einstellen und Ihre Ärsche hier rausbewegen«, wurden sie unterbrochen. »Die *Tammuz* ist im Landeanflug.« Der Tonfall der Aufforderung war freundlich, aber mit einer Spur von Härte unterlegt.

»Jawohl, Herr Oberleutnant« reagierte Sturm zakkig. Volkers Bestätigung fiel beim selben Wortlaut deutlich legerer aus.

»Und, Volker«, sprach Oberleutnant Holt weiter. »Vergessen Sie nicht, daß Sie auch noch nicht viel länger in einem Mechcockpit sitzen als Kintaro und er Sie bei den letzten Manövern deutlich geschlagen hat.« Sturm grinste, als plötzliche Schweigen in der Kommleitung herrschte. Anscheinend wußte Volker darauf keine freche Antwort.

»Zentrale«, meinte Holt. »Arbeiten Sie weiter am Kommsystem. Wir gehen die *Tammuz* begrüßen. Vielleicht kann sie mit ein paar Techs aushelfen. Wir halten Sie auf dem laufenden. Ende.«

»Verstanden«, krachte es aus dem Lautsprecher. »Ende.«

Sturm bewegte seinen Mech in Richtung Landefeld, dicht gefolgt von Volkers *Panther*. Plötzlich rannte der andere Mech an ihm vorbei über das gefrorene Gelände.

»Du hast den Oberleutnant gehört«, rief Volker. »Bewegung!«

Sturm schüttelte lachend den Kopf. Volker konnte es einfach nicht lassen. Es bestand keinerlei Notwendigkeit zu hetzen, und auf dem winterharten Boden von Kore war es nicht ungefährlich, sich zu schnell zu bewegen. Selbst Metallriesen wie die BattleMechs konnten auf dem schnee- und eisbedeckten Untergrund ausrutschen, wie Sturm aus bitterer Trainingserfahrung noch gut in Erinnerung hatte. Er ließ Volker vorausrennen und beschleunigte selbst nur ein wenig. Es war besser, seine Sache gut zu machen und in einem Stück anzukommen, als sich unnötig zu produzieren. Aber wenn er sich danach besser fühlte, sollte Volker ruhig seinen Spaß haben.

Er konnte die *Tammuz* schon auf dem Sichtschirm erkennen. Das Landungsschiff senkte sich langsam dem Stahlbetonlandefeld entgegen. In der Nähe warteten zwei weitere BattleMechs wie stumme Wachtposten und beobachteten den Himmel. Einer von ihnen war Oberleutnant Holts *Centurion*, ein Mech desselben Typs, in dem Sturm an diesem Morgen trainiert hatte. Der fünfzig Tonnen schwere Kampfkoloß war mit einer anständigen Waffenausstattung bestückt, deren Hauptkomponente die Autokanone im rechten Arm war. Nicht weit entfernt stand Hans Brinkmanns *Javelin*. Im Vergleich zum *Centurion* war der 30t-Mech von breiter, gedrungener Statur. Sein aufgeblähter Torso enthielt zwei Lafetten mit Kurzstreckenraketen, die ihm auf geringe Entfernung eine beträchtliche Schlagkraft verliehen. Beide Maschinen waren im weißgrauen Standardtarnschema der Kore-Lanciers bemalt.

Von den meisten Einheiten der Freien Inneren Sphäre wären die Lanciers als Scoutlanze klassifiziert worden. Der *Centurion* war ihr schwerster Mech, und selbst der war von seiner Gewichtsklasse her nur eine mittelschwere Maschine und im Vergleich zu Monstern wie einem *Atlas* oder einer *Banshee* geradezu kümmerlich.

Die drei anderen Piloten steuerten nur leichte Mechs. Aber sie waren alles, was Kore an Verteidigern besaß. Es machte nun mal wenig Sinn, einer so isolierten Welt am Rande des erforschten Weltraums und ohne größeren strategischen Wert eine komplette Mechkompanie aus zwölf Maschinen oder auch nur eine mittelschwere oder schwere Lanze als Garnison zuzuteilen.

Alfin war interessiert am Schutz Kores, aber der Konzern wollte auch kein Geld verschwenden. Deshalb mußten die Lanciers häufig mit zweitklassiger Ausrüstung und entsprechendem Nachschub auskommen. Kore war einfach keine wichtige Garnison. *Wahrscheinlich hat Volker recht,* dachte Sturm. *Das Kommsystem ist gebrauchter Schrott. Deshalb funktioniert es nicht.*

Und die Tammuz *ist auch nicht viel besser in Schuß,* ging ihm durch den Kopf, als das riesige Landungsschiff auf dem Sichtschirm aus einem hellen Punkt zu einer vertrauten Silhouette anwuchs. Das Schiff war eine gewaltige Metallkugel von gut achtzig Metern Durchmesser, mit einem abgeflachten Heck, an dem vier mächtige Lenkdüsen um den zentralen Fusionsantrieb angeordnet waren. Es hatte die Triebwerksdüsen bereits senkrecht nach unten gedreht und bremste den Sinkflug der über dreitausend Tonnen Metall durch die Atmosphäre des Planeten mit genau dosierten Schubstößen. Die Metallhülle des Schiffsrumpfs war von Dellen und Kratern übersät, Spuren von Mikrometeoriteneinschlägen und Atmosphäreeinwirkungen. Die Bemalung war fleckig und zerkratzt, und das ganze Schiff wirkte alt und verbraucht. Und trotzdem war es ein beeindruckender Anblick. Obwohl er gewohnt war, mit den riesigen BattleMechs zu arbeiten, raubte Sturm die schiere Größe des Landungsschiffs immer noch den Atem.

Normalerweise kamen keine Schiffe der *Union*-Klasse wie die *Tammuz* auf Planeten wie Kore. Die *Tammuz* hatte in ihren gewaltigen Laderäumen Platz für eine ganze Kompanie BattleMechs und Jägerunterstützung, mehr als genug Raum für den Nachschub, den eine so kleine Kolonie benötigte. Aber auf Kore landeten nur selten Versorgungsschiffe, und es stand immer eine volle Ladung verarbeitetes Erz fertig verpackt in Frachtcontainern bereit zur Verschiffung zurück zu den Alfin-Werken in der Inneren Sphäre. Sturm beobachtete das sich herabsenkende Schiff, während er in seinem Mech über die gefrorene Tundra stampfte, und träumte von dem Tag, an dem er an Bord eines derartigen Landungsschiffes gehen und hinaus ins All fliegen würde.

Die *Tammuz* zündete noch einmal alle Triebwerksdüsen und setzte majestätisch auf einer gigantischen Rauch- und Flammensäule in der Landegrube im Zentrum des Feldes auf. Der enorme Schiffsrumpf senkte sich auf vier Landestützen, die wie winzige Beinchen aus der unteren Hälfte der Kugel ragten. Der Anblick kam Sturm wie eine seltsame Mischung aus Erhabenheit und Komik vor.

»Auf das Freigabezeichen warten«, befahl Oberleutnant Holm über Funk. Dann setzte er den *Centurion* um die Landegrube herum in Bewegung, auf die breite Ladeluke der *Tammuz* zu.

Im nächsten Augenblick zuckte ein grellflammender Blitzschlag aus dem Landungsschiff und traf den Mech im Torso. Der PPK-Treffer zerschmolz Panzerung und schleuderte den *Centurion* nach hinten. Lasergeschütze im Rumpf des Landungsschiffes jagten dem Angriff mehrere blutrote Lichtbahnen hinterher, die sich ebenfalls in die Panzerung des Mechs bohrten.

»Was, zum Teufel …?« stieß Sturm aus.

»Zentrale, ich werde angegriffen!« brüllte Holt über den Kommkanal. »Das ist ein Hinterhalt! Zentrale, melden!« Statt einer Antwort aus der Kommandozentrale der Lanciers drang nur Knistern aus den Lautsprechern. Irgend etwas stimmte hier ganz und gar nicht. Sturm stieß den Knüppel nach vorne und beschleunigte den *Thorn* auf maximale Geschwindigkeit, um den Rückzug des *Centurion* decken zu können. Wieder kam Holts Stimme über die Leitung.

»Alle Mechs: *Tammuz* ist feindlich! Ich wiederhole, *Tammuz* ist ...« Ein lautes Rauschen schnitt den Funkspruch ab, als ein erneuter Schuß aus der PPK des Landungsschiffes Holts Kampfkoloß traf. Entweder hatte der Treffer das Kommsystem des Oberleutnants beschädigt, oder es war von der elektrischen Ladung des Partikelstrahls zumindest zeitweilig überlastet.

Während er noch näherstürmte, stieß Kintaro mit dem linken Daumen den Feuerknopf nieder, und der *Thorn* spie eine LSR-Salve aus der Lafette, die er an Stelle des rechten Arms besaß. Die Langstreckenraketen zischten auf das Raumschiff zu und schlugen mit dumpfen Detonationen ein. Die für Gefechte tief in der Leere des Alls ausgelegte Panzerung überstand den Angriff unbeeindruckt, auch wenn Sturm zumindest ein paar neue Kratzer bemerkte. Es würde eine Ewigkeit dauern, diese Panzerung zu durchschlagen. Wenn er irgend etwas ausrichten wollte, mußte er sich ein weniger gut geschütztes Ziel suchen, zum Beispiel einen der Geschütztürme.

Auch Brinkmann und Volker hatten das Feuer auf das Landungsschiff eröffnet. Durch den Qualm, der um den Schiffsrumpf wogte, konnte Sturm gerade noch erkennen, wie die anderen Mechs sich bei dem Versuch zurückzogen, die schwerer beschädigte Maschine des Oberleutnants zu decken. Das Krachen aus dem Kommsystem füllte seine Ohren, als die Sensoren noch etwas anderes erfaßten.

»Feindliche Mechs!« rief Brinkmann über die Funkleitung. »Feindliche Mechs im Anmarsch!«

Sturm holte die geöffneten Frachtluken des Landungsschiffes auf dem Sichtschirm des *Thorn* näher heran und und sah mehrere riesige Metallgestalten ins Freie treten. Sie alle trugen auf Gliedern und Torso das Wappen des Jadefalkenclans. Sturms Herz setzte kurz aus, als der letzte der Invasoren-Mechs aus dem Schiffsinneren trat. Es war ein riesiger, siebenundfünfzig Tonnen schwerer *Mad Cat*.

Die Clans waren nach Kore zurückgekehrt.

6

Kore-Lanciers-Basis, außerhalb Niffelheims, Kore Peripherie

11. April 3060

Hans Brinkmann starb als erster. Feindliche Raketen heulten auf seine *Javelin* zu und explodierten in einer Wolke aus Rauch und Flammen.

»Reaktorschaden!« schrie Brinkmann über Funk. »Ich bekomme die Reaktion nicht unter Kontrolle!«

Der feindliche *Puma* richtete beide Arme auf die *Javelin*, und ein lauter Donnerschlag hallte über das Landefeld, als künstliche Blitze aus den beiden PPKs des Mechs zuckten. Die bläulichweißen Energiestrahlen trafen das Cockpit des Lancier-Mechs, und es barst auseinander. Ein Hagel von Trümmerstücken schoß aus der Einschlagswolke in alle Richtungen davon und ließ den kopflosen Rest der *Javelin* in der letzten Bewegung erstarrt auf dem Stahlbetonfeld zurück, wo er wie ein Mahnmal auf die konsternierte Überraschung der Kore-Lanciers über diesen plötzlichen, gnadenlosen Angriff wirkte.

»Ihr Bastarde!« brüllte Sturm und drückte den Feuerknopf durch. Eine Salve Langstreckenraketen schoß auf die feindlichen Mechs zu, und rubinrotes Laserfeuer zuckte in Richtung des *Puma*. Der hatte sich allerdings bereits weiterbewegt, und die Raketen flogen vorbei und explodierten nutzlos auf dem Raumhafenfeld, und nur einer der beiden Laser traf und schmolz einen Teil der Panzerung vom Arm der Kampfmaschine. Rechts neben Sturm donnerte die PPK von Volkers *Panther*, als dieser seine Energiewaffe auf die Angreifer abfeuerte.

»Zurückziehen!« befahl Oberleutnant Holt. »Volker!

Kintaro! Rückzug in Richtung Gebirge, und versuchen Sie weiter, Kontakt mit der Zentrale herzustellen.«

»Aber Oberleutnant, was wird aus …«

»Das ist ein Befehl, Kintaro! AB!«

Sturm zögerte nur einen Augenblick. Der Oberleutnant hatte recht. Sie haten keine Chance, die kampfstärkeren ClanMechs zu besiegen, erst recht nicht ohne Brinkmann. Er drehte seine Maschine um und zog in Richtung der Jotunberge ab, stieß den Steuerknüppel nach vorne und trieb den *Thorn* auf Höchstgeschwindigkeit. Schon nach Sekunden hatte er den Rand des Landefelds erreicht und bereitete sich auf die Erschütterung vor, als der Mech von dem harten, ebenen Stahlbeton auf die schneebedeckte Tundra wechselte. Zum Glück hatte Sturm Erfahrung darin, einen Mech über das tückische Gelände Kores zu steuern. Er konnte nur hoffen, daß die Clan-Piloten mehr Schwierigkeiten mit den rutschigen Oberflächenbedingungen hatten. Möglicherweise bremste sie das lange genug, um den Lanciers eine Atempause zu verschaffen. Dann konnten sie sich neu gruppieren, Verbindung mit der Zentrale aufnehmen und herausfinden, was, zum Teufel, los war. Falls die Zentrale nicht schon in der Hand des Feindes war. Aber wie hätte das möglich sein sollen?

Sturm zwang sich, all diese Fragen und Ängste für den Moment beiseite zu schieben. Hier und jetzt mußte er sich auf die aktuellen Schwierigkeiten konzentrieren. Volkers *Panther* war direkt hinter ihm. Der schwerere ScoutMech war langsamer als Sturms *Thorn*, was diesem einen Vorsprung verschaffte. Was den *Centurion* betraf …

Sturm bremste seinen Mech so schnell ab, wie er es auf dem gefrorenen Boden schaffte.

»Kintaro! Was soll das?«

»Oberleutnant Holt! Er …«

»Es gibt nichts, was du für ihn tun könntest, Kleiner«, meinte Volker, »außer seinem Befehl zu gehorchen. Jetzt nimm endlich wieder Fahrt auf, verdammt!«

Sturm schaute noch einmal auf den Sichtschirm. Holts *Centurion* bewegte sich ebenfalls, aber er versuchte nicht, vor den ClanMechs zu flüchten. Obwohl der mittelschwere Mech fast so schnell wie der *Panther* war, folgte der Oberleutnant seinen beiden MechKriegern nicht. Er versuchte, den Mechs der Invasoren den Weg abzuschneiden und sie daran zu hindern, den Rest seiner Lanze zu verfolgen. Ein mittelschwerer Mech der Freien Inneren Sphäre gegen vier weit überlegene ClanMechs. Der Oberleutnant hatte keine Chance. Das mußte ihm klarsein.

Es ist ihm klar, dachte Sturm, als er den *Thorn* wieder beschleunigte, *Er weiß, daß er nicht gewinnen kann, aber er will dafür sorgen, daß wir davonkommen.*

Der junge MechKrieger warf einen schnellen Blick auf die Ortungsdaten, die seine Mechsensoren lieferten. Der *Centurion* versuchte eine Flankenbewegung um die Feindmaschinen, verbunden mit verschiedenen Ausweichmanövern, um ihren Waffen zu entgehen. Aus der Arm-AK des BattleMechs schlugen Flammen, als Holt dem Gegner eine Stakkatosalve schwerer Granaten entgegenschleuderte. Sturm sah, wie die Detonationen eine Kraterspur über die schwere Panzerung des *Mad Cat* zogen, die dessen Metallkeramikhaut sichtlich verunstaltete, aber ansonsten keinerlei ernsthaften Schaden verursachte. Der schwerere Mech antwortete mit vier smaragdgrünen Energielanzen aus seinen wuchtigen Armmodulen. Die leistungsstarken Laserstrahlen zuckten über den Rumpf des *Centurion,* zerschmolzen und verdampften Panzerung, zerkochten künstliches Muskelgewebe und interne Struktur.

Oberleutnant Holt ließ sich davon kaum bremsen. Er feuerte mit allem, was sein Mech zu bieten hatte. Die Autokanone spuckte wieder Feuer und überschüttete den vordersten Mech mit einem Granatenhagel, während Holts Torsolaser ein Bündel kohärenter Lichtenergie auf die Schulter des schwereren Mechs abfeuerte, in dem Versuch, die dort montierte Raketenlafette auszuschalten. Der Lichtwerfer schnitt in die schützende Panzerung, konnte die Lafette aber nicht beschädigen, jedenfalls nicht, soweit Sturm das erkennen konnte. Gleichzeitig schickte der *Centurion* eine Salve Langstrekkenraketen gegen den *Mad Cat* auf die Reise, aber Holt stand zu nahe am Gegner, als daß die ungesteuerten Geschosse eine nennenswerte Trefferchance gehabt hätten. Sie flogen über ihr Ziel hinweg und zerplatzten nutzlos auf dem Stahlbeton des Landefelds. Möglicherweise hatten ein oder zwei von ihnen das Landungsschiff getroffen, aber Sturm bezweifelte stark, daß zwei Raketen mehr als eine Delle in der schweren Panzerung der *Tammuz* hinterlassen konnten.

Holt hielt nichts zurück, jagte mit seinem *Centurion* über das Feld und feuerte eine Breitseite nach der anderen. Die Temperatur im Innern seines Cockpits konnte inzwischen kaum noch zu ertragen sein. Sturms Haut glänzte bereits durch die Geschwindigkeit, zu der er seinen *Thorn* antrieb, mit einem dünnen Schweißfilm, aber im Vergleich zu dem Glutofen, den der *Centurion* inzwischen darstellen mußte, war das nichts. Selbst die eisige Kälte Kores konnte den Hitzestau im Innern eines derartig beanspruchten Mechs nicht mehr reduzieren.

»Lon, wir kriegen Gesellschaft«, stellte Sturm mit einem Blick in den Heckabschnitt des Sichtschirms fest.

»Schon gesehen«, bestätigte sein Lanzenkamerad.

Zwei der anderen ClanMechs lösten sich aus dem Gefecht und machten sich an die Verfolgung. Holt hatte keine Möglichkeit, sie daran zu hindern. Er war schon mit dem *Mad Cat* mehr als genug beschäftigt. Sturms Bordcomputer identifizierte die beiden Maschinen als den *Puma* und einen *Uller*. Beide waren avoide Mechs mit tief zwischen den Vogelbeinen hängendem waagerechten Torso, wie geschaffen für unzugängliches Gelände und rutschigen Boden. Trotz der dichten Schneedecke bewegten sie sich rasant. Sturm Kintaros Augen zuckten zur Sichtprojektion. Er hatte inzwischen wieder seine Höchstgeschwindigkeit von knapp hundert Stundenkilometern erreicht. Volkers *Panther* hinkte hinterher. Die Höchstgeschwindigkeit der schwereren Maschine betrug nur etwa fünfundsechzig km/h, und Volker schien mehr Probleme mit den Geländebedingungen zu haben als Sturm. Die feindlichen Mechs holten schnell auf.

In Sturms Helm krachte der Lautsprecher, und wie aus weiter Ferne hörte er die Stimme Oberleutnant Holts.

»Volker, Kintaro, jetzt hängt es an Ihnen. Versuchen Sie, Hilfe zu rufen. Benachrichtigen Sie das Hauptquartier. Es sind keine …«

Das Signal wurde von einem lauten Rauschen unterbrochen. Sturm sah zur Sichtprojektion auf, die den optisch kaum noch auszumachenden Kampf graphisch darstellte. Der *Centurion* bewegte sich noch, aber seine Funkanlage mußte ausgefallen sein. Er war in der Nähe des Landungsschiffs von dem *Mad Cat* und einem zweiten ClanMech, einem *Fenris*, in die Enge getrieben worden. Auf der Infrarotortung strahlte Holts Maschine wie eine kleine Nova. Die Betriebstemperatur mußte gefährlich hoch liegen, und es gab Anzeichen, daß der Reaktor beschädigt war. Wieder feuerte der Mech aus allen Rohren auf seine Peiniger, aber die beiden ClanMechs setzten erkennbar zum Todesstoß an.

Was machen Sie da, Oberleutnant? dachte Sturm. *Steigen Sie aus!* Es war unübersehbar, daß Holt den Kampf verloren hatte. Es war vorbei. Wenn er die Rettungsautomatik seines Mechs auslöste, bestand die Chance, daß er nur gefangengenommen wurde. Warum, zum Teufel, stieg er nicht aus?

Der *Mad Cat* wuchtete wie ein sagenhaftes Monster vor und schwenkte einen seiner schweren Arme wie eine Keule. Er versetzte dem *Centurion* einen mächtigen Schlag und schleuderte ihn zu Boden.

Kommen Sie endlich, Oberleutnant, dachte Sturm. *Steigen Sie aus. Steigen Sie aus, bevor …*

Der *Mad Cat* trat über den gestürzten Mech und senkte beide Arme. Ein höllisches grünes Licht flammte auf, und die Sonnenhitze der schweren Laserwaffen verwandelte die obere Rumpfhälfte des *Centurion* in einen glühenden Schlackehaufen. Sturm überprüfte noch einmal die Sensoranzeigen, in der Hoffnung, daß Oberleutnant Holt sich vielleicht doch noch hatte retten können … nein. Es war unmöglich. Der Mech ihres Vorgesetzten war vernichtet, und sein Pilot konnte auf keinen Fall überlebt haben. Oberleutnant Holt war tot. Einen kurzen Moment fragte Sturm sich, ob seine Mutter genauso gefallen war, in einem Opfertod, um den Kriegern unter ihrem Befehl ein paar kostbare Sekunden mehr zu erkämpfen.

Die beiden anderen Clan-Maschinen holten weiter auf. Ihre Geschwindigkeit erreichte fast seine eigene, und sie waren deutlich schneller als Volkers *Panther*. Sein Lanzenkamerad hatte keine Hoffnung, ihnen zu entkommen. Trotz seines Vorsprungs würden die ClanMechs ihn einholen.

Plötzlich leuchtete ein Signallicht auf Sturms Monitor auf, als der *Puma* das Feuer auf den *Panther* eröffnete. Die beiden PPKs des ClanMechs schleuderten blauweiße Energieblitze mit unglaublicher Treffsicherheit in den Rücken des ScoutMechs, wo dessen Panzerung am dünnsten war, und zerfetzten mit wilder Gewalt beide Torsohälften. Der Kreiselstabilisator im Innern des Mechrumpfs kämpfte wild darum, die Maschine im Gleichgewicht zu halten, aber unter dem Einschlag der beiden Partikelstrahlen hatte Lon Volkers *Panther* den Bodenkontakt verloren, und der abrupte Verlust beträchtlicher Rumpfmasse warf ihn komplett aus der Balance.

Sturm bremste den *Thorn* ab und wollte umdrehen. Volker war eine Zielscheibe für seine Angreifer. Von der Rückenpanzerung seines Mechs konnte nichts mehr übrig sein, und die feindlichen Maschinen kamen schnell näher. Er würde es nicht überleben, wenn Sturm nicht …

»Mach keine Dummheiten, Kleiner«, drang Volkers Stimme über die Kommverbindung, fast, als hätte er Sturms Gedanken gelesen. »Renn' weiter. Mach, daß du hier wegkommst, solange du noch kannst!«

»Dich lasse ich nicht auch noch zurück!« entgegnete Sturm.

»Du kannst überhaupt nichts machen! Hör gut zu, Mann, ich gebe dir den Befehl. Mach zum Teufel, daß du hier verschwindest. Versuche irgendwie, Kontakt mit den Sturmreitern aufzunehmen. Hol Hilfe. Ich kann selbst auf mich aufpassen!«

Sturm zögerte. Die ClanMechs mußten Lon Volker jeden Augenblick erreichen. Vielleicht würde er helfen können, sie abzuwehren, so daß Volker sich retten konnte, aber die ClanMechs waren beinahe so schnell wie sein *Thorn*. Wenn er sie nicht ernsthaft beschädigte, würde mit großer Wahrscheinlichkeit keiner von ihnen entkommen können, wenn Sturm auf die Höchstgeschwindigkeit des *Panther* abbremste, besonders, wenn die beiden PPK-Treffer irgendwelche internen Systeme des anderen ScoutMechs beschädigt hatten. Wenn er umdrehte, um Volker zu helfen, war viel eher damit zu rechnen, daß sie beide getötet oder gefangengenommen wurden.

»Nur ein Vollidiot bleibt stehen und stellt sich zu einem Kampf, von dem er weiß, daß er ihn nicht gewinnen kann«,

hat Krenner gesagt. »Von einem MechKrieger wird auch erwartet, zu wissen, wann er sich selbst und seiner Einheit einen größeren Dienst erweist, indem er den Rückzug antritt.«

Sturm erinnerte sich daran, was sein Feldwebel ihm an diesem Morgen erst gepredigt hatte und zwang sich, den Wunsch niederzuringen, umzudrehen und Lon Volker zu Hilfe zu kommen, alles, was er hatte, auf die Invasoren abzufeuern, die seinen Oberleutnant und seinen Lanzenkameraden auf dem Gewissen hatten. Volker hatte recht: Sturm konnte gegen die ClanMechs nichts ausrichten, aber wenn ihm die Flucht gelang, bestand zumindest eine Chance, daß er den Rest der Sturmreiter darüber informieren konnte, was auf Kore geschehen war. Solange Sturm frei blieb, hatten sie eine Chance.

»Viel Glück, Lon«, verabschiedete er sich ins Helmmikro, als er den *Thorn* wieder zum Gebirge drehte und auf volle Geschwindigkeit beschleunigte. Er hörte Volkers Antwort aus dem rasch zurückbleibenden *Panther*.

»Dir auch, Kleiner. Viel Glück.« Die Clan-Maschinen wurden langsamer, als sie sich dem am Boden liegenden ScoutMech näherten. Lon Volker versuchte nicht einmal, seinen Kampfkoloß aufzurichten, als sie ihre Waffen auf ihn richteten. Außer einer sinnlosen Trotzgeste hatte er nichts anzubieten.

Sturm wandte sich ab und konzentrierte seine Aufmerksamkeit auf die dunklen Gipfel des am Horizont aufragenden Jotunmassivs, die zumindest eine zeitweilige Sicherheit versprachen. Er mußte die Berge erreichen und einen Weg finden, Hilfe zu rufen.

Er war allein.

7

Jotunberge, Kore
Peripherie

11. April 3060

Sturms *Thorn* schien Stunden für die vielleicht zwanzig Kilometer bis in die Jotunberge zu benötigen, obwohl er die Strecke objektiv in weniger als zwanzig Minuten zurücklegte. Als die steilen Berggipfel über ihm aufragten, klang der durch das Gefechts am Landefeld hervorgerufene Adrenalinschub allmählich ab – sofern man ein derartiges Gemetzel ein Gefecht nennen konnte. Die Hitze im Innern des Cockpits trieb dem jungen MechKrieger den Schweiß aus den Poren, und die Panzerung des Mechs war im Kampfverlauf von einem Streifschuß mit einer Partikelprojektorkanone in Mitleidenschaft gezogen worden.

Sturm schaute auf die Sichtprojektion. Sein Verfolger war noch hinter ihm, in wenigen Kilometern Entfernung. Beide ClanMechs hatten angehalten, um Lon Volkers Situation abzuschätzen, als dessen beschädigter *Panther* in der schneebedeckten Tundra gestürzt war. Der *Uller* war offenbar dort geblieben, um Volker zu erledigen oder gefangenzunehmen. Sturm wußte nicht, was von beiden. Wie auch immer, der *Puma* hatte jedenfalls die Verfolgung von Sturms *Thorn* wiederaufgenommen.

Die Clan-Maschine war ebenso schnell wie Sturms ScoutMech, obwohl sie gute fünfzehn Tonnen schwerer war. Sie war mit je einer Extremreichweiten-PPK in beiden Armen bestückt, und diese Waffen waren verflucht treffsicher. Wahrscheinlich hätte Sturm das Gebirge schneller erreichen können, hätte er in der Tundra keinen Zickzackkurs einschlagen müssen, um den Angriffen seines Verfolgers auszuweichen. Sturm erinnerte sich an eine Lektion darüber, daß *Pumas* in der Regel über hochmoderne Feuerleitcomputer verfügten, die ihr Geschützfeuer erheblich treffsicherer als das der meisten BattleMechs der Freien Inneren Sphäre machte. Kein Wunder, daß der *Puma* Volkers *Panther* bei maximaler Beschleunigung hatte in den Rücken treffen können.

Zum Glück war Sturm schnell genug, um in äußerster Reichweite der PPKs zu bleiben, was es dem *Puma*-Piloten erschwerte, ihn zu erfassen. Trotzdem hatte er bereits kleinere Panzerschäden einstecken müssen, und seine linke Rückenpanzerung war von einem Streifschuß komplett zerblasen worden. Sturm Kintaro dankte Gott, daß der Schuß nicht die Raketenlafette auf der rechten Seite erwischt hatte. Hätte sich dort ein PPK-Strahl durch die Panzerung gefressen, hätte er die verbliebene Raketenmunition zur Detonation bringen können, und das wäre Sturms sicheres Ende gewesen.

Zu Sturms Glück schienen die PPKs des *Puma* reichlich Abwärme zu erzeugen, so daß der Mech seines Verfolgers hin und wieder gezwungen war, abzubremsen, damit die Wärmetauscher Gelegenheit bekamen, ihn abzukühlen. Sturm konnte den ganzen Weg ins Gebirge über seinen Vorsprung halten. Außerdem hatte er mehr Erfahrung als sein Gegner in der Handhabung seines Mechs auf schneebedecktem Gelände, was nach Hunderten von Simulatorstunden und reichlich persönlicher Erfahrung im Feld auch kein Wunder war. Der *Puma* rutschte mehrmals aus oder geriet ins Stolpern, wenn auch nie ernsthaft genug, um einen Schaden hervorzurufen oder ihn weit genug abzubremsen, so daß Sturm hätte entkommen können.

Auf der offenen Tundra Kores gab es kaum Möglichkeiten, einen Mech zu verstecken. Sturm kannte zwar ein paar schneeverwehte Schluchten und Felsspalten, aber es gelang ihm nicht, einen genügend großen Vorsprung aufzubauen, um sich dort verstecken zu können.

Er versuchte, den anderen Mech in eine der größeren Felsspalten zu locken, indem er mit Höchstgeschwindigkeit darauf zustürmte und sie dann hakenschlagend umging. Aber das konnte den *Puma*-Piloten nicht beeindrucken, der einfach Sturms Kurs exakt folgte. Hätte der *Thorn* über Sprungdüsen verfügt, hätte der Versuch vielleicht gelingen können, aber Sturms Mech war nicht sprungfähig. Er war nur froh, daß für den *Puma* dasselbe galt.

Ich muß einen Weg finden, ihn abzuschütteln, dachte er wohl schon zum hundertsten Male. Er öffnete die Kommverbindung.

»Zentrale von Kintaro. Hören Sie mich? Zentrale, bitte melden. Hier ist Kintaro. Ich werde von feindlichen Mechs mit Clan-Jadefalke-Insignien angegriffen. Ich wiederhole, werde angegriffen. Hören Sie mich?«

Nur Rauschen antwortete ihm. Er hatte in regelmäßigen Abständen versucht, Funkkontakt mit der Zentrale zu erhalten, aber ohne jeden Erfolg. Entweder störten die Clan-Invasoren den Funkverkehr, oder die Zentrale war bereits verloren und die einzigen, die sich noch dort aufhielten und seine Hilferufe hören konnten, waren Feinde. So oder so konnte Sturm von den Bodentruppen der Lanciers keine Hilfe erwarten, und von seinen MechKriegerkameraden erst recht nicht. Er war allein.

Er brauchte Spielraum, eine Chance, unterzutauchen, seine Möglichkeiten zu analysieren und einen Plan für sein weiteres Vorgehen zu schmieden. Damit das möglich war, mußte er irgendwie mit dem *Puma* fertigwerden. Der andere Mech war Sturms *Thorn* überlegen. In einem offenen Schlagabtausch hatte er gegen die schwerere Clan-Maschine keine Chance. Gegen diesen Feind mußte er seine anderen Vorteile ausspielen. Der

Puma besaß vielleicht die bessere Panzerung und Bewaffnung, aber Sturm kannte das Gelände. Der Trick mit der Felsspalte hatte nicht funktioniert, aber möglicherweise hatte er mit etwas anderem mehr Glück.

Sturm drehte den *Thorn* in Richtung Frostriesenpaß. Den Namen hatte er ihm selbst gegeben. Sein Vater hatte ihn in den vergangenen Monaten mehrmals durch diesen Paß ins Gebirge geschickt, um planetologische Daten zu sammeln. Der Paß war gerade breit genug für einen einzelnen Mech, und da Sturm das ganze Gebiet kartographiert und einige Male durchwandert hatte, kannte er die beste Route. Die Satelliten- und Computerkarten befanden sich noch immer im Speicher des Mechcomputers, denn die Erfassung war noch nicht abgeschlossen. Sturm war davon ausgegangen, daß er den Paß nicht zum letzten Mal besucht hatte, auch wenn er nie erwartet hätte, mit einem feindlichen Kampfkoloß auf den Mechfersen hier wieder aufzutauchen.

Kore verfügte über reiche Erzvorkommen. Das hatte diese Welt überhaupt erst attraktiv für den Alfin-Konzern gemacht. In den Bergen fanden sich diese Erzablagerungen besonders reichlich. Dr.Kintaro vermutete, daß sie für einige der ungewöhnlichen Magnetabtastungen verantwortlich waren, die Sturm bei seinen Exkursionen aufgefangen hatte. Darüber hinaus gab es im Jotunmassiv noch eine gewisse vulkanische Aktivitt. Geysire und Dampfschlote waren reichlich vorhanden. Die Kombination aus starken Magnetfeldern und Zonen extremer Hitze und Kälte ließ die Mechsensoren verrückt spielen. Das wußte Sturm. Wenn er es auf die andere Seite des Passes schaffte, hatte er eine Chance, seinen Verfolger zu verwirren und abzuschütteln.

Er betrat den Paß und bewegte sich so schnell er sich traute zwischen die hoch über ihm in den Himmel ragenden düsteren Felsklippen. Der Boden war vor Urzeiten von einem Gletscher abgeschliffen worden und jetzt von verstreuten Felsen und Steinbrocken bedeckt, die sich bei einem falschen Tritt als tückische Fallen erweisen konnten. Einmal war Sturm auf einer Schicht lockerer vereister Steine ausgerutscht, und der Sturz hatte einen der Armaktivatoren seines Mechs beschädigt. Zusätzlich dazu, daß er den Techs beim Austausch des Aktivators hatte helfen müssen, hatte Krenner ihm noch einige Extrastunden im Simulator aufgebrummt. Und Oberleutnant Holt hatte ihm für diesen Fehler eine gehörige Gardinenpredigt gehalten.

Holt. Sturm konnte den Anblick des *Centurion* seines Kommandeurs nicht vergessen, der vor dem Landungsschiff auf dem Stahlbeton lag, oder den des riesigen *Mad Cat*, der über ihm aufragte. Oberleutnant Holt hatte Sturm die Chance gegeben, ein MechKrieger zu werden, hatte ihn als Mechanwärter bei den Lanciers aufgenommen und ihm die Möglichkeit geboten, seinen Traum zu verwirklichen. Er hatte sein Leben gegeben, um den Männern unter seinem Befehl das Entkommen zu ermöglichen, ihnen eine Chance zu geben. Sturm war entschlossen, dafür zu sorgen, daß dieses Opfer nicht umsonst gewesen war.

Der Paß mündete in ein Gebirgstal, eine tiefe Schlucht zwischen hoch aufragenden Berggipfeln, angefüllt mit Schnee und Eis und vereinzelten Arealen aus ödgrauem Fels. Kleine, verkrüppelte Bäume und Moosgewächse klammerten sich an die Felsen, wo sie einen Halt fanden, und in der Nähe der Dampfschlote fand sich weiteres Grün, das die Feuchtigkeit und Hitze aufsaugte, um am Leben zu bleiben. Mit einem Blick auf den Schirm sah Sturm, daß er hinter den Bergen momentan außer Sicht des *Puma* war. Aber er würde nur wenige Minuten Zeit haben, seinen Plan in die Tat umzusetzen, bevor der ClanMech ebenfalls durch den Paß kam.

Er richtete die Laser auf einen Dampfschlot am hinteren Ende des Tals, den er bei einer früheren Gelegenheit entdeckt hatte. Zwillingslanzen aus rubinrotem Licht flammten einen Sekundenbruchteil auf, brachten den Fels um den Schlot zum Glühen und schleuderten eine mächtige Dampffontäne gen Himmel.

Als nächstes bewegte er den *Thorn* an den Rand einer Felsspalte. Sie war etwa sieben Meter tief und bis zum Rand mit Schnee gefüllt. Für das bloße Auge war sie nicht zu erkennen, und selbst seine Sensoren konnten sie kaum lokalisieren. Sturm war bei einer früheren Gelegenheit fast eingebrochen, aber sein vorheriges Mißgeschick im Paß hatte ihn vorsichtig werden lassen. Diesmal jedoch marschierte er mit dem *Thorn* bewußt auf die Felsspalte hinaus. Er umklammerte die Kontrollen und betete, daß der Kreiselstabilisator den Mech senkrecht halten konnte.

Der dicht gepreßte Schnee war nicht annähernd fest genug, um einen zwanzig Tonnen schweren BattleMech zu tragen, und der *Thorn* sank schnell ein. Es gelang Sturm, den Mech während des Abtauchens durch den dichten Schnee aufrecht zu halten, bis er zum Stehen kam. Dann duckte er den Kampfkoloß ab, so weit es ging, bis nur noch der Kopf am Rand der Felsspalte herausragte. In seiner grauweißen Tarnbemalung verschwand der ScoutMech fast in der winterlichen Umgebung. Wenn der *Puma* das Tal betrat, würden seine Sensoren ein Kaleidoskop magnetischer und thermischer Anomalien erfassen, von denen jede einzelne ein versteckter BattleMech sein konnte, während die metallischen Erzadern die Signale des *Thorn* überdeckten.

Hastig fuhr Sturm alle nicht überlebenswichtigen Systeme herunter, um die Signatur des Mechs zu reduzieren, und schaltete die Wärmetauscher ab. Die von der Außenhaut des *Thorn* abgestrahlte Hitze schmolz bereit den Schnee, und Sturm wußte, daß er nicht allzuviel Zeit hatte. Die Innentemperatur der Pilotenkanzel war nach dem langen Sturmlauf ins Gebirge reichlich hoch, und Sturm saß schweißüberströmt im Halbdunkel und suchte auf Sichtschirm und Hilfsmonitoren nach einer Spur seines Verfolgers.

Da ist er, dachte er, als der *Puma* aus dem Frostriesenpaß trat. Der breite, geduckte ClanMech hatte sichtlich Schwierigkeiten, durch den Paß zu kommen, wenn auch nicht so große, wie Sturm gehofft hatte. Die feindliche Kampfmaschine blieb am Taleingang stehen und drehte den Rumpf von einer Seite zur anderen. Der Pilot suchte nach seinem Opfer. Sturm hielt unwillkürlich den Atem an, als könne ihm das helfen, den Sensoren des Feindmechs zu entgehen. Die Zeit verstrich schmerzhgaft langsam. Wenn der *Puma*-Pilot ihn entdeckte und zum Todesstoß anrückte, saß Sturm in der Falle. Er konnte nur darauf hoffen, daß sein Gegner den Köder schluckte.

Der andere Mech wandte sich dem Dampfschlot zu. Es war die derzeit stärkste Wärmequelle, und die Nachwirkungen von Stums Laserangriff waren unübersehbar. Der Dampfgeysir erzeugte am entfernten Talende einen dichten Nebelvorhang, der sich ideal dafür eignete, ein Objekt von der Größe eines BattleMechs zu verbergen. Schwerfällig nahm der *Puma* Kurs auf den Nebel.

Schön so, dachte Sturm. *Geh' weiter, noch ein Stück.* Der *Puma* trat in den Nebel und verschwand schnell aus der Sicht, bis er nicht mehr als ein blasser Schatten zwischen den Dampfschwaden war. Die Sensoren des *Thorn* konnten ihn durch die Störungen kaum noch erfassen. Sturm hatte arge Zweifel daran, daß er den *Puma* selbst mit den LSR auf diese Entfernung zuverlässig treffen konnte, außerdem hätten die Raketen in einer Salve ohnehin nicht genug Schaden anrichten können, um den Feindmech auszuschalten. Also kaute Sturm auf seiner Unterlippe und wartete, während die Sekunden langsam vorbei tickten. Er mußte den genau richtigen Zeitpunkt treffen. Wenn er die Geschwindigkeit des anderen Mechs richtig eingeschätzt hatte, mußte der *Puma* jetzt beim Dampfschlot angekommen sein, und vermutlich wurde dem Piloten gerade klar, daß Sturm nicht da war.

Jetzt.

Der *Thorn* richtete sich aus der Felsspalte auf, und Sturm feuerte beide Laser ab, während er zugleich den Daumen auf dem Feuerknopf der LSR plattdrückte. Laser und Raketenlafette feuerten, aber nicht auf den im Nebel untergetauchten *Puma*, sondern auf den Berghang hoch über ihm. Strahlbahnen aus kohärenter Lichtenergie schnitten durch einen Jahrtausende alten Gletscher und verwandelten Schnee und Eis in superheißen Dampf, während eine Salve aus fünf Raketen mit einem Donnerkrachen in die Bergwand einschlug.

Ein paar Sekunden war alles still, dann wurde plötzlich ein Stöhnen laut, so, als schrie der Berg vor Schmerzen auf. Aus dem Stöhnen wurde ein ohrenbetäubendes Donnern, als tausend Tonnen Schnee und Eis sich vom Berghang lösten und wie eine gigantische weiße Flutwelle in die Schlucht stürzten.

Der *Puma* hatte nicht einmal die Chance, auch nur ein Ausweichmanöver zu versuchen, bevor die Lawine ihn erfaßte. Der riesige Kampfkoloß wurde im Bruchteil einer Sekunde unter dem Schnee begraben. Sturms letzter Eindruck war die Gewalt der Lawine, die den *Puma* seines Gegners wie ein Spielzeug von den Füßen riß, bevor sie ihn verschlang.

»Ja!« Sturm stieß einen Triumphschrei aus und kletterte langsam aus der eisigen Felsspalte. Die Lawine hatte den *Puma* möglicherweise nicht zerstört, aber wahrscheinlich zumindest ernsthaft beschädigt. Trotzdem mußte Sturm sichergehen, daß der ClanMech ihn nicht weiter verfolgen konnte. Er machte sich auf den Weg durch das Tal, an dessen hinterem Ende sich die von der

Lawine aufgewirbelte Schneewolke allmählich legte. Unter den Schneemassen war keine Bewegung zu sehen.

In diesem Moment bohrte sich der Laserimpuls in die linke Flanke des *Thorn*, verdampfte die Panzerung und löste kreischende Alarmsignale in Sturms Cockpit aus.

Was, zur Hölle ...? Und dann sah er die Antwort. Sturm wirbelte den *Thorn* zu dem *Uller* herum, der gerade aus dem Frostriesenpaß trat. Sein Pilot mußte sich zurückgehalten haben, um seinem Kameraden in der Kanzel des *Puma* den Vortritt zu lassen. Sturm reagierte, indem er seine Laser auf den ClanMech abfeuerte, aber der wich einem der Schüsse aus, und der zweite traf zwar, konnte aber die Panzerung nicht durchschlagen. Die Antwort bestand aus einem weiteren tödlichen Feuerstoß des Impulslasers, der sich durch die Torsopanzerung des *Thorn* bohrte. Myomermuskeln und Titanstahlknochen zerschmolzen in der smaragdenen Glut der Lichtwerferimpulse, und überhitzter Dampf schoß aus den Rissen in der Mechpanzerung.

WARNUNG, REAKTORABSCHIRMUNG BESCHÄDIGT, blinkte in großen roten Buchstaben im Zentrum der Sichtprojektion. Mit seinem schlauen Kampfplan hatte er sich hier in der Schlucht selbst in die Enge getrieben. Der *Uller* blockierte den einzigen Fluchtweg. Es gab keinen Ausweg. Der Reaktor des *Thorn* konnte jeden Moment auseinanderfliegen. Sturm starrte auf den insektenähnlichen Kopf des feindlichen Mechs auf dem Sichtschirm, als der die Arme zum nächsten Feuerstoß hob. Es konnte keinen Zweifel daran geben, daß dieser Angriff sein Ende bedeuten würde.

Mit einem lauten Fluch krachte Sturms Linke auf den Auslöser der Rettungsautomatik. Sprengbolzen schleuderten das Kanzeldach davon, und eisige Gebirgsluft schlug ihm ins Gesicht. Einen Augenblick später rammte der Andruck ihn in die Polster der Pilotenliege, als deren Raketentreibsatz ihn aus dem zum Tode verurteilten BattleMech riß.

Das letzte, was Sturm sah, als er davonflog, war die Laser- und Autokanonensalve des *Uller*, die seinen *Thorn* traf. Schwarzer Rauch stieg von Kopf und Torso des ScoutMechs auf, als er nach hinten kippte und auf den Boden schlug. Eine Miniatursonne flammte grell in seiner Brustpartie auf, als der Fusionsreaktor durchging. Als sie erlosch, hinterließ sie nur einen schwarzen Krater, umgeben von einzelnen zerschmolzenen Metallresten. Dann wurde die schwarze Felswand vor ihm immer größer, und die Welt um Sturm verschwand in Dunkelheit.

8

Kore-Lanciers-Zentrale, Kore
Peripherie

11. April 3060

Die Zentrale der Kore-Lanciers war in Feindeshand. Lon Volker erkannte einen Teil der grimmig blickenden Soldaten, die auf den Korridoren Wache standen, als er an ihnen vorbeigeführt wurde. Viele von ihnen waren Teil einer Wartungscrew aus Niffelheim, Techs und andere Arbeiter des Stützpunkts. Ein paar anderen war er schon in der Stadt begegnet, was darauf schließen ließ, daß irgend jemand diese Operation von langer Hand vorbereitet hatte.

Eines wußte er mit Sicherheit: Wer auch immer diese Gestalten waren, sie waren keine Clanner. Die Mechs, die seinen *Panther* abgeschossen und Brinkmann und Oberleutnant Holt getötet hatten, waren eindeutig Clan-Mechs gewesen, aber die Truppen im Innern der Zentrale waren keine Clanner, es sei denn, alles was Lon jemals über die Clans gehört hatte, war maßlos übertrieben gewesen. Diesen Soldaten ging die straffe militärische Effizienz und Würde der Clans völlig ab. Ihre »Uniformen« waren bunt zusammengewürfelt, und für ihre Ausrüstung galt weitgehend dasselbe. Sie benahmen sich auch nicht wie disziplinierte, ausgebildete Militärs aus einer Gesellschaft, die Krieg und Kampf verherrlichte. Sie ähnelten eher heruntergekommenen Söldnern, vielleicht sogar Piraten.

Nachdem die Invasoren seinen flüchtenden Mech zur Strecke gebracht hatten, war Lon nicht viel anderes übriggeblieben, als sich zu ergeben. Sein *Panther* hatte lang ausgestreckt in der Tundra gelegen, mit von einem doppelten PPK-Treffer nahezu vollständig pulverisierter Rückenpanzerung, und zwei ClanMechs waren angerückt, um ihm den Todesstoß zu versetzen. Er hatte nicht einmal die Rettungsautomatik auslösen können, solange der Kopf des Mechs auf dem Boden lag. In dieser Situation hätte der Schleudersitz ihn höchstens mit Wucht in den Boden gerammt und ihm sämtliche Knochen gebrochen. Und Lon Volker war ein Überlebenskünstler. Er dachte nicht daran, bei der Verteidigung eines eisstarrenden Felsklumpens wie Kore sein Leben zu opfern, nicht so wie Oberleutnant Holt. Der hatte für nichts und wieder nichts bis zum letzten Atemzug gefochten. Trotzdem kontrollierten jetzt die Invasoren Kore. Nein, Lon lebte noch, und er hatte nicht vor, daran etwas zu ändern.

Er hatte den Invasoren über Funk seine Kapitulation mitgeteilt und die Mechsysteme abgeschaltet. Einen Moment hatte er befürchtet, sie würden ihn aus bloßem Prinzip trotzdem töten, aber nach allem, was er über die Clans gehört hatte, entsprach das nicht deren Stil. Und wie sich dann herausstellte, ließen sie ihn tatsächlich am Leben. Sein *Panther* war zwar arg mitgenommen, aber die entscheidenden Sektionen – Reaktor, Gyroskop, Cockpit – waren noch intakt und konnten weiterverwertet werden. Das machte ihn zu wertvollem Bergegut, und kein Pirat oder Söldner vernichtete einen derartigen Gegenwert in C-Noten, wenn die Möglichkeit bestand, den Mech zu bergen.

Also wurde Lon aus seinem Mech geholt und zurück zur Zentrale gebracht, die sich bereits in der Hand der Invasoren befand. Sie brachten ihn in einem bewachten Raum unter, in dem sich bereits die übrigen Lanciers aufhielten, die Dienst gehabt hatten, als die Zentrale gefallen war. Vor wenigen Minuten hatten die Wachen ihn dann abgeholt. Er hielt die Augen nach einer Fluchtgelegenheit offen, aber es wimmelte von Bewaffneten, während mögliche Fluchtrouten sich als Mangelware erwiesen.

Selbst wenn es ihm gelungen wäre, die Wachen zu überwältigen und die Flucht zu ergreifen, sich eines Jeeps oder Schwebers zu bemächtigen und es zurück nach Niffelheim zu schaffen, hätte ihm das nichts eingebracht. Er rechnete relativ sicher damit, daß die Invasoren in Kürze auch die Stadt kontrollieren würden. Schließlich hatten sie Mechs und die Mittel der Lancier-Basis, und die BattleMechs der Kore-Lanciers hatten sie neutralisiert. Die einzige Verteidigung, die Niffelheim noch hatte, bestand aus ein paar Bodenfahrzeugen und Infanterie, und die waren den riesigen Vernichtungsmaschinen der Angreifer nicht gewachsen. Nein, es machte mehr Sinn, so viel über die Invasoren in Erfahrung zu bringen, wie er konnte, die Augen offenzuhalten und auf eine günstige Gelegenheit zu warten.

Seine Bewacher führten Lon in einen anderen Raum, in dem ein alter Mann mit einem graumelierten Dreitagebart ihm ein Bündel Kleidung zuwarf.

»Anziehen«, knurrte der Mann. Lon trug noch, was er im Mechcockpit getragen hatte: enge Shorts, hohe Stiefel und seine Kühlweste. Er streifte die Weste ab und zog das Khakihemd an, dan zog er die Hose über die Shorts. Der Mann reichte ihm einen Lancier-Parka.

»Gehen wir«, herrschte er Volker an, der nicht so dumm war, nachzufragen wohin. Offensichtlich irgendwo nach draußen, und zumindest vorerst planten seine Kerkermeister nicht, ihn erfrieren zu lassen. Das war für sich schon eine nützliche Information.

Die Wachen nahmen ihn mit auf den weiten Stahlbetonhof zwischen der Zentrale und dem jetzt leerstehenden Mechhangar. Zwei der BattleMechs der Invasoren hielten sich auf dem Gelände auf, der *Fenris* und der *Mad Cat*. Lon arbeitete schon seit Jahren mit BattleMechs, aber die furchteinflößende Größe des *Mad Cat*, der keine fünfzig Meter entfernt auf dem Hof stand, ließ ihm trotzdem den Atem stocken. Normalerweise sah er andere Mechs aus dieser Nähe nur auf dem Sichtschirm seines eigenen Cockpits oder im Simulator. Als er jetzt vom Boden aus zu ihm hinaufschaute, wurde ihm klar, wie winzig er im Vergleich war, wie leicht der Mech ihn wie ein Insekt zertreten konnte.

Der *Mad Cat* kam näher. Er überbrückte die Distanz mit zwei gewaltigen Schritten, die den Boden erbeben und Lon das Herz bis zum Hals schlagen ließen. Der OmniMech blieb keine fünf Meter vor ihm stehen und schien auf ihn herabzublicken. Dann öffnete sich zischend die Cockpitluke, und eine Gestalt stieg heraus. Obwohl sie zum Schutz gegen den eisigen Wind, der durch die Anlage pfiff, in einen langen Kapuzenmantel gehüllt war, erhaschte Lon einen Blick auf wohlgeformte, muskulöse Beine in nichts als hautengen Shorts, als die Pilotin an der Kettenleiter herabkletterte, die vom Kopf des *Mad Cat* hing.

Auf dem Boden angekommen, drehte die Pilotin des ClanMechs sich um und kam auf Volker zu, wobei sie den Mantel zum Schutz gegen die Kälte fest um ihren Körper zog. Dunkles, volles Haar quoll aus der Kapuze und rahmte ein zugleich grausames und äußerst hübsches Gesicht ein, das um nichts wärmer war als der Polarwind, der über die Tundra fegte. Ihre Züge waren bleich und makellos, abgesehen von einer schwarzen Augenklappe, unter der auf beiden Seiten die verblaßten Ausläufer einer alten Narbe hervorlugten. Unter dem Mantel erkannte Lon die ziemlich alltägliche MechKriegermontur aus Shorts, Kampfstiefeln und einer Kühlweste über einem kurzen Hemd. Was er von ihrem Körper sehen konnte, war in ausgezeichneter Verfassung, aber Lon war völlig im Bann ihres Gesichts und des stechenden Blicks ihres gesunden Auges, das von fahl eisblauer Farbe war.

Sie hielt einen knappen Meter vor ihm an und musterte ihn von oben nach unten. Es war Lon, der als erster sprach.

»Susie Ryan«, stellte er fest, und bereute es augenblicklich, als er einen Gewehrschaft in den Magen gerammt bekam. Er klappte zusammen, kauerte auf dem eisigen Beton und bemühte sich, sich nicht zu übergeben.

»Sieh an«, meinte Ryan mit einem bösen Lächeln. »Mein Ruf eilt mir voraus, sogar bis hierher an den Arsch der Galaxis. Wenn du mich kennst, Mech-Boy, dann solltest du auch wissen, daß du den Mund zu halten hast, solange dich niemand zum Reden auffordert. Vergiß nicht, daß hier *ich* das Sagen habe, und du nur noch lebst, weil dein Mech hundert Mal mehr wert ist als deine erbärmliche Haut.«

Sie erhob kaum die Stimme, aber Lon verstand sie laut und deutlich. Er kam langsam wieder auf die Füße, ohne für einen Moment die Augen von Ryan zu nehmen.

Susie Morgraine Ryan, legendäre Piratenkönigin der Peripherie. Tochter zweier der berüchtigsten Raumpiraten der Weltraumregion am äußeren Rand der Inneren Sphäre, durch die Clan-Invasion zur Vollwaise gemacht.

»Ich könnte wertvoller für Sie sein als Sie glauben«, erklärte er.

Der Posten hob wieder die Waffe, aber Ryan stoppte ihn mit einer Handbewegung. »Ach? Und wie bildest du dir ein, mir nützen zu können?« fragte sie und zog die Braue über ihrem gesunden Augen hoch.

Volker versuchte, das überzeugendste Lächeln aufzusetzen, zu dem er imstande war, das Lächeln, mit dem er schon eine Menge Mädchen in Niffelheim schwach gemacht hatte, auch wenn er erhebliche Zweifel hatte, damit das Herz einer Eiskönigin wie »Einauge« Ryan verzaubern zu können. »Ich kenne mich aus auf Kore.

Ich habe mein ganzes Leben hier verbracht. Und ich bin ein ausgebildeter MechKrieger.«

Ryan verzog verächtlich den Mund. Lon machte sich auf eine abschätzige Bemerkung über seine Fähigkeiten als MechKrieger gefaßt, in Anbetracht der Tatsache, daß er ihr Gefangener war. Statt dessen musterte sie ihn noch einmal abschätzend von oben bis unten.

»Hmmm, du könntest tatsächlich nützlich sein«, meinte sie beinahe bei sich. »Aber was ist mit deiner Loyalität deiner Einheit gegenüber, deiner Heimatwelt? Du sagst, du bist hier aufgewachsen. Du weißt, daß ich diesen ganzen Felsbrocken einäschern werde, wenn ich nicht bekomme, was ich will. Was sagst du dazu?«

Lon Volker schluckte. Ryan sprach von Massenmord und Verwüstung in einem Ton, der nach höflicher Konversation klang. Andererseits, was kümmerte es ihn? Seine Eltern waren tot, bei der Clan-Invasion ums Leben gekommen, und er hatte keine anderen Verwandten auf Kore. Es gab niemanden hier, der ihm wirklich etwas bedeutet hätte. Ihm ging es nur darum, von diesem öden Eisklumpen weg und in die Innere Sphäre zu kommen, wo wirklich etwas los war. Er hatte die Kore-Lanciers für seine Fahrkarte ins All gehalten, aber die waren erledigt. Soweit er das sehen konnte, war er allein noch von der Einheit übig, abgesehen von den Schlammstampfern.

»Ich halte Sie für eine Frau, die immer bekommt, was sie will«, erwiderte er vorsichtig. Ryan schenkte ihm erneut ihr böses Lächeln. »Was Sie mit dieser Welt machen, kümmert mich nicht. Ich will nur weg von hier.«

»Gute Einstellung«, erklärte Ryan. Sie sah sich auf dem öden, schneebedeckten Gelände um. »Ich kann verstehen, daß du diesem Eisklumpen keine sentimentalen Gefühle entgegenbringst. Was für ein Loch.«

Das machte Lon neugierig. »Was wollen Sie dann hier? Und wieso mit Mechs in Clanfarben?«

»Du steckst ja wirklich voller Fragen, was?« entgegnete Ryan. Einen Moment dachte Volker, er hätte einen Fehler gemacht, aber sie verschränkte nur die Arme vor der Brust. »Die Mechs sind eine kleine Belohnung dafür, daß ich so viele Clanner-Schädel gespalten habe. Sie jagen den Leuten eine panische Angst ein, und wenn sie meine Überfälle den Clans anhängen statt moi, um so besser. Was den Rest angeht, das wirst du noch früh ...«

Ein Fiepen unterbrach sie, und Ryan zog ein kleines Funkgerät unter dem Mantel hervor und hob es an den Mund. »Ryan, ich höre.«

»Skipper, hier is' Yaeger. Wir haben den letzten Mech eingeholt, den *Thorn*.«

Kintaro, dachte Lon. Er hatte gewußt, daß der Kleine nicht entkommen konnte. Er hätte es gar nicht erst versuchen sollen.

»Bericht.«

»Wir sind im Gebirge, etwa zwanzig Klicks von der Mechbasis entfernt. Der *Thorn* ist Schrott. Nach ein paar Treffern ist der Reaktor durchgegangen. Aber vorher hat der verdammte Drecksack noch irgendwie eine Lawine ausgelöst, die Darnells *Puma* unter tonnenweise Schnee begraben hat. Er ist okay, aber wir müssen ihn erst noch ausbuddeln.«

»Was ist mit dem *Thorn*-Pilot?« fragte Ryan.

»Scheint ausgestiegen zu sein. Ich hab' das Kanzeldach wegfliegen sehen, bevor der Mech explodiert is'. Sollten wir nach ihm suchen?«

Ryan überlegte einen Moment, bevor sie antwortete. »Nein, spart euch die Mühe. Wozu Munition verschwenden. Wenn er so weit von hier ausgestiegen ist, nimmt uns das Wetter die Arbeit ab. Und selbst wenn er es schafft, irgendwie bis hier durchzukommen, bleibt ihm dann auch nichts anderes, als sich zu ergeben. Holt Darnells Mech da raus und sagt ihm, wenn seine Maschine beschädigt ist, kann er sich auf was gefaßt machen. Ryan Aus.«

Sie steckte den Kommunikator ein und wandte sich wieder Lon zu. »Scheint, daß der Rest deiner Lanze damit vollzählig ist. Zu schade um den Mech, aber so ergeht es Dummköpfen nun mal.« Sie betrachtete ihn einen Moment. »Wie heißt du?« fragte sie pötzlich.

»Volker. Lon Volker.«

»Nun, Volker, du bist kein Idiot. Soviel will ich dir zugestehen. Du weißt, wann du geschlagen bist und wie man am Leben bleibt. Halte das durch, und du könntest diese Intermezzo überleben. Steckt ihn zurück zu denen anderen«, befahl sie seinen Bewachern. »Möglicherweise will ich später nochmal mit ihm reden.« Sie drehte sich wieder zu Lon um. »Du wirst deine Chance bekommen, mir deinen Wert zu beweisen, Mech-Boy. Früher oder später.«

Als die Wachen ihn abführten, blickte Lon hinaus über die Tundra zu den fernen Gipfeln der Jotunberge und dachte an Kintaro da draußen, allein und ohne seinen Mech. *Ich hoffe, du hast es geschafft, dir an irgendeinem Felsen das Hirn einzuschlagen, Kleiner, denn ich würde ganz sicher nicht so krepieren wollen, wie es dir bevorsteht falls nicht.*

Nein, Lon Volker war ein Überlebenskünstler, und er plante, das alles bei lebendigem Leib zu überstehen, so oder so.

9

Jotunberge, Kore
Peripherie

11. April 3060

Es war die Kälte, die Sturm aufweckte. Als der dunkle Nebel um seine Gedanken sich allmählich lichtete, kehrte das Bewußtsein zurück, und mit ihm das Wissen um seine Lage. In diesen ersten Augenblicken war Sturm Kintaro klar, daß er aller Voraussicht nach ein toter Mann war.

Er wachte auf einem Felssims hoch über dem Talkessel auf. Er hatte keine Ahnung, ob er den Schleudersitz selbst hierher gelenkt hatte oder durch pures Glück hier gelandet war. Er war immer noch auf der gepolsterten Pilotenliege festgeschnallt, die ihn aus dem untergehenden Mech gerettet hatte. Sie lag auf der Seite, und die Gurte schnitten unangenehm in Sturms Schultern. Außerdem fühlte er stechende Schmerzen in der linken Seite. Er hob den Arm und öffnete das Gurtschloß, so daß er aus der Liege auf den eiskalten Fels rutschte. Als er versuchte, sich herumzuwälzen und aufzustehen, verwandelten sich die Schmerzen in glühende Nadeln, die sich in sein Schultergelenk bohrten.

Verdammt! dachte er. *Der Sturz muß meinen Arm gehörig mitgenommen haben.* Vorsichtig tastete er die linke Schulter und den Oberarm ab, die besonders stark schmerzten. Es schien nichts gebrochen zu sein, also war es vermutlich nur eine Prellung oder Zerrung. Er versuchte noch einmal, sich herumzuwälzen, diesmal zur anderen Seite, und behielt den verletzten Arm dabei dicht am Körper. Es gelang ihm, sich aufzusetzen und seine Lage zu begutachten. Abgesehen von dem gezerrten Arm war er bei Ausstieg und Landung mit geringfügigen Schnittwunden und ein paar blauen Flecken davongekommen. Alles in allem konnte er froh sein.

Als er hinunter ins Tal blickte, war Sturm allerdings ganz und gar nicht froh. Die Überreste seines Mechs qualmten noch. Die Überlastung des kleinen Fusionsreaktors im Torso des *Thorn* hatte wenig mehr als verschmolzene Schlackereste der Mechglieder und einen großen schwarzen Krater übrig gelassen. Und was der Reaktor nicht zerstört hatte, durfte die Detonation der verbliebenen Raketenmunition erledigt haben. Selbst wenn er in der Lage gewesen wäre, hinunterzuklettern, konnte Kintaro sicher sein, in den Trümmern seines alten Mechs nichts mehr zu finden, was eine Bergung gelohnt hätte. Sein einziger Trost bestand darin, daß auch die Clan-Invasoren mit seinem Mech nichts mehr anfangen konnten.

Sturm schaute ans andere Ende des Tals. Die Schneemassen der von ihm ausgelösten Lawine waren weggegraben und zerschmolzen, und an ihrer Stelle blieb eine halbgefrorener Mischung aus Schneematsch und Eiszapfen zurück. Tiefe Spuren zeigten, wo die ClanMechs sich bewegt hatten, aber davon abgesehen war von ihnen nichts zu entdecken. Offensichtlich hatte sich der *Puma* freigegegraben, wahrscheinlich mit der Hilfe des *Uller*, und dann waren beide Mechs abgezogen.

Sturm fragte sich, wie lange er bewußtlos gewesen war, und plötzlich wurde ihm klar, daß er am ganzen Körper zitterte. Es war weit unter Null, und außer dünnen Shorts und der Kühlweste hatte er nichts an. Seine Gliedmaßen wurden bereits taub, und wenn er nicht schleunigst einen Unterschlupf fand, würde er erfrieren.

Auf die umgekippte Pilotenliege gestützt zog Sturm sich langsam hoch und ging um den Sitz herum auf die andere Seite, um nach der Notfallausrüstung zu sehen.

Gott sei dank, es ist noch alles da, dachte er, als er die schmale Kiste unter der Rücklehne hervor zog. Darin lagen eine wärmeisolierte Hose, die er hastig über die Schuhe zog, und eine leichte, ebenfalls wärmeisolierte Jacke. Die Kühlweste behielt er unter der Jacke an. Ohne Pumpe, um die Kühlflüssigkeit zirkulieren zu lassen, half sie seine Körperwärme zu speichern. Fertig angezogen stöberte Sturm in der Notfallausrüstung nach allem, was er in seiner Situation noch gebrauchen konnte. Er nahm den Notfalltornister einschließlich der Erste-Hilfe-Ausrüstung heraus und schnallte sich den dazugehörigen Maschengürtel um die Hüfte. Außerdem hatte er noch die Laserpistole und das Fahrtenmesser in der Knöchelscheide. Beide Waffen hatten den rasanten Ausstieg aus dem *Thorn* unbeschadet überstanden.

Nachdem er sich ausgerüstet hatte, wurde es Zeit, sich um eine Unterkunft zu kümmern. Er fühlte sich zwar bereits etwas wärmer als noch kurz zuvor, aber es konnte nicht mehr lange dauern, bis es Nacht wurde, und dann würde es *wirklich* kalt werden. Eine Nacht im Freien konnte er unmöglich überleben. Er brauchte einen windgeschützten Unterschlupf, an dem er möglicherweise ein Feuer machen konnte.

Kurz dachte er an den *Thorn*. Nein, von seinem Mech war nicht genug übrig geblieben, um ihm Schutz zu bieten, selbst wenn Sturm das Risiko eingegangen wäre, ins Tal hinabzuklettern. Er spielte auch kurz mit dem Gedanken, einen Iglu oder eine Eishütte zu bauen. Während des Arktis-Überlebenstrainings, das für alle Lanciers auf Kore zum Pflichtprogramm gehörte, hatte er es gelernt, aber auch dazu hätte er hinunter ins Tal steigen müssen, und er wußte nicht, ob er dieses Wagnis eingehen wollte.

Die Alternative bestand darin, aufwärts zu klettern. Die Talwände waren ziemlich steil, und er hatte keine Kletterausrüstung. Außerdem würde ihn sein verletzter

Arm behindern. Aber aus den Forschungsergebnissen seines Vaters wußte Sturm, daß die Jotunberge von Höhlen und Tunneln durchsetzt waren. Die zahlreichen vulkanischen Formationen Kores waren ein beliebtes Gesprächsthema Dr. Kintaros. Das Gebirgsmassiv war voll von alten Lavatunneln und Dampfschloten, in denen häufig spektakuläre Kristall- und Erzstrukturen zu finden waren. In einem davon würde Sturm unterschlüpfen können, und wenn er Glück hatte, fand er sogar einen aktiven Dampfschlot oder eine heiße Quelle, in deren Nähe er sich wärmen konnte, ohne gleich bei lebendigem Leib gesotten zu werden. Das würde ihm eine Chance geben, sich sein weiteres Vorgehen zu überlegen.

Einen Moment stand er auf dem Felssims und schaute die Bergwand hinauf. Das ganze Ausmaß dessen, was er sich da vorgenommen hatte, raubte ihm fast den Atem. Selbst wenn er einen Unterschlupf fand, war er immer noch zwei Dutzend Kilometer von der Heimatbasis in einer lebensfeindlichen Umgebung gestrandet, und daheim erwarteten ihn die Clanner. Falls sie nicht einfach alle umbrachten und …

Nein! Er schüttelte heftig den Kopf, um derartige Gedanken zu vertreiben. Es brachte ihm gar nichts, sich jetzt selbst Angst einzujagen. Er mußte sich auf die aktuelle Situation konzentrieren. Sturm erinnerte sich daran, was Krenner ihn gelehrt hatte: *»Erst einmal geht es darum, am Leben zu bleiben. Um alle anderen Probleme kannst du dich später kümmern.«* Er biß die Zähne zusammen und machte sich auf den Weg den Berg hinauf.

Er kam nur langsam voran. Mehrmals rutschte er auf dem glatten Fels fast ab und stürzte, aber es gelang ihm doch noch, sich festzuklammern. Schon nach wenigen Minuten pochte und brannte seine Schulter, aber Sturm klammerte sich an die Schmerzen, wie er es gelernt hatte, und benutzte sie dazu, sich weiter zu treiben, wach und aufmerksam zu bleiben. Der Schmerz war wie eine Hitzewelle, die sich durch den restlichen Körper ausbreitete. Auf eine perverse Art und Weise war er fast angenehm.

Kintaro zog sich auf einen anderen Sims und brach zusammen. Er mußte sich ein paar Sekunden ausruhen. Allzu lange konnte er nicht bleiben. Es wurde bereits dunkel. Nicht mehr lange, und er würde nicht genug sehen können, um weiterzuklettern. Er hatte keine Ahnung, wie lange er schon unterwegs war, aber es kam ihm wie eine Ewigkeit vor. Er blieb kurz auf einer Seite liegen, und sein stoßweiser Atem kondensierte in der eisigen Luft zu kleinen Dunstwolken.

Plötzlich hörte er etwas ganz in der Nähe, ein dumpfes, knurrendes Geräusch. Er blieb einen Moment reglos liegen und versuchte herauszufinden, woher das Geräusch kam, dann wurde ihm abrupt klar, daß er auf der um seine Hüfte geschnallten Laserpistole lag. Als er sich umdrehte, blickte Sturm auf und sah eine große, weißbepelzte Gestalt aus einem dunklen Spalt in der Bergwand treten. Die Gestalt war groß, fast so groß wie Sturm, bewegte sich auf vier Beinen und hatte ein bleiches Fell, dessen Farbe den Schneeflecken auf dem Felssims entsprach. Ihre lange Schnauze war mit scharfen weißen Zähnen bestückt, die zwischen den schwarzen Lippen und unter der ebenso schwarzen Nase drohend bleckten, als sie knurrend näherkam.

Ein Winterwolf! Der Winterwolf war eine einheimische Tierart Kores. Die Eierköpfe der biologischen Forschungsabteilung vermutete, daß er zusammen mit anderen Lebensformen vor Jahrhunderten im Rahmen eines fehlgeschlagenen Kolonisierungsversuchs auf Kore heimisch gemacht worden war und ursprünglich von terranischen Vorfahren abstammte, die genetisch an das Überleben in der Polarwildnis angepaßt worden waren. Winterwölfe gehörten zu Kores größten und gefährlichsten Raubtieren. Sie hatten breite Pfoten, die es ihnen gestatteten, ihre Beute über die Schneewüsten zu hetzen und sich durch das zerklüftete Terrain der Berglandschaften zu bewegen, in denen sie auch ihre Bauten etablierten. Dieser Wolf war keine vier Meter von Sturm entfernt, und er wirkte hungrig. Normalerweise griffen Winterwölfe keine Siedlungen an, aber es gab Berichte von Angriffen auf einzelne Personen in der Wildnis.

Und ich muß wie ein lahmes Mitglied der Herde wirken, dachte Sturm. Er wälzte sich langsam, vorsichtig herum und griff nach der Laserpistole. Er öffnete die Holsterklappe und legte die tauben Finger um den Griff. Sein Pech, daß er sich als Linkshänder ausgerechnet den linken Arm verletzt hatte. Dadurch mußte er die Waffe mit der schwächeren Hand ziehen. Als der Wolf erneut knurrte, warf sich Sturm zur Seite und riß die Pistole aus dem Holster so schnell er konnte.

Der Winterwolf griff an. Sturm Kintaro schoß. Der Laserimpuls brannte mit einem Krachen abrupt erhitzter Luft und dem Gestank verbrannten Fells und Fleischs eine Spur an der rechten Flanke des Tiers entlang. Das hundert Kilo schwere Raubtier krachte gegen Sturm, und beide rollten über den Sims, bis sie gefährlich dicht an der Kante zum Stillstand kamen.

Sturm versuchte, dem Wolf einen Schlag auf den Hals zu versetzen, aber sein verletzter linker Arm war zu schwach, um dem Hieb die nötige Wucht zu geben. Der Winterwolf stürzte sich mit gefletschten Zähnen auf Sturms Kehle. Sturm riß den Laser herum und feuerte wieder. Ein leuchtender, rubinroter Lichtstrahl zuckte aus der Mündung und bohrte sich durch den Hals des Tieres.

Ein furchtbares Bruzzeln wurde vom Knall des Laserstrahls beendet, dann brach das Aufheulen des Winterwolfs abrupt ab, als der Energiestrahl seine Kehle und Stimmbänder wegbrannte. Ein gewaltiges Gewicht fiel auf Sturms Brust, und vom Gestank des verkohlten Fells und Fleischs wurde ihm übel.

Es gelang Sturm, den toten Winterwolf mit den Beinen zur Seite zu stoßen. Er lag mehrere Sekunden keuchend nur da, bevor er nachsah, ob er verletzt war. Die Krallen und Zähne des Winterwolfs hatten ihm ein paar kleinere Kratzer an den Armen eingetragen, und eine lange, blutige Schnittwunde, wo die Hinterpfoten des Wolfs seine Hose aufgerissen hatten, aber davon abgesehen, war er unverletzt.

Kintaro, dachte er. *Was bist du doch für ein Glückspilz.* Aber es war trotzdem zu empfehlen, daß er sich in Bewegung setzte, bevor sein Glück ihn verließ. Er richtete sich mühsam auf und starrte auf das tote Raubtier hinab, als ihm plötzlich etwas einfiel.

Er blickte hoch zu der dunklen Felsspalte, aus der der Winterwolf aufgetaucht war. Eine Höhle! Eine Höhle bedeutete Unterschlupf, Wärme, Überleben. Natürlich konnte diese Höhle, wenn sie der Winterwolf als Bau benutzt hatte, auch zusätzliche Gefahr in Gestalt eines zweiten erwachsenen Wolfs oder eines Wurfs von Jungen bedeuten, aber inzwischen war Sturm zu mitgenommen, um sich noch abschrecken zu lassen, und wählerisch zu sein, konnte er sich nicht mehr leisten. Er ging zu der dunklen Höhlenöffnung hinüber und duckte sich hinein. Im schwächer werdenden Tageslicht erkannte er, daß sie reichlich eng war – mit ausgestreckten Armen konnte er beide Seitenwände berühren –, aber die Höhle erstreckte sich bis tief in den Berg und verlor sich in der Dunkelheit. Der Boden war glattgeschliffen und mit den Knochenresten verschiedener Beutetiere des Winterwolfs übersät.

Beinahe instinktiv stellte Sturm einen Näherungssensor aus dem Notfallset am Höhleneingang auf und heizte mit dem Laser einen kleinen Stapel Steinbrocken als Wärmequelle auf. Dann brach er an der Höhlenwand zusammen. Er wußte wohl, daß er die Kratzer von dem Kampf mit dem Winterwolf so schnell wie möglich reinigen mußte, und daß er wahrscheinlich auch gut daran getan hätte, seinen verletzten Arm zu versorgen, aber im Augenblick war er nur müde, so müde, daß ihm alles egal war. Seine letzten Gedanken, bevor er einschlief, drehten sich um die Hoffnung, daß der Wolf ein Einzelgänger gewesen war und die Frage, welchen Grund die Clans gehabt haben könnten, nach Kore zurückzukehren. Dann umfing ihn die Nacht.

10

Niffelheim, Kore
Peripherie

11. April 3060

Laura Metz' Welt stand kopf, und es gab kaum etwas, was sie dagegen tun konnte. Sie stand in der schmalen Gasse, vor ihrem Mund kondensierte der Atem zu weißen Dunstwolken, und sie versuchte sich zusammenzureißen und sich darüber klarzuwerden, was sie als nächstes tun sollte. Vorgesehen war für diesen Fall, daß sie sich in die Deckung besser zu verteidigender Gebäude tiefer im Stadtinneren zurückzogen, aber gab es überhaupt eine Verteidigung gegen einen Angriff wie *diesen*?

Vier Clan-OmniMechs marschierten in die Stadt ein. Angeführt wurden sie von einem riesenhaften, fünfundsiebzig Tonnen schweren *Mad Cat*, einer geduckten Mechkonstruktion mit keulenartig ausladenden Armen, die vor schweren Waffen starrte. Hinter ihr folgten ein *Fenris*, ein *Puma* und ein *Uller*. Der *Puma* und der *Uller* ähnelten von der Konstruktion her dem *Mad Cat*, mit waagerechtem, zwischen großen Vogelbeinen hängendem Torso, unter dessen schweren Schritten der Boden erzitterte. Der *Fenris* war eine kantig humanoide Konstruktion, deren einer Arm in einer modellierten Hand endete, über der ein Raketenwerfer plaziert war, und der andere im Lauf einer Partikelprojektorkanone.

Laura war eine Schlammstampferin, ein Mitglied des kleinen Infanteriekontingents der Kore-Lanciers, und eines der wenigen Einheitsmitglieder, die sich in Niffelheim aufgehalten hatten, als es losgegangen war. Die meisten Lanciers waren nicht verfügbar. Entweder wurden sie in der Zentrale gefangengehalten, oder sie waren bereits tot. Laura dachte an ein paar ihrer Freunde, die gerade Dienst hatten, und fragte sich, was aus ihnen geworden sein mochte. Aber jetzt war nicht der Zeitpunkt für Trauer oder Sorgen. Ihr Hauptziel mußte sein, selbst am Leben zu bleiben, und die Chancen dafür standen gar nicht gut.

Die ClanMechs hatten ohne Vorwarnung angegriffen, die Kommandozentrale unter ihre Kontrolle gebracht und Kores Mechverteidigung vernichtet oder kampfunfähig gemacht. Ohne Mechs oder die Panzerfahrzeuge, die in der Basis stationiert waren, hatte Niffelheim zu seiner Verteidigung nur vereinzelte Fahrzeuge aufzubieten, ein paar Soldaten, die ihre Freizeit hier verbracht hatten, und eine spärliche Miliz, deren Ausbildung ebensoviel zu wünschen übrig ließ wie ihre Ausrüstung. Gegen vier der gewaltigsten Kampfmaschinen, die menschlicher Erfindungsgeist je entwickelt hatte, besaßen sie nicht den Hauch einer Chance.

Trotzdem hatte Stabsfeldwebel Krenner die wenigen verfügbaren Truppen zusammengezogen, um die Stadt gegen einen Angriff der ClanMechs zu verteidigen, und jetzt, kurz nach Einbruch der Nacht, war es soweit. Ihre Positionslichter machte die furchteinflössenden Kampfkolosse unübersehbar, als sie die wenigen Kilometer zwischen Niffelheim und der Lancier-Basis zurücklegten. Ein Teil der Infanterie hatte an der Stadtgrenze Stellung bezogen, bewaffnet mit KSR-Werfern, schweren Maschinengewehren und allem, was sich in der Waffenkammer sonst noch hatte auftreiben lassen. Es war nicht viel gegen zig Tonnen schwere wandelnde Stahlgiganten, bestückt mit Lichtwerfern und PPKs, aber es war alles, was sie hatten.

Laura beobachtete, wie die Mechs sich der Stadt beinahe gemächlich näherten. Sie hatten es nicht eilig und wußten ohne Zweifel genau, welche entmutigende Wirkung der Anblick derart riesenhafter Kampfmaschinen auf die Truppen und die Zivilbevölkerung haben mußte. Sie ließen sich Zeit. Wohin hätten die Niffelheimer auch fliehen sollen? Dies war die einzige Siedlung des Planeten, seine gesamte restliche Oberfläche war Eiswüste und Wildnis. Die Menschen saßen in ihrer Stadt fest, konnten nichts tun als auf die Ankunft der Mechs zu warten.

Krenner hatte allen befohlen, abzuwarten, bis die Mechs in optimaler Reichweite waren. Munition war kostbar, und sie konnten es sich nicht leisten, auch nur einen Schuß zu vergeuden. Die Kampfkolosse wurden immer größer, kamen immer näher heran, bis Krenner endlich den Feuerbefehl gab.

Mehrere der KSR-Werfer waren mit Infernos geladen. Die Raketen überschütteten die Mechs mit loderndem, klebrigen Brandgel, das die Panzerung angriff und die Wärmetauscher mit seiner enormen Hitzeentwicklung überlastete. Die Infernos schleuderten gewaltige Dampfwolken in den frostigen Nachthimmel Kores, bremsten die Mechs aber kaum. Die Maschinen der Angreifer schluckten das Schlimmste, was die Lanciers gegen sie aufzubieten hatten, und marschierten weiter.

Die Vergeltung ließ nicht auf sich warten. Laserfeuer der Feindmechs strich über die Infanterielinien. Selbst ein leichter Mechlaser feuerte genügend Energie ab, um einen Menschen beinahe zu verdampfen und nur noch verkohlte Asche und ein paar Knochen zurückzulassen. Laura mußte mit ansehen, wie einige ihrer Kameraden in den teuflischen grünen Lichtbahnen verbrannten, die über das Schlachtfeld schwenkten. Eine Autokanonensalve des *Uller* zertrümmerte einen Geländewagen. Er wurde regelrecht in die Luft geschleudert, überschlug sich und krachte, von den Explosivgranaten in Stücke gerissen, acht Meter entfernt wieder zu Boden.

Feldwebel Krenner befahl sofort den Rückzug, und

Niffelheims Verteidiger zogen sich in die Stadt zurück. Die Straßen waren an verschiedenen Stellen vermint, so, daß ein BattleMech nötig war, um die Sprengladungen auszulösen. Die Detonationen brachten mehrere Häuser zum Einsturz, und Laura sah einen der Mechs, den *Uller*, falls sie sich nicht täuschte, leicht schwanken und unter dem Aufprall der Trümmer ins Stolpern kommen, doch dann richtete er sich wieder auf. Die vier feindlichen Maschinen wateten unbeeindruckt durch alles, was die Verteidiger Niffelheims ihnen entgegenschleuderten. Sie schienen unaufhaltsam. Sie kamen einfach immer näher.

Die Lanciers verlegten sich auf Straßenkampftaktiken, griffen die Mechs mit Maschinengewehren und tragbaren Infernowerfern an. Sie ähnelten einem Schwarm von Insekten, der auf die metallenen Riesen einstach, wo sich die Gelegenheit bot, um sie zum Rückzug zu zwingen. Gelegentlich schlug einer der Mechs nach den Soldaten, zertrümmerte mit einer gewaltigen Armbewegung ein Gebäude oder zerkochte sein Ziel in einem Inferno von Laserfeuer. Es dauerte nicht lange, bis die restlichen Truppen sich in voller Flucht befanden. Feldwebel Krenner hatte ihnen befohlen, sich in die Verwaltungsgebäude im Herzen der Stadt zurückzuziehen. Dort würden sie sich zum letzten Aufgebot gegen die Invasoren sammeln.

Laura beugte sich um die Hausecke und sah hinaus auf die Straße. Sie war weitgehend verlassen. In der Ferne heulten Sirenen, und sie konnte einen der knapp über die Hausdächer ragenden Mechs sehen, der mehrere Querstraßen weiter durch die Stadt stampfte. Die Schritte der titanischen Maschinen ließen den Boden erzittern, und Lauras Puls dröhnte fast ebenso laut in ihren Ohren. Sie faßte ihr Sturmgewehr fester und rannte die Straße hinab, duckte sich ab und zu in Gassen und Eingänge, um nach näherkommenden Mechs oder ihnen in die

Stadt folgenden Fußtruppen Ausschau zu halten. Aber die schien es nicht zu geben.

Wenigstens etwas. Sie überzeugte sich, daß die Luft rein war, bevor sie zum nächsten Hauseingang sprintete. Die Außenbezirke der Stadt waren bereits evakuiert. Nur die Soldaten hielten sich noch hier auf. Laura hatte den Rest ihrer kleinen Einheit aus den Augen verloren, als beinahe ein Haus über ihnen eingestürzt wäre. In dem Chaos und der Verwirrung, unter einer Wolke von Staub und Qualm und verfolgt von einen der Clan-Mechs, hatten die Lanciers sich verteilt, und Laura war gezwungen, sich allein einen Weg durch das verlassene Stadtviertel zu suchen.

Plötzlich sah sie helle Lichter die Straße herabkommen. Eine Sekunde glaubte sie, es könnte ein BattleMech sein, aber dann erkannte sie die Scheinwerfer eines kleinen Wagens. Sie entschloß sich, das Risiko einzugehen, daß es sich um ein Clan-Fahrzeug handelte, und trat aus den Schatten, um zu winken. Der Wagen kam wenige Meter entfernt zum Stehen, und sie rannte zur Beifahrertür.

Der ältliche Asiate hinter dem Steuer sah sie überrascht an. Ein Zivilist? Was, zum Teufel, hatte der hier draußen verloren?

»Was machen Sie …?« setzte sie an.

Der Mann schüttelte nur den Kopf.

»Steigen Sie ein«, sagte er. Laura dachte nicht daran, ihm zu widersprechen. Sie öffnete die Tür und kletterte hastig in den kleinen Schweber. Sie hatte kaum Zeit, sich zu setzen, als der Fahrer bereits wieder beschkeunigte, und sie mit steigender Geschwindigkeit die Straße hinabjagten.

»Danke, Herr …?«

»Doktor«, erwiderte er. »Dr. Hidoshi Kintaro.«

»Obergefreite Laura Metz«, antwortete sie und schob ihr Gewehr seitlich neben den Sitz, so, daß sie es jederzeit fassen konnte. »Sie müssen zur Planetologischen Forschunsgsabteilung gehören. Ich dachte, Sie wären alle schon evakuiert worden.«

Der Doktor verzog das Gesicht. »Sind wir auch. Aber ich konnte nicht alle meine Notizen und Forschungsunterlagen zurücklassen.« Er deutete auf mehrere auf dem Rücksitz gestapelte Plastikkisten. »Sie repräsentieren Jahre harter Arbeit. Ich konnte nicht riskieren, das sie zerstört werden.«

»Sie haben für einen Haufen Forschungsdaten Ihr Leben riskiert?« *Dieser Kerl muß zäher sein als er aussieht,* dachte sie.

Dr. Kintaro nickte nur.

»Wohin fahren wir?« fragte Laura.

»Ins Verwaltungszentrum. Dorthin wurden doch alle evakuiert, oder?«

»Ja, auch wenn ich nicht weiß, ob das viel ... VORSICHT!«

Als der Schweber um eine Ecke bog, krachte fast unmittelbar vor ihnen ein gewaltiger Metallfuß auf die Straße. Es war der *Puma*. Der ClanMech ragte hoch über ihnen auf, und sein abgeflachter Torso drehte sich in ihre Richtung.

Kintaro riß das Steuer hart zur Seite. Der Schweber rutschte kreischend um den riesigen Mechfuß herum und schoß über die Kreuzung. Er trat das Gaspedal durch, und der Schweber raste mit heulenden Hubpropellern die leere Straße entlang.

Der *Puma* drehte sich und folgte ihnen wie ein von der plötzlichen Flucht eines Beutetiers angelocktes Raubtier.

»Er verfolgt uns!« schrie Laura gegen das Heulen der Motoren an.

»Das sehe ich selbst!« brüllte Dr. Kintaro zurück. »Er schneidet uns aber auch den direkten Weg zum Zentrum ab. Wir müssen einen Umweg machen.«

»Hier durch!« befahl Laura und deutete in eine Seitenstraße. Zum Glück war Dr. Kintaro nicht in der Stimmung, zu widersprechen. Er riß den Schweber einfach hart nach rechts, und das Heck brach kurz aus und wedelte über die ganze Straßenbreite, bevor es sich wieder stabilisierte. Dem Mech würde eine so abrupte Kurve schwerer fallen, und im Labyrinth der schmalen Stadtstraßen hatten sie eine Chance, ihn abzuschütteln. Laura dankte Gott, daß der *Puma* seine riesigen PPKs nicht abfeuerte. Ein Treffer damit hätte genügt, den Wagen in einen Haufen Metallsplitter zu zerblasen.

Das sind wir nicht wert, dachte sie. *Er spielt mit uns, wie eine Katze mit der Maus, und er will sich den Spaß nicht verderben.* Natürlich mußten sie damit rechnen, daß er sie wahrscheinlich mitsamt dem Schweber verdampfen würde, sobald ihm die Verfolgungsjagd langweilig wurde.

Der Schweber rutschte gerade in die nächste Kurve, als der *Puma* wieder in Sicht kam. Der Mech bewegte sich mit beachtlichem Tempo, streifte ab und zu ein Gebäude, brachte Mauern zum Einstürzen und zertrampelte alles, was ihm in den Weg kam. Der Pilot kümmerte sich einzig und allein um seine Jagdbeute, und plötzlich sah Laura eine Möglichkeit, das zu ihrem Vorteil auszunutzen.

»Da hinüber!« rief sie Dr. Kintaro zu. »Durch diese Straße!« Der Planetologe bog gehorsam ab und raste in die angegebene Richtung. Laura kniff die Augen zusammen und versuchte, die Dunkelheit zu durchdringen, die sich über die Stadt gelegt hatte. Ohne Lichter aus den Häusern und von den Straßenlaternen mußte sie sich allein anhand der Schweberscheinwerfer orientieren. Es mußte doch hier irgendwo ... da. Sie sah den etwa drei Meter über dem Boden quer über die Straße gespannten Draht. Der *Puma* holte auf, als der Schweber unter dem Draht hindurchschoß.

»Bleiben Sie unten und halten Sie sich fest, Dokterchen«, meinte sie, als der BattleMech hinter ihnen heranpreschte.

Sekunden später zerriß der *Puma* den Draht und löste die Sprengladungen aus, die von den Lanciers auf beiden Seiten der Straße gelegt worden waren. Die gerichteten Sprengladungen explodierten zur Straßenmitte hin, und die Wucht ihrer Detonation ließ den Boden erzittern. Asphalt- und Mauerbrocken prasselten auf den Mech, und die Hauswände auf beiden Seiten brachen in wogenden Staubwolken über ihm zusammen.

Der von den Explosionen völlig überraschte *Puma* bewegte sich zu schnell. Er rannte weiter, und sein ausladender Metallfuß senkte sich auf einen rutschenden Schutthaufen. Der Mech kippte nach vorne und knallte mit einem dröhnenden Krachen auf den Asphalt. Schwere Schuttstücke stürzten unter der Erschütterung auf seine dünne Rückenpanzerung.

»Jaaaa-HUUU!« juchzte Laura beim Anblick des am Boden liegenden OmniMechs. »Nimm das, du Clan-Bastard!« Der Sturz und die Explosion hatten den *Puma* sicher nicht kampfunfähig gemacht, aber es würde den Piloten eine Weile kosten, seine Maschine wieder auf die Beine zu bringen, und sie hatten zumindest einen gewissen Schaden angerichtet.

»Sehr schlau«, bemerkte Dr. Kintaro mit einem trokkenen Lächeln. Laura bedankte sich mit einem breiten Grinsen. Ihre Zähne strahlten weiß aus dem von Schweiß und Schmutz verschmierten Gesicht. »Leider könnte sich Ihr Jubel als verfrüht herausstellen«, meinte der Doktor, als der Schweber um die Ecke zum Verwaltungszentrum bog und beinahe die turmhohen Beine des 75t-*Mad Cat* rammte. Der monströse Mech beugte seinen Rumpf zu ihnen herab, und Laura glaubte fast, sie könnte das verdammte Ding lächeln sehen.

11

Jotunberge, Kore
Peripherie

12. April 3060

Sturm wachte am nächsten Morgen mit der Gewißheit auf, nicht tot zu sein. Als Toter hätte er nicht annähernd solche Schmerzen haben können. Er war kalt und steif und wund nach der Nacht in der Höhle, aber gleichzeitig war er auch dankbar, noch zu leben, und im hellen Tageslicht, das durch den Höhleneingang hereinfiel, schienen auch seine Verletzungen nicht mehr ganz so schlimm.

Vorsichtig hebelte er sich in eine sitzende Haltung hoch und zog den Medpack aus dem Notfalltornister. Erste Hilfe und Feldscheraufgaben waren ihm vom ersten Tag seiner Mechanwärterausbildung eingedrillt worden, und jetzt war Sturm dankbar dafür. Er säuberte und verband die Schnitte und Kratzer, die ihm die Krallen des Winterwolfs beigebracht hatten, sorgfältig und hoffte, daß sie sich nicht entzünden würden. Aber die Antibiotika in seiner Ausrüstung sollten auch dagegen helfen. Er legte sich auch einen Stützverband um den gezerrten linken Arm an. Dann betrachtete er seine Situation.

Sie war reichlich entmutigend. Sein Mech war zerstört. Er konnte theoretisch hinunterklettern und etwas an nützlicher Ausrüstung bergen, aber es war wenig wahrscheinlich, daß nach der Reaktorüberlastung noch allzuviel übrig war. Und selbst wenn er sich auf den Rückweg macht, würde er mit einem verletzten Arm zurück ins Tal klettern müssen, und nach der Lawine, die er gegen den *Puma* ausgelöst hatte, war damit zu rechnen, daß auch andere Teile des schneebedeckten Hangs nachrutschen könnten. Hinzu kam, daß der Feind, falls er noch nach ihm Ausschau hielt, damit sicher beim Wrack seines Kampfkolosses beginnen würde, auch wenn Sturm kaum daran glaubte, daß jetzt noch irgend jemand nach ihm suchte, weder Freund noch Feind. Er war allein.

Von der Basis war er abgeschnitten. Sein kleines Funkgerät war zu schwach, um sie durch die Interferenzen zu erreichen, die von den Magnetfelden und Metallerzen des Gebirges erzeugt wurden, selbst wenn es dort noch lebende Lanciers geben sollte, die er hätte anfunken können. Und selbst dann konnte er sich sein, daß der Feind alle Frequenzen überwachte. Das hätte verraten, daß er er noch lebte, und wahrscheinlich hätten die Invasoren sogar anpeilen können, wo er war. Andererseits mußte er, wenn auch mürrisch, zugeben, daß Gefangenschaft momentan durchaus ihren Reiz hatte. Wenigstens wäre er im Arrest warm und würde etwas zu essen bekommen.

Er holte einen Proviantriegel aus dem Rucksack und riß die Verpackung auf. Während er langsam kaute, dachte er nach. Der Riegel schmeckte nach nasser Pappe und half kaum gegen das Knurren im Magen. Jetzt wünschte Sturm sich, er hätte vor dem Simulatortraining am Tag zuvor nicht aufs Mittagessen verzichtet. Er hatte sich auf ein anständiges Abendessen nach dem Entladen der *Tammuz* gefreut. Wie weit entfernt diese Zeit und diese Gedanken angesichts seiner jetzigen Lage plötzlich schienen.

Ich könnte es vielleicht zu Fuß bis Niffelheim schaffen, dachte er. *Es wäre ein langer Marsch über die eisige Tundra, über zwanzig Kilometer, und das Gelände ist voller unter dem Schnee versteckter Felsspalten und Löcher, die für einen BattleMech nicht mehr als Schlaglöcher sind, aber für einen einzelnen Wanderer zu Todesfallen werden können. Aber ich kann mich nicht ewig hier in einer Höhle verkrichen und darauf warten, daß jemand kommt und mich findet.* Seine Feldflasche mit dem eingebautem Filter und der reichlich vorhandene Schnee konnten ihm beinahe endlos Wasser liefern, aber die Proviantriegel reichten nur für ein paar Tage, eine Woche vielleicht, wenn er sie sorgsam rationierte. Danach würde er hungern müssen, falls er nicht auf die Jagd ging. Seine Gedanken wanderten kurz zu dem Winterwolf, den er außerhalb der Höhle getötet hatte, sofern dessen Kadaver nicht bereits von einheimischen Aasfressern weggeschleift oder abgenagt worden war. Es war kein hübscher Geanke, aber wenn es ums Überleben ging, konnte er sich keine Zimperlichkeiten leisten.

Eine noch wichtigere Sorge als die Nahrung wahr allerdings, daß seine Laserpistole nur eine begrenzte Leistung hatte. Abgesehen von dem Fahrtenmesser in der Knöchelscheide war sie seine einzige Waffe und vor allem seine einzige Möglichkeit, Wärme zu erzeugen. Vielleicht konnte er von den Bäumen und Büschen im Gebirge genug Holz für ein Feuer sammeln, aber in der Tundra gab es nichts, was er als Brennmaterial hätte verwenden können. Und seine leichte Isolierkleidung war auch nicht für längere Aufenthalte ihm Freien ausgelegt.

Zurück in die Stadt und in Gefangenschaft zu gehen ist eindeutig besser, als zu erfrieren oder zu verhungern. Immer vorausgesetzt natürlich, daß dieClan-Invasoren nicht einfach planten, aus reinem Prinzip die gesamte Bevölkerung Kores abzuschlachten. In dem Falle würde Sturm zu seiner Hinrichtung marschieren. Aber auch ein schnelles, sauberes Ende war besser als der langsame Hunger- oder Kältetod. Außerdem glaubte Sturm nicht daran, daß die Clans ohne einen Anlaß mordeten. Sie töteten sicherlich ohne jede Gnade. So ziemlich jeder auf Kore hatte bei der letzten Clan-Invasion jemanden verloren. Aber es paßte nicht zu ihnen, grundlos zu töten.

Genaugenommen machte die ganze Invasion keinen Sinn, je länger Sturm darüber nachdachte. Warum sollten Clan Jadefalke Kore überfallen? Sicher, sein Besatzungsgebiet lag diesem System am nächsten, aber welchen Wert konnte Kore für ihn haben? Er schnappte sich die Feldflasche und ging zum Höhleneingang, während er sich diese Frage durch den Kopf gehen ließ. An der Höhlenöffnung stopfte er mehrere Handvoll Schnee in die obere Kammer der Flasche. Sobald er geschmolzen war, würden die Wasserfilter der Flasche ihm klares Trinkwasser liefern, mit dem er seinen Durst löschen und den unangenehmen Geschmack des Proviantriegels wegspülen konnte.

Die vorigen Clan-Invasoren waren Stahlvipern gewesen. Vielleicht hatten die Jadefalken Kore als eine Art Ehrensache überfallen. Die Vipern hatten das System verloren, also mußte ein anderer Clan einspringen. Die Clans besaßen einen komplizierten Ehrenkodex, und es machte häufig den Eindruck, als versuchten sie, einander auszustechen. Trotzdem schien ihm das ein Erfolg, der den Einsatz kaum lohnte: die Eroberung einer Bergwerkskolonie, die gerade mal von einer einzelnen leichten Mechlanze verteidigt wurde. Die Clans bevorzugten Herausforderungen. Jedenfalls hatte Sturm das gehört.

Auch der Ablauf des Überfalls stimmte nicht. Als die Stahlvipern vor zehn Jahren gekommen waren, hatten sie nicht den geringsten Versuch unternommen, ihre Ankunft geheimzuhalten oder ihren Gegner zu überraschen. Ihre Landungsschiffe hatten einfach auf Kore aufgesetzt, und die ClanMechs und Elementare waren losmarschiert und hatten sich geholt, was sie wollten. Sturm erinnerte sich an einen Bericht der Invasion, den er gelesen hatte. Der Clan-Kommandeur war sogar so weit gegangen, Sturms Mutter, die damals die Kore-Lanciers befehligt hatte, anzufunken und sie zu fragen, wo sie den Kampf austragen wollte und welche Truppen sie ins Gefecht führen würde. Alles war sehr geradeheraus verlaufen, ohne die geringste Hinterlist. Warum versteckten diese Clanner sich jetzt in einem alten erbeuteten Landungsschiff wie der *Tammuz*, statt ein eigenes Schiff zu benutzen oder die BattleMechs gleich aus der Stratosphäre abzuwerfen?

Und es waren nur vier Mechs. Die Armeen der Freien Inneren Sphäre gruppierten ihre BattleMechs in Vierergruppen zu sogenannten »Lanzen«, der kleinsten Mecheinheit. Die Clans benutzten das Lanzensystem nicht. Ihre Einheiten setzten sich aus »Sternen« zu je fünf Mechs zusammen. *Warum waren an Bord der* Tammuz *nur vier Mechs? Vielleicht gab es noch einen fünften, den ich nicht gesehen habe, aber das ist unwahrscheinlich. Wozu sollte einer der Mechs an Bord des Landungsschiffs bleiben?* Möglicherweise hatte das mit irgendeiner wirren Clan-Vorstellung von Ehre zu tun, nur vier Kampfkolosse gegen die vier Maschinen der Lanciers einzusetzen, aber irgendwie war das nicht glaubhaft.

Sturm wußte, daß es ihm nichts brachte, nur hier herumzusitzen und nachzudenken. Er zögerte das Unvermeidliche nur hinaus. Er mußte entscheiden, wie er weiter vorgehen wollte, und was das betraf, schien er nicht viel Wahl zu haben. Er mußte zurück nach Niffelheim und sich dort vielleicht der Miliz anschließen oder etwas in der Art, falls er es überhaupt bis zur Stadt schaffte, ohne in Gefangenschaft zu geraten oder umzukommen.

Er entschied sich, dem Winterwolf das Fell abzuziehen, um sich etwas zusätzliche Wärme zu verschaffen. Möglicherweise konnte er auch etwas von dem Fleisch trocknen und mitnehmen, für den Fall eines Falles. Es würde sicher nicht sonderlich gut schmecken, aber schlimmer als die Proviantriegel konnte es auch nicht sein. Er zog sich die leichte Jacke enger um den Körper und trat aus der Höhle ins helle Sonnenlicht. Es war eisig, aber wenigstens war der Wind nicht allzu stark.

Die anderen Raubtiere schienen den Winterwolfkadaver ignoriert zu haben. Er lag steifgefroren auf dem Felssims, wo Sturm ihn zurückgelassen hatte. Kintaro packte ihn an den Hinterbeinen und zerrte ihn in die Höhle. Bevor er irgend etwas damit anfangen konnte, mußte der Kadaver zumindest ansatzweise auftauen, also sammelte er draußen etwas Holz und Gestrüpp und entfachte ein kleines Feuer. Mit Hilfe des Lasers konnte er das nasse Holz anzünden, und sofort stieg ein stetiger Rauch auf. Es war denkbar, daß jemand die Rauchfahne bemerkte, aber sonderliche Sorgen machte Sturm sich deswegen nicht. Die Invasoren würden sich kaum in der Nähe der Berge aufhalten.

Wahrscheinlich sind sie schon in die Stadt eingefallen, oder wenn nicht, kann es nicht mehr lange dauern.

Während er wartete, daß die Wärme des Feuers ihre Wirkung tat, entschied er sich, die Höhle etwas weiter zu erforschen, um nachzusehen, ob sich im Bau des Winterwolfs irgend etwas Nützliches fand, seien es Knochen oder vielleicht eine heiße Quelle als Wärmespender. Die Höhle war ziemlich eng und erstreckte sich ein gutes Stück in den Berg, weit genug, so daß Sturm die kleine Taschenlampe aus der Notfallausrüstung brauchte, um noch etwas zu erkennen.

Im hinteren Teil der Höhle reflektierte etwas das Licht, und Sturm ging vorsichtig weiter. Zuerst dachte er, es mit Eis, oder einer Art Kristall- oder Metallablagerung zu tun zu haben, aber als er näherkam, erkannte er, daß es eine metallene Wand war, die sich quer durch die gesamte Höhe und Breite der Höhle zog. Sie war leicht nach außen gewölbt wie eine Seite eines riesigen Metallzylinders.

Was, zum Teufel ...? Er klopfte leicht gegen die Wand und glaubte ein leises Echo zu hören. Wahrscheinlich lag hinter dem Metall ein Hohlraum. Es gab keinen erkennbaren Weg um oder durch die Wand. Sie bestand aus solidem Metall ohne sichtbare Nahtstellen oder Fugen. *Wer könnte so etwas hier installiert haben, und wozu?* fragte er sich, während er mit behandschuhter Hand über das kalte Metall strich. Einen kurzen Moment vermutete er, es könne etwas mit den mineralogischen Untersuchungen zu tun haben, aber sein Vater hatte nie etwas Derartiges erwähnt, und einen großen Teil der Untersuchungen in diesem Teil des Gebirges hatte Sturm selbst durchgeführt. Er war nie aufgefordert worden, irgendeine Meßinstallation zu plazieren oder zu überprüfen, die auch nur entfernt an dieses Gebilde erinnerte. Außerdem erstreckte sich das Metall geradewegs in den Fels. Es hätte einen Industrielaser gebraucht, die dazu notwendigen Schneidarbeiten durchzuführen.

Plötzlich boten sich Sturm ganz neue Optionen. Konnte das etwas mit dem Auftauchen der Jadefalken zu tun haben? Was auch immer hinter der Metallwand lag, konnte sich als nützlich erweisen. Vielleicht verbesserte es sogar Sturms Überlebenschancen. Er entschied sich, nachzusehen.

Das Metall war absolut eben und ließ keinerlei Zugangsmöglichkeit erkennen. Er sah keinerlei Anzeichen für einen Öffnungsmechanismus, also entschied er, daß die einzige Methode, herauszufinden, was auf der anderen Seite lag, darin bestand, sich hindurchzubrennen. Er regulierte den Strahl der Laserpistole heruner und benutzte den schwachen Energiestrahl als Schneidbrenner. Die Lichtbahn glitt wie ein glühendes Messer durch das Metall, und er zog sie langsam durch eine Kreisbahn, bis er ein fast einen Meter breites Loch geschnitten hatte. Die Arbeit verlangte seine ganze Konzentration, besonders, weil er den Laser mit der Rechten führen mußte. Schließlich erreichte er das Ende der Schnittbahn und trat hastig zurück, als die herausgeschnittene Metallplatte mit einem lauten, hallenden Knall auf den Höhlenboden fiel.

Sturm richtete die Lampe auf das Loch. Das Metall war tatsächlich Teil eines Zylinders. Es handelte sich um eine Art Schacht, der senkrecht durch den Berg verlief. Eine sanfte, kühle Brise strömte aus dem Loch, und seine glühenden Ränder kühlten bereits ab. Sturm achtete sorgfältig darauf, sie nicht zu berühren, als er den Kopf durch die Öffnung steckte, um sich umzusehen. Der Schacht erstreckte sich nach oben und unten in die Dunkelheit. Der Luftzug schien abwärts gerichtet zu sein, und er überlegte sich, ob er es vielleicht mit einem Lüftungsschacht zu tun hatte. In den Bergwerken bei Niffelheim hatte er schon ähnliches gesehen. Aber was sollte hier belüftet werden?

Es gab nur eine Möglichkeit, das herauszufinden. Eine kurze Überprüfung zeigte, daß die Ränder des Lochs inzwischen weit genug abgekühlt waren, so daß er sie gefahrlos berühren konnte. Kintaro zog den Notfalltornister vor die Brust und schwang erst ein Bein, dann auch das zweite über den Rand des Loches. Wenn er sich mit Schultern und Rücken an eine Seite des Schachts preßte und die Füße auf die gegenüberliegende Seite setzte, würde er langsam hinabklettern können. Einen Augenblick wünschte er sich, die Notfallausrüstung hätte ein Kletterseil enthalten, aber da war nichts zu machen. Er würde ohne auskommen müssen. Trotzdem, der Schacht war nicht allzu breit, und es müßte zu schaffen sein, solange sich der Durchmesser weiter unten nicht zu stark veränderte.

Wahrscheinlich würde er sich bei dieser Kletterpartie den Hals brechen, aber der mysteriöse Schacht konnte in seiner wenig beneidenswerten Situation völlig neue Perspektiven eröffnen. Er konnte sich die Gelegenheit nicht entgehen lassen, herauszufinden, wozu er diente. Immerhin bestand die Chance, daß er hier einen Ausweg fand.

Autsch, vorsichtig. Sturms gezerrter Arm pochte schmerzhaft, und er versuchte, sich hauptsächlich mit dem rechten Arm zu behelfen, den er gegen die Schachtwand drückte, als er sich langsam abwärts schob. Das Metall war eiskalt, und unter der ständigen Berührung wurde seine Haut wie taub, aber die Anstrengung des Kletterns hielt ihn warm, und es dauerte nicht lange, bis Sturm in seiner Wintermontur ins Schwitzen geriet.

Er bewegte sich schätzungsweise acht Meter abwärts, und das schwache Licht aus dem Loch über ihm verblaßte schnell. Er kletterte durch tiefste Dunkelheit, und die Taschenlampe steckte zusammen mit dem Rest seiner Ausrüstung wieder im Tornister. Ohnehin hatte Sturm keine Hand frei, um sie zu halten.

Plötzlich wurde die Oberfläche des Schachts noch kälter, und Sturm bemerkte, daß sich eine Eisschicht auf dem Metall geformt hatte, wahrscheinlich in Folge von Schnee oder Wasser, die vom oberen Ende des Schachts herabgefallen waren, an dem auch die Luft eindrang. Seine Körperwärme schmolz das Eis und machte es rutschig.

Verdammt! dachte er. Das würde seine Kletterpartie erheblich erschweren, wenn es sie nicht ganz unmöglich machte. *Vielleicht sollte ich besser wiiiii … Nein!* Plötzlich rutschte Sturms rechter Fuß auf einem Eisfleck ab, und er verlor den Halt an den Schachtwänden. Er versuchte verzweifelt, sich wieder zu fangen, aber auf der eisglatten Oberfläche fand er keinen Halt. Stechende Schmerzen zuckten durch seinen Arm, als Sturm in freiem Fall in die Tiefe rutschte.

Der junge MechKrieger stürzte in die Finsternis, unfähig, seinen Fall aufzuhalten oder auch nur nennenswert zu bremsen.

In einiger Entfernung von der Höhle glitt an einer Seite des Berges eine geschickt versteckte Felsluke auf. Ein kompliziertes metallenes Gebilde fuhr aus, entfaltete sich wie eine mechanische Blume mit dunklen Blütenblättern, die sich grüßend der Morgensonne zukehrte. Das Gerät fuhr unter Sirren und Klicken mit robotischer Präzision in Position, sandte ein lautloses Signal ins All und faltete sich wieder zusammen. Es zog sich in den Berg zurück, und der Fels schloß sich über ihm und hinterließ keine Spur seiner Gegenwart. Alles war wieder ruhig.

12

Forschungslabor der Alfin-AG, Niffelheim, Kore Peripherie

12. April 3060

Doktor Hidoshi Kintaro sah hinüber zu der Frau, die wahrscheinlich die Verantwortung für den Tod seines Sohnes trug. Seit letzter Nacht waren Susie Ryan und ihre Piraten die unumstrittenen Herrscher Kores, und Doktor Kintaro gehörte zu den Tausenden, deren Leben in der Hand der Eroberer lag. Es gab kein Lebenszeichen von den MechKriegern der Kore-Lanciers, und allen Meldungen zufolge waren sie sämtlich im ersten Angriff der Piraten ums Leben gekommen.

Der Kampf um Niffelheim hatte ein schnelles Ende gefunden. Auch wenn die Reste der Kore-Lanciers und die örtliche Miliz sich tapfer gewehrt hatten, waren sie den riesigen BattleMechs unter Ryans Befehl einfach nicht gewachsen gewesen. Kurz nachdem es Dr. Kintaro und der Gefreiten Metz gelungen war, dem *Puma* zu entkommen, hatten die anderen Mechs das Verwaltungszentrum angegriffen und die Herrschaft übernommen. Dr. Kintaro hatte sicher erwartet, unter dem Metallfuß des gigantischen *Mad Cat* zerquetscht zu werden, aber im Gegensatz zu manchen ihrer Leute wußte die Piratenanführerin, daß sinnloses Morden potentiell wertvolle Möglichkeiten vernichten konnte.

Das bedeutete jedoch keineswegs, daß Ryan irgendwelche Skrupel hatte. Sie hatte dem Gouverneur des Planeten ein eiskaltes Ultimatum gestellt: Bedingungslose Kapitulation, oder ihre Mechs würden die Stadt in Schutt und Asche legen, angefangen mit den dichtbesiedelsten Gebieten. Es war keine echte Wahl. Wie vor zehn Jahren den Clan-Invasoren gegenüber war die planetare Regierung Kores auch diesmal gezwungen, sich zu ergeben.

Erst danach hatten Ryans Bodentruppen die Stadt betreten. Die restlichen Militäreinheiten waren schnell zusammengetrieben und eingekerkert worden, während die Zivilbevölkerung unter dem wachsamen Auge der Piraten ihrer normalen Beschäftigung nachgehen durfte. Der Gouverneur hatte sich mit Susie Ryan getroffen, um deren Forderungen entgegenzunehmen. Überraschenderweise hatte die neue Herrscherin Kores mit einem ihrer ersten Befehle von ihm verlangt, ein Gespräch mit dem Leiter der Planetographischen Forschungsabteilung, Dr. Kintaro, zu arrangieren. Ryan lächelte, als sie ihn erkannte.

»Ah, Doktor«, meinte sie. »Sie wirken heute viel größer als letzte Nacht.«

Kintaro war erstaunt, daß Ryan sich noch daran erinnerte, mit ihrem Mech den Schweber gestoppt zu haben, in dem Gefreite Metz und er gesessen hatten. Aus der Höhe, in der sich das Cockpit des *Mad Cat* befand, mußten sie wie Ameisen ausgesehen haben. Aber sie erkannte ihn trotzdem wieder.

Ryan traf sich mit Doktor Kintaro in dessen Büro in der Planetologischen Abteilung. Sie wurde von zwei Wachen begleitet, die aber vor der Tür warten mußten. Hidoshi spielte kurz mit dem Gedanken, Ryan zu überwältigen, verwarf diese Idee aber schnell wieder. Sie war zwar allein und nur mit einer Pistole bewaffnet, die in einem Holster an ihrer Hüfte steckte, aber er war Forscher und Wissenschaftler und hätte gegen eine ausgebildete Soldatin und eiskalte Mörderin wie Susie Ryan nicht viel ausrichten können. Kurz dachte er an seinen Sohn und fragte sich, ob es den Versuch trotzdem wert war.

»Was wollen Sie von mir?« fragte er und schleuderte

der Piratin einen frostigen Blick zu, während diese mit einem Ausdrück unterkühlten Desinteresses die Unterlagen und Meßblätter auf seinem Schreibtisch durchging. Sie hob den Kopf, und ihr gesundes Auge verengte sich, als sie seinen Blick erwiderte. Hidoshi ließ sich von ihrem mörderischen Starren nicht einschüchtern, sondern blieb kerzengerade sitzen.

Seine trotzige Haltung ließ Ryan leicht lächeln, und sie setzte sich auf die Schreibtischkante. »Sie haben diesen Planet gründlich erforscht, Doktor. Was können Sie mir über ihn erzählen?«

Dr. Kintaro räusperte sich. Er staunte darüber, wie locker Ryan sich mit ihm unterhalten konnte, nachdem sie gerade eine ganze Stadt brutal in ihre Gewalt gebracht hatte. Was hatte diese Frau vor?

»Nun«, setzte er an. »Kore ist ein felsiger Planet von etwas geringerer Größe als Terra, aber auf Grund hoher Konzentrationen von Metallen und Mineralien in Kern und Kruste etwa gleicher Schwerkraft. Der Planet war zu einem früheren Zeitpunkt seiner Geschichte vulkanisch sehr aktiv, was zur Entstehung ausgedehnter planetologischer Phänomene wie den naheliegenden Gebirgsmassiven geführt hat und bei Planetenbeben und Eruptionen einige der Erzlager und Felsschichten an die Oberfläche hob. Es findet noch immer beträchtliche planetologische Aktivität statt, jedoch nicht annähernd in dem Ausmaße wie in der Vergangenheit.«

Ryan schien ihm konzentriert zuzuhören, also sprach Dr. Kintaro weiter.

»Der Planet ist reich an verschiedenen Metallerzen, insbesondere Aluminium, Eisen, Nickel und Wolfram. Die hohen Metallkonzentrationen sind mit eine Ursache für Kores ungewöhnlich starkes Magnetfeld, das die Erforschung spürbar erschwert. Die Magnetfelder stören die meisten Sensorgeräte. Außerdem sind viele Bereiche des Planeten noch immer vulkanisch aktiv, und aktive Dampfschlote und Lavaröhren führen zu Problemen mit unseren seismischen und Infrarotsensoren.«

»Was ist mit Tieren?« unterbrach Ryan. »Gibt es einheimische Lebensformen?«

»Ja, mehrere«, erklärte der Planetologe und stieß seinen Sessel etwas zurück. »In der Hauptsache Pflanzen und einfaches Tierleben, kleine, an die kalte Umwelt angepaßte Säugetiere. Darüber hinaus existieren Lebensformen, von denen wir annehmen, daß sie hierher verpflanzt und genetisch an die auf Kore herrschenden Bedingungen angepaßt wurden.«

»Verpflanzt? Von wem?«

»Das wissen wir nicht mit Sicherheit. Einzelne korische Tierarten stammen eindeutig von terranischen Vorfahren ab. Die genetische Ähnlichkeit ist einfach zu groß, um einen anderen Schluß zuzulassen. Der Winterwolf beispielsweise ist eine vom terranischen Lupus abstammende Raubtierart. Die Tiere lebten bereits hier, lange bevor Alfin diese Kolonie errichtete, wahrscheinlich mindestens ein Jahrhundert. Unsere beste Theorie erklärt ihre Existenz mit den Bemühungen früherer Kolonisten. Es gibt Hinweise darauf, daß Kore vor langer Zeit bereits einmal kolonisiert wurde. Wahrscheinlich erwies sich die Kolonie nicht als lebensfähig, aber einzelne der Lebensformen, die ihre Bewohner in die hiesige Biosphäre eingeführt hatten, konnten überleben.«

»Diese ... Kolonie«, meinte Ryan. »Gibt es Ruinen? Sonstige Beweise?«

»So gut wie nichts«, antwortete Dr. Kintaro. »Wir haben auf einer der südlichen Kontinentalebenen bei der kartographischen Erfassung einzelne Hinweise auf mögliche Ruinen gefunden, aber sie sind unter einer dichten Eis- und Schneedecke begraben. Selbst im Tiefflug läßt sich nicht sicher feststellen, ob es sich wirklich um die Überreste von Gebäuden handelt oder nur um ungewöhnliche Felsformationen.«

»Wann hätte sich diese Kolonie hier befunden?«

»Schwer zu sagen. Vor ein- bis zweihundert Jahren, vielleicht noch eher. Falls ein Kolonistenschiff durch einen Fehlsprung hierher verschlagen wurde, kann es von so ziemlich überall gekommen sein. Möglicherweise konnte man den ursprünglichen Kurs nicht weiterverfolgen und hat sich notgedrungen hier niedergelassen. Um ehrlich zu sein, haben wir darauf kaum Anstrengung verwendet. Alfin ist an den Erzvorkommen Kores interessiert, nicht an planetarer Archäologie oder Geschichte, deshalb wurde die ganze Sache als nebensächliches Rätsel ad acta gelegt, um das wir uns später immer noch kümmern können, wenn wir einen größeren Teil der Oberfläche erkundet haben.« Er machte eine Pause und sah Ryan an. »Sind sie deshalb nach Kore gekommen, wegen Informationen über eine Kolonie, die hier einmal existiert haben könnte?«

Ryans gesundes Auge verengte sich zu einem drohenden Schlitz. »Ich stelle hier die Fragen, Doktor. Sie antworten nur darauf, vollständig und so gut Sie können. Solange Sie das tun, sind Sie von Nutzen für mich, und das bedeutet, Sie bleiben am Leben. Haben Sie verstanden?«

Dr. Kintaro nickte. Sein Mund war nur noch ein dünner Strich. »Ja, ich schätze schon.«

»Gut. Also, gibt es irgendwelche anderen Spuren von Bewohnern dieser Welt?«

Kintaro schüttelte den Kopf.

»Nein, keine. Niffelheim ist die einzige Siedlung auf der Oberfläche Kores, und wir verfügen über Satellitenkarten des gesamten Planeten.«

»Ich will sie sehen«, stellte Ryan fest. »Wie sieht es unter de Oberfläche aus?«

»Unter der Oberfläche? Nun, wie ich bereits sagte, war Kore in seiner Vergangenheit vulkanisch sehr aktiv. Die planetare Kruste neigt zur Bildung von Tälern,

Schluchten und einer großen Zahl von Höhlen.«

»Wie viele Höhlen?«

Der Wissenschaftler zuckte die Achseln. »Tausende, vielleicht sogar Hunderttausende. Im Jotunmassiv ganz in der Nähe hier gibt es zahlreiche Höhlen, in der Hauptsache Dampfschlote und erkaltete Lavaröhren, außerdem Gletscherformationen und von Beben aufgerissene Öffnungen. Wir haben gerade erst begonnen, sie zu erfassen.«

»Wie groß sind diese Höhlen?« fragte Ryan. Ihre Fragen wurden merklich drängender, als sie nachhakte. Dr. Kintaro spürte, daß sich das Gespräch in Richtung der Informationen bewegte, nach denen sie suchte.

»Das variiert«, antwortete er. »Manche sind sehr klein, nicht annähernd weit genug, um einen Menschen hindurchzulassen. Andere sind sehr groß, bis zu fünf oder zehn Meter im Durchmesser, möglicherweise mehr.«

»Ich verstehe«, sagte Ryan und lehnte sich zurück. Ihre Miene war nachdenklich, als ihr Blick über die an den Bürowänden hängenden Landkarten glitt. »Sie sagen, Sie haben diese Daten mit Satelliten gesammelt?« Sie deutete auf die Karten.

»Die meisten. Aber wir haben auch direkte Untersuchungen angestellt, mit Flugzeugen ... und einzelnen BattleMechs der Lancier-Basis.«

»Können unsere Mechs das Gelände ebenfalls erkunden?«

Dr. Kintaro zuckte wieder die Achseln. »Ich schätze schon. Ich bin mit den Ortungsmöglichkeiten von Clan-OmniMechs nicht vertraut, aber ich muß davon ausgehen, daß sie mindestens denen der Maschinen entsprechen, die bei den Lanciers im Gebrauch waren, wenn sie ihnen nicht sogar überlegen sind. Es würde erfordern, daß die Sensoren in gewissen Maße umkalibriert werden.«

»Gut«, erklärte Ryan. »Dann werden wir das tun.«

»Darf ich fragen, wonach Sie suchen?« erkundigte Dr. Kintaro sich.

»Nach großen Metallkonzentrationen, Doktor. Ich werde Ihnen alle Spezifikationen liefern. Sie und Ihr Stab werden Ihre Forschungsdaten zusammenziehen und was immer Sie noch brauchen, um die nötigen Anpassungen an den Mechsensoren vorzunehmen. Ich lasse Sie in einer Stunde zur Basis bringen.«

Ryan wandte sich zum Gehen. An der Tür blieb sie stehen, eine Hand auf der Klinke, und sah sich zu dem Wissenschaftler um. »Wenn Sie sich mir widersetzen oder ich entdecke, daß irgendeine der Informationen, die Sie mir gegeben haben, falsch war, werde ich ein Mitglied Ihres Mitarbeiterstabes töten lassen. Das wird so weitergehen, bis ich habe, was ich will. Ist das klar?«

Dr. Kintaro nickte, und Ryan lächelte. »Gut, Dann sehen wir uns bald wieder. Ich werde Ihnen die Gelegenheit geben, eine echte Entdeckung zu machen, Doc.«

Mit diesen Worten verließ die Piratenkönigin Dr. Kintaros Büro und gab den draußen wartenden Wachen ihre Anweisungen. Hidoshi sammelte seine Notizen und das übrige Material und griff zum Kommgerät, um seine Assistenten einzuweisen.

Er stockte einen Moment und dachte, das Kommgerät in der Hand, über das Gespräch mit Susie Ryan nach. *Wonach sucht sie,* fragte er sich, *und ist es wirklich so viele Leben wert?* Er dachte an seine Frau, und jetzt seinen Sohn, beide bei der Verteidigung einer isolierten Welt am Rande des bekannten Weltraums gefallen, und er fragte sich, welchen Sinn das alles hatte.

Dann öffnete er die Verbindung und gab seine Anweisungen. Er hatte eine Menge Arbeit zu erledigen.

13

Jotunberge, Kore
Peripherie

14. April 3060

Karl Yaeger haßte Drecksarbeit. Sie war langweilig, eintönig und sinnlos, absolut nichts, womit sich ein MechKrieger hätte abgeben sollen, nicht einmal ein Raumpirat. Teufel auch, er war nicht MechKrieger geworden, um durch irgendeine Eiswüste zu stampfen und wissenschaftliche Daten für einen Haufen Eierköpfe zu sammeln. Er war ausgebildet, die gefährlichsten Kampfmaschinen des einundreißigsten Jahrhunderts zu steuern. Sein OmniMech verfügte über genügend Feuerkraft, um eine Stadt zu verwüsten, und jetzt spielte er hier auf einem tiefgefrorenen Höllenloch von einem Drecksplaneten den Scout, ohne zu wissen, wonach genau er eigentlich suchte.

Andererseits war Yaeger Soldat, und wenn er einen Befehl erhielt, dann befolgte er ihn. Besonders, wenn dieser Befehl von einer Frau wie Susie Ryan kam, seiner Kommandeurin und der »Königin« dessen, was von den Banditenkönigreichen übriggeblieben war, nachdem die Clans vor zehn Jahren wie ein Orkan über sie hinweggefegt waren. »Einauge« Ryan war die zäheste und gemeinste MechKriegerin, die er je getroffen hatte. Sie hatte es mit nicht mehr als Charisma, Entschlossenheit und hervorragendem taktischen Können geschafft, die Überreste der alten Banditenkönigreiche zusammenzuschmieden, und alle drei Fähigkeiten hatte sie wirksam gegen die Clans eingesetzt.

Ryans Rebellen hatten mit minderwertigen Mechs und überlegener Schläue mehrere Siege gegen Clan Jadefalke errungen. Diese Siege hatten den Rebellen Mechs wie den *Uller* eingebracht, den Yaeger jetzt steuerte. Das mußte ihnen der Neid lassen: Diese Clan-Bastarde wußten vielleicht nicht mehr, was es hieß, ein Mensch zu sein, aber sie bauten die besten Mechs, Maschinen, die fortschrittlicher waren als alles, was in der Inneren Sphäre vom Band rollte. Der *Uller* war dem alten *Commando*, den Yeager vorher benutzt hatte, um Längen voraus. Er mochte seinen alten Mech, aber diesem Baby konnte er nicht das Wasser reichen. Die Konstruktionen der Nachfolgerstaaten waren in Jahrhunderten des Krieges hinter den Stand der Technik zur Zeit des Sternenbunds zurückgefallen, während die Clans ihre Maschinen weiterentwickelt hatten. Erst jetzt, Jahre nach der Clan-Invasion, holten die Nationen der Freien Inneren Sphäre langsam auf.

Und was machen wir mit all dieser Supertechnik? fragte er sich. *Wir benutzen sie, um irgendeinen Eisklumpen mitten im Nirgendwo zu übernehmen, machen ein paar leichte Mechs platt und verschwenden Tage damit, rumzurennen und ein paar eisverkrustete Gebirge zu kartographieren und mit den Sensoren abzutasten.* Aber wenn Ryan das so wollte, dann tat Yaeger es auch. Er verstand es vielleicht nicht, aber er wußte, daß der Skipper irgendeinen Hintergedanken haben mußte. Bisher hatte sich noch jedes Unternehmen, das Susie Ryan in Angriff nahm, für ihre Männer zum Vorteil entwickelt, und sie ging nichts ohne einen Plan an, der ihr und den Rebellen einen guten Profit einbrachte, meist sogar einen ausgezeichneten.

Was es auch war, es würde mit zum leichtesten Gewinn zählen, den die Rebellen je gemacht hatten, soviel stand fest. Der Angriff auf die Mechlanze, die den Planeten verteidigte, war exakt wie geplant abgelaufen, geradezu wie geschmiert. *Die wußten gar nicht, wie ihnen geschieht. Okay, der letzte Mech ist uns für eine Weile entkommen, aber weit kam der auch nicht.*

Yaeger grinste, und sein Goldzahn funkelte im Licht des Sichtschirms, als er kichernd daran dachte, wie er den *Thorn* erledigt hatte. Das hatte Spaß gemacht. Zu schade, daß er den Piloten nicht erwischt hatte. Aber der mußte inzwischen auch so tot sein. Niemand konnte auf einer Welt wie der hier überleben, wenn sein Mech zerstört war und er keine richtige Ausrüstung besaß. Beinahe tat der Kerl ihm leid. So hätte Yaeger nicht sterben mögen, allein und gefangen in einer Eishölle. Wenn er abtreten mußte, sollte das im Kampf sein. Er hatte gehört, daß es in den Bergen auch noch Wölfe und anderes Viehzeug geben sollte. Möglicherweise war der Kerl gefressen worden, bevor er erfrieren konnte.

Das war übrigens nicht alles gewesen, was Yaeger gehört hatte. Ein paar der Techs und sogar die anderen MechKrieger hatten eine örtliche Legende aufgeschnappt, nach der es in den Jotunbergen spukte. Es wurde erzählt, daß geisterhafte Schemen eines Clan-BattleMechs im und um das Gebirge aufgetaucht waren, seit die Truppen Clan Stahlvipers von den Söldnern aufgerieben worden waren, die Kore beschützten. Es hieß, einer der Clan-MechKrieger habe mit dem letzten Atemzug geschworen, sein Leben und das seiner Leute zu rächen, und jetzt gehe er tief nachts in den Bergen um und warte auf den Tag der Vergeltung.

Der Wind heulte um das Cockpit des *Uller*, und trotz der Hitze im Innern der Kanzel spürte Yaeger plötzlich ein Frösteln. Die Sensoren zeigten eine Außentemperatur deutlich unter Null an. *Dieser Planet ist mir unheimlich,* dachte er und überprüfte die Ortung. Die Modifikationen, die der asiatische Wissenschaftler gemacht hatte, sollten helfen, große Metallablagerungen aufzuspüren. Er hatte irgend etwas von der Suche nach günstigen Standorten für Erzbergwerke gefaselt. Yaeger hatte keine Ahnung, wonach sein Skipper damit suchte, aber er hoffte inständig, daß sie es schnell fanden, damit sie diesem gottverlassenen Felsklumpen den Rükken kehren und nach Hause fliegen konnten. Yaeger war lieber da, wo etwas abging, nicht zwischen diesen riesigen schwarzen Bergen, den Kopf voller Geistergeschichten. *Mann Gottes, wir leben im einunddreißigsten Jahrhundert. Wer, zum Teufel, glaubt denn heute noch an Geister?* Trotzdem überprüfte er noch einmal die Sensorergebnisse.

He, was war das? Yaeger öffnete die Kommverbindung.

»*Uller* an Basis. Ich habe irgendeine ungewöhnliche Hitzespur entdeckt. Ich seh' mir das mal an.«

»Verstanden, Yaeger«, antwortete die Stimme aus den Helmlautsprechern.

»Wahrscheinlich nur irgendein Dampfschlot oder ein Tier oder irgendsowas. Ich laß' es euch wissen. *Uller* Aus.« *Dieser verdammte Planet macht mich nervös,* dachte er. *Kein Wunder, daß die Leute Geister sehen, bei all dem magnetischen und Thermalmüll, der die Sensordaten durcheinanderbringt.* Er erhielt ständig falsche Meßwerte, und vermutlich war das hier nur der nächste Fall in der bereits ellenlangen Lise. Aber wenigstens unterbrach es die Monotonie. Er drehte den *Uller* mit laut über den gefrorenen Boden donnernden Metallfüßen herum und bewegte ihn auf die Quelle der Sensordaten zu.

Sie war von Schnee bedeckt und schien im Innern einer recht großen Felsspalte nicht weit vom Gebirge zu befinden. Das bedeutete, daß es sich vermutlich um einen Dampfschlot handelte. Während der *Uller* näher marschierte, fragte Yaeger sich, was das wohl sein konnte, bis er sich an eine ähnliche Thermalspur erinnerte, die er früher gesehen hatte. Das war in den Bergen gewesen, unmittelbar bevor der *Thorn* Darnells *Puma* überrascht hatte. Es war die Thermalsignatur eines unter einer Schneedecke versteckten BattleMechs.

Plötzlich explodierten Eis und Schnee, und ein riesiger, knochenweißer Mech stieg wie ein Gespenst aus der Bodenspalte auf. Es war ein ClanMech, ein *Goshawk* mit dem silbrigen Schlangenkopfsymbol Clan Stahlvipers. Die ausladenden Schulterdecken und der kapuzenförmige Aufbau hinter dem Kopf verliehen ihm das Aussehen eines Raubvogels. Der rechte Arm endete im Lauf eines schweren Impulslasers, während die linke Hand ein Waffenmodul mit drei MG-Mündungen hielt. Aus dem Mechtorso ragten zusätzliche Laser- und Maschinengewehrläufe, und zwei kleine, kastenförmige Raketenlafetten saßen auf den Schultern der Maschine. Vor den schwarzen Bergen und gegen den weißen Schnee wirkte der fahle Mech wie ein metallisches Skelett, und die Vorderseite seines Cockpits war mit einem grinsenden Totenschädel bemalt.

Der *Goshawk* richtete den rechten Armlaser auf den *Uller*. Energiebolzen aus infernalischem grünen Licht zuckten in schneller Folge aus der Mündung des S-Lasers und den zwei leichteren Impulslasern auf der rechten Seite des Torsos. Sie schlugen hart bei Yaegers Mech ein, verdampften mit ihrer gewaltigen Hitzeentwicklung die Panzerung. Rote Warnlichter blinkten auf dem Schadensdiagramm des Piraten auf.

Das Jaulen der Alarmsirenen riß Yaeger aus der Schreckenslähmung, die ihn beim Anblick des Mechs erfaßt hatte. Er packte die Kontrollen, bewegte den *Uller* zur Seite und hob den eigenen Laser zum Gegenschlag. Gleichzeitig öffnete er eine Kommverbindung zur Basis. »*Uller* an Basis! Ich werde von einem feindlichen Mech angegriffen! Ein *Goshawk* mit Stahlvipern-Insignien! Ich wiederhole, werde angegriffen!«

»Wir schicken Verstärkung, *Uller*!« rief die Stimme aus der Gegenstelle.

Yaeger nahm es kaum war. Er war zu sehr damit beschäftigt, mit dem schweren Laser seines Mechs zu zielen und zu feuern. Ein grüner Lichtstrahl schoß aus dem

Lauf, aber der *Goshawk* war schon weg. Er flog aus der Bodenspalte und rannte über die Tundra davon. Der Laserschuß ging weit am Ziel vorbei. Der mittelschwere Impulslaser des Stahlviper-Mechs schälte weitere Panzerung vom Torso des *Uller* und arbeitete sich gefährlich nahe an die empfindlichen internen Systeme vor.

Yaeger wirbelte seine Maschine herum, um den *Goshawk* zu verfolgen, und feuerte Autokanone und KSR-Lafette ab. Ein Strom von Schnelfeuergranaten und Kurzstreckenraketen donnerte auf den feindlichen Kampfkoloß zu. Er sah wenigstens eine Rakete in die breiten Schulterabdeckungen des *Goshawk* einschlagen und die Panzerung zerbeulen, aber die Autokanone kam nicht einmal in die Nähe seines Gegners. Die meisten Waffen des *Uller* waren für Distanzgefechte ausgelegt. Um ihre volle Wirkung zum Tragen zu bringen, brauchte Yaeger mehr Platz.

Die Ortung warnte vor anfliegenden Raketen, als der andere Mech die KSR-Lafetten auf seinen Schultern abfeuerte. Die Raketen stürzten pfeifend herab und detonierten gefährlich nahe an der Pilotenkanzel des *Uller*. Die Druckwellen schüttelten Yaeger durch und warfen ihn in die Gurte, während der *Goshawk* seine Sprungdüsen aktivierte. Wie ein mechanisches Phantom schoß er auf Feuerzungen in die Höhe und verschwand vom Sichtschirm. Yaeger bemühte sich, wieder klar im Kopf zu werden, als die Statusanzeige mit kreischendem Alarm seine Aufmerksamkeit beanspruchte. Die Raketentreffer hatten schweren Schaden angerichtet. Teile der Torsopanzerung waren komplett zerstört. Seine Maschine war plötzlich äußerst verwundbar.

Wo ist er hin? fragte Yaeger sich. Seine Ortung war kaum eine Hilfe. Durch die magnetischen und thermischen Störungen in dieser Umgebung lieferten die Sensoren jede Menge Geisterbilder und Fehlanzeigen. Yaeger suchte auf dem Sichtschirm nach der feindlichen

Maschine, aber es war zu dunkel. Der *Goshawk* konnte sich irgendwo zwischen den zerklüfteten Felsvorsprüngen verstecken, aber ebensogut auch in einer anderen Schlucht oder Bodenspalte. *Wer ist dieser Kerl? Wo kommt der auf einmal her?*

Dann traf ein Laserschuß den *Uller* im Rücken. Er bohrte sich glatt durch die dünne Panzerung, und die Schadensanzeige meldete strukturelle Schäden auf der linken Torsoseite. Es war kein kampfentscheidender Treffer, aber doch ziemlich herb. Yaeger drehte den Omni zu seinem Gegner um und feuerte gleichzeitig mit Lasern und Autokanone. Die AK erzielte einen Treffer und zog eine Einschlaggspur über den Torso des *Goshawk*, aber die Temperatur im Cockpit des *Uller* stieg deutlich an. Yaegers Haut war naß von Schweiß, und die Kühlweste arbeitete mit voller Leistung, um seine Körpertemperatur zu senken. Der letzte Treffer hatte seine Maschine einen Wärmetauscher gekostet.

Der feindliche Mech war wieder in Bewegung, rannte über die Tundra davon. Yaeger zog das Fadenkreuz hinter ihm her und feuerte erneut mit dem schweren Laser. Die Lanze aus gebündeltem Smaragdlicht verfehlte den *Goshawk* nur knapp. Er war einfach zu schnell. Plötzlich wirbelte der BattleMech herum und kam geradewegs auf den *Uller* zu, wurde auf Yaegers Sichtschirm immer größer, als er mit fast neunzig Stundenkilometern herandonnerte.

Es war zu spät, auszuweichen, also feuerte Yaeger statt dessen mit allem, was er hatte. Laser- und Autokanonenfeuer krachte in den *Goshawk* und schnitt schwarze Breschen in die weißlackierte Panzerung. Der Angriff richtete Schaden an, aber nicht genug, um den Sturmangriff fünfundfünfzig Tonnen humanoiden Metalls aufhalten zu können.

Der *Goshawk* rammte eine seiner Schulterabdeckung in den Rumpf des *Uller*. Yaeger kämpfte um die Kontrolle über seinen Mech und konnte unter Mühe verhindern, daß der *Uller* auf den Rücken geworfen wurde, was ihn nahezu hilflos gemacht hätte. Er ließ den Mech einen Schritt zurück machen, um die Balance wiederzufinden, und stand jetzt gefährlich dicht an der Bodenspalte, aus der sein Gegner aufgetaucht war. Auch der Stahlviper-Mech trat einen Schritt zurück, und es wirkte fast, als nehme er eine Kampfsporthaltung an. Die Clan-Neurohelme verliehen den Bewegungen humanoider Kampfkolosse eine beinahe natürliche Eleganz.

Der *Goshawk* richtete beide Arme auf den *Uller*, den rechten, mit dem schweren Armlaser, den linken mit dem gewehrartigen Aufbau aus schweren Maschinengewehren. Yaegers Ortung heulte warnend auf, als sein Gegner ihn mit den Waffen erfaßte. Yaeger versuchte auszuweichen, aber es war zu spät. Der Impulslaser flammte auf, den Bruchteil einer Sekunde später jaulten die MG auf. Ein Stakkato giftgrüner Energiebolzen hämmerte auf das Cockpit der Piratenmaschine, zerkochten die Panzerung und reflektierende Abschirmung, bevor der Geschoßhagel die Hülle durchschlug und Yaegers Körper zerfetzte.

Das letzte, was Karl Yaeger sah, war der grinsende Totenschädel des *Goshawk* und das Emblem Clan Stahlvipers. Sein letzter Gedanke war, daß er sich immer gewünscht hatte, im Kampf zu fallen. Wenigstens würde er nicht irgendwo in der Wildnis krepieren, erfroren oder von einem Raubtier gefressen. Er starb einen Kriegertod.

Als der *Puma* und der *Fenris* eintrafen, war von dem Angreifer keine Spur mehr zu sehen. Nur der *Uller* stand stumm und einsam auf der gefrorenen Tundra wie ein von Wind und Wetter zerfressenes, jahrhundertealtes Standbild. Seine Panzerung war geborsten, zerschmolzen und verkohlt, an mehreren Stellen waren Myomermuskulatur und Endostahlskelett der eisigen Luft ausgesetzt. Das Cockpit war ein Trümmerhaufen aus geschwärztem Metall und Plastik, von Einschüssen durchlöchert. Aus den Breschen und vom rasch abkühlenden Leichnam des Piloten stieg noch Dampf in den Nachthimmel.

Und auf dem Permafrostboden vor ihm prangte die mit Laser eingebrannte grobe Darstellung eines Schlangenkopfs mit zum Biß gebleckten Fangzähnen. Das Symbol des Clans Stahlviper.

14

Kore-Lanciers-Basis, außerhalb Niffelheims, Kore Peripherie

16. April 3060

Susie Ryan war in *keiner* guten Stimmung. Nach fünf Tagen auf einer Ödwelt am Rande der Peripherie waren all ihre Anstrengungen zu finden, weshalb sie hergekommen war, gescheitert. Beinahe hätte sie sich gefragt, ob an den Gerüchten und Erzählungen, die sie gehört hatte, überhaupt etwas Wahres war, wäre da nicht ein Punkt gewesen. In den letzten zwei Nächten waren ihre Leute von Clan-BattleMechs unbekannter Herkunft angegriffen worden, die das Emblem der Stahlvipern getragen hatten. Aber wer *waren* diese Angreifer? Waren sie *wirklich* Stahlvipern? Wie waren sie nach Kore gekommen, und was wollten sie hier?

Bis jetzt waren mindestens zwei ClanMechs an den Angriffen gegen die Rebellen beteiligt gewesen: ein *Goshawk* und ein *Hellhound*, beides typische Stahlviper-Modelle, beide knochenweiß lackiert, mit einem Totenschädelmotiv auf der Kopfpanzerung. Vor zwei Nächten war Karl Yaeger im Kampf gegen den *Goshawk* gefallen, und sein *Uller* war kampfunfähig geschossen worden. Niemand sonst hatte den Mech auch nur gesehen. Als die Verstärkungen eintrafen, war er bereits verschwunden gewesen. Sie wußten nur aus Yaegers letztem Funkspruch an die Basis, daß er von einem *Goshawk* angegriffen worden war.

Der *Hellhound* hatte in der darauffolgenden Nacht den auf Streife befindlichen *Puma* angegriffen. Diesmal hatte Ryan dafür gesorgt, daß Hilfe in der Nähe war. Als sie in ihrem *Mad Cat* eintraf, hatte sie einen Blick auf den schneeweißen Mech erhascht, bevor er im Gebirge verschwunden war. Sie hatte kurz mit dem Gedanken gespielt, ihn zu verfolgen, aber sie hatte nicht wissen können, ob der Pilot irgendwo Verbündete hatte, die für eben diesen Fall im Hinterhalt auf der Lauer lagen, also hatte sie sich dagegen entschieden. Der *Puma* war nicht wirklich schwer beschädigt, aber es würde Zeit kosten, die verlorene Panzerung zu ersetzen. Wenigstens hatten die Techs inzwischen den erbeuteten *Panther* wieder in Gang gebracht. Er konnte fürs erste die Funktion des *Uller* übernehmen, und Ryan hatte genug MechKrieger für die Aufgabe mitgebracht, für die sie gekommen war. Yaeger zu ersetzen, stellte also kein Problem dar, aber das beantwortete die Frage nicht, woher diese Angreifer kamen.

Ryan war nicht so dumm, zu glauben, daß die geheimnisvollen Mechs unbedingt von Clannern gesteuert werden mußten. Schließlich hatte sie selbst Clan-Maschinen mit Clanwappen benutzt, um Kores Verteidiger zu täuschen. Dasselbe Spiel konnte ohne weiteres auch jemand anderes spielen. Aber was, wenn es tatsächlich Stahlvipern *waren*? Was, wenn sie zurückgekehrt waren?

»Nein, unmöglich«, stieß Ryan aus, während sie durch das Kommandeursquartier der Lancier-Zentrale tigerte. »Es können keine Clanner sein.«

Sie hatte diese Unterkunft übernommen, kurz nachdem die Basis gesichert war. Die Einrichtung war spartanisch, aber sie hatte schon schlechter gewohnt. Alle persönlichen Besitztümer und sonstiger Müll, der Oberleutnant Holt gehört hatte, dem Kommandeur der Lanciers, hatte sie in eine Kiste geworfen, um sie loszuwerden.

Auf einem Tisch lagen Meßblätter Kores, auf denen die Stellen, an denen Ryans Mechs ungewöhnliche Magnetwerte gemessen hatten, grün markiert waren, und die Punkte, an denen die geheimnisvollen Mechs zugeschlagen hatten, rot.

»Es können keine Clanner sein«, wiederholte Ryan wie eine Beschwörungsformel. Die *Insulla* hatte keine Ankunft eines anderen Sprungschiffs im System gemeldet. Es war natürlich denkbar, daß ein Clanschiff am Nadirsprungpunkt in das System eingetaucht war, auf der gegenüberliegenden Seite der Sonne, wo es durch das Zentralgestirn vor einer Ortung durch ihr Sprungschiff geschützt war. Aber sie hatte auch keine Warnung vor anfliegenden Landungsschiffen erhalten, weder von ihrem Sprungschiff noch vom Satellitennetz des Planeten. Andererseits war dieses Netz alles andere als umfassend. Ein kleines Landungsschiff hätte unbemerkt durchschlüpfen können, aber ... Nein. Es war einfach unmöglich, daß die Clans BattleMechs auf Kore abgesetzt hatten, ohne daß sie davon erfahren hatte.

Natürlich bestand immer die Möglichkeit, daß die Clans über Technologien und Ressourcen verfügten, die in der Inneren Sphäre völlig unbekannt waren, aber wenn sie tatsächlich über einen Weg verfügt hätten, auf einem Planeten zu landen, ohne bemerkt zu werden, hätte sich das mit Sicherheit schon bis zu ihr herumgesprochen. Sie kämpfte seit zehn Jahren gegen die Clans und kannte sie so gut wie jeder andere. Außerdem paßten Guerillakriegsführung und Überraschungsangriffe einfach nicht zu den Clans, nicht einmal zu den Stahlvipern. Sie zogen die offene Feldschlacht vor. Hätten die Clans Mechs auf Kore gehabt, hätten sie ihre Zeit nicht mit Hinterhalten für einzelne Rebellenmechs vergeudet, sie wären einfach aufmarschiert und hätten angegriffen, erst recht, wenn sie im Vorteil gewesen wären. Selbst mit einem einzigen Mechstern wären sie der einzelnen Lanze der Rebellen zahlenmäßig überlegen gewesen, warum griffen sie dann nicht an, erst recht jetzt, wo der *Uller* außer Gefecht war?

Falls die ClanMechs aber nicht *nach* den Rebellen eingetroffen waren, gab es nur eine andere Erklärung: Sie waren schon auf Kore gewesen, *bevor* Ryan und ihre Leute hierher gekommen waren. Das bestärkte sie darin, recht damit gehabt zu haben, nach Kore zu kommen. Aber irgend jemand hatte ihr die Trophäe, auf die sie es abgesehen hatte, vor der Nase weggeschnappt. Noch war Zeit, den Spieß umzudrehen und die Situation in einen Sieg umzumünzen, aber dazu mußte sie sich erst sicher sein, daß ihre Einschätzung stimmte.

Sie setzte sich aufs Bett und drückte einen Knopf am Interkom. Augenblicklich meldete sich eine Stimme.

»Ja, Skipper?«

»Haben die Techs schon Fortschritte beim Zugriff auf die Computerdateien der Basis gemacht?«

»Ähmm, nein, noch nicht, Skipper. Sie waren damit beschäftigt, den Schaden an den Mechs zu reparieren, und es war kein …«

»Ich will keine Entschuldigungen«, unterbrach Ryan. »Ich will diese Dateien. Hol ein paar der eingesperrten Techs und setz sie an die Arbeit. Tu, was immer nötig ist, um die Paßwörter aus ihnen herauszuholen, oder ich komme runter und demonstriere ein paar neue Verhörmethoden an *dir*, verstanden?«

»Jawohl!« bestätigte die Stimme am anderen Ende. »Ich mache mich sofort an die Arbeit.«

Susie Ryan schaltete das Gerät ab und ließ sich nach hinten aufs Bett fallen.

Verdammt! dachte sie und schlug mit der Faust auf die harte Matratze. Alles war perfekt abgelaufen. Sie hatten den Plan fehlerlos abgewickelt, das nach Kore fliegende Landungsschiff in ihre Gewalt gebracht, um ihre Mechs auf die Oberfläche zu bringen, die planetaren Verteidiger sauber und schnell aus dem Weg geräumt. Sie hatten sich die Stadt und die wissenschaftlichen Mittel gesichert, die sie zur Unterstützung ihrer Suche brauchten. Alles war perfekt abgelaufen, bis diese »Geister« aufgetaucht waren.

Hör' sich das einer an, verspottete sie sich in Gedanken selbst. *Jetzt nenne ich sie schon selber so.* Unter ihren Leuten zirkulierten Gerüchte, daß die geheimnisvollen BattleMechs, die ihre Rebellen attackierten, gar keine echten Mechs waren, sondern Gespenster aus einer Legende der Einheimischen über ein »Väterchen Frost«. MechKrieger waren an sich schon eine abergläubische Bande, und Raumpiraten erst recht. Manche von ihnen glaubten allen Ernstes, Kore sei verflucht oder von Gespenstern befallen oder was auch immer, und wollten so schnell wie möglich wieder abfliegen. Ryan hielt von derartigem Schwachsinn überhaupt nichts, aber sie war auf ihre Männer angewiesen. Je länger diese Sache dauerte, um so weiter würden diese Gerüchte und Horrorgeschichten ausufern, und um so mehr würden die Männer sich gegen eine Aufgabe sträuben, in der sie ohnehin keinen Sinn erkennen konnten. Möglicherweise würde sie sogar gezwungen sein, ihnen den wahren Grund zu verraten, aus dem sie nach Kore gekommen waren. Die Verlockung des möglichen Gewinns konnte vielleicht etwas von der Unzufriedenheit in den Reihen der Truppen ersticken.

Was sie jetzt brauchte, war schnelles und entschlossenes Handeln, eine Aktion, mit der sie das Unternehmen zurück in sichere Bahnen brachte und ihre Leute davon überzeugte, daß sie selbst mit »Väterchen Frost« fertigwurde. Als es an der Tür klopfte, lächelte Ryan und setzte sich auf.

»Herein.«

Lon Volker betrat den Raum, gefolgt von einer bewaffneten Wache. Volker trug Zivilkleidung, hatte es aber geschafft, sich ein präsentables Aussehen zu bewahren. Sein blonder Bart war perfekt gestutzt, und er wirkte sauberer als sein Bewacher. Auf Ryans Befehl hatten die

Piraten den Gefangenen Zugang zu den sanitären Einrichtungen gewährt. Sie wollte den Eindruck fördern, daß die Koren durch Zusammenarbeit ihr Leben retten konnten.

Sie nickte der Wache zu. »Warte draußen und sorg dafür, daß wir nicht gestört werden.« Der Mann nickte und zog sich zurück. Die Tür zog er hinter sich ins Schloß.

Volker beobachtete Ryan mißtrauisch, als sie auf den Lehnstuhl neben dem Tisch deutete.

»Setz dich«, forderte sie ihn auf. Kurz zuckte Trotz durch den Blick des Koren, aber dann ging er zum Tisch und setzte sich. Dabei umklammerte er mit den Händen die Armlehnen des Stuhls.

»Du wolltest eine Gelegenheit, mir deinen Wert zu beweisen«, stellte sie fest. »Jetzt hast du sie.«

»Was wollen Sie?« fragte Volker.

»Informationen«, meinte Ryan. »Erzähl mir von dem MechKrieger, der den *Thorn* gesteuert hat.«

Volker zog überrascht die Stirn kraus. »Kintaro? Warum?«

»Weil ich dich höflich darum gebeten habe«, erwiderte sie mit gefährlich leiser Stimme. »Zwinge mich nicht, die Bitte zu wiederholen.«

Volker schluckte und senkte den Blick, dann sah er wieder zu Ryan hoch. »Er war noch ein Kind. Er hat vor zehn Jahren als Anwärter angefangen. Der Oberleutnant und Krenner haben ihn seiner Mutter wegen gefördert. Sie war die Kommandeurin unserer Einheit, bis sie vor zehn Jahren im Kampf gegen die Clans gefallen ist.«

»Wie gut ist er als Pilot?«

»Nicht so gut wie ich«, erklärte Volker und wagte ein Lächeln. Dann meinte er in nüchternerem Ton: »Er war ganz gut, schätze ich. Bei den Manöverübungen und im Simulator hat er sich ganz ordentlich gehalten, aber er hatte noch keinen echten Kampf mitgemacht.«

Jetzt war es an Ryan, zu lächeln. »Genausowenig wie

du bis vor ein paar Tagen, Mech-Boy. War er für alle Mechs der Einheit qualifiziert?«

»Ja, das waren wir alle. Für verschiedene Klassen und Modelle ausgebildet. Krenner legte Wert darauf, daß wir uns mit allen Mechs auskannten, die wir hatten, und wußten, wie wir damit umzugehen hatten, von innen und von außen.«

»Wie steht es mit ClanMechs?«

»ClanMechs?« fragte Volker zurück. »Na, wir haben im Simulator gegen eine Menge ClanMechs gekämpft. Die Programme basierten auf Daten, die die Sturmreiter vom VerCom-Militär hatten. Ich weiß aber nicht, wie akkurat die waren.«

»Könnte Kintaro einen ClanMech steuern?«

Volker runzelte nachdenklich die Stirn. »Schätze schon. Ich meine, Mech ist Mech. Ich weiß, daß ich einen steuern könnte, also könnte Kintaro das möglicherweise auch schaffen, nehme ich an.«

Ryan stand auf und wanderte zu einem kleinen Tisch hinüber, wo sie ein *Centurion*-Modell aufhob und langsam in den Händen drehte.

Volker drehte den Kopf zu ihr um. »Warum all die Fragen über Kintaro? Wozu das? Er ist tot.«

»Da bin ich mir nicht so sicher«, stellte Ryan fest, mehr zu sich selbst als für Volker.

»Wovon reden Sie? Er kann nicht überlebt haben! Er war tagelang mit nichts als einfachster Notfallausrüstung da draußen, und Ihre Leute haben ihm den Mech unter dem Hintern weggeschossen. Es ist unmöglich, daß er das überlebt hat.«

»Du könntest ihn unterschätzen. Aber ich kann mir das nicht leisten.«

Volker sprang auf. Sein Mund war zu einem wütenden Strich verkniffen. »Ich? Diesen Dreikäsehoch unterschätzen? Hören Sie mal, der war überhaupt nur *in* der Einheit, weil ...«

»Ich bin nicht an deiner Meinung interessiert, Volker.« Ryans Stimme war pures Eis, als sie ihren Gefangenen fixierte. »Nur an deinen Antworten auf meine Fragen.«

»Na schön«, erwiderte Volker. »Ich sage Ihnen, Kintaro ist die geringste Ihrer Sorgen … Es sei denn, er ist als Väterchen Frost von den Toten zurückgekehrt.«

Ryan wirbelte zu Volker herum, und das Mechmodell zerplatzte unter dem plötzlichen Druck ihrer Hand mit einem lauten Knall, der wie ein Pistolenschuß durch das Zimmer hallte.

»Das war es doch, nicht wahr?« Volker wagte ein Grinsen. »Sie glauben, Kintaro hat was mit den Angriffen auf Ihre Leute zu tun.« Als er Ryans überraschten Gesichtsausdruck sah, zuckte er nur die Schultern. »Die Gerüchte bekommt man selbst im Arrest mit. Ich weiß alles über diese ›Geister‹-Mechs.«

»Was weißt du?« fragte Ryan. Sie warf die zersplitterten Plastikteile des Modells auf den Tisch und klopfte die behandschuhten Hände sauber.

»Ich weiß, daß Ihre Leute Angst haben«, erklärte Volker. »Manche von ihnen glauben wirklich an Väterchen Frost.«

»Aber du nicht?«

»He, wenn's ein Mech ist, ist er aus Metall und Plastik, und dann kann ich ihn abschießen. Setzen Sie mich in ein Mechcockpit, und ich erledige Ihnen ›Väterchen Frost‹.«

»Interessanter Gedanke«, meinte Ryan. »Aber ich habe andere Pläne für dich.«

»Was für Pläne?« fragte Volker mißtrauisch, als Ryan einen Schritt näher kam und ihn verschlagen anlächelte.

»Wie ich schon sagte, du wolltest eine Gelegenheit, dich zu beweisen, und die gebe ich dir jetzt.« Sie packte Volker an den Schultern und stieß ihn hart nach hinten.

Er stolperte ein paar Schritte zurück, bis er an die Bettkante stieß. Seine Knie knickten ein, und Volker fiel auf die Matratze.

Bevor er wußte, wie ihm geschah, war Ryan schon auf ihr Bett gesprungen und preßte ihren Mund auf den seinen. Sie küßte ihn gierig und fühlte, wie er den Kuß erwiderte. Er versuchte, sie zu umarmen, aber Ryan packte seine Handgelenke und preßte sie über seinem Kopf aufs Bett. Sie sah zu ihm hinab und lächelte.

»Du glaubst also, du wärst soweit?« Sie lachte leise über das dumme Grinsen des jungen MechKriegers und dessen Versuche, unter ihrer Annäherung cool zu bleiben. Manche Verhörtechniken machten richtig Spaß, dachte sie. Es konnte nicht mehr lange dauern, bis sie alles hatte, was sie brauchte, um die Hindernisse auf dem Weg zu ihrem Ziel aus dem Weg zu räumen. Aber jetzt sollte Volker ihr erst einmal zeigen, wie gut er wirklich war.

15

Kore-Lanciers-Basis, außerhalb Niffelheims, Kore Peripherie

16. April 3060

Laura Metz saß mit dem Rücken an einer Wand des Zimmers, in dem die Raumpiraten die etwa zwei Dutzend verbliebenen Mitglieder der Kore-Lanciers eingekerkert hatten. Sie waren jetzt schon seit Tagen hier, seit Ryans Rebellen die Basis und die Stadt eingenommen hatten. Sie wurden in einer der Lagerhallen der Basis festgehalten. Natürlich hatten die Piraten alle Vorräte weggeschafft, bevor sie ihre Gefangenen hergebracht hatten. Alles in allem wurden die Koren recht gut behandelt. Sie erhielten regelmäßig zu essen. Die Basis verfügte über beträchtliche Nahrungsvorräte, und da die Piraten auch die Stadt kontrollierten, bestand keine Gefahr, daß sie versiegten. Als Nachtlager hatten sie zwar nur Decken auf dem Boden, aber ihre Kerkermeister gestatteten ihnen täglich in mehreren Schichten, die Duschen aufzusuchen. Für ein Kriegsgefangenendasein war es gar ncht so schlecht.

Kriegsgefangene, ha! dachte Laura. *Lächerlich. Als ob man das hier einen Krieg nennen könnte.* Es kam dem Begriff nicht einmal nahe. Trotzdem ließ sich nicht bestreiten, daß die Piraten sich ungewöhnlich verhielten. Anscheinend hatte Susie Ryan jede Mißhandlung ihrer »Gäste« verboten ... zumindest bis sie hatte, worauf es ihr ankam.

Und genau das war der Punkt, den Laura nicht verstand. Was wollte Ryan überhaupt auf Kore? Wenn es ihr nur darum ging, den Planeten zu erobern und die Bergwerksanlagen zu übernehmen, wozu hielt sie dann auch nur einen Lancier am Leben? Es gab keinen Grund für sie, Gefangene durchzufüttern, außer vielleicht, falls Ryan sichergehen wollte, ausgebildetes Personal für den Fall zur Hand zu haben, daß ihre Leute Probleme mit den Systemen der Basis bekamen. Das ergab einen gewissen Sinn, aber im Grunde paßte es nicht.

Auf die BattleMechs, die auf Kore stationiert waren, hatten die Rebellen es deutlich nicht abgesehen. Bis auf den *Panther* hatten sie bei der Eroberung der Basis alle Maschinen zerstört. Die Techs hatten erzählt, daß der *Centurion* und die *Javelin* sich höchstens noch als Ersatzteillager und Altmetall eigneten, und Kintaros *Thorn* sollte irgendwo in den Jotuns über einen Berghang verstreut liegen. Ein ziemlich miserables Bild, wenn sie gekommen waren, um Bergegut zu machen. Volker war der einzige MechKrieger, der den Angriff überlebt hatte, und die Piraten waren eben gekommen und hatten ihn zum »Verhör« abgeholt, was Lauras Besorgnis über diese ganze Situation noch steigerte.

Nein, Ryan ging es um etwas anderes. Vielleicht war es der Erzbergbau. Kore war reich an Bodenschätzen, insbesondere an Rohstoffen für die Mechherstellung. Vielleicht wollte die Piratenkönigin eine eigene Mechfabrik versorgen oder etwas in der Art. Aber Laura hatte noch nie etwas von irgendwelchen Mechfabrikanlagen in den früheren Piratenkönigreichen gehört, die Ryan unter ihre Kontrolle gebracht haben könnte. Es ergab einfach keinen Sinn.

»Woran denken Sie, Metz?« fragte eine Stimme über ihr. Laura sah hoch und in die grimmige Miene Stabsfeldwebel Krenners. Sie wollte aufstehen, aber er winkte ab und setzte sich neben sie. »Nur die Ruhe, Gefreite«, meinte er. »In dieser Lage brauchen Sie wirklich keine Haltung anzunehmen. Sie sehen mir nur so aus, als könnten Sie Gesellschaft vertragen.«

Sie lächelte verlegen. »Danke, Spieß.«

»Machen Sie sich Sorgen um Volker?« fragte er.

»Ja, ein bißchen.«

»Mädchen, ich weiß wirklich nicht, was Sie an dem finden.«

»Wie meinen Sie das?« fragte Laura.

Krenner lachte nur, ein tiefes, brummendes Glucksen. »Kommen Sie mir nicht auf die unschuldige Tour, Kleine. Die ganze Basis weiß, daß Sie und Volker ein Paar sind.« Laura wurde rot, und Krenners Grinsen wurde breiter. »In so einer kleinen Garnison gibt es keine Geheimnisse. Soldaten und Söldner sind schlimmere Tratschen als alte Dämchen.«

»Wir sind nicht wirklich ein ›Paar‹, Spieß. Wie sind nur ... gern zusammen«, meinte sie zögernd.

»Wissen Sie eigentlich, daß ich immer gedacht habe, Sie und Sturm würden gut zueinander passen?«

»Kintaro?« fragte Laura. »Also, daran habe ich ehrlich nie richtig gedacht, Spieß. Ich meine, Kintaro ist ein netter Junge, aber er war immer so ... verbissen ist wohl das Wort dafür. Er ist so in seinem Training und so aufgegangen, daß ich ich ihn gar nicht richtig in Betracht gezogen habe.«

»Er war ein netter Junge«, sagte Krenner leise.

»Ja. Tut mir wirklich leid, Spieß. Sie haben versucht, auf ihn aufzupassen.«

»Nicht gut genug.« Krenner schüttelte den Kopf. »Ich habe seiner Mutter versprochen, daß ich ihn beschütze.«

»Sie konnten nichts machen, Kren«, stellte Laura leise fest. Sie wollte Krenner umarmen, aber das erschien ihr unpassend. Nicht hier vor allen anderen. »Kintaro kannte die Risiken. Das gehört dazu, wenn man Soldat ist, besonders bei MechKriegern. Schlußendlich gibt es nicht, was irgendeiner von uns da tun könnte.«

»Ja, Sie haben recht«, stimmte Krenner ihr bei. »Und jetzt machen Sie sich Sorgen um Volker, was?«

»Ja, ein bißchen.« Eigentlich wußte Laura nicht so recht, was sie für Volker empfand. Vom ersten Moment ihrer Bekanntschaft an hatte er ihr ziemlich intensiv den Hof gemacht. Zu Beginn hatte sie seine Avancen zurückgewiesen. Sie kannte Lon Volkers Ruf als Frauenheld. Wahrscheinlich gab es auf ganz Kore keine Frau, die nicht davon wußte. Aber der junge MechKrieger hatte einen gewissen lausbübischen Charme an sich, der Laura gefiel. Außerdem war Kore nicht gerade gesegnet mit romantischen Gelegenheiten, also hatte sie sich eines Tages entschlossen, ihm eine Chance zu geben. Das war jetzt mehrere Monate her, und seitdem waren sie »gern zusammen«.

»Dem passiert nichts«, stellte Krenner fest. »Volker ist ein Überlebenskünstler. Der kann auf sich aufpassen.«

»Oh ja, ganz bestimmt«, meinte Laura. »Ich bin sicher, ihm geht's gut.« Sie entschied sich, das Thema zu wechseln. »Eigentlich habe ich mich gefragt, was hier eigentlich abgeht. Ich lasse es mir die ganze Zeit durch den Kopf gehen: Was, zum Kuckuck, will Susie Ryan auf einer Welt wie Kore?«

Krenner schüttelte langsam den Kopf. »Ich habe keinen blassen Schimmer. Es ergibt überhaupt keinen Sinn. Eines weiß ich: Wir müssen am Leben bleiben und einen Weg finden, diesen Piraten die Kontrolle über unsere Welt wieder abzunehmen. Das nächste Versorgungsschiff ist erst in Monaten fällig. Ich fürchte, bis der Rest der Sturmreiter mitbekommt, was hier los ist, könnte es zu spät sein.«

Mit anderen Worten: Bis dahin sind wir vermutlich alle tot, dachte Laura. Es war keine angenehme Vorstellung, aber sie war Soldatin und darauf vorbereitet. »Sicher, aber wie wollen wir das schaffen?« fragte sie. Wir kommen nicht mal hier raus, ganz zu schweigen davon, uns mit vier ClanMechs anzulegen.« Vor der Tür standen ständig bewaffnete Posten mit schweren Automatikgewehren. Die Tür war verriegelt. Jemand von Krenners Statur konnte sie wahrscheinlich mit zwei- oder dreimaligem Anlauf einschlagen, aber bevor er damit fertig würde, wäre er schon von Kugeln durchsiebt. Sie hatten kaum eine Chance gegen die Piraten, und gegen deren Mechs schon gar nicht.

»Da wäre ich mir nicht so sicher«, erklärte Krenner leise. »Es gibt Methoden, mit Mechs fertigzuwerden, Mädchen. Wir müssen nur auf die richtige Gelegenheit warten. Früher oder später werden Ryan und ihre Leute einen Fehler machen. Sie haben vielleicht das Material, aber ihnen fehlt die Disziplin. Sie werden einen Fehler begehen. Hauptsache, wir sind bereit, wenn es soweit ist.«

»Auf mich können Sie zählen, Spieß.«

»Weiß ich, Metz. Noch ist nicht ... Was, zum Teufel?«

»Was?« fragte Laura.

»Haben Sie das gehört?«

»Nein, ich ...« Sie stockte und lauschte. »Moment, ja.«

»Das ist ein Mech«, meinte Krenner. »Und er kommt schnell näher.«

»Wahrscheinlich eine der Rebellenmaschinen«, meinte Laura, aber Krenner schüttelte den Kopf.

»Glaube ich nicht. Das hört sich an, als würde er rennen. Warum sollte einer ihrer Mechs mit Höchstgeschwindigkeit hierher preschen?«

»Wer soll es sonst sein? Väterchen Frost?« Die Lanciers hatten die Piraten über die mysteriösen Überfälle reden hören, und Krenner hatte dafür gesorgt, daß seine Leute ihren Bewachern bei jeder sich bietenden Gelegenheit alle Geschichten erzählten, die sie über Väterchen Frost kannten, und sich auch untereinander über den Geistermech unterhielten, wenn die Piraten sie hören konnten. Er hatte sogar noch ein paar zusätzliche Anekdoten erfunden, die darauf ausgelegt waren, jedem, der sie hörte, eine Gänsehaut zu bescheren. Alles, womit sie die Piraten verunsichern konnten, war eine potentielle Waffe für die Lanciers. Aber bis zu diesem Augenblick hatte Laura selbst nie ein Wort davon geglaubt.

Jetzt konnten auch die übrigen Lanciers den Mech hören, und irgendwo im Innern der Basis heulte eine Alarmsirene auf. Ihr Jaulen gellte durch das ganze Lager. Jetzt sprangen alle auf, bereit, aktiv zu werden, sobald sich eine Gelegenheit bot. Krenner wechselte ein paar bedeutungsschwere Blicke mit den höherrangigen Männern und Frauen im Raum, Laura eingeschlossen. Ohne ein Wort zu sagen, bedeutete der Stabsfeldwebel allen, sich bereitzuhalten. Die Gelegenheit, auf die sie gewartet hatten, kam möglicherweise schneller, als irgend jemand geglaubt hatte.

»Ihre Leute rücken aus«, meinte Krenner leise, aber in der Stille des Raums konnten alle ihn hören. »Sie werden angegriffen.«

»Der Mech ist auch schon gehörig nahe«, stellte Laura fest. Inzwischen konnten sie die donnernden Schritte des Kampfkolosses als Erschütterungen durch den Stahlbetonboden spüren. Alle Lanciers hatten schon genügend Zeit in der Umgebung von BattleMechs verbracht, um zu wissen, daß die Maschine sie praktisch erreicht hatte. Das Krachen von Gewehrfeuer ertönte von außerhalb des Gebäudes, und Krenner trat an die Tür, um das Ohr anzulegen.

»Die Wachen scheinen weg zu sein«, meinte er. »Das ist unsere Chance.«

Bevor der stämmige Feldwebel sich mit der Schulter gegen die Tür werfen konnte, ertönte ein lautes Wummern von der Decke des Raums.

»Was, bei allen Heiligen, war *das*?« fragte Tom Flannery und sah nach oben.

»Das ist der Mech«, antwortete Krenner leise.

»Wie, klopft er an?« scherzte Flannery, um die Spannung zu brechen, die sich ausgebreitet hatte. Was ging hier vor?

»Natürlich ...« murmelte Krenner leise, dann bellte er. »Okay, herhören! Alle weg von der Wand! Weg!«

Die Lanciers hasteten gerade rechtzeitig beiseite, bevor knapp unter der Decke zwei Metallkeile an entgegengesetzten Enden der Wand hereinbrachen. Mauersteine, Stützmaterial und Wolken von Staub und Putz stürzten in den Raum. Plötzlich fühlte sich Laura wie eine Maus in ihrem Loch, vor dem eine gigantische Katze saß und einzudringen versuchte. Sie wünschte sich, sie hätte eine Waffe gehabt, an der sie sich festhalten konnte, obwohl sie wußte, daß die ihr nichts genutzt hätte.

Mit einem donnernden Reißen schälte sich das Dach der Halle zurück, und ein Staub- und Trümmerregen prasselte herab, durchmischt mit Schnee und Eis. Ein blendender Lichtschein strahlte in das Gebäudeinnere, und Laura riß die Arme vors Gesicht, um sich vor der plötzlichen Helligkeit zu schützen.

Durch das Loch im Dach zeichnete sich ein BattleMech gegen den schwarzen Nachthimmel ab. Es war ein ClanMech, ein *Goshawk*. Seine Lichter beleuchteten den knochenweißen Rumpf, der an mehreren Stellen von Geschützfeuer rußgeschwärzt war. Die Maschine hatte breite Schultern, schwere Schulterdecken und eine Art Kapuzenaufbau hinter dem wie ein grinsender Totenschädel bemalten Kopf. Die Scheinwerfer zeichneten die Gestalt mit harten Schlagschatten zu einem schwarzweißen Relief.

Einen Moment herrschte Schweigen, als alle in der Halle zu dem Mech hochstarrten, und er zurückzustarren schien. Dann dröhnte eine Stimme aus den Außenlautsprechern des Metallriesen.

»Was steht ihr da rum? Bewegung, Lanciers, machen

wir, daß wir aus dieser Falle verschwinden!«

»Sturm ...?« hauchte Krenner, dann trat ein breites Grinsen auf sein Gesicht, und er juchzte. »Ihr habt den Mann gehört!« schrie er seine Leute an. »Machen wir, daß wir hier wegkommen!«

Jubel wurde laut, als der *Goshawk* einen Mecharm gegen die Mauer schwang und sie mit einem Schlag umwarf, so daß ein breites Loch entstand, hinter dem die Freiheit wartete. Krenner setzte sich sofort an die Spitze und gab Befehle.

»Bewegung, Bewegung!« brüllte er. »Zum Hangar, und holt euch, was sie an Fahrzeugen haben. Wir müssen hier weg, und zwar pronto!«

Die Lanciers gehorchten sofort. Sie schwärmten an dem zurücktretenden Mech vorbei durch die Bresche, während die Kampfmaschine zur zweiten Lagerhalle marschierte und auf dieselbe Weise wie zuvor die dort festsitzenden übrigen Mitglieder der Lanciers befreite.

Krenner trat dicht gefolgt von Laura ins Freie. »Bleiben Sie hinter mir, Metz«, befahl er und rannte auf das andere Gebäude zu, um die restlichen Truppen einzuweisen. Laura antwortete mit einem schnellen »Jawohl« und rannte hinterher. Auf dem Weg zur zweiten Halle bemerkte sie mindestens zwei Dutzend Piraten, die mit Sturmgewehren bewaffnet über das Gelände liefen.

»Spieß!« rief sie. Krenner bremste nicht einmal ab. Er mußte sie ebenfalls gesehen haben.

Und das schien auch für den *Goshawk* zu gelten. Der fahlweiße Koloß, der gerade einen Teil der Hallenwand eingerissen hatte, richtete sich auf und streckte den linken Arm in Richtung der anrückenden Piraten aus. Der Arm war mit einem langläufigen Geschützmodul bestückt, in dem drei schwere Maschinengewehre montiert waren. Aus allen drei Läufen zuckte Feuer, und ein Hagelschauer hochkalibriger Geschosse jagte über das Gelände. Die Piraten schrien auf und warfen sich in

Deckung, aber einige von ihnen schafften es nicht mehr und wurden zerfetzt, wo sie standen. Das MG-Feuer prasselte funkenschlagend über den Beton und zwang ihre Kameraden, die Köpfe unten zu halten.

»Bewegung!« rief Krenner den Leuten in der Halle zu. »Zum Hangar! Er gibt uns Deckung!«

Die restlichen Lanciers reagierten und rannten über den Innenhof, während der BattleMech mit einer neuen MG-Salve die Piraten auf Distanz hielt. Ein paar von ihnen feuerten aus der Deckung, aber sie zielten auf den Mech statt auf die abrückenden Lanciers, und selbst ihre Sturmgewehre waren nicht stark genug, die Panzerung eines BattleMechs zu beschädigen. Die Kugeln prallten nur funkenschlagend von Schultern, Torso und Kopf des metallenen Riesen ab, ohne den geringsten Schaden anzurichten.

Ein mit einem schweren Maschinengewehr bestückter Jeep raste mit voller Geschwindigkeit heran, aber der Mech drehte nur kurz den Torso in Richtung des Neuankömmlings. Zwillingsbolzen aus grellgrüner Lichtenergie zuckten aus den Mündungen in seiner Brustpartie und schlugen frontal in das Fahrzeug ein. Die Impulslaser verwandelten den Jeep innerhalb eines Sekundenbruchteils in einen Feuerball, der sich wogend in die Dunkelheit ausbreitete, die Anlage in einen rotorangefarbenen Lichtschein hüllte und noch mehr Piraten in Deckung jagte.

Als der letzte Lancier die Hallen verlassen hatte und unterwegs zum Fahrzeughangar war, drehte Krenner sich zu Laura um und nickte. Dann rannten sie hinter den anderen her. Hinter ihnen drehte der Mech sich um und ging zwei Schritte in die Basis hinein, wobei er sorgfältig darauf achtete, den unter ihm über den Beton hastenden Gestalten nicht zu nahe zu kommen.

Laura konnte die Erschütterungen seiner Schritte durch den Betonboden spüren. Der Mech brauchte nur ein paar Schritte, um die auf den Hangar zustürmenden Lanciers zu überholen, und vertrieb mit einer weiteren MG-Salve die dort verbliebenen Piraten. Wieder wurden einige von ihnen, die nicht schnell genug in Deckung gegangen waren, niedergemäht.

Wo, zur Hölle, stecken die Piratenmechs? fragte sich Laura, während sie hinter Krenner herrannte. Sie sah sich um. Sie bemerkte die sich neu sammelnden Piraten, das brennende Wrack des Jeeps und noch ein paar andere Fahrzeuge, denen der Geistermech auf seinem Weg begegnet war, aber von den feindlichen BattleMechs war keine Spur zu entdecken. Irgend etwas ging hier vor. Der *Goshawk*-Pilot mußte einen bestimmten Plan verfolgen.

Kintaro, dachte sie. *Krenner hat gesagt, es ist Kintaro. Gibt es das?* Konnte Kintaro tatsächlich noch leben? Sie hatte keine Zeit, darüber nachzudenken. Sie mußte rennen, stoppte nur einmal kurz, um das Sturmgewehr eines toten Piraten vom Hof aufzuheben. Sie öffnete die Kammer, um sich zu überzeugen, daß es schußbereit war, dann stürmte sie weiter, die Waffe im Arm.

16

Kore-Lanciers-Basis, außerhalb Niffelheims, Kore Peripherie

16. April 3060

Obergefreite Laura Metz senkte das Sturmgewehr und gab einen Feuerstoß auf die ihr entgegenrennenden Piraten ab. Der Kugelhagel traf einen von ihnen und schleuderte ihn zu Boden. Die anderen hechteten in Deckung, während Laura weiter zum Fahrzeughangar rannte, gefolgt vom Rest der Lanciers. Der weiße BattleMech stand wie ein schützender Torbogen über ihnen, die Beine links und rechts vom Hangareingang, und hielt mit seinen schweren MGs die übrigen Piraten auf Distanz.

Metz und Krenner erreichten das offene Tor und gaben ein paar Schüsse auf die vereinzelten Piratenwachen ab, die im Innern Dienst taten. Die Piraten erwiderten das Feuer, aber die in der Halle arbeitenden Techs gehörten zum größten Teil zu den Lanciers. Sie schnappten sich schwere Schraubenschlüssel und anderes Werkzeug, mit dem sie die Gewehre der Piraten beiseite und deren Besitzer niederschlugen, so daß die Lanciers den Hangar stürmen konnten. Die Raumpiraten, die sich widersetzten, wurden von Gewehrschüssen oder Schraubenschlüsselhieben niedergestreckt. Ihre Waffen fielen ihnen aus den Händen, und die Lanciers hoben sie auf. Dann rannten sie weiter zu den im Hangar abgestellten Fahrzeugen.

»Nur die Schweber!« brüllte Feldwebel Krenner gegen Alarmsirenen und Gewehrfeuer an. »Wir müssen über die Tundra, und die Radfahrzeuge schaffen das nicht!«

Laura wußte nicht genau, was der Pilot des Mechs vorhatte, der sie aus ihrem improvisierten Gefängnis befreit hatte, aber sie war sich ziemlich sicher, wer da oben im Cockpit saß, und sie wußte, daß Krenner bereit war, ihm sein Leben anzuvertrauen. Wenn es zu Kintaros Plan gehörte, daß sie die Basis verließen, wollte Krenner alles tun, was in seiner Macht stand, damit dieses Vorhaben gelang.

Der *Goshawk* stand am Eingang des Fahrzeughangars und zwang die Piraten mit seinen drei schweren Maschinengewehren, in Deckung zu bleiben. Die wenigsten von ihnen waren bereit, sich zu weit heranzuwagen, und die Leichen der vereinzelten Piraten, die es doch taten, lagen über den Betonplatz verstreut. Aber es war nur eine Frage der Zeit, bevor die Piraten ihre schweren Waffen auffuhren, die selbst einem BattleMech gefährlich werden konnten, oder schlimmer noch, bis ihre eigenen Mechs auf der Bühne erschienen. So kampfstark er auch war, Laura war klar, daß ein einzelner Clan-BattleMech keine sonderliche Chance gegen zwei oder drei der Piratenmaschinen hatte, die ebenfalls aus Clanbeständen stammten. Die Lanciers mußten schnell von hier verschwinden, solange es noch ging.

Aus dem Augenwinkel bemerkte Laura eine Bewegung. Sie drehte sich um und sah einen der Piraten, der entweder übersehen worden war oder nur einen Streifschlag abbekommen hatte. Er kauerte hinter einem Regal mit Wartungswerkzeugen und Ersatzteilen und zielte mit dem Gewehr auf Krenner. Sie riß ihr Sturmgewehr hoch und brüllte eine Warnung.

»Spieß, Vorsicht!« Krenner wirbelte herum und sah den Rebellen, aber es war zu spät, etwas zu unternehmen.

Ein einzelner Schuß hallte durch die Hangarhalle, und der Pirat kippte nach vorne. Er warf das Werkzeugregal um, und dessen Inhalt polterte über den Boden.

Aus dem Schatten des Hangars trat eine große, blonde Gestalt, die eine dampfende Pistole in der Hand hielt. Der Schütze winkte Krenner und Laura lässig zu.

»Volker!« rief Laura. Er lebte! Sie wollte hinüberrennen und ihm um den Hals fallen, aber vorerst blieb sie besser, wo sie war, und hielt die Augen für andere unerwartete Gefahren offen. Krenner seinerseits blieb in Deckung und rief über die Schulter: »Danke, Volker!«

Lon Volker ging zum Eingang des Hangars, als die Motoren zweier *Winterhawk*-Truppentransporter aufheulten und die Hubpropeller der Luftkissenfahrzeuge Wolken von Staub und Schnee aufwirbelten. Die Lanciers hasteten durch die offenen Luken der beiden Schweber, sobald sich die Luftkissen fertig aufgebaut hatten.

»Schön, Sie lebend wiederzusehen«, meinte Krenner zu Volker.

»Gleichfalls«, erwiderte der. »Als die Alarmsirenen losplärrten, habe ich meine Chance erkannt und genutzt. Ich dachte mir schon, daß Sie dasselbe tun und hier zum Hangar kommen würden, also bin ich vorbeigekommen, um zu sehen, ob mich jemand mitnimmt.«

»Gutes Timing«, stellte Laura lächelnd fest. Volker strahlte zurück. »Wir wollten gerade ohne dich abfahren.«

»Freut mich, daß das nicht nötig war.« Volker deutete mit dem Kopf zu dem *Goshawk*, der immer noch die Piraten in Schach hielt. »Wer ist das?« fragte er.

Jetzt war es an Krenner zu grinsen. »Was denken Sie wohl?« erwiderte er. »Kintaro.«

»Kintaro?« Volker schüttelte ungläubig den Kopf. »Nie und nimmer.«

»Glauben Sie's besser, mein Junge«, sagte Krenner. »Ich weiß nicht, wie er es geschafft hat, aber er ist es. Und jetzt Tempo, wir sind die Letzten.« Damit rannten die drei zum nächsten *Winterhawk*. Sobald sie in der Kabine verschwunden waren, zogen sie die Luken dicht und gingen nach vorne durch.

Volker blickte den Gefreiten am Steuer von oben herab an, und der Mann machte ohne Widerspruch Platz. Krenner übernahm den Platz des Beifahrers, während Laura sich auf einem der Crewplätze anschnallte. Volker zog das Kommset über und überflog die Instrumente auf der Konsole.

»Hat zwar keine Beine«, stellte er dann fest, »aber ich kann ihn fahren.« Er legte die Hände um die Kontrollen und ließ den *Winterhawk* nach vorne gleiten. Der andere Schweber folgte ihnen, und die tonnenschweren Truppentransporter rutschten mit heulenden Propellern auf ihren Luftkissen aus dem Hangar. Sobald sie im Freien waren, öffnete Volker einen Kommkanal.

»Okay, volle Fahrt!« Er stieß den Steuerknüppel vor, und die leistungsstarken Triebwerke des Transporters trieben den riesigen Schweber mit steigender Geschwindigkeit über den Hof auf freies Gelände zu.

Ein gepanzerter Jeep mit einem schwenkbaren MG verstellte ihnen den Weg. Der Pirat an dem Maschinengewehr feuerte eine lange Salve auf die Frontpartie des vorderen *Winterhawk* ab. Die Geschosse prallten knallend von der Panzerung und der kugelsicheren Windschutzscheibe des Truppentransporters ab. Volker zuckte mit keinem Muskel, als die MG-Salve die Scheibe vor ihm traf. Er trieb den *Winterhawk* nur weiter vor, genau auf den heranbrausenden Jeep zu. Als der Zusammenstoß beinahe unvermeidlich schien, grub Laura die Finger in den Rand ihres Sitzes.

Der Fahrer des Jeeps verlor als erster die Nerven. Beim Anblick des riesigen gepanzerten Truppentransporters, der unaufhaltsam auf ihn zu raste, riß der Pirat das Steuer herum und versuchte auszuweichen, aber er hatte einen Augenblick zu lange gewartet. Der *Winterhawk* erwischte mit einem dumpfen Knall den linken hinteren Kotflügel des Jeeps, gefolgt von einem Krach, als der Wagen sich überschlug und eine kurze Strecke über den Betonplatz rollte.

Die Schweber erreichten den Rand des Stahlbetons und jagten hinaus ins freie Gelände. Der äußere Maschendrahtzaun sah aus, als hätte der *Goshawk* ein Tänzchen darauf ausgeführt. Als die Schwebetransporter die offene Tundra erreichten, donnerten sie mit fast einhundert Stundenkilometern über Eis und Schnee und beschleunigten noch immer.

Laura blickte auf die Sichtprojektion über der Fahrerkonsole des Cockpits und sah den *Goshawk* einen letzten Feuerstoß aus Lasern und Maschinengewehren abgeben, um das Gelände vor sich von Piraten zu säubern. Er drehte sich zur Seite und hob den rechten Arm. Ein Stakkato grellgrüner Lichtimpulse zuckte auf und traf eines der Treibstoffsilos in der Nähe des Fahrzeughangars.

Die Außenhülle des Silos schmolz unter der Liebkosung der Energiewaffe dahin, und der Treibstoff in seinem Innern explodierte wie eine gewaltige Bombe. Selbst aus zweihundert Metern Entfernung schüttelte die Druckwelle die beiden *Winterhawks* noch durch. Hinter ihnen stieg ein rotorangefarbener, wogender Pilz mit einem Kopf aus Feuer und einem Stiel aus schwarzem Rauch in den Himmel.

Dann wandte der Mech sich von der Verwüstung ab und preschte mit voller Geschwindigkeit vom Basisgelände. Er wurde rasch schneller und konnte fast mit den Schwebern mithalten.

Krenner drehte sich zu Volker um, als der den Vorsprung vergrößerte. »Nicht so hastig, Draufgänger. Laß Kintaro mitkommen. Diese Kisten haben bloß gehörig kleine Geschütztürme. Wenn wir auf offenem Gelände ohne Geleitschutz erwischt werden, können wir unser letztes Gebet sprechen. Außerdem«, meinte er und grinste breit dabei, »ist Kintaro der einzige von uns, der weiß, wo wir hinwollen.«

Volker grunzte und nahm zögernd etwas Gas weg, auch wenn der Schweber immer noch gehörig schnell über den gefrorenen Boden jagte. Hinter ihnen wurde die Basis wurde schnell immer kleiner.

Der *Goshawk* hatte die beiden Schweber bald eingeholt und lief in gestrecktem Galopp neben ihnen her. Es war ein Beweis für die gute Ausbildung der korischen MechKrieger, daß Kintaro den riesigen humanoiden Mech über die eisige Planetenoberfläche hetzen und dabei mit den schnellen Schwebern Schritt halten konnte.

In der Kommleitung des *Winterhawk* knackte es, dann drang Sturms Stimme aus den Lautsprechern. »Kintaro an Lanciers. Hallo, Leute, freut mich, daß ihr kommen konntet. Wie sieht's bei euch aus? Ende.«

Krenner schnappte sich das Mikro, noch bevor Volker auch nur zu einer Antwort ansetzen konnte. »Sturm! Verdammt, Junge, du hast mir ganz schöne Sorgen gemacht! Was, zum Teufel, hast du erlebt, und wo hast du dieses kleine Clan-Spielzeug gefunden? Ende.«

Man konnte Sturms Grinsen fast hören. »He, Kren, tut mir leid, daß ich Ihnen unnötige Angst gemacht habe. Ich hatte ein kleines Problem mit meinem alten Mech, deshalb hab ich mir einen Ersatz besorgt. Es ist eine lange Geschichte, aber ich erzähle Sie Ihnen in allen Einzelheiten, wenn wir da sind. Ende.«

An diesem Punkt der Unterhaltung mischte Volker sich ein. »Und wo genau ist ›da‹? Ende.«

»Volker? Freut mich, daß du es geschaffst hast, Mann. Für die Rettung letztens bin ich dir was schuldig. Aber wo unser Ziel liegt, würde ich lieber nicht über Funk geben, nicht, solange wir nicht sicher sein können, daß niemand mithört. Es ist einfacher, es euch zu zeigen. Ende.«

Krenner nickte Volker zu, dann übernahm er das Gespräch wieder. »Bestätigt, Kintaro. Zeig uns den Weg, und wir halten die Augen nach unerwünschten Begleitern offen. Ende.«

»Wird gemacht, Spieß«, gab Sturm zurück. »Aber allzu viele Sorgen brauchen wir uns da wohl nicht zu machen. Ich habe einen neuen Auftritt von »Väterchen Frost« auf einem Bergkamm etwa achtzig Klicks von hier arrangiert. Zwei der Piraten-Mechs sind ausgerückt, um nachzusehen. Bis die herausgefunden haben, daß das nur ein Haufen Schrott ist, und sich auf den Rückweg machen, sind wir längst weg. Der einzige Mech, auf den wir aufpassen müssen, ist der *Mad Cat*. Ende.«

Jetzt grinste Volker. »Keine Sorge, Kintaro. Der *Mad Cat* ist Susie Ryans Mech, und die macht uns fürs erste keine Probleme. Ich hab' mich um sie gekümmert. Ende.«

»Tatsache?« fragte Sturm. »Scheint, daß wir beide was zu berichten haben. Ich gehe jetzt auf Funkstille. Folgt mir, und dann kannst du mir hinterher davon erzählen. Kintaro Ende und Aus.«

Krenner streckte die Hand aus, um das Funkgerät abzuschalten, und Laura sah hinüber zu Volker. Etwas an der Art, wie er erklärt hatte, er habe sich um Susie Ryan »gekümmert«, bereitete ihr Unbehagen. Sicher, sie und Lon Volker waren nicht wirklich ... also, genau wußte sie selbst nicht, was sie füreinander waren, aber etwas an seinem Ton gefiel ihr nicht. Sie entschied, ihr Unbehagen erst einmal zu ignorieren. Im Moment war wichtiger, daß die Lanciers frei waren und eine Chance hatten, so hoffnungslos die Lage kurz zuvor auch noch erschienen war. Das überraschende Auftauchen Kintaros in einem Clan-Mech hatte die Situation völlig umgekrempelt. Vielleicht hatte Krenner recht, und sie hatte Sturm Kintaro tatsächlich unterschätzt.

Der *Goshawk* führte die *Winterhawks* in Richtung der Jotunberge. Kintaro brachte sie dicht an das Massiv heran, damit das Profil der Berge, ihre Erzvorkommen und die Thermalschlote die Sensoren möglicher Verfolger verwirrten, Sie bewegten sich eine kurze Strecke dicht am Rand des Gebirges entlang, bis sie einen Paß erreichten, der hineinführte.

Kintaros Mech setzte sich an die Spitze, die Schweber folgten ihm in geringer Entfernung. Der Paß war eng, gerade breit genug für einen einzelnen BattleMech. Er führte in ein weites, langgestrecktes Tal, umgeben von hohen Bergen, deren Gipfel von Eis und Schnee bedeckt waren. Auf den tieferen Hängen wuchsen Krüppelbäume und andere winterfeste korische Pflanzen. Der *Goshawk* watete durch den tiefen Schnee des Tals, während die Luftkissentransporter einen knappen Meter über der Schneedecke dahinglitten und dichte Wolken aus glitzernden Schnee hochschleuderten, die es schwierig machten, den Mech nicht zu verlieren, da die nicht-optischen Ortungssysteme in der Umgebung der Berge kaum funktionierten. Aber sie schafften es und blieben dem *Goshawk* bis zu einer steilen schwarzen Felswand auf den Fersen, wo er abrupt stehenblieb.

»Was macht er?« wollte Laura fragen, aber ein leises Rumoren aus Richtung des Berges schnitt ihr das Wort ab, und dann teilte sich der Fels. Ein schmaler dunkler Spalt öffnete sich entlang der ganzen Höhe der Klippenwand. Er verbreiterte sich zu einer Eingangsöffnung, als zwei titanische Torflügel langsam ins Innere des Berges aufschwenkten.

»Da soll mich doch …« flüsterte Krenner.

Als die Tore in der Dunkelheit verschwunden waren, tat der *Goshawk* einen Schritt vor, drehte sich halb um und winkte den Schwebern mit dem Laserarm, ihm zu folgen. Der Mech trat durch die turmhohe Öffnung und verschwand.

Krenner klopfte Volker auf die Schulter. »Also dann, fahren wir.«

Die *Winterhawks* glitten durch den Eingang, und kaum waren sie im Berginnern, als die gewaltigen Tore wieder zuschwangen und sich mit einem dumpfen Knall schlossen. Von außen war wieder kein Übergang vom natürlichen Fels zur künstlichen Oberfläche der Torflügel erkennbar, und der Eingang war in der Szenerie des Gebirgstales nicht mehr auszumachen.

Kräftige Scheinwerfer flammten gut vierzehn Meter über den Köpfen der Kore-Lanciers an der Decke einer riesigen Kuppelhöhle auf. Sie beleuchteten eine gigantische Kaverne, deren glatte Wände von mächtigen Bohrlasern aus dem Fels geschnitten waren. Die Höhle war groß genug, daß Sturms BattleMech aufrecht in ihr stehen konnte und noch mehrere Meter Platz zwischen seinem Kopf und der Decke blieben. Sie hatte eine grob ovale Form von etwa achtzig Metern Länge.

An den Wänden der Höhle erstreckten sich komplezierte metallene Gerüste, Kabel und Paneele, die mehrere tiefe Nischen formten. In jeder der Nischen ragte eine schweigende metallische Gestalt auf, lackiert in einem fahlen weiß, daß im Licht der Deckenscheinwerfer stumpf leuchtete. BattleMechs. Vier Kampfkolosse insgesamt, zusätzlich zu Sturms *Goshawk*, und jeder von ihnen trug das Emblem Clan Stahlvipers.

Sturms Stimme drang wieder über die Kommverbindung. »Willkommen in Shangri-La, Leute. Willkommen in Väterchen Frosts Unterschlupf.«

17

Shangri-La, Jotunberge, Kore
Peripherie

16. April 3060

»Da soll mich doch«, wiederholte Feldwebel Krenner, als er aus dem Schweber trat und sich in der gewaltigen Höhle umsah. Den übrigen zwei Dutzend Lanciers ging es nicht anders.

Sturm steuerte den *Goshawk* in die freie Wandnische und stellte ihn ab. Alle Mechsysteme fuhren herunter, und die Cockpitluke öffnete sich mit einem lauten Zischen. Eine Dampfwolke stieg in die kühle Höhlenluft empor. Sturm zog den Neurohelm an und und kletterte heraus, bekleidet nur mit seinen MechKriegershorts, der Kühlweste und Schuhen. Er ließ eine Kettenleiter an der Frontseite der Maschine herab und kletterte herunter zu seinen Kameraden, die begeistert auf ihn zurannten.

Krenner war in vorderster Reihe der Lanciers und griff als erster nach Sturms Hand, um sie begeistert zu schütteln, bevor er den jungen MechKrieger mit beiden Armen an seine Brust drückte. »Verdammt, Jungchen, bin ich froh, dich wiederzusehen! Ich war sicher, du wärst draufgegangen!«

Sturm lachte. »Nicht, solange ich mich an Ihre Ratschläge halte, Kren. Die haben mich am Leben gehalten und uns allen möglicherweise eine Chance gegeben.«

»Also, was ist geschehen?« fragte Krenner und schwenkte den Arm durch die Höhle. »Wo kommt all das hier her?«

Sturm atmete tief durch und strich sich mit einer Hand das schweißnasse Haar aus der Stirn. »Tja, soweit ich das feststellen kann, ist es eine Art Clan-Depot. Die

Stahlvipern müssen es eingerichtet haben, als sie vor zehn Jahren nach Kore kamen. Damals haben alle geglaubt, sie würden hier im Gebirge den Planeten erkunden oder irgendwelche Forschungen anstellen, aber in Wahrheit haben sie wohl diese Höhle angelegt. Nach allem, was ich herausfinden konnte, war das Teil ihrer Aufgabe. Sie waren Garnisonstruppen, die dem Hauptvorstoß der Clans in die Innere Sphäre folgten. Nachdem die Clans eine Welt erobert haten, kamen diese Vipern und bauten Nachschublinien auf, für den Fall, daß sie jemals gezwungen sein wüden, sich in den Raum jenseits der Peripherie zurückzuziehen. Das hier muß einer dieser Nachschubpunkte sein.«

»Aber was ist geschehen? Warum haben die Clans ihn aufgegeben?« fragte Laura, die sich zur Spitze der Gruppe durchgearbeitet hatte.

Sturm schüttelte den Kopf. »Keine Ahnung. Sobald sie das Depot aufgebaut hatten, sind die Vipern ins nächste System aufgebrochen und haben nur eine kleine Verteidigungseinheit zurückgelassen, um es zu beschützen, hauptsächlich Elementare, diese ClanKrieger in den hydraulischen Rüstungen. Damals war die Invasion in vollem Schwung, und niemand schien den Clans gewachsen. Die Vipern müssen unter ziemlichem Druck gestanden haben, beim Bau der Depots mit dem Vormarsch mitzuhalten. Wahrscheinlich haben sie nicht geglaubt, daß sie sich so weit in der Peripherie irgendwelche Sorgen um einen Gegenangriff machen müßten.«

»Das Problem dabei war nur«, stellte Krenner fest, »daß die Truppen der Freien Inneren Sphäre den Vormarsch der Clans gestoppt *haben*. Das hat uns eine jetzt schon zehn Jahre dauernde Pattsituation beschert.«

»In all den Kämpfen«, fuhr Sturm fort, »sind die Stahlvipern, die dieses Depot hier aufgebaut haben, möglicherweise umgekommen, oder es ist sonst etwas passiert, was dazu geführt hat, daß man es einfach vergessen hat. Nachdem die Sturmreiter zurückkamen und die hier verbliebene Clanner-Garnison verjagten, haben die Stahlvipern darauf verzichtet, zurückzukommen. Warum, weiß ich auch nicht. Niemand wußte etwas von dem Depot, also hat es auch niemand betreten.«

»Aber irgend jemand hat davon erfahren«, unterbrach Volker.

Sturm sah zu ihm hinüber und nickte. »Ja, so sehe ich es auch. Susie Ryan und ihre Leute sind nicht wegen der Erzvorkommen nach Kore gekommen, oder um ein paar alte Söldnermechs zu bergen. Ihr ging es um diese Schönheiten hier.« Er deutete mit einer ausladenden Geste auf die Mechs an den Wänden der Höhle. »Ein kompletter Stern, fünf Stahlviper-Mechs, und dazu Tonnen Munition und Nachschub und reichlich sonstige Ausrüstung. Das wäre so ziemlich jeder regulären oder Söldnereinheit eine Menge wert, und erst recht jemandem, der Mechs so dringend benötigt wie die alten Piratenkönigreiche. Mit diesen Mechs könnte Ryan wahrscheinlich eine Menge Schaden anrichten und ihre MechKrieger besser für den Kampf gegen andere Clan-Mechs ausrüsten.«

Volker legte den Kopf zur Seite und sah Sturm fragend an. »Woher wußtest du, daß Susie Ryan hinter dem Überfall steckte?« fragte er. »Wir haben es selbst erst herausgefunden, nachdem wir ihre Gefangenen waren. Von außen sehen ihre Mechs wie Jadefalken-Maschinen aus.«

Sturm grinste und zuckte die Schultern. »Manchmal hat es seine Vorteile, wenn man ›tot‹ ist. Nachdem sie meinen *Thorn* in den Bergen zu Klump geschossen hatten, haben Ryans Männer nicht weiter nach mir gesucht, sondern sie sind davon ausgegangen, daß mich die Wetterbedingungen umbringen würden.«

»Ja«, unterbrach Volker. »So etwas habe ich sie sagen hören.«

»Na, fast wäre es auch dazu gekommen. Ich fand Unterschlupf in einer Höhle nicht weit von hier. Im hinteren Teil war ein Lüftungsschacht, den die Clanner angelegt haben, um diese Höhlen mit Frischluft zu versorgen. Ich habe den Schacht mit meinem Laser aufgeschnitten und bin heruntergeklettert.« Sein Gesicht war noch immer rot von der Hitze im Cockpit, aber er fühlte, wie seine Wangen vor Verlegenheit noch heißer wurden. »Unten angekommen, habe ich eine Wartungsklappe aufgebrochen und bin rausgekrochen. So habe ich das hier gefunden. Das war vor fast einer Woche. Sobald ich die ClanMechs gesehen habe, wußte ich, daß es die Angreifer darauf abgesehen haben mußten. Erst dachte ich einfach nur, die Vipern wären zurückgekommen, um ihre Maschinen zu holen, aber ich habe die Kommanlage in einem der Mechs dazu benutzt, ihren Funkverkehr abzuhören. Es gab eine Menge Störungen, deshalb habe ich nicht allzuviel mitbekommen, aber genug, um zu erkennen, daß ich es nicht mit Clannern zu tun hatte. Und als ich Susie Ryans Namen hörte, wurde mir alles klar, was sie abgezogen hatten und warum.

Die Mechs sind noch in perfektem Zustand. Das einzige Problem bestand darin, die Sicherheitssperren zu umgehen. Erst dachte ich, ich würde es nie schaffen. Aber wie sich herausstellte, haben die Clans längst nicht so viel Angst davor, daß ihre Mechs gestohlen werden, wie wir. Die Sicherungen waren gar nicht so komplex, wie ich befürchtet hatte. Nicht mehr als ein einfaches Codesperrsystem. Mit der Hilfe von ein paar Werkzeugen, die ich hier im Depot gefunden habe, konnte ich die Sperren des *Goshawk* und des *Hellhound* umgehen«, stellte er grinsend fest. »Es gibt auch Clan-Simulatoren hier, zum Testen und Training. Ich habe sie dazu benutzt, ein Gefühl für die Maschinen zu bekommen und ein paar ›Übungsläufe‹ durchzuspielen, bevor ich aktiv wurde. Ja, und dann habe ich die Piraten angegriffen, wo immer sich die Gelegenheit bot. Zuerst war es recht einfach, weil ich ihren Funkverkehr abhören konnte und eine ziemlich genaue Vorstellung davon hatte, was sie taten.

Außerdem habe ich die beiden Mechs zusätzlich bemalt, um sie etwas gespenstischer zu machen. Ich dachte mir, daß ein paar der alten Geschichten die Runde machen würden, und es konnte nicht schaden, wenn die Piraten anständig Muffensausen bekamen. Aber es ist zunehmend schwieriger geworden, sie zu überraschen. Ich konnte nur einen Mech ausschalten und einen anderen beschädigen.«

»Das ist schon eine Menge, mein Junge«, meinte Krenner. »Alles in allem hast du dich hervorragend geschlagen.«

»Ich dachte mir, daß ich etwas Hilfe gebrauchen könnte«, erwiderte Sturm. »Und auch, daß ihr den Urlaub in ›Casa de Ryan‹ inzwischen wohl über haben würdet, also habe ich auf einem der nördlichen Kämme etwas Mechmaterial aufgebaut, das für Ortungssensoren so aussehen mußte, als wäre dort ein Mech aktiv. Die Piraten haben in der Hoffnung, ›Väterchen Frost‹ zu erwischen, zwei ihrer Maschinen losgeschickt, während ich mir derweilen ihre Basis vorgenommen habe. Ich habe mir ziemliche Sorgen wegen des *Mad Cat* gemacht, aber dann entschied ich, daß es das Risiko wert war.«

»Du hättest dir keine Sorgen zu machen brauchen«, erklärte Volker und verschränkte stolz die Arme vor der Brust. »Die Ryan-Schlampe hat mich gerade verhört, als du angegriffen hast. Als der Alarm losging, habe ich meine Chance ergriffen und ihr eine verpaßt. Dann habe ich mir ihre Pistole gegriffen, die Wachen erledigt und bin zum Fahrzeughangar. Ich dachte mir, das ist die beste Gelegenheit, wegzukommen.«

»Warum hast du dir deinen Mech nicht geholt?« fragte Sturm.

Lon Volker schüttelte den Kopf. »Der ist noch nicht wieder betriebsbereit, aber Ryan hat mir verraten, daß die Piraten ihn reparieren.«

»Verdammt«, murmelte Sturm. »Damit haben sie vier funktionsfähige Mechs.«

»Na und?« fragte Laura. »Wir haben *fünf* Mechs gegen ihre vier, und einer von ihren ist Volkers alter *Panther*.«

»Ja«, gab Sturm zu. »Aber wie viele MechKrieger haben wir? Ryan hat zusätzliche Piloten mitgebracht, um diese Mechs hier zu übernehmen, also hat sie Ersatzleute. Wir haben nur mich und Volker. Wir zwei können keine fünf Mechs steuern.«

»Ich wette, ich könnte einen übernehmen«, meinte Laura.

»Du? Ich glaube nicht, ...«

»Okay, Leute«, unterbrach Krenner. »Auszeit. Wir sind alle müde und gerade erst diesen Piraten entkommen. Wir brauchen Zeit, uns zu erholen und unser weiteres Vorgehen zu planen. Wir sollten darauf verzichten, uns gegenseitig den Kopf abzureißen, und uns statt dessen auf den Gegner konzentrieren. Sind wir hier sicher?«

Sturm nickte. »Sie haben recht, Kren. Tut mir leid, Gefreite, ich habe kaum Schlaf bekommen in den letzten Tagen, und außerdem habe ich von Clan-Rationen gelebt. Und ich kann Ihnen sagen, diese Clanner verstehen sich vielleicht auf Technik, aber sie sind hundserbärmliche Köche.« Einige der Lanciers kicherten. »Wir sollten hier vorerst sicher sein. Das ganze Depot scheint abgeschirmt zu sein, damit es im Berginnern nicht entdeckt wird, und die ganzen Interferenzen stören eine Ortung noch zusätzlich. Alles, was die planetologische Untersuchung in diesem Gebiet gefunden hat, waren ein paar leicht abnormale magnetische Resonanzdaten. Solange wir uns ruhig verhalten, werden uns die Piraten kaum finden.«

»In Ordnung«, meinte Feldwebel Krenner. »Hau dich erst mal aufs Ohr, Sturm. Ich teile ein paar Leute ein, die sich hier umsehen. Vielleicht finden wir noch mehr Zeug, das wir gebrauchen können. Wenn du dich ausgeruht hast, können wir uns über unsere weitere Strategie unterhalten.«

»Danke, Kren«, seufzte Sturm. Krenner bellte seine Befehle an die Lanciers, während Sturm in Richtung der Unterkünfte verschwand. Er zog gerade die Kühlweste auf, als Krenners Stimme ihn noch einmal stoppte.

»Sturm«, erklärte der Stabsfeldwebel, der den jungen Mann mit zwei langen Schritten eingeholt hatte. »Du sollst nur wissen, daß es für dich noch nicht vorbei ist.«

»Wie?«

»Ich will sagen, daß ich hier nicht das Kommando übernehme, MechKrieger. Ich bin nur ein Schlammstampfer, kein Mechjockey. Den Befehl hast immer noch du. Ich sorge nur dafür, daß alles läuft.«

»Ich?« Sturms Antwort klang fast wie ein Quiecken. »Krenner, ich kann das nicht ...«

»Verdammt richtig, daß er das nicht kann«, erklärte Volker und trat zu den beiden. »Muß ich Sie daran erinnern, daß ich hier der dienstälteste Offizier bin, Herr Krenner?«

»Oh ja, um ganze zwei Monate«, erwiderte der Feldwebel.

»Immer noch mehr Dienstzeit als Kintaro«, insistierte Volker.

»Deine Dienstzeit geht mir am Arsch vorbei, Volker«, gab Krenner zurück. »Der entscheidende Punkt hier ist, daß du nicht Kintaros Vorgesetzter bist. Ihr seid beide MechKrieger. Oberleutnant Holt ist tot, und Kintaro ist derjenige, der uns gerade allen das Fell gerettet hat. Er kennt dieses Depot, und er kennt die ClanMechs. Er ist mit der Lage besser vertraut als du oder ich, und im Moment ist er für die Leute da drüben ein gottverdammter Held! So wie die Dinge stehen, sind sie bereit, seinem Befehl zu folgen, und damit ist die Sache für mich erledigt!«

»Wie ich sehe, haben Sie bereits vergessen, daß Kintaro da hinten nicht allen das Fell gerettet hat, Spieß. Ohne mich wären Sie jetzt wahrscheinlich nur ein Fleck auf dem Hangarboden, aber von mir aus. Ich tanze eine Weile nach Ihrer Melodie.« Volker drehte sich zu Sturm um, als hätte er ihn gerade erst bemerkt. »He, Kintaro, wenn es haarig wird, brauchst du es mir nur zu sagen, ich übernehme dann.«

Bis zu diesem Augenblick hatte Sturm selbst seine Zweifel gehabt, was den Befehl über die Lanciers betraf, aber zumindest eine Sekunde waren sie völlig verflogen. An ihrer Stelle loderte die Wut über Lon Volkers Benehmen. »Keine Sorge«, erwiderte er leise. »Ich werde damit fertig.« Volker zuckte nur die Achseln und schlenderte davon. Krenner legte die Hand auf Sturms Schulter.

»Geh dich ausruhen«, meinte er. »Mit Volker werde ich schon fertig.«

Sturm nickte und wanderte müde in die Unterkünfte, zu der Koje, die er sich an seinem ersten Tag hier ausgesucht hatte. Er lächelte leicht, als er sah, daß es die des ranghöchsten Offiziers war.

Er hatte sie eigentlich ausgewählt, weil sie den bequemsten Eindruck gemacht hatte. *Jetzt bin ich mir da nicht mehr so sicher*, dachte er. Irgendwie hatte er erwartet, daß er die Verantwortung an jemand anderen würde weiterreichen können, nachdem er die Lanciers befreit hatte. Jetzt hatte Krenner sie entschieden ihm aufgebürdet.

Sturm ließ sich auf die Koje fallen, ohne auch nur

Weste oder Schuhe auszuziehen. Ein paar Minuten lag er da und fingerte an dem Stück Panzerung vom Mech seiner Mutter, das er als Talisman um den Hals trug. Er fragte sich, was Jenna Kintaro in dieser Situation getan hätte. Bevor er eine Antwort fand, fiel er in einen tiefen, traumlosen Schlaf.

* * *

Einige Zeit später wurde er von einer Hand an seiner Schulter geweckt. Er schreckte hoch und griff nach der Pistole, aber eine tiefe Stimme beruhigte ihn flüsternd: »Es ist okay. Ich bin's nur, Krenner.«

Sturm entspannte sich und atmete aus. Dann rieb er sich den Schlaf aus den Augen. Krenner zeichnete sich vor dem schwachen Licht des Korridors als Schattenriß ab.

»Was ist?« fragte Kintaro. »Ist es schon Morgen?«

»Nein«, antwortete Krenner. »Erst etwa 04:00 Uhr. Steh auf. Wir haben ein Problem.«

Ein paar Minuten später stand Sturm in einem graublauen Stahlvipern-Uniformoverall, von dem er die Clan-Insignien entfernt hatte, in einem Teil des Depots, von dessen Existenz er bis dahin nichts geahnt hatte. Die kleine Kammer befand sich über dem Hauptdepotbereich, dicht an der Außenwand des Berges. Sie war mit hochmoderner Elektronik vollgepackt und verfügte über eine kleinere Version des Tores, das sich in den Mechhangar öffnete.

In der Mitte des Raums stand eine Art große metallene Drehscheibe, von der eine Säule aufstieg, an deren Mitte ein metallisch glänzender Zylinder befestigt war. Das Ganze ähnelte entfernt einer MG-Kupplung. Tom Flannery war damit beschäftigt, an einer Konsole nicht weit daneben die Computerausdrucke und Anzeigen zu studieren.

»Das haben die Techs vor einer Weile gefunden«, erklärte Krenner.

»Was ist es?«

Diesmal antwortete Flannery, allerdings, ohne dabei den Blick von der Konsole zu nehmen. »Soweit ich es feststellen kann, handelt es sich hier um einen kleinen, hochmodernen Hyperpulsgenerator, ähnlich den Anlagen, die ComStar für interstellare Verbindungen benutzt.«

Sturm kannte das Prinzip: HPGs übermittelten kodierte Energieimpulse, die sich mit Überlichtgeschwindigkeit bewegten und so die Kommunikation über kosmische Entfernungen ermöglichten. Viele HPGs der Freien Inneren Sphäre wurden von ComStar kontrolliert, aber die Clans hatten natürlich ihre eigenen Anlagen.

»Bedeutet das, wir können dem Rest der Einheit eine Nachricht schicken?« fragte er. Wenn es ihnen gelang, den Sturmreitern von ihrer Lage zu berichten, konnte das Hauptquartier Verstärkungen schicken. Die Lanciers würden dann nur noch durchzuhalten brauchen, bis sie eintrafen.

»Ich bin mir noch nicht sicher«, meinte Flannery. »Aber ich denkes schon, daß ich es zum Funktionieren bringen kann.«

»Woher weißt du soviel über HPGs?«

Flannery zuckte die Schultern und lächelte Sturm verlegen an. »Bevor ich zu den Sturmreitern kam, war ich ComStar-Akoluth«, sagte er. »Damals war ich noch ein junger Spund, aber ich habe wirklich an das Wort Blakes und ComStar geglaubt. Doch als der Orden dann auseinanderfiel, ist mir aufgegangen, daß ComStar auch nicht anders ist als der Rest der Galaxis und sich vor allem ums eigene Wohl kümmert. Also dachte ich mir, ich tue dasselbe, bin ausgetreten und habe mich bei den Reitern verpflichtet. Aber ich hab' nicht vergessen, was ich bei ComStar gelernt habe. Ich bin mir ziemlich sicher, daß ich diesen Generatur dazu bringen kann, ein Signal an den Rest der Einheit zu schicken.«

»Super!« stieß Sturm aus. Er drehte sich zu Krenner um. »Ich dachte, Sie hätten gesagt, es gibt ein Problem?«

»Gibt es auch«, stellte Flannery fest. »So wie es aussieht, ist dieses HPG in Betrieb. Es wurde vor mehreren Tagen automatisch aktiviert, wahrscheinlich kurz nachdem Sie in das Depot eingebrochen sind. Es hat eine Art automatisches Signal abgeschickt.«

Eine eisige Hand legte sich um Sturms Eingeweide. »Wohin hat es dieses Signal geschickt?« fragte er, und wußte bereits, wie die Antwort darauf lauten mußte.

»Mitten in die Clan-Besatzungszone«, bestätigte Krenner. »Inzwischen wissen die Stahlvipern, daß jemand ihre Spielzeugkiste aufgebrochen hat. Wahrscheinlich sind die Clans bereits unterwegs hierher, und du kannst darauf wetten, daß sie nicht sonderlich erfreut sind.«

18

Shangri-La, Jotunberge, Kore
Peripherie

17. April 3060

»Leute, wir haben ein Problem«, verkündete Sturm.

Sie hatten sich in einem Versamlungsraum des Clandepots versammelt und saßen um einen ovalen Tisch mit glatter schwarzer Kunststoffoberfläche. Sechs Mitglieder einer Einheit, die zur Zeit nur zwei Dutzend Mann stark war. Sturm stand am Kopf des Tisches und fragte sich immer noch, wie er dazu kam, in dieser verfahrenen Lage den Befehl zu führen. Er sah zu den anderen Kore-Lanciers, die jetzt sozusagen seinen Stab darstellten.

Feldwebel Aaron Krenner saß natürlich zu Sturms Rechten. Sturm hätte nicht gewußt, was er ohne Krenners Hilfe und Rat hätte tun sollen. Der Spieß hatte tatkräftig dafür gesorgt, daß er den Befehl über die Lanciers übernahm, und schien fest davon überzeugt, daß Sturm nicht nur mit den Piraten fertigwerden konnte, sondern auch mit der jetzt drohenden Gefahr durch die Clans. Sturm konnte nur hoffen, daß er Krens Glauben an sich nicht enttäuschen würde. Der Stabsfeldwebel sagte nicht viel, sondern überließ Sturm die Leitung und beschränkte sich auf gelegentliche Vorschläge.

Was er mit Lon Volker anfangen sollte, war Sturm dahingegen ein Rätsel. Er respektierte Volkers Fähigkeiten als MechKrieger, aber irgendwie schaffte er es einfach nicht, ihn zu mögen, und es war ebenso offensichtlich, daß Sturm nicht gerade zu Lons Lieblingen zählte. Volker betrachtete sich als erfahrener und ranghöher als Sturm. Aber wie Feldwebel Krenner deutlich gemacht hatte, war Sturm besser mit dem Mechdepot vertraut, er kannte sich besser im Gelände der Jotunberge aus, und er genoß einen höheren Respekt und größere Bewunderung bei den anderen Lanciers. Sturm wünschte sich, er könnte einen diplomatischen Weg finden, Volker zu behandeln, denn er brauchte dessen Hilfe. Volker war der einzige andere qualifizierte Mechpilot, den die Lanciers noch hatten.

Neben Volker saß Obergefreite Laura Metz. Krenner hatte vorgeschlagen, sie mit zu dieser Besprechung einzuladen, und Sturm hatte nichts dagegen einzuwenden gehabt. Er mochte Metz, auch wenn sie ihn vor der Ankunft der Piraten kaum beachtet hatte. Aber sie war ein gutes und fähiges Mitglied der Lanciers. Krenner war der Ansicht, daß in Metz noch einiges an Möglichkeiten steckte, und etwas davon sah er auch selbst, aber ihre Beziehung zu Volker ließ ihn zögern. Sie konnte dazu führen, daß Metz sich auf Volkers Seite schlug und Sturms Autorität in Frage stellte.

Hör sich das einer an, dachte er. *Ich hab' noch keinen ganzen Tag den Befehl, und schon leide ich unter Verfolgungswahn.*

Neben Krenner saß Tech Tom Flannery. Flannery war eindeutig einer der besten jungen Techs, die es bei den Lanciers gab. Innerhalb von Stunden war es ihm gelungen, das Clan-HPG zu enträtseln, und jetzt arbeitete er daran, mehr technische Daten über die BattleMechs zu beschaffen. Als Tech war er eine unschätzbare Hilfe, aber Sturm wußte, daß er ihn noch in ganz anderer Hinsicht brauchen würde, bevor diese Sache ausgestanden war.

Die letzte in der Runde war Rachel Clancy, eine junge Frau mit im MechKriegerstil militärisch kurz geschnittenem kastanienbraunen Haar und grimmiger Miene. Wie viele andere Lanciers und Koren generell hatte auch Clancy bei der Clan-Invasion einen Teil ihrer Familie verloren. Ihr Vater war ein Infanterist gewesen und bei der Verteidigung Niffelheims gefallen. Sie hatte erst vor wenigen Wochen mit der Ausbildung als MechKriegeranwärterin begonnen, aber jetzt saß sie ruhig und gelassen mit am Tisch und hörte sich an, was Sturm zu sagen hatte.

Ich frage mich, ob unter ihnen noch jemand solche Angst hat wie ich, dachte Sturm. Wenn ja, dann ließen sie es sich nicht anmerken, und Sturm mußte es genauso halten. Er schob seine Sorgen und Ängste beiseite und konzentrierte sich auf die anstehenden Probleme.

»Die gute Neuigkeit ist, daß unser freundlicher Wundertäter Flannery hier es geschafft hat, das Clan-HPG so einzurichten, daß wir dem Rest der Sturmreiter im lyranischen Raum eine Nachricht schicken können. Wir haben bereits eine Botschaft abgeschickt, in der wir sie über die Situation hier auf Kore informieren und um Verstärkung bitten. Unserer besten Schätzung nach werden sie allerdings mehrere Wochen brauchen, bis sie hier eintreffen können, abhängig davon, welche Einheit uns am nächsten stationiert ist und wie schnell sie an ein Sprungschiff kommt. Außerdem ist bisher keine Antwort eingetroffen, also können wir uns noch nicht sicher sein, daß die Kavallerie überhaupt kommt. Die schlechte Nachricht ist, daß dasselbe HPG bereits ein Signal in die Clanbesatzungszone abgesetzt hatte, geradewegs an Clan Stahlviper. Wir müssen also davon ausgehen, daß die Vipern wissen, daß jemand in ihr Mechdepot eingebrochen ist, und daß sie reagieren werden. Es kann durchaus sein, daß bereits Clan-Einheiten nach Kore in Marsch gesetzt worden sind, was es um so wichtiger macht, daß wir keine Zeit verlieren.«

»Wieviel Zeit haben wir?« fragte Metz.

Sturm schüttelte den Kopf. »Unmöglich zu sagen. Die Clanner können in zwei Wochen eintreffen oder auch erst in zwei Monaten. Oder überhaupt nicht. Es kann durchaus sein, daß die Stahlvipern wichtigere Probleme haben. Die Lage in der Clanbesatzungszone ist auch nicht gerade stabil. Sie könnten entscheiden, daß Kore zu weit weg und zu unbedeutend ist, um einen Einsatz zu rechtfertigen. Teufel, vielleicht haben sie diese Welt schon lange abgeschrieben, und das Signal erreicht überhaupt niemand. Aber wir müssen das Schlimmste annehmen, nähmlich, daß wir zusätzlich zu den Piraten auch noch wütende Clanner im Nacken haben. Das macht es noch wichtiger für uns, die Piraten so schnell wie möglich aus dem Weg zu räumen und unsere Basis zurückzuerobern.«

»Wie wäre es, wenn wir mit Susie Ryan Kontakt aufnehmen?« fragte Volker. »Du hast selbst gesagt, daß Ryan wahrscheinlich wegen dieser ClanMechs gekommen ist. Wenn wir ihr sagen, daß wir die Mechs haben und eine Claneinheit auf dem Weg hierher ist, ist ihr das Risiko vielleicht zu groß, und sie zieht ab.«

Sturm schüttelte den Kopf. »Nein, das können wir nicht machen. Wenn wir versuchen, mit Ryan zu verhandeln, decken wir unsere Karten zu früh auf. Momentan hält sie nur die Tatsache von einem Angriff auf dieses Depot ab, daß sie nicht weiß, wo und wie stark wir genau sind. Wenn wir ihr unseren Standort oder unsere Stärke verraten, wird Ryan jede sich bietende Gelegenheit nutzen, , um uns zu zerschlagen und sich zu holen, was sie will.«

»Du scheinst eine Menge über eine Frau zu wissen, die du nie gesehen hast«, erwiderte Volker. »Ich schon. Ich habe mit ihr geredet. Sie ist skrupellos, aber nicht dumm. Ich denke, sie wäre vernünftig. Wahrscheinlich will sie sich genausowenig mit den Stahlvipern anlegen wie wir.«

Sturm setzte zu einer Antwort an, als Feldwebel Krenner sich einmischte. »Du redest von der Frau, die einen Überraschungsangriff auf diese Welt durchgeführt und eine Menge guter Leute dieser Einheit getötet hat,

Volker. Einschließlich Oberleutnant Holt und Hans Brinkmann.«

»Und?« fragte Volker. »Daran läßt sich jetzt auch nichts mehr ändern. Wollen Sie die Sache praktisch angehen, oder geht es uns hier nur um Rache?«

»Das hat nichts mit Rache zu tun«, erklärte Sturm, bevor Krenner antworten konnte. »Es hat damit etwas zu tun, daß ich Susie Ryan genau so weit traue, wie ich ein Landungsschiff werfen kann. Ich bin mir sicher, daß sie alles tun wird, was in ihrer Macht steht, um an diese BattleMechs zu kommen.

Sie hat schon mehr als genug Leben geopfert, um sie zu bekommen. Was sind da noch ein paar mehr? Meiner Meinung nach wird Ryan genau solange vernünftig sein, wie sie braucht, um uns in eine Falle zu locken. *Falls* wir mit Ryan reden wollen, müssen wir das aus einer stärkeren Position tun, oder wir müssen in der Lage sein, die Basis zurückzuerobern. Wenn irgendwer einen besseren Vorschlag hat, würde ich den jetzt liebend gerne hören.«

»Meine Meinung kennt ihr«, stellte Volker fest. »Es ist Selbstmord, mit dem, was wir haben, gegen Ryans Rebellen anstinken zu wollen. Zwei Dutzend Leutchen gegen … wie viele, hundert Piraten? Wir sollten besser verhandeln, solange wir noch die Chance haben.«

»Noch andere Meinungen?« fragte Sturm und ließ seinen Blick über die Runde schweifen. Niemand sagte etwas. Das Schweigen dehnte sich.

Schließlich meldete sich Flannery: »Wir stehen hinter Ihnen, Kintaro. Wie sieht der Plan aus?«

»Wenn wir gegen Ryans Rebellen angehen wollen, brauchen wir Mechs. Die stehen unten im Hangar. Jetzt brauchen wir noch MechKrieger. An dem Punkt kommt ihr ins Spiel.«

Einen Augenblick herrschte schockiertes Schweigen im Raum. Niemand gelang es, seine Reaktion in Worte zu fassen. Wieder fand Flannery als erster seine Stimme wieder.

»Wir? MechKrieger? Kintaro, ich bin ein *Tech* …«

»Und ein verdammt guter«, stellte Sturm fest, beugte sich über den Tisch und stützte sich mit beiden Handflächen auf der glänzenden schwarzen Tischplatte auf. »Ich bin mir ziemlich sicher, daß du auch einen verdammt guten MechKrieger abgeben könntest. Außerdem haben wir hier keine große Wahl. Volker und ich sind die einzigen ausgebildeten Mechjockeys, die wir noch haben. Clancy weiß genug, um sich den Rest anzueignen. Aber damit stehen immer noch zwei Mechs da unten ohne Piloten herum, und wenn wir gegen Ryans Rebellen eine Chance haben wollen, müssen wir alles aufbieten, was wir können. Sie haben mehr Erfahrung und zum Teil schwerere Mechs, aber Kore ist unsere Heimat, und die Koren sind unser Volk. Wir sind der ganze Schutz, den diese Welt hat, und es ist unsere Aufgabe, sie zu verteidigen. Krenner und ich wissen, daß du es schaffen kannst, aber wir haben nicht viel Zeit.«

»Wie soll es ablaufen?« fragte Metz. Im Gegensatz zu Flannery schien ihr der Gedanke, Mechpilotin zu werden, zu gefallen. Krenner hatte vorhergesagt, daß sie so reagieren würde, und er hielt sie für talentiert genug, es zu schaffen.

»Im Depot stehen Simulatorkapseln. Die Clans haben dieses Depot wahrscheinlich für längere Garnisonszeiten angelegt und wollten verhindern, daß ihre Piloten einrosten. Krenner, Volker und ich werden euch zu MechKriegern ausbilden. Es wird schnell und hart werden und sich auf die einfachsten Grundzüge beschränken, weil wir für die Feinheiten keine Zeit haben, aber ich halte es für unsere beste Chance.« Wieder folgte eine Pause, in der die anderen sich seine Worte durch den Kopf gehen ließen. Sie kamen schnell zum selben Schluß wie er: Sie hatten keine echte Wahl.

»In Ordnung«, erklärte Flannery. »Ich bin dabei.«

»Ich auch«, sagte Metz.

»Daß ich mitmache, *wissen* Sie«, stellte Clancy mit einem leichten Lächeln fest. »Denen werden wir's zeigen.«

»Na also.« Sturm setzte sich. »Zeit, in die Simulatoren zu steigen, Leute. Sobald ihr soweit seid, werden wir Susie Ryan geben, was sie will: Eine Gelegenheit, an unsere Mechs zu kommen. Aber nicht so, wie sie sich das gedacht hat. Volker, bring alle runter in den Mechhanger und mach sie für die Simulatoren fertig. Fang mit ein paar grundlegenden Missionszenarien und Übungsläufen an.«

»Jawohl«, antwortete Volker leise. Er stieß seinen Stuhl zurück, und die anderen folgten ihm. Als sie im Gänsemarsch den Raum verließen, hielt Sturm den Feldwebel zurück.

»Kren? Haben Sie mal einen Moment?«

Der breitschultrige Unteroffizier blieb neben der Tür stehen und wartete, bis alle anderen hinaus waren, bevor er sie schloß und zurück zum Tisch kam, an dem Sturm wartete.

»Mache ich das Richtige?« fragte Sturm, senkte den Kopf und zeichnete mit dem Finger Muster auf die polierte schwarze Tischplatte. »Oder hat Volker recht? Sollten wir erst versuchen, mit Ryan zu reden, bevor ich ein paar unerfahrene Piloten nach ein paar Stunden Simulatortraining in den Kampf gegen ausgebildete Piraten-MechKrieger schicke, die wahrscheinlich über mehr Erfahrung verfügen als ich?«

»Du hast die Antwort darauf selbst gegeben«, erwiderte Krenner und sah Sturm direkt ins Gesicht. »Wir dürfen Susie Ryan keine Sekunde trauen. Sie wird uns bei der ersten sich bietenden Gelegenheit hintergehen. Der einzige Vorteil, den wir haben, ist das Überraschungsmoment. Ryan weiß weder, was wir hier haben, noch, was wir damit planen. Das arbeitet für uns. Es wäre eine unverzeihliche Dummheit, das zu verschenken.«

»Ich wünschte nur, es gäbe eine andere Lösung«, stellte Sturm leise fest. Er hob den Kopf und erwiderte Krenners Blick. »Was, wenn wir es nicht schaffen?«

Krenner zuckte mit keiner Wimper. »Dann gehen wir glorreich unter. Manchmal muß man schwere Entscheidungen treffen, wenn man den Befehl hat, Sturm. Du mußt tun, was du für richtig hältst, egal, wohin dich das führt.« Er kam näher und versetzte Sturm einen kräftigen Schlag auf die Schulter. »Du machst deine Sache gut. Deine Mutter wäre stolz auf dich.«

»Danke, Kren. Geh ruhig. Ich komme dann runter und helfe mit den Simulatoren.« Krenner nickte und ließ Sturm eine Weile allein mit seinen Gedanken.

Ich wollte wie meine Mutter werden, dachte er, *aber bis jetzt ist mir nie klargeworden, was sie durchgemacht hat.* Seine Hand hob sich zu dem Metallstück an seinem Hals. *Ich hoffe nur, daß ich es schaffe, halb so tapfer zu sein wie du, wenn die Zeit kommt, Mama.* Seine Gedanken wanderten zu seinem Vater, der noch in Niffelheim war. Sturm hoffte, daß es ihm gutging. Es gab so viel, was er ihm in den letzten Tagen hätte sagen wollen.

Mit einem Seufzen schob er den Stuhl zurück. *Vielleicht bekomme ich ja noch Gelegenheit dazu.* Dann stand er auf und ging nach unten, um bei der Einweisung seiner neuen Einheit zu helfen.

19

Kore-Lanciers-Basis, außerhalb Niffelheims, Kore Peripherie

20. April 3060

»Noch immer keine Spur von ihnen, Skipper, und in dem Sauwetter wer'n wir auch kaum eine finden«, erklärte Darnell über die Kommleitung. »Ich kann kaum fünf Meter weit sehen, und den Sensoren geht es auch nicht besser. Sie könnten überall sein. Ende.«

»Schon gut, schon gut. Umdrehen und zurück zur Basis. Gib ihnen durch, daß wir auf dem Rückweg sind, sobald du eine freie Verbindung bekommst. *Mad Cat* aus.«

»Verstanden, Skipper«, kam die Antwort.

Im Cockpit ihres *Mad Cat* stieß Susie Ryan einen tiefen, frustrierten Seufzer aus. So ungern sie es auch zugab, Darnell hatte recht. Es war jetzt vier Tage her, daß der *Goshawk* die Kore-Lanciers aus der Basis befreit hatte, nachdem er zwei der Piratenmechs zur Ablenkung auf eine falsche Fährte gelockt hatte. Der Mech und die Lanciers waren in die Jotunberge geflohen, und als ob es nicht schon schwierig genug gewesen wäre, sie im Gebirge aufzuspüren, kam jetzt noch das miserable Wetter hinzu, das über das nördliche Tiefland Kores fegte.

Der heftige Sturm bedeckte die Tundra meterhoch mit Neuschnee und peitschte ihn zusätzlich zu einer weißen Wand auf, die den Piloten jede Sicht nahm. Die Rebellen steuerten ihre Mechs nahezu ausschließlich nach den Instrumenten, was in so großer Nähe der Berge reichlich riskant war. Die Sensordaten waren in dieser Gegend notorisch fehlerhaft. Sie hatten schon ein halbes Dutzend falsche Fährten verfolgt, die sich irgendwann als Erzadern oder Vulkanschlote herausgestellt hatten.

Außerdem wäre Darnells *Puma* einmal fast in eine Felsspalte gestürzt, die der Pilot erst im letzten Augenblick gesehen hatte. Es war reines Glück gewesen, daß er noch hatte ausweichen können. Ryan konnte sich keine Beschädigungen an ihren Mechs mehr leisten. Die Techs hatten den korischen *Panther* zwar repariert, aber er war ein schwacher Ersatz für den *Uller*, den sie im Kampf gegen »Väterchen Frost« verloren hatten.

Seit dem Überraschungsangriff auf die Basis war das »Väterchen« ebenso verschwunden wie die Lanciers. Ryan war sich sicher, daß sie es mit Sturm Kintaro zu tun hatte, dem fehlenden Lancier, dessen Mech in den Bergen zerstört worden war. Irgendwie mußte Kintaro das versteckte Clandepot gefunden haben, das sie auf diesem Planeten vermutete.

Einerseits war Ryan erfreut, daß sich ihr Verdacht bestätigt hatte und die wilden Gerüchte das Geld wert gewesen waren, daß sie für sie bezahlt hatte. Es *gab* ein geheimes Clandepot auf Kore, das die Stahlvipern in der Anfangsphase der Invasion eingerichtet hatten und das entweder vergessen oder aufgegeben worden war, nachdem die Welt wieder an Söldner der Freien Inneren Sphäre gefallen war. Eine derartige Ansammlung von Clantechnologie und militärischem Material war ein Schatz für die alten Banditenkönigreiche, die verzweifelt nach Mechs für den Kampf gegen die Clans suchten. Nichts hätte Ryan lieber getan, als diese Kampfkolosse gegen ihre ehemaligen Clan-Besitzer einzusetzen und sie unter den Metallfüssen zu zermalmen.

Aber statt dessen stolpert irgendein Mechkriegerbubi, der noch nicht mal trocken hinter den Ohren ist, kaum aus dem Training gekommen, irgendwie über sie! Ihr Blut kochte bei dem Gedanken an die bloße Frechheit dieses Kintaro.

Aber gleichzeitig mußte sie zugeben, daß der Kleine Mumm hatte, ganz allein gegen eine Truppe wie die Rebellen in den Kampf zu ziehen, und dazu noch in einem Mech, den er nicht kannte. Ryan war ehrlich beeindruckt davon, was Kintaro gegen den *Uller* geschafft hatte, ganz zu schweigen von dem Schaden, den er an der Basis angerichtet hatte.

Und jetzt ist Kintaro nicht mehr allein, nicht wahr? Nein, jetzt hatte er sich den Rest seiner Einheit zu Hilfe geholt, möglicherweise sogar, um ein paar der anderen Mechs zu steuern, die er gefunden hatte. Das war ein ernstes Risiko. Natürlich waren Kintaros Leute nicht ausgebildet. Das wußte Ryan. Er und Volker waren die beiden einzigen qualifizierten Mechpiloten, die nach dem Angriff der Rebellen auf Kore noch lebten. Aber es bestand die Gefahr, daß es ihnen gelang, ein paar vielversprechende Einheitsmitglieder weit genug in die Handhabung einer dieser Kampfmaschinen einzuweisen, um sie zu einer Gefahr werden zu lassen. Sie ging definitiv mit jeder ungenutzt verstreichenden Sekunde ein Risiko ein.

Je eher diese Mechs in ihrer Hand waren, desto eher konnte sie diesem erbärmlichen Felsklumpen den Rükken kehren. Ryan brannte darauf, nach Hause zurückzukehren und ihre neue Beute einzusetzen. Sie waren jetzt schon hinter dem Zeitplan zurück. Eigentlich hatte das alles nur ein kurzer Ausflug an dieses Ende der Peripherie und zurück werden sollen. Ryans neue Piratenkoalition brauchte Führung. Ohne ihre lenkende Hand drohte ihr Bündnis auseinanderzufallen, wenn nicht unter Angriffen der Clanner, dann an seinen internen Spannungen. Wenn sie zu lange fort blieb, würden ihre Stellvertreter einander in den Rücken fallen, um sich selbst zum Chef aufzuschwingen, und alles, was sie aufgebaut hatte, würde zerbrechen. Aber noch hatte sie etwas Zeit, und Ryan hatte nicht vor, Kore mit leeren

Händen zu verlassen. Nicht, wenn alles nach Plan verlief.

Trotzdem lohnt es sich, eine kleine Rückversicherung zu haben, dachte sie, während ihr *Mad Cat* über die Tundra stampfte. Nur für den Fall, daß nicht alles so lief wie geplant. Sie öffnete eine Verbindung zur Basis.

»Zentrale von Ryan, Ende.«

»Zentrale hier. Sprechen Sie, Skipper. Ende.«

»Schick ein paar Leute hinüber zum Forschungszentrum. Sie sollen Dr. Kintaro finden. Ich will sichergehen, daß er dort bleibt. Wenn er nicht da ist, sollen sie ihn suchen und dorthin bringen. Und ich will einen Jeep am Mechhangar stehen haben, der mich auch dorthin bringt, wenn ich eintreffe. Ich möchte mich mit dem Herrn Doktor unterhalten. Ryan Aus.«

»Verstanden, Skipper. Ich schicke sofort ein paar Männer los. Ende und Aus.«

Ryan ließ sich in die Polster der Pilotenliege sinken und gestattete dem Wogen des *Mad Cat*, ihre Nerven zu beruhigen. Ja, alles würde bestens laufen. Es ging nur darum, an den richtigen Fäden zu ziehen und die Dinge so zu arrangieren, daß sich die Lage zu ihren Gunsten entwickelte. Diese Mechs würden schon bald ihr gehören, und dann konnte sie diese Eiskugel verlassen und sich wieder ums Eigentliche kümmern. Sturm Kintaro und seine Leute würde sie auf der Tundra als Futter für die Winterwölfe aussetzen, damit alle sahen, was es bedeutete, sich Susie Ryan zu widersetzen.

Sie lächelte. Auch wenn er es noch nicht wußte, Dr. Hidoshi Kintaro würde sich als weit nützlicher erweisen, als sie zu Beginn gedacht hatte.

20

Shangri-La, Jotunberge, Kore
Peripherie

22. *April 3060*

Laura Metz saß im Cockpit eines BattleMechs und tat ihr Bestes, um am Leben zu bleiben. Aber ihre Gegner machten es ihr alles andere als leicht.

Sie steuerte eine *Vixen*, einen leichten ClanMech von nur dreißig Tonnen Masse. Die Clans führten ihn unter der Bezeichnung *Incubus*, aber Kintaro zog die Codenamen der Freien Inneren Sphäre für die Clan-Maschinen vor. Die *Vixen* galt bei den Clans als Mech der »Garnisonsklasse«, eine Maschine, die in Reserve gehalten wurde, während die Frontklasse-Einheiten die Hauptoffensive bestritten. Sie war nicht annähernd so kampfstark wie ein mittelschwerer Mech, zum Beispiel der *Goshawk*, und konnte einem schweren *Mad Cat* erst recht nicht das Wasser reichen, aber sie wirkte trotzdem gehörig beeindruckend. Laura erinnerte sich noch, mit welcher Ehrfurcht sie vor dem gigantischen Kampfkoloß gestanden und sich vorgestellt hatte, ihn zu kontrollieren.

»Nicht einschlafen, Metz!« drang eine Stimme aus den Kopfhörern, und Laura konzentrierte sich auf ihre aktuelle Lage. Sie war langsamer geworden, und eine der Feindmaschinen, ein *Uller*, kam in Reichweite. Sie stieß den Steuerknüppel nach vorne und beschleunigte. Ihre Schnelligkeit war eindeutig eine der Stärken der *Lady Fuchs* (wie Laura ihren Mech getauft hatte). Sie wußte zwar, daß es ziemlich überheblich war, einen Mech zu taufen, obwohl sie sich noch kaum als Pilotin qualifiziert hatte, geschweige denn, diesen Namen zu benutzen, wenn sie nicht einmal in dem betreffenden Mech saß, sondern nur in einer Simulatorkapsel, aber irgendwie machte es das Ganze für sie realer und ließ sie die *Vixen* mehr als *ihren* Mech sehen.

Mit Höchstgeschwindigkeit erreichte die *Lady Fuchs* etwas mehr als einhundertfünfzig Stundenkilometer. Laura war nicht einmal annähernd so schnell. Sie mußte sich noch daran gewöhnen, schnell über das gefrorene Gelände zu rennen. Eis und Schnee machten die Fortbewegung erheblich schwieriger. Sie hatten auf ebenem Boden angefangen, waren aber schnell auf die Tundra umgestiegen, damit die neuen Piloten sich möglichst rasch mit deren Bedingungen vertraut machen konnten.

»Wenn wir da draußen alle auf die Schnauze fallen, ist es schnell vorbei«, hatte Krenner erklärt. Also übten sie auf einer Simulation der Geländebedingungen Kores, in Eis und Schnee, der sich selbst für eine riesige humanoide Kampfmaschine als erstaunlich rutschig herausstellte. *Besonders* für einen Mech, um genau zu sein.

Auf der Sichtprojektion blinkte eine Warnung vor anfliegenden Raketen auf. Laura duckte den Mech nach links und arbeitete die Ausweichmanöver durch, die sie gelernt hatte. Die Glieder ihres BattleMechs reagierten gehorsam auf ihre Befehle und trieben ihn über den Schnee. Die Raketen schossen recht weit vorbei, und Laura setzte zu einem erleichterten Juchzer an, der sich aber schnell zu einem überraschten Aufschrei verwandelte.

»Was, zum ... Aah!« schrie sie, als der Mechfuß der *Lady* auf den Rand einer Eisspalte traf, die sie nicht bemerkt hatte. Sie kämpfte mit den Kontrollen, um abzudrehen, während die Steuersignale des Neurohelms versuchten, die *Vixen* mit Hilfe des internen Kreiselstabilisators auszubalancieren, wie es keine Maschine konnte. Aber es war zu wenig, und es kam zu spät. Der Mech wedelte mit den Armen, dann rutschte er in die eisige Falle, trat Schneemassen los und wurde von einem Hagel von Eisbrocken getroffen.

Laura konnte die *Lady* relativ aufrecht landen. Die Polster der Pilotenliege und die Gurte fingen den Schlag auf, und sie überstand ihn nur leicht benommen. Hastig überprüfte sie die Statusanzeige auf Schäden und stellte nur leichte Panzerungsverluste am rechten Bein fest, aber keine internen oder strukturellen Schäden.

Blieb das Problem, wie sie aus der Spalte herauskommen sollte. Sie war etwa dreizehn Meter tief, nur ein paar Meter höher als die *Vixen*. Die Arme des Mechs reichten bis ins Freie, aber die *Lady Fuchs* hatte nur eine freie Hand. Der rechte Arm schien zwar eine Hand zu besitzen, aber die war nur Illusion. In Wahrheit waren deren Finger nur Ausbuchtungen am Schaft des schweren Impulslasers, den sie wie eine gewaltige Handfeuerwaffe zu tragen schien. Die einfachste Lösung hätte darin bestanden, einfach aus der Eisspalte zu springen, aber ihr Mech besaß keine Sprungdüsen wie der *Goshawk* oder der *Hellhound*.

Plötzlich fingen ihre Außenmikrophone ein tiefes Donnern auf, und von den Wänden der Spalte stürzten Eis und Schnee in die Tiefe. Laura drehte ihre Maschine herum, so gut sie konnte, und richtete ihre Sensoren nach oben, gerade rechtzeitig, um einen gigantischen OmniMech dicht genug an den Rand treten zu sehen, daß sie ihn an der vogelartigen Silhouette, den wuchtigen Unterarmen und den Raketenlafetten auf beiden Schultern erkennen konnte: ein *Mad Cat*. Der Mech richtete seine Waffen auf sie, und Metz griff nach dem Feuerknopf ihrer Waffensysteme.

Eine Stimme aus den Kopfhörern unterbrach sie. »Peng! Du bist tot.«

Sie ließ die Kontrollen los und sackte auf der Pilotenliege zusammen. Frustriert warf sie den Kopf zurück gegen die Kopfstütze, soweit der Neurohelm das erlaubte. »Verdammt«, stöhnte sie. »Nicht schon wieder.«

Die Tür der Simulatorkapsel öffnete sich, und Sturm Kintaro beugte sich herein, um ihr die Hand zu reichen.

»Zeit, auszusteigen, MechKriegerin«, meinte er mit düsterer Miene. Laura hob den Neurohelm vom Kopf und schütelte das schweißnasse Haar aus. Sie hätte schwören können, daß die sadistischen ClanTechs, die diese Simulatoren bauten, sie absichtlich heißer als einen echten Mech machten, damit die Anwärter sich an die Hitze gewöhnten oder ohnmächtig wurden, so daß die Schwächsten leichter auszusortieren waren.

Sie nahm die angebotene Hand gerne an und kletterte aus der Kapsel. Clancy wartete schon und nickte Laura zu, bevor sie für eine Trainingssitzung einstieg. Laura fing richtig an, Clancy zu mögen. Obwohl sie schon länger trainierte als Laura oder Flannery, behandelte sie die beiden nie von oben herab, sondern immer als gleichberechtigt. Genau das gefiel Laura übrigens auch an Kintaro, obwohl es ihm schwerer fiel, sich mit den Anwärtern anzufreunden.

»Nicht so toll, oder?« fragte sie ihn in Erwartung einer kritischen Analyse ihrer Leistung.

»So schlecht war es gar nicht«, erwiderte Kintaro zu ihrer Überraschung. »Abgesehen davon, daß du gestorben bist, natürlich.« Als er sah, wie ihre Miene zusammenfiel, lächelte er. »Mach dir keine Sorgen deswegen. Du schlägst dich immer noch viel besser als ich es nach zwei Tagen Training geschafft habe. Teufel, ich habe es nicht mit Polargelände zu tun bekommen, bis ich *Wochen* trainiert hatte. Achte nur besser auf den Boden unter deinem Mech, wenn du gehst, und ganz besonders, wenn du läufst. Es hilft, wenn du dir erst ein Bild davon machst, wohin du willst, und dir dann die Sensordaten ansiehst, bevor du losläufst. Versuch immer, einen Schritt vorauszudenken, dann wirst du seltener überrascht.« Er hielt ihr eine Plastikflasche hin.

Laura nahm sie dankbar an und trank mehrere tiefe Züge. Das Wasser war lauwarm, aber immer noch weit kühler, als sie sich gerade fühlte. »Danke.«

»Nichts zu danken.« Er ging zurück zur Kontrollkonsole der Simulatoren, deren Monitore neben einer Gesamtansicht des Schlachtfelds den Blickwinkel des Piloten zeigten.

»Chef?« Es dauerte eine Sekunde, bis Kintaro sich umdrehte. Er war es sichtlich nicht gewohnt, mit »Chef« angesprochen zu werden. »Glauben Sie wirklich, daß wir gegen Ryans Rebellen eine Chance haben?« fragte sie. Er sah sie lange an, so, als versuche er, sich eine Antwort zu überlegen.

»Wenn ich das nicht täte, Laura«, meinte er schließlich, »könnten wir uns das alles sparen.« Es war das erste Mal, daß er Lauras Vornamen benutzt hatte. Kintaro wandte sich wieder der Konsole zu, und sie beobachtete ihn eine Weile und fragte sie, wieso sie ihn so lange gar nicht richtig zur Kenntnis nehmen konnte.

Dann fühlte sie sich plötzlich ein wenig schuldig und senkte den Blick. *Was würde Lon davon halten, daß ich Sturm Kintaro abchecke?* fragte sie sich. *Wahrscheinlich nicht viel. Er mag Kintaro nicht, aber ich bin schließlich nicht sein Eigentum. Es ist ja nicht, als hätten wir was Ernstes miteinander.* Trotzdem hatte sie Schuldgefühle. Seit sie aus der Basis geflohen waren und für den Kampf gegen die Piraten trainierten, hatte sie von Volker kaum etwas gesehen. Natürlich waren sie beide sehr beschäftigt, aber das allein war es nicht. Volker schien abwesend, mit seinen eigenen Problemen beschäftigt, und zog es vor, allein zu sein. Bei den wenigen Gelegeneiten, zu denen sie versucht hatte, mit ihm darüber zu reden, hatte er sie abblitzen lassen.

Sie wußte, daß es ihm schwerfiel, Kintaro als Kommandeur zu akzeptieren. Lon hielt sich für erfahrener als Sturm, und es gefiel ihm nicht, Befehle von einem »Kind« anzunehmen, das jünger war als er, wenn auch nur um rund ein Jahr. Sie fragte sich, ob es etwas damit zu tun hatte, daß Lon Volker von Ryans Rebellen gefangengenommen worden war, während Sturm entkommen konnte. Jedenfalls hielt er Sturms Entdeckung des Mechdepots für »blindes Glück«.

Sie sah zur Wanduhr und stellte fest, daß sie noch fast eine Stunde Zeit bis zur nächsten Simulatorsitzung mit der *Lady Fuchs* hatte. Sie entschied, nach Volker zu sehen. Vielleicht brauchte er jemanden, mit dem er reden konnte, und sie war ohnehin zu aufgedreht, um sich zu entspannen. *Vielleicht ist Volker auch in der Stimmung für eine kleine gemeinsame Entspannung,* dachte sie und grinste verschmitzt.

Ihn zu finden, erwies sich allerdings als schwieriger als erwartet. Obwohl alle Lanciers doppelt damit belastet waren, die Systeme Shangri-Las und der Mechs zu erkunden und für den Angriff auf die Rebellen zu trainieren, schien es Volker irgendwie gelegentlich zu gelingen, sich zu verdrücken. Wahrscheinlich, weil er nicht so viel Trainingszeit brauchte wie die neuen Rekruten und auch kein Tech oder Schütze Arsch war, sondern ein MechKrieger. Das lieferte ihm zusätzlichen Spielraum, obwohl ziemlich deutlich war, daß Kintaro und Krenner Volkers Haltung auf die Nerven ging.

Sie ging in sein Quartier, und als sie ihn dort nicht fand, versuchte sie es mit gleichem Mißerfolg in der Messe. Erst als sie sich entschied, zurück zum Mechhangar zu gehen, begegnete sie ihm auf dem Gang.

»He, Lon«, begrüßte sie ihn mit einem Lächeln. »Ich hab' dich gesucht.«

Er erwiderte das Lächeln und zuckte die Achseln. »Ich war die ganze Zeit hier. Ich habe mir nur ein paar der Systeme an *Cerberus* angesehen.« Das war der Name, den er dem *Hellhound* gegeben hatte. Kintaro hatte ihn Volker überlassen, weil er mit fünfzig Tonnen der zweitschwerste Mech des Sterns war, nur fünf Tonnen leichter als der *Goshawk*. »Er ist entschieden besser als mein alter *Panther*. Ich hoffe nur, wir bekommen eine Chance, diese Mechs zu behalten.«

»Du glaubst nicht, daß wir mit Ryans Rebellen fertigwerden?« In Lauras Stimme schwang eine Spur von Zurechtweisung mit.

»Ernsthaft? Denk doch mal nach, Laurie. Ich meine, ehrlich. Klar, wir haben mehr Tonnage als sie, aber nur gerade mal zehn Tonnen. *Zehn Tonnen.* Verglichen damit, daß wir nur zwei erfahrene MechKrieger gegen deren vier haben, sieht das nicht so toll aus. Unser Sonnenscheinchen Kintaro mag vielleicht glauben, diese ClanMechs würden uns stark genug machen, es mit jedem aufzunehmen, aber da hat er sich gehörig geschnitten. Er will hier den großen Helden spielen und angeprescht kommen, um die Welt zu retten. Das einzige, was er erreichen wird, ist, uns alle umzubringen, wenn er nicht besser aufpaßt.«

»Und was willst du, Lon?« fragte sie.

»Ich? Du kennst mich, Laurie. Ich wollte immer schon ein MechKrieger werden, einen BattleMech steuern, und zwar besser als jeder andere. Aber ich will auch am Leben bleiben. Ich habe nichts gegen einen anständigen Kampf, aber ohne Ausbildung oder Vorbereitung gegen die Rebellen loszumarschieren, mit der Gefahr, daß uns die Clans im Nacken sitzen, ist einfach nur dumm.«

»Wenn du nicht daran glaubst, daß wir gewinnen können, was willst du dann überhaupt hier?« fragte sie wütend. Sie wollte es sich ncht eingestehen, aber was Volker sagte, machte Sinn. Möglicherweise machten sie sich nur etwas vor.

Er zuckte die Schultern. »Wie ich schon sagte: Ich

habe nichts gegen einen anständigen Kampf, und es gefällt mir, einen eigenen Mech zu haben. Die Rebellen haben meinen *Panther*, Laurie. Ich hätte als Entrechteter enden können. Ich war nicht bereit, in der Gefangenschaft zu bleiben, und ich werde ganz sicher nicht im Kämmerlein sitzen und zusehen, wie Kintaro eine Bande von Grünschnäbeln ins Feld führt. Deshalb bin ich hier. Es gefällt mir zwar nicht, aber man tut, was man tun muß.«

Laura dachte nach. Volkers Befürchtungen waren sicher gerechtfertigt. Der schlimmste Albtraum jedes MechKriegers war es, seinen Mech zu verlieren. BattleMechs waren selten im einunddreißigsten Jahrhundert, besonders für Söldnereinheiten wie die Sturmreiter. Söldner mußten mit dem auskommen, was sie hatten, und viele Kampfkolosse waren Familienerbstücke, die von einer Generation an die nächste weitergegeben wurden.

Ein MechKrieger ohne Mech war eine traurige Gestalt. In mancher Hinsicht war ein ehrenvoller Tod in der Schlacht dem Leben als Entrechteter vorzuziehen.

»He«, versuchte sie, das Thema zu wechseln. »Ich hab' noch ein paar Minuten Zeit bis zu meiner nächsten Trainingssitzung. Wie wär's mit 'ner Tasse Käff?« Sie senkte die Stimme ein wenig. »Oder vielleicht ziehen wir uns mal kurz zurück, nur wir beiden Hübschen?«

Volker wollte gerade antworten, als sie unterbrochen wurden.

»Lon!« rief Sturm Kintaro. »Ich habe nach dir gesucht.«

»Wußte gar nicht, daß ich verloren war«, erwiderte Volker.

Kintaros Miene ließ erkennen, daß er kein bißchen amüsiert war. »Du hättest mich schon vor zwanzig Minuten an den Simulatoren ablösen sollen. Oder hast du das vergessen?«

»Ich hatte zu tun. Ich habe *Cerberus* durchgecheckt und ...«

»Es interessiert mich wirklich nicht die Bohne, was du getrieben hast. Ich brauche dich da unten an der Trainingskonsole. Sofort.«

»Das ist doch reine Zeitverschwendung«, erwiderte Volker. Die beiden standen sich so dicht gegenüber, daß sich ihre Nasen fast berührten. Laura erwartete jeden Moment Handgreiflichkeiten. Kintaros Körper zitterte vor Spannung.

»Ich nehme deine Ansicht zur Kenntnis, MechKrieger, aber hier und jetzt erwarte ich ...«

»Sturm!« rief Stabsfeldwebel Krenner. Der Unteroffizier kam den Korridor herab gerannt. »Sturm! Wir brauchen dich in der Funkzentrale, dringend!«

»Was ist?« fragte Sturm. Seine Konfrontation mit Volker war vorerst vergessen.

»Es ist Susie Ryan«, erklärte Krenner. »Sie hat deinen Vater, Sturm, und sie droht, ihn umzubringen.«

21

Shangri-La, Jotunberge, Kore
Peripherie

22. April 3060

Sturm Kintaro erreichte die Funkzentrale als erster, dicht gefolgt von Krenner, Volker und Laura Metz. Die Funkzentrale beherbergte die verschiedenen Kommunikationssysteme des Depots, mit Ausnahme der HPG-Anlage, die weiter oben am Berg untergebracht war. Die Clan-Ausrüstung war in der Lage, einige der Störungen abzufangen, die von Kores starkem Magnetfeld und den Erzvorkommen des Gebirges erzeugt wurden. Das Bild auf den Monitoren wurde zwar gelegentlich von Störungen verzerrt, aber Sturm hatte keine Probleme zu erkennen, wen es zeigte, oder zu verstehen, was sie sagte.

»Die Basis schickt das seit kurzem als Sendeschleife in den Äther, Chef«, erklärte der KommTech.

»Hier spricht Captain Ryan, Kommandeurin von Ryans Rebellen und Militärherrscherin dieses kümmerlichen Hinterwäldlerplaneten«, erklärte Susie Ryan auf dem Bildschirm. Sie trug eine paramilitärische Uniform, und die Klappe über ihrem linken Auge verlieh ihrem Gesicht eine bösartige Note. Es war Sturms erster Blick in das Gesicht der Frau, die für den Angriff auf Kore und den Tod so vieler seiner Freunde verantwortlich war.

»Diese Nachricht ist an den MechKrieger namens Sturm Kintaro gerichtet, ehemals Mitglied der Kore-Lanciers. Kintaro, Sie haben etwas, das mir gehört, und ich will es zurück. Entweder Sie ergeben sich und liefern mir die anderen ehemaligen Mitglieder der Kore-Lanciers aus, denen Sie Unterschlupf gewähren …« Während sie sprach, zog die Kamera sich zurück und zeigte den Rest des Zimmers, in dem Ryan stand. Sturm sah seinen Vater auf einem Stuhl sitzen. Ein Pirat stand neben ihm und richtete eine Laserpistole auf Dr. Kintaros Kopf. »Oder Ihr Vater wird hingerichtet. Wir werden seine Hinrichtung übertragen, damit Sie und alle anderen hier mitansehen können, was es kostet, sich mir zu widersetzen, und ich garantiere Ihnen, die Exekution wird äußerst schmerzhaft sein und sehr, sehr langsam.«

Die Kamera holte Ryans Gesicht wieder heran, bis es den gesamten Schirm ausfüllte. »Sie, Kintaro, oder Ihre Lanciers, Ihre Freunde, Ihre Familie bedeuten mir nichts. Wenn ich diesen ganzen verdammten Planeten in Schutt und Asche legen muß, werde ich das tun. Aber wenn Sie mir geben, weshalb ich gekommen bin, ziehe ich friedlicher Dinge wieder ab. Seien Sie kein Narr. Sie können nicht gewinnen. Geben Sie auf, bevor jemand zu Schaden kommt, und ich gebe Ihnen mein Wort, daß all dies ein Ende hat. Und falls Sie dumm genug sein sollten, zu glauben, ich bluffe ...« Sie machte eine Pause, und das Bild schwenkte zu zwei von Ryans Leuten, die einen sich krampfhaft widersetzenden Mann in den Raum zerrten. Sie warfen ihn Susie Ryan vor die Füße. Sturm erkannte Derek Nordstrom, den von Alfin eingesetzten Gouverneur Kores. Ryan zog eine schlanke Laserpistole aus dem Holster an ihrem Gürtel und richtete sie auf Nordstrom, der mühsam versuchte, sich aufzurichten.

»Nein, nicht, bitte nicht!« bettelte der Gouverneur, und Sturm biß sich unwillkürlich auf die Unterlippe. »Bitte. NEIN!« Die rubinrote Strahlbahn aus Ryans Pistole bohrte sich in Nordstroms Stirn und trat am Hinterkopf wieder aus. Er war sofort tot. Der Gouverneur fiel auf den grauen Boden des Zimmers. Aus den Ein- und Austrittslöchern in seinem Schädel stieg Rauch und Dampf auf. Ryan zuckte mit keiner Miene, als sie mit dem Kopf in Richtung des Leichnams nickte, und die Piraten ihn hastig beiseite schafften, während sie die Pistole wieder einsteckte und zurück in die Kamera sah.

»Der Gouverneur hat sich einen schnellen und schmerzlosen Tod verdient«, stellte sie gefühllos fest. »Ich kann mir weit unangenehmere Spielarten der Hinrichtung vorstellen, und ich bin bereit zu tun, was immer nötig ist. Lassen Sie sich das durch den Kopf gehen, bevor Sie sich entscheiden, ob Sie sich mir in den Weg stellen wollen, Kintaro. Sie haben bis morgen mittag, um Ihre Entscheidung zu fällen.«

Das Bild verblaßte kurz, dann füllte Ryans Gesicht erneut den Schirm, als die Botschaft von vorne begann. »Hier spricht Captain Ryan ...«

»Abschalten«, meinte Sturm tonlos. Der KommTech reagierte sofort, und die Bildschirme wurden dunkel. Sturm wandte sich ab, ab vom Bild seines Vaters in der Hand Susie Ryans und ihrer Piraten, von Gouverneur Nordstroms erschütternder Hinrichtung. Er legte einen Arm an die kühle Felswand und lehnte die Stirn an.

»Es tut mir leid, Sturm«, meinte Krenner und kam herüber, um Sturm die Hand auf die Schulter zu legen.

Sturm hob den Kopf und atmete tief durch, kämpfte die Tränen der Frustration und Wut nieder. Mehr als alles andere wollte er durch den Monitor packen und Susie Ryan mit blanken Händen erwürgen. Er wollte um sich schlagen, *irgend etwas* tun.

Er drehte sich zu Krenner und den anderen um. Sein Mund war eine Strich, seine Augen waren hart und kalt. »Ich gehe zur Basis.«

»Was?« fragten mehrere Stimmen im Chor.

»Ich ergebe mich Ryan.«

Krenner war der erste, der seine Stimme wiederfand. »Sturm, das kannst du nicht machen! Genau das will Ryan!«

»Kren, wenn ich es nicht tue, tötet sie meinen Vater!«

»Um Himmels willen, Mann, denk doch mal nach! Glaubst du ernsthaft, eine Piratin wie Susie Ryan verschwendet auch nur einen Gedanken an das Leben eines anderen Menschen? Glaubst du wirklich, Sie würde dich *und* deinen Vater *nicht* umbringen, sobald sie erst hat, was sie will? Sie hat schon eine Menge Menschen getötet, um an diese Mechs zu kommen. Ich glaube nicht, daß ein paar mehr ihr auch nur das Geringste ausmachen werden.«

»Genau deshalb muß ich etwas tun!« erwiderte Sturm. »Ich weiß, daß sie es ernst meint. Wenn ich nicht tue, was sie verlangt, tötet sie meinen Vater. Wir sind uns in den wenigsten Punkten einig, aber er bleibt mein *Vater*, verdammt! Wie könnte ich ihn einfach sterben lassen?«

»Weil du den Befehl hast«, meinte Krenner ruhig. »Du hast eine Verantwortung dieser Einheit und ihren Mitgliedern gegenüber. Wenn du in Gefangenschaft gerätst oder stirbst, was wird dann aus dem Rest der Lanciers?«

»Was ist mit meiner Verantwortung für meinen Vater? Soll ich ihn einfach sterben lassen?«

»Nein«, erklärte der Spieß. »Aber du hast keine Wahl. Sturm, dein Vater ist nur ein einzelner Mann. Du mußt an all die Männer und Frauen in dieser Einheit denken, an all die Menschen in Niffelheim. Was ist mit denen? Was wird geschehen, wenn Ryan diese Mechs in die Hand bekommt und entscheidet, sich der Zeugen zu entledigen? Wer soll diese Piraten daran hindern, die Stadt zu schleifen und ihre gesamte Bevölkerung zu ermorden? Genau das will Ryan«, fuhr er fort. »Sie will die Angelegenheit ohne einen Kampf beenden, damit sie die Mechs unbeschädigt erbeuten kann. Sie weiß genau, wenn Sie dich in die Hand bekommt, können wir jede Hoffnung begraben, gegen ihre Rebellen standzuhalten. Wenn du aufgibst, hat sie gewonnen und bekommt, was sie will, ohne darum kämpfen zu müssen.«

»Na, herzlichen Dank«, unterbrach Volker von seinem Platz an der Tür der Funkzentrale.

»Halt's Maul, Volker!« wies Krenner ihn über die Schulter zurecht. »Es ist mir egal, für wie großartig du dich hältst, du wirst diese Piraten nicht allein aufhalten. Wir *brauchen* dich hier, Sturm! Erinnere dich, was ich dich gelehrt habe: Ein MechKrieger muß sich entscheiden, welchen Kampf er ausficht.«

»Selbst wenn es meinen Vater das Leben kostet?«

»Ja, selbst dann.«

Sturm setzte zu einer Antwort an, dann stockte er und sah Krenner in die Augen. Sein Blick wanderte über die Schulter des Stabsfeldwebels zu Volker und Metz. Dann stieß einen langen, zitternden Atemstoß aus und schien zusammenzusacken.

»Sie haben recht«, meinte er zu Krenner. »Sie haben recht. Es gibt nichts, was ich dagegen tun kann, außer dafür zu sorgen, das Susie Ryan für jedes Leben bezahlt, daß sie auf dem Gewissen hat.«

»Vielleicht könnten wir den Zeitplan abkürzen«, schlug Laura vor. »Einen Angriff auf die Basis durchführen, bevor die Zeit abgelaufen ist …« Krenner und Sturm schüttelten gleichzeitig den Kopf.

»Nein«, lehnte Sturm ab. »Es würde keinen Unterschied machen. Wenn wir die Basis jetzt angreifen, bringt Ryan meinen Vater und alle übrigen Geiseln wahrscheinlich aus reiner Wut um. Wir müssen die Rebellen zu *unseren* Bedingungen stellen. So habe ich sie besiegen können, und so müssen wir es auch weiterhin halten. Wir müssen sie zwingen, zu uns zu kommen, sobald wir bereit für sie sind.«

Krenner drehte sich zu Sturm und Metz um. »Ihr habt es gehört, Leute. Zurück an die Arbeit. Metz, Sie werden unten im Mechhangar zum Cockpittraining erwarten. Volker, ich will mit Ihnen reden. Wir treffen uns unten an den Simulatorkapseln.«

Volker schien noch etwas sagen zu wollen, überlegte es sich dann aber anders. Er und Laura wandten sich zur Tür. Laura warf Sturm allerdings noch einen langen mitfühlenden Blick zu, bevor sie Volker in den Gang folgte. Krenner blieb und legte Sturm tröstend die Hand auf die Schulter.

»Alles okay?« fragte er.

Sturm schluckte etwas und nickte. »Ja, ja. Ich bin okay. Ich brauche nur etwas Zeit für mich allein. Ich bin in meiner Unterkunft, in Ordnung?«

Krenner nickte. »Ich kümmere mich um alles. Denk nur daran, daß wir um 19 Uhr eine Besprechung und Trainingsbeurteilung angesetzt haben.«

»Ich werde da sein«, antwortete Sturm. Er klopfte Krenner auf die Schulter, dann ging er an ihm vorbei aus dem Zimmer.

Auf dem Weg in sein Quartier konnte Sturm an nichts anderes als Ryan Botschaft und ihre Drohung denken, und an den Anblick seines Vaters auf dem Stuhl, wie er mitansehen mußte, wie Susie Ryan Derek Nordstrom kaltblütig ermordete. Er dachte auch darüber nach, was Krenner gesagt hatte. Daß seine Hauptverantwortung den Lanciers gegenüber bestand, die er irgendwie aus dieser Situation herausbringen mußte.

Ich habe all das nie gewollt, dachte er. *Ich wollte nie den Befehl übernehmen, nicht so jung. Ich wollte nur ein guter MechKrieger werden.*

Seine Unterkunft war eng und dunkel. Nur ein schwaches Licht an der Wand erhellte den kleinen Raum. Er ließ sich auf die Koje fallen und starrte eine Weile auf die Wand.

Dann spürte er das kühle Metall auf seiner Brust. Seine Hand hob sich zu dem Bruchstück vom BattleMech seiner Mutter, das an einem Lederband um den Hals hing. Er dachte an sie und wünschte sich mehr denn je, sie wäre noch am Leben. Sie hätte gewußt, wie sie die Lanciers führen mußte, wie sie schwere Entscheidungen zu fällen hatte.

»Was soll ich tun, Mama?« fragte er das leere Zimmer. »Wenn ich sterbe, ist das eine Sache. Ich wußte, daß es dazu kommen konnte, als ich mich auf diese Karriere eingelassen habe. Ich konnte mit dem Gedanken leben, für den Schutz anderer mein Leben zu opfern, so wie du es getan hast, aber ich kann nicht damit leben, daß Papa für mich sterben soll. Wenn Ryan ihn umbrächte, um mich zu treffen, glaube ich nicht, daß ich mir das jemals verzeihen könnte.«

Er lag auf seiner Koje, hielt den Talisman fest umklammert und dachte lange nach, bevor er seine Entscheidung fällte.

Später bei der Besprechung hatte Sturm sich völlig in der Gewalt. Gerüchte über Susie Ryans Ultimatum hatten bereits die Runde in der Einheit gemacht, aber Sturm fühlte eine bemerkenswerte Ruhe und Ausgeglichenheit. Er und Krenner bewertete die Leistungen der MechKriegeranwärter, und Sturm schlug Bereiche vor, an denen sie noch arbeiten mußten, und bestimmte Einheitstaktiken, mit denen sie den größtmöglichen Vorteil aus der zahlenmäßigen Überlegenheit des Lancier-Mechsterns der Piratenlanze gegenüber ziehen konnten. Ryans Drohung wurde mit keinem Wort erwähnt. Als Krenner Sturm fragte, ob er darüber reden wollte, lehnte der höflich ab und erklärte, daß es dazu eigentlich nichts mehr zu sagen gab.

In dieser Nacht blieb nur eine Minimalcrew wach, nachdem die meisten Lanciers zu Bett gegangen waren, in der Hauptsache Techs, die rund um die Uhr daran arbeiteten, die Clan-BattleMechs jederzeit einsatzbereit zu halten, und Laura Metz, die ein paar zusätzliche Trainingsstunden im Simulator absolvierte. Sturm konnte nicht anders, als ihre Hingabe für eine wahrscheinlich hoffnungslose Sache zu bewundern. Er hatte es ernst gemeint, als er ihr gesagt hatte, wie vielversprechend sie sich machte. Sie schien die grundlegenden Prinzipien der Mechbedienung beinahe instinktiv zu begreifen und hatte es innerhalb von Tagen weiter gebracht als eine Menge Anwärter nach Monaten.

Sturm ging mit einer Plastikkiste in den Mechhangar, die er aus einem der Lagerräume des Depots geholt hate. Eine der Techs sah von ihrer Arbeit auf und begrüßte ihn.

»'n Abend, Chef. Was machen Sie um diese Zeit noch hier draußen?« fragte Kayla Roßburg. Sie erhob sich von ihrer Arbeit an einer Datenkonsole, mit der sie die Betriebsdaten der Myomermuskulatur des *Peregrine* überprüft hatte. Sturm kannte Kayla flüchtig. Sie war erst eine JuniorTech, aber sie wußte, was sie tat. Er zuckte leicht die Schultern, ohne die schwere Kiste abzustellen.

»Ich kann nicht schlafen«, antwortete er. »Zu aufgedreht. Ich dachte mir, ich überprüfe mal die Cockpitsensoren von *Goldjunge.*« So hatte Sturm seinen *Goshawk* getauft. Er hob die Kiste an. »Hab' noch was an Notfallausrüstung für die Staufächer. Nach dem letzten Mal will ich sichergehen, daß ich genug dabei habe.« Er grinste, und Kayla lachte.

»Schon kapiert«, sagte sie.

»Ich werde dich nicht behindern«, meinte Sturm. »Du wirst kaum merken, daß ich da bin.«

»Kein Problem«, erwiderte sie. »Lassen Sie sich nicht stören. Sie kennen sich hier mindestens so gut aus wie wir.«

»Danke.« Sturm ging an den Techs vorbei und wanderte zu dem *Goshawk* hinüber, der stumm in seinem Metallkokon wartete. Die leichten Schäden, die er bei dem Überfall auf die Lancier-Basis erlitten hatte, waren bereits repariert, ebenso wie die Dellen, die der Mech hatte einstecken müssen, während Sturm für die Piratenmechs »Väterchen Frost« gespielt hatte. Allein hatte er den Kampfkoloß nicht reparieren können, aber die Lancier-Techs hatten es im Handumdrehen geschafft. Der Mech war wieder in optimaler Verfassung, und nur ein paar graue Farbflecken auf der ansonsten knochenweißen Lackierung ließen erkennen, daß er jemals beschädigt gewesen war.

Sturm hängte die Plastikkiste an einen Haken und kletterte die Kettenleiter zum Cockpit hinauf, wobei er das an dem Haken hängende Seil mitnahm. Im Innern des Cockpits angekommen, drehte er sich um und zog die Kiste zu sich hoch. Er stellte sie auf der Pilotenliege ab und öffnete sie vorsichtig, um den Inhalt noch einmal zu überprüfen. Das war nicht der optimale Zeitpunkt, um festzustellen, daß er etwas vergessen hatte, aber er wollte ganz sicher gehen. Als er beruhigt war, verstaute er die Kiste hinter der Liege und setzte sich an die Kontrollen. Er schloß das Kanzeldach und öffnete den Uniformoverall. Darunter kamen eine Kühlweste und Shorts zum Vorschein. Er zog den Overall aus und verstaute ihn neben der Kiste.

Dann zog er *Goldjunges'* Neurohelm aus dem Netz der Kabel herab und über seinen Kopf. Die Neurokontakte lagen fest an, und Sturm fuhr langsam die einzelnen Bordsysteme hoch, eines nach dem anderen. Er übersprang die üblichen Überprüfungen. Dazu hatte er erstens keine Zeit, und zweitens konnte er sich darauf verlassen, daß die Lancier-Techs den Mech in perfektem Zustand zurückgelassen hatten. Sein Blick zuckte noch ein letztes Mal über die Anzeigen. Alles war bereit zum Einsatz.

Sturm preßte einen Knopf auf der Befehlskonsole, und ein tiefes Wummern dröhnte durch den Mechhangar. Schwere Maschinen brummten und krachten, und eisige Gebirgsluft schlug in den Saal, als sich die gigantischen Außentore langsam öffneten. Sturm sah mehrere der Techs am Boden überrascht aufblicken, als er den Steuerknüppel sanft nach vorne schob, und der *Goshawk* aus seiner Nische trat und sich auf die Tore zu in Bewegung setzte.

Beeilung, trieb er den Tormechanismus in Gedanken an, als die Flügel wie in Zeitlupe aufschwangen. Er ließ den *Goshawk* langsam auf das Tor zugehen. Als er es erreicht hatte, war die Öffnung gerade breit genug, daß er mit *Goldjunge* hinaus in die dunkle Nacht schlüpfen konnte. Sobald er im Freien war, gab Sturm den Schließbefehl, und die Torflügel kehrten ihre Bewegungsrichtung um. Ein Blinklicht auf der Sichtprojektion meldete eine eingehende Kommsendung. Jemand versuchte, ihn zu erreichen. Sturm ignorierte die Meldung und ließ das Funkgerät ausgeschaltet. Er war nicht in der Stimmung für Erklärungen. Schnell war er ein gutes Stück im Tal, und die Tore hatten sich hinter ihm wieder geschlossen. Damit konnte auch kein Licht mehr aus dem Hangar fallen, und über das Tal legte sich wieder die Dunkelheit der Nacht, unterbrochen nur vom schwachen Licht der Sterne.

Sturm hatte keine Schwierigkeiten damit, einen Weg durch das Tal zu finden. Er war schon einige Male hier entlanggekommen, und die Lichtverstärker des *Goshawk* lieferten ihm selbst ohne Positionslichter reichlich Sicht. Magnetanomaliedetektoren und Infrarotsensoren waren hier im Gebirge nicht sonderlich zuverlässig, aber er brauchte sie auch nicht. Bald hatte er den Paß erreicht. Jetzt begann der Weg über die offene Tundra Kores zur Lancier-Basis.

Am Rande des Passes blieb er noch einmal stehen und sah zurück zum Depot. Unter der natürlichen und künstlichen Tarnung war es perfekt versteckt, aber Sturm wußte, wo es lag.

Tut mir leid, Kren, dachte er. *Ich habe eine Verantwortung dir und den Lanciers gegenüber, aber mein Vater kommt zuerst. Ich habe ihn schon oft genug enttäuscht, aber jetzt, wo er meine Hilfe braucht wie noch nie zuvor, werde ich ihn auf keinen Fall im Stich lassen. Vielleicht habe ich meine Mutter nicht retten können, aber ich kann, verdammt nochmal, wenigstens versuchen, ihn zu retten. Ihr kommt auch ohne mich zurecht. Ihr habt ja immer noch Lon Volker. So lange Ryan meinen Vater in der Gewalt hat, nütze ich euch ohnehin nichts. Ich werde ihn allein da rausholen oder bei dem Versuch sterben.*

22

Korisches Tiefland, außerhalb Niffelheims, Kore Peripherie

22. April 3060

Goldjunge trug Sturm Kintaro schnell über die dunkle Permafrostlandschaft Kores. Der Mech kam gut voran, mit rund sechzig Stundenkilometern, für die riesige Kampfmaschine ein schneller Trab. Sturm wollte sich nicht zu schnell bewegen, um den Mech nicht unnötig aufzuheizen und so die Gefahr einer Entdeckung zu vergrößern. Die meisten Wärmetauscher des *Goshawk* arbeiteten ohnehin im Leerlauf, um die an die Außenluft abgegebene Hitze auf das absolute Minimum zu begrenzen. Er wollte nicht von irgendwelchen Sensoren oder Routinepatrouillen der Piraten bemerkt werden. Dadurch war das Innere der Pilotenkanzel ungewöhnlich warm, und Sturm schwitzte bereits in Strömen, als er aus dem Gebirge kam. Er war sich allerdings nicht sicher, ob das am Hitzestau des Mechs oder an seiner Nervosität lag. Was er hier veranstaltete, war gleichermaßen waghalsig und gefährlich. Wenn Krenner das geahnt hätte …

Aber Krenner ahnt nichts davon, dachte Sturm. Der alte Feldwebel würde ihn mit einem Donnerwetter empfangen, wenn er erst zurück war, aber Sturm hatte keine andere Wahl gehabt. Susie Ryan drohte, seinen Vater umzubringen. Das konnte Sturm nicht zulassen. Nicht, solange er die Möglichkeit hatte, etwas dagegen zu unternehmen. Selbst wenn das genau das war, was Ryan von ihm erwartete.

Er steuerte den Mech geschickt über die Tundra und orientierte sich dabei ausschließlich mit Hilfe des Sternenlichts und der lichtverstärkenden Optiksensoren des *Goldjungen*. Mehr brauchte er auch nicht. Er hatte das korische Tiefland in den letzten Jahren auf seinen Trainingmissionen in alle denkbaren Richtungen durchquert und kannte es wie seine Westentasche. Er wußte, wo die Bodenspalten und Schlote waren, denen er ausweichen mußte. Und er wußte, wie er das Gelände dazu ausnutzen konnte, seine Annäherung an die alte Basis der Lanciers zu verbergen.

Sturm bewegte *Goldjunge* an der äußersten Grenze der Sensorenreichweite der Basis in einem weiten Bogen um die Anlage. Auf diese Entfernung waren die Ortungsanlagen notorisch unzuverlässig. Sie fingen ständig irgendwelche magnetischen und thermischen Impulse aus der Umgebung auf, und alle Lancier-Techs hatten schon vor Jahren gelernt, daß es sinnlos war, auf diese »Geisterbilder« zu reagieren. Sturm war sich nicht sicher, ob die Piraten ebenso nachlässig sein würden, aber inzwischen waren sie wahrscheinlich an das ständige Auftauchen von Geisterbildern auf ihrer Ortung gewöhnt, und eines mehr oder weniger würde nicht auffallen.

Als er näherrückte, kam ihm die Natur zu Hilfe. Sturm schaute auf die Langstreckenortung und lächelte grimmig. Von Norden zog eine Gewitterfront heran. Es war Unwettersaison, und plötzliche, heftige Schneestürme waren an der Tagesordnung. Das Schneetreiben würde helfen, seine Annäheung zu verschleiern, und möglicherweise würde er sogar näher an die Basis kommen können als er ursprünglich geplant hatte. Er blickte noch einmal auf den Monitor. *Die Front müßte in ein paar Minuten hier sein.*

Tatsächlich frischte der Wind schnell auf und trieb reichlich Pulverschnee vor sich her. Der Himmel verdunkelte sich, als sich schwere Wolken vor die Sterne schoben und ein heftiger Schneefall einsetzte. Innerhalb von

Minuten verwandelten sich die zunächst vereinzelt fallenden Flockn zu einem dichten weißen Vorhang vor den Kameras des Mechs. Sturm bremste *Goldjunge* ab, um sich in der weißen Flut nicht zu verirren. Die Mechsensoren waren unter diesen Bedingungen nahezu wertlos, und den Ortungsanlagen der Basis konnte es nicht besser gehen.

Er bewegte den *Goshawk* bis auf zwei Kilometer an den Stützpunkt heran, deutlich weiter als er es normalerweise gewagt hätte. Er wußte von einer tiefen Bodenspalte dort, auf die er bei den Trainingsläufen wiederholt gestoßen war. Sie war ein bevorzugter Standort für Hinterhalte gewesen. Mit äußerster Vorsicht lenkte er den mittelschweren ClanMech in die Spalte. Die zehn Meter große Maschine ging auf Sturms Befehl langsam in die Hocke und setzte sich auf den Boden der engen Schlucht, so daß sie von der Oberfläche aus nicht mehr zu sehen war.

Nachdem der Mech abgestellt war und Sturm sich vergewissert hatte, daß der Kampfkoloß sicher stand, schaltete er alle Hauptsysteme *Goldjunges* ab. Er vergewisserte sich noch einmal, daß die Steuersysteme fest auf seine Gehirnwellen eingestellt waren. Jeder andere, der versuchte, seinen Mech zu steuern, würde einen schweren Nervenschock erleiden und den *Goshawk* keinen Meter weit bewegen können. Dann schaltete er den Neurohelm aus und streifte die Kühlweste ab.

Sturm Kintaro griff hinter die Pilotenliege zu der kleinen Plastikkiste. Er zog ein Handtuch heraus und trocknete sich den Schweiß ab, so gut es ging. Dann warf er das Handtuch zurück und griff sich den Uniformoverall. In der Enge des Mechcockpits war es nicht gerade einfach, sich umzuziehen, aber es mußte gehen. Über den Overall schnallte er einen Pistolengurt, dessen Holster mit der Laserpistole er am linken Bein festzurrte. Ein Kommandomesser verschwand in einer Stiefelscheide. Dann holte Sturm die Polarausrüstung hervor: eine parkaähnliche Jacke mit enganliegender Kapuze, thermalgefütterte Handschuhe und eine getönte Schutzbrille gegen den Schneesturm.

Er öffnete das Kanzeldach ein wenig, und ein eisiger Windstoß fuhr ins Cockpit und brachte ein paar Schneeflocken mit. Die Hitze in der Kanzel war schnell verflogen. Sturm beeilte sich, die Polarausrüstung anzulegen. Als er fertig war, holte er den kleinen Rucksack aus der Kiste und stieß das Kanzeldach ganz auf. Er richtete sich zu voller Größe auf, um den Rucksack überzuziehen und zurechtzurücken, bis er bequem saß. Sturm bewegte die Schultern ein wenig, damit sich das Gewicht gleichmäßig verteilte, während über ihm der Wind über den Rand der Bodenspalte heulte.

Vorsichtig kletterte er aus dem Cockpit auf den Rumpf *Goldjunges* und warf das Kanzeldach zu. Es schnappte hörbar ein. Sturm balancierte vorsichtig auf der breiten Schulter des Mechs. Das dumpfe, metallische Knacken des in der frostigen Luft abkühlenden Metalls war über dem Brausen des Winds kaum wahrnehmbar. Mit Hilfe der Wartungshandgriffe kletterte er an der »Haube« empor, die den Kopf des *Goshawk* nach hinten beschützte. Im Augenblick lag sie fest an der Seitenwand der Bodenspalte und reichte fast hoch genug, um Sturm deren Oberkante erreichen zu lassen.

Auf der Spitze der Haube angekommen, holte er ein paar Kletterhaken aus dem Rucksack und hämmerte sie in die Wand. Die wenigen Meter bis zur Oberkante hatte er schnell überwunden. Er rückte den Rucksack neu zurecht und machte sich auf zur Basis.

Unter normalen Umständen wären die zwei Kilometer bis zum Stützpunkt kein Problem gewesen. Auf Kore waren alle MechKrieger darauf trainiert, sich durch das lebensfeindliche Terrain des Planeten zu bewegen. Aber in einem Schneesturm herrschten besondere Bedingungen. Die Sicht war extrem eingeschränkt, und es bestand eine reale Gefahr, sich zu verirren. Ein normaler Kompaß funktionierte in Kores ungewöhnlichem Magnetfeld nicht. Aber Sturm hatte den *Goshawk* so eingestellt, daß er auf einer bestimmten Frequenz in regelmäßigen Abständen ein Peilsignal aussandte, an dem er Entfernung von und Richtung zu seinem Mech ablesen konnte. Das erhöhte zwar etwas die Gefahr, daß der Mech entdeckt wurde, machte es aber zugleich erheblich unwahrscheinlicher, daß Sturm in die Irre lief und erfror.

Er marschierte durch den Sturm auf die Basis zu und achtete darauf, das Signal des *Goshawk* immer im Rükken zu haben. Der Schneesturm reduzierte die Sicht auf ein, zwei Meter, und auf dem Boden entstanden schnell Verwehungen, die das Fortkommen zusätzlich erschwerten. Er brauchte einige Zeit, den Rand der Basis zu erreichen. Sturm erschien es wie eine Ewigkeit, aber tatsächlich war es nur eine gute Stunde gewesen.

Vorsichtig ging er am Außenzaun der Anlage entlang. Er hatte Glück. Die Piraten hatten sich nicht die Mühe gemacht, den Schaden zu reparieren, den Sturm an dem Maschendrahtzaun angerichtet hatte, als er die anderen Lanciers aus der Gefangenschaft befreit hatte. Er kletterte über den halb vom Schnee begrabenen Zaun und lief auf die durch den weißen Schneevorhang kaum zu erkennenden Lichter der Gebäude zu.

Vermutlich hatte Ryan seinen Vater irgendwo in ihrer Nähe untergebracht, wo sie jederzeit Zugriff auf ihn hatte. Sturm kannte den Grundriß der Anlage genau. Sie war seit mehreren Jahren sein Zuhause gewesen. Er war sich ziemlich sicher, wo die Piraten Gefangene unterbringen würden, besonders einen einzelnen Gefangenen, der für ihre Kommandeurin von besonderem Wert war. Die Piraten waren vernünftig genug, bei einem solchen Wetter keinen Fuß vor die Tür zu setzen, also war niemand auf Posten am Eingangstor der Basis. Die BattleMechs der Raumpiraten standen entweder ebenfalls sicher und trocken im Hangar, oder sie patrouillierten außerhalb der Anlage. Sturm sah jedenfalls keine Spur von ihnen.

Er bewegte sich am Rand der Anlage auf sein Ziel zu. Unterwegs zog er den Rucksack von den Schultern und holte ein paar Sachen heraus, die er brauchen würde, wenn dieses Unternehmen ein Erfolg werden sollte.

Das Hauptgebäude zu erreichen, erwies sich nicht als Problem, ebensowenig wie das Überwinden der Alarmanlage am Eingang. Sturm kannte die Zugangscodes. Den Hauptcode hatten Ryans Piraten natürlich geändert, aber das System verfügte über einen zusätzlichen Satz Notfallcodes für den Fall, daß es unter Fremdeinfluß geriet. Dieses Untersystem schienen die Piraten noch nicht gefunden oder abgeschaltet zu haben. Sturm war innerhalb von Sekunden im Innern des Gebäudes, ohne daß irgend jemand etwas davon bemerkte.

Drinnen angekommen, zog er die Laserpistole und hielt sie im Anschlag, während er den Gang hinab zur Treppe schlich. Er konnte nicht riskieren, die Aufzüge zu benutzen und womöglich steckenzubleiben. Glücklicherweise lag der Kerker der Zentrale nur zwei Stockwerke tiefer. Kein Problem also, beruhigte Sturm sich, während er den Gang hinauf- und hinunterschaute. Niemand in Sicht.

Er sprintete den Korridor hinab bis zur Tür, stieß sie auf und preßte sich flach an die Wand, als die Tür wieder zuschwang. Er war im Treppenhaus. Noch immer war niemand zu sehen. Irgendwie wunderte es ihn, daß die Piraten keine Posten aufgestellt hatten, aber andererseits wußte er nicht, wie groß Ryans Truppe war. Nach allem, was die Lanciers berichtet hatten, die den Angriff auf Niffelheim beobachtet hatten, besaßen ihre Gegner Mechs und Infanterie, aber möglicherweise hatte Ryan die anderweitig im Einsatz. Oder sie erwartete hier einfach keine Schwierigkeiten. *Oder vielleicht ist das auch eine Falle.* Sturm hatte diese Möglichkeit schon mehrmals in Betracht gezogen, aber auch das konnte ihn von seinem Vorhaben nicht abbringen.

Er arbeitete sich leise die Treppen hinab in den Tiefkeller des Gebäudes, der eine kleine Anzahl von Kerkerzellen enthielt. Sie waren nur zum Einsaz gekommen, um gelegentlich einen Lancier zu disziplinieren, der im Suff über die Stränge geschlagen war und eine Gelegenheit brauchte, seinen Rausch auszuschlafen und über die Dummheit eines derartigen Benehmens nachzudenken. Sturm hatte selbst nie das Mißvergnügen gehabt, sie von innen zu sehen, aber er wußte, daß die Zellen alles andere als ein Hochsicherheitstrakt waren. Dementsprechend zuversichtlich war er auch, mit den Schlössern fertigwerden zu können.

Am Fuß der Treppe war eine Tür. Er versuchte die Klinke, stellte fest, daß die Tür nicht verriegelt war, und schob sie vorsichtig auf. Sie öffnete sich in einen Hauptkorridor, der sich durch den ganzen Tiefkeller zog. Die Zellen lagen am hinteren Ende des Stockwerks, etwa zehn Meter entfernt. Durch den Türspalt lugend, bemerkte Sturm einen einzelnen, gelangweilt wirkenden Piraten, der vor den Zellen an der Wand lehnte und den deutlichen Eindruck machte, daß ihm jede andere Beschäftigung lieber gewesen wäre. Er hatte eine Waffe umgeschnallt (vermutlich eine Pistole, dachte Sturm), und trug die bei Ryans Rebellen übliche Kombination aus Bestandteilen verschiedener Uniformen.

Was sein muß, muß sein, dachte Sturm. Er richtete die Laserpistole auf den Piraten und zielte. Der Laserstrahl ließ sich in zwei Stufen auslösen. Wurde der Abzug voll durchgezogen, feuerte die Waffe einen stark gebündelten Energiestrahl, der sich durch Fleisch, Stein und Metall brannte. Wenn man ihn nur leicht antippte, wobei ein schwacher Widerstand half, den Übergang zur vollen Stärke zu erkennen, lieferte die Waffe einen schwachen Lichtstrahl, der nicht stärker war als der eines Laserzeigestabs oder Entfernungsmessers, sich aber gut als Zielhilfe eignete. Auf der linken Schulter des Piraten erschien ein kleiner roter Punkt, der hoch zu seinem Kopf wanderte.

»Was, zum …« Der Pirat drehte sich um und bemerkte den Laserpunkt. Als er gerade reagieren wollte, zog Sturm den Abzug durch. Ein Knall tönte durch den Gang, als die abrupt aufgeheizte Luft entlang der Schußlinie sich explosionsartig ausdehnte, und ein rubinroter Lichtspeer bohrte sich durch den Schädel des Mannes. Der Pirat sackte augenblicklich tot zu Boden. Aus der Kopfwunde stieg Damp auf, aber es floß kein Blut, weil die Hitze des Laserstrahls alle durchtrennten Blutgefäße augenblicklich versiegelt hatte.

Sturm rannte den Gang hinab, ohne der Leiche des Postens einen zweiten Blick zu gönnen. Zugleich tauchte im kleinen, vergitterten Sichtfenster einer der Zellentüren ein vertrautes Gesicht auf, dessen Augen sich überrascht weiteten, als sie den toten Wächter und die dunkel gekleidete Gestalt sahen, die durch den Korridor heranpreschte.

»Sturm!« stieß Dr. Kintaro halblaut aus. »Was machst du …?«

»Wir haben jetzt keine Zeit zum Reden, Vater«, unterbrach Sturm ihn. »Geh weg von der Tür.« Der ältere Kintaro gehorchte, und Sturm richtete den Laser auf das Türschloß. Er hatte keine Zeit, sich mit Schlüsseln oder Zugangscodes herumzuschlagen. Statt dessen zerschmolz die leuchtend rote Energiebahn Türschloß und Riegel komplett, und die Zellentür schwang zum Gang hin auf.

Sturm streckte seinem Vater die Hand entgegen. »Komm, ich hol' dich hier raus. Gehen wir.«

Dr. Hidoshi Kintaro trat zu seinem Sohn in den Gang. Er starrte schockiert auf den Leichnam seines Bewachers. »Sturm, du hättest nicht herkommen dürfen«, meinte er.

»Ich mußte kommen«, antwortete Sturm.

»Nein, du verstehst nicht …« Dr. Kintaros Erklärung wurde von einem Geräusch am anderen Ende des Ganges abgeschnitten.

Die Tür schwang auf, und eine kleine Gruppe Piraten stürmte herein. Sie waren mit Sturmgewehren bewaffnet, die sie auf Sturm und seinen Vater richteten.

»Keine Bewegung!« brüllte der vorderste Pirat. »Waffe fallen lassen!« Den Bruchteil einer Sekunde überlegte Sturm, ob er feuern sollte, aber die Piraten waren zu dritt, und alle drei hatten ein Gewehr. Selbst wenn es ihm gelungen wäre, zwei von ihnen zu erledigen, bevor sie schießen konnten, hätte der dritte den gesamten Korridor mit genügend Blei füllen können, um ihm und seinem Vater den Garaus zu machen. Er ließ die Laserpistole zu Boden fallen, und die Piraten rückten näher.

»Bleib in meiner Nähe und tu, was ich dir sage, Vater«, murmelte Sturm. »Bitte.« Hidoshi Kintaro nickte kaum wahrnehmbar.

Als die Piraten die beiden Kintaros in Gewahrsam nahmen, erschien eine weitere Gestalt in der Tür des Tiefkellers. Sie kam lächelnd näher.

»Das ist also der junge MechKrieger, der mir so viel Schwierigkeiten gemacht hat«, stellte Susie Ryan fest. Das gesunde Auge der Piratenchefin glänzte triumphierend, und sie trug einen breites Grinsen zur Schau. »Sturm Kintaro. Es ist mir ein Vergnügen, dich endlich persönlich kennenzulernen.«

23

**Shangri-La, Jotunberge, Kore
Peripherie**

23. April 3060

Zum Teufel mit diesem Bengel, warum muß er so stur sein, so loyal, so … so ganz wie seine Mutter, dachte Krenner. Er saß in der Funkzentrale des Clandepots, das Sturm »Shangri-La« getauft hatte, und suchte die Kommfrequenzen nach einer Spur des jungen MechKriegers oder seiner Maschine ab. Krenner konnte sich denken, wohin Sturm unterwegs war: zur Lancier-Basis, um seinen Vater zu suchen. Er hätte erwarten müssen, daß Sturm so reagieren würde, aber tatsächlich hatte es ihn völlig überrascht. Er suchte weiter nach irgendeiner Nachricht von Sturm oder einem Hinweis darauf, daß der Feind ihn erwischt hatte.

Es war keine angenehme Vorstellung, aber Krenner war sich bewußt, daß Sturm inzwischen durchaus in Gefangenschaft geraten und wahrscheinlich zusammen mit seinem Vater erschossen worden sein konnte. Er war ein guter Junge, ein fähiger MechKrieger und noch cleverer, als seine Mutter es gewesen war, aber trotz allem nur ein einzelner junger Bursche im Kampf gegen eine Bande skrupelloser Raumpiraten. Krenner schätzte Sturms Chancen nicht sonderlich hoch ein, und das bedeutete, er mußte eine Entscheidung fällen, was für das Wohl der Einheit zu tun war.

Wahrscheinlich würde er selbst den Befehl übernehmen müssen. Er war weder ein Offizier noch ein MechKrieger, nur ein Schlammstampfer, ein Infanterist. Aber er hatte die größte Erfahrung hier, und Lon Volker hielt er für einen Kommandeursposten für absolut ungeeignet. Volker war zu egoistisch, zu besorgt darum, seine eigene Haut zu retten, als daß er sich wirklich um die Leute unter seinem Befehl gekümmert hätte. Die anderen Anwärter waren eigentlich noch zu unerfahren für einen Kampfeinsatz, geschweige denn für eine Führungsposition. Krenner blieb nicht viel Wahl. Selbst wenn er das Kommando übernahm, war die Einheit ohne Sturm erheblich geschwächt. Wenn sein Schützling wenigstens nicht den besten ihrer Mechs mitgenommen gehabt hätte.

Die Tür zur Funkzentrale öffnete sich, und Krenner drehte seinen Stuhl. Er fragte sich, wer um diese Uhrzeit außer ihm noch wach sein konnte. Er hatte den diensthabenden KommTech bereits zu Bett geschickt, als er gekommen war, um herauszufinden, wie es Sturm ging. Der nächste planmäßige Schichtwechsel war erst in Stunden fällig. Vielleicht gab es Neuigkeiten.

Lon Volker wirkte überrascht, Krenner an der Kommunikatorkonsole zu sehen. Einen kurzen Moment war seine Entgeisterung nicht zu übersehen, dann fing er sich und schloß die Tür. »Spieß«, stellte er fest. »Was machen Sie denn hier?«

Krenner verzog das Gesicht. Es hatte keinen Zweck, etwas geheimhalten zu wollen. Bis zum Morgen würde es ohnehin jeder im Depot wissen. »Kintaro ist weg. Er hat den *Goshawk* genommen und ist los, seinen Vater zu holen. Ryans Funkbotschaft hat ihm ernsthaft zugesetzt. Ich hatte gehofft, daß er versucht, uns eine Botschaft zukommen zu lassen, damit wir wissen, wie es ihm geht.«

Volker riß die Augen auf. »Kintaro ist abgehauen?« fragte er. »Hhn. Ich hab immer gewußt, daß der Kleine es nicht bringt.«

»Vorsicht, Volker«, meinte Krenner, und seine Augen wurden zu drohenden Schlitzen. »Sturm Kintaro ist ein guter MechKrieger und ein guter Mann. Er hat in den letzten zwei Wochen unter mehr Druck gestanden als für einen doppelt so alten MechKrieger gut wäre. Wenn er sich entschlossen hat, die Loyalität seiner Familie gegenüber über die zu seiner Einheit zu stellen, kann ich dem zwar nicht zustimmen, aber ich kann ihm auch keine Vorwürfe dafür machen, daß er seinem Vater das Leben retten will.«

»Ruhig, Spieß«, winkte Volker ab. »Ich weiß, daß Sie den Kleinen mögen, aber Sie haben selbst gesagt, er hat unter reichlich Druck gestanden. Außerdem liegt das jetzt eh nicht mehr in unserer Hand, richtig?« Er zuckte die Schultern. »Für Kintaro können wir nichts mehr tun, aber wir müssen entscheiden, was für die Einheit das Beste ist, richtig?«

Volkers Reaktion überraschte Krenner. Er brannte auf einen Kampf, aber wie es schien, würde Volker ihm den nicht liefern, »Ja«, stimmte er dem MechKrieger widerwillig zu. »Ich habe mir bereits meine Gedanken darüber gemacht, während ich hier gesessen und auf eine Nachricht gewartet habe.«

Volker trat näher an die Konsole heran und sah über Krenners Schulter auf die Instrumente. »Haben Sie versucht, auf irgendeinem der Kanäle Verbindung zu ihm aufzunehmen?« fragte er.

»Nein«, antwortete Krenner. »Das können wir nicht. Jedes Signal, das kräftig genug wäre, Sturm zu erreichen, würde mit Sicherheit auch in der Basis aufgefangen werden. Damit würden wir dem Feind unsere Position verraten, und möglicherweise wäre Sturm trotzdem nicht in der Lage, uns zu empfangen, oder wenn doch, dann nicht, uns zu antworten. Das Risiko ist zu groß.«

»Aber diese Anlage ist stark genug, um die Basis zu erreichen?«

»Leicht. Das System ist mindestens so gut wie die Anlage der Basis, vielleicht sogar besser. Aber wie ich bereits sagte, würden wir bei dem Versuch, die Basis anzufunken, Ryan und ihren Piraten aller Wahrscheinlichkeit nach unsere Position verraten, und dann hätten wir sie sofort auf dem Hals. Außerdem habe ich dieser Mörderinnenschlampe nichts zu sagen.«

»Spieß«, setzte Volker langsam und bedächtig an. »Betrachten Sie einmal unsere Lage. Wir sind allein, am äußersten Rand der Peripherie. Wir haben vier Mechs und einen einzigen erfahrenen Piloten, mich. Alle anderen sind so feucht hinter den Ohren, daß sie sich nicht zu waschen brauchen. Ganz egal wie gut die Mechs sind, daran kommen Sie nicht vorbei. Wir stehen einem Gegner mit ebensovielen Mechs gegenüber, vielleicht sogar mehr, falls Kintaro ihnen in die Falle gegangen ist und sie seine Maschine auch noch erbeutet haben. Sie haben erfahrene Piloten, sie kontrollieren die Stadt und den einzigen Raumhafen dieser Welt. Und selbst wenn das Hauptquartier unser Signal empfängt, sind wir mehrere Sprünge von jeder Hilfe entfernt. Sie werden Wochen benötigen, uns zu erreichen.«

»Falls Sie auf irgend etwas hinauswollen, Volker, kommen Sie allmählich zum Punkt«, meinte Krenner, obwohl er sich ziemlich sicher war, was Lon Volker beabsichtigte.

»Ich finde, wir müssen mit Ryan reden«, erklärte Volker. »Wir sollten eine Kapitulation ins Auge fassen.« Als er Krenners wütende Miene sah, hob er abwehrend die Hand. »Lassen Sie mich ausreden. Wir wissen, daß Ryan weder an dieser Welt noch an uns interessiert ist. Das einzige, worum es ihr geht, sind die ClanMechs und die Vorräte in diesem Depot. Wenn sie die bekommt, wird sie wahrscheinlich morgen abfliegen und uns in Frieden lassen. Wir können warten, bis die Verstärkungen eintreffen, und brauchen uns um nichts Sorgen zu machen. Vermutlich will sie ebensowenig kämpfen wie wir. Aber wenn wir es darauf ankommen lassen, wird Ryan uns niederwalzen und sich nehmen, was sie will.«

»Und was ist mit den Clans?« fragte Krenner. »Haben Sie die vergessen? Wenn wir Ryan geben, was sie will, schlachtet sie dieses Depot bis auf die blanken Wände aus und verschwindet. Und was passiert mit uns, wenn ein Haufen wütender Stahlvipern erscheint und nach den Mechs sucht?«

»Die Clans werden sich nicht die Mühe machen, hierher zurückzukommen«, tat Volker seinen Einwand ab. »Diese Welt ist zu klein und abgelegen. Sie haben andere Sorgen. Und selbst wenn sie kommen, ist es nicht unser Problem, solange Ryan die Mechs mitgenommen hat.

Wir sagen den Vipern einfach, wo sie Ryan finden können, und dann kümmern die Clanner sich um sie. Wenn wir versuchen, die Mechs zu behalten, haben wir statt dessen die Clans auf dem Hals.«

»Bilden Sie sich wirklich ein, die Clanner würden uns in Ruhe lassen? Selbst wenn wir ihre Mechs nicht haben?« fragte Krenner. »Und bilden Sie sich tatsächlich ein, Susie Ryan würde einfach so abfliegen und uns hier zurücklassen, damit wir den Clans oder den Sturmreitern oder wem auch immer davon erzählen können, was hier vorgefallen ist? Ryan hat schon eine Menge guter Leute umgebracht, um zu bekommen, was sie will, Volker, und ich habe nicht den geringsten Zweifel, daß sie dafür noch eine Menge mehr töten würde, sei es, um sich zu beschaffen, weswegen sie gekommen ist, oder um ihre Spuren zu verwischen. Ich habe für die Ausrüstung in diesem Depot eine Menge guter Leute verloren, eine Menge guter Freunde. Ich will verdammt sein, wenn ich Susie Ryan gebe, was sie will, ohne sie dafür bezahlen zu lassen. Diese Kampfkolosse bekommt sie nur über meine Leiche!«

Volker sah Krenner lange schweigend an, dann sackten seine Schultern herab, und er zuckte die Achseln. »Wenn Sie das so sehen, Spieß. Sind Sie sicher?«

»Ich war mir noch nie einer Sache so sicher. Verhandlungen kommen nicht in Frage.«

»In Ordnung. Dann machen wir es eben so, wie Sie es haben wollen.«

Krenner war von Volkers Zustimmung angenehm überrascht.

»Wollen Sie sich eine Runde hinlegen?« fragte Volker. »Ich könnte bis zur nächsten Wache übernehmen.«

Krenner schüttelte den Kopf. »Nein, danke. Ich mach' das schon. Schlafen könnte ich jetzt ohnehin nicht. Wir haben heute morgen noch eine Menge vor uns.« Er drehte sich wieder zur Konsole, um nach Anzeichen eines Funksignals aus Richtung der Basis zu suchen.

Er hörte ein leises Geräusch hinter sich, und seine durch Jahre des Kampftrainings geschärften Reflexe reagierten sofort, aber es war bereits zu spät. Der Nadlerschuß traf ihn in den Rücken und schleuderte ihn auf die Konsole. Durch die brennenden Schmerzen und das Dröhnen des Bluts in seinen Ohren hörte Krenner Schritte näherkommen, dann packte ihn eine feste Hand, zog ihn von der Konsole hoch und stieß ihn aus dem Drehstuhl. Er rutschte zu Boden und hörte eine Stimme, während er in einer schnell wachsenden Blutlache lag und immer schwächer wurde:

»Tut mir echt leid, daß Sie es so sehen, Spieß. Aber Sie wollten es ja über Ihre Leiche.«

Dann wurde es schwarz um ihn. Die letzten Gedanken des Stabsfeldwebels drehten sich um Sturm und Jenna und sein Bedauern, sie im Stich gelassen zu haben.

24

Kore-Lanciers-Basis, außerhalb Niffelheims, Kore Peripherie

23. April 3060

»Du bist also Sturm Kintaro«, meinte Susie Ryan und musterte Sturm mit ihrem gesunden Auge von Kopf bis Fuß. »Seltsam, ich hatte mir dich irgendwie ... größer vorgestellt.«

Sturm knirschte mit den Zähnen, als er Ryans bösartiges Lächeln sah. »Groß genug, um einen Ihrer Mechs zu erledigen«, gab er zurück. »Und eine Menge Ihrer Leute.«

Ryans Miene verdunkelte sich augenblicklich, als habe sich eine Wolke vor die Sonne geschoben. »Ja, und trotzdem stehen wir jetzt hier. Ich war mir ziemlich sicher, daß die Gefühle für die Schwierigkeiten deines Papis dich hierher locken würden, und ich hatte recht. Du darfst stolz auf deinen Vater sein, Sturm. Er hat versucht, mich davon zu überzeugen, daß es nicht funktionieren würde, daß du keinen Versuch unternehmen würdest, ihn zu befreien.« Sturm sah zu seinem Vater hinüber. *Sieht er mich wirklich so*, fragte er sich. Er wußte, daß seine Beziehung zu seinem Vater sicher nicht preisverdächtig war, aber trotzdem schockierte ihn die Vorstellung, Hidoshi könne glauben, Sturm würde ihn einfach sterben lassen.

»Jetzt, da du hier bist«, fuhr Ryan fort, »können wir uns darüber unterhalten, wo du warst und was du getrieben hast, seit meine Leute dich in den Bergen zurückgelassen haben, weil sie annahmen, du würdest da oben den Tod finden.«

»Dazu ist es ja nun nicht gekommen«, erwiderte Sturm.

»Das läßt sich leicht korrigieren, falls du mir nicht sagst, was ich wissen will.«

»Sie wissen ganz genau, daß ich das nicht tun werde.«

»Sturm«, redete Ryan ihm in freundlichem Tonfall zu. »Verstehst du eigentlich, wie so ein Verhör funktioniert? Ich meine, *verstehst* du es? Du kannst dich jetzt tapfer geben und so trotzig auftreten wie du willst, aber in Wahrheit *wirst* du mir sagen, was ich wissen will. Wenn nicht, werde ich deinen Vater foltern lassen. Nicht dich. Selbst wenn du es ertragen kannst, deinen Vater in solchen Schmerzen zu sehen, und ich glaube nicht, daß du das schaffst, wirst du mich anbetteln, mir alles erzählen zu dürfen, wenn ich mit ihm fertig bin. Das ist keine Drohung, es ist einfach nur eine Tatsachenfeststellung. Also, warum ersparst du dir, und viel wichtiger, deinem Vater, diese Peinigung nicht und beantwortest mir einfach meine Fragen? Inzwischen muß dir klar sein, daß du nicht gewinnen kannst.«

Sturm sah zu seinem Vater, dann zurück zu Susie Ryan. Ihr ruhiger Blick wankte keine Sekunde. Sturm sah, daß sie es ernst meinte. Sie würde Hidoshi, ihn selbst und wen auch immer sonst noch mit Freuden foltern, um zu bekommen, was sie wollte. Und Sturm machte sich keine Illusionen über seine Fähigkeiten, einer Folter standzuhalten. Früher oder später ließ sich jeder brechen. Er hatte nicht viel Wahl.

»Bevor ich Ihnen irgend etwas sage, sollten Sie etwas erfahren.«

»Ach ja?« fragte Ryan und zog die Braue über ihrem gesunden Auge hoch.

»Ja. Sie haben recht, es gibt ein Clan-Mechdepot auf dieser Welt, und ich habe es gefunden. Aber die Anlage hatte ein Alarmsystem, und als ich sie entdeckt habe, habe ich es ausgelöst. Ein Hyperpulsgenerator hat schon vor Tagen eine Nachricht in die Clanzone geschickt. Die

Stahlvipern wissen, daß jemand ihr Depot entdeckt hat, und sind vermutlich schon hierher unterwegs. Außerdem haben wir den Generator dazu benutzt, Verstärkungen anzufordern. Der Rest meiner Einheit weiß, was hier geschehen ist und ist ebenfalls unterwegs.«

Die Miene der Piratenkönigin zeigte kaum eine Regung, während Sturm ihr seine Eröffnung machte. Als er fertig war, schenkte sie ihm ein giftiges Lächeln.

»Na, dann habe ich ja erst recht Grund, mich zu beeilen. An meinen Plänen ändert das nichts, mit dem einzigen Unterschied, daß ich die Informationen sofort brauche und die Zeit für Plaudereien vorbei ist.«

In diesem Moment fiepte das Kommgerät an Ryans Gürtel. Sie hob das Gerät an den Mund, ohne Sturm aus dem Auge zu lassen. »Ryan, ich höre.«

»Skipper, wir haben ein Signal aus den Bergen aufgefangen. Das, wonach wir Ausschau halten sollten.«

»Könnt ihr es anpeilen?«

»Jawohl, haben wir bereits. Den Koordinaten nach liegt es in der Nähe des Gebirgstals, in dem wir den *Thorn* abgeschossen haben.«

»Gute Arbeit«, meinte sie. »Die Männer sollen in die Mechs steigen. Macht so viele Fahrzeuge bereit wie möglich. Wir rücken sofort aus. Ich bin unterwegs. Ryan Aus.«

Als sie das Kommgerät wieder an den Gütel hängte, lächelte Susie Ryan Sturm triumphierend zu. »Sieht aus, als wäre unser Gespräch nicht mehr nötig. Mein ursprünglicher Plan scheint doch noch funktioniert zu haben. Es freut mich zu sehen, daß nicht alle Bewohner dieses Hinterwäldlerplaneten so dickköpfig und kurzsichtig sind wie du und deine kleine Bande. Dieses Signal hat uns die genaue Lage des Clandepots verraten, das ihr als Stützpunkt benutzt. Wir werden es in Kürze in einem Überraschungsangriff erobern, und dann werden diese fünf Mechs und die gesamte Ausrüstung mir gehören. All dein Widerstand und deine ganzen Kämpfe waren völlig nutzlos.«

Ryan zog die Pistole aus ihrem Holster, eine schlanke Laserpistole, und schob den Lauf unter Sturms Kinn. Er versuchte sein Bestes, unter der Berührung des kalten Metalls nicht zusammenzuzucken. Ryan stieß seinen Kopf mit einem leichten Druck auf seine Kehle nach hinten.

»Genaugenommen«, erklärte sie leise, »habe ich für dich keine weitere Verwendung. Ich sollte dich einfach hier und jetzt erschießen. Zu deinem Glück bin ich aber gerade in großzügiger Stimmung. Möglicherweise kannst du mir noch ein paar Details über das Depot und die Mechs liefern, wenn ich sie erst in meinen Besitz gebracht habe. Also lasse ich dich leben. Vorerst.« Die Laserpistole wurde zurückgezogen, und Sturm kämpfte gegen den Drang an, den Kopf zu schütteln und die Erinnerung an deren Berührung zu verdrängen. Ryan warf den Kopf zu den Piraten in ihrer Begleitung herum.

»Einsperren«, befahl sie. »Wir können diese Unterhaltung fortsetzen, wenn wir mit meinen neuen Mechs zurück sind.«

»Jawohl!« bestätigten die Piraten und stießen Sturm und dessen Vater mit den Gewehrläufen vor sich her. Ryan trat beiseite und öffnete die Tür einer der anderen Zellen. Sturm und sein Vater gingen hinein, und die Tür schloß sich mit einem lauten Knall hinter ihnen.

»Bis bald«, verabschiedete Ryan sich lächelnd und verließ den Kerker mit einem laut durch den engen Korridor hallenden Lachen. Einer der Piraten blieb vor der Zelle als Wache zurück.

»Sturm, es tut mir leid«, sagte Dr. Kintaro. »Du hättest wegen mir nicht herkommen sollen.«

»Das mußte ich, Vater. Ich konnte dich nicht einfach umkommen lassen.«

»Das hättest du aber tun sollen«, stellte Hidoshi mit ernster Stimme fest. »Deine Leute sind wichtiger. Das habe ich von deiner Mutter gelernt.«

Sturm erkannte, daß sein Vater dieselbe Meinung vertrat wie vorher Krenner. »Dann bin ich vielleicht doch nicht ganz wie Mama«, erklärte er. »Ich konnte dich nicht einfach zurücklassen, solange eine Chance bestand, etwas zu unternehmen.«

»Aber es hat dir nichts gebracht«, meinte Hidoshi. »Jetzt braucht deine Einheit dich, und du kannst ihr nicht helfen.«

»Ich würde nicht so schnell aufgeben. Wir sind noch nicht fertig. Es mag sein, daß ich sehr nach meiner Mutter schlage, aber das ein oder andere habe ich auch von meinem Vater mitbekommen.« Er lächelte.

»Wie?« fragte Hidoshi und sah seinen Sohn fragend an.

»Grips«, erwiderte Sturm leise. Er schaute auf seine Uhr. Nicht mehr lange. Er hoffte nur, daß es lange genug war. »Wart's ab. Es wird noch ein paar Minuten dauern. Ich kann nur hoffen, daß uns das genug Zeit läßt.«

»Sturm ...« setzte Hidoshi Kintaro an. »Danke, daß du gekommen bist, um mich hier herauszuholen. Ich war nicht immer mit den Entscheidungen einverstanden, die du in deinem Leben gemacht hast, aber du sollst wissen, daß ich immer stolz auf dich war.«

Sturm lächelte und berührte den Arm seines Vaters. »Danke«, sagte er. »Das bedeutet mir eine Menge. Wir haben noch ein paar Minuten. Dann müssen wir folgendes tun ...«

Die Minuten verstrichen schmerzhaft träge, aber Sturm hoffte, daß der Zeitraum lang genug war, damit die Piraten-Mechs sich auf den Weg nach Shangri-La machen konnten. Zeit genug, um sie eine gewisse Entfernung von der Basis erreichen zu lassen. Neben der Zellentür kauernd beobachtete er das Verstreichen der letzten Sekunden auf seiner Armbanduhr. Fünf Sekunden, vier, drei, zwei, eine …

»Jetzt«, flüsterte er.

Die Detonationen erschütterten die Basis. Eine schnelle Serie dumpfer Explosionen, die man bis in den Tiefkeller des Zentralgebäudes hören konnte, in dem Sturm und sein Vater festsaßen. Das ganze Gebäude erzitterte, und alle Lichter gingen aus. Abrupt herrschte beinahe völige Dunkelheit. Innerhalb weniger Sekunden flammte die Notbeleuchtung im Korridor auf, aber vorher war Sturm schon in Aktion.

Die Minipistole in seinem Stiefelschaft genügte, um das Schloß der Zellentür zu zerschießen. Sturm trat sie mit genug Wucht auf, um den Piratenposten zu treffen, der entgeistert vor der Zelle stand und versuchte, sich in der plötzlichen Dunkelheit und dem Lärm zurechtzufinden. Die Tür knallte gegen seine Schulter und warf ihn um. Sturm sprang in den Flur und versetzte dem Mann eine harte Gerade. Er sackte zusammen.

Sturm hob das Gewehr des bewußtlosen Wächters auf und reichte seinem Vater die kleinere Pistole. Hidoshi nahm sie entgegen, als würde sein Sohn ihm eine Giftschlange hinhalten, dann riß er sich zusammen und packte fester zu. Sturm sah zu seinem Vater hinüber, dessen Gesicht in der schwachen Notbeleuchtung kaum zu erkennen war. In der Ferne hörte man Alarmsirenen gellen.

»Los«, sagte er, dann rannte er in Richtung Treppenhaus, seinen Vater dicht hinter sich.

In der Basis herrschte reines Chaos. Die Sprengladungen, die Sturm auf dem Hinweg plaziert hatte, hatten den Hauptgeneratorschuppen zerstört. Zugleich waren noch an mehreren anderen Punkten im Außenbereich der Basis Sprengladungen hochgegangen, unter anderem am Zaun. Bewaffnete Piraten rannten wild durcheinander und suchten nach Spuren von Eindringlingen oder Angreifern. Es war deutlich zu erkennen, daß momentan niemand eine Ahnung hatte, was los war, und niemand die Lage unter Kontrolle hatte. Das machte die Sache einfacher.

»In Ordnung«, stellte Sturm fest, als er und Hidoshi beim Ausgang des Treppenhauses kauerten. »Wir versuchen, den Fahrzeughangar zu erreichen und schnappen uns das erste Gefährt, das wir finden können. Ich werde uns den Weg freimachen, so gut ich kann. Wenn sich uns jemand in den Weg stellt, erschieß ihn. Bleib auf keinen Fall stehen, was auch geschieht. Okay?«

Sein Vater nickte. »Ich verstehe.«

»Dann los.« Sturm trat die Tür auf und sprang hindurch, als gerade ein bewaffneter Pirat den Korridor herabgerannt kam. Er gab einen Feuerstoß aus seinem Gewehr ab, und der Mann brach tot zusammen. Die beiden Kintaros rannten los, ohne sich umzusehen.

Das Lager war ein Hexenkessel. Männer und Frauen rannten kreuz und quer durcheinander, und in mehreren der äußeren Gebäude war Feuer ausgebrochen. Sturm und sein Vater brachen im Galopp aus dem Hauptgebäude und nahmen sofort Kurs auf den Fahrzeughangar.

»He!« rief jemand in ihrer Nähe. Sturm gab einen Feuerstoß in seine Richtung ab. Ob er sein Ziel getroffen oder den Piraten nur veranlaßt hatte, in Deckung zu gehen, konnte er nicht sagen, und es interessierte ihn momentan auch nicht. Aber der Ruf und das Gewehrfeuer hatten die Aufmerksamkeit anderer Rebellen erregt, und mehrere von ihnen kamen in ihre Richtung gelaufen.

»Nicht anhalten!« rief Sturm. Er wirbelte herum und feuerte eine Kugelsalve, die funkensprühend vom Stahlbetonplatz und den Gebäuden abprallte und ihre Verfolger in Deckung hechten ließ. Irgend jemand erwiderte das Feuer, und eine Reihe von Querschlägern schnappte nach Sturms Knöcheln. Er hastete weiter zum Fahrzeughhangar.

Die Seitentür stand offen, und Hidoshi stand kurz dahinter. Auf dem Boden wälzte sich ein Pirat und preßte die Hände auf eine blutige Wunde in seiner Seite. Hidoshi stand wie gelähmt da und starrte auf den Verletzten, während ein anderer von Ryans Männern durch das offene Haupttor hereinrannte.

»Papa!« rief Sturm warnend. Er sprang durch die Tür und erschoß den Piraten, bevor der feuern konnte. Dr. Hidoshi Kintaro zuckte zusammen und drehte sich zu seinem Sohn um.

»Danke«, sagte er.

»Das ist der zweite, den du mir schuldest«, grinste Sturm zurück.

Der jüngere Kintaro lief zu einem Schneemobil und zog es aus der Abstellbucht.»Hilf mir mal«, forderte er seinen Vater auf. Zusammen wuchteten sie das kleine Fahrzeug ins Freie. Als Sturm ein Bein über den Sitz schwang, sah Hidoshi einen Raumpiraten um den aufstehenden Torflügel kommen. Reflexartig hob er die Waffe und schoß. Er verfehlte sein Ziel, aber der Querschläger jagte den Mann in Deckung. Sturm sah überrascht hoch.

»Danke.« Er feuerte das Sturmgewehr ab, um den Piraten unten zu halten.

»Den schuldest du *mir*«, stellte Hidoshi trocken fest.

Sturm zog das Gewehr von der Schulter und reichte es seinem Vater nach hinten. »Gib uns Deckung. Wir verschwinden von hier.«

Hidoshi nahm die Waffe, und Sturm ließ den leichten Zweisitzer mit einem Tritt auf den Kickstarter an. Der Planetologe kletterte hinter seinem Sohn auf den Sitz. Mit einer Hand hielt er das Gewehr, mit der anderen klammerte er sich an Sturm.

Der gab Gas, und das Schneemobil schoß auf wirbelnden Ketten nach vorne und schlidderte über den Beton. Als sie aus der Deckung des Hangars donnerten, versuchte der Pirat am Tor, sie aufzuhalten, aber Hidoshi feuerte mit dem Gewehr in seine Richtung. Der Rückstoß warf ihn beinahe vom Sitz, aber er schaffte es mit Mühe, sich festzuhalten. Wenigstens eine Kugel mußte den Piraten getroffen haben, der gegen die Hangarwand geworfen wurde, zu Boden sackte und sich nicht mehr rührte.

Das Schneemobil rutschte über die wenigen Meter Betonplatz, dann schoß es hinaus in die schneebedeckte Tundra. Die Ketten schleuderten einen feinen Nebel aus Schnee hoch, und sie nahmen schnell Fahrt auf, während sie sich der Lücke im Außenzaun näherten. Inzwischen hatten noch weitere Piraten den Fluchtversuch bemerkt und kamen über den Betonplatz gelaufen. Gewehrfeuer schlug um das rasende Schneemobil ein, das Sturm auf einem Zickzackkurs in Richtung Freiheit bewegte.

»Festhalten und Kopf runter!« schrie er gegen den peitschenden Fahrtwind an. Hidoshi tat sein Bestes. Das Gewehr nützte ihm momentan überhaupt nichts. Auf dem Rücksitz des rasenden, ständig ausbrechenden Schneemobils konnte er nicht einmal zielen. Das Gefährt jagte durch die Bresche im Zaun und über den Schnee. Hinter ihnen verstummten langsam die Schüsse.

»Wu-hu!« juchzte Sturm, als sie über die Schneedekke donnerten.

»Freu dich nicht zu früh, mein Sohn!« rief Hidoshi. »Da!«

Sturm sah über die Schulter. Einige der Piraten hatten bereits die Verfolgung aufgenommen.

25

Shangri-La, Jotunberge, Kore
Peripherie

23. April 3060

Alarmsirenen gellten durch das Clandepot. Aus ihrem unruhigen Schlaf gerissen, rannte Laura den Korridor hinab und zog im Laufen die Kühlweste über das dünne T-Shirt. Das kräfteraubende Trainingsprogramm Feldwebel Krenners und Kintaros hatte sie so geschlaucht, daß sie sich angewöhnt hatte, in ihrer Trainings-»Uniform« zu schlafen. Als sie in die Nähe des Mechhangars kam, sah sie Volker und rief zu ihm hinüber. »Lon! Was, zum Teufel, ist los?«

»Die Piraten«, brüllte er zurück. »Ihre Mechs sind hierher unterwegs. Sie müssen in ein paar Minuten hier sein. Wir müssen die Mechs erreichen und ausrücken.«

Laura war wie gelähmt. Das hätte nicht zu einem schlechteren Zeitpunkt passieren können. »Die Piraten?« fragte sie. »Aber wie? Wie haben sie uns gefunden?«

»Es muß Kintaro gewesen sein«, gab Volker zurück. »Er ist weg, zusammen mit seinem Mech. Soweit wir sagen können, ist er zur Basis aufgebrochen. Die Piraten müssen ihn geschnappt haben. Oder er hat sich entschlossen, sich ihnen zu ergeben, um zu versuchen seinen Vater zu retten.«

»Sich ergeben? Glaubst du wirklich, so etwas würde er tun?«

Volker zuckte die Achseln. »Keine Ahnung. Ich weiß nur, daß Kintaro weg ist, und Krenner ist auch verschwunden ...«

»Krenner ist nicht da?« Laura hatte den Ausdruck auf Sturms Gesicht gesehen, nachdem Ryan ihre Drohung ausgesprochen hatte, Dr. Kintaro zu töten, wenn Sturm sich ihr nicht ergab. Trotzdem war sie überrascht, daß er sich allein auf den Weg gemacht hatte. Aber nicht Feldwebel Krenner. Er hätte seinen Posten nie verlassen, erst recht nicht in einer derartigen Lage. »Bist du sicher?« fragte sie Volker, der die ganze Sache erstaunlich ruhig aufzunehmen schien. »Bist du sicher, daß Krenner nicht da ist?«

»Ich kann ihn nirgends finden«, antwortete Volker. »Und er reagiert nicht auf Lautsprecherdurchsagen. Niemand weiß, was aus ihm geworden ist. Vielleicht ist er Kintaro gefolgt. Ich weiß nur, daß ich den Befehl habe, nachdem er und Kintaro weg sind. Wir müssen zu unseren Maschinen, MechKriegerin!« In Volkers Stimme trat ein Befehlston, den er Laura gegenüber noch nie angeschlagen hatte. Natürlich war sie auch noch nie eine MechKriegerin unter seinem Befehl gewesen, mit dem Auftrag, das Leben der restlichen Lanciers gegen Raumpiraten-Mechs zu beschützen. Laura nahm Haltung an und nickte ernst. Dann drehte sie sich um und rannte hinunter zum Mechhangar, Volker dicht hinter sich.

Als sie ankamen, waren Clancy und Flannery schon dabei, ihre Mechs fertigzumachen: einen *Peregrine* und eine *Vixen*. Die Techs schwärmten um die beiden anderen ClanMechs, Volkers *Hellhound* und Lauras *Vixen*, eine Maschine vom selben Typ wie die Flannerys.

»Status!« rief Volker einem der SeniorTechs zu. Der Mann sah von den Instrumentenanzeigen hoch.

»Alle Maschinen einsatzbereit, Volker«, antwortete er. »Munitionslager sind gefüllt. Noch immer keine Nachricht von Feldwebel Krenner oder …«

»Schon gut«, unterbrach Volker ihn. »Wir machen das. Aufsitzen!« rief er den anderen MechKriegern zu und lief weiter zu seinem *Hellhound*.

Laura sprintete zur *Lady Fuchs* und kletterte hastig die Kettenleiter zum Cockpit hoch. Oben angekommen, ließ sie sich auf die Pilotenliege fallen und zog den Neurohelm aus dem Kokon von Drähten herab und über ihren Kopf auf die gepolsterten Schultern der Kühlweste. Hastig überprüfte sie die Halterungen. Das gab ihr eine Chance, ihre Nervosität zu verdrängen. Sie steuerte die *Vixen* zum allerersten Mal aus dem Hangar. Bis jetzt hatte sie nur im Simulator gekämpft. Sie hatte nie wirklich im Cockpit eines echten Mechs gesessen, außer, um sich mit den Kontrollen vertraut zu machen und den Neurohelm an ihre Gehirnwellenmuster anpassen zu lassen.

Jetzt rückten sie und ihre Kameraden zum Kampf gegen eine Bande gnadenloser Piraten aus, deren Mechs ihnen an Gewicht und Bewaffnung überlegen waren. Sie hatte furchtbare Angst und wünschte sich verzweifelt, Feldwebel Krenner wäre in der Nähe, oder besser noch Sturm Kintaro.

Irgendwie hätte sie mehr Vertrauen in ihre Gewinnchancen gehabt, wenn wenigstens einer der beiden jetzt dagewesen wäre. Sie fragte sich kurz, was aus ihnen geworden war, wo sie jetzt steckten. Dann ging sie die letzte Checkliste der *Lady Fuchs* durch. Nach dem Geplapper auf der Kommleitung zu schließen, kamen die Piraten-Mechs näher, und sie mußten machen, daß sie aus dem Depot kamen.

* * *

Gleichzeitig riß Sturm Kintaro nicht weit von der alten Basis der Kore-Lanciers sein Schneemobil von einer Seite zur anderen, um dem MG-Feuer des Piraten-Schwebers auszuweichen, der sie verfolgte. Es war ein *Winterhawk*, eine Maschine vom selben Typ, den die Lanciers bei ihrer Flucht aus der Basis hatten mitgehen lassen, und er war mit einem MG-Geschützturm und einer leichten Raketenlafette bewaffnet. Sturm war froh, daß die Piraten keine Raketen auf ihn abfeuerten, oder es zumindest bis jetzt noch nicht getan hatten.

»Sie kommen näher, Sturm!« brüllte Dr. Hidoshi Kintaro auf dem Rücksitz der rasenden Maschine. Sturm sah sich um. Sein Vater hatte recht. Der *Winterhawk* holte auf. Er war entschieden schneller als sein kleines Kettenfahrzeug, und der Vorsprung, den sie bei ihrer Flucht aus der Basis aufgebaut hatten, schrumpfte zusammen.

Sturm legte sich wieder in die Kurve, um einem neuen Feuerstoß des Maschinengewehrs auszuweichen, dessen Geschosse den Schnee rings um ihr Gefährt explodieren ließen.

»Festhalten!« rief er nach hinten zu seinem Vater, als er Vollgas gab und das Schneemobil auf ihr Ziel richtete. Sie jagten über eine Bodenwelle und hingen kurz in der Luft, bevor sie krachend wieder im Schnee aufsetzten. Sie waren fast da. Sturm mußte nur das Tempo und ihren Vorsprung ein wenig länger aufrechterhalten.

Ein dumpfes Rauschen hinter ihnen ließ sein Blut gefrieren. Er riß das Schneemobil zur Seite, um sie so schnell wie möglich aus der Feuerlinie zu bringen.

»Papa! Kopf runter!« brüllte er. Die beiden Raketen senkten sich auf die Tundra, aber sie landeten weit von ihrem Ziel entfernt. Trotzdem schleuderte die Wucht ihrer Detonation auf dem viele Meter tief gefrorenen Boden einen Hagelsturm von Eis, Schnee und steinharten Erdbrocken auf. Die Druckwellen warfen das Schneemobil fast um, aber Sturm schaffte es, das Gefährt senkrecht zu halten, und jagte an dem kleinen Krater vorbei auf die Bodenspalte zu. Er hoffte darauf, daß der Rauch und Trümmerregen der Raketenexplosionen sie für wertvolle Sekunden vor dem Bordschützen des Schwebers verbarg.

Er hielt das Schneemobil wenige Meter vom Rand der Bodenspalte entfernt an.

»Schnell!« rief er, und zusammen mit Hidoshi sprintete er los. Sie verschwanden in der Tiefe, als der Luftkissentransporter gerade durch den Rauchvorhang der Raketendetonationen stieß. Seine Hubpropeller heulten auf, als das Fahrzeug abbremste und sich der Bodenspalte und dem verlassenen Schneemobil näherte. Die beiden Geschütztürme suchten langsam die Umgegend ab, aber von den beiden Flüchtigen war keine Spur zu entdecken. Langsam bewegte sich der Schweber auf den breiten Riß im Permafrostboden zu, die Sensoren aktiviert, die Waffensysteme feuerbereit.

Plötzlich stieg eine glänzendweiße Riesengestalt auf Feuerzungen aus der Spalte. Der *Goshawk* stieg über zwölf Meter hoch, flog über den *Winterhawk* hinweg und landete kurz hinter dem Schweber. Der Truppentransporter versuchte seitlich auszuweichen, als der *Goshawk* aufsetzte und den rechten Arm auf das Piraten-Fahrzeug richtete.

Der Impulslaser leuchtete in einem infernalisch grünen Licht auf und schleuderte Bolzen purer Energie auf den leichten Schweber. Die Panzerung des *Winterhawk* verdampfte unter der Gewalt dieses Angriffs auf der Stelle, und die Laserimpulse drangen bis in das Innere des Fahrzeugs vor. Ein Teil der Crew versuchte im letzten Moment zu fliehen, aber es war zu spät. Die Laserimpulse brachten die restlichen Raketen im Munitionslager des Schwebers zur Explosion, und der *Winterhawk* flog in einem schwarzorangeroten Feuerball auseinander, der hoch in den bleigrauen Himmel über Kore stieg.

In *Goldjunges* Cockpit grinste Sturm durch die Visierscheibe seines Neurohelms. Dr.Kintaro klammerte sich an die Rückenlehne der Pilotenliege. Er hatte sich mühsam in die Lücke hinter dem Sitz gezwängt. Sturm zog sich aus. Der Sprung und das Abfeuern des schweren Impulslasers hatten die Innentemperatur der Kanzel bereits spürbar in die Höhe getrieben. Er drehte sich etwas um und versuchte, über die Schulter zu sehen, aber mit dem wuchtigen Neurohelm war das fast unmöglich.

»Ich wünschte, ich könnte dich irgendwo absetzen, wo du in Sicherheit bist«, meinte er zu seinem Vater. »Aber ich muß zurück zum Depot. Ryans Leute sind wahrscheinlich schon fast da, und hier ist nirgends ein Ort, wo ich dich aussteigen lassen könnte. Ich muß …«

Dr. Kintaro legte seinem Sohn die Hand auf die Schulter. »Schon gut. Ich verstehe, daß du deine Pflicht erfüllen mußt, Sohn. Mach dir um mich keine Sorgen. Tu du, was du tun mußt. Ich komme schon zurecht.«

Sturm zögerte einen Moment, dann nickte er.

»In Ordnung. Halt' dich fest, wir müssen uns beeilen.« Er stieß den Steuerknüppel nach vorne, und der fünfundfünfzig Tonnen schwere BattleMech rannte über die offene Tundra auf das Gebirge zu. Sturm konnte nur beten, daß er nicht zu spät kam, um ein Gemetzel zu verhindern.

* * *

Die Lancier-Mechs verließen Shangri-La durch die offenen Tore und marschierten in das schneebedeckte Tal inmitten der Jotunberge. Dadurch, daß nur ein Paß in den Talkessel führte, durch den Piraten eindringen konnten, war es hervorragend zu verteidigen.

Das gibt uns zumindest eine Chance, dachte Laura, als sie die *Vixen* durch den tiefen Schnee und das felsige Gelände steuerte. Sie hatte im Simulator gelernt, mit Kores Geländebedingungen zurechtzukommen, aber es bereitete ihr immer noch Probleme. Sie wollte kein Risiko eingehen, auszurutschen und zu stürzen. Flannery und Clancy schienen ähnliche Probleme zu haben, aber Lons *Hellhound* bewegte sich zügig durch das Tal. Er würde wahrscheinlich als erster den Paß erreichen.

»Lancier Eins an alle Einheiten«, drang Lons Stimme durch das Knistern der Kommverbindung. »Um den Paß herum Aufstellung nehmen. Ich übernehme die Spitze. Wir müssen sie daran hindern, in das Tal zu kommen.«

Laura schaltete ihr Mikrophon ein. »Lancier Vier an Eins. Wie wäre es, wenn wir oberhalb des Passes einen Hinterhalt legen? Das gäbe uns das Überraschungsmoment.«

»Nein«, lehnte Volker ab. »Es würde zu lange dauern, dort hinaufzukommen, und ihr scheint schon genug Schwierigkeiten mit dem Gelände hier unten zu haben. Wir können darauf verzichten, einen Mech dadurch zu verlieren, daß einer von euch dem Gegner auf den Kopf fällt. Bleibt in den unteren Lagen.«

»Aber wenn wir hier unten bleiben, werden wir über…«

»Das ist ein *Befehl*, MechKriegerin«, fiel Volker ihr hart ins Wort.

»Jawohl«, bestätigte Laura. Vielleicht hatte Lon ja recht. Die höhergelegenen Bereiche des Massivs waren unter der Schneedecke zunehmend felsig und steil. Es würde schwierig sein, sie zu erklettern, besonders für unerfahrene MechKrieger. Aber sie fand trotzdem, daß sie sich zu sehr auf den Schutz des engen Paßzugangs verließen. Es mochte möglich sein, den Paß von unten gegen die Piraten-Mechs zu verteidigen, aber wenn es Ryans Rebellen gelang, durch den Paß ins Tal zu kommen, standen die Lanciers auf gleicher Ebene einer überlegenen Feindeinheit gegenüber. Es machte Sinn, nach jedem taktischen Vorteil zu greifen, der sich ihnen bot. Aber Lon *war* der erfahrenere MechKrieger, und er hatte den Befehl.

Lon Volker gab weiter seine Anweisungen, als wäre er nie unterbrochen worden. »Lancier Zwo an die Nordseite des Passes. Drei und Vier bleiben auf der Südseite. Haltet euch vorerst versteckt. Wir wollen den Piraten unsere Position nicht verraten. Ich decke den Paß und ziehe ihr Feuer auf mich, dann können wir sie in die Zange nehmen.

Die drei anderen MechKrieger bestätigten seine Anweisungen und setzten sich in Bewegung. Laura suchte mit ihren Sensoren das gesamte umliegende Gelände nach Spuren des Feindes ab. Wie erwartet, störten starke magnetische und thermale Interferenzen die Ortung, aber sie glaubte trotzdem, Hinweise auf näherkommende Mechs zu erkennen.

»Lancier Vier an Lancier Eins«, gab sie durch. »Ich zeichne vier unidentifizierte Signale, die sich diesem Bereich zu nähern scheinen. Wiederhole, ich habe die Feindmechs möglicherweise in der Ortung.«

»Möglicherweise nützt mir nichts, Vier«, bellte Lon zurück. »Ich orte nichts. Daten überprüfen.«

Laura runzelte die Stirn. Sie war sich *sicher*, daß sie die Sensorangaben korrekt interpretiert hatte. Sie überprüfte die Meßergebnisse. Es war denkbar, daß die Störungen in der Ortung Geisterbilder erzeugten, aber diese Bilder bewegten sich recht zügig, und die magnetischen und Thermaldaten schienen zu passen.«

»Eins, ich zeichne auf dieser Seite ähnliche Daten«, erklärte Clancy in ihrem *Peregrine*. »Soll ich nach ...«

»Negativ, Zwo«, unterbrach Volker sie. »Halte dich an den Plan und bleib wo du bist.«

»Eins, ich zeichne sie im Paß!« rief Laura. War mit der Ortung des *Hellhound* irgend etwas nicht in Ordnung? Irgendeine Interferenzstörung? Wie war es möglich, daß Volker nicht ortete, was alle anderen ...

»Zentrale an Lanciers! Zentrale an Lanciers!« brach abrupt eine Stimme in die Kommleitung. »Wir haben Feldwebel Krenner gefunden! Er ist tot! Jemand hat ihn erschossen und seine Leiche in einen Vorratsschrank gesteckt! Wiederhole ...«

Plötzlich drehte der *Hellhound* sich um und hob den

rechten Arm. Ein smaragdgrüner Lichtstrahl schlug aus dem schweren Impulslaser und traf den Rumpf des *Peregrine*. Der leichtere Mech wurde mit einer rußgeschwärzten Schmelzspur auf der Brustpartie nach hinten geworfen. Im gleichen Moment strömten mehrere BattleMechs durch die Paßöffnung.

»Was, zum Teufel ...«, stieß Laura aus. Sie griff nach den Kontrollen der *Lady Fuchs*, als eine neue Stimme aus den Lautsprechern drang. Eine Stimme, die sie aus der Sendung kannte, die kurz zuvor aus Niffelheim eingetroffen war.

»Captain Ryan an die Kore-Lanciers. Ihr seid zahlenmäßig und kräftemäßig unterlegen. Übergebt eure Mechs und steigt aus, und euch wird nichts geschehen. Wenn ihr euch widersetzt, werde ich mir diese Mechs über eure Leichen holen. Die Entscheidung liegt bei euch. Euer Kommandeur hat seine klugerweise bereits getroffen.«

»Tut mir leid«, drang Lons Stimme über die Leitung. »Aber ich habe ein besseres Angebot bekommen. Ich habe nicht vor, auf diesem Eisball zu krepieren. Ich schlage vor, ihr kommt zur Vernunft und macht es mir nach. Krenner ist tot, und Kintaro ist erledigt. Gebt auf, und keiner wird verletzt.«

Lauras Blick wanderte zur Sichtprojektion. Clancys *Peregrine* war beschädigt, aber nicht ernsthaft. Ihre *Vixen* und die Flannerys waren noch intakt. Ihnen gegenüber standen vier ClanMechs, die alle mindestens ebenso schwer waren wie ihre Maschinen, plus Lons altem *Panther*. Zusammen hatten die Mechs der Piraten den Lanciers fünfzig Tonnen voraus. Der *Fenris* und der *Panther* blockierten den Paß, während der *Puma*, Volkers *Hellhound* und Ryans *Mad Cat* in die Mitte des Talkessels marschierten. Sie standen zwischen den Lanciers und dem einzigen Fluchtweg.

Sie saßen in der Falle.

26

Jotunberge, Kore
Peripherie

23. *April 3060*

»Lon, du Schweinehund ...« stieß Laura aus. Sie konnte es nicht fassen. Sicher, Lon war gelegentlich selbstsüchtig, aber die Lanciers an Einauge Ryan und ihre Piratenbande zu verraten? Das Konglomerat wiedersprüchlicher Empfindungen, das sie für ihn empfand, löste sich in einer Woge von Wut und Empörung auf.

»Tut mir leid, Laurie«, erklärte Lon Volker über die Kommleitung. »Hier draußen kämpft jeder für sich. Ich will weg von dieser Dreckswelt und endlich Action sehen. Ich erkenne eine hoffnungslose Sache, wenn ich sie sehe, und ich habe kein Interesse daran, den Märtyrer zu spielen. Was ich will, ist einen Mech steuern, und Ryan gibt mir die Chance dazu. Dieser Mech gehört mir, und ich habe vor, ihn zu behalten.«

»Eure Bedenkzeit ist um, Lanciers«, unterbrach Ryan ihn. »Ich habe euch ein großzügiges Angebot gemacht. Ergebt euch, und keinem von euch wird etwas geschehen. Wir holen unsere Mechs und Ausrüstung aus dem Clandepot ab und ziehen ab. Wenn ihr euch weigert, töten wir euch und holen uns dann, wofür wir gekommen sind. Es ist eine sehr einfache Entscheidung. *Jetzt schaltet die Mechs ab!*«

Laura zögerte nur einen Herzschlag. Was Ryan da sagte, stimmte: Ihr Angebot war außergewöhnlich großzügig. Nicht einer der neuernannten MechKrieger hatte die geringste Kampferfahrung. Sie hatten ihre Mechs noch nicht lange genug gesteuert, um den Schmerz des Entrechtet-Seins zu spüren, gerade ein paar Tage. Auf

Ryans Forderungen einzugehen, schien der einfachste Weg, diese ganze verfahrene Situation beizulegen, ohne daß jemand zu Schaden kam.

Vorausgesetzt, du glaubst daran, daß ausgerechnet Susie Ryan, die Königin der Raumpiraten, ihr Wort hält, dachte Laura. Sie dachte an alles, was Ryan der Bevölkerung Kores und den Lanciers angetan hatte, seit sie gelandet war. Und sie dachte an Lon und dessen Verrat. Konnte sie diesen beiden einfach gestatten, damit durchzukommen? So viele gute Leute zu ermorden und dann schadlos abzuziehen, mit den Mechs und der Clanausrüstung, wegen der sie gekommen waren, als Belohnung für ihre Verbrechen?

Sie öffnete eine Verbindung zu den beiden anderen Lancier-Mechs. Natürlich würden sie alle hier im Tal hören, aber das war ihr inzwischen egal.

»Clancy, Flannery, ihr könnt tun, was ihr für richtig haltet.« Dann: »Was mich betrifft, Ryan: Hier ist meine Antwort. Wenn Sie meinen Mech haben wollen, dann müssen Sie ihn mir schon abnehmen. Und Volker: Fahr zur Hölle, du Drecksschwein!« Sie richtete den Impulslaser der *Lady Fuchs* auf Volkers *Hellhound* und stieß den Feuerknopf durch, bis ihre Daumenkuppe kreideweiß war. Ein Orkan giftgrünen Lichts zuckte in den linken Arm der anderen Kampfmaschine und verflüssigte deren Metallkeramikpanzerung.

Der Schuß zerbrach die Stille, die über dem Gebirgstal gelegen hatte, und die Kampfkolosse beider Seiten traten in Aktion. Laura überprüfte auf der Sichtprojektion die Position der anderen Maschinen, um das beste Ziel auszuwählen. Mehr als alles andere wollte sie Volker treffen, hart treffen, ihn dafür bezahlen lassen, was er ihr und dem Rest der Lanciers angetan hatte. Aber sie zügelte ihre Wut. Sie erinnerte sich daran, was Krenner sie gelehrt hatte. Ein Krieger mußte ruhig und vernünftig handeln. Susie Ryan stellte die größte Gefahr dar. Wenn sie Ryans *Mad Cat* ausschalten oder zerstören konnte, bestand eine gute Chance, daß die anderen kapitulierten oder sich zumindest zurückzogen und den Lanciers eine Atempause ließen.

Die Helmlautsprecher knackten. »Wir sind dabei, Laura!« hörte sie Clancy sagen, während der *Peregrine* vorrückte. Auch Flannerys *Vixen* hatte sich in Bewegung gesetzt und marschierte auf den *Panther* zu. Laura war froh, daß die beiden sie unterstützten, sie hoffte nur, daß deser Kampf nicht ihr Tod sein würde.

»Auf die Sekundärfrequenz umschalten und drauf!« Natürlich kannte Volker alle Kommfrequenzen der Lanciers. Es würde nicht lange dauern, bis er ihren Funkverkehr wieder abhörte, aber diese wenigen Sekunden wollte sie wenigstens nutzen.

Sie wich mit *Lady Fuchs* einem Laserschuß des *Hellhound* aus und übermittelte den anderen beiden Mechs einen neuen Zerhackerschlüssel. »Kommgeräte umstellen, sobald sich die Gelegenheit ergibt!« befahl sie. Es würde nicht leicht werden, den Angriff ohne effektive Kommunikation zu koordinieren. Die feindlichen Mechs rückten gegen die Lanciers vor, aber für den größten Teil feuerten sie nicht. Nachdem Lauras *Vixen* den *Hellhound* angegriffen hatte, waren zwei Schüsse gefallen, aber ansonsten griffen die Piraten nicht an.

Worauf warten sie, fragte sch Laura. *Warum feuern sie nicht?* Dann erkannte sie, warum. Sie wollten die Mechs. Nur deshalb waren Ryans Rebellen überhaut auf Kore aufgetaucht. Wenn sie ihre schweren Geschütze gegen die Kampfkolosse der Lanciers einsetzten, riskierten sie, die Clanmaschinen schwer zu beschädigen oder sogar zu zerstören. Wahrscheinlich hatte Ryan ihren Leuten befohlen, die Mechs so wenig wie möglich zu beschädigen. Sie wußte, daß die Lanciers hier in diesem Tal festsaßen und keine Fluchtmöglichkeit hatten. Die *Vixens* waren schnell, aber nicht sprungfähig. Der *Peregrine* hatte zwar Sprungdüsen, aber er war den Piraten-Mechs nicht gewachsen und hätte mehrere Sprünge benötigt, um über die Berge in offenes Gelände zu kommen.

»Sie werden es wahrscheinlich mit Nahkampf und Nadelstichattacken aus nächster Nähe versuchen«, gab Laura an die anderen weiter. »Gebt ihnen alles, was ihr habt! Vielleicht können wir sie bremsen!«

»Verstanden«, antwortete Tom Flannery. Der *Panther* kam auf seinen Mech zu. Er war mehrere Tonnen schwerr als die *Vixen*, aber der ClanMech war besser gepanzert und bewaffnet. Außerdem stützte sich der *Panther* massiv auf seine Arm-PPK, was Flannery einen leichten Vorteil verschaffte. Er feuerte mit den mittelschweren Lasern im Torso seiner Maschine auf den anrückenden BattleMech. Die Strahlbahnen bohrten sich in die Panzerung und schleuderten dicke Wolken superheißen Dampfes in die frostige Bergluft. Der *Panther* reagierte mit einer Salve Kurzstreckenraketen, von denen mehrere auf dem Torso der *Vixen* detonierten.

Clancys *Peregrine* stand dem *Fenris* und dem *Puma* gegenüber. Der *Puma* gehörte zur selben Gewichtsklasse, war aber mit seiner PPK-Bestückung auf Distanzgefechte angelegt, nicht auf Schußwechsel über geringe Entfernungen. Der *Fenris* war schwerer, benutzt aber als Hauptwaffensystem ebenfalls eine Partikelprojektorkanone. Der *Peregrine* war für seine fünfunddreißig Tonnen Gewicht gut bestückt, mit einem schweren Impulslaser im Torso und mittelschweren Impulslasern an beiden Armen. Alles in allem war er ein zäher Gegner, aber das änderte nichts daran, daß er gegen zwei Kampfkolosse gleicher oder höherer Gewichtsklasse antreten mußte.

Keiner der beiden Piraten-Mechs feuerte auf den *Peregrine*. Statt dessen versuchten sie, Clancy im Nahkampf zu überwältigen. Sie schoß mit ihren Lasern auf den *Fenris* und schnitt mit den Lichtsäbeln über Beine und Torso des gegnerischen Mechs, verdampfte Panzerung, wo sie traf, und hinterließ rußgeschwärzte Brandspuren auf dem Rumpf der Maschine. Als die feindlichen Mechs ihr zu nahe kamen, aktivierte Clancy die Sprungdüsen, und der *Peregrine* schoß auf Feuerzungen in den Himmel und flog davon.

Guter Zug, dachte Laura. Clancys Gegner waren nicht sprungfähig, und das gab dem *Peregrine* einen deulichen Vorteil an Beweglichkeit. Laura beobachtete seine Landung auf der Sichtprojektion. Sie war nicht allzu elegant. Clancy hatte Mühe, ihre tonnenschwere Kampfmaschine aufrecht zu halten, als sie auf dem Berghang aufsetzte. Allzu viele Sprünge würde sie nicht schaffen, ohne sich hinzulegen.

Laura mußte sich auf Volkers schnell näherkommenden *Hellhound* konzentrieren. Einen kurzen Augenblick hoffte sie, doch noch darum herumzukommen, hoffte, Lon würde es sich anders überlegen, wenn es darauf hinauslief, gegen seine alten Freunde zu kämpfen. Aber der *Hellhound* kam unaufhaltsam näher. Dann feuerte er seine beiden KSR-Lafetten auf sie ab. Offenbar interessierten Lon Volker Susie Ryans Befehle weniger als ein schneller Sieg.

Zum Glück war die *Lady Fuchs* einer der schnellsten Mech auf dem Feld. Laura blieb in Bewegung, wie sie es im Simulator gelernt hatte, und die Raketen flogen vorbei. Sie wirbelte herum und feuerte den Armlaser ab. Ein lodernder Hagel kohärenter Lichtpfeile schlug in die Schulterabdeckung des mittelschweren ClanMechs. Ein Geysir von Dampf stieg auf, und dicke Klumpen zerschmolzener Panzerung fielen herab.

Ein weiterer Blick auf die Sichtprojektion zeigte Laura, daß Ryans *Mad Cat* in der Nähe des Paßeingangs stand, ohne in die Kämpfe einzugreifen. *Worauf wartet sie*, fragte sich Laura. Anscheinend hatte die Piratenchefin keine Lust, ihren eigenen Hals zu riskieren. Statt dessen postierte sie ihren Mech so, daß sie eine Flucht der Lanciers aus dem Talkessel verhinderte, damit ihre Piraten Zeit genug hatten, sie niederzukämpfen.

Kaura riß die *Vixen* herum, um einem Schuß aus dem schweren Laser des *Hellhound* auszuweichen. Der Lichtwerferschuß sprengte und schmolz eine Reihe von Felsen entlang der Talwand. Schnee und Steinbrocken donnerten herab. Laura hielt die *Lady* in Bewegung, um der Lawine zu entgehen. *Scheint, daß ich noch andere Sorgen habe als nur die Mechs*, dachte sie. *Auf das Gelände muß ich auch aufpassen.*

Sie erwiderte den Angriff, indem sie alle drei Laser auf Volker abfeuerte. Die smaragdgrünen Lichtbolzen zuckten durch den Talkessel. Beide mittelschweren Laser bohrten sich in den Torso des *Hellhound*, aber der schwere Laser verfehlte sein Ziel, als Volker seinen Mech mit tosenden Sprungdüsen in die Luft erhob. Er feuerte einen Antwortschuß mit seinem Laser ab, der *Lady Fuchs* am linken Arm erwischte. Warnlichter blinkten auf der Schadensanzeige auf. Die Panzerung des Mecharms war zerstört. Ein weiterer Treffer in dieser Zone drohte, ernsten Schaden anzurichten.

Der *Fenris* und der *Puma* kletterten den Berghang hinauf, um den *Peregrine* zu erreichen. Clancy nutzte die Situation aus, und feuerte aus ihren Lasern auf die beiden Maschinen hinab. Sie richtete bei beiden Mechs Schaden an, aber nicht genug, um sie aufzuhalten. Sie bereitete einen erneuten Sprung vor, aber bevor sie abheben konnte, erreichte der *Fenris* sie und schlug mit der rechten Mechfaust zu.

Die Sprungdüsen feuerten, aber der *Peregrine* war außer Balance. Er flog über die Köpfe der beiden Piraten-Mechs davon, dann senkte er sich dem Talboden zu. Laura sah aus dem Augenwinkel, wie Clancy auf dem Sichtschirm um die Kontrolle ihres rasant durch die Berglandschaft segelnden Mechs kämpfte, aber es war vergeblich. Der Kampfkoloß kippte zur Seite weg und stürzte ab. Jetzt lag er auf der Seite. Die beiden Piraten-Maschinen drehten um und rannten halb, halb rutschten sie den Hang herunter auf den *Peregrine* zu.

Komm schon, Clancy, steh auf, steh auf! schrie Laura in Gedanken. Es gab nichts, was sie tun konnte, um ihrer Kameradin zu helfen. Sie war zu weit entfernt, und außerdem saß ihr Volker immer noch im Nacken. Sie versuchte, den beiden Piraten mit einem Impulslaserschuß den Weg abzuschneiden, um Clancy einen Augenblick mehr Zeit zu geben, die Maschine auf die Beine zu bringen.

Flannerys *Vixen* war derweil in einen Zweikampf mit dem *Panther* verwickelt. Der Piraten-Mech hatte seinen Gegner erreicht und versetzte der *Vixen* einen brutalen Fausthieb. Seine Mechfaust traf mit lautem Krachen auf die Schulterpanzerung des ClanMechs, und die schweren Panzerplatten beulten ein und zerbrachen. Flannery reagierte, indem er die Torsolaser seines Metallriesen abfeuerte. Unter der Liebkosung der sonnenheißen Lichtbahnen zischte und verdampfte die Torsopanzerung des *Panther*, aber sie war stärker als die der *Vixen* und hielt dem Angriff stand.

Die Ortung der *Lady Fuchs* heulte warnend auf, als ein KSR-Schwarm Kurs auf sie nahm. Laura versuchte auszuweichen, aber es war zu spät. Die Raketen trafen den linken Arm der *Vixen*, dessen Panzerung vom Laser des *Hellhound* bereits zerschmolzen worden war. Die Explosion ließ das Cockpit erzittern, und die Schadenanzeige blinkte im Takt des lauten Warntons. Der gesamte linke Mecharm war abgerissen worden und lag jetzt nicht weit entfernt dampfend auf dem Felsboden. Volkers *Hellhound* kam näher und hatte sichtlich nicht vor, mit dem Rest ihres Mechs sanfter zu verfahren. Laura tat ihr Bestes, den Schaden zu ignorieren, und hielt die *Lady* in Bewegung. Deren Geschwindigkeit war der einzige Vorteil, den sie gegenüber Volkers größerer und besser bewaffneter Maschine besaß. Aber durch ihre Fluchtmanöver entfernte sie sich immer weiter vom Hauptschauplatz des Gefechts. Wenn das so weiterging, mußte sie in Kürze damit rechnen, völlig abgeschnitten zu sein, ohne eine Möglichkeit, Hilfe von den anderen zu bekommen.

Sie versuchen, uns zu trennen, erkannte sie. Sie suchte nach einer Möglichkeit, zurück in die Nähe Clancys und Flannerys zu gelangen, aber es gab keinen Weg zurück, der nicht gefährlich dicht an dem *Hellhound* vorbeiführte. Laura war klar, daß sie so gut wie erledigt war, wenn sie bis auf Nahkampfdistanz an die schwerere Maschine herankam. Volker kannte offensichtlich keine Skrupel, wenn es darum ging, seine eigene Haut zu retten. Inzwischen hatte sie keinen Zweifel mehr daran, daß er sie genau wie jeden anderen umbringen würde, der sich ihm in den Weg stellte.

Clancys *Peregrine* erhob sich mühsam auf seine Beine, aber die beiden anderen Piraten-Mechs rückten näher. Der *Puma* richtete seine PPK auf Clancys Mech und feuerte. Gleich darauf schossen zwei Kurzstreckenraketen aus den Abschußrohren des *Fenris*. Der künstliche Blitzschlag der Partikelkanone ließ die Panzerung an einem der Beine des Lancier-Mechs brodeln und davonströmen, während sich die beiden Raketen auf den Torso des Kampfkolosses senkten.

»Bleib in Bewegung, Clancy!« rief Laura über den Kommkanal.

»Eine meiner Sprungdüsen ist ausgefallen«, kam die Antwort. »Ich versuche mein Bestes, aber sie haben mich in der Zange!«

Die Lanciers wurden zu Klump geschlagen. Sie hatten zwar einen gewissen Schaden bei den Piraten-Mechs anrichten können, aber selbst falls es ihnen gelang, diese Gegner zu besiegen, blieb noch Ryans *Mad Cat*, und der konnte die leichteren Mechs der Lanciers wahrscheinlich ganz allein zerstören. Um dieses Gefecht zu überleben, würden sie mehr brauchen als nur eine geschickte Taktik.

Sie brauchten ein Wunder.

27

Jotunberge, Kore
Peripherie

23. April 3060

Sturm trieb den *Goshawk* nahezu auf Höchstgeschwindigkeit, um den Frostriesenpaß zu erreichen. Er steuerte die riesige Kampfmaschine geschickt über die eisbedeckte Oberfläche der Ebene und schaffte es in Rekordzeit ins Gebirge. Das schneebedeckte Gelände war von den vor ihm vorbeimarschierten BattleMechs in eine eisige Schlammspur verwandelt worden. Es gab keinen Zweifel daran, daß Ryans Rebellen bereits hier waren. Er konnte nur hoffen, nicht zu spät zu kommen. In der schmalen Lücke hinter Sturms Pilotenliege kauerte Dr. Kintaro und klammerte sich verzweifelt fest.

»Tut mir leid, Papa«, meinte Sturm. »Es sieht nicht aus, als könnte ich dich vorher absetzen. Ich muß so schnell wie möglich zum Rest der Lanciers. Ich wollte dich eigentlich aus all dem heraushalten …«

»Sturm, ihm ganzen bekannten Universum herrscht Krieg«, unterbrach ihn sein Vater. »Das weiß ich seit langem. Ich dachte, wenn wir hier hinaus in die Peripherie ziehen, an den Rand des erforschten Weltraums, könnten wir den Kämpfen entkommen. Aber der Tod deiner Mutter hat mir gezeigt, daß das eine Illusion war. Ich wollte *dich* aus all dem heraushalten. Tu du nur, was du tun mußt, und mach dir keine Sorgen um mich. Ich halte schon durch und komme dir nicht in den Weg. Du bist ein Krieger. Du hast Verantwortung. Ich verstehe das.«

Sturm lächelte unter dem Neurohelm. Vielleicht verstand sein Vater es tatsächlich. »Danke«, sagte er. Dann drang er in den Paß vor. *Goldjunges* Ortung arbeitete mit Höchstleistung und suchte die gesamte Umgebung nach Spuren des Feindes oder eines möglichen Hinterhalts ab. Falls die Piraten die anderen bereits erledigt haten, würde Sturm fliehen müssen, auch wenn er nicht wußte, wohin. Die einzige andere Möglichkeit war die Kapitulation, und die gefiel ihm ganz und gar nicht.

Als er sich dem Punkt näherte, an dem der Frostriesenpaß in das Tal mündete, ortete er die im Kampf mit Ryans Rebellen stehenden Lanciers. Die Piraten-Mechs waren den Lanciers nahezu zwei zu eins überlegen, aber Susie Ryans *Mad Cat* stand abwartend in der Nähe des Paßeingangs und bewachte den Ausgang aus dem Tal, während ihre anderen Mechs sich um die Lanciers kümmerten. Sturm konnte Clancys *Peregrine* erkennen, der gegen zwei der Piraten-Maschinen kämpfte, und eine *Vixen* – entweder Flannery oder Metz – stand im Duell mit Volkers altem *Panther*, den die Piraten geborgen und repariert hatten. Aber von der zweiten *Vixen* und dem *Hellhound* war keine Spur zu entdecken. Wo steckten sie? Konnte es möglich sein, daß die Piraten sie schon zur Strecke gebracht hatten?

Sturm drängte es, seinen Kameraden zu Hilfe zu kommen, aber er wußte, daß Susie Ryans *Mad Cat* die Hauptbedrohung darstellte. Er blockierte den Zugang zum Tal, und momentan kehrte er ihm den Rücken zu. Die Störungen durch die Nähe der Berge schienen *Goldjunge* vor Ryans Sensoren zu verbergen, aber es konnte nur Sekunden dauern, bis sie ihn auf dem Sichtschirm bemerkte.

Sturm schätzte die Situation augenblicklich ein und traf seine Entscheidung. Er brachte den *Goshawk* in der Nähe des *Mad Cat* ins Freie. Der Feuerleitcomputer des *Goldjungen* brauchte nur Sekundenbruchteile zur sicheren Zielerfassung. Das rotleuchtende Fadenkreuz lag über der ungeschützten Rückenpartie des *Mad Cat*.

Sturm sah, wie der riesige ClanMech sich bewegte, den Torso in seine Richtung drehte. Sie hatte ihn gesehen! Aber im selben Augenblick preßte er bereits hart auf die Feuerknöpfe und schickte alles auf den Weg, was sein Mech an Waffenleistung zu bieten hatte.

Raketen donnerten auf langen Rauchbahnen davon, und vier smaragdgrüne Lanzen aus gebündelter Lichtenergie stießen aus Arm und Torso des *Goldjungen*. Die Laser erreichten ihr Ziel und schälten die Panzerung vom Rücken des *Mad Cat*, dann schlugen die Raketen ein und schleuderten feste und geschmolzene Bruchstücke von Ferrofibritpanzerung und verbogenem Metall nach allen Seiten davon. Sturm warf einen schnellen Blick auf die Sichtprojektion. Er hatte im Rücken von Ryans OmniMech einen beachtlichen Schaden erzielt. Seine Schüsse hatten die Panzerung durchschlagen und waren in die Interne Struktur vorgedrungen. Die Piratenchefin drehte ihren Mech jetzt eiligst in Sturm Richtung, um seine gewaltige Feuerkraft zum Tragen zu bringen. Sturm erinnerte sich daran, wie er bei seiner letzten Trainingssitzung unter Feldwebel Krenner gegen einen *Mad Cat* hatte antreten müssen. Das schien eine Ewigkeit zurückzuliegen. Er wußte, was dieser Mech aufzubieten hatte. Er mußte aus der Schußlinie, und zwar *schnell*.

»Festhalten, Papa!« rief Sturm und löste die Sprungdüsen des *Goshawk* aus, als Ryan gerade das Feuer eröffnete. Der Mech schoß in die Höhe, höher, noch höher, über den *Mad Cat* hinweg. Sturm kämpfte mit den Kontrollen, um *Goldjunge* in der Luft zu drehen und kampfbereit im Rücken seiner Gegnerin auf den Boden zu bringen. Der *Goshawk* setzte auf dem Berghang auf, seine breiten Metallfüße gruben sich in Schnee, Erde und Fels und fanden Halt.

Der *Mad Cat*, der sich in die Richtung gedreht hatte, in der Sturm noch Augenblicke zuvor gestanden hatte, bot jetzt seine linke Flanke ungeschützt einem Angriff an. Sturm zielte und schoß.

Die Laser schlugen durch die dünne Rückenpanzerung und bohrten sich in die interne Skelettstruktur und die Systeme des riesigen Kampfkolosses. Tropfen zerschmolzener Panzerung erstarrten in der eisigen Luft fast sofort wieder. Sturm sah auf die Sichtprojektion und jauchzte. »JA!« Die Ortung zeigte einen Hitzeanstieg im Innern des *Mad Cat*. Einer seiner Schüsse mußte den Fusionsreaktor oder dessen Kühlsystem beschädigt haben. Ryans Mech lief heiß, was ihre Möglichkeiten deutlich einschränkte. Je mehr Waffen sie abfeuerte, um so größer würde der Hitzestau im Innern der gewaltigen Kampfmaschine werden.

Jetzt öffnete er die Funkverbindung zu den anderen Mechs. »Okay, Lanciers! Zeit, daß wir diesen Piraten zeigen, wie wir hier auf Kore mit solchen Typen umgehen!«

»Kintaro!« antwortete Tom Flannery. »Mann, sind wir froh, Sie zu sehen! Volker ist uns in den Rücken gefallen! Er ist zu Ryan übergelaufen. Jetzt hat er Metz da hinten in der Zange. Sie braucht Hilfe!«

»Verstanden«, bestätigte Sturm wütend. *Volker! Dieser gemeine Drecks...* Er konnte es kaum fassen. Aber jemand mußte Ryan das Peilsignal von Shangri-La aus gesandt haben, und Volkers Widerstand dagegen, daß Kintaro die Lanciers befehligte, war kein Geheimnis. Lon Volker war ein arroganter Prahler, aber Sturm hätte nie von ihm gedacht, daß er seine Kameraden verraten würde.

Er suchte den Sichtschirm ab und fand Volkers *Hellhound* da, wo Flannery ihn gemeldet hatte, tiefer im Talkessel. Eine *Vixen*, Metz' *Lady Fuchs*, versuchte ihn abzuwehren, aber sie war keine echte Gegnerin für den erfahreneren Piloten in seinem schwereren Mech.

»Flannery«, gab er über die Leitung. »Ich gehe Metz

helfen und versuche, Ryan beschäftigt zu halten. Wie sieht's bei dir aus?«

Flannerys *Vixen* duellierte sich mit dem Piraten-*Panther*. Beide Mechs waren beschädigt, aber den *Panther* hatte es erkennbar schlimmer erwischt. »Ich komme zurecht«, antwortete Flannery. »Beeilung!«

Sturm verzichtete darauf, weiterzufragen. Er stieß den Steuerknüppel des *Goshawk* nach vorne und steuerte den Kampfkoloß den Hang hinunter ins Tal. Ein Blick auf die Sichtprojektion, und er sah, daß der *Mad Cat* sich erholt hatte und ihn wieder aufs Korn nahm.

»Festhalten!« schrie er und zündete die Sprungdüsen. Der *Goshawk* erhob sich in einer eleganten Parabelbahn in den Himmel, als der *Mad Cat* auf ihn feuerte. Ein Schwarm Raketen jagte auf weißen Kondensstreifen heran. Mehrere der Geschosse erwischten den springenden Mech am Bein. Ihre Detonationen schüttelten den Metallriesen durch. Sturm rang mit der Steuerung, um *Goldjunge* auf Kurs zu halten, als die Druckwelle drohte, den Mech aus der Balance zu werfen. Die Schadensanzeige meldete Panzerverluste an einem Bein, aber alle Systeme waren intakt.

Er setzte den *Goshawk* etwas härter auf, als ihm lieb gewesen wäre, schaffte es aber, ihn aufrechtzuhalten. Er landete und rannte sofort weiter auf den Zweikampf zwischen dem *Hellhound* und der *Vixen* zu. Inzwischen hatten beide Piloten ihn bemerkt. Der *Hellhound* drehte sich leicht in Richtung des heranpreschenden *Goshawk* und hob den rechten Armlaser.

Sturm warf den Mech in einen Zickzackkurs, als Volker auf ihn schoß. Die teuflisch grünen Lichtbolzen der Laserkanone verfehlten den *Goldjungen* nur um Meter und schleuderten eine Fomtäne aus Steinbrocken und überhitztem Dampf auf, als sie in den Hang einschlugen. Sturm erwiderte den Angriff mit einer Salve aus seinem eigenen Armlaser, die den bereits gehörig zernarbten Torso des *Hellhound* traf und weitere Ferrofibritpanzerung abschälte. Auch Metz nutzte die Gelegenheit, die Sturms Auftauchen ihr bot, und nahm Volkers Mech unter Beschuß. Ihr schwerer Laser sprengte große Panzerbrocken vom Torso der Maschine.

Auf der Sichtprojektion konnte Sturm sehen, daß der *Mad Cat* sich in ihre Richtung in Bewegung gesetzt hatte. Der schwere ClanMech war schneller als er aussah, und auch ohne Sprungdüsen würde er nicht lange brauchen, um sie zu erreichen. Dann würden Sturm und Metz es mit zwei harten Gegnern zu tun haben, nicht nur mit einem.

In diesem Moment drang Laura Metz' Stimme aus den Lautsprechern. »Freut mich, daß Sie es doch noch zu unserer Party geschafft haben.« Dann krachte es in der Leitung, und eine andere Stimme mischte sich ein.

»Ja«, meinte Volker. »Schön, daß du es geschafft hast, Kleiner. Wäre doch schade gewesen, wenn du das verpaßt hättest.«

»Warum, Lon?« fragte Sturm. »Warum verrätst du deine Freunde? Hast du überhaupt kein Ehrgefühl?«

»Ehrgefühl?« höhnte Volker. »Ehrgefühl nützt mir einen Dreck, wenn ich tot bin. Werd vernünftig, Kleiner. Du und deine lächerliche Sandkastentruppe seid geschlagen. Noch ist es nicht zu spät, es zu beenden. Gebt die Mechs heraus, und wir verschwinden. Sei nicht blöd. Zwing mich nicht, dich umzubringen.«

»So gut bist du nicht, Lon.«

»Ach nein?« Sturm konnte Volkers hämisches Grinsen fast hören. »Du meinst, so wenig, wie ich mit dem großen starken Spieß Krenner fertiggeworden bin?«

»Was?«

»Krenner ist tot, Sturm. Diesmal wird er dir nicht zu Hilfe kommen. Niemand stärkt dir hier den Rücken. Gib auf.«

»Nein!« brüllte Sturm. Das war gelogen! Es mußte

gelogen sein! Er richtete alle Waffen des *Goshawk* auf Volkers Mech. »Du Sau!« schrie er und preßte die Feuerknöpfe nieder. Flammend grüne Laserlichtimpulse zuckten aus den Geschützläufen, zusammen mit dem Stakkato der schweren Maschinengewehre. Aber Volkers Maschine war bereits wieder in Bewegung, und nur einer der mittelschweren Laser traf sein Ziel und zerkochte etwas Panzerung am Arm des *Hellhound*. Sturm drehte den *Goldjungen*, folgte Volkers Bewegungen. Er würde diesen dreckigen Hurensohn erledigen, und wenn es das Letzte war, was er …

»Sturm! Hinter uns!« rief sein Vater. Sturms Blicke zuckten zum Rand des Sichtschirms, aber da schlug schon schweres Laserfeuer in den Rücken des *Goshawk*. *Verdammt!* In seiner Wut hatte er den *Mad Cat* völlig vergessen! Volker hatte ihn absichtlich gereizt! Die Schadensanzeige leuchtete auf wie ein Christbaum. Sie meldete schwere Schäden am Rücken und internen Skelett des *Goldjungen*.

Die dünne Rückenpanzerung war von den Strahlschüssen praktisch verdampft worden. Anschließend hatten sie einige der Myomermuskeln des Mechs und die internen Stützstreben angegriffen, die ihn zusammenhielten. Der Schaden war beachtlich, aber keines der lebenswichtigen Systeme war getroffen worden. Trotzdem genügte ein weiterer derartiger Treffer, und der Kampfkoloß war erledigt.

Sturm drehte sich zu dem im Galopp den Hang herabpreschenden *Mad Cat* um, unter dessen breiten Vogelfüßen Geröll und Schnee davonspritzten. Mit einem bedauernden Blick auf Volkers *Hellhound* aktivierte Sturm erneut die Sprungdüsen und hüpfte den Hang hinauf, außer Reichweite Susie Ryans.

Die Temperatur im Innern der Kanzel erreichte gefährliche Werte. Sturm hatte alle Waffen abgefeuert und übermäßig oft die Sprungdüsen gezündet. Beide Insassen der krampfhaft engen Pilotenkanzel waren schweißgebadet, und er machte sich Sorgen um seinen Vater. Hidoshi Kintaro hatte keine Kühlweste, die ihm half, diese Temperaturen zu ertragen.

Der junge MechKrieger suchte das Tal mit den Sensoren ab und lokalisierte die anderen Mechs. Metz bewegte sich auf seine Position zu, fort von Volker und dem sich schnell nähernden *Mad Cat*. Flannery hatte am Taleingang den *Panther* überwäältigt, der qualmend und mit zertrümmertem Kopf im Schnee lag. Jetzt half er Clancy im Kampf gegen die beiden anderen Piraten-Maschinen, was das Kräfteverhältnis ein wenig ausgeglichener machte. Möglicherweise hatten sie eine Chance, falls es ihnen gelang, noch einen der verbliebenen Mechs ernsthaft zu beschädigen oder ganz auszuschalten, am besten den *Mad Cat*.

»Eher werden wir in dieser Hitze gesotten«, murmelte Sturm bei sich, als er die Wärmeskala betrachtete. Bevor er irgend etwas versuchte, mußte er erst einmal einiges an Hitze loswerden.

»Hitze! Natürlich!« drang die Stimme seines Vaters aus der hinteren Hälfte des Cockpits. Sturm bekam Angst, daß die Hitze seinen Verstand beeinträchtigte. »Sturm! Ich habe eine Idee!«

»Das ist jetzt nicht der Zeitpunkt ...« antwortete er. Der *Mad Cat* und der *Hellhound* gingen in Stellung, um auf Metz und ihn zu feuern.

»Ich glaube, ich weiß einen Weg, sie zu schlagen!« erklärte sein Vater. Sturm bewegte *Goldjunge* schnell über den Hang, um den anfliegenden Raketen und dem Laserfeuer auszuweichen. Er schien ihr Feuer auf sich zu ziehen, was Metz Gelegenheit gab, etwas mehr Distanz zwischen sich und die beiden anderen Mechs zu bringen. Ihre *Vixen* war schwer mitgenommen, war aber noch kampffähig.

»In Ordnung, ich höre.«

»Diese gesamte Region ist vulkanisch aktiv«, setzte Dr. Kintaro an. »Sie ist übersät mit …«

»Keine Diskurse, Papa! Komm auf den Punkt!« schrie Sturm ihn fast an. Sie hatten keine Zeit für einen der wissenschaftlichen Vorträge senes Vaters.

»Das Magma!« sagte Hidoshi. »Unter diesen Bergen lagern Einschlüsse von flüssigem Magma. Du hast sie bei deinen Untersuchungen selbst lokalisiert! Wenn du genug Hitze auf die richtige Stelle konzentrierst …«

Hätte er nicht den Neurohelm getragen, hätte Sturm sich mit der flachen Hand gegen die Stirn geschlagen. Die Idee war so verrückt, daß sie eine echte Chance bot. Er öffnete eine Funkverbindung zur *Lady Fuchs*. »Metz, wir müssen unsere gesamte Feuerkraft auf einen bestimmten Punkt konzentrieren. Warte auf meine Vorgabe, und dann feuerst du auf die selbe Stelle wie ich, verstanden?«

Es dauerte nur einen Moment, dann antwortete sie: »Verstanden.«

»Versuche, sie beschäftigt zu halten«, wies Sturm sie an. Dann suchte er mit den Sensoren des *Goshawk* die trostlosen Berghänge ab. Die Magnetfeldinterferenzen machten es schwer, irgendwelche Metallablagerungen sicher zu entdecken und zu identifizieren, also verließ er sich auf die Thermalortung. Er ignorierte die überdeutlichen Wärmespuren der Mechs und Fehlschüsse, die glühende Krater und Narben im Gelände hinterlassen hatten, und hielt statt dessen Ausschau nach weniger auffälligen, aber trotzdem eindeutigen Wärmesignaturen.

»Da!« stieß Dr. Kintaro aus und zeigte über Sturms Schulter auf den Monitor. »Da entlang!« Sturm betrachtete die Sensoranzeige. Das konnte tatsächlich ein subplanetarer Magmaeinschluß sein. Er vertraute auf die Erfahrung seines Vaters. Er richtete *Goldjunges* Feuerleitcomputer auf die betreffende Stelle und erfaßte das Ziel.

Im selben Moment schoß kreischend eine Wand von Raketen aus den Lafetten des *Mad Cat* heran. Es war zu spät, ihnen auszuweichen, ohne die Zielerfassung zu verlieren.

»Festhalten!« schrie Sturm, Sekundenbruchteile bevor die Raketen einschlugen. Die Gewalt der Detonationen schüttelte den *Goshawk* durch, sprengte die Torsopanzerung weg und ließ die Schadensanzeige blinken und aufheulen. Der größte Teil der Torsopanzerung seiner Maschine war in dem Feuerball der Explosionen verschwunden. Die Sicherheitsgurte und Polster der Pilotenliege hatten Sturm weitgehend vor den Erschütterungen bewahrt, aber sein Vater ...

»Papa, bist du in Ordnung?« rief Sturm. »Papa?« Keine Antwort.

Er verrenkte sich den Hals, um nach hinten zu sehen. Alles, was er dort erkennen konnte, war die reglos hinter der Liege zusammengesackte Gestalt seines Vaters.

»Papa!« schrie er. Keine Bewegung. Keine Antwort. Es gab nichts, was Sturm tun konnte, um seinem Vater zu helfen, falls für Dr. Hidoshi Kintaro nicht ohnehin schon alle Hilfe zu spät kam.

Er drehte sich wieder zu den Kontrollen um. Die *Lady Fuchs* feuerte ihren Impulslaser auf das beschädigte Bein des *Hellhound* ab. Danach zu urteilen, wie Volkers Mech jetzt humpelte, hatte der Treffer Wirkung gezeigt. Der *Mad Cat* bereitete den nächsten Angriff vor. Sturm vergewisserte sich, daß er die Zielerfassung nicht verloren hatte und packte die Kontrollen fester.

»Na schön«, stieß er aus, und auf seinem Gesicht liefen Tränen der Wut durch den Schweiß und Schmutz. »Ihr wollt einen Kampf? Mal sehen, wie heiß ihr es wirklich mögt.« Er preße den Daumen auf den Feuerknopf und löste alle Laser des *Goshawk* aus. Die smaragdgrünen Strahlbahnen krachten in den Felshang. Sekunden später war Metz' *Vixen* in Position und konzentrierte noch mehr sonnenheiße Laserenergie auf denselben Punkt.

Das schwarze Eruptivgestein zerschmolz unter der Berührung der Laserbahnen und wurde weich wie Butter. Ein leises Beben ging durch den Boden. Kleinere Felsbrocken polterten den Berghang hinab. Der Schnee entlang der gesamten Hangfläche verwandelte sich in eine gewaltige heiße Dampfwolke. Auf Sturms Ortungsschirm schoß die Temperaturanzeige für das Hanggebiet in die Höhe. Dann explodierte die Klippenwand in einer Fontäne aus leuchtendem flüssigen Gestein, das sich wie ein titanischer Geysir in den Talkessel ergoß.

Susie Ryan mußte im letzten Moment erkannt haben, was die Lanciers planten. Ihr *Mad Cat* versuchte auf höheres Gelände zu fliehen, aber ihre Reaktion kam einen Sekundenbruchteil zu spät. Auch Volkers *Hellhound* wollte ausweichen, aber er wurde von dem verkrüppelten Mechbein behindert, und derselbe Treffer mußte auch die dort angebrachten Sprungdüsen zerstört haben. Das flüssige Magma strömte ins Tal. Es spritzte über beide Maschinen, brannte sich zischend und dampfend in die Panzerung und legte deren Innenleben frei. Ryans Mech war schnell und konnte den schlimmsten Schäden entgehen, aber die unglaubliche Hitze des Magmas trieb die von den Beschädigungen und dem Waffeneinsatz der Maschine bereits hochpeitschte Betriebstemperatur noch weiter in die Höhe. Eine der riesigen Raketenlafetten auf den Schultern des *Mad Cat* explodierte. Die Detonation warf den monströsen Kampfkoloß fast um, aber der OmniMech kämpfte sich weiter den Berg hinauf.

Lon Volker hatte weniger Glück. Der *Hellhound* wurde von dem Magmastrom eingeschlossen. Er rutschte aus, und das flüssige Gestein schwappte über den Mech. Einen Augenblick tat Sturm sein ehemaliger Kamerad leid. Das war ein furchtbarer Tod. Aber als er daran dachte, wie Volker Feldwebel Krenner kaltblütig ermordet hatte, verflog jede Andeutung von Mitgefühl. Volker hatte verdient, was er bekam. Als der *Hellhound* sich wieder bewegte, riß Sturm überrascht die Augen auf. Der Mech kroch aus dem Magmastrom, dann brach er auf festem Boden zusammen wie ein Ertrinkender, der sich mit letzter Kraft aus einem Fluß gezogen hatte.

Der *Mad Cat* entkam dem Magma und strauchelte noch ein paar Dutzend Meter den Hang hinauf, bevor er stehenblieb. Seine Panzerung war an zahlreichen Stellen geschwärzt, zerschmolzen und aufgerissen. Sturms Sensoren meldeten, daß die Explosion der Raketenlafette schwere Schäden an der Internen Struktur des OmniMechs angerichtet hatte. Er richtete alle Waffen *Goldjunges* auf den Piraten-Mech und erfaßte ihn mit dem Feuerleitcomputer, bevor er eine Funkverbindung aufbaute.

»Der bessere Teil der Tapferkeit besteht darin zu erkennen, wann es wichtiger wird, die Verluste zu begrenzen. Wollen Sie diesen Kampf überleben, Captain Ryan, oder soll ich feuern?«

28

Landungsschiff *Tammuz*, im Abflug von Kore Peripherie

24. April 3060

In der Dunkelheit des Alls bewegte sich das Landungsschiff der *Union*-Klasse *Tammuz* mit lodernden Triebwerken auf den Nadirsprungpunkt des Systems zu, Millionen Kilometer unter dem Südpol seiner Sonne. Außerhalb des Schiffes wurde die kleine, grauweiße Kugel Kores langsam immer winziger und wurde schließlich zu einem weiteren Stern in der Schwärze des Weltraums.

Im Innern des Landungsschiffes stand Susie Ryan und hing einen Moment stumm ihren Gedanken nach. Das leise Brummen der Maschinen füllte die kleine Kabine, und das Wummern der riesigen Schiffstriebwerke hatte eine vertraute und beruhigende Wirkung. Ryans Verletzungen waren nicht weiter schlimm, aber sie hatte auf Kore einige ihrer Leute verloren, darunter zwei gute Mechpiloten, ganz zu schweigen von dem Preis, den sie hatte zurücklassen müssen. Die ganze Operation war ein Debakel geworden, und Ryan war froh, Kore den Rücken kehren und in ihr Reich zurückkehren zu können. Alle Mechs, die sie mit nach Kore gebracht hatte, waren dringend reparaturbedürftig, und ohne Zweifel waren ihre Feinde während ihrer Abwesenheit nicht untätig geblieben. Sie hatte eine Schlappe einstecken müssen, und in Gedanken arbeitete sie daran, wie sie verhindern konnte, daß irgend jemand das gegen sie ausnutzte.

Ein Klopfen an der Luke riß sie aus ihren Überlegungen.

»Herein«, sagte sie. Ein Mannschaftsmitglied steckte den Kopf durch die Öffnung. Als er sich vergewissert hatte, daß seine Chefin ihn ihm nicht abreißen würde, folgte der Rest des Mannes. Captain Ryan war seit des Abflugs von Kore nicht gerade guter Laune.

»Skipper«, teilte er ihr mit. »Wir hatten gerade Kontakt mit dem Sprungschiff. Sie sind bereit zum Absprung, sobald wir eintreffen.«

»Gut«, erwiderte Ryan. »Ich will dieses gottverdammte System verlassen, so schnell es geht.«

Der Mann nickte und wandte sich zum Gehen. Auf der Schwelle zögerte er. Ryan sah mit ihrem gesunden Auge zu ihm hinüber.

»Was?« fragte sie.

»Ach, nichts, Skipper«, stammelte der Mann, den plötzlich die Angst packte, einen tödlichen Fehler begangen zu haben. »Nur, also, wieso haben Sie den da mitgenommen?«

Mit einer Kopfbewegung deutete der Pirat auf ein Objekt, das einen beträchtlichen Teil der kleinen Raumschiffskabine beanspruchte. Es war eine Lebenserhaltungskapsel, knapp über zwei Meter lang, aus Transpex, das von glänzenden Metallbändern eingerahmt wurde. Die Kapsel enthielt ein perfekt auf die Bedürfnisse des in ihrem Innern befindlichen Patienten abgestimmtes sauerstoffreiches Luftgemisch. Verschiedene Überwachungsgeräte kontrollierten leuchtend und fiepend seinen Zustand, und die Aggregate hielten summend und zischend seine Atmung und die anderen lebeswichtigen Funktionen in Gang. Der größte Teil seiner Haut war verbunden. Das wenige, was davon sichtbar war, leuchtete feuerrot.

Ryan blickte einen Moment schweigend hinüber zu der Kapsel, dann drehte sie sich wieder zu dem ängstlichen Besatzungsmitglied um.

»Wir mußten wenigstens etwas aus diesem Desaster retten«, stellte sie leise fest. »Ich habe meine Gründe.«

Der Pirat war nicht so dumm, das Schicksal noch weiter herauszufordern, und zog sich hastig zurück. Hinter ihm fiel die Luke lautlos ins Schloß.

Susie Ryan betrachtete den bewußtlosen Körper Lon Volkers in dessen Überlebenskokon. Er war im Innern seines Mechs bei lebendigem Leib gesotten worden und hätte es fast nicht überlebt. Der Junge, Kintaro, war überrascht gewesen, als Ryan darum gebeten hatte, Volker mitnehmen zu dürfen. Sie war beinahe ebenso überrascht gewesen, als er sich einverstanden erklärt hatte. Es würde eine Menge Geld kosten, Volker am Leben zu erhalten und ihm die Behandlung zu verschaffen, die er brauchte, wenn sie erst zurück auf Star's End waren. Es war nicht einmal sicher, daß er die Reise überleben würde. Aber falls doch …

Ryan lächelte. Falls Volker überlebte, und sie würde alles daran setzen, daß er es tat, würde sie nicht mit völlig leeren Händen von ihrer Expedition nach Kore zurückkehren. Sie würde Lon Volker zu dem formen, was sie brauchte: Einer lebenden Waffe, die Sturm Kintaro mehr haßte als alles andere im Universum. Eine Waffe, die sie nur scharf zu machen und auszurichten brauchte. Früher oder später würde Kintaro dafür bezahlen, daß er ihre Pläne durchkreuzt hatte.

Sie klopfte noch einmal auf die klare Plastikhülle der Kapsel, dann setzte sie sich auf eine kleine, aus der Wand ragende Bank und formulierte den Rest ihrer Pläne.

29

Kore-Lanciers-Basis, außerhalb Niffelheims, Kore Peripherie

2. Mai 3060

»Kintaro? Der Oberst möchte Sie sehen.«

Sturm sprang auf und strich nervös seine Uniformjacke glatt, als der Adjutant des Oberst ihn ansprach. Er hatte das Gefühl, Stunden vor der Tür des Kommandeurs gewartet zu haben. Er wischte sich die feuchten Hände an der Hose ab und zog die Schultern zurück, bevor er eintrat. In diesem Moment war er nervöser als bei dem Kampf mit Susie Ryan am Frostriesenpaß. Aber es kam ja auch nicht jeden Tag vor, daß der Kommandeur der Sturmreiter nach Kore kam.

Sturm trat in das kleine Büro und sah hinüber zu dem Mann hinter dem Schreibtisch, der hier in den letzten paar Tagen residiert hatte. Oberst Gerald Quinn hatte bei den lyranischen Streitkräften gedient, bevor er Kommandeur seiner eigenen Söldnereinheit geworden war. Obwohl er über vierzig war, besaß er noch einen durchtrainierten, schlanken Körper und eine militärische Haltung, die einem erheblich jüngeren Mann gut zu Gesicht gestanden hätte. In seinem hellblonden Haar fielen die ersten weißen Haare nicht auf, und die Falten um Augen und Mund ließen ihn nur noch eindrucksvoller erscheinen. Er trug eine frisch gestärkte Uniform im dunklen Blau der Sturmreiter und machte den Eindruck, daß er sich im Cockpit eines BattleMechs sehr viel wohler fühlte als hinter einem Schreibtisch.

»Kommen Sie rein, Kintaro.« Oberst Quinns Tonfall war locker und doch befehlend. Sturm trat ins Zimmer und nahm vor dem Schreibtisch Haltung an.

»Stehen Sie bequem.« Sturm entspannte sich ein wenig und verschränkte die Hände im Rücken.

»Wie geht es Ihren ›Riesen‹?« fragte der Oberst.

Sturm gestattete ich ein Lächeln. Die Sturmreiter hatten seine buntzusammengewürfelte Truppe von MechKriegeranwärtern nach der Legende, die Sturm gegen die Piraten eingesetzt hatte und dem Schauplatz ihrer Entscheidungsschlacht »Väterchen Frost und die Frostriesen« getauft. Er war durchaus stolz auf diesen Namen.

»Es geht Ihnen gut, Herr Oberst. Wir sind bereit, den Dienst wiederaufzunehmen.«

Sturm war froh, daß der Rest seiner Leute die Schlacht am Frostriesenpaß ohne schwere Verletzungen überstanden hatte. Nachdem Susie Ryan einem Waffenstillstand zugestimmt hatte, hatten die Lanciers den noch dazu fähigen Mechs von Ryans Rebellen gestattet, sich aus dem Tal zurückzuziehen und zur Basis zu humpeln. Am nächsten Tag waren die Piraten an Bord ihres Landungsschiffes gestiegen und abgeflogen, und die Militärbasis war wieder in die Hände der verbliebenen Lanciers übergegangen. Sie hatten gesiegt.

Nur wenige Tage später hatten sie erfahren, daß das Landungsschiffs *Innana* mit Sturmreitertruppen als Verstärkung für die Lanciers im Anflug auf Kore war. Es hatte sie gehörig überrascht, als sie hörten, daß Oberst Quinn, der Kommandeur der gesamten Sturmreiter, mit einer vollen Kompanie BattleMechs und Hlfspersonal an Bord war. Mit soviel Hilfe hatten die Sturmreiter die Basis schnell wieder einsatzbereit bekommen und die Schäden durch den Piratenüberfall repariert. Außerdem war ein Kontingent der Söldnertruppen damit beschäftigt, das Clandepot nach Informationen und Material zu durchforsten, das sich abtransportieren ließ.

Aber Sturm und seine Leute hatten mit all dem wenig zu tun gehabt. Sie hatten beinahe augenblicklich

Erholungsurlaub bekommen, und während sie sich von den Strapazen der letzten Wochen erholten hatten sie vollständige Berichte über das Depot und den Angriff durch Ryans Rebellen für den Befehlsstab Quinns angefertigt. Jetzt, nachdem alle Informationen verarbeitet waren, kamen sie schnell wieder zu Kräften, nicht zuletzt Sturm, der sich jetzt hier in Oberst Quinns Büro wiederfand.

»Und wie geht es Ihrem Vater?« fragte der jetzt.

»Ganz gut, Herr Oberst«, erwiderte Sturm. »Er ist aus dem Krankenhaus entlassen und wieder an der Arbeit. Die MedTechs sagen, seine Verletzungen waren nicht ernsthaft, nur eine Ohnmacht durch die Hitze im Cockpit und eine leichte Gehirnerschütterung durch den Sturz.«

»Er ist zäh«, stellte der Oberst fest. Sturm grinste.

»Ja, Herr Oberst, das ist er. Ohne ihn hätten wir Ryans Rebellen nicht besiegen können.«

»Ja, das habe ich Ihrem Bericht entnommen. Sagen Sie, wird Ihr Vater ohne Sie hier zurechtkommen?«

»Herr Oberst?« fragte Sturm verwirrt.

Oberst Quinn lächelte, zum ersten Mal, seit Sturm das Büro betreten hatte.

»Sie können ihm natürlich schreiben. HPG-Nachrichten aus der Freien Inneren Sphäre kommen selbst nach hier draußen.«

»Der Freien …« wiederholte Sturm, dann unterbrach er sich, weil ihm klar wurde, daß er sich wie ein Idiot anhören mußte.

»Ich erkenne Talent, wenn ich es sehe«, stellte Quinn fest. »Sie und Ihre Frostriesen sind mit sofortiger Wirkung zur weiteren Ausbildung von Kore auf unsere Heimatbasis versetzt. Sobald Sie bereit dazu sind, werden Sie und Ihre Leute einen Einsatzauftrag erhalten. Die Sturmreiter haben eine Menge Arbeit, nicht nur das Babysitten konzerneigener Bergwerkskolonien, Kintaro. Immer vorausgesetzt natürlich, daß Sie einverstanden sind?«

»Ich ... natürlich, ich meine ... Jawohl, Herr Oberst!« Sturm konnte nicht anders, er mußte grinsen, und Oberst Quinn erwiderte das Grinsen in gleichem Maße.

»Sie haben hier gute Arbeit geleistet, Kintaro. Deshalb befördere ich Sie zum Oberleutnant mit Befehl über die FrostriesenLanze. Ein paar Monate Training daheim, und Sie werden bereit für Ihren ersten offiziellen Feldauftrag sein. Verschwinden Sie und sammeln Sie Ihre Leute ein. Sie sollen sich zum Dienst melden. Danach können Sie das Einschiffen der Mechs überwachen. Die haben Sie sich weiß Gott verdient.«

Der Oberst hob einen Compblock vom Schreibtisch und reichte ihn Sturm. »Das hat die HPG-Anlage des Clandepots gestern empfangen.«

Sturm nahm den Compblock entgegen. Auf dem Bildschirm leuchtete eine kurze Botschaft: »VIEL VERGNÜGEN MIT EURER DIEBESBEUTE. WIR FREUEN UNS BEREITS AUF DEN TAG, AN DEM WIR EINANDER AUF DEM FELD DER EHRE GEGENÜBERTRETEN, BANDITEN.« Darunter prangte das Siegel der Stahlvipern.

»Sie kommen nicht hierher?« fragte Sturm.

»Sieht nicht danach aus«, antwortete der Oberst und nahm den Compblock wieder entgegen. »Wie es scheint, haben die Stahlvipern wichtigeres zu tun, als sich um ein isoliertes Mechdepot mit Garnisonsklassemaschinen hier draußen zu kümmern. Aber es ist ziemlich klar, daß sie auch nicht gerade erfreut sind. Deshalb will ich sichergehen, daß Sie diese ClanMechs behalten *wollen*. Sie sind ziemlich auffällig und werden Sie zur Zielscheibe für jeden ClanKrieger machen, dem Sie über den Weg laufen.«

»Wie Sie bereits sagten, Herr Oberst: Wir haben uns diese Mechs verdient, sowohl mit den Leuten, die wir bei der Wiedereroberung Kores verloren haben, wie mit denen, die diesmal bei seiner Verteidigung gefallen sind. Ich habe vor, sie zu behalten. Aber was wird, wenn wir fort sind? Was sollte die Clans daran hindern, zurückzukommen?«

»Ich habe bereits eine neue Lanze für den Garnisonsdienst hier eingeteilt«, stellte der Oberst fest. »Sowie mehrere zusätzliche Hilfsfahrzeuge und Personal. Alfin will die Technologie in dem Clanversteck studieren, das Sie gefunden haben, aber die Firma hat sich in Anerkennung der mutigen Anstrengungen der Kore-Lanciers zum Schutz ihrer Interessen bereiterklärt, die BattleMechs und den größten Teil der Ausrüstung an uns abzutreten. Kore wird nicht schutzlos zurückbleiben, und ich glaube kaum, daß die Clans sich die Mühe machen werden, noch einmal hier aufzutauchen. Inzwischen muß ihnen klar sein, daß es wenig Sinn hat, um diesen Felsklumpen zu kämpfen. Sonst noch Fragen?«

»Nein, Herr Oberst. Danke, Herr Oberst.«

»In Ordnung. Wegtreten.«

Sturm salutierte, mache auf dem Absatz kehrt und ging zur Tür.

»Und, Oberleutnant?« hielt Quinn ihn auf. Sturm blieb stehen, eine Hand auf der Türklinke, und drehte sich um.

»Herr Oberst?«

»Gute Arbeit.«

Als Sturm das Büro verließ, fand er im Korridor Metz, Clancy und Flannery vor, die auf ihn warteten. Er sah in die besorgten Gesichter der drei MechKriegeranwärter, die er mit Stolz als seine Waffenkameraden bezeichnen konnte. Als er ihnen die Neuigkeit erzählte, schallte lauter Jubel durch den Korridor. Dann marschierten Väterchen Frost und seine Frostriesen davon, einer gemeinsamen Zukunft entgegen.

Blaine Lee Pardoe

TRIUMPHGEBRÜLL

Prolog

Minskberge, Strana Metschty
Kerensky-Sternhaufen, Clan-Raum

14. Februar 3059

Vor der Höhle jagte der Sturm den Schnee wie eine weiße Wand waagerecht vorbei, so daß sie kaum etwas erkennen konnte. Sterncaptain Angela Bekker zog den Parka enger um ihren Körper, als der bitterkalte Wind die Finger nach ihr ausstreckte. Das kleine Feuer am Eingang der Höhle bot etwas Trost, aber nicht allzuviel. Nicht nach dem, was sie durchgemacht hatte.

Weiter hinten in der Höhle lag Sprange und stöhnte immer noch unter den Nachwirkungen des Geisterbärenangriffs vor zwei Tagen. Er und Angela waren Teil einer Gruppe aus achtundvierzig ClanKriegern gewesen, die sich im alljährlichen Tatzenschlagritual den Gefahren der Minskberge ausgesetzt hatten. Nur die höchstrangigen unbetatzten Krieger jedes Sternhaufens – einer Militäreinheit, die ungefähr einem Regiment gleichkam – waren zur Teilnahme berechtigt. Nach Erreichen des Gebirges hatte sich die Gruppe in kleinere Jagdtrupps aus je zehn Kriegern aufgeteilt.

Es war ein erhabener Ritus. Geisterbären-Krieger stiegen ins ewige Eis von Strana Metschty auf, um dort Jagd auf die gewaltige Kreatur zu machen, von der ihr Clan seinen Namen ableitete. Nur die stärksten und tapfersten unter ihnen konnten hoffen, nur mit langen Speeren bewaffnet einen Geisterbär im Zweikampf zu erlegen. Die Hälfte dieser Jagdtrupps kehrte nie zurück, aber mindestens einem Krieger gelang es in der Regel, einen Bären zu töten.

Angela Bekkers Team hatte allerdings wenig Glück

gehabt. Kurz vor Ausbruch des Unwetters hatten sie sich aufgeteilt, in der Hoffnung, so ein größeres Gebiet nach der Beute absuchen zu können. Sie hatten alle Überlebensausrüstung und sogar eine Laserpistole zur Verteidigung dabei, aber bei der Jagd durfte nur der Speer eingesetzt werden. Proviant hatten sie auch mitgenommen, aber schon vor mehreren harten Tagen aufgebraucht. Jetzt hatte der Schneesturm aus der rituellen Jagd einen Test ihrer Überlebensfähigkeiten gemacht.

Angela und Sprange waren von einem Unwetter nahezu vollständig geblendet gewesen, das dem momentanen an Heftigkeit kaum nachgestanden hatte, als sich plötzlich ein unter einer Schneewehe versteckter Geisterbär unmittelbar vor ihnen aufgerichtet und angegriffen hatte. Das Raubtier hatte Sprange mit Fängen und Klauen fast zerrissen, noch bevor er reagieren konnte. Sein Speer war für alle Zeiten im Schnee verschwunden. Er hätte die Begegnung nicht überlebt, wenn Angela den riesigen Bären nicht verwundet und in die Flucht geschlagen hätte. Sie hatte Sprange das Leben gerettet. Das war ihnen beiden klar.

Angela sog in einem tiefen Atemzug durch die Nase die Lungen voll Bergluft und fühlte, wie die Eiseskälte ihre Nasenlöcher zerstach. Mit einem Blick hinüber zu der verkrümmten Gestalt Spranges dachte sie an die Jahre zurück, die sie einander schon kannten. Die beiden waren aus demselben Genmaterial gezüchtet und seit ihrer Geburt zusammen. Sie hatten die gesamte Jugend gemeinsam in einer Geschko verbracht und zusammen die harte Ausbildung zum ClanKrieger absolviert.

»Du solltest ins Tal steigen«, stöhnte er. Er hatte sich die rechte Schulter und mehrere Rippen gebrochen und schien Schwierigkeiten beim Luftholen zu haben. Ohne Zweifel schmerzte jeder Atemzug.

»Sei still«, befahl sie, ohne ihre Stimme hart klingen zu lassen. »Wir sind Geisterbären. Wir sind Kogeschwister. Ich werde keinen einwandfreien Krieger verschwenden, nur um mich zu retten.«

»Du warst schon immer die Stärkere von uns beiden«, erwiderte Sprange und verlagerte sein Gewicht ein wenig. »Du hast dir in kurzer Zeit den Blutnamen und einen höheren Rang erworben. Ich bin dir nicht ebenbürtig, das wissen wir beide. Du solltest dich selbst retten.« In seiner Stimme lag Respekt. ClanKrieger schätzten einen Blutnamen über alles andere. Das Recht, einen Familiennamen zu tragen, der in direkter Linie von einem der Gründer der Clans stammte, mußte auf dem Schlachtfeld erworben werden. Nur die besten Krieger konnten sich um einen Blutnamen bewerben. Nur den besten gelang es, einen zu erringen.

Und nur der Elite unter denen gelingt es, im Tatzenschlag einen Geisterbären zu erlegen, dachte Angela.

Sie hatte sich ihren Blutnamen im Cockpit eines alten *Warhawk*-OmniMechs erkämpft. BattleMechs und OmniMechs stellten den Gipfel der militärtechnologischen Entwicklung dar und beherrschten das Schlachtfeld jetzt schon seit dreihundert Jahren. Die fast drei Stockwerke hohen und mehr oder weniger humanoiden, schwer gepanzerten Mechs konnten sich mit schier unglaublicher Geschwindigkeit bewegen. Darüber hinaus verfügten sie über die Feuerkraft eines Panzerzugs: ein beeindruckenes Arsenal aus Raketenlafetten, Laserkanonen und anderen Werkzeugen des Todes und der Zerstörung.

Eine neue Windbö fuhr in die letzten Funken ihres kleinen Lagerfeuers, das zu qualmen begann und erlosch. Sie hatten nicht mehr viel, womit sie die Flammen hätten füttern können. Und inzwischen wurde es hell. Es blieb ihnen nicht viel Zeit, wenn sie je erreichen wollten, wozu sie aufgebrochen waren. Es lag keine Schande darin, während des Tatzenschlags keinen Geisterbären zu erlegen, aber Angela Bekker gehörte nicht zu den Menschen, die bereit waren, einen Traum aufzugeben. Es schien unmöglich, eines der gewaltigen Raubtiere anzulocken. Der Geisterbär war berüchtigt für seine Taktik, sich in riesigen Schneewehen zu verstekken und geduldig zu warten, bis ihm eine Beute geradewegs vors Maul lief. Es mußte eine andere Möglichkeit geben, diese Prüfung zum Abschluß zu bringen. Wenn nicht, würden Sprange und sie hier in der Kälte den Tod finden.

In Gedanken spulte sie alles ab, was sie über die legendären Geisterbären wußte, während ihr Körper gegen einen Kälteschauder ankämpfte. Sie waren Jäger, mächtige, weißbepelzte Raubtiere, die auf die Hinterbeine aufgerichtet über fünf Meter hoch aufragten. Die Kälte schien sie nicht zu stören. Sie beherrschten dieses gnadenlose Gebirgsmassiv, in dem sie nicht nur überleben konnten, sondern geradezu gediehen. Es hieß, daß sie Blut über Kilometer riechen konnten und ihre Beute allein mit der Nase suchten.

Dann kam ihr die Idee. Es war ein düsterer Gedanke, der ein großer Opfer von ihr verlangte. Aber ihre Ehre stand auf dem Spiel, und für Angela Bekker spielte wenig anderes eine Rolle. Soweit sie an ihre Zeit in der Jagender-Bär-Geschko zurückdenken konnte, hatte dieses Konzept ihr Denken bestimmt. Von einer Kriegerin wurde erwartet, daß sie für Ruhm oder Sieg zu Opfern bereit war, und sie war entschlossen, sich die Ehre zu erwerben, die mit dem Erlegen eines Geisterbären verbunden war. Wortlos und mit äußerster Sorgfalt stieß sie den Schaft ihres Speers in den festen Lehm des Höhlenbodens, dann stemmte sie ihn sicher gegen einen groß aufragenden Felsen. Die geschärfte Spitze deutete zum Höhleneingang.

»Was machst du, Angela Bekker?« fragte Sprange schwach.

Sie drehte sich nicht zu ihm um. Sie war zu sehr

damit beschäftigt, sicherzustellen, daß der Speer dem Gewicht des Bären standhalten würde. »Ich werde einen Geisterbären erlegen«, stellte sie schließlich fest.

»Kommt denn einer?« In Spranges Stimme lag keine Furcht. Er klang beinahe erleichtert. Eine zweite Begegnung mit einem Bären würde er nicht überleben, und er hatte sich mit dem Tod abgefunden. Der Tod gehörte zum Leben als Krieger, und den Gefahren des Tatzenschlagrituals zu erliegen, brachte ihm keine Schande.

Sie sah sich zu ihm um. »Noch nicht.« Dann zog sie ihr Fahrtenmesser aus der Scheide. Die Klinge glänzte im ersterbenden Licht des Feuers, und Angela betrachtete sie einen Moment. Dann trat sie an den Eingang der Höhle. Unter ihren Stiefeln knirschte der Schnee.

Mit einem schnellen Schlag trennte sie sich Ringfinger und kleinen Finger der linken Hand ab.

Angela schrie, aber es lag mehr vom wilden Aufheulen eines Tieres in diesem Schrei als vom Schmerzensschrei eines verwundeten Menschen. Blut spritzte durch die Gebirgsluft und über die Höhlenwand. Sie fühlte eine Hitzewelle durch ihren Körper branden, dann zwangen die Schmerzen sie in die Knie. Das Messer rutschte ihr aus der Hand und verschwand fast augenblicklich unter dem Schnee, der sich vor der Höhle auftürmte. Angela Bekker zog ihre leichte Laserpistole und feuerte auf die verletzte Hand, um die Wunde zu kauterisieren. Ein dünner Rauchfaden trug den Geruch von verbranntem Fleisch an ihre Nase. Wieder heulte sie auf, nicht so laut wie zuvor, aber diesmal war es purer Schmerz.

Mit der unverletzten Rechten hob Angela die beiden abgetrennten Finger auf und warf sie hinaus in den Schnee. Dann stolperte sie zurück ins Innere der Höhle, zu ihrem Speer. Ihr Atem ging keuchend, und Dampfwolken stiegen vor ihrem Gesicht auf, als sie gegen die wütenden Schmerzen in ihrer Hand ankämpfte.

»Jetzt ist es nur noch eine Frage der Zeit«, erklärte

sie und richtete sich zu voller Größe auf, als wolle sie den Schmerz einschüchtern. Ihr Blut würde den Bären anlocken.

»Wir werden beide hier sterben«, stellte Sprange fest.

Sie sah ihn an und lächelte. »Es gibt kein passenderes Schicksal für zwei Geisterbären, frapos?«

Zum erstenmal, seit der Bär ihn angefallen hatte, lachte Sprange. »Pos.«

Die Minuten dehnten sich, dann verdüsterte sich plötzlich der Höhleneingang, als eine riesenhafte Gestalt sich vor die Sonne schob. Angela duckte sich etwas. Ihr Atem ging immer noch stoßweise. Sie spürte das Pochen des Herzschlags am ganzen Körper.

Der gewaltige Geisterbär wuchtete sich in die Höhle. Er war so riesig, daß er kaum durch den Eingang paßte. Als er näherkam, bewegte er sich seltsam lautlos, so gespenstisch, wie sein Name es ausdrückte. Er war gigantisch, und sein weißes Fell glänzte silbern in der Glut des Feuers, besonders um seine Halspartie, ein Zeichen hohen Alters. Der Bär entdeckte seine Beute im hinteren Teil der Höhle und stieß ein Gebrüll aus, unter dem die Felsen erbebten.

Angela zuckte mit keinem Muskel. Sie konzentrierte sich auf die Augen des Geisterbären, sah tief in seine Seele. Dieser Bär hatte ein hohes Alter erreicht. Es war kein Zweifel daran möglich, daß sie einer lebenden Legende gegenüberstand. Er starrte zurück, nicht wie ein Tier, sondern wie ein Krieger, der seinen Gegner abschätzte. Er trat einen Schritt vor, dann schien er etwas zurückzuweichen. Sie wußte genau, was er tat. Der große Bär bereitete sich zum Sprung vor.

Angela duckte sich etwas und griff nach dem Speer. Der Geisterbär zögerte keinen Augenblick. Er sprang mit einer Geschwindigkeit und Behendigkeit, die für eine Kreatur seiner Größe unmöglich erschien. Er kam direkt auf sie zu. Seine Augen ließen die ihren nicht los.

Es war, als spränge dieses erhabenste aller Raubtiere geradewegs in ihre Seele.

In diesem Moment zog sie die Speerspitze direkt in die Flugbahn des anspringenden Bären, ohne den Schaft aus der Verankerung zu lösen. Der im Flug getroffene Geisterbär spießte sich mit der Wucht seines Angriffs auf. Der Speer durchstieß glatt seinen Körper und trat aus dem Rücken wieder aus. Die Zeit schien sich zu verlangsamen, und die Höhle und Angelas Bewußtsein des Geschehens verschwammen. Die Geräuschkulisse verzerrte sich in ihren Gedanken zu einem dumpfen Tosen. Sie erinnerte sich nicht daran, weggerollt zu sein, aber irgendwie kam sie neben der gewaltigen Kreatur wieder hoch, die tot zwischen ihr und Sprange lag. Die riesigen Fangzähne des Geisterbären hatten im Sturz ihren hellblauen Parka zerfetzt.

Das Ende kam so abrupt, so schockierend plötzlich, daß sie kaum wußte, wie sie reagieren sollte. Sie mußte sich überzeugen, daß der Bär tatsächlich tot war und stieß ihn mit dem Fuß an. Das Tier röchelte leise, ein Geräusch, das sie noch Jahre später in ihren Träumen verfolgen sollte. Benommen, möglicherweise vom Blutverlust oder der Anstrengung, sah sie zu ihrem Kameraden hinüber. Sprange starrte das Tier, das ihn beinahe getötet hatte, mit weit offenem Mund und aufgerissenen Augen an. Er drehte sich langsam zu ihr um.

»Ich glaube es nicht«, sagte er.

Angela nickte. »Der Geisterbär ist ein Jäger, der die Weisheit des Wartens versteht. Ich habe nur in die Tat umgesetzt, was er lehrt.«

»Aber was hast du dir angetan?«

Angela blickte auf die verbrannte Wunde an ihrer linken Hand. »Ich habe getan, was nötig war. Ich bin schließlich eine Geisterbären-Kriegerin.«

Sie stand auf und holte ihr Messer. »Jetzt werden wir tun, was nötig ist … um zu überleben.«

Zwei Tage später fand eine Streife die beiden. Angela Bekker war in das Fell des großen Geisterbären gehüllt, den sie erlegt hatte. Sprange zog sie auf einer improvisierten Trage hinter sich her.

Teil Eins

Komet

There was a soldier, a Scottish soldier
Who wandered far away and soldiered far away
There was none bolder, with good broad shoulder
He's fought in many a fray, and fought and won.
He'd seen the glory and told the story
Of battles glorious and deeds nefarious
But now he's sighing, his heart is crying
To leave these green hills of Tyrol.
Because these green hills are not highland hills
Or the island hills, they're not my land's hills
And fair as these green foreign hills may be
They are not the hills of home
— *The Green Hills of Tyrol*, schottisches Traditional

1

Landungsschiff *Featheringham*, im Landeanflug auf Raumhafen Alshain
Geisterbären-Dominium

2. Januar 3062

»Ich weiß a'er immer noch nicht …«, winselte der Leibeigene, aber Sterncommander Constant Tseng gab ihm keine Gelegenheit, den Satz zu beenden. Er versetzte ihm mit der Rückhand einen Schlag ins Gesicht, der den Mann zu Boden streckte. Nicht eines der Mitglieder der Technikerkaste, die ringsum arbeiteten, sah von seiner Beschäftigung auf.

Sterncaptain Angela Bekker hingegen sah auf ihrem Weg durch den Mechhangar alles sehr genau. Sie wußte, daß der Schlag den Leibeigenen weniger körperlich verletzen als beschämen sollte. Er war Teil seiner Einweisung in das Wesen des Clans.

»ClanKrieger verschlucken keine Silben, du Surat«, herrschte Tseng den Leibeigenen an. Er schien drohend über ihm aufzuragen, aber in Wahrheit hatte er ihm mehr an Auftreten voraus als an Körpergröße.

Angela setzte ihren Weg fort. Tsengs herrische Haltung gefiel ihr. Als er die Hand ausstreckte, um dem Leibeigenen wieder aufzuhelfen, beeindruckte sie das noch mehr. Die wenigsten Leibherren hätten ihm das nachgemacht.

Auf dem Flug nach Alshain hatten Constant Tseng und sie sich angefreundet. Sie waren beide zur Zentralwelt des Dominiums befohlen worden, um sich zwecks einer Besprechung der »Umgruppierungsstrategie« beim Kommandeur der Galaxis Delta zu melden. Als die beiden einzigen Blutnamensträger an Bord der *Fea-*

theringham hatten sie in den langen Tagen, während derer ihr Sprungschiff Energie für die Transition über interstellare Entfernungen sammelte, schnell zueinandergefunden, und der lange Flug vom Sprungpunkt ins Systeminnere hatte ein weiteres getan.

In ihren langen Gesprächen hatte sie erfahren, daß Tseng seinen Leibeigenen beim Überfall von Truppen der Inneren Sphäre auf den Planeten erworben hatte, auf dem Tsengs Einheit Garnisonsdienst geleistet hatte. Der Mann hatte gut gekämpft und zwei Geisterbären-Krieger besiegt, bevor er unter Tsengs Laserombardement zu Boden ging. Entsprechend der Clan-Traditionen hatte Tseng sich entschlossen, den gegnerischen Krieger gefangen- und in die Reihen der Geisterbären aufzunehmen. Aber zunächst mußte der Gefangene sich als Leibeigener bewähren, sozusagen eine Lehrlingszeit durchstehen und beweisen, daß er es wert war, als vollwertiges Mitglied in die Kriegerkaste aufgenommen zu werden.

Ihre Schritte hallten über das Metalldeck des riesigen Mechhangaras, in dessen Luft der leicht beißende Geruch von Chemikalien, Kühlmittel und Hektolitern Schweiß hing. Sie erkannte den Geruch. Es war der Duft der bevorstehenden Schlacht, der Duft des anstehenden Sieges. Der dunkelhaarige Tseng wanderte vor seinem Leibeigenen auf und ab, als sie sich dem Schauspiel näherte. Der schien sich zu fragen, wie groß die Schwierigkeiten waren, in denen er steckte.

Tseng bemerkte Angelas Blick, und sie nickte ihm mit leichten Grinsen zu. »Bist du sicher, daß dieser Leibeigene hier die Aufnahme in unseren Clan verdient, Sterncommander?« witzelte sie.

»Aye«, erwiderte Constant Tseng. »Er hat es verdient, vorausgesetzt, er schafft es, das Konzept des Bietens zu begreifen.«

Sie kicherte. »Er hat Probleme mit dem Bieten? Vielleicht sollten wir einen neuabgeschütteten Bärling holen, der es ihm erklärt.« Bärling nannten die Mitglieder ihres Clans die jungen Wahrgeborenen, durch Genmanipulation aus dem Erbgut der besten Geisterbären-Krieger gezüchteter Kriegernachwuchs. Wahrgeborene standen an der Spitze der Clangesellschaft und waren deren höchste Kaste. Freigeborene andererseits waren das Ergebnis »natürlicher« Zeugung und Geburt und füllten die Reihen der niedereren Kasten. Gelegentlich gelang es einem Freigeborenen, in die Kriegerkaste aufzusteigen, aber das war eine Seltenheit. In aller Regel verachteten die Wahren die Freien und empfanden mehr oder weniger ausgeprägten Widerwillen für natürliche Zeugung und Geburt. Spannungen zwischen Wahrgeborenen und Freigeborenen waren alltäglich.

Der mit den traurigen Überresten eines zerrissenen Hemds und einer Hose bekleidete Leibeigene richtete sich zwischen den beiden ClanKriegern zu voller Größe auf. »Ich bitte um die Erlaubnis, es noch einmal versuchen zu dürfen.«

Tseng drehte sich zu seinem Leibeigenen um. »Na schön, Barthelow. Erkläre mir das Bieten für einen Test.«

Der Leibeigene atmete tief durch. Er wußte natürlich, daß Tseng und die anderen versuchten, ihn zu brechen, um ihn im Bild der Geisterbären neu formen zu können, aber wahrscheinlich sehnte er sich mit einem Teil seiner Kriegerseele immer noch nach einer Möglichkeit zur Flucht. Er atmete tief ein und antwortete in einem Ton, dem man anhörte, daß er die ihm von Constant Tseng eingedrillte Erklärung auswendig abspulte. »Die Clans tragen keine simplen Schlachten aus. Ein ClanKrieger nimmt an einem Test teil. Der Verteidiger erklärt, mit welchen Truppen er antritt. Danach muß der Angreifer um das Recht bieten, seinen Gegner mit minimal möglichem Aufwand zu bezwingen.«

»Und warum das?« fragte sein Leibherr.

»Ich denke, daß es darum geht, die potentiellen Verluste zu begrenzen.«

»Das ist teilweise korrekt, aber was du denkst, ist ohne Bedeutung. Es kommt darauf an, was *ich* denke«, antwortete Tseng. »Es steckt mehr dahinter, Leibeigener. Warum ziehen wir nicht einfach in die Schlacht, wie es deine früheren Kommandeure in der Inneren Sphäre tun, mit allem, was an Menschen und Material verfügbar ist?« Er unternahm keinen Versuch, seine Verachtung zu verbergen.

Der Leibeigene schüttelte den Kopf, senkte dabei aber nicht den Blick. »Ich weiß es nicht.«

»Zumindest hast du diesmal auf deine Sprache geachtet«, stellte Tseng fest. »Sterncaptain Angela Bekker, vielleicht wärst du so freundlich, diesem Stück Suratdreck zu erklären, warum wir nicht mit allem angreifen, was wir besitzen.«

Angela musterte den Leibeigenen einen Moment. »Ehre.«

Barthelow sah sie verwirrt an, aber sie sprach weiter, bevor er Gelegenheit hatte, sie zu unterbrechen. »Seine ganze mögliche Kraft zum Erreichen eines Zieles einzusetzen, ist kein Ausdruck ehrbaren Verhaltens. Als Geisterbär strömt das Blut in deinen Adern rot von Ehre. Wäre ich dir vier zu eins überlegen und würde dich bei einem Angriff besiegen, was hätte ich damit bewiesen? Nichts. In einem derart billigen Sieg ist keine Ehre. Wenn ich meine Überlegenheit wegbiete und dich mit gleichstarken Kräften besiege, erwerbe ich eine gewisse Ehre. Aber wenn ich das absolute Mininum an Kräften biete, und es gelingt mir trotzdem, dich zu bezwingen, habe ich die größtmögliche Ehre errungen. Wenn du sonst nichts lernst, dann lerne zumindest, daß Ehre das Lebensblut des Clans ist.«

»Wenn Sie gestatten, Sterncaptain?« fragte der Leibeigene. »Wenn Sie zu niedrig bieten und verlieren, bringt das keine Ehre, frapos?« Er achtete darauf, das traditionelle Clan-Fragewort zu benutzen.

Tseng sah Angel an. »Er ist kein Dummkopf, oder, Sterncaptain? Seine Fragen machen Sinn.«

»Pos«, bestätigte Angela. »Aber wenn ein Offizier zu niedrig bietet und Gefahr läuft, zu verlieren, kann er den Test abbrechen oder die von ihm zuletzt weggebotenen Truppen doch noch heranziehen. Diese Erhöhung des Gebots verringert die möglicherweise erreichbare Ehre, aber eine Niederlage liefert in der Tat überhaupt keine.«

Tseng drehte sich zu seinem Leibeigenen um. »Du lernst dazu, Barthelow. Aber für jetzt ist es genug. Du hast Arbeiten, um die du kümmern solltest. Ich möchte, daß du die Beine meines *Warhawk* putzt.« Er deutete auf das Gerüst, das seinen gedrungenen OmniMech umgab. »Ich möchte, daß sie so sauber glänzen, daß man von ihrem Füßen essen könnte, und zwar in einer Stunde.«

»Aye, Sterncommander«, erwiderte Barthelow und zog ab, um zu tun wie befohlen.

Constant Tseng sah ihm einen Augenblick hinterher, und Angela Bekker stellte fest, daß seine Haltung die selbstverständliche Präzision ausdrückte, die ihm von Geburt an beigebracht worden war. Eine Aura von Stolz umgab ihn. Aber keine Spur einer so kleinlichen Emotion wie Selbstgefälligkeit. In ihren langen Gesprächen mit ihm an Bord des Landungsschiffes hatte sie nicht die kleinste Spur von Prahlerei bemerkt. Nein, was sie hier sah, war ein Krieger, der daran glaubte, daß er das Wesen des Geisterbären in seiner Seele trug.

»Nun, Sterncaptain? Wie findest du ihn?« fragte er.

Sie sah ihm über die Schulter und beobachtete Barthelow, wie er mit Eimer und Putzlumpen zu dem riesigen OmniMech ging. »Er hat Potential. Die Konzepte des Bietens sind nicht schwer zu verstehen, aber um die Nuancen zu begreifen, genügt reines Auswendiglernen nicht. Im Grunde könnte er die Wichtigkeit des Bietens verstehen, aber ihm fehlt die persönliche Erfahrungen mit dem Ritual. Trotzdem hast du dem Clan einen guten Dienst erwiesen, als du ihn behalten hast.«

»Wir werden bald aufsetzen«, meinte Tseng. »Bist du nicht neugierig, warum wir nach Alshain beordert wurden?«

Constant Tseng hatte den längsten Teil der Reise mit Spekulationen über ihre Befehle verbracht. Er war neugierig wie ein Feuermandrill, aber das störte Angela nicht. Wenigstens neigte er nicht dazu, Gerüchte zu verbreiten, wie mancher andere. Noch eine Reihe weiterer Geisterbären-Krieger an Bord des Schiffes waren nach Alshain, auf die neue Zentralwelt des Clans, bestellt worden. Unter ihnen brodelte die Gerüchteküche, aber sie hatte kein Interesse daran, sich direkt oder indirekt an diesem Treiben zu beteiligen. »Ich habe es mir durch den Kopf gehen lassen«, stellte sie fest. »Vermutlich wurden wir und die anderen an Bord im Zuge einer generellen Umorganisation der Touman hierher befohlen.«

Die Touman war die formelle Militärorganisation des Clans. Ihre unterste Stufe war der Strahl, ein einzelner Mech oder fünf Elementare. Darüber kamen die Sterne, die jeweils aus fünf Strahlen bestanden, gefolgt von Binär- und Trinärsternen, Kombinationen aus zwei respektive drei Sternen. Diese wurden wiederum zu Sternhaufen aus zwei bis fünf Binär- oder Trinärsternen organisiert, und aus mehreren Sternhaufen setzte sich schließlich eine Galaxis zusammen, die größte Militäreinheit des Clans. Manche Einheiten waren durch Verluste im Verlauf der Invasion geschwächt, und der Wiederaufbau ihrer militärischen Stärke war nun, nachdem die Geisterbären ihr Herrschaftsgebiet in der Inneren

Sphäre konsolidiert hatten, zu einer Hauptaufgabe geworden.

Die Erinnerung an die Invasion und deren Nachwehen waren in Angelas Gedanken noch so frisch, als hätten sich die Ereignisse erst gestern zugetragen und nicht schon vor zehn Jahren. Die Geisterbären waren einer der wenigen Clans gewesen, die das Privileg errungen hatten, am großen Kreuzzug zur Befreiung der Inneren Sphäre aus Jahrhunderten selbstverursachter Tyrranei teilzunehmen, aber die Clans waren nicht geschlossen darangegangen, die Wiege der Menschheit zu überwältigen. Die Kreuzritter-Clans wollten die Innere Sphäre erobern, um sie vor sich selbst zu retten. Die Bewahrer sahen es als ihre Aufgabe an, die Innere Sphäre zu bewachen und zu schützen. Der Clan der Geisterbären hatte die Invasion im Lager der Kreuzritter begonnen, sich aber im Lauf der Jahre immer stärker zu den Bewahrern hin umorientiert. Aber Kreuzritter oder Bewahrer, alle Invasionsclans waren mit demselben Ziel angetreten: der Eroberung Terras. Der Clan, dem es gelang, die Heimatwelt der Menschheit zu erobern, würde zum höchsten Clan, zum ilClan, aufsteigen. Von dort aus würde er das goldene Zeitalter des Sternenbunds auferstehen lassen, der dreihundert Jahre zuvor zerbrochen war und die Vorfahren der Clans dadurch gezwungen hatte, der Inneren Sphäre für immer den Rücken zu kehren.

Anfänglich waren die Kräfte der Inneren Sphäre vom Ansturm der technologisch und militärisch überlegenen Clans niedergewalzt worden. Aber schließlich hatte ComStar, der Technologieorden, der sowohl das Solsystem und damit Terra wie auch die gesamte interstellare Kommunikation in der Inneren Sphäre kontrollierte, die Clans in dem Versuch, die Invasion aufzuhalten, zu einer Entscheidungsschlacht auf dem seither bei den Clans verwünschten Welt Tukayyid herausgefordert. In dieser Schlacht hatten die Clans in einer erschreckenden Umkehr ihrer bis dahin gemachten Erfahrungen eine katastrophale Niederlage erlebt. Der Wafenstillstand von Tukayyid hatte den Clans daraufhin für fünfzehn Jahre die Wiederaufnahme der Invasion verboten.

Und während die anderen Clans untereinander fochten und nach Möglichkeiten suchten, den ihnen aufgezwungenen Frieden zu unterminieren, hatten die Geisterbären ihre Eroberungen konsolidiert. Im Verlauf der letzten sieben Jahre hatten sie nahezu ihre gesamte Bevölkerung in die Systeme ihrer Besatzungszone in der Inneren Sphäre geholt und nur ein symbolisches Kontingent in den Clan-Heimatwelten zurückgelassen. Die Innere Sphäre würde ihre neue Heimat werden.

Gleichzeitig war es den Fürsten der Inneren Sphäre gelungen, die Lage der fernen Heimatwelten zu entdecken. Heimlich hatten sich ihre Truppen auf den Weg nach Strana Metschty gemacht und die Clans dort zu einem Widerspruchstest herausgefordert, um die Invasion endgültig zu stoppen. Die Bewahrer-Cans hatten sich unter Leitung des Geisterbären-Khans Bjørn Jorgensson geweigert, die Rechtmäßigkeit der Invasion auf dem Schlachtfeld zu verteidigen.

In einer schockierenden Umkehrung der Geschichte hatten die Truppen der Inneren Sphäre die Clans auf deren Heimatboden besiegt. Die Invasion war vorüber, aber der Frieden war längst nicht jedermann willkommen. Die Geisterbären hatten sich in ihrem neuen Dominium engerichtet und wurden täglich stärker. Aber noch immer war ihr Besitz gefährdet, sowohl von den Armeen der Inneren Sphäre als auch von ihren Bruder-Clans.

Sterncommander Tseng riß sie aus ihren Gedanken. »Ich vermute, man hat uns herbestellt, um einen neuen Sternhaufen oder eine neue Galaxis auszuheben.«

Angela runzelte leicht die Stirn, als sie das hörte. »Du hältst dich an Gerüchte wie ein Mitglied der Händlerkaste, Sterncommander«, wies sie ihn zurecht.

»Neg, Sterncaptain. Ich denke nur logisch. Da sind zum einen all die Krieger an Bord dieses Schiffes, alle versetzt. Es ist nur logisch, daß dies nicht das einzige Schiff seiner Art ist. Die Aushebung eines neuen Sternhaufens oder sogar einer neuen Galaxis ist die vernünftigste Erklärung.«

Sie bewunderte die Art, wie er während ihres Disputs kühl und gelassen blieb. »Wir sind Geisterbären. Es ist nicht an uns, über die Absichten unseres Khans zu spekulieren, sondern nur, unsere Pflicht zu erkennen. Wenn Khan Bjørn Jorgensson uns zu anderen Einheiten versetzen oder neue ausheben will, wird er das auch tun.«

»Das versteht sich von selbst«, gab Tseng zu. »Aber du mußt doch auch zumindest ein wenig neugierig sein.«

Sie fuhr sich mit einer Hand durch das Haar, das sie kurzgeschoren hielt, um den Kontakt zwischen Kopfhaut und Neurohelmsensoren zu erleichtern. »Natürlich bin ich neugierig. Aber ich kenne meine Pflicht als Kriegerin und behalte meine Gedanken für mich.« Wieder ignorierte Tseng die gelinde Zurechtweisung in ihrer Antwort einfach.

»Du bist mehr als nur irgendeine Kriegern, Angela Bekker. Ich habe mir erlaubt, deine Akte einzusehen. Dein Kodax ist herausragend, und du hast den Tatzenschlag erfolgreich durchgeführt. Ganz zu schweigen davon, was du mit Jarett gemacht hast.«

Die Erwähnung Jaretts löste einen Orkan von Erinnerungen in ihr aus. Jarett war ein Planet des Draconis-Kombinats, den die Geisterbären in der zweiten Angriffswelle der Invasion mit ganzer Wildheit angegriffen hatten. Angela hatte im 17. Gefechtstrinärstern der

1. Bärengarde an den Kämpfen teilgenommen. Auf dem Marsch durch den dampfenden Solundschungel hatte der 17. in einer Schlacht, die bis dahin unerreichte sieben Tage gedauert hatte, gegen das 9. Alshain-Regiment der Draconier gefochten.

Ausgedehnte Kämpfe waren nicht die Sache der Clans. Gefechtstests waren auf eine schnelle Entscheidung angelegt, und tagelanger Schlagabtausch war eine Kampfstil, mit dem die wenigsten Geisterbären vertraut waren. Angela Bekker aber hatte sich schnell auf die Gegebenheiten eingestellt und den logistischen Alptraum gemeistert, den Nachschub ihrer Einheit bei der Verfolgung der sich ihr immer wieder entziehenden 9. mit durch den Dschungel zu nehmen.

Ihr taktisches Können hatte ihr reichlich Lob eingetragen, aber das war alles schon lange her. Außerdem dachte Angela nicht gerne an Jarett zurück. Es erinnerte sie nur daran, wie viele ihrer Kameraden sie in späteren Gefechten der Invasion verloren hatte. So viele Freunde und Kameraden.

Sie warf einen Blick auf das Kodaxarmband am linken Handgelenk, knapp hinter der Hand mit den beiden bionischen Ersatzfingern. Die Speicherchips des Kodax enthielten die komplette Militärakte eines Kriegers oder einer Kriegerin, alle Details ihres Lebens im Dienste des Clans. Angela war eine gute Kriegerin, soviel gestand sie ein. Der Wunsch nach dem Blutnamen war in ihren jüngeren Tagen eine nahezu alles verzehrende Leidenschaft gewesen. Heute war der Bekker-Blutname schlicht und simpel ein Teil von ihr. Und die etwas hellere Hautfarbe ihrer prosthetischen Finger erinnerte sie ständig daran, was von einer Geisterbären-Kriegerin im Extremfall erwartet wurde.

»Mach dich nicht zum Narren, Constant Tseng. Ich habe dem 50. Einsatzsternhaufen in den letzten Jahren treu gedient, aber auf eine ehrenhafte Pflichterfüllung können sich auch viele andere Krieger berufen. Auch dein eigener Kodax ist nicht zu verachten. Wie ich bereits sagte, wenn der Khan entscheidet, daß ich dem Clan auf andere Weise dienen sollte, begrüße ich die Gelegenheit, ihm zu beweisen, wozu ich in der Lage bin.«

»Starrsinnig wie immer. Deshalb nennt man dich die ›Tatze‹.«

»Die Tatze?« Der bloße Gedanke machte Angela wütend.

»Aye, Angela Bekker. Ich habe einige Krieger diesen Namen für dich gebrauchen hören. Anscheinend bist du weithin bekannt. Deine Leistungen bei der Befreiung Jaretts hatten etwas von einem taktischen Geniestreich, gleichgültig, wie sehr du es auch herunterzuspielen versuchst. Und dann ... sind da natürlich noch ... deine künstlichen Finger.«

Sie starrte Tseng wütend an. Plötzlich zeigte seine Miene, daß ihm die Voreiligkeit seiner Worte bewußt geworden war. Er schien sich zu wünschen, er könnte sie ungeschehen machen. »Dieser Name, den andere für mich erdacht haben, gefällt mir ganz und gar nicht. Spitznamen sind etwas für Mitglieder der niederen Kasten.«

Constant Tseng setzte zu einer Erwiderung an, aber bevor er ein Wort herausbrachte, schallte ein tiefer, durchdringender Sirenenton durch den Hangar. An der Schottwand blinkte ein gelbes Warnlicht auf. »Die Landesequenz hat begonnen«, stellte er fest. »Vielleicht sehen wir uns am Boden wieder, Sterncaptain.«

»Aye«, antwortete Angela und rieb ihre künstlichen Finger, wie sie es häufig tat, wenn sie nachdachte. Irgendwie wußte sie, daß Sterncommander Constant Tseng so schnell nicht aus ihrem Leben verschwinden würde.

2

Zentralkommando der Geisterbären, Alshain
Geisterbären-Dominium

12. Januar 3062

Angela Bekker hatte sich nach der Ankunft auf Alshain pflichtbewußt sofort in die Befehlszentrale der Geisterbären begeben, um ihre Ankunft zu melden. Das Gebäude war riesig, ein Labyrinth aus Korridoren, Büros und Meldepunkten, und es wimmelte von Militärpersonal und Mitgliedern der niederen Kasten. Bei dem Versuch, die ihr übermittelten Anweisungen zu befolgen, wurde sie dreimal umgeleitet, aber das störte sie nicht. Angela war zur Kriegerin geboren und erzogen, und Befehle zu befolgen war Teil ihrer Natur.

Schließlich hatte man sie hierher geschickt, in das Büro von Galaxiscommander Roberto Snuka. Das Zimmer ähnelte allen Offiziersräumen, die Angela in ihrer Clankarriere je gesehen hatte, bis auf ein einzelnes Gemälde an einer der Wände stumpfgrau und spartanisch eingerichtet. Galaxis Delta, auch bekannt als der Blitzkrieg, genoß nicht den Ruf der Goldbären der Elite-Galaxis Alpha, in der Angela bisher gedient hatte. Delta war eine Frontklassegalaxis der Touman, aber eine der unbeliebtesten.

Galaxiscommander Snuka erweckte jedoch keineswegs den Eindruck, dadurch ein geringerer Krieger zu sein. Sein glänzendes, kurzgeschorenes schwarzes Haar und die Narben im Gesicht kündeten von Kampferfahrung weit über sein Alter hinaus. Angela stand einige Zeit vor seinem Schreibtisch, während er wortlos auf dem Compblock in seiner Hand ihre Personalakte las. Ab und zu warf er ihr einen kurzen Blick zu, als wolle er sich vergewissern, ob ihr Erscheinungsbild sich mit den Angaben in ihrem Kodax deckte.

Angela wartete geduldig, die Hände hinter dem Rükken verschränkt. Sie hielt sich gerade, aber ihr Blick wanderte immer wieder zu dem Gemälde hinter Snukas Schreibtisch. Es zeigte einen in der Schlacht halb besiegten BattleMech, und sie ging davon aus, daß er es selbst gemalt hatte. Im Gegensatz zu ihren Mitstreitern in anderen Clans legten die Geisterbären Wert auf die schönen Künste. Jeder Krieger verbrachte einen Teil seines Lebens damit, an einem Lebenswerk auf dem einen oder anderen Kunstsektor zu arbeiten. Innerhalb der rigiden Disziplin der Kriegerkaste gestattete es einem Krieger, sich auf positive Weise auszuleben. Wie angesichts der genetischen Züchtung der wahrgeborenen Krieger kaum verwunderlich war, erwiesen sich die Talente einzelner Krieger häufig als vererbt. Krieger des Bluthauses Jorgensson hatten eine Neigung zur Bildhauerei. Die Snuka-Blutlinie bevorzugte ebenso wie die Haus Vishios Zeichnung und Malerei. Die Bekkers, zu denen auch Angela gehörte, hatten ein besonderes musikalisches Talent. Sie selbst hatte ein altes Volksinstrument namens Dudelsack spielen gelernt.

Es war noch eine zweite Offizierin anwesend, Sterncolonel Dana Vishio von den 8. Bärkürassieren. Sie saß in einem Bürosessel und wartete ebenso geduldig darauf, daß ihr kommandierender Offizier das Studium der Kodaxdaten beendete. Ihre Uniform zeigte die Insignien der Galaxis Delta, einen auf den Betrachter zustürmenden blauen Bären vor gekreuzten goldenen Blitzen. Darunter prangte der Aufnäher der 8. Kürassiere, ein Krieger, der vor einem Hintergrund aus von Blitzen durchzucktem Schneetreiben auf einem Bären ritt.

Schließlich zerbrach die überraschend tiefe Stimme Galaxiscommander Snukas das Schweigen. »Sterncaptain Angela Bekker. Dein Kodax beweist eine bemerkenswerte Laufbahn im Dienste der Geisterbären.«

»Ich bin stolz, dienen zu können, Galaxiscommander.«

Er beugte sich vor, stützte die Ellbogen auf die graue Schreibtischplatte und legte die Fingerspitzen aufeinander. »Nun also, Sterncaptain. Weißt du, weshalb du hier bist?«

»Neg, Galaxiscommander.«

Er nickte. Anscheinend entsprach diese Antwort seiner Erwartung. »Galaxis Delta untergeht derzeit eine Umorganisation und Vergrößerung. Der Khan hat entschieden, daß du geeignet bist, den Befehl über einen neuen Trinärstern zu übernehmen. Die Einheit wird Sterncolonel Dana Vishios 8. Bärkürassieren zugeteilt werden.«

Diese Eröffnung überraschte Angela, aber sie versuchte, ihre Stimme so neutral wie möglich zu halten, um ihren Vorgesetzten nicht zu beleidigen als sie antwortete. »Ich werde aus Galaxis Alpha zu Galaxis Delta versetzt, frapos?«

Snukas Miene verdüsterte sich. »Pos«, bestätigte er brüsk. »Behagt dir daran etwas nicht, Sterncaptain? Gehörst du zu denen, die finden, eine Position bei Galaxis Delta ist schlechter als eine bei den Goldbären?«

So leicht ließ Angela sich nicht einschüchtern. »Viele Geisterbären streben danach, Alpha zugeteilt zu werden, Galaxiscommander. Von Delta habe ich noch nichts dementsprechendes gehört. Ich habe mich nur gefagt, ob meine Versetzung die Folge eines Versagens meinerseits ist.«

»Ich nehme an, daß du mit dieser Bemerkung weder mich noch meine Einheit beleidigen willst«, zischte Snuka.

»Nein, Galaxiscommander.«

»Ein Glück für dich«, stellte er fest. »Ich wäre gezwungen gewesen, dich zu einem Ehrenduell im Kreis der Gleichen zu fordern. Es hätte dem Khan nicht gefallen, was ich mit dir gemacht hätte.«

Wieder blieb Angela unbeeindruckt. Der Kreis der Gleichen diente dazu, Meinungsverschiedenheiten unter Kriegern im Zweikampf auszutragen, gelegentlich bis zum Tod. »Du kennst meinen Kodax, Galaxiscommander. Meine Akte spricht für sich. Ich versichere dir, daß ich Galaxis Delta nicht beleidigen wollte. Schon gar nicht, nachdem ich selbst ihr zugeteilt bin.«

Roberto Snuka nickte. »Ich bin kein Dummkopf, Sterncaptain. Ich weiß, in welchem Ruf Galaxis Delta steht. Und möglicherweise stimmt es sogar, daß du durch dein Verhalten diese Versetzung selbst herbeigeführt hast.«

»Und um welches Verhalten genau handelt es sich dabei?«

»Du bist eine der Besten. Ein Komet unseres Clans. Du hast den Tatzenschlag erfolgreich abgeschlossen, und das auf eine bemerkenswerte und einzigartige Manier.« Er starrte vielsagend auf ihre rechte Hand mit den beiden bionischen Fingern. »Du warst an der Invasion beteiligt und hast auf Jarett eine ausgedehnte Kampfaktion geleitet. Auf Tukayyid hast du dich in einer ähnlichen Situation als ebenso fähig erwiesen. Du hast sowohl Mut wie auch taktisches Können gezeigt. Galaxis Delta braucht frisches Blut, darin sind der Khan und ich uns einig. Deshalb wurdest du und mit dir viele andere unserer besten Krieger aus allen Einheiten nach Alshain befohlen.«

Jetzt endlich meldete sich auch Sterncolonel Vishio zu Wort. »Wir brauchen die Erfahrung, die Kriegerinnen wie du besitzen, um die Krallen unserer Einheiten zu schärfen, Angela Bekker. Deshalb wurde dir die Aushebung einer neuen Einheit unter meinem Befehl übertragen.«

Vishios Mitteilung war schon erstaunlich genug, aber Snukas nächste Worte waren eine völlige Überraschung für Angela. »Khan Bjørn Jorgensson persönlich hat dich für diesen Posten ausgewählt.«

Sie wußte nicht, was sie sagen sollte, und murmelte nur: »Ich bin dem Khan nie begegnet.«

»Das ist ohne Bedeutung. Nach Durchsicht der Kodaxe vieler der besten Krieger Alphas ist der Khan zu dem Schluß gekommen, daß du dich für diese Aufgabe am besten eignest. Seine Anweisungen waren in diesem Punkt exakt und eindeutig.«

Angela war wie benommen. Es war absolut nicht üblich, daß ein Khan sich in die Einheitsaufstellung auf taktischer Ebene einmischte. Das ließ sie ihren neuen Posten mit Mißtrauen beäugen. War da möglicherweise etwas, das ihre Kommandeure ihr vorenthielten, oder wovon sie vielleicht selbst nichts wußten? »Es ist mir nicht nur Pflicht, sondern eine Ehre, den Geisterbären zu dienen, Galaxiscommander Roberto Snuka. Ich begrüße die Gelegenheit, unter dir und Sterncolonel Dana Vishio eine neue Einheit zu führen.«

»Dann heiße ich dich hiermit unter meinem Befehl willkommen.« Roberto Snuka lehnte sich in seinem Sessel leicht zurück. »Der Khan hat Anweisung gegeben, daß du für deinen Trinärstern unter den zahlreichen Kriegern, die nach Alshain versetzt wurden, die freie Wahl erhältst. Gleiches gilt für die Ausrüstung.« Er schob ihr einen Compblock über den Schreibtisch. »Dieses Gerät enthält die Kodaxe aller für deine Einheit verfügbaren Geisterbären-Krieger. Außerdem hat die Technikerkaste dir eine vollständige Aufstellung aller verfügbaren BattleMechs und sonstigen Ausrüstung geliefert, einschließlich der nötigen Anforderungsformulare.«

Wieder war Angela überrascht. »Ich bin verwirrt, Galaxiscommander. Ich wähle die Krieger, die unter mir dienen, persönlich aus, frapos?«

Dana Vishio antwortete ihr. »Es ist ungewöhnlich, aber durchaus nicht einmalig.« Angela bemerkte, daß Vishio kurz zu Snuka hinübersah und dessen Blick zu erhaschen suchte. Er reagierte mit einem kaum wahrnehmbaren Schulterzucken. Die beiden schienen nicht mehr zu wissen als Angela.

»Es ist hilfreich, daß wir derzeit mehr Krieger als freie Stellen haben«, fuhr Vishio fort. »Suche deine Trinärsternkameraden aus, nach welcher Methode du es für angemessen hältst.«

Angela dachte einen Moment nach. »Auf meinem Flug hierher habe ich bereits einen fähigen Krieger kennengelernt, Sterncommander Constant Tseng. Er würde einen ausgezeichneten Stellvertreter abgeben, und mit seiner Hilfe sollte ich schnell weiterkommen.«

»Gut«, willigte der Sterncolonel ein. »Du mußt deine Einheit schnell ausheben und dich auf den Weg zu eurem ersten Auftrag machen.«

»Nach ...?«

»Ihr fliegt in einer Woche ab und übernehmt die Garnsionsaufgaben auf Toffen. Dein Trinärstern wird den Rest der 8. ablösen, so daß er anderweitig verwendet werden kann.«

Toffen. Angela hatte von dieser Welt gehört. Sie lag in einem System, das zu den Eroberungen der Geisterbären gehörte, die besonders weit innerhalb der Inneren Sphäre lagen. Angesichts seiner Nähe zum Solsystem hatte dieser Planet eine beachtliche strategische Bedeutung, beinahe genug, um Angela über die Versetzung zum Blitzkrieg hinwegzutrösten. »Welche anderen Einheiten werden uns auf Toffen zur Seite stehen?«

Wieder trafen sich die Blicke Vishios und Snukas. Fast schien es, als bitte sie bei ihm um die Erlaubnis, antworten zu dürfen. Der Augenblick war beiden Offizieren sichtlich unangenehm. »Keine anderen Einheiten«, erklärte sie schließlich. »Dein Trinärstern wird die alleinige Verantwortung für die Verteidigung des Planeten tragen. Verstärkungen werden folgen.«

Was soll das heißen, werden folgen? wollte Angela sagen. Toffen war eine Frontwelt. Ein Trinärstern umfaßte nur drei Sterne Mechs und Elementare. Eine Einheit dieser Größe, die dazu noch frisch ausgehoben war, zur Verteidigung eines wichtigen Systems einzusetzen, konnte einen Versuch der Inneren Sphäre, es zurückzuerobern, geradezu herausfordern.

Ganz zu schweigen von Angriffen anderer Clans. Die konstant miteinander in Fehde liegenden Clans trugen ständig Besitztests um einzelne Welten aus. »Wenn du die Nachfrage gestattest, Sterncolonel, habe ich das richtig verstanden? Eine andere Einheit wird sich uns in Kürze im Garnisonsdienst anschließen, frapos?«

Diesmal übernahm der Galaxiscommander die Antwort. »Sterncaptain Angela Bekker, wir alle haben unsere Pflicht. Wir sind uns der Bedeutung Toffens durchaus bewußt, aber als Sterncaptain verstehst du sicher die Notwendigkeit, die Einteilung unserer Einheiten vertraulich zu behandeln. Daher kann und werde ich deine Frage nicht beantworten.« Er lehnte sich wieder über den grauen Schreibtisch und brachte sein Gesicht so nahe an das Angelas heran, daß sie ihm in die Augen sehen und die Bedeutung seiner Worte nicht mißverstehen konnte: »Es gibt Kräfte, die das alte Sprichwort mißachten: ›Laß schlafende Bären ruhen‹. Kräfte, in deren Augen die scheinbare Untätigkeit unseres Clans in den letzten Jahren einen falschen Eindruck erwekken könnte, die sich in dem Irrglauben befinden mögen, der Bär sei in einen tiefen Winterschlaf gefallen. Du weißt ebenso wie ich, daß dem nicht so ist. Andere könnten weniger gut beraten sein.«

Sie war sich nicht ganz sicher, ob sie die Bedeutung dieser Worte verstand, aber die Botschaft, die sie vermittelten, kam laut und deutlich bei ihr an. Sie würde keine weiteren Fragen stellen.

Galaxiscommander Snuka lehnte sich wieder zurück. »Das wäre alles. Und noch einmal, Sterncaptain: Willkommen im Blitzkrieg.«

* * *

Drei Stunden später saß Angela hinter ihrem Schreibtisch und rieb sich die vom intensiven Studium der Akten in dem Compblock, den Galaxiscommander Snuka ihr mitgegeben hatte, überanstrengten Augen. Sie hatte ein Büro im Innern des Gebäudes requiriert, um die Kodaxe des Kriegerbestands durchzusehen, aus dem sie ihre Rekruten auswählen mußte.

Bei den Clans gab es zwei Methoden, eine neue Einheit auszuheben. Die erste und bei weitem häufigere war die Zuteilung. Selbst angesichts der martialischen Erziehung aller ClanKrieger brauchte es in der Regel strikten Drill, um aus einer derartigen Gruppe von Einzelpersonen eine funktionstüchtige Kampfeinheit zu schmieden, strikten Drill und Zeit. Die andere Methode bestand darin, die Einheitsmitglieder einzeln zu rekrutieren, die Kodaxe qualifizierter Krieger zu studieren und die Kandidaten auszuwählen, deren Fähigkeiten und Neigungen ihnen ein besonders hohes Potential zur Zusammenarbeit verliehen. Natürlich würden auch sie, wie jede neugegründete Einheit, ausgiebig miteinander trainieren müssen, aber dazu würde ihr neuer Trinärstern herzlich wenig Zeit haben.

Ein Klopfen an der Tür unterbrach sie. »Herein«, sagte sie und stand auf, um das graue Uniformhemd glattzustreichen, das ihren muskulösen Oberkörper bedeckte. Ein Mann trat mit präzisen militärischen Bewegungen ins Zimmer und schloß die Tür hinter sich. Er salutierte zackig, und sie erwiderte seinen Gruß.

»Sterncommander Constant Tseng, so sieht man sich wieder.«

»Melde mich wie befohlen, Sterncaptain«, antwortete er knapp.

»Ich weiß die Förmlichkeit zu schätzen, Constant,

aber wenn wir allein sind, darfst du darauf verzichten.« Angela deutete auf den Sessel vor ihrem winzigen Schreibtisch.

Tseng setzte sich mit derselben militärisch strammen Haltung, die er ständig an den Tag legte. »Verstanden. Ich habe soeben erfahren, daß du mich für eine neu auszuhebende Einheit angefordert hast.«

»Richtig«, bestätigte sie. »Deine Akte und meine Beobachtungen an Bord des Landungsschiffes lassen mich glauben, daß wir gut zusammenarbeiten könnten.«

Tseng schien sich etwas zu entspannen. »Ich weiß dein Vertrauen in mich zu schätzen.«

Angela warf ihm einen langen Blick zu. »Uns bleibt nicht viel Zeit, Sterncommander. Schon in wenigen Tagen müssen wir mit einem erst noch aufzubauenden Trinärstern nach Toffen aufbrechen. Damit mir das gelingt, brauche ich Hilfe von jemandem, der versteht, wie ich arbeite. Von jemandem, der meine Gedankengänge vorhersehen kann. Wir sind auf der *Featheringham* Freunde geworden. Jetzt muß ich von dir verlangen, mehr zu werden.«

»Das klingt, als würdest du einen Stellvertreter beschreiben«, stellte Tseng fest und lächelte.

»Aye, Constant.« Sie erwiderte das Lächeln. Er hatte einen wachen Verstand. Genau deshalb hatte sie ihn für diesen Posten ausgewählt.

»Welche Struktur planst du für die Einheit?« fragte er.

»Ich stelle mir einen BefehlsStern mit schweren und überschweren OmniMechs vor. Der JagdStern muß leicht und sehr schnell werden. Unser KampfStern sollte Mechs verschiedener Klassen vereinigen. Den wirst du befehligen.«

»Elementare?« fragte Tseng. Elementare waren ebenso wie MechKrieger genetisch gezüchtete Krieger, aber beinahe doppelt so groß und schwer. Im Kampf steuerten sie keine BattleMechs, sondern operierten in schweren hydraulischen Rüstungen als gepanzerte Infanterie. Unter den richtigen Umständen konnte ein Strahl aus fünf Elementaren einen BattleMech innerhalb von Minuten vernichten.

»Ein paar, aber nur im JagdStern, und nicht mehr als ein oder zwei Strahlen.«

»Ich empfehle einen Strahl. Das genügt, um uns in der Schlacht den Schub zu geben, den wir brauchen, es sei denn, wir müssen dichtbesiedelte Stadtgebiete verteidigen.«

»Einverstanden.«

»Die Mischung klingt gut, vorausgesetzt, wir bekommen die nötigen OmniMechs, aber ich muß dich fragen ... wie du zu Freigeburten stehst, wenn es um die Auswahl von Kriegern geht.«

Die Frage kam für Angela keineswegs überraschend. Es gab eine grundlegende Spannung zwischen den genmanipulierten Wahrgeborenen und den nicht für ihre Aufgaben gezüchteten Freigeborenen. Manchen Freigeburten gelang es, sich einen Platz in der Kriegerkaste zu erkämpfen, aber es gab wahrgeborene Kommandeure, die freiwillig niemals einen von ihnen in einer Einheit geduldet hätten.

Angela gehörte nicht zu ihnen.

»Worauf es ankommt, ist, daß wir fähige Krieger auswählen, die in der Lage sind, nach minimalem gemeinsamen Training gut zusammenzuarbeiten. Ob es sich dabei um Wahrgeborene oder Freigeborene handelt, kümmert mich nicht. Ihre Leistungen als Krieger sind es, die zählen.«

»Ich stimme dir zu«, erklärte Tseng. »Ich würde gerne die Kodaxe der verfügbaren Krieger einsehen. Je eher wir anfangen, desto besser.«

Angela grinste. »Ich habe schon angefangen, aber es kann nicht schaden zu sehen, inwieweit wir übereinstimmen. Ich habe die Dateien der Krieger gekennzeichnet, die mir besonders geeignet erscheinen.« Sie schob den Compblock über den Schreibtisch, und Constant Tseng nahm ihn auf. Es versprach, eine lange Nacht zu werden.

3

Kriegerviertel, Silverdale, Alshain
Geisterbären-Dominium

14. Januar 3062

Angela durchquerte den Mechhangar und trat zu einem schlaksigen MechKrieger, der zu einem *Fire Moth* hochstarrte und aufmerksam beobachtete, wie mehrere Techs die Geschützmodule des Mechs auswechselten.

»Sterncommander Stone?« fragte sie.

Der Mann wirkte eher wie ein abgemagerter Elementar, so wenig hatte er von dem üblichen kompakten Körperbau eines MechKriegers. Er musterte sie von unten nach oben und nickte einmal langsam. »Pos«, war alles, was er sagte, bevor er sich wieder zu den Techs auf dem Wartungsgerüst umdrehte.

Angela stellte überrascht die linke Augenbraue schräg. Er schien an nichts außer den Arbeiten an seinem Mech interessiert. »Ich bin Sterncaptain Angela Bekker, Galaxis Delta, 8. Bärkürassiere.«

Wieder drehte er sich langsam, fast mechanisch, zu ihr um und sah sie an. »Ich bin Sterncommander Stone, bis vor kurzem Mitglied der Schlagender-Bär-Geschko.«

Eine andere Kriegerin wäre von seinem Auftreten einer ranghöheren Offizierin gegenüber möglicherweise beleidigt gewesen, aber Angela kannte den kurzen, aber bemerkenswerten Kodax dieses Mannes. Stone hatte sich erst kürzlich zum MechKrieger qualifiziert, aber beim Positionstest Fähigkeiten bewiesen, die ihm eine sofortige Beförderung zum Sterncommander gesichert hatten. Seinen Ausbildern zufolge war Stone einer der besten Führungsoffiziere für schnelle Aktionen, die sie je gesehen hatte, und dabei weder waghalsig noch impulsiv. Seine Spezialität waren rasche taktische Ausfallmanöver und Erkundungsmissionen. Wiederholt war er in einem leichten *Fire Moth* ins Feld gezogen, und obwohl er zahlenmäßig und an Bewaffnung unterlegen war, hatte er durch schiere Schnelligkeit und Können Mechs abgeschossen, die das dreifache Gewicht seiner Maschine hatten.

Trotz gewisser Eigenheiten besaß er die Qualitäten, nach denen Angela suchte. »Ich bin dabei, einen neuen Trinärstern auszuheben, Sterncommander Stone. Nach Durchsicht deines Kodaxes habe ich den Eindruck, daß du den Geisterbären unter meinem Befehl gute Dienste leisten könntest.«

Wieder drehte Stone sich langsam zu ihr um. »Meine Ausbildungsoffiziere werden dir sagen können, daß ich an der Spitze eines Jagd- oder Sondierungssterns am effektivsten bin.«

»So steht es in deiner Akte. Aus diesem Grund biete ich dir den Befehl über meinen JagdStern an.«

»Meine Ausbilder haben sich verdient gemacht, wenn sie dir ebenfalls mitgeteilt haben, daß ich ein Mensch bin, der wenig Führung benötigt oder wünscht. Ich leiste meine beste Arbeit in unabhängigen Aktionen.«

Angela grinste leicht. »Das stand nicht in deiner Akte, aber ich verstehe es. Auch meine Stärke liegt in unabhängiger Aktion.«

»Besteht in dieser Einheit, die du aufbaust, eine Chance, aktiv zu werden?«

»Aye. Wir sind für die Frontwelt Toffen eingeteilt.«

Stone nickte. Dann schien er einen Augenblick in Gedanken die Karte des Geisterbären-Dominiums zu überfliegen, um sich Toffens Lage ins Gedächtnis zu rufen. »Wo eine Chance besteht, zu kämpfen und dem Clan zu dienen, besteht eine Chance, seinen Ruhm zu mehren. Ich bin geehrt, deiner Einheit beitreten zu dürfen, Sterncaptain Angela Bekker.«

»Ausgezeichnet. Ich werde deinen Versetzungsbefehl schreiben, Sterncommander.«

Stone nickte einmal, dann wandte er sich wieder seinem OmniMech und den Wartungsarbeiten daran zu.

* * *

Die faule Gans war eine Kneipe von der Art, wie sie so ziemlich überall zu finden war, wo es Soldaten gab. Sie war schon hiergewesen, als das Draconis-Kombinat Alshain noch regiert hatte, und jetzt unter der Regierung der Geisterbären hatten sich nur die Uniformen ihrer Kundschaft verändert.

Der Schankraum war düster und stank nach Zigaretten, Zigarren, Schweiß, Bier und noch so manchem anderen, nach dem man besser nicht fragte. In der Mitte des Raums waren mehrere Tische beiseitegerückt worden, und in dem dadurch entstandenen freien Platz hielten sich drei Krieger auf, die entweder tanzten oder zu einem Kampf in Position gingen. In den Schatten war ein weiterer Krieger dicht genug herangetreten, um das Geschehen zu verfolgen, ohne Aufmerksamkeit zu erregen.

Einer der Kombattanten, ein gedrungener Mann mit zurückgehendem Haaransatz, duckte sich in Gefechtshaltung. »Ich biete dir eine Gelegenheit, diese Worte zurückzunehmen, Sterncommander Konti«, erklärte er mit einem verschlagenen Grinsen.

In den Schatten nickte der halbversteckte Krieger. Das war eindeutig der Mann, dessentwegen er gekommen war. Er hieß Gregori, und ganz so, wie nach Studium seiner Akte zu erwarten war, steckte er mitten in einem Zweikampf.

»Neg, du Dungmade«, antwortete sein Gegner.

»Und ich gewähre dir keinen Kreis der Gleichen. Ich stehe zu allem, was ich gesagt habe, du Freigeburtsabschaum.« Ein anderer Krieger, der mit zum Kampf geballten Fäusten in der Nähe stand, grunzte zustimmend.

»Wie du willst, Konti«, meinte Gregori und fuhr sich mit der Zunge über die Lippen. »Dein Freund und du werdet jede einzelne dieser Beleidigungen fressen.« Im selben Augenblick stürzte er sich blitzschnell auf seinen Kontrahenten.

Konti versuchte auszuweichen, aber Alkohol und schlechtes Timing machten ihm einen Strich durch die Rechnung. Gregori traf ihn mit einem weit ausholenden Fußtritt in der unteren Hälfte des Brustkorbs und schleuderte ihn davon. Als er zu Boden ging, streifte Kontis Faust seinen Angreifer, konnte aber keinen ernsthaften Schaden anrichten. Gregori drehte sich im Flug und fiel auf die Seite.

Jetzt sprang Kontis Kamerad vor, aber Gregori sah ihn kommen und säbelte dem größeren Krieger mit einem Tritt die Beine unter dem Körper weg, so daß er ebenfalls stürzte. Gregori rollte mit wehenden Haaren, die einen Regen von Schweißtropfen über die Zuschauer schleuderten, auf den Rücken des Mannes und schlug ihm von beiden Seiten die Fäuste auf die Ohren.

Konti kam auf die Füße und hob einen Stuhl hoch, während die andern Kneipengäste seltsam wortlos zurückwichen, um den Kämpfern Platz zu machen. Konti stürmte brüllend vor, den Stuhl zum Schlag über den Kopf gehoben, dann schlug er ihn auf Gregori hinab, der noch immer auf dem Rücken seines verletzten Kameraden hockte.

Gregori stieß sich in dem Moment ab, in dem der Stuhl herabsauste. Der Schlag traf seine Knöchel und den Rücken von Kontis Verbündetem. Zeitgleich rammte Gregori gegen die Knie seines Angreifers. Ein lautes Knacken ertönte, als Kontis Knie unter dem Aufprall nachgab und nach hinten umknickte. Das Kampfgebrüll verwandelte sich in einen Schmerzensschrei, als er außer Gefecht zu Boden fiel.

Gregori kam keuchend hoch. Sein Blick strich über die Krieger, die sich die Schlägerei angesehen hatten. »Noch jemand, der herausfinden möchte, ob dieser ›Freigeburtsabschaum‹ es wert ist, sich einen Krieger der Geisterbären zu nennen?«

Ein wütendes Raunen ging durch die Menge, das der Mann in den Schatten als Ankündigung weiterer Herausforderungen von Wahrgeborenen erkannte, die ihre Ehre verteidigen wollten. Es war Zeit, einzuschreiten. Er trat in den schummrigen Lichtkegel und wanderte zu dem Schläger hinüber. »Du bist Gregori, korrekt?«

»Pos, du wahrgeborener Bastard«, spie Gregori ihm den übelsten aller Flüche entgegen. Natürlich konnten Wahrgeborene nicht unehelich sein, aber andererseits waren sie es durch die Art ihrer Herstellung automatisch. »Komm her, wenn du dich traust.« Er war sichtlich in Rage.

»Ich sehe, dein Kodax hat nicht übertrieben«, erwiderte Constant Tseng gelassen.

»Was soll denn das heißen?«

»Du weißt, was es heißt«, meinte Tseng. »Du hast ausgezeichnete Kampfleistungen. Du hast ein halbes Dutzend Positionstests gewonnen und jeden dadurch erreichten Rang durch deine ständigen Kämpfe gegen Wahrgeborene im Kreis der Gleichen wieder verloren. Es gibt mit Sicherheit niemanden in unserem Clan, der häufiger degradiert worden ist als du.«

Gregori grinste. Zweifellos war das eine Folge übermäßigen Alkoholkonsums. »Ich habe wenig Verwendung für Titel und Stellung. Oder für arrogante Offiziere, die nichts besseres zu tun haben, als herumzusitzen und meinen Kodax zu lesen. Komm schon, laß sehen, was du draufhast.«

Tseng schüttelte den Kopf. »Nein, Gregori. Aber ich schlage vor, daß du diesen Kampf beendest und gehst. Du wirst diesen Streit heute nicht lösen.« Tseng fragte sich, ob Gregori tatsächlich glaubte, den jahrhundertealten Konflikt zwischen Freigeburten und Wahrgeborenen mit einer einfachen Kneipenschlägerei beenden zu können. »Außerdem bin ich gekommen, um mit dir zu reden.«

Gregori schüttelte den Kopf. »Ich bin nicht in der Stimmung zum Reden. Ich will kämpfen. Wenn ich dir zuhören soll, mußt du mich erst besiegen.«

Das war zwar nicht sein Stil, aber Constant Tseng zögerte auch nicht. »Wenn du anders nicht zum Zuhören zu bewegen bist, von mir aus.« Er zog die schwarzen Handschuhe aus und steckte sie neben der Messingschnalle in Form des Geisterbären-Clanwappens in den schwarzen Uniformgürtel.

Wieder sprang Gregori ohne Vorwarnung auf seinen Gegner los. Der Unterschied diesmal war, daß Constant Tseng im Gegensatz zu den beiden vorherigen Kontrahenten des Freigeborenen nichts getrunken hatte. Gregori war bereits durch den vorigen Schlagabtausch ermüdet, und Tsengs Reflexe waren erheblich schneller als die Kontis oder seines Verbündeten. Er trat mit perfekter Präzision beiseite und rammte Gregori beide Fäuste auf den Hinterkopf, als der an ihm vorbeiflog.

Gregori wankte, und Tseng sprang auf seinen Rükken, um den Kampf zu beenden. Er zog die Arme des benommenen MechKriegers fest auf den Rücken und hielt ihn am Boden. Gregori stöhnte leise, dann lachte er plötzlich. »Du hast mich geschafft, Krieger. Hast du einen Namen?«

»Sterncommander Constant Tseng.«

Nachdem der Kampf offensichtlich vorbei war, kehrten die Gäste der Kneipe allmählich wieder zu ihren Beschäftigungen vor Beginn der Schlägerei zurück.

Unter dem lauter werdenden Kneipenlärm halfen mehrere Krieger Gregoris zwei Opfern wieder auf die Beine. Constant stand langsam auf, so daß Gregori ebenfalss hochkommem konnte.

»Was willst du von mir?« fragte Gregori und wischte sich mit dem Ärmel den Schweiß von der Stirn und das Blut aus dem Mundwinkel.

»Deinem Kodax zufolge hast du auch die höchste Abschußquote in unserem Clan, für eine Freigeburt, meine ich.«

Gregori kniff die Augen zusammen. »Ich will nicht noch einmal gegen dich kämpfen, aber wenn das als Beleidigung gemeint war ...«

»Neg«, schnitt Tseng ihm das Wort ab. »Ich diene unter Sterncaptain Angela Bekker. Sie hebt eine neue Einheit aus. Nach allem, was wir aus deiner Akte ersehen können, halten wir dich für einen hervorragenden Rekruten für unsere Truppe.«

Gregori lachte. »Wenn du meinen Kodax gelesen hast, weißt du auch, daß die meisten meiner Kommandeure mich für einen Schmerz im Arsch halten. Sie behaupten, ich sei zu starrköpfig und würde Befehle ignorieren, wenn die taktische Situation das meiner Meinung nach verlangt. Im großen und ganzen, Sterncommander, charakterisieren sie mich als unbeherrscht und unbeherrschbar.« Wie um seine Worte zu unterstreichen, sah er zu den zwei anderen Kriegern hinüber, die Konti aus der Kneipe halfen.

Tseng nickte und fuhr sich mit der Hand durch das schwarze Haar. »Ja, aber sie sagen gleichzeitig auch, daß du ein besonderes Talent dafür besitzt, die taktische Situation einzuschätzen und im gleichen Moment darauf zu reagieren. Deine Abschußquote bestätigt das.« Constant Tseng verzichtete darauf zu erwähnen, wie viele Gegner sein Gegenüber außerhalb des Schlachtfelds auf dem Gewissen hatte, in Schlägereien wie der, die er gerade unterbrochen hatte. Gregori würde mit Sicherheit Schwierigkeiten machen, aber wenn es gelang, sein Talent in die richtige Bahn zu lenken, war er das wert.

»Und es stört dich nicht, daß ich ein Freigeborener bin?«

»Solange es dich nicht stört, daß ich ein Wahrgeborener bin.«

Gregori setzte ein breites Grinsen auf. »Es stört mich dann, wenn du mir deine Herkunft arrogant unter die Nase reibst. Aber jeder, der mich so schnell besiegen kann, verdient meinen Respekt, gleichgültig, woher er seine Gene hat. Wenn du mich haben willst, bin ich bereit, mich dir anzuschließen.«

»Gut, dann bist du ab jetzt ein Mitglied der 8. Bärkürassiere.«

»Eine Frage noch, Sterncommander.« Gregori wischte sich wieder den Schweiß ab und atmete tief durch. »Wie hast du mich gefunden?«

»Dein letzter Kommandeur hat mir gesagt, ich soll nach einer Kneipe voller Krieger und einem Freigeborenen suchen, der entweder wild darauf ist, eine Schlägerei anzuzetteln, oder bereits mitten in einer steckt. Mit anderen Worten, es war nur eine Frage der Zeit.«

Die Freigeburt Gregori lachte. »Mit dir kann ich auskommen.«

* * *

Die drei Krieger saßen steif im Konferenzraum. Die Spannung war beinahe mit Händen greifbar. Eine von ihnen war eine stämmige Kriegerin mit kurzgeschorenem blonden Irokesenkamm und einer Brandnarbe unter dem rechten Ohr. Sie trug eine typische Geisterbären-Gefechtsmontur, aber unter der Manschette ihres Overalls ragte etwas hervor, das nach einer Novakatzen-Tätowierung aussah.

Der zweite der drei war ein dunkelhäutiger Elementar, der den Raum durch seine bloße Größe dominierte. Aber auch wenn das allein schon ausgereicht hätte, die Aufmerksamkeit auf ihn zu ziehen, sorgten die grauen Ausläufer seiner Koteletten im allgemeinen für mehr Interesse. ClanKrieger erreichten selten in aktivem Dienst ein Alter von Ende dreißig, auf das ein Betrachter ihn geschätzt hätte. Wenn sie über fünfunddreißig wurden, wartete auf die meisten die Versetzung zu den Solahma, der letzten Zuflucht der Alten, Schwachen und aus sonstigen Gründen für die Clans Nutzlosgewordenen. Wenn sie Glück hatten, durften Solahma-Krieger ihr Leben in einem Selbstmordangriff opfern oder die Schande, nicht früher in ehrenhaftem Kampf gefallen zu sein, auf andere Weise ausbügeln. Einen älteren Krieger in den regulären Reihen der Geisterbären zu finden, war eine absolute Ausnahme.

Der dritte Krieger hatte kurzes schwarzes Haar und einen leichten Bartschatten. Seine Haut war blaß, so, als habe er in den letzten Jahren keine Gelegenheit gehabt, ins Freie zu kommen.

Angela und Constant Tseng betraten das Zimmer. Beide hatten einen Compblock in der Hand, und sie setzten sich den drei Kriegern gegenüber an den Tisch. Sie sagten ganz bewußt nichts. Nur einer der drei Krieger, der Bleiche mit dem Bartschatten, ließ sich irgendeine Regung anmerken.

»Ich werde mich kurz fassen«, ergriff Angela das Wort, und weil der Raum bis dahin so völlig still gewesen war, klang ihre Stimme besonders laut. »Ich bin Sterncaptain Angela Bekker. Auf Befehl Khan Bjørn Jorgenssons hebe ich einen neuen Trinärstern der 8. Bärkürassiere, Galaxis Delta, aus. Das ist Sterncommander Constant Tseng, Kommandeur des KampfSterns der Einheit. Wir haben euch heute hierher bestellt, weil eure Kodaxe Potential für eine Aufnahme in diese Einheit erkennen lassen.« Ihr Blick ging von der blonden Kriegerin zu dem schwarzen Elementar. Den dritten Krieger ignorierte sie. »Die wirkliche Frage ist, ob ihr wert seid, in dieser neuen Einheit zu dienen.«

»Wert«, stellte der Elementar fest, »liegt häufig im Auge des Betrachters, oder nicht, Sterncaptain?«

»Aye, Dolf«, erwiderte sie, ohne auf dem Compblock seinen Namen nachsehen zu müssen. »Aber ein Kodax erzählt nicht die ganze Geschichte eines Kriegers. In deinem Fall stehst du vor der Rotation in eine Solahma-Einheit in der Peripherie. Möglicherweise willst du nur in meine Einheit, um diesem Schicksal zu entgehen.«

Dolfs dunkelbraune Augen hielten ihrem Blick stand. »Ich lüge nicht, Sterncaptain. Wenn ich deiner Einheit nicht zugeteilt werde, muß ich den Rest meines Daseins als Solahma verbringen. Das kann immer noch passieren, aber wenn eine Chance besteht, daß ich noch ehrenhaft dienen und in der Schlacht fallen kann, dann wünsche ich mir dieses Schicksal.«

»Das ist noch nicht alles, Krieger«, meinte Sterncommander Tseng.

Dolfs Augen verdüsterten sich. Er neigte leicht den Kopf. »Das stimmt, Sterncommander. Da ist noch etwas. Ich habe an drei großen Schlachten teilgenommen. Dreimal habe ich als einziger meines Sterns überlebt. Manche behaupten, es läge ein Fluch auf mir, aber das stimmt nicht. Ich brauche eine letzte Chance, das zu beweisen.«

Angela sah auf ihren Compblock. »Ich weiß deine Ehrlichkeit zu schätzen, Dolf. Auch ich habe auf Tukayyid gekämpft wie du. Aber ich glaube nicht an Schicksal. Glück und Pech, vielleicht, doch nicht an Schicksal. Würdest du mir gut dienen, um zu beweisen, daß kein Fluch auf dir lastet?«

Dolf nickte. »Ich werde nie wieder der einzige Überlebende meiner Einheit sein, Sterncaptain. Nimm mich als Krieger an, und ich beweise es dir.«

Constant Tseng sah Angela an und nickte. »Ja, Dolf, wir geben dir deine Chance. Wir planen, für den Trinärstern einen Strahl Elementare auszuheben. Ich möchte, daß du mir bei der Rekrutierung hilfst.«

Der riesenhafte Krieger lachte breit. »Es wäre mir eine Ehre, Sterncaptain Angela Bekker.«

Angela blickte wieder auf ihren Compblock und rief die Daten auf, die sie brauchte. Das fahle, bläuliche Licht des Anzeigeschirms tanzte über ihre Finger. »Du mußt Neta sein«, meinte sie und sah die blonde Kriegerin an.

»Pos, Sterncaptain. Ich bin Neta, die Geisterbärin.«

»Früheres Mitglied der Novakatzen, frapos?« fragte Constant Tseng.

»Pos, Sterncommander. Ich wurde vom Krieger Hosek zur Leibeigenen gemacht.«

»Ich kenne deinen Kodax«, stellte Angela fest. »Aber mich interessieren ein paar Einzelheiten, die nicht darin zu finden waren. Was ist aus Hosek geworden?«

»Er hat mich sechs Monate nach meiner Gefangennahme in einem Besitztest um mein Generbe zur Kriegerin gemacht. Zwei Tage später hatten wir eine Auseinandersetzung um die Behandlung eines Mitglieds der Technikerkaste, das einen unserer Mechs beschädigt hatte. Wir traten uns im Kreis der Gleichen gegenüber, und ich brach ihm das Genick.« In ihrer Stimme lag kaum Emotion. Das Geschehen schien sie nicht merklich berührt zu haben.

»War das Absicht?« fragte Tseng nach.

»Neg, Sterncommander«, antwortete Neta. Ihre Augen funkelten, als sie sprach. »Es war ein bedauerlicher Unfall.«

»Und seitdem hat dich keine Einheit aufgenommen, frapos?« fragte Angela.

»Positiv, Sterncaptain.«

»Und was sollte mich veranlassen, es zu tun?«

Diese Frage schien Neta einen unangenehmen Moment des Schweigens lang aus dem Konzept zu bringen. »Lassen wir es dabei bewenden zu sagen, daß ich zwar zur Geisterbärin gemacht wurde, aber noch keine Chance erhalten habe, mich zu beweisen. Ich habe bisher nur ein einziges Mal einen Kampf verloren, und das gegen meinen neuen Clan. Ich habe mit genug Können gefochten, um als Leibeigene genommen und später wieder Kriegerin zu werden. Jetzt wünsche ich mir die Gelegenheit zu kämpfen.«

»Schlägt das Herz des Bären in deiner Brust?« fragte Angela.

»Früher war ich eine Novakatze und ließ mich von Intuition und Gefühl durch das Universum führen. Jetzt bin ich eine Geisterbärin und kämpfe als solche. Wenn du mich fragst, ob alle Spuren meines früheren Clans in mir ausgelöscht sind, lautet die Antwort nein. Auch ich werde dich nicht anlügen. Ich fühle noch immer den Ruf der Sterne, die mich leiten. Aber mein Dienst und mein Herz gehören jetzt dem Geisterbär. Meinem früheren Leibherrn gefiel meine mystische Seite nicht, und schlußendlich hat es ihn das Leben gekostet. Ich bitte nur um die Gelegenheit, mich den Geisterbären zu beweisen, zu zeigen, daß ich wirklich eine Kriegerin dieses Clans bin.« Sie sah kurz zu Dolf, und er nickte. Die beiden teilten ein gemeinsames Schicksal, auch wenn es unter verschiedenen Namen lief.

Angela blickte zu Tseng, der auch diesmal sein Einverständnis signalisierte. Sie warf den Compblock auf den Tisch und sah den dritten Krieger an, der ihr auf der anderen Seite gegenübersaß. »Und du, alter Freund? Obwohl wir einander zwei Jahre nicht gesehen haben, siehst du besser aus als bei unserer letzten Begegnung. Ich frage dich, ob du bereit bist, unter meinem Befehl zu dienen. Wir stammen aus derselben Geschko, und das verbindet uns auf eine Weise, für die es keine Worte gibt. Aber ich habe einen Blutnamen und bin dir vorgesetzt. Würde es das schwierig für dich machen, unter mir zu dienen?«

Der Mann mit dem Fünf-Uhr-Schatten lächelte. »Neg, Sterncaptain. Mir nicht. In deiner Einheit zu dienen, wäre eine Ehre. Ich bin dir etwas schuldig, und ich möchte diese Schuld auf dem Schlachtfeld abtragen.«

»Ausgezeichnet«, erklärte Angela und schaltete den Compblock mit einem kurzen Tastendruck aus. »Ich werde euren derzeitigen Kommandeuren die nötigen Versetzungsbefehle zukommen lassen.«

Die drei neuen Rekruten sagten nichts, aber ihre Mienen sprachen Bände. Angela stand auf, Tseng tat es ihr nach, und die beiden verließen den Raum.

* * *

Die drei Krieger schwiegen, bis sich die Tür geschlossen hatte. Dann drehte Neta sich zu dem blassen Krieger um und legte fragend den Kopf auf die Seite. »Du kennst diesen Sterncaptain Angela Bekker, frapos?«

»Pos. Das ist untertrieben. Ich verdanke ihr mein Leben.« In seiner Stimme lag Stolz.

Neta nickte, als verstünde sie, was er meinte, und in ihrem nächsten Satz lag ein gespenstischer Nachhall ihrer Novakatzenerziehung. »Sie ist ehrbar über ihre Worte und Erscheinung hinaus.«

»Sie hätte mich sterben lassen können, aber das hat sie nicht getan«, meinte der Krieger und rieb sich in Erinnerung an die schmerzhafte Verletzung die Rippen.

»Du hast schon einmal unter ihr gedient?« fragte Dolf.

»Neg. Nicht gedient. Es war mehr«, antwortete der Mann. Langsam erzählte Sprange den beiden, wie Sterncaptain Angela Bekker ihm das Leben gerettet hatte …

* * *

Auf dem Korridor vor dem Konferenzraum hielt Constant Tseng Angela an und grinste ihr aufmunternd zu. »Das hast du gut gemacht.«

»Es ist ein Glücksfall, daß wir Sprange rekrutieren konnten. Wie ich dir bereits erzählte, habe ich ihm einmal das Leben gerettet. Er wird den anderen von mir erzählen, und das wird helfen, etwas von seiner Loyalität in ihnen zu wecken. Wir werden alle Hilfe brauchen, die wir bekommen können, um diese Einheit zu formen.«

Tseng nickte bedauernd. »So ist es, aber ich habe noch zwei andere Krieger getroffen, die wir in Betracht ziehen sollten. Einer heißt Sorrenteno. Er hat nicht viel Kampferfahrung, verfügt aber über einen guten Sinn für Defensivstellungen und Verteidigungsoperationen.«

»Gut«, erwiderte Angela. »Und der andere?«

»Ihr Name ist Bethany. Sie kommt frisch von der Blutige-Tatze-Geschko.« In seiner Stimme lag ein leichtes Zögern, als wäre er sich bei ihr nicht ganz sicher.

»Deine Einschätzung?«

»Sie ist ein Hitzkopf, aufbrausend. Impulsiv. Ihr fehlt die praktische Erfahrung einer abgebrühten Kriegerin.«

»Aber auf irgendeine Weise hat sie es dir angetan, frapos?«

»Pos. Ihre Treffsicherheit und Waffenfertigkeit suchen ihresgleichen. Unter deinem oder meinem Befehl hätte sie meiner Ansicht nach ein beachtliches Potential für unseren Clan.«

»Ich will sie kennenlernen«, meinte Angela. »Und wir werden Sterncommander Stone mitnehmen. Er muß ebenfalls einen Anteil daran haben. Es wird eine Bindung zwischen uns als Kommandeuren schaffen, wenn wir diese wichtigen Entscheidungen gemeinsam treffen.«

Sie rieb sich kurz die Schläfen, als wolle sie die Anspannung vertreiben. »Du solltest schlafengehen, Sterncommander. Sterncolonel Dana Vishio ist bereits unterwegs, um den Abzug zu überwachen. Wir haben ein paar lange Tage vor uns. Wir müssen die letzten Rekruten auswählen, uns mit den QuartiermeisterTechs verständigen, und dann haben wir noch viel zu schaffen, wenn wir in nicht einmal einer Woche bereit zum Ausrücken sein wollen.«

4

**Hauptquartier des 7. Gefechtssternhaufens,
Altenmarkt
Wolfsclan-Besatzungszone**

16. Januar 3062

Sterncolonel Dirk Radick lehnte sich in dem ungepolsterten Sessel zurück und starrte den Berichtausdruck in seiner Hand an, als enthielte er die Worte des großen Nicholas Kerensky persönlich. Er saugte sich an dem Bericht fest, als ob der ihm Kraft spenden würde ... und Hoffnung. Sein mittelblondes Haar war an den Seiten ungewöhnlich lang, in der Nähe der Schläfen aber nach MechKriegermanier komplett abrasiert. Während des Lesens fuhr er sich unbewußt mit der Hand durch das Haar. Er suchte nach einem Hinweis, irgendeiner Information, die ihm eine Gelegenheit bieten konnte, sich die Ehre zu erwerben, nach der er verlangte. Die meisten Krieger zogen es vor, die Berichte auf einem Computermonitor oder Compblock zu lesen, aber Dirk Radick las sie im Ausdruck, weil ihn das von den anderen unterschied. Er versuchte sich in allem, was er tat, von der Menge abzuheben, auch im Privaten. Er glaubte daran, daß Einzigartigkeit bei Schwächeren Angst auslöste.

Die letzten Jahre hatten nicht gerade zu den besten Zeiten für Dirk Radicks Wolfsclan gehört. Zu Beginn waren die Wölfe an der Spitze der Invasion marschiert, waren allen anderen Invasorenclans im Rennen nach Terra ein Stück voraus gewesen. Dann war die Schlacht um Tukayyid gekommen, und der fünfzehnjährige Waffenstillstand, der noch immer nicht vorüber war.

Seitdem hatten interne Streitereien und Zersplitterung die Touman der Wölfe geschwächt. Das machte es noch wichtiger für überzeugte Kreuzritter wie Dirk Radick, die Augen für jede Gelegenheit offenzuhalten, ihrem Clan und ihrer Sache zu dienen.

Die Wölfe Khan Vladimir Wards waren die radikalsten Kreuzritter, die es unter den Clans noch gab. Und Sterncolonel Dirk Radick war der radikalste der Wölfe. Als Kommandeur des 7. GefechtsSternhaufens hatte er sich einen Ruf als absolut skrupelloser Killer erworben. Zu seinen Zielen gehörten auch die Freigeburtskrieger seines Clans genau wie aller anderen. Er hatte Freigeburten abgeschlachtet, wo immer sich die Gelegenheit bot, und seiner Einheit den Beinamen die Blutsäufer eingetragen, einen Spitznamen, den er wie eine Auszeichnung trug.

Radick genoß seinen Ruf besonders deshalb, weil er andere dazu verleitete, ihn als unkontrolliert und waghalsig zu sehen, mehr von seiner Wut gesteuert als von klarem Verstand. Die Wahrheit sah ganz anders aus. Dirk Radick war verschlagen und berechnend. Er hatte Spaß daran, seine Feinde und sogar einige seiner Anhänger glauben zu machen, er sei impulsiv und überhastet. Das verschaffte ihm einen Vorteil beim Bieten und im verschachtelten Labyrinth der internen Clanpolitik.

Er blätterte um und las konzentriert weiter. Der Ausdruck in seiner Hand war ein Bericht der Clanwache, des Geheimdienstes der Clans. Jeder der Clans unterhielt seine eigene Wache, die Freunde und Feinde gleichermaßen beobachtete. Vor der Invasion der Inneren Sphäre hatten die Clans keinen Bedarf für verdeckte Ermittlungen und Geheimdienste gehabt. Aber jetzt, wo sich die Clans in der Inneren Sphäre aufhielten und ständig in Auseinandersetzungen untereinander verwickelt waren, war es nötig geworden, sich darüber zu informieren, was in den anderen Lagern vor sich ging.

Radick stockte einen Moment und las einen Eintrag,

der seine Aufmerksamkeit erregt hatte, nochmal. Dann noch zwei weitere Male. Sein Mund verzog sich gerade zu einem Lächeln, als jemand an die Tür klopfte. Er sah auf die Uhr. 7 Uhr morgens. Sie war pünktlich wie immer.

»Herein.« Die Tür öffnete sich, und Sterncaptain Jergan trat mit der militärischen Präzision ein, die nur genetishe Zuchtauswahl so perfektionieren konnte. Jergan war eine großgewachsene Frau mit dunklem Haar, das von roten Strähnen durchsetzt war. Sie befehligte den Trinärstern Schwert des Wolfs. Er hatte sie zu seiner Stellvertreterin herangezogen, auch wenn sie sicher nichts von seiner Absicht ahnte. Heute bot sich eine gute Gelegenheit, ihr Verständnis auf die Probe zu stellen.

»Guten Tag, Sterncolonel«, begrüßte sie ihn, salutierte und setzte sich ihm gegenüber.

»Ob es ein ›guter Tag‹ ist, hängt vom Standpunkt ab«, brummte Radick. Sie sollte Zweifel bekommen, in welcher Stimmung er war.

»Enthalten die Geheimdienstberichte heute beunruhigende Neuigkeiten, Sterncolonel?«

»Möglicherweise.« Er schob ihr den Bericht über den Schreibtisch zu. »Lies Seite zwei. Sag mir, was dir auffällt.«

Sie nahm das Dokumt, warf ihm einen mißtrauischen Blick zu, dann las sie, zweimal.

»Die Geisterbären gruppieren sich um, frapos?« meinte sie schließlich.

»Pos. Das ist das eine.« Radick nahm langsam einen Schluck aus seiner morgentlichen Tasse Kaffee. »Sieh dir den Eintrag für Toffen an.«

Sie überflog die betreffende Passage. »Wie es scheint, ziehen sie die 8. Bärkürassiere von Tofen ab.«

»So ist es. Und sieh dir an, wer sie ersetzt.«

Wieder sah sie mißtrauisch auf den Ausdruck. »Ein frisch ausgehobener Trinärstern.«

Radick grinste breit. »Aye, Sterncaptain.« Er erhob sich und trat um den Schreibtisch. »Ein frisch ausgehobener Trinärstern. Eine unerprobte Einheit ohne direkte Kampferfahrung.« Er deutete auf den Bericht in ihrer Hand. »Sieh dir die nächste Seite an. Lies dir durch, was wir über diese Einheit wissen, und was die Wache über Toffen zu sagen hat.«

Sie blätterte um und überflog hastig den Text. Radick beugte sich über den Schreibtisch und aktivierte den eingebauten Holoprojektor. Über der Schreibtischplatte entstand mit kurzem Flackern eine auf das Geisterbären-Dominium zentrierte Karte des Clan-Invasionskorridors. An dessen unterstem Punkt leuchtete rot hervorgehoben Toffen.

Jergan schüttelte verhalten den Kopf. »Ein Sterncaptain namens Angela Bekker leitet die Garnison.«

»Ja«, bestätigte Radick und betrachtete konzentriert die Karte. »Ich erinnere mich, ihren Namen schon vor ein paar Monaten in einem Bericht gesehen zu haben. Sie ist bei den Geisterbären recht bekannt. Ein Komet.« Der Begriff bezeichnete in der Terminologie der Clans aufstrebende Kriegerpersönlichkeiten. Radick wußte, daß er von den radikaleren Kreuzrittern selbst so tituliert wurde. Die Tatsache, daß er die Krieger eines anderen Clans studiert hatte, legte beredtes Zeugnis über die Tiefe seines Charakters ab … zumindest fand er das selbst.

Er atmete tief durch und sprach weiter. »Einer ihrer Kometen hebt eine neue Einheit aus und wird in ein Frontsystem versetzt. Und wie du siehst, waren die Geisterbären auf Toffen mehr als fleißig. Sie haben tonnenweise Ausrüstung auf ihren kleinen Außenposten dort verbracht.«

Jergan blätterte hastig weiter. »Als Ersatzteile und Munition deklarierte Kisten«, las sie vor. »Interessant, wenn man beenkt, daß die Bären ein Bewahrerclan sind.

Toffens Position macht das System zu einem erstklassigen Aufmarschpunkt für einen Vorstoß gegen Terra, aber das steht im Widerspruch zu den Grundsätzen der Bewahrer.«

»Aber was haben die Geisterbären dann vor?«

»Vielleicht wollen sie nur ihre Garnison verstärken. Entweder das, oder sie bereiten irgendeine Offensive vor. Was meinst du, Sterncolonel?«

Radick rieb sich nachdenklich das Kinn. »Ich weiß es nicht, Jergan. Sie haben erst kürzlich drei unserer Systeme erobert. Vielleicht halten sie uns nach diesem Erfolg für schwach und bereiten sich auf den Versuch vor, uns noch weiteres Gebiet abzunehmen. Oder vielleicht bauen sie ihre Kräfte auf Toffen auch in dem Versuch auf, uns aus einem kernwärtigeren Bereich des Dominiums anzugreifen und die Pufferzone zu umgehen, die durch die Anwesenheit der Höllenrösser auf einem Teil unserer früheren Welten entstanden ist. Ich frage mich ... Was, genau, wissen wir über Toffen?«

Jergan las vor: »Drei Hauptkontinente mit einer breiten Palette von Geländearten. Das Klima variiert, aber nicht stark. Ein Großteil des Planeten ist von Wald oder dichtbewachsenem Grasland bedeckt. Es gibt mehrere Gebirgszüge mit Erzvorkommen, hauptsächlich Eisen und Nickel. Die Geisterbären haben eine alte Sternenbundfestung auf dem Kontinent Grasham entdeckt und sind dabei, sie zu modernisieren. Die einheimische Bevölkerung ist über kleine Dörfer und Städte verteilt. Begrenzte industrielle Kapazität. Toffen ist weitgehend eine autarke Agrarwelt.«

»Ohne die Geisterbären gäbe es keinen Grund, die Welt zu beachten«, murmelte Radick.

Sterncaptain Jergan lies den Bericht sinken. »Ein einzelner Trinärstern als Garnison für ein so vorgeschobenes System, allein und isoliert gelegen? Das scheint seltsam. Wir würden so etwas nicht tun.«

»Richtig, aber wir sind Wölfe und sie sind nur Geisterbären. Die 8. Bärkürassiere ziehen irgendwann im nächsten Monat ab. Gleichzeitig trifft die neue Einheit ein, aber wenn unsere Geheimdienstberichte stimmen, gibt es keine unmittelbaren Pläne, sie zu verstärken. Das ist alles höchst merkwürdig, Jergan. Ein einzelner Trinärstern. Unerfahren. Als Einheit ohne jede Kampferfahrung.« Er betrachtet den leuchtenden roten Punkt, der das Toffen-System markierte. »Ich bin sicher, es werden auch Freigeburten dabeisein, und du weißt, was ich von denen halte.« Radick war klar, daß Freigeburten nötig waren. Sein eigener Khan hatte auf sie zurückgegriffen, um die dezimierten Reihen der Wölfe aufzufüllen. Aber trotzdem haßte er sie. »Ja, ein von sich selbst eingenommener Komet mit einem Haufen unerprobter Krieger und Freigeburten, die erst noch irgendwie zu einer funktionierenden Einheit zusammengeschweißt werden müssen. Eine einzigartige Gelegenheit für uns, Jergan. Sie werden nicht einmal ahnen, daß der Wolf auf der Jagd ist ... bis es zu spät ist.«

Jergan starrte ihn an. »Du willst Toffen angreifen?«

Radick grinste breit und beinahe bösartig. »Neg. Ich habe vor, den Geisterbären Toffen *abzunehmen*. Ein simpler Angriff ist wertlos. Ein Besitztest um Toffen wäre angebracht, wenn man die Haltung der Geisterbären im Großen Widerspruch betrachtet. Indem wir ihnen dieses System abnehmen, senden wir den Bären eine Botschaft: Wir sind nicht schwach, sondern bereit und mehr als gewillt, uns mit ihnen zu messen.«

»Dieser Komet, Sterncaptain Angela Bekker«, meinte Jergan. »Es wäre ein Fehler, sie zu unterschätzen.«

»Den ich keineswegs begehe«, bellte Radick, wütend über ihre Andeutung. »Sie hat sich einen Blutnamen verdient, und selbst für eine Bewahrerin ist das eine Leistung. Nach dem, was ich von ihrem Kodax gesehen habe, hat sie auch schon das ach so ehrenvolle Tatzenschlagritual absolviert. Ich unterschätze sie nicht. Ich respektiere sie und werde entsprechend bieten, wenn ich Toffen einnehme.«

»Jede Aktion erfordert genaues Timing, Sterncolonel«, stellte Jergan mit Blick auf die über dem Schreibtisch hängende Hologrammkarte fest. »Wir haben nur wenig Spielraum. Es wird Tage dauern, bei Galaxiscommander Edwina Carns die Genehmigung für eine solche Operation einzuholen. Wenn sie die Erlaubnis des Khans verlangt, wird uns nicht genug Zeit bleiben, bis Toffen zu kommen und den Angriff durchzuführen.«

Radicks Grinsen verblaßte nicht einmal andeutungsweise. »Du hast recht. Es würde den Plan gefährden, uns vorher mit dem Galaxiscommander in Verbindung zu setzen. Außerdem wir sind Wölfe. Wölfe sind Jäger. Wir warten nicht, bis die Beute zu uns kommt. Wir hetzen und schlagen sie.«

»Dann greifen wir ohne formelle Genehmigung an, Sterncolonel?« In ihrer Stimme lag ein Unterton von Erregung.

»Allerdings, Jergan. Ich werde Galaxiscommander Edwina Carns meine Absicht mitteilen, aber wenn sie die Nachricht erhält, werden wir bereits unterwegs sein. Gib die Befehle aus. Der gesamte Sternhaufen rückt sofort aus. Setze dich mit unseren Transportkommandeuren in Verbindung. Sie sollen sich bereitmachen, uns nach Toffen zu bringen.«

Jergan stand auf. »Wie sollen unsere OmniMechs für diesen Test konfiguriert werden?«

Radick antwortete ohne Zögern. »Wir weren die Geisterbären überraschen. Unsere Mechs sollten mit schweren Sturmwaffen bestückt werden. Reichlich Lafetten und Autokanonen.«

»Es wird Zeit brauchen, die entsprechenden Vorräte anzufordern, hierherzuschaffen, zu testen und einzuschiffen«, wand sie ein.

»Das ist unnötig, Jergan. Wir sollten mit Standardmunitionsladungen und unseren Notvorräten gut auskommen. Die Geisterbären werden über erheblich mehr Munition und Vorräte verfügen, aber die sind alle an einem Punkt konzentriert. Das wird ihre Kampfmöglichkeiten spürbar einschränken. Wir werden die Geländebedingungen rund um die Festung studieren, die sie benutzen. Wahrscheinlich werden sie sich dort sammeln müssen. Nachschub wird keine große Rolle spielen. Wir werden Toffen schnell erobern und uns dann mit den Vorräten eindecken, die wir den Geisterbären abgenommen haben.«

»Verstanden, Sterncolonel. Falls du mich hier nicht mehr benötigst, mache ich mich jetzt auf den Weg. Es gibt viel zu tun, wenn wir sofort aufbrechen wollen.«

»Aye, Sterncaptain. Die Umkonfiguration muß augenblicklich in Angriff genommen werden, damit wir schnell starten können. Schon bald wird das Heulen des Wolfs in den Ohren der Geisterbären klingen, und unsere Fahne wird über Toffen wehen.«

5

Trainingsplatz Bärenhöhle, Alshain
Geisterbären-Dominium

16. Januar 3062

Das Gebäude erinnerte an einen schiefen Turm, wie es fast zehn Meter in die Höhe ragte und sich über die wuchtige Erdberme beugte, die den Rand des Trainingsgeländes markierte. Das schwer gepanzerte Bauwerk bot den Personen in seinem Innern eine ausgezeichnete Sicht auf das Übungsfeld und zugleich Schutz vor Fehlschüssen.

Das Trainingsfeld war fast sechzehn Hektar groß und wurde von einem hohen Erdwall eingeschlossen. In seinem Innern fanden sich unterschiedliche Geländebedingungen, die rußgeschwärzten Ruinen mehrerer Gebäude, Straßen und sogar ein idyllischer Bach, der sich durch einen Wiesengrund schlängelte.

In dem relativ begrenzten Bereich dieser Anlage konnten Geisterbären-Krieger im simulierten Kampf ihre Fähigkeiten messen. Die Waffen waren in ihrer Leistung reduziert. Autokanonen und Raketenlafetten feuerten nur leichte Sprengladungen, die keinen ernsthaften Schaden anrichteten. Außerdem hatten die Mitglieder der Technikerkaste die Gefechtscomputer von Mechs und Elementarrüstungen so umprogrammiert, daß sie erlittene Schäden simulierten. Für die Teilnehmer des Manövers wirkte alles sehr real, bis hin zum Feedback durch den Neurohelm bei einem Treffer.

Angela kniff die Augen zusammen, als sie durchs Fernglas starrte, und ignorierte die Entfernungsangaben, die von der LED-Anzeige eingeblendet wurden. Auch die Sterncommander Tseng und Stone verfolgten die Übung durch ihre Ferngläser.

»Dolf und seine Rekruten leisten ausgezeichnete Arbeit«, stellte Angela fest. Dolf hatte eine Reihe hochqualifizierter Elementare ausfindig gemacht, die Angela, Stone und Tseng sofort akzeptiert hatten. Alle fünf fungierten jetzt als Strahl in Stones JagdStern. Die Elementare und ein einzelner MechKrieger namens Natulson in einer siebzig Tonnen schweren *Summoner* hatten sich in einem Waldstück versteckt und warteten auf ihre beiden Gegner.

Die Gefechtssimulation war Angelas Idee gewesen. Falls sich die Krieger gut genug schlugen, würden sie ihre Einheit vervollständigen. Die Rekrutierung war recht erfolgreich verlaufen, und auch wenn sich manche der neuen Krieger auf Grund ihrer jeweiligen Persönlichkeit aneinander rieben, war sie doch überzeugt, daß sie früher oder später zu einem Team zusammenwachsen konnten. Aber diese letzte Rekrutengruppe machte ihr Probleme. Mit Ausnahme von Dolf und seinem Elementarstrahl hatten sie ale irgendetwas an sich, was Angela zögern ließ.

Natulson, ein schlaksiger Krieger mit großen Händen, einem römischen Profil und breitem Grinsen, schien zugänglicher als es für Krieger normal war. Bis vor kurzem war sein Kodax noch makellos gewesen. Aber dann hatte eine Söldnereinheit namens Bert's Bombardiers den Planeten überfallen, auf dem er postiert gewesen war. Seine unehrenhaft aus dem Hinterhalt überfallene Einheit war zerschlagen worden. Offiziellem Bericht zufolge war es dazu gekommen, weil er und unter Feindbeschuß in Panik geraten und erstarrt war. Natulson hatte formellen Protest gegen diese Anschuldigung eingelegt, aber schlußendlich hatte sein Wort gegen das eines Mitoffiziers gestanden, der zwei Tage später an seinen Verletzungen gestorben war.

Die beiden Angreifer, die jetzt Jagd auf Natulson und Dolfs Leute machten, waren Bethany und Sorrenteno.

Letzterer war ein kleinwüchsiger, beinahe plumper Krieger, den man für fett hätte halten können, hätte es sich bei seinen Rundungen nicht bei näherem Hinsehen erkennbar um Muskeln gehandelt. Er steuerte einen *Mad Dog*-OmniMech und hatte eine Neigung zu zynischen Kommentaren. Trotz Sorrentenos relativ langer Karriere als Geisterbären-Krieger hatte er es irgendwie geschafft, allen größeren Schlachten und Konfllikten aus dem Weg zu gehen. Wie Dolf war er inzwischen alt genug, um kurz vor der Aussortierung auf den Abfallhaufen der Solahma-Einstufung zu stehen. Aber im Gegensatz zu Dolf hatte Sorrenteno noch nie auf dem Feld der Ehre Feindesblut vergossen. Trotzdem sah Angela ein gewisses Potential in ihm. Seine Ergebnisse in Simulationen und Übungen waren außergewöhnlich gut, und er schien ein Talent für taktische Verteidigungsoperationen zu besitzen. Diese Übung würde zeigen, was er wirklich wert war ... so oder so.

Bethany war die schwarzhaarige Furie im Cockpit des gedrungenen *Nova*-OmniMechs, der sich gerade dem Rand des Wäldchens näherte, in dem Dolf und Natulson lauerten. Tsengs Bedenken, was sie betraf, drehten sich hauptsächlich um ihr aufbrausendes Temperament und ihre Unfähigkeit, es unter Kontrolle zu halten. Angela hielt Bethanys Mechpiloten- und Bordschützenfähigkeiten, auch wenn sie noch nicht in einem echten Kampf auf die Probe gestellt worden waren, für gut genug, ihr irgendwann eine herausragende Position einzutragen. Aber während des Einstellungsgesprächs war sie von einer Frechheit gewesen, die ihresgleichen suchte. Dieser Test würde zeugen, ob sie einen Platz im Trinärstern verdiente.

Der Wald war recht licht, aber die Hartholzbäume behinderten die Sicht doch zu einem gewissen Grad. Sie bedeckten über einen Hektar entlang eines großen, sanft abfallenden Hangs, der Angela und ihren Sternkommandeuren eine ausgezeichnete Sicht auf das Geschehen lieferte. Sorrenteno hatte seinen *Mad Dog* auf die Kuppe des Hangs bewegt und stieg jetzt langsam herab, bemüht, oberhalb seiner Gegner zu bleiben. Bethany hingegen … Sie donnerte den Hang hinab, schleuderte große Erdklumpen auf und pflügte durch Unterholz und herabhängende Ranken.

»Sie ist waghalsig«, stellte Constant Tseng fest, ohne das Fernglas zu senken.

»Warten wir es ab«, meinte Angela. Sie wußte bereits, wo der Hinterhalt stattfinden würde, ebenso wie Tseng und Stone. Natulson und Dolfs Elementarstrahl waren mit heruntergefahrenen Systemen für die Ortung ihrer Gegner nahezu unsichtbar, bis diese praktisch über sie stolperten. Sie bewiesen eine erstklassige Beherrschung und warteten, bis ihre Opfer auf nächste Nähe heran waren.

Als sie den Fuß des Hangs erreicht hate, brachte Bethany ihre olivgrüne *Nova* schliddernd zum Stehen und marschierte am unteren Waldrand entlang. Sorrenteno schloß sich ihr an und bewegte seinen *Bluthund* auf Parallelkurs am oberen Hangbereich entlang. Unterwegs streifte der Mech immer wieder die Baumwipfel, verbog einige Äste und zersplitterte andere, als wären es nur Zahnstocher.

Plötzlich schien das Zentrum des Waldstücks zu explodieren, als Dolf und seine Elementare mit ihren Sprungdüsen in die Luft stiegen. Ihre Gefechtspanzer waren in braungrüner Tarnbemalung gehalten und zwischen den Bäumen kaum zu sehen, aber die Sprungdüsenflammen leuchteten mit greller Intensität. Sie stiegen fast zehn Meter in die Höhe und feuerten Salven von Kurzstreckenraketen aus den Abschußrohren an den Schultern ab. Sämtliche Geschosse waren auf Bethanys *Nova* gezielt.

Die Raketen detonierten in harmlosen weißen Pulverwolken auf der Panzerung des Mechs, aber dessen Bordcomputer registrierte die Treffer wie reale Raketeneinschläge mit entsprechender Schadenswirkung. Die Elementare hetzten durch den Wald ins Tal wie ein Rudel tollwütiger Hunde, das sich auf ein verletztes Reh stürzte.

Bethanys OmniMech entsprach in seiner Bestükkung der Primärkonfiguration der *Nova* und war mit einem tödlichen Arsenal von zwölf mittelschweren Lasern ausgerüstet. Sie eröffnete mit beinahe allen Lichtwerfern das Feuer und schleuderte den Elementaren eine tödliuche Wand aus grünen Strahllanzen entgegen. Weder Angela noch ihre beiden Lanzenführer sagten etwas, aber alle drei wußten, daß Bethanys Cockpit nach dieser Breitseite einer Sauna ähneln mußte. Mechs litten generell unter dem Nachteil, daß sie im Kampf gelegentlich mehr Abwärme erzeugten als sie ableiten konnten. Wenn ein Mech überhitzte, wie es insbesondere der *Nova* mit ihrem Übermaß an Lasern im Vergleich zu den verfügbaren Wärmetauschern leicht passierte, bestand die Gefahr einer automatischen Stillegung, die ihn in eine zwei Stockwerke hohe unbewegliche Zielscheibe verwandelte. Einen Augenblick fragte Angela sich, ob Bethany sich bei der Auswahl ihrer Bewaffnung möglicherweise selbst überschätzt hatte.

Auch die Laser waren in ihrer Leistung gedrosselt. Zwei der Lichtstrahlen trafen einen der Elementare und holten ihn vom Himmel. Wahrscheinlich hatten sie den riesigen Krieger nur verwundet, ihn aber nicht getötet. Elementarpanzer waren mit Lebenserhaltungssystemen ausgerüstet, die Breschen in der Rüstung automatisch versiegelten und dem Krieger im Innern Schmerz- und Aufputschmittel injizierten, die ihn trotz seiner Verletzungen weiterkämpfen ließen. Die anderen ließen sich in die Deckung des Walds fallen, um für den nächsten Sprung in Position zu gehen.

Zwei weitere Kurzstreckenraketen schossen zwischen den Bäumen hervor und schlugen in die Beine der *Nova* ein.

»Zieh dich zurück«, stieß Angela aus, als ob Bethany sie hätte hören können. Das war die vernünftigste Strategie. Die wichtigste Taktik der Elementare im Kampf gegen Mechs bestand im »Schwarmangriff«, bei dem sie auf den Rumpf des Kampfkolosses sprangen und sich an dessen gepanzerter Haut festhielten, um sie mit ihren mechanischen Greifklauen zu zerfetzen. Ihre Armlaser und Flammer konnten eine Orgie der Verwüstung in den internen Systemen ihres Opfers anrichten. Ein einzelner Strahl fähige, ausgebildete Elementare konnte einen Mech ebenso schnell und effizient zur Strecke bringen wie sonst nur ein zweiter Mech.

Bethany stürmte vor.

Angela starrte schockiert hinaus aufs Übungsgelände, als die *Nova* den Hang hinauf in den Wald preschte und wild mit den Lasern durch die Baumwipfel feuerte. Im Innern des Waldstücks setzte sich die wuchtige Gestalt einer graugrünen *Summoner* in Bewegung und wälzte sich den Berg hinab auf sie zu. Natulson griff in das Gefecht ein und feuerte eine silbrige Gausskugel ab, die zentral in den Torso der *Nova* einschlug, wie eine Kanonenkugel, die einen mittelalterlichen Ritter traf. Sein Impulslaser hämmerte mit roten Lichtbolzen auf ihre Panzerung ein, die in der Realität nur schwache Rußflecken hinterließen, aber zugleich enormen simulierten Schaden anrichteten. Bethanys Bordcomputer schüttelte den Mech so heftig durch, daß Angela es noch aus dem Beobachtungsturm sehen konnte.

»Was ich gesagt habe«, meinte Tseng und beobachtete die Elementare, wie sie sich ihrer Beute näherten. »Sie ist arrogant.«

Stone brach sein Schweigen. »Nicht unbedingt.«

Wie in Panik bewegte Bethany die *Nova* auf denselbem Kurs zurück den Hang hinunter, auf dem sie in den Wald gekommen war. Die ihr in wilden Hüpfern nachsetzenden gepanzerten Elementare deckten sie mit Laserschüssen und Raketen ein. Auch Natulsons beinahe humanoide *Summoner* stürmte den bewaldeten Hang hinab und verwüstete auf seinem Weg die Baumkronen. Sein Laser verfehlte die *Nova* und feuerte weit links an der Maschine vorbei, aber die Gausskugel bohrte sich tief ins Bein des Kampfkolosses. Das Mechbein erstarrte, als der Bordcomputer den Ausfall des Aktivators simulierte. Bethanys Geschwindigkeit nahm abrupt ab, und die Elementare stiegen zum letzten Angriff auf.

Plötzlich erbebte Natulsons *Summoner*, schien wie von einem heftigen Schüttelfrost befallen. Eine große Rauchwolke stieg hinter ihr auf. Sorrentenos *Mad Dog* kam den Hang herab und schleuderte über dreißig Langstreckenraketen und die Energiesalven seiner riesigen Impulslaser in den Rücken der *Summoner*, wo deren Panzerung am schwächsten war. Natulson drehte den Mechtorso, um der neuen Gefahr zu begegnen, aber es war schon zu spät. Er hatte bereits zu viel Schaden einstecken müssen. Sorrenteno überschüttete den linken Mechtorso mit Laserimpulsen, während die Raketenlafetten des *Mad Dog* die nächste Breitseite nachluden. Natulson verlor das Gleichgewicht, wahrscheinlich durch Gyroskopschaden, und die *Summoner* schlug krachend zu Boden. Drei Bäume wurden unter dem Gewicht des stürzenden Mechs entwurzelt, der mit einem metallischen Kreischen zu Boden ging, das Angela durch Mark und Bein ging.

Dolfs Truppe teilte sich. Drei Elementare landeten auf oder neben Bethanys *Nova*, während die zwei anderen sich der neuen Bedrohung zuwandten, die den Hang herabkam. Einer feuerte auf den *Mad Dog*, und Sorrenteno antwortete mit einer Wolke von Langstrekkenraketen, deren Detonation den Wald ebenso verdunkelte wie die Himmel darüber. Dichter weißer Rauch verschluckte den Berghang, als die leistungsreduzierten Sprengköpfe ihre tödliche Wirkung entfalteten. Nicht einmal die enorme Zähigkeit der Elementare konnte sie vor diesem Raketenbombardement retten.

Bethanys *Nova* war in fürchterlichem Zustand. Das rechte Bein und ein Arm hingen kraftlos hinab wie gebrochene Gliedmaßen. Die *Nova* war ein kleiner, gedrungener Mech, dessen Bauweise sich nicht für ausholende Bewegungen eignete, aber Bethany schleuderte ihren OmniMech herum wie ein Derwisch, als sie versuchte, die Elementare abzuschütteln. Bei zwei von ihnen gelang es ihr, und sie flogen in den Wald zurück, vor die Füße der anrückenden *Summoner*. Der dritte, dessen weißlackierter Kopf Dolf identifizierte, klammerte sich an sein Opfer fest wie eine Wanze. Der Todestanz wütete lange Sekunden, bis Bethany schließlich stoppte. Angela nahm an, daß sie durch ihre Anstrengungen erschöpft war oder die Schäden zu schwer geworden waren.

Ohne Vorwarnung knickte Bethany plötzlich die Knie der *Nova* ein und ließ den Mech zur Seite fallen, um den verbliebenen Elementar zu zerquetschen. Dolf sprang rechtzeitig davon und krachte mit unglaublicher Wucht in eine Gruppe Zedern. Trotzdem schaffte er es irgendwie, abzurollen und auf den Füßen zu landen. Es war ein bewußt tödlicher Angriff gewesen. Wäre ihr fünfzig Tonnen schwerer Mech auf Dolf gelandet, hätte Bethany ihn getötet oder zumindest seine Kriegerkarriere endgültig beendet.

Angela aktivierte die Kommkonsole an ihrem Beobachtungsplatz. »Simulation abbrechen«, befahl sie. Die Teams der Techniker- und Wissenschaftlerkasten, die bereitstanden, um die Ausrüstung und, wenn nötig, die Teilnehmer wieder instandzusetzen, würden das Signal an die Krieger weiterleiten. »Ich habe genug gesehen.«

»Sie ist außer Kontrolle«, kommentierte Constant Tseng und senkte das Fernglas.

»Du irrst dich, Sterncommander«, stellte Stone mit kühlem Ton fest.

Angela wartete ab und entschied sich, anzuhören, was ihre beiden Offiziere zu sagen hatten.

»Die anderen haben sich gut gehalten«, meinte Tseng. »Aber Bethany ist zu wagemutig. Statt mit ihrem Partner zusammenzuarbeiten, ist sie mitten in den Kampf geprescht. Ich möchte wetten, daß ihre *Nova* nach diesem letzten Bravourstück kaum noch zu gebrauchen ist. Ganz davon zu schweigen, daß sie fast einen wertvollen Krieger getötet hätte.«

»Neg«, widersprach Angela, dann aktivierte sie erneut das Kommsystem. »Bethany, hier spricht Sterncaptain Angela Bekker. Erkläre uns, warum du in den Wald gestürmt bist, um beide Gegner anzugreifen. Ein Teil von uns betrachtet dieses Vorgehen als fahrlässig.«

Bethanys Antwort kam mit heiserer Stimme aus dem Lautsprecher. »Sorrenteno und ich haben es so geplant. Er sollte in erhöhter Position bleiben und sie aus dem Rücken angreifen, während ich ihr Feuer auf mich ziehe. Die Regeln des Szenarios erlaubten uns, mehrere Gegner anzugreifen, und das war die beste Möglichkeit, unsere Konfiguration und das Gelände zu nutzen ... Sterncaptain.« Ihr Atem ging keuchend, und sie war offensichtlich erschöpft, aber froh, gewonnen zu haben.

Angela lächelte schief, als Tseng den Kopf senkte und seinen Irrtum eingestand. »Danke, Bethany«, sagte sie und unterbrach die Verbindung. Sie sah Constant Tseng nachdenklich an. »Ich glaube, daß sie eine Verstärkung für uns sein könnte.«

»Bei allem Respekt, Sterncaptain«, wandte Tseng ein. »Ich bin immer noch der Ansicht, daß ihre Arroganz sie zu einem Unruheherd innerhalb des Trinärsterns macht.

Vielleicht sollten wir einen anderen Kandidaten in Erwägung ziehen, frapos?«

Angela sah zu Stone hinüber, der stoisch an seinem Platz stand, die Arme vor der Brust verschränkt, und zuhörte. »Deine Meinung, Stone?«

»Sie ist fähig. Sie hat taktisches Einfühlungsvermögen. Aber ihre Persönlichkeit ist sehr konfliktträchtig, wie wir bereits aus dem Einstellungsgespräch wissen. Sie wird ein Unruheherd in unserer Einheit sein.«

Angela nickte. »So etwas gibt es in jeder Einheit, und solange sie bei uns ist, hat unser Problem zumindest einen Namen ... Bethany. Sterncommander Tseng, sie wird meinem BefehlsStern zugeteilt. Wenn deine Befürchtungen sich als wahr herausstellen, will ich mich selbst um sie kümmern können. Falls du mit dieser Entscheidung nicht einverstanden bist, können wir es im Kreis der Gleichen austragen.« Ihr Ton war geschäftsmäßig, nicht herausfordernd, als sie das sagte.

Constant schüttelte den Kopf. »Neg, Sterncaptain. So entschieden lehne ich sie nicht ab. Aber was ist mit den anderen?«

»Natulson und Sorrenteno sollten gut in deinen KampfStern passen und unsere Bedürfnisse erfüllen, Sterncommander. Sorge dafür, daß ihre Versetzungsbefehle so schnell wie möglich auf meinem Schreibtisch liegen. Und informiere den Raumhafen und die Quartiermeisterei, daß wir in sechsunddreißig Stunden ausrücken.«

Sie sah hinaus auf das Trainingsgelände, dann drehte sie sich zurück zu Stone und Tseng. »Uns steht noch reichlich Arbeit bevor, meine Herren. Unsere Krieger haben wir. Jetzt müssen wir aus ihnen eine Kampfeinheit formen.«

6

**Landungsschiff *Blutige Tatze*, am Zenithsprungpunkt des Setubal-Systems
Geisterbären-Dominium**

30. Januar 3062

Das Landungsschiff schien um Angela zu schlingern, als das Sprungschiff, an dem es angedockt war, den Sprung ins Setubal-System abschloß. Ihr Magen verkrampfte sich, und sie stürzte zum Null-G-Waschbekken, so schnell die Magnetstiefel es zuließen. Sie zog ein feuchtes Tuch aus dem Spender und wischte sich das Gesicht ab, um es abzukühlen. Das kalte Tuch wirkte nicht annähernd so lindernd auf ihrer heißen Stirn, wie sie es sich erhofft hatte … Aber andererseits war sie auch das gewohnt.

Sie schluckte die bittere Galle zurück, die in ihrer Kehle aufstieg. Dann schlug eine Woge eisiger Kälte durch ihren Körper wie die Brandung an eine Felsklippe. Sprungkrankheit. Es gab Krieger, denen ein Hyperraumsprung nichts ausmachte, aber Angela Bekker gehörte nicht dazu. Sprungschiffe waren kilometerlange interstellare Raumschiffe, die mit ihren Kearny-Fuchida-Triebwerken das Raum-Zeit-Gefüge aufrissen und das Schiff in Nullzeit über die Distanz zwischen zwei Sonnensystemen schleuderten. Die Berechnungen und das Aufladen der gewaltigen Batterien, die notwendig waren, um einen erfolgreichen Sprung durchzuführen, dauerten lange, zähfließende Stunden. Doch sobald die Transition erfolgte, tauchte das Schiff praktisch im selben Augenblick in einem anderen System auf, das bis zu dreißig Lichtjahre vom Ausgangspunkt entfernt liegen konnte. Und mit beinahe garantierter Regelmäßigkeit revoltierte Angelas Magen. Das spartanische Leben einer ClanKriegerin machte es schwer, Geheimnisse zu haben, aber dieses eine hatte sie seit Jahren. Sie würde niemandem unter ihrem Befehl jemals gestatten, sie in einem Moment der Schwäche zu sehen. Sie würde ihnen keinen Anlaß bieten, an ihr zu zweifeln. Niemals.

Sie betrachtete die Sterne auf dem kleinen Sichtschirm der Kabine. Die Entwarnung hallte durch das Landungsschiff *Blutige Tatze* und meldete, daß der Sprung erfolgreich abgeschlossen war. Irgendwo dort draußen, etwa zehn Tage Flugzeit entfernt, lag Setubal, eine weitere Welt im Dominium der Geisterbären. Der nächste Sprung würde sie nach Hause bringen … jedenfalls auf den Planeten, der für die nächste Zeit ihr Zuhause sein würde. Heim nach Toffen.

Angela öffnete die Luke und marschierte den schmalen Gang hinunter zur Taktischen Einsatzzentrale. Ein militärisches Landungsschiff wie die *Blutige Tatze* diente nach dem Eintreffen einer Einheit auf der Zielwelt häufig als Operationsbasis, und der Kommandeur der Bodentruppen konnte die TEZ zur Koordination und Führung der Einheiten verwenden. Viele der neueren Landungsschiffe besaßen keine spezielle TEZ mehr, und die Bodenoperationen wurden von der Brücke aus koordiniert. Aber die *Blutige Tatze* war ein älteres Schiff der *Union*-C-Klasse, dessen TEZ nicht in einen Frachtraum umgewandelt worden war.

Als sie den langen und breiten Raum betrat, standen die versammelten Krieger, *ihre* Krieger, auf und nahmen Haltung an. Sie grüßte und bedeutete ihnen, sich wieder zu setzen. Der Raum wurde von einem gewaltigen Kommunikations- und Holoprojektionstisch beherrscht. Es gab keine Sichtschirme, nur das weiße Licht der Bordbeleuchtung.

Dies war ihre erste formelle Versammlung als Trinärstern. Die vierzehn MechKrieger und fünf Elementare ihrer Einheit hatten unter ihren Sterncommandern endlose Drills und Übungen in den Bordsimulatoren absolviert, aber noch nie zuvor waren sie als eine Gruppe zusammengekommen. Angela wußte, daß die Krieger erst lernen mußten, auf Sternebene zusammenzuarbeiten, bevor sie auch nur eine Chance hatten, als größere Einheit zu bestehen. Es war ein althergebrachtes Modell militärischer Ausbildung, und es hatte die Jahrhunderte überstanden, weil es funktionierte.

Angela nahm am Kopfende des Tisches Platz. Ihr gegnüber saßen die achtzehn Männer und Frauen, die auf ihren Befehl in den Kampf und möglicherweise sogar in den Tod ziehen würden. Sie trugen gestärkte graue Overalls und waren völlig auf ihre Kommandeurin konzentriert. »Als erstes möchte ich euch alle im Trinärstern Sechs der 8. Bärkürassiere willkommen heißen«, begann sie. »Eure Sternkameraden kennt ihr bereits, jetzt bekommt ihr die Gelegenheit, den Rest der Einheit kennenzulernen. Seht euch um. Dies hier sind die Mitglieder eures Trinärsterns. Sie werden an eurer Seite für die Ehre unseres Clans fechten. Lernt sie kennen, macht euch mit ihren Stärken und Schwächen vertraut. Jeder dieser Krieger könnte euch eines Tages das Leben retten.« Während der Ansprache begannen ihre Leute, den Blick um den Tisch schweifen zu lassen. Selbst die riesigen Elementare, die am entgegengesetzten Ende des Tisches alle anderen überragte, schienen durch ihre Worte auf eine Stufe mit den anderen gebracht.

Angela ließ ihren Leuten einen Augenblick Zeit, bevor sie weitersprach, und sah zu, wie sie sich gegenseitig schweigend abschätzten. »Ihr alle wurdet für eure Fähigkeiten und Leistungen im Dienst des Geisterbären handverlesen. Im Anschluß an diese Besprechung werdet ihr an einer Reihe von Simulationen teilnehmen, die eure Fähigkeit stärken sollen, als Einheit zusammenzuarbeiten, und sobald wir unsere Garnisonswelt erreicht haben, wird eine weitere Serie von Drills und Gefechtsübungen folgen, um uns zu einer Einheit zusammenzuschweißen, die wie eine gut geölte Maschine funktioniert. Scheut euch nicht, Fragen zu stellen, während ich rede.«

Sie streckte die Hand aus und aktivierte den Holoprojektor. Über dem Tisch entstand flackernd ein blaugrüner Globus von beinahe üppiger Pracht. Das fast einen Meter durchmessende Planetenhologramm drehte sich langsam um die eigene Achse. »Das ist unser Ziel. Es ist der Planet Toffen, in der Nähe des Draconis-Kombinats und nur einen Sprung von der Freien Republik Rasalhaag entfernt gelegen. Von allen Welten unter Geisterbären-Kontrolle ist dieser der zweitnächste an Terra, unser aller Heimatwelt. Ihr werdet mir sicher zustimmen, daß es eine große Ehre für uns ist, dort stationiert zu werden.«

Ein zustimmendes Murmeln ging durch die Reihen, und sie fuhr fort. »Toffen hat drei Kontinente. Einer davon ist ein kleines, ödes Wüstengebiet mit nichts als Felsen und Sand. Der zweitgrößte Kontinent, Jacobitz, ist das Zentrum der industriellen Aktivität. Die Überfälle aus der Inneren Sphäre sind überwiegend auf diese Region gerichtet, allerdings haben sie in den letzten Jahren stark abgenommen. Der größte Teil der Industrieproduktion ist ziviler Natur, und selbst die Krieger der Inneren Sphäre sind bei ihren Attacken zurückhaltend, um nicht die Bevölkerung zu treffen, die sie schlußendlich zu befreien hoffen. Nahezu alle größeren Städte befinden sich in Jacobitz, das auch ausgedehnte Bergwerksanlagen besitzt. Von seiner Planetographie her ist Jacobitz gebirgig, und das Klima ist das ganze Jahr über rauh.« Während ihrer Ausführungen wurde der Kontinent auf dem Hologlobus grün leuchtend hervorgehoben.

»Bleibt noch Graham, wo wir stationiert sein werden. Graham ist der größte der drei Kontinente.« Auf dem Globus leuchtete eine langgestreckte, grob rechteckige Landmasse auf. »Die südlichen Ausläufer liegen am Äquator und sind von Dschungel und Wüste bedeckt. Im Norden machen sie weiten, wogenden Ebenen Platz, die sich von der Mitte des Kontinents bis an dessen Westküste erstrecken. Die Ebenen werden im Frühjahr überflutet und im Sommer von den Einheimischen brandgerodet.« Angela drückte einen Knopf. »Unsere Basis liegt östlich der Ebenen in einer dicht bewaldeten Region. Das Gebiet ist sehr gebirgig, mit vier großen und unzähligen kleineren Massiven. Das größte Binnengewässer ist ein See namens Ishimaru-ko, knapp einhundertvierzig Kilometer nördlich unser Operationsbasis. In deren Nähe verlaufen drei Flüsse, deren größter der Rapidan ist. Die Basis selbst ist eine alte Anlage der Sternenbund-Verteidigungsstreitkräfte, die nach dem Exodus aufgegeben und vom Wald überwuchert wurde. Unsere Wissenschaftlerkaste hat sie wiedergefunden und ein Reaktivierungsprogramm initiiert. Den Berichten zufolge, die mir vorliegen, wurden über vierzig Hektar Wald rund um die Anlage gerodet und die Defensivsysteme weitgehend reaktiviert. Die isolierte Lage der Installation macht sie perfekt geeignet für Gefechtsübungen.«

»Wie sieht es mit einheimischer Bevölkerung aus, Sterncaptain?« fragte Gregori. Angela fragte sich, ob es ihm dabei um taktische Erwägungen ging oder um Möglichkeiten zur Freizeitbeschäftigung, aber sie kannte ihn nicht gut genug, um die Antwort darauf zu kennen.

»Die größte Stadt auf Graham ist Pied, mit gerade dreißigtausend Einwohnern. Es gibt zahlreiche Dörfer, in der Hauptsache agrarisch orientiert, sowohl in dem Waldgebiet, in dem unsere Basis liegt, wie in der Nähe der Ebenen. Die nächstgelegene zivile Siedlung ist ein kleines Dorf namens Rixleyville südlich unserer Basis in den Ausläufern der Berge. Davon abgesehen sind wir praktisch von allen möglichen Ablenkungen isoliert.«

»Was wissen wir über die Basis?« fragte Neta.

Angela betätigte ein paar Tasten der Kontrollen, und das Hologrammbild Toffens verschwand. An seiner Stelle erschien ein langsam rotierender Grundriß der Festung von erstaunlicher Detailgenauigkeit. Das Hologramm bewegte sich langsam genug, um allen Gelegenheit zu geben, es eingehend zu betrachten. »Den Berichten nach, die ich bis jetzt gelesen habe, ist die Anlage aus verstärktem einheimischem Granit gebaut. Laßt euch nicht von Äußerlichkeiten täuschen. Die Basis ist darauf ausgelegt, einem Nuklearangriff zu widerstehen, und groß genug, um mehr als drei Landungsschiffe aufzunehmen, wenn man den als Innenhof angelegten Paradeplatz mitbenutzt. Es existiert ein HPG für interstellare Kommunikation sowie randvolle Lagerhallen und Hilfsfahrzeuge. Die Geschützturmverteidigung ist noch nicht wieder installiert, aber es gibt Geschützplattformen für BattleMechs, die eine Eroberung reichlich kostspielig machen würden.«

»Basen sind Überbleibsel eines vergangenen Zeitalters«, erklärte Bethany mit einer Spur von Verachtung. »Mechkämpfe trägt man besser in freiem Gelände aus.«

Stone spießte sie mit eisigem Blick auf. »Bethany, wir werden die einzige Einheit auf ganz Toffen sein. Diese Festung könnte bei der Verteidigung des Planeten eine entscheidende Rolle spielen. Dein Einwand ist in mancher Hinsicht berechtigt, aber wenn diese Festung gut genug für die Sternenbund-Verteidigungsstreitkräfte war, ist sie auch der Geisterbären würdig.«

Die meisten anderen Krieger schienen ihm zuzustimmen. Alles, was in irgendeiner Beziehung zum großen General Kerensky und dem Sternenbund stand, war für die meisten Clanner nahezu heilig.

»Wie lange werden wir die Welt allein verteidigen müssen?« fragte Gregori.

»Das steht noch nicht fest«, antwortete Angela. »Machst du dir Sorgen, Gregori?«

Sein Schulterzucken war beinahe frech. »Neg, Sterncaptain, ich habe nur gerne eine Menge Verbündete in der Nähe, wenn es kritisch wird.« Er kicherte fast.

»Du hast gar nicht so unrecht, Gregori«, stellte Tseng fest. Seine Stimme war ruhig und professionell wie immer. »Ihr solltet euch alle darüber im klaren sein, daß wir ein einzelner Trinärstern sind. Das Draconis-Kombinat, irgendwelche Söldner oder ein anderer Clan könnten auf den Gedanken kommen, uns auf die Probe zu stellen. Wenn das geschieht …«

»… Wenn das geschieht«, unterbrach Angela, »müssen wir bereit sein, Toffen mit allem zu verteidigen, was uns an Kraft gegeben ist. Gute Krieger sind gefallen, um diesen Planeten für unseren Clan zu erobern. Ich werde nicht zulassen, daß er verlorengeht, solange ich noch in der Lage bin zu kämpfen.«

Zustimmendes Murmeln antwortete ihr von allen Seiten. Bethany wartete, bis es sich etwas gelegt hatte, bevor sie das Wort ergriff. »Zusätzliche Kräfte wären gerechtfertigt. Normalerweise wird für die Verteidigung einer solchen Frontwelt ein ganzer Sternhaufen eingeteilt.«

»Stimmt«, bestätigte Angela. »Aber wir sind keine durchschnittliche Einheit. Ihr alle wurdet für diese Truppe handverlesen. Ich wurde für den Kommandeursposten ausgewählt, weil ich meine Fähigkeit unter Beweis gestellt haben, dem Geisterbären zu dienen. Wenn wir diese Welt allein verteidigen müssen, werden wir das tun. Es ist nicht das Wesen des Kriegers, seine Befehle zu hinterfragen. Er führt sie aus.« Die letzten Worte waren an Bethany gerichtet, mit der Absicht, sie zum Schweigen zu bringen.

»Die wahre Pflicht der Kriegerin ist es, zu siegen«, argumentierte die MechKriegerin. »Wenn es dazu erforderlich ist, Befehle zu hinterfragen, muß das halt sein.«

Angela sah Bethany mit strengem Blick an, und auch ihre Stimme drückte deutlich ihr Mißfallen aus. »Meine Befehle werden nicht hinterfragt. Das wollen wir hier und jetzt für alle Anwesenden klarstellen. Gleichgültig wo oder unter wem ihr bisher gedient habt, in dieser Einheit ist mein Wort Gesetz.« Sie schnitt jede weitere Diskussion ab, indem sie zum eigentlichen Thema der Besprechung zurückkehrte. »Sterncommander Constant Tseng hat ein detailliertes taktisches Profil mitsamt Geländeanalyse für Graham und die restliche Oberfläche Toffens erstellt. Ich schlage vor, ihr ladet es herunter und studiert es. Prägt euch die Karten und Geländemerkmale ein. Es könnte euch das Leben retten.«

Als nächster ergriff Sterncommander Stone das Wort. »Auf Befehl des Sterncaptains habe ich zusätzlich einen rigorosen Simulationsplan ausgearbeitet. Diese Simulationen werden die ersten Tests für die Zusammenarbeit unserer Sterne bei gemeinsamen Missionen werden.« Er streckte die Hand zu den Kontrollen an seinem Platz aus, und der holographische Grundriß der SBVS-Festung machte einem Dienstplan Platz. »Ihr findet Kopien dieses Plans in euren Datenverzeichnissen, zusammen mit Sterncommander Constant Tsengs taktischer Analyse.«

Gregori beugte sich vor und starrte den Dienstplan an. »Das kann doch wohl nicht dein Ernst sein«, murmelte er, dann setzte er hastig hinterher: »Sterncommander.«

»Hast du irgendwelche Probleme damit, Gregori?« fragte Angela mit scharfer Stimme.

»Wir werden hier für Zehn-Stunden-Drills eingeteilt, Sterncaptain. Selbst während der Invasion haben wir nicht dermaßen lange in den Simulatoren verbracht.«

Angela antwortete ihm nicht sofort. Sie ließ die Stille für sich arbeiten. Und sie verzichtete darauf zu sagen, was sie dachte, nämlich daß sie möglicherweise während der Invasion so hart hätten trainieren *sollen*, um zu gewinnen. »Das ist korrekt. Der Dienstplan steht, Gregori. Ein Krieger kann nicht zu viel trainieren.«

Gregori setzte zu einer Entgegnung an, aber der Ausdruck auf Angelas Gesicht und die aggressive Art, mit der sie die Fäuste auf ihre Hüften stemmte, machten klar, daß sie keine Kommandeurin war, die sich auf lange Debatten über ihre Befehle einließ.

»Verstanden, Sterncaptain«, gab er sich geschlagen.

»Hat noch jemand Fragen?« Angela sah zu Bethany hinüber, die ihren Blick nicht erwiderte.

»Eine Frage noch, Sterncaptain«, meldete sich Sprange. »Wann bekommen wir einen Namen?«

Jede neugegründete Geisterbäreneinheit hatte das Recht auf ein Taufritual. Den Namen konnten die Mitglieder der Einheit selbst wählen, aber er wurde erst offiziell und in die Register der Geisterbären-Touman aufgenommen, nachdem die Einheit ihr erstes Feindgefecht überlebt hatte.

»Eine gute Frage«, stellte Angela fest und lächelte, um die Anspannung zu lockern, die sich in der TEZ ausgebreitet hatte. »Wir brauchen einen Namen, einen Namen, um den wir uns im Kampf scharen können. Ein Name, den wir in zukünftigen Schlachten auf den Ärmeln tragen können und der würdig ist, in die *Erinnerung* aufgenommen zu werden.«

Die Erinnerung war ein episches Gedicht, das jeder Clan in einer eigenen Version überlieferte und dessen Verse die großen Krieger und Schlachten des Clans priesen. In seinen Zeilen erwähnt zu werden, war eine gewaltige Ehre, die in den Augen vieler sogar den Besitz eines Blutnamens übertraf.

»Hört zu«, sagte Neta plötzlich. Sie hatte die Augen

geschlossen, und ihre Stimme war von einem gespenstischen, abwesenden Ton. »Wir sind der Trinärstern Pirschende Bären.«

»Eine deiner Novakatzen-Visionen, frapos?« spottete Bethany.

Neta öffnete die Augen. »Aye, Bethany, eine Art Vision. Vielleicht ein Blick in unsere Zukunft.« Sie blickte zu Angela.

Am anerkennenden Nicken und dem Lächeln auf den Gesichtern der anderen Einheitsmitglieder sah der Sterncaptain, daß der Name der Einheit gefiel. »So sei es, Neta von den Geisterbären. Wir sind die Pirschenden Bären. Mögen unsere Feinde unser Brüllen in der Nacht hören und zittern!«

Stolz stand in den Mienen der versammelten Krieger, außer auf den Zügen der düster dreinblickenden Bethany, die gegen die allgemeine Hochstimmung ihrer Kameraden immun schien.

»Nachdem wir jetzt unseren Namen haben«, stellte Angela fest, »habt ihr alle reichlich zu tun. Ich schlage vor, ihr macht euch an die Arbeit. Weg-treten!«

Dann drehte sie sich mit militärischer Präzision um hunderachtzig Grad und verließ die Taktische Einsatzzentrale.

* * *

Gregori wartete, bis die Tür sich geschlossen hatte, bevor er sich über den Tisch zu Bethany beugte. »Hübsche Art, sich bei der neuen Kommandeurin einzuführen, Bethany«, stichelte er.

Sie starrte ihn an. Ihre Augen glühten vor Wut. »Sieh dich vor, was du sagst, Freigeburt – Oder ich stopfe dir deine Frechheiten zurück in den Schlund!«

Gregori grinste breit. »Vielleicht habe ich mich doch geirrt, was diesen Dienst angeht.«

»Inwiefern?« fragte Dolf vom anderen Ende des Tisches.

»Ich habe befürchtet, mich zu langweilen.« Er lächelte Bethany spöttisch an. »Aber wie ich sehe, gibt es hier reichlich Unterhaltung für mich. Allermindestens, dich zu ärgern, Bethany.«

7

Fort DelVillar, Toffen
Geisterbären-Dominium

13. Februar 3062

Die grauen Granitmauern Fort DelVillars zeichneten sich vor dem strahlend blauen Himmel über Toffen ab, als Angela Bekker ihren *Executioner* die Rampe des Landungsschiffs *Blutige Tatze* hinab auf den Asphalt steuerte. Die verstärkten Zinnen waren wiederhergestellt, und irgendwann in der näheren Zukunft würden sie auch wieder einen Anstrich erhalten, aber noch traf der Blick auf nackten Stein. Die wuchtigen Mauern gaben Angela ein Gefühl von Sicherheit, allerdings blockierten sie auch die Sicht auf den Rest des Planeten.

Sie trat mit ihren humanoiden OmniMech von der Rampe, und der Rest ihres Sterns folgte beinahe in Formation. Hinter ihr kam Sprange in seinem *Timber Wolf*. Danach Neta in ihrem *Kingfisher*, frisch bemalt in grünbraunem Tarnschema. Bethany folgte in ihrer gedrungenen *Nova*, deren fleckig grünbraune Bemalung, in deutlichem Kontrast zur Jugendlichkeit der Pilotin an den Kontrollen, älter und abgenutzter wirkte. Als letztes Mitglied des Sterns erschien Breedfelts *Kodiak*, dessen krallenartige Finger fast über die Rampe schleiften. Der *Kodiak* war eigentlich kein Frontklasse-Mech, aber Breedfelt hatte bei der Entwicklung dieses Mechtyps mitgearbeitet und über drei Jahre praktisch im Innern der Maschine gelebt. Eine derart intensive Verbinfung mit einem anderen Kampfkoloß hätte Angela mit bloßem Training niemals erreichen können.

Als sie auf dem Asphalt angekommen war, drehte sie den *Executioner* zum Kontrollturm, und der Rest ihres Sterns tat es ihr mit derselben Präzision gleich. Tradition war wichtig für die Geisterbären, und eine der wichtigsten Traditionen war die Befehlsübergabe über ein Clanterritorium.

Unter der Führung Constant Tsengs folgte der KampfStern und nahm links von Angela und dem BefehlsStern Aufstellung. Auch seine Mitglieder drehten sich zeremoniell in Richtung Kontrollturm. Die schweren Schritte der gigantischen Kampfkolosse dröhnten dumpf über das Landefeld, als sie in Position gingen. Als Kyle, der letzte von Tsengs Kriegern, an seinem Platz war, setzte sich am Kopf der Rampe der JagdStern in Bewegung. Als er den Asphalt erreichte, führte Sterncommander Stone seine Truppen an eine Position schräg vor den beiden anderen Sternen.

Die letzten Truppen, die über die Rampe kamen, waren Dolf und sein Strahl Elementare. Über Stone hatte Dolf um die Erlaubnis gebeten, die Rüstungen seines Strahls umzulackieren, und Angela hatte sie ihm erteilt. Jetzt nahmen die Elementare in ihren frisch in Braun und Dunkelgrün bemalten Gefechtspanzern mit denselben formalisierten Bewegungen wie zuvor die Mechs ihre Plätze ein. Die stumpfschwarzen Helme wirkten wie eine Auszeichnung des neugeformten Sterns. Angela beobachtete die Bewegungen ihres Trinärsterns aufmerksam auf der Rundumsichtanzeige des Sichtschirms, ohne den Kopf ihres *Executioner* zu bewegen.

Das Landungsschiff hatte nach der Ankunft des Sprungschiffs am Nadirpunkt des Systems insgesamt neun Tage für den Flug gebraucht. Während dieser ganzen Zeit hatte sie die Pirschenden Bären weiter gefordert, sie für zahllose Gefechte in die Cockpitsimulatoren des Schiffes gehetzt. Sie hatte eine ganze Serie von Szenarien abgearbeitet. Es entwickelte sich tatsächlich ein gewisser Teamgeist, und ihre Leute fingen an, als Einheit zusammenzuarbeiten, aber es ging nicht so schnell, wie sie erhofft hatte. Sie mußten die jeweiligen Stärken und Schwächen der anderen kennenlernen und das Vertrauen entwickeln, das nur gemeinsame Erfahrung mit sich brachte ... selbst wenn es nur Erfahrung im Simulator war.

Angela versuchte, sich nicht zu viele Sorgen um die Spannungen zu machen, die zwischen manchen Mitgliedern der Einheit existierten. Neta fiel es dank der Feindseligkeit Bethanys und gelegentlicher Sticheleien Gregoris besonders schwer, einen Platz in der Gruppe zu finden. Obwohl sie eine vollwertige Geisterbärin war, sorgte ihre Herkunft aus einem anderen Clan dafür, daß sie nicht das gleiche Maß an Respekt beanspruchte wie die übrigen Krieger. Andererseits mußte man zugeben, daß der Spott über Neta das einzige war, was Gregori und Bethany daran hinderte, einander umzubringen. Neta ignorierte die Verbalattacken weitgehend und zeigte eine beinahe unwirkliche Distanz. Manchmal fragte Angela sich, ob Neta wirklich in die Zukunft sehen konnte.

Hinzu kam, daß Dolfs Vorgeschichte irgendwie die Runde gemacht hatte. Obwohl die Geisterbären kein sonderlich abergläubischer Clan waren, trug es nicht gerade zur Einigkeit des JagdSterns bei, daß er der einzige Überlebende seiner drei letzten Einheiten war. Stones Reaktion auf dieses Problem bestand darin, es zu ignorieren und so zu tun, als existiere es gar nicht. Angela verstand, daß Stones Schweigen Schutz und Waffe zugleich war, die er einsetzte, wie es erforderlich wurde. Aber niemand erwähnte Dolfs Vergangenheit in seiner Gegenwart. Das lag sicher mit daran, daß er einen vollen Meter größer als alle anderen war und sie im Kreis der Gleichen zerquetscht hätte. Angela fragte sich allerdings unwillkürlich, wie lange es wohl noch dauern konnte, bis Bethany Dolf darauf ansprach, nur um zu sehen, was passierte.

Nichts von alledem überraschte sie. Angela war in ihrem Leben als Geisterbärin schon in drei verschiedenen Frontklasseeinheiten gedient, und derartige Spannungen waren nichts Neues für sie. Aber bei dem Versuch, eine Einheit aus dem Nichts aufzubauen, zerrten sie gelegentlich doch gewaltig an ihrer Geduld. Aber sie nahm sich zusammen. Diesmal mußte sie mehr als nur ein Sterncaptain sein, eine Kommandeurin.

Ein Mechstern trat aus dem riesigen Wartungshangar am fernen Ende des Landefelds und kam langsamen Schrittes auf den in Habachtstellung wartenden JagdStern zu. Angela setzte den *Executioner* in Bewegung und trat etwa zwanzig Meter vor ihre Einheit, als die anderen Kampfkolosse sich näherten.

Es war eine beeindruckende Formation. An den Flanken marschierten zwei mächtige *Warhawks*, deren reparierte Panzerung deutlich machte, daß sie Kampfeinsatz gesehen hatten. Das Zentrum der Formation bildeten drei riesige *Timber Wolves*. Die kantigen Raketenlafetten auf den Schultern schienen sich jeden Moment berühren zu müssen, während sie heranmarschierten, nur ging der mittlere der drei Mechs den beiden anderen fast zehn Meter voraus. Am Waffenmodul seines rechten Arms war ein Stab mit zwei Standarten befestigt. Die obere zeigte das Emblem des Geisterbärenclans, einen weißen Bärenkopf, umringt von sechs ausschlagenden Tatzen. Die untere Fahne trug das Emblem Galaxis Deltas. Die Formation hielt exakt acht Meter vor Angelas *Executioner* an.

Bei den Geisterbären war die Übergabe des Befehls ein einfaches Ritual, das aber in diesem Fall zusätzliche Bedeutung erhielt, weil Angelas Einheit frisch ausgehoben war. Das Kommsystem ihres Neurohelms knackte. Sie setzte sich gerade und sah zu dem *Timber Wolf* hinüber.

»Ich bin Sterncolonel Dana Vishio von den 8. Bärkürassieren. Auf Befehl des Khans der Geisterbären, Bjørn Jorgensson, und des Galaxiscommanders der Galaxis Delta, Roberto Snuka, übergebe ich die Garnisonsverantwortung für diese Welt, Toffen, im Dominium des Geisterbärenclans, an Sterncaptain Angela Bekker.« Der *Timber Wolf* streckte den rechten Arm aus, so daß Stab und Standarten sich auf volle Länge entfalteten.

Angela streckte die modellierte Hand ihres *Executioner* aus und faßte mit Hilfe der Greifsteuerung an den Cockpitkontrollen den Stab. »Ich bin Sterncaptain Angela Bekker von den 8. Bärkürassieren. Ich übernehme die Verantwortung für die Verteidigung dieser Welt gegen alle, die sich anmaßen, die Stärke der Geisterbären auf die Probe zu stellen.« Sie sprach die Worte in ihrem besten Befehlston in das Mikrophon des Neurohelms, damit alle, die sie hörten, ihren Stolz heraushören konnten.

»Außerdem ist deine Einheit von diesem Tag und dieser Stunde an offiziell aktiviert«, sagte Sterncolonel Vishio. »Hat dein Trinärstern einen Namen, Sterncaptain?«

Angela lächelte bei dem Gedanken daran, wie sie den Namen gefunden hatten. »Aye, Sterncolonel. Es mir eine Ehre, dir den Trinärstern Pirschende Bären zu präsentieren.«

Es folgte eine kurze Pause. »Pirschende Bären, ich heiße euch in meinem Bau und als Mitglieder der Familie willkommen. Kürassiere, Ach-tung!« Damit schwenkten Dana Vishio und ihr Stern zur Seite und gaben den Weg zum Mechhangar frei, aus dem sie gekommen waren. Die Kampfkolosse hoben den rechten Arm, ein Salut von Kriegern für Krieger.

Die Tradition verlangte, daß Angela als neue Garnisonskommandeurin den Gruß erwiderte. Welche Form ein solcher Gruß hatte, war freigestellt, und in den

Jahren ihrer Laufbahn bei den Geisterbären hatte Angela schon die verschiedensten Möglichkeiten gesehen. Ihr Gruß war persönlich, aber deswegen nicht minder ein Zeichen des Repekts für ihre neue Vorgesetzte. Sie aktivierte das Kommsystem und koppelte es mit dem Mikrodiskettenspieler.

Das traurige Heulen des Dudelsacks drang über den Kanal, ihres Dudelsacks. Sie hatte die Melodie für ihre Vorgesetzte eingespielt. »Pirschende Bären«, befahl sie über das Klagen der Musik. »Vorwärts Marsch!« Vorbei an ihrer neuen Kommandeurin marschierten Angela Bekker und ihr Trinärstern auf ihren neuen Posten.

* * *

Zwei Stunden später stand sie vor Sterncolonel Vishios Büro und stellte fest, daß Vishio ihre Rangabzeichen bereits von der Tür entfernt hatte, in Vorbereitung der Übergabe an Angela.

Sie klopfte dreimal. »Herein«, sagte eine Stimme auf der anderen Seite, und sie trat ein.

Der Anblick, der sie erwartete, war erstaunlich. Sie hatte bei den Clans nie etwas Derartiges gesehen. Das Büro war von Design und Einrichtung her geradezu opulent. Es befand sich hoch im Zentralturm Fort DelVillars, mit riesigen Fenstern, durch die der Blick über die Hälfte der Anlage erfaßte. In der Ferne sah sie hinter den Außenmauern der Festung die dunklen Wipfel des Richartwalds, der die Basis umschloß. Die polierte schwarze Granitplatte des Schreibtischs schimmerte im Licht der Fenster. Dahinter stand Sterncolonel Vishio.

»Wilkommen auf Toffen, Sterncaptain«, sagte sie. »Bitte setz dich und mache es dir bequem. Du wirst feststellen, daß ich nicht auf Förmlichkeit bestehe, wenn wir unter uns sind.«

»Danke, Sterncolonel«, antwortete Angela und versank in einem wuchtigen Ledersessel, der für ihren Geschmack viel zu bequem war.

»Eine beeindruckende Installation, frapos?« fragte Vishio und deutete zum Fenster.

»Pos«, stellte Angela fest und drückte erstaunt die gepolsterten Armstützen des Sessels. »Einen derartigen Posten habe ich noch nie gesehen.«

»Weich«, meinte Vishio, als sie hinter dem Schreibtisch Platz nahm.

»Aye.«

»Die Handwerker der Arbeiterkaste, die diese Anlage in den letzten acht Jahren renoviert haben, haben sich große Mühe gemacht, die Einrichtung originalgetreu zu gestalten. Ich hatte vor, sie durch clangemäßere Möbeln zu ersetzen, aber es scheint, daß der Sternenbund vor dreihundert Jahren tatsächlich diese Art von Mobiliar benutzte. Es erschien mir irgendwie falsch, etwas daran zu ändern, aber falls du es tun möchtest, kannst du das natürlich. Dies ist jetzt deine Garnison.«

Angela schüttelte den Kopf. »Neg. Wenn das gut genug für den großen Kerensky und seine Leute war, ist es auch gut genug für mich.« Sie steckte die Hand in den Gürtel und zog die winzige silberne Diskette hervor, die sie für Dana Vishio vorbereitet hatte. »Ich hoffe, mein Salut erschien dir angemessen. Ich habe ihn auf dieser Diskette aufgezeichnet, zusammen mit dem Dienstplan meiner Einheit.«

Vishio nahm die Diskette und musterte sie neugierig. »Ich habe nur einmal vorher Dudelsackmusik gehört. Wie hieß das Stück?«

»Es war der ›Abschied von Gibraltar‹ der 79.«, erklärte Angela. »Ich fand es eine angemessene Wahl für das Verlassen einer Garnison. Es ist jedesmal eine Herausforderung für mich. Ein Schwirren verlangt eine beachtliche Fingerfertigkeit.«

»Ich weiß es zu schätzen«, erwiderte Vishio, aber in

ihrer Miene bemerkte Angela etwas, das sie nicht ganz verstand. »Ich fliege in einer Stunde zu meinem neuen Posten ab. ChefTech Luray hat deine kompletten Aufstellungsdaten erhalten und ist dabei, den Hangar für deinen Trinärstern vorzubereiten. Ich habe auch den Medizinischen Offizier darüber unterrichtet, daß du den Befehl übernimmst, einen Arzt namens Drogan. Du solltest ihn kennenlernen.«

»Darf ich fragen, warum?«

»Er ist auf Toffen geboren und aufgewachsen und hat im Militär des Draconis-Kombinats gekämpft. Er hat eine irritierende Art, macht seine Arbeit aber sehr effektiv.«

»Ich gewöhne mich langsam daran, mit Menschen ungewöhnlichen Charakters und Hintergrunds zu arbeiten.«

»Ja, ich habe mir den Dienstplan und die Kodaxe deiner Einheit angesehen. Du wirst alle Hände voll zu tun haben, aber ich sehe die Logik hinter manchen deiner Entscheidungen. Es ist nicht meine Art, die Maßnahmen meiner Offiziere in Frage zu stellen, solange ich dazu keinen guten Grund habe. Wenn es dir gelingt, sie zu einer Einheit zusammenzuschweißen, wirst du eine beeindruckende Truppe haben.«

»Danke, Sterncolonel.«

»Ich nehme an, du hattest Gelegenheit, auf dem Herflug den Bericht des Quartiermeisters zu lesen?«

»Aye«, antwortete Angela, der immer noch irgend etwas an Vishios Tonfall auf Auftreten zu schaffen machte. »Ich bin etwas überrascht über die Masse von Nachschub und Ersatzteilen, die hier eingelagert ist, Sterncolonel. Sie reichen für einen ganzen Sternhaufen und einen zwei oder drei Wochen dauernden Test aus. Derartige Nachschubmengen sind, milde ausgedrückt, ungewöhnlich, und wir haben selbst mindestens zwei Frachträume voller Bedarfsgüter mitgebracht.«

»So ist es. Der Nachschub wurde vom Galaxiscommander hierhergeschickt«, erwiderte Vishio, ohne die unausgesprochene Frage zu beantworten. »Eure Pflicht ist, ihn und diese Welt zu verteidigen. Es ist nicht an uns, die strategischen Überlegungen des Oberkommandos zu hinterfragen.«

Angela erinnerte sich daran, was sie den Mitgliedern ihres Trinärsterns erst kurz zuvor selbst erklärt hatte. *Es ist nicht das Wesen des Kriegers, seine Befehle zu hinterfragen. Er führt sie aus.* Plötzlich bekamen diese Worte eine ganz neue Bedeutung.

Sie erkannte, daß sich eine Kriegerin veränderte, wenn sie in höhere Rangstufen aufstieg. Häufig war sie gezwungen, strategisch zu denken und zu vergessen, daß auf der taktischen Ebene andere Krieger kämpften und starben. »Ich verstehe, Sterncolonel. Ich wollte nur anmerken, daß die Basis überversorgt scheint.«

Dana Vishio zögerte, als ob sie erst etwas anderes hätte sagen wollen und es sich dann doch anders überlegt hatte. »Wir kennen einander nicht, nicht *wirklich*, oder, Sterncaptain?«

»Neg.«

»Als ich erfuhr, daß einer meiner Trinärsterne zu einer anderen Einheit versetzt wurde und die 8. Kürassiere eine neue Einheit als Ersatz ausheben mußten, war ich nicht sonderlich begeistert. Aber dann habe ich mir deinen Kodax angesehen und erfahren, daß Khan Bjørn Jorgensson dich persönlich für diese Aufgabe ausgewählt hat. Du bist für diesen Posten gut geeignet, und ich bin überzeugt, daß du deine Aufgabe ehrenhaft erfüllen wirst, auch wenn ich zugeben muß, daß mir die Befehle nicht immer gefallen.«

»Ich fürchte, ich verstehe nicht, Sterncolonel.«

»In meiner Laufbahn habe ich gelernt, daß es bestimmte Aspekte des Kommandeurinnendaseins gibt, die mir wohl nie behagen werden. Dich hier allein zurückzulassen, zu diesem entscheidenden Zeitpunkt in der Entwicklung deiner Einheit … Das tue ich nicht aus freien Stücken, sondern auf direkten Befehl.« In ihrer Stimme lag genug Trotz, um Angela erneut zweifeln zu lassen, ob hinter ihrem Auftrag auf Toffen nicht doch mehr steckte, als sie ahnte.

»Ich verstehe«, erwiderte sie. Was hätte sie sonst sagen können.

»Neg«, winkte Vishio ab. »Das tust du sicher nicht. Aber darum geht es auch nicht. Worauf es ankommt, ist, wie du dich von jetzt an verhältst. Du unterscheidest dich von vielen Kriegern unseres Clans, Angela Bekker. Du hast gezeigt, daß du in der Lage bist, dich den Umständen ausgezeichnet anzupassen. Du stürzt dich nicht überhastet in den Kampf, sondern hast die Lektion verstanden, die unser Volk auf Tukayyid gelernt hat.«

Die Erwähnung der Lektion von Tukayyid traf ins Schwarze. Der Kampfstil der Clans hatte immer aus kurzen, heftigen Gefechtstests mit durch Bieten begrenzten Mitteln aufgebaut. Die Gefechte verliefen schnell und stürmisch, und die Clans waren nahezu unaufhaltsam gewesen, als sie über die Innere Sphäre herfielen. Auf Tukayyid hatten die ComGuards sich den Clans entgegengestellt, aber statt eines kurzen Gefechtstests hatte sich die Schlacht über Tage und Wochen hingezogen. Einige der Invasionsclans, zum Beispiel die Nebelparder, hatten sich der veränderten Lage nicht angepaßt und eine katastrophale Niederlage erlitten. Die Geisterbären, unter ihnen auch der Binärstern unter Angelas Kommando, waren gezwungen gewesen, ihren Kampfstil zu ändern, und hatten den ComStar-Truppen ein Unentschieden abringen können. Nur die Jadefalken und der Wolfsclan hatten sich noch besser geschlagen.

»Ich verstehe nicht, Sterncolonel«, meinte sie zum zweiten Mal an diesem Tag.

»Ich weiß. Ich erwarte auch nicht, daß du es verstehst«, antwortete Dana Vishio. »Ich erwarte nur, daß du tust, was immer erforderlich ist, um deine Pflicht zu erfüllen und diese Welt und diesen Stützpunkt gegen jeden zu verteidigen, der versuchen sollte, sie zu erobern, gleichgültig, in welchem Widerspruch es zu deiner Ausbildung steht. Vertraue deinem Instinkt und deiner Erfahrung. Sie haben dich hierhergebracht, und ich erwarte, daß sie dich noch weiterbringen.« Sie schob Angela einen Stoß Papiere über die glänzende Oberfläche des schwarzen Schreibtischs entgegen. »Viel Glück, Sterncaptain«, sagte Vishio und salutierte.

»Aye, Sterncolonel«, erwiderte Angela den militärischen Gruß. »Gleichfalls.«

8

Richartwald, Toffen
Geisterbären-Dominium

17. Februar 3062

»Kontakt!« rief Sprange aus dem Cockpit seines *Timber Wolf* über die Kommverbindung. »Stravag! Ich habe ihn verloren!« Alle, die ihm zuhörten, spürten seine Frunstration. Das war kein leichter Kampf gewesen.

Angela justierte die Kontrollen ihrer Langstreckenortung, während sie antwortete. »Gib mir die Koordinaten des Signals durch.«

»Null-drei-null komma zwo-eins-eins, aber es war nur ein kurzes Aufflackern, Sterncaptain.«

Angela verstand sein Problem nur zu gut. »Bei all den Felsformationen und kleinen Senken hier können wir uns nicht erlauben, ein Risiko einzugehen. Breedfelt, du und Bethany rückt in einer weiträumigen Zangenbewegung gegen diese Position vor. Neta, auf die rechte Flanke, dreihundert Meter außerhalb. Ich gehe nach links. Sobald jemand irgendein Signal zeichnet, gibt er die Koordinaten durch. Sterncommander Constant Tseng, rücke auf die äußere linke Flanke vor und schwenke in mindestens einem Kilometer Abstand von unserer Position nach Norden, für den Fall, daß sie uns in ene Falle locken.«

Eine Serie von Bestätigungen antwortete ihr, während sie den *Executioner* in das tief hängende Astgestrüpp des Richartwalds steuerte. Der Fusionsreaktor, der ihre fünfundneunzig Tonnen schwere Kampfmaschine antrieb, pulsierte vor Energie, als sie sich durch den Wald wuchtete, als existiere er gar nicht. Das Manöver, das Constant Tseng und sie zusammen ausgearbeitet hatten, war simpel genug angelegt, aber die Geländebedingungen erschwerten es spürbar. Der Befehls- und KampfStern sollten in einem Scheingefecht den JagdStern aufspüren und vernichten.

Sie hatte das Gelände für diesen Kampf aus mehreren Gründen gewählt. Zum einen, um allen Mitgliedern der Einheit Gelegenheit zu geben, Erfahrung in der Umgebung Fort DelVillars zu sammeln. Sie waren rund achtzig Kilometer von der Festung entfernt, aber es war wichtig, daß sie die Eigenheiten des Gebiets kennenlernten. Man konnte nicht wissen, wann sie gezwungen sein würden, ernsthaft hier zu kämpfen. Zum anderen zwang diese Übung den Befehls- und den KampfStern, zusammenzuarbeiten.

»Wo soll denn dieser angebliche Kontakt sein, Sprange?« fragte jemand sarkastisch. Angela erkannte Bethans Stimme sofort.

»Kein überflüssiges Geschnatter über die Komm«, bellte sie.

»Ich zeichne ein Signal rechts von mir«, meldete Neta aus ihrem *Kingfisher*. Der OmniMech war ein neueres Modell und etwas leichter als Angelas Maschine. »Die Ortung wird schwächer. Könnte ein leichter Mech sein. Ich habe ihn nur auf Magnetresonanz getastet.«

Angela überprüfte die Position ihres Sterns auf der Ortungsanzeige, während sie mit dem *Executioner* einem riesigen Eichenstamm auswich. »BefehlsStern. Rechte Flanke hält Position, linke Flanke schwenkt um. KampfStern übernimmt den äußeren linken Rand.«

Ihr Plan war einfach. Sie wollte das rechte Ende ihrer Kampfreihe fixieren und dann zusammen mit Sterncommander Tsengs Stern wie eine Sense nach links schwenken, in der Hoffnung, den JagdStern in die Zange zu nehmen und zu zerquetschen.

»Ich zeichne ein Ziel. *Fire Moth*, Primärkonfiguration. Zieht nach West ab.« Das war Bethany. Der *Fire Moth* war einer der leichtesten OmniMechs im Arsenal der Geisterbären. Mit nur zwanzig Tonnen war er weniger auf Feuerkraft denn auf Geschwindigkeit ausgelegt. Der JagdStern verfügte über zwei Mechs dieses Typs, es mußte sich also um Stone oder Dis handeln.

»Bestätigt«, kam Breedfelts Stimme über die Leitung. »Ich hatte den Kontakt nur eine Minute. Er bewegt sich auf unsere linke Flanke zu.«

»Position in der Linie halten, bis der KampfStern in Position ist«, befahl Angela, und stürmte mit dem *Executioner* noch eiliger durch den dichten, mit Lianen verhangenen Wald. Sie mußte nach vorne, an die Führungssposition.

»Greife an«, meldete Bethany aus den Helmlautsprechern.

Verdammt.

Auf der Taktikanzeige war deutlich zu erkennen, wie Bethany vorpreschte, viel zu früh, als daß der KampfStern schon hätte in Stellung gehen können. Der leuchtend blaue Punkt, der ihre Maschine auf der Anzeige repräsentierte, bewegte sich aus der Kampfreihe und brach zur linken Flanke aus, auf den Angelpunkt zu, um den Angela die Einheit drehen wollte.

»Neg, Bethany«, brüllte sie, aber es war schon zu spät. Ein Aufblinken der Ortungsanzeige meldete, daß Bethany auf das Ziel gefeuert und es damit für sich beansprucht hatte. Der Ehrencodex der Clans verlangte, daß Krieger den Gegner in Einzelduellen stellten, solange keines der Ziele seinerseits einen anderen Gegner attackierte. Das öffnete den Kampf für alle und jeden.

Es blieb keine Zeit für lange Überlegungen. Angela rannte mit dem *Executioner* durch einen flachen Sumpf und einen niedrigen Felshang hinauf, während sie ihre Möglichkeiten durchging. »Neue Befehle. BefehlsStern, nach Norden vorrücken. KampfStern, schneller Vormarsch auf die linke Flanke. Gefechtslinie von Nord nach Süd bilden. Wir versuchen, sie auf euch zuzutreiben.«

»Aye«, bestätigte Constant Tsengs Stimme leise. »Wir machen den Amboß für euren Hammer.«

»Neue Ortung!« brach Spranges Stimme fast panisch aus dem Lautsprecher. »Elementare in unserem Rücken. Ich wiederhole ...« Das Knistern der Statik verschluckte die nächsten Worte. Offenbar hatten die in seinem Bordcomputer simulierten Gefechtsschäden die Kommanlage ausfallen lassen.

Angela wurde langsamer und sah auf die Anzeige. Dolfs Elementare waren von der äußeren rechten Flanke hinter ihre Linien vorgestoßen und hatten sich auf Sprange gestürzt.

»Ich zeichne zwei Ziele«, meldete Neta. »Eine *Viper* und einen *Fire Moth* links voraus.«

»Bestätigt«, gab Breedfelt durch. »Zusätzlich noch ein *Mist Lynx* an der äußeren rechten Flanke.«

Seit Jahrhunderten sprachen Taktiker und Strategen vom »Gefechtsnebel«, wenn sie andeuten wollten, daß die meisten Kommandeure nicht die ganze Schlacht überblicken konnten, weil sie sich häufig nicht sicher waren, wo genau der Feind stand, und wohin er sich bewegte. Angela tat ihr Bestes, sich einen Weg durch diesen Nebel zu bahnen.

»KampfStern nach Osten. Sofort!« befahl sie. »BefehlsStern, Feind stellen und Rückzug um fünfhundert Meter einleiten. Sterncommander Constant Tseng, jetzt bist du der Hammer.«

Als sie die Hügelkuppe erreichte, wurde sie von einer Breitseite aus leistungsgebremstem Laserfeuer und weißen Dampfexplosionen harmloser Raketen aus den Geschützen einer *Viper* erwartet, die den Hügel als Ortungsschutz genutzt hatte. Angelas Taktikanzeige meldete Schäden am linken Bein und in der Torsomitte. Der

Name des Kriegers war ihr geläufiger als seine Maschine. *Hallo, Scarry,* dachte sie. *Kein ernster Schaden, aber schlimm genug.*

Sie bremste ab und wich nach rechts aus. Dabei feuerte sie eine Salve von 20 Langstreckenraketen und einen Feuerstoß aus der überschweren Autokanone ab. Die Hälfte der Raketen schoß am Ziel vorbei, der Rest schlug in die Beinpanzerung des gedrungenen Mechs ein. Die Ultra-AK im rechten Arm des *Executioner* spie ihre Übungsgranaten in den linken Arm der gegnerischen Maschine. Die Wirkung war vernichtend. Ein Blick auf die Schadensanzeige genügte, um ihr zu bestätigen, daß der Angriff das Waffenmodul des Arms praktisch zerfetzt hatte, und daran, wie der Arm kraftlos an der Seite der *Viper* herabhing, erkannte sie, daß sie dem leichteren Mech die Hälfte seiner Feuerkraft genommen hatte.

Scarry zog sich den Hang hinab zurück, um die Distanz zwischen ihnen zu vergrößern. Angela zog das Fadenkreuz über den runden Kopf der *Viper* und schaltete mehrere Feuerleitkreise um, bis ein Druck auf den Auslöser genügte, um Autokanone und Langstreckenraketen gleichzeitig abzufeuern. Die Temperatur in der Pilotenkanzel stieg leicht an, als das Scheppern des Nachlademechanismus der Raketenlafette durch die Kabine hallte. Netas Stimme zerstörte Angelas Konzentration »Ich werde von Elementaren angegriffen. Vier Elementare.«

»*Fire Moth* abgeschossen«, jubelte Bethany, die vom Rest des unter dem Blätterdach des Waldes tobenden Gefechts völlig unbeeindruckt schien.

Angela feuerte. Diesmal ging die AK-Salve daneben, aber die meisten Raketen senkten sich zielgenau auf den Torso der *Viper*. Über die Hälfte wurde noch in der Luft zerstört, als das Raketenabwehrsystem des mittelschweren OmniMechs in Aktion trat und eine Feuerwand zwischen den beiden Maschinen aufbaute. Der Einschlag der AK-Granaten reichte trotz der minimalen Explosivladung aus, einen Krater in den mit abgestorbenen Nadeln und Kiefernzapfen bedeckten Waldboden zu schlagen. Scarry kämpfte mit den Kontrollen, als der Bordcomputer versuchte, seine Maschine unter dem Aufprall der Treffer umzuwerfen.

»Hier KampfStern. Wir finden keine Ziele«, gab Constant Tseng durch.

Sieh dich vor, wonach du suchst … Scarry ließ sich durch den Angriff nicht einschüchtern und wanderte nach rechts. Angela erhaschte einen kurzen Blick auf einen zweiten Mech, der sich in dieselbe Richtung bewegte, einen blitzschnellen *Fire Moth.* Scarrys *Viper* griff mit Kurzstreckenraketen und zwei Impulslasern an, die den Kopf des *Executioner* trafen und den OmniMech schüttelten wie eine Piñata.

Wenn das hier vorbei ist, werden Bethany und ich eine hübsche kleine Unterhaltung führen, entschied Angela.

* * *

Sie hatte immer noch das Gefühl, ihr Büro gehöre in Wahrheit jemand anderem, aber das machte Angela Bekker nicht annähernd so zu schaffen wie die bevorstehende Aufgabe. Bethanys Aktion hatte zwar nicht den Sieg gekostet, aber sie hatte das Gefecht alles andere als ausgewogen gestaltet. Aber das Ergebnis hatte der Kampfmoral des JagdSterns erheblich genutzt. Er hatte es geschafft, je drei Mechs des BefehlsSterns und des KampfSterns auszuschalten, bevor er sich ergeben hatte. Laut simulierter Schadensrechnung besaß der JagdStern zu diesem Zeitpunkt immer noch mehrere Elementare und einen einsatzfähigen Mech, auch wenn der sich nur gerade eben noch auf den Beinen halten konnte. Im Grunde war es ein taktischer Sieg.

»Herein«, sagte Angela, und war überrascht, als nicht Bethany eintrat, sondern ein Fremder.

»Sterncaptain Bekker«, sagte er. Der Mann im grauen Overall wirkte durchaus fit, aber die grauen Strähnen an den Koteletten verrieten sein Alter. »Man sagte mir, ich solle mich bei Ihnen melden, sobald meine Pflichten es zulassen.« Er streckte die Hand aus, aber an seinem Tonfall erkannte sie, daß er über diese Begegnung alles andere als begeistert war.

Angela nahm seine Hand und drückte sie. »Und du bist?«

»Doktor Drogan Wyrick. Ich bin der Garnisonsarzt. Nach Ihren Begriffen ein Mitglied der Wissenschaftlerkaste.«

Das also war der Mann, den Dana Vishio ihr gegenüber erwähnt hatte. Es war arrogant von ihm, auf seinem alten Familiennamen zu bestehen. Offenbar akzeptierte er seine Position im Clan nicht wirklich. Das verriet er auch durch die Unterschlagung ihres Vornamens in der Anrede. Im Gegensatz zu den Gebräuchen der Inneren Sphäre legten Clanner Wert darauf, unter allen Umständen mit vollem Namen angesprochen zu werden.

»Ja.« Angela deutete auf einen Sessel. »Sterncolonel Dana Vishio hat dich erwähnt, Doktor Drogan.«

»Kann ich mir denken«, meinte er und gluckste, als er sich ohne irgendwelche Rücksicht auf sie oder ihren Rang lässig in den nächsten Sessel fallen ließ. »Was immer sie Ihnen erzählt hat, dürfte stimmen. Eines habe ich über Clanner herausgefunden: Sie lügen nicht. Übrigens nennt man mich Doktor Wyrick, Sterncaptain.«

Angela versteifte sich kurz, verzichtete dann aber auf eine Entgegnung. Sollten die niederen Kasten ihn doch nennen, wie sie wollten. Für sie blieb er Drogan. »Sie schien dich ausgesprochen positiv einzuschätzen, aber ich nehme an, daß dies nicht immer der Fall war, frapos?«

Der Arzt musterte sie abschätzend. »Sie hat Ihnen wohl nicht viel über mich erzählt. Sie fischen.«

»Falls du damit andeuten willst, daß ich über dein Verhältnis zu ihr nicht informiert bin, hast du recht.«

Er lachte. Der Gedanke schien ihn zu amüsieren. »Dann werd' ich Sie mal aufklären. Ich bin hier auf Toffen geboren. Sie sind die dritte Garnisonskommandeurin, unter der ich Dienst tue. Als die Geisterbären diese Welt eroberten, haben sie mich als Stationsarzt zwangsverpflichtet. Mir war's gleich. Schließlich ist das mein Job. Ich habe den größten Teil meines Lebens damit zugebracht, Soldaten zusammenzuflicken, nachdem sie vom Beginn der Invasion bis jetzt in irgendwelchen Schlachten halb auseinandergenommen wurden. Ihre Vorgängerin hat es weitgehend mir überlassen, wie ich meine Klinik und die Krankenstation führe. Hauptsächlich, weil sie wußte, daß sie mich nicht hätte ändern können.«

»Sie drücken sich nicht wie jemand aus, der mit einem Mitglied einer höheren Kaste spricht, Doktor.«

»Ohne beleidigende Absicht, Sterncaptain. Bloß, das Einzige, was sich für mich geändert hat, als die Geisterbären Toffen übernahmen, war, daß ich einen neuen Boß bekam und eine neue Fahne am Mast weht. Fahnen bedeuten nicht viel für die Menschen, die unter ihnen leben. Sie sind nur Symbole. Sie sind mein dritter Boß. Der erste hat versucht, mich zu brechen. Ich habe mich nicht verändert. Sterncolonel Vishio hat gelernt, mit mir zu leben. Sie ... Sie hab' ich noch nicht durchschaut. Aber wenn die Gerüchte stimmen, die über Sie umgehen, werden wir Probleme miteinander haben.«

»Und warum das, Doktor?«

»Die Gerüchteküche erzählt, Sie wären ein Komet in Ihrem Clan. Früher oder später muß jemand die angeblich Besten auf die Probe stellen, und wenn das passiert, kann ich hinterher die Reste zusammenklauben.«

In seinen Worten lag mehr als nur eine Spur von Wahrheit. »Doktor, ich hoffe, du hast unrecht. Aber wenn nicht, verlasse ich mich darauf, daß du dich um mich und meine Leute kümmerst.« Sie wollte aufstehen, aber ein erneutes Klopfen an der Tür lenkte sie ab. »Du entschuldigst mich, Doktor. Ich habe noch einen Termin.«

Der Doktor stand auf und nickte. »Ja, ich hab's gehört. Sie ist ein rechter Hitzkopf.« Er deutete mit dem Daumen zur Tür.

»Was hast du gehört?«

»Diese Bethany. Ein gehöriges aufbrausendes Mädel. Läßt sich nicht gerne Vorschriften machen. Aber die meisten von uns in den ›niederen Kasten‹ wetten, daß Sie es schaffen werden, sie zu besiegen.«

»Tatsächlich«, meinte Angela, und war sich nicht sicher, wie sie auf diese Information reagieren sollte. »Ich wußte gar nicht, daß die Angelegenheiten der Krieger für die niederen Kasten von solchem Interesse sind.«

Der Doktor grinste. »Wir sind hier draußen ziemlich isoliert. Es ist eine Abwechslung.«

»Und was wettest du, Doktor?«

Er sah sie nachdenklich an. »Es ist zu früh, als daß ich das sagen könnte. Aber davon ausgehend, daß Sie darauf verzichtet haben, mich für meine Frechheiten bei dieser ersten Begegnung zu Klump zu schlagen, würde ich annehmen, daß sie gut mit ihr fertigwerden.« Bevor Angela reagieren konnte, drehte er sich um und ging zur Tür. Als er sie aufzog, stand Bethany auf dem Gang. »Keine Sorge«, raunte er der kerzengerade stillstehenden MechKriegerin in einem lauten Flüsterton zu, den Angela ohne die geringsten Schwierigkeiten hören konnte. »Ich hab' sie dir weich gemacht.«

Seine Frechheit ließ sie zusammenzucken. Er zwinkerte ihr zu, dann war er durch die Tür und den Gang hinunter verschwunden. Es war auch besser so. Jetzt hatte sie ernsthaftere Probleme.

»Komm herein, Bethany«, befahl Angela streng. »Wir haben einiges zu bereden.«

Bethany trat ein. Ihr schweißnaß glänzendes schwarzes Haar klebte am Kopf. Angela ging an ihr vorbei und schloß die Tür. Der Knall, mit dem sie zufiel, hallte durch den Raum, als der Sterncaptain sich hinter den Schreibtisch setzte.

»Das war eine beachtliche Darbietung heute.«

»Ich habe gesiegt«, erwiderte Bethany.

»Du hast dich meinem Befehl widersetzt. Deshalb habe ich den Sieg Sterncommander Stone zugesprochen.«

Bethany wirkte unbeeindruckt. »Der Verlust war nicht meine Schuld, sondern möglicherweise die Folge der Fähigkeiten der von dir rekrutierten Krieger.«

»Neg!« antwortete Angela und schlug mit der Faust auf die granitene Schreibtischplatte. »Die Aktionen einer einzelnen Kriegerin können über Sieg oder Niederlage entscheiden. Du hast uns auf die Verliererstraße geführt.«

»Ich stimme dir nicht zu, Sterncaptain. Ich habe fehlerlos gekämpf. Unter denselben Umständen hättest auch du Dis' *Fire Moth* angegriffen.«

»Neg, das hätte ich nicht. Ich kämpfe für Clan Geisterbär. Du kämpfst allem Anschein nach für dich selbst.«

Bethany zuckte leicht die Achseln. »Ich bin, wie ich bin. Ich weiß von all den anderen Sterncaptains, die mich nicht in ihren Einheiten wollten. Es ist mir gleichgültig. Aber du, Sterncaptain, du bist schlimmer als sie. Statt mich abzulehnen versuchst du, mich in etwas zu verändern, das ich nicht bin.«

»Ich war wie du, als ich Kriegerin wurde«, stellte Angela kühl fest. »Ich versuche dir zu helfen, mehr aus dir zu machen.«

»Laß es!« spie Bethany. »Ich habe nicht um deine

Hilfe gebeten, und ich will sie nicht. Versuche nicht, mich zu deinem Schatten zu machen.«

»Es ist mehr als das, und das weißt du auch. Sieh dir an, was du heute getan hast. Dein Handeln hat unseren Stern einen klaren Sieg gekostet. Du stürzt nach vorne und erwartest, daß wir das Gelände halten, das du eroberst.«

»Wieder gibst du mir die Schuld für die Schwäche anderer. Oder hat deine Generation vergessen, wie man kämpft? Vielleicht hat die Niederlage auf Tukayyid dir die Kampflust ausgetrieben.«

Angela drückte sich in die Polster ihres Sessels. Sie hätte Bethany für diese Insubordination auf der Stelle niederschlagen sollen, aber es war wichtiger, ihr Beherrschung beizubringen. Außerdem verstand sie, warum Bethany nicht nach Angelas Vorbild geformt werden wollte. Die junge MechKriegerin fühlte Schande über das Ergebnis der Schlacht um Tukayyid. Sie gab Angelas Generation von Kriegern die Schuld am Scheitern der Invasion.

»Du läßt mir zwei Möglichkeiten, Bethany. Entweder fordere ich dich in den Kreis der Gleichen und bringe dir bei, was Befehlsgewalt bedeutet, oder ich lasse dich in eine andere Einheit versetzen, bis du bereit bist, erwachsen zu werden, vielleicht in eine Garnisonklasse-Einheit.«

Bethanys Gesicht loderte wie eine Fackel. »Wenn du das tust, bestehe ich auf einem Widerspruchstest gegen deine Entscheidung. So oder so treffen wir uns im Kreis der Gleichen.«

Angela beugte sich vor. »Also dann.«

* * *

Die Krieger des Trinärsterns Pirschende Bären standen in einem weiten Kreis auf dem Asphalt im Schatten des

Landungsschiffs *Blutige Tatze*. Es hatte länger gedauert, als sie erwartet gehabt hatte, aber endlich stand Angela triumphierend in der Mitte des Kreises, die halb bewußtlose Bethany in den Armen. Ihr Körper zitterte vor Adrenalin, und ihre Haut kitzelte unter einer Mischung aus Schweiß, Staub und Erregung. Ein Blutfaden rann ihr aus dem Mundwinkel, und wenn sie sprach, schmeckte sie salzig-metallisches Blut auf ihrer Zunge. In ihrer Erinnerung war der Kampf ein wildwogender Orkan aus Fäusten, Armen, Köpfen, Haaren und Füßen. Bethany hatte einige gute Treffer gelandet, aber schließlich hatte Angelas Beherrschung den Sieg errungen.

»Bethany hat ihre Lektion darüber erhalten, was es bedeutet, Teil einer Einheit zu sein. Ich hoffe, niemand sonst unter euch braucht eine derartige Lektion zum Thema Befehlsgewalt und Gehorsam im Feld.«

Sie ließ Bethany auf das Landefeld fallen wie einen Sack Kartoffeln und trat durch den Kreis der Gleichen. Es herrschte lange Schweigen, während Bethany mit zerschlagenem, blutigem Gesicht und Körper versuchte, sich aufzurichten. Als es ihr nicht gelang, die Kraft dafür zu finden, trat Gregori aus dem Kreis und ging zu ihr hinüber.

»Der Sterncaptain hat dir eine Lektion erteilt, Bethany. Aber die wirkliche Frage ist: Bist du in der Lage, sie zu lernen, Freigeburt?« Leise lachend ging er weiter, und der Rest der Pirschenden Bären folgte ihm.

9

Fort DelVillar, Toffen
Geisterbären-Dominium

28. Februar 3062

Die Pirschenden Bären marschierten in Zweierreihe durch den riesigen Torbogen, der den Eingang Fort DelVillars markierte, angeführt von Angela an der Spitze des BefehlsSterns. In den letzten Wochen hatte sie ihre Leute in zahllosen Gefechtsdrills und Manöverübungen kreuz und quer durch die Landschaft um die Basis gescheucht. Sie waren an den Ufern des Ishimaru-ko gegeneinander angetreten. Sie hatten in den Tiefen des Richartwalds Hinterhalte gelegt und Feuergefechte absolviert. Sie waren hinaus in die hohen, dichten Gräser und Farne der Zentralebenen Grahams marschiert, hatten Scheingefechte veranstaltet, hatten in einer Schlacht nach der anderen überlebt und waren gefallen. Selbst nach Angelas persönlichen Maßstäben war es eine gewaltige Anstrengung geworden. Ihr ganzer Körper tat weh, so war sie im Innern des Cockpits herumgeschleudert worden.

Dieses letzte Manöver hatte drei Tage gedauert und ihre Einheit in einer Abfolge von Scharmützeln über ein Gebiet von zweihundert Kilometern Durchmessern gehetzt. Es war anstrengend gewesen, aber auch befriedigend. Unter ihren Augen hingen tiefe Hautsäcke, denn sie hatte ich selbst keineswegs geschont. Aber das war es wert gewesen. Ihre Einheit hatte gelernt, zusammenzuarbeiten. Das war ein Sieg, der ihr wichtiger war als jeder Erfolg in einem Trainingsgefecht.

Erstaunlicherweise war der Konfrontation mit Bethany und ihre Niederlage im Kreis der Gleichen der

Wendepunkt gewesen. Bethany hatte sich widerwillig untergeordnet, auch wenn sie und Gregori noch immer reichlich Gelegenheit fanden, Ärger zu machen. Trotzdem konnte niemand entgehen, daß sich etwas Entscheidendes geändert hatte. Gregori formulierte seine Kommentare in Form von Witzen, die häufig mithalfen, die Anspannung zu lockern. Bethany schien immer noch vor Unzufriedenheit zu strotzen, verzichtete aber darauf, das bei jeder sich bietenden Gelegenheit deutlich zu machen. Ihre aufgestaute Wut sorgte dafür, daß sie im Trinärstern kaum Freunde hatte, auch wenn Angela davon ausging, daß sich das mit der Zeit ändern würde. Sie hatte Bethany besiegt, aber das war nur ein physischer Sieg gewesen. Innerlich widersetzte sich die junge MechKrigerin noch immer.

Sie führte sie in den Mechhangar Fort DelVillars und manövrierte den *Executioner* in Position. Nachdem sie den Kampfkoloß rückwärts in die Nische eines leeren Wartungskokons bewegt hatte, fuhr sie den schweren Fusionreaktor herunter. Einen Moment war die ganze Welt plötzlich still und friedlich. Sie genoß den Augenblick ebensosehr, wie sie die Erregung der Schlacht genoß. Seit Jahren kannte Angela die Autorität, die mit dem Befehl über Binär- und Trinärsterne der Geisterbären-Touman verbunden war, und sie liebte dieses Gefühl, aber zugleich war damit immer eine Last verbunden. Unter der steten Notwendigkeit, eine Aura der Kraft und Führung auszustrahlen, sackten ihre müden Schultern. In diesem seltenen Augenblick durfte sie einfach nur Mensch sein, mit all den Sorgen, Zweifeln und Schwächen, die das beinhaltete. Es war ein Luxus, den sie sich für wenige kostbare Sekunden gestattete.

Dann rief wieder die Pflicht. Sie hob den verschwitzten Neurohelm von den Schultern und reckte sich, soweit die Enge der Pilotenkanzel das zuließ. Nach der langen Zeit ohne größere Bewegung schmerzten die

Gelenke. Sie fummelte blind nach dem Schlauch, der Kühlflüssigkeit in die Weste pumpte, um zu verhindern, daß sie ohnmächtig wurde, wenn das Cockpit im Kampf überhitzte. Ein Knopfdruck auf der Konsole öffnete zischend die Luke, und sie kroch auf die kleine Plattform hinaus, auf der schon ein Tech stand und wartete.

Ihr Mech war in sicheren Händen, und sie kletterte langsam die ausfahrbare Leiter hinab. Unten warteten die Sterncommander Stone und Tseng. Ihre Körper glänzten vor Schweiß, und an den unrasierten Gesichtern und geröteten Augen erkannte Angela, daß die beiden nicht minder erschöpft waren als sie selbst.

»Gute Arbeit, Herrschaften«, stellte sie fest, als ihre Füße den Boden berührten.

»Unsere Leute haben sich sehr gut gehalten«, bestätigte Tseng und fuhr sich mit der Hand über das kurzgeschorene schwarze Haar. »Mehr als einmal habe ich gedacht, ich hätte dich in der Falle, Sterncaptain, aber es ist dir immer wieder gelungen, meinem und Stones Stern zu entwischen.«

»Aye«, stimmte Stone ihm bei. »Unsere Leute sind keine Einzelkämpfer oder auch nur Einzelsterne mehr. Sie kämpfen als Trinärstern, zumindest in Scheingefechten.«

»Wie geht es Dolf?« fragte Angela. Der Elementar war im Manöver verletzt worden, als Bethany ihn mit einem Hieb des Mecharms gegen einen Felsvorsprung geschleudert hatte. Die Rüstung hatte den Aufprall unbeschädigt überstanden, aber er selbst war in ihrem Innern gehörig zerschlagen worden.

»Drogan hat ihn in Behandlung. Gehirnerschütterung und drei geprellte Rippen. Wenn der Doktor weniger reden und mehr arbeiten würde, könnte Dolf vielleicht schon wieder auf Posten sein.«

Angela sah es als ein weiteres Zeichen dafür, daß der Trinärstern zusammenwuchs. Sie hätte nicht gedacht, daß sie den Tag erleben würde, an dem Stone versuchte, witzig zu sein.

»Ausgezeichnet. Aber ihr seid nicht gekommen, um mir das zu sagen, frapos?«

»Neg, Sterncaptain. Wir haben unsere Leute hart gefordert, und sie haben die Leistung gebracht. Seit unserer Ankunft haben wir ihnen keinen Tag Ruhe gegönnt. Sie sind zu einer Einheit verschmolzen. Es ist an der Zeit, ihnen eine Erholungspause zu gestatten.«

Stone nickte zustimmend. »Wenn wir sie jetzt weiter belasten, Sterncaptain, machen wir unseren Erfolg selbst zunichte.«

Angela studierte die Mienen ihrer beiden Offiziere einen Moment. »Genau das denke ich auch, meine Herren. Leichter Dienst für die nächsten zwei Tage. Geben wir ihnen die Chance, neue Kraft zu schöpfen.«

* * *

Zurück in ihrem Büro ließ Angela sich erleichtert in den Schreibtischsessel fallen. Vor ihr lagen mehrere Compblocks, die alle ein gewisses Maß an Aufmerksamkeit verlangten. Der »Papierkrieg« war ein Teil der von einer Kommandeurin erwarteten Arbeiten, auf den sie nie wirklich vorbereitet worden war. Materialanforderungen, Frachtbriefe, Berichte der Techs und anderen Angehörigen der niedereren Kasten über alle möglichen Probleme, von der Tragfähigkeit der Festungsdächer bis zu den Speisekarten der Messen für den nächsten Monat. Sie stierte die Compblocks an und fragte sich, ob sie es sich erlauben konnte, sie bis morgen liegenzulassen, sich einen Tag Pause zu gönnen, bevor sie sich zwang, die endlos langweiligen Seiten zu erdulden.

Von der Tür her erklang ein leises Klopfen. Sie sah von ihrer Arbeit auf und stellte fest, daß es der Doktor war, der das Büro betrat, ohne auf eine Einladung zu warten.

»Sterncaptain«, stellte er fest, »Sie sehen aus wie durch die Mangel gedreht.«

Angela war zu erschöpft, um mit ihm zu streiten. »Ich warne dich, Doktor. Wenn du mich beleidigst, töte ich dich mit bloßen Händen.«

»Sollte keine Beleidigung sein, nur eine Feststellung.«

»Bist du nur gekommen, um mit diese ›Feststellung‹ mitzuteilen, Drogan?«

»Nein«, erwiderte er und setzte sich. »Ich bin gekommen, um Ihnen zu sagen, daß es Dolf gutgeht. Er ist morgen wieder einsatzfähig, aber erstmal nur für leichten Dienst.«

»Ich weiß deine Dienste für die Geisterbären zu schätzen«, meinte sie. »Wenn du mich jetzt entschuldigst, ich habe zu tun.« Angela zog den obersten Compblock von dem Stapel auf ihrem Schreibtisch, als wäre es ein kiloschwerer Backstein.

»Ich bin noch nicht fertig«, stellte der Doktor fest.

Angela wollte nur einen Moment die Augen schließen, aber es schien eine Ewigkeit zu dauern, bis sie die Kraft fand, sie wieder zu öffnen. »Ich höre.«

»Als Garnisonsarzt sehe ich es als meine Pflicht an, Ihnen zu sagen, daß die Leute eine Pause benötigen. Sie fordern sie zu stark. Noch sind die Verletzungen nur leichter Natur, aber die Leute fangen an, Fehler zu machen.«

Angela kniff die Augen zusammen und verschränkte die Hände auf dem Schreibtisch. Ihre bionischen Finger zuckten leicht. »Du bist anmaßend, Doktor. Es ist nicht deine Sache, mir vorzuschreiben, wann ich meiner Einheit eine Pause gönne und wann nicht.« Der Tonfall, in dem sie ihn zurechtwies, war nicht ärgerlich. Noch nicht.

»Nach Geisterbären-Standards können Sie damit Recht haben. Aber ich bin Mediziner und einer höheren Sache verpflichtet als blindem Gehorsam einem

Clan gegenüber. Ich habe geschworen, das Leben meiner Patienten zu schützen und Schaden von ihnen abzuwenden. Meine Patienten sind Geisterbären. Das kann sich ändern, aber meine Pflicht bleibt davon unberührt. Sie werden feststellen, daß ich in dieser Hinsicht zu keinerlei Kompromiß bereit bin.«

Angela ließ sich seine Worte durch den Kopf gehen. Das war kein Mann, den sie unterwerfen oder brechen konnte. Er wußte, wo sein Platz war, aber auch, wie weit er gehen konnte. Es ging ihm nicht um sein eigenes Wohlergehen, sondern um das ihrer Leute. »Ich habe bereits eine zweitägige Ruhepause angeordnet, damit der Trinärstern Atem schöpfen kann, Doktor.«

Drogan grinste. »Sehr gut, dann sind wir uns ja einig.«

Angela lächelte nicht zurück. »Soweit es meine Einheit betrifft, haben wir zumindest eines gemeinsam: die Sorge um ihr Wohlergehen.«

»Sie sind anders als Sterncolonel Vishgio, ihre Vorgängerin. Sie hätte sich mit mir gestritten und schließlich das Gegenteil von dem getan, was ich vorgeschlagen habe, nur um mir zu beweisen, wer das Sagen hat.«

»In einem Punkt hast du recht, Doktor. Ich bin anders.« Angela deutete zur Tür. »Jetzt entschuldigst du mich. Ich habe noch zu tun.«

* * *

Der Scheiterhaufen loderte hoch in den Nachthimmel, und die Funken tanzten zu den Bäumen empor. Das über einen Kilometer entfernte Fort schimmerte in der Dunkelheit, während die Mitglieder der Pirschenden Bären sich um das Feuer drängten und zum erstenmal seit langen, harten Tagen entspannten. Das war kein Ort für die Offiziere, die den Trinärstern leiteten, sondern für Krieger, die unter ihrem Befehl Dienst taten.

»Ich könnte umfallen vor Müdigkeit«, meinte Sprange, rieb sich den Nacken und bewegte die Schultern, um die verkrampfte Muskulatur zu lockern. »Noch ein Drink, dann bin ich weg, und lege mich in einem echten Bett schlafen.«

»Dir fehlt die Ausdauer«, spöttelte Gregori. »Aber ich habe dich in der Simulation ja auch abgeschossen. Das erklärt deinen Mangel an Energie, frapos?«

Dolf trat aus der Dunkelheit und gesellte sich zu der kleinen Gruppe Geisterbären. »Du hoffst wohl immer noch darauf, daß einer von uns dich zu Brei prügelt, Gregori, frapos?«

Der Freigeborene lachte. »Neg, Dolf. Ich finde nur, wir sollten diese seltene bißchen Freizeit ausnutzen, statt es mit Schlafen zu verschwenden. Du bist wohl wieder dienstklar?«

Dolf nickte und rieb sich den Druckverband um den ausladenden Brustkorb. »Aye, gerade rechtzeitig, um euch beim Entspannen Gesellschaft zu leisten, wie es scheint.«

»Du hattest Glück«, drang eine höhnische Stimme aus der Dunkelheit, und ihre Besitzerin trat ins Licht. »Mein Angriff hätte dich das Leben kosten können.«

Bethanys Auftritt schien der Versammlung einen Dämpfer zu versetzen und dem Abend einiges an Freude zu nehmen. Nur Neta wirkte unbeeindruckt. Sie saß im Schneidersitz auf dem Waldboden und starrte in die Flammen.

Gregori ergriff als erster das Wort. »Du hast eine ganz besondere Art, dich bei deinen Mitkriegern beliebt zu machen, Bethany«, stellte er schneidend fest.

»Danke, Freigeburt.«

»Das war ironisch gemeint.«

Dolf unterbrach den Streit. »Bethany tat, was nötig war. Es hat ihr keinen Sieg gebracht, aber zum betreffenden Zeitpunkt hielt sie es für erforderlich.«

»Zu schade«, unterbrach ihn Sprange, »daß sie den Wert der Teamarbeit im Gegensatz zur Einzelkämpferinnenpose noch immer nicht gelernt hat.«

»Vielleicht wärst du in deiner Laufbahn schon weiter, wenn du dich mehr um deine eigene Haltung kümmern würdest«, schoß Bethany zurück.

Sprange hob wütend die Faust, aber Gregori trat zwischen die beiden, um die Lage zu entschärfen. »Du bist wie immer ein Ausbund an guter Laune, Bethany. Du strahlst schlechtes Karma aus. Frage Neta. Die Novakatzen kennen sich mit Karma bestimmt aus. Was hältst du von Bethany, Neta?« fragte er.

Neta drehte langsam den Kopf. Ihr Gesicht schien im Licht des Scheiterhaufens zu glühen. »Ich muß gehen«, meinte sie plötzlich und stand auf.

Sprange griff nach ihrem Arm. »Gregori hat sich nichts dabei gedacht, Neta. Er wollte nur ...«

»Es ist nicht Gregori«, unterbrach sie ihn. »Ich habe in den Flammen etwas gesehen. Etwas, das der Sterncaptain wissen sollte.« Sie verließ hastig das Feuer und verschwand in Richtung der Festung in der Dunkelheit.

Gregori drehte sich wieder zu Bethany um. »Weißt du was? Du hast etwas an dir, daß einer Party jeden Spaß raubt, Freigeburt«, fluchte er.

* * *

Angela rieb sich die Augen. Der Stapel Compblocks war auf die Hälfte gesunken, aber der Rest würde warten müssen. Müde erhob sie sich aus dem Sessel. Ihre Gedanken drehten sich nur noch um Schlaf, aber in diesem Augenblick schlug abrupt die Bürotür auf. Im Rahmen stand Neta.

»Sterncaptain«, erklärte sie hastig. »Ich muß mit dir reden.«

»Was gibt es, Neta?« Irgend etwas mußte furchtbar

schiefgelaufen sein, wenn sie Angela mitten in der Nacht derartig überfiel.

»Es ist nicht leicht auszudrücken«, meinte Neta, und schien nach den richtigen Worten zu suchen. »Du weißt, daß ich eine loyale Geisterbärin bin. Aber mein Erziehung als Novakatze ist auch Teil meines Wesens. Sie wird immer ein Teil von mir bleiben. Ich kann sie ebensowenig ignorieren wie du die Tatsache, daß du deine Finger verloren hast.«

»Was gibt es, Neta?« fragte Angela noch einmal.

Die MechKriegerin atmete tief durch. »Ich war bei den anderen. Ich habe an einem Feuer meditiert. In den Flammen sah ich ein Bild.«

»Weiter.« Angela war so müde, daß mehr die Lethargie als irgendein Interesse aus ihr sprach.

»In den Flammen des Scheiterhaufens sah ich eine Kreatur, die einen Bären jagte. Der Bär hatte nur eine Tatze, die andere war verletzt.« Sie blickte auf Angelas linke Hand.

»Neta, für Geisterbären haben Visionen kaum einen Wert, wie du sicher weißt. Was willst du mir sagen?«

»Vielleicht ist es nichts. Aber Novakatzen glauben, daß solche Visionen einen kurzen Blick in die Zukunft gestatten. Falls dem so ist, macht jemand Jagd auf uns. Ich kann es *spüren*. Der Bär bist du, soviel weiß ich. Der Jäger ist ein Raubtier, ein bösartiges, tödliches Raubtier.«

Etwas in ihrer Stimme ließ Angela aufhorchen. Sie fühlte, daß Neta nicht nur eine vage Ahnung hatte, sondern etwas Tiefergehendes, Geheimnisvolleres erlebte. Etwas, das möglicherweise die Grenzen ihres Verstehens überschritt.

»Was können wir tun?«

Neta schüttelte frustriert den Kopf. »Nichts. Vielleicht ist es gar nichts. Aber es könnte auch unser Schicksal sein. *Dein* Schicksal.«

Angela wußte nicht, was sie davon halten sollte. »Ich

hätte mich nicht zur Novakatze geeignet. Derartige Visionen wären mir zu frustrierend. Erzähle erst einmal niemand davon, Neta. Wenn tatsächlich jemand Jagd auf uns macht, wird er bald lernen, wie gefährlich es ist, sich einen Pirschenden Bär als Beute auszusuchen.«

10

Fort DelVillar, Toffen
Geisterbären-Dominium

5. März 3062

Angela stand im Mechhangar und sah den Techs zu, die beschäftigt waren, die Waffenmodule für die nächste Gefechtsübung auszuwechseln. Sie bedienten die Winden und Deckenkräne mit sichtlichem Können, bewegten das neue Modul flüssig durch die Halle und verbanden es mit dem Rumpf ihres *Executioner*. Sie kannte das Verfahren gut genug, um es zur Not selbst machen zu können, aber das war Arbeit für die niederen Kasten.

Sie war gerade einen Schritt vorgetreten, um Chef-Tech Luray besser zusehen zu können, der sich in einem Gurtkorsett unter die Achsel des Mechs geschwungen hatte, als ihr jemand auf die Schulter tippte. Es war der KommTech. Er reichte ihr schweigend eine Botschaft. Angela überflog den Ausdruck, und einen Augenblick jagte ihr Herz wie ein gehetztes Wild.

Sie hob den Taschensender an den Mund. »Sterncommander Constant Tseng und Stone, sofort in der Kommzentrale melden.« Ihr Tonfall verriet die Dringlichkeit dieses Befehls. »Sterncommander Stone, ich weiß, daß du Truppen auf Manöver hast. Die Trainingsmission wird abgebrochen. Rufe das gesamte Personal sofort zurück zum Fort.«

»Aye«, bestätigte Stone gelassen.

»Probleme, Sterncaptain Angela Bekker?« fragte Constant Tseng.

»Möglicherweise. Gerade ist eine Sprungschiff im System aufgetaucht. Wir scheinen ungebetene Gäste zu haben.«

* * *

Die KommZentrale Fort DelVillars war beim Wiederaufbau der riesigen Sternenbundanlage durch die Geisterbären wiederhergestellt worden. Sie stand in direktem Kontakt mit einem Netz von Satelliten in der planetaren Umlaufbahn und an den Sprungpunkten des Systems, den beiden Positionen über den Polen der Sonne, weit genug außerhalb der Schwerkraftsenke, um die Rematerialisation von Sprungschiffen zu gestatten. Noch wichtiger aber war, daß die Zentrale in Verbindung mit dem Hyperpulsgenerator stand, der es der Garnison Toffens ermöglichte, überlichtschnell mit den Bewohnern anderer Welten zu kommunizieren. Die Relaisübertragung von HPG-Botschaften benötigte zwar auch einige Zeit, aber mit ihrer Hilfe war es immerhin möglich, sich mit Lichtjahre entfernten Gesprächspartnern innerhalb von Tagen in Verbindung zu setzen statt innerhalb von Jahren.

Der Raum war hell erleuchtet und äußerst funktionell eingerichtet. Eine seiner Wände war vollständig von Bildschirmen und Anzeigegeräten bedeckt. Mehrere Techs waren überaus beschäftigt damit, sie zu überwachen. Die Ausrüstung war neu, und die über die Anzeigen laufenden Daten veränderten sich ständig. Selbst in der Luft der Zentrale hing jener besondere »neue« Geruch, der Duft frischer Farbe. Die Techs schienen die Ankunft Angelas und ihrer beiden Offiziere gar nicht zu bemerken, aber an der Geschwindigkeit ihrer Bewegungen erkannte sie, daß sie die Nachricht von den unerwarteten Neuankömmlingen ebenso als potentielle Gefahr behandelten wie sie es tat. Sie trat an das kreisförmige Podium in der Mitte des Saals und aktivierte den wandgroßen Sichtschirm gegenüber der Anzeigewand, an der die Techs arbeiteten.

Das Bild flackerte einen Moment, dann zeigte es die tiefe Schwärze des Alls. Die schiere Größe des Schirms vermittelte Angela für einen Sekundenbruchteil den Eindruck, tatsächlich hinaus in die Leere des Toffen-Systems zu blicken. Sie winkte einen jungen Tech heran, dessen Rangabzeichen ihn als ranghohes Mitglied des Technikerstabs kennzeichneten. Er trat an die Kontrollen.

Die Dunkelheit wurde von einem Lichtblitz erhellt, als ein kilometerlanges Sprungschiff am Sprungpunkt materialisierte. Das Raumschiff beherrschte augenblicklich den Schirm. An seinem Rumpf waren drei Landungsschiffe angedockt, deren reichlich vorhandene Geschütztürme deutlich machten, daß es sich nicht um zivile Handelsschiffe, sondern eindeutig um Militärschiffe handelte. »Unsere Satelliten am Nadirsprungpunkt haben uns diese Bilder vor drei Stunden übermittelt. Die Verbindung unterliegt einer Verzögerung von minimal anderthalb Stunden.«

»Kampfschiffe«, tellte Stone ruhig fest. »Wissen wir, zu wem sie gehören?«

Angela drehte sich um und nickte dem Tech zu. Der Mann betätigte ein paar Kontrolen, und auf dem Bildschirm wurde eines der Landungsschiffe größer, bis man deutlich den knurrenden Wolfskopf auf seinem Rumpf erkennen konnte.

»Clan Wolf«, meinte Tseng, obwohl das inzwischen alle sehen konnten.

»Allerdings«, bestätigte Angela. »Und angesichts der Größe der Schiffe, die an diesem Sprungschiff hängen, könnten sie bis zu einem vollen Sternhaufen transportieren.«

Tseng betrachtete das Wolfskopfwappen auf dem Schirm, dann drehte er sich zu ihr um. »Sie könnten nur auf der Durchreise sein und ihren Antrieb aufladen. Haben wir bereits eine Bestätigung ihrer Absichten?«

»Aye. Das hier traf kurz nach ihrer Ankunft ein.« Angela nickte dem KommTech noch einmal zu, und seine Finger tanzten über die Tastatur der Computerkonsole. Das Bild des Landungsschiffes machte einem Krieger in der Uniform des Wolfsclans Platz. Sein Haar war an den Seiten ungewöhnlich lang, und sein Gesichtsausdruck düster, beinahe bedrohlich.

»Ich bin Sterncolonel Dirk Radick von den Wölfen. Ich befehlige den 7. Gefechtssternhaufen und bin gekommen, um Toffen den schwachen Tatzen der Geisterbären zu entreißen. Ich fordere dich, Sterncaptain Angela Bekker, zu einem Besitztest um diese Welt und alles, was sich auf ihr befindet. Laß mich wissen, mit welchen kümmerlichen Kräften du planst, den Planeten zu verteidigen.« Sein Ton war arrogant und fordernd, als könne er Angela bereits damit besiegen.

»Neta hatte recht«, stieß sie leise aus.

»Sterncaptain?« fragte Constant Tseng.

Sie schüttelte den Kopf. Im Augenblick sah sie keinen Wert darin, es zu erklären. Sie starrte zu Dirk Radick hoch, dessen eingefrorenes Bild den Raum beherrschte. »Ich habe mir unsere Daten über diesen Sterncolonel und seine Einheit angesehen. Er ist ein extremer Kreuzritter, und er und sein Blutsäufer-Sternhaufen sind bekannt für ihre Skrupellosigkeit im Kampf. Außerdem haßt er alle freigeborenen Krieger und hat keine Probleme damit, sie abzuschlachten. Die Wache nennt ihn gefährlich unberechenbar. Wenn er dem treu bleibt, was wir über ihn wissen, wird er versuchen, einen schnellen, deutlichen Sieg zu erringen.«

»Sein Haß auf Freigeborene wird Gregori gefallen. Endlich bekommt er einen Wahrgeborenen, den er sich richtig zur Brust nehmen kann«, meinte Tseng trocken.

Angela gestatte sich eine dünnes Lächeln, ging aber davon abgesehen nicht auf die Bemerkung ein. »Was wissen wir sonst noch über Dirk Radick? Weiß irgend jemand von euch etwas über ihn? Irgend etwas, das uns über das hinaus helfen könnte, was die Wache zu berichten weiß?«

Es war Stone, der das Wort ergriff. »Ich habe von meinem Geschko-Ausbilder von ihm gehört. Sie haben kurz nach Beginn der Invasion einmal in einem Besitztest um Genmaterial gegeneinander gekämpft. Dirk Radick war ein gefährlicher Bieter.«

»Gefährlich?« Tseng runzelte die Stirn. »Was genau heißt das, Stone?«

Der Sterncommander zuckte die Achseln. »Ich habe gehört, daß Dirk Radick einen großen Teil seiner Kräfte weggeboten hat und dadurch das Bieten gewann. Später verriet er seine Ehre, indem er die zuletzt weggebotenen Kräfte aktivierte und einen Gefechtsabwurf auf meinen Ausbilder und dessen Einheit durchführte. Die Geisterbären wurden innerhalb von Minuten besiegt, und mein Ausbilder brach sich das Genick. Die Verletzungen haben ihn gezwungen, Geschko-Trainer zu werden.«

»Eine nützliche Information. Kreatives Bieten könnte ein Hinweis darauf sein, was wir von Sterncolonel Radick erwarten können.« Angela wanderte vor dem riesigen Bildschirm auf ab und zog geistesabwesend an ihren künstlichen Fingern, als ob deren Gelenke schmerzten.

»Das ist noch nicht alles, Sterncaptain«, meinte Stone. »Dirk Radick hat dich beim Namen genannt.«

Sie hielt an und dachte nach. »Du hast recht, Constant Tseng. Das hat er. Wo waren die Blutsäufer zuletzt stationiert?«

Tseng trat ans Podium und betrachtete den kleinen Datenschirm, während seine Hände den Suchbefehl eintippten. »Laut Angaben der Wache wurden sie vor kurzem nach Lothan verlegt, um den 1. Wolf-Sternhaufen auf Altenmarkt abzulösen.« Auf seiner Stirn wurden nachdenkliche Falten sichtbar. »Ich verstehe nicht, was das zu bedeuten hat.«

»Der Khan hat die Aushebung unseres Trinärsterns erst im Januar angeordnet. Jetzt haben wir März. Er hat mich namentlich angesprochen, wußte also, daß ich hier stationiert bin. Davon kann ihn nur sein Geheimdienst informiert haben. Angesichts der Zeit, die nötig war, damit diese Information den Wolf-Ableger der Wache erreicht und von dort zu Sterncolonel Dirk Radick gelangt, und der Flugzeit seines Sternhaufens von Altenmarkt ... muß er sich sehr beeilt haben, hierherzukommen.«

Constant Tseng nickte nachdenklich. »Er hatte keine Zeit, für einen solchen Überfall eine durchdachte Mischung von Waffenmodulen und Gebrauchsgütern zu laden. Wie ich die Wölfe kenne, hat er wahrscheinlich schwere Sturmbestückung dabei: Raketen und Autokanonen. Und er wird auch kaum Zeit gehabt haben, die förmliche Genehmigung seines Khans einzuholen.«

»Oder, seinen Sternhaufen für diesen Test umzukonfigurieren«, stellte Stone fest. »Er verläßt sich darauf, daß er uns überraschen und im ersten Anlauf zerschlagen kann.«

»Und Toffen für die Wölfe erobern«, vervollständigte Tseng mit Blick auf Angela.

»Das sind nützliche Informationen. Sehr nützliche.« Sie dachte über die Voreiligkeit ihres Gegners nach und darüber, wie sie dieses Wissen gegen ihn einsetzen konnte. Es gab sicher eine Möglichkeit, auch wenn sie die bis jetzt nicht sah ... Aber seinen ersten Fehler hatte Dirk Radick bereits begangen.

»Sterncaptain«, unterbrach Tseng ihre Gedanken. »Wir schulden ihm eine Antwort.«

»Aye«, erwiderte sie und drehte sich zu dem Komm-Tech um. »Öffne eine Verbindung zu dem Wolfsclanschiff.« Der Tech ging an die Monitorwand hinüber, wo seine Finger über zwei verschiedene Tastaturen tanzten. Dann drehte er sich um. »Die Verbindung steht, Sterncaptain.«

Angela reckte sich und blickte auf den Wandschirm. »Sterncolonel Dirk Radick, ich bin Sterncaptain Angela Bekker vom Trinärstern Pirschende Bären der 8. Bärkürassiere. Diese Welt wurde mit dem Blut von Geisterbären-Krieger gewonnen, und ich stehe mit meinem gesamten Trinärstern beeit, sie in einem Besitzttest gegen dich zu verteidigen. Ich werde dir die Kodaxinformationen der Krieger unter meinem Befehl übermitteln und erwarte dein Gebot für die Einnahme dieses Planeten. Über den Shauplatz des Tests werde ich mich in Kürze mit dir in Verbindung setzen. Ich freue mich darauf, dem Wolf zu zeigen, welch ein Fehler es war, sich in das Jagdrevier des Geisterbären zu wagen.« Dann schnitt sie mit der flachen Hand durch die Luft, und der Tech unterbrach die Verbindung.

Angela drehte sich zu ihren Offizieren um. »Wir haben reichlich Arbeit vor uns. Wir müssen ein Schlachtfeld für diesen Test auswählen und eine Methode finden, wie wir eine Einheit besiegen können, die erheblich mehr Kampferfahrung besitzt als wir.«

11

Fort DelVillar, Toffen
Geisterbären-Dominium

5. März 3062

»Zeige uns Planetarkarte 104«, befahl Angela dem KommTech. Auf dem Wandschirm erschien der Kontinent Graham. In seiner Mitte und ein Stück nach Westen waren die grasbedeckten Ebenen zu sehen, die topographisch hellgrün dargestellt waren. Fort DelVillar lag nordöstlich der Ebenen, umgeben vom Dunkelgrün des Richartwalds. Angelas Blick wanderte von einem Gebiet zum anderen und wieder zurück, suchte nach etwas, von dem sie selbst nicht wußte, was es war. Zu beiden Seiten der Basis verliefen zwei Gebirgsketten von Nord nach Südost. Parallel zum östlichen Gebirge war das breite blaue Flußband des Rapidan eingezeichnet. Ihre Augen wanderten weiter nach Osten, an den letzten Kämmen der Berge vorbei zu dem großen blauen Fleck auf der Karte, der den Ishimaru-ko darstellte.

Irgendwie mußte sie einen Weg finden, Radicks Vorteil über ihre Einheit zu neutralisieren, indem sie die Wölfe zwang, zu ihren Bedingungen zu kämpfen. *Wie auch immer die aussehen*, dachte sie. Ohne die Augen von der Karte zu nehmen, sprach sie mit ihren Offizieren. Es klang, als würde sie laut denken.

»Stone«, fragte sie in einem sanften Tonfall, der kaum zu ihr paßte. »Wenn du Sterncolonel Dirk Radick wärst, was würdest du tun?«

Stone stellte erstaunt eine Augenbraue schräg. »In dem Wissen, daß ich es mit einer Einheit zu tun habe, der ihre Feuerprobe noch bevorsteht, würde ich hart und schnell zuschlagen. Ich würde mit solcher Stärke und Geschwindigkeit angreifen, daß meine Gegner keine Gelegenheit hätten, als Einheit zu reagieren, sondern gezwungen wären, sich als Einzelkämpfer zu verteidigen. Sie … wir … wären innerhalb von Minuten besiegt.«

»Genau das würde ich auch tun«, meinte sie und starrte weiter auf die Karte. Ein erfahrener, kampferprobter Trinärstern oder Sternhaufen konnte unter den entsprechenden Umständen beinahe instinktiv reagieren. Die Krieger kannten ihre jeweiligen Reaktionen auf eine breite Palette von Situationen und kompensierten ihre Schwächen gegenseitig mehr reflexartig als aus taktischer Überlegung heraus. Aber die Pirschenden Bären existierten noch nicht lange genug als Einheit, um diese Qualität zu haben. »Constant Tseng, wenn du Dirk Radick wärst, wo würdest du von uns erwarten, daß wir diesen Test bestreiten?«

Tseng studierte die Karte. Seine dunklen Augen wurden schmal. »Wäre ich Sterncolonel Dir Radick, gäbe es nur einen Ort, an dem ich erwarten würde, gegen dich kämpfen zu müssen. Die Festung.« Er nickte bei sich, als überzeugte seine Antwort ihn selbst. »Fort Del-Villar ist die logischste Verteidigungsposition für unseren Test. Hier könnten wir enge Befehlsintegrität aufrechterhalten. Die Wölfe werden zehn Tage brauchen, bis sie Toffen erreichen. Das gäbe uns Zeit, ein paar innere Verteidigungsstellungen aufzubauen. Wir könnten sie für jeden Zentimeter Boden bezahlen lassen, den sie einzunehmen versuchen.«

»Stone?« fragte Angela. »Du würdest auch von mir erwarten, daß ich hier kämpfe, frapos?«

Stone dachte kurz nach. »Es ist die logischste Wahl. Pos, ich würde erwarten, daß du dich hier zum Kampf stellst, weil dies deine Logistik- und Nachschubbasis ist. Du bist auf jeden Fall an diese Anlage gebunden. Wäre ich ein Wolf, würde ich diese Festung möglichst schnell erobern, um dich zu vernichten.«

Sie fixierte das quadratische Bild des Forts auf der Karte. Sie mußte die Wölfe zwingen, zu ihren Bedingungen zu kämpfen, auf Gelände ihrer Wahl. Dann kam ihr die Lösung. »Was, wenn wir das Fort aufgeben?«

Tseng schüttelte den Kopf. »Bei allem Respekt, Sterncaptain, aber das wäre ein Fehler. Stone hat recht, wir brauchen diese Anlage. Hier reparieren wir unsere Maschinen, hier lagert unsere Munition, das Fort ist unser Herz. Außerdem ist es die beste Verteidigungstellung auf dem ganzen Kontinent. Wir werden uns hier eingraben und die Wölfe für jeden blindwütigen Ansturm teuer bezahlen machen, wie die dreihundert Spartaner der Legende.«

»Du vergißt, daß die Spartaner an den Thermopylen bei aller heldenhaften Verteidigung schlußendlich besiegt wurden, Sterncommander. Denke an den Sturm auf Alamo oder die Belagerung von Fort Diffly auf New Vandenburg, wo mehr als hundert Krieger nach zwanzig Tagen ums Leben kamen. Sicher alles glorreiche Schlachten, die sich teilweise zu strategischen Siegen entwickelten, aber alle waren taktische Niederlagen. In einem Gefechtstest kann eine taktische Niederlage das Ende bedeuten.«

»Nicht alle derartige Verteidigungsgefechte waren Niederlagen. Bei Roarke's Drift haben die Briten Tausende Zulu-Krieger zurückgeschlagen«, wandte Tseng ein.

»Aber sie hatten einen enormen technologischen Vorsprung, Constant Tseng. Es war ein Kampf von Speeren gegen Gewehre. Hier kämpfen wir mit gleichen Waffen.«

»Du hast einen Plan?«

»Pos. Wir werden uns einige der grundlegensten Prinzipien der taktischen Kriegsführung zunutze machen: Zwinge den Feind, zu deinen Bedingungen zu kämpfen, ergreife die Initiative und behalte sie. Statt uns Dirk Radicks Wölfen in einem kurzen, schnellen Test zu stellen, werden wir sie in einen ausgedehnten Feldzug zwingen. Wie die ComGuards auf Tukayyid werden wir ihn treffen, wo er am schwächsten ist, bei der Logistik. Wir werden ihn ausbluten, ihn aushungern. Die Zeit wird für uns arbeiten.«

»Was ist mit dem Fort?« fragte Stone.

»Das Fort wäre leicht zu verteidigen, aber im Grunde ist es nur ein Symbol für unsere Anwesenheit auf Toffen. Wir werden alles von Wert aus Fort DelVillar abziehen. Die Vorräte und Ersatzteile können wir auslagern und in kleinen Depots über den Kontinent verteilen. Unsere Techs können kleine Wartungsbereiche aufbauen, von deren Lage die Wölfe nichts wissen. Sollen sie das Fort ruhig einnehmen. Sie werden nichts erbeuten, was ihnen etwas nützen könnte.«

»Dann werden sie Jagd auf uns machen«, stellte Tseng fest.

»Stimmt, aber wir werden in Bewegung bleiben. Sie werden uns zum Kampf stellen, aber wir werden entscheiden, wann und wo. Sie haben die größere Kampferfahrung, aber wir kennen das Gelände. Um uns zu jagen, werden sie ihre Nachschublinien bis an die Grenzen des Möglichen strecken müssen. Wir werden ihnen keine Ruhe gönnen. Wir werden uns aufteilen und als unabhängige Sterne agieren. Wenn wir gegen den Feind losschlagen, werden wir ihn schwächen und uns dann zurückziehen. Wenn wir kämpfen, werden wir unsere Kräfte konzentrieren, zuschlagen und wieder verschwinden, bevor die Wölfe Gelegenheit haben, sich zum Gegenschlag zu sammeln. Wir werden größere Konfrontationen um jeden Preis vermeiden, denn das würde ihnen die Chance geben, ihre Kräfte zu einem endgültigen Sieg zusammenzuziehen. Wir werden sie langsam schwächen, sie abnutzen, in einem Guerillafeldzug.«

»Können wir mit Verstärkungen rechnen?« fragte Tseng.

»Ich werde eine HPG-Botschaft an das Oberkommando aufsetzen. Vermutlich wird man eine Streitmacht für einen Widerspruchstest senden, für den Fall, daß wir Toffen verlieren. Die Geisterbären lassen einander nicht im Stich. Aber wenn wir eine Entscheidungsschlacht vermeiden, besteht die Chance, daß wir noch im Kampf stehen, wenn unsere Eidgeschwister eintreffen. Und das wird mithelfen, Sterncolonel Dirk Radick nervös zu machen.« Der Plan nahm immer mehr Gestalt an, noch während sie ihn erklärte, und mit jedem Satz erkannte sie, daß einiges für ihn sprach. Sie konnte Radick zwingen zu reagieren, konnte ihm die Initiative rauben. Das war zumindest teilweise der Schlüssel zum Sieg.

Stone hatte einen Einwand. »Ein tagelanger Feldzug, wie er dir vorschwebt, wird unseren Leuten schwerfallen. Sie sind derartige Feldzüge nicht gewohnt.«

»Ebensowenig wie ich es vor Jarett war. Wir Geisterbären sind keine Anpassungskünstler, in dieser Hinsicht sind uns die Wölfe überlegen. Aber auf Jarett habe ich gelernt, wie wichtig Flexibilität ist, und dieselbe Lektion steht uns hier bevor. Ich habe auf Jarett eine ganze Woche gegen die draconischen Verteidiger gekämpft und den Sieg errungen. Auch die Schlacht um Tukayyid dauerte Tage. Das hier ist dieselbe Art von Kampf, nur noch länger. Wir *können* es schaffen, Sterncommander.« In ihrer Stimme lag Feuer. Sie streckte die Hand aus und packte den jungen KommTech fest an der Schulter. »Suche ChefTech Luray und Doktor Drogan. Sie sollen sich sofort bei mir melden.«

»Wir haben hier eine gewaltige Menge an Nachschub und Ersatzteilen eingelagert«, bemerkte Tseng. »Allein schon die zu bewegen, wird eine Herausforderung.«

»Wir haben Mechs. Die lassen sich mit Transportnetzen ausrüsten«, erwiderte Stone. »Aber Sterncommander Constant Tseng hat nicht unrecht. Wenn wir eine Chance haben wollen, das zu schaffen, müssen wir uns auf der Stelle an die Arbeit machen.«

»Vermutlich könnten wir gut zehn Nachschublager einrichten«, meinte der. »Natürlich müssen wir mit denen beginnen, die am weitesten entfernt liegen.« Er trat an die Karte und deutete auf mehrere logische Standorte. Der Wandschirm markierte die Stellen, an denen seine Finger ihn berührten, mit einem orangeroten Leuchtpunkt.

Kerensky sei Dank kennen wir uns wenigstens in einem Teil des Geländes aus, dachte Angela. Sie nickte zustimmend und drehte sich noch einmal zu einem der KommTechs an den Überwachungsgeräten um. »Schicke eine Nachricht an Galaxiscommander Roberto Snuka und Sterncolonel Dana Vishio. Priorität Eins. Autorisationscode Silber. Sicherheitscode Delta Gamma Zeta.« Der Tech aktivierte den Compblock für die Aufzeichnung der Nachricht.

Angela räusperte sich. »Hier spricht Sterncaptain Angela Bekker vom Trinärstern Pirschende Bären. Zum gegenwärtigen Datum und Zeitpunkt hat der 7. Gefechtssternhaufen Clan Wolfs unter Sterncolonel Dirk Radick einen Besitztest um Toffen eingeleitet. Ich habe meinen gesamten Trinärstern zur Verteidigung des Planeten geboten. Ich habe den Kontinent Graham als Schauplatz des Tests gewählt und werde meine Einheit entsprechend in Stellung bringen. Ich plane, den Kampf so lange wie möglich auszudehnen. Erbitte das Ausrükken einer Entsatzstreitmacht zu unserer Unterstützung.« Sie bedeutete dem Tech mit einer Geste, daß sie fertig war, und er schaltete die Aufzeichnung ab.

»Wie lange wird es dauern, bis die Verstärkungen hier sein können?« wollte Stone wissen.

»Falls sie nicht bereits abmarschbereit an einem nahegelegenen Sprungpunkt warten, müssen wir vermutlich mit zweiundzwanzig Tagen oder länger rechnen, vorausgesetzt, sie haben keinen allzu weiten Weg«, antwortete Tseng. »Und das ist schon optimistisch geschätzt.«

Angela legte dem KommTech, der ihre Nachricht aufgezeichnet hatte, die Hand auf die Schulter. »Sobald die Botschaft abgegangen ist, wirst du den Hauptsendeschaltkreis und die Ausrichtungssteuerung des HPG ausbauen. Sie werden auf mehrere der von uns eingerichteten Nachschubdepots verteilt. Nähere Befehle erhältst du noch.«

»Damit machst du unser HPG unbrauchbar«, sagte Stone.

»Aye«, bestätigte Angela. »Wenn Sterncolonel Dirk Radick keine Gelegenheit hatte, sich diese Mission autorisieren zu lassen, wie wir es annehmen, möchte ich ihm keine Gelegenheit geben, zusätzliche Wolf-Einheiten anzufordern oder sein Vorgehen mit dem Rest des Clans zu koordinieren.«

Die Tür am anderen Ende der Zentrale öffnete sich, und Drogan kam herein, begleitet von einem drahtigen jungen Mann in einem verdreckten Overall. Angela wußte, daß das der ChefTech Luray war. Damit eine Militäreinheit einwandfrei funktionieren konnte, brauchte es mehr als nur Nachschub und Munition. Diese beiden Männer würden mithelfen, eine Infrastruktur aufzubauen, die es ihren Kriegern ermöglichte, langfristig durchzuhalten.

Angela winkte sie hastig heran. »Doktor, ChefTech, wir stehen vor einem Problem. Clan Wolf versucht, Toffen zu übernehmen.«

Drogans normalerweise so selbstsicherer Gesichtsausdruck fiel in sich zusammen.

»Doktor, ich erwarte von dir, daß du deine gesamte

Krankenabteilung zusammenpackst und abtransportierst. Wir werden die Wölfe zu einem Guerillafeldzug zwingen, und du wirst in der Wildnis mehrere Feldhospitäler aufbauen müssen. Wir geben Fort DelVillar auf und zwingen die Wölfe, zu unseren Bedingungen zu kämpfen.«

Halb erwartete Angela eine arrogante Antwort, aber der Arzt überraschte sie. »Gibt es keine andere Möglichkeit?«

»Neg, das ist unsere beste Hoffnung. Um die Wölfe besiegen zu können, müssen wir sie langsam erschöpfen. Deine Aufgabe wird es sein, unsere Krieger währenddessen am Leben zu halten.«

Ausnahmsweise unterdrückte der Arzt seine Neigung zu spöttischen Bemerkungen. »Das wird nicht leicht, ich mache mich besser gleich an die Arbeit. Wieviel Zeit habe ich?«

»Neun Tage, vielleicht zehn.«

»Das reicht nicht.«

»Zu schade«, erwiderte Angela. »Ich bezweifle, daß Sterncolonel Dirk Radick dir soviel Freiheit zugestehen wird wie ich, insbesondere bei seinem berüchtigten Haß auf Freigeburten.«

Drogan verzog das Gesicht. »Zehn Tage ... Sterncaptain«, bestätigte er und drehte um. Angela sah zu ChefTech Luray. »Du hast es gehört, frapos?«

»Pos, Sterncaptain.«

»Wir bauen alles ab, was den Wölfen in dieser Anlage von Nutzen sein könnte. Koordiniere deine Maßnahmen mit Sterncommander Constant Tseng. Ihr werdet die Wartungsanlagen des Forts abbauen und Feldstationen einrichten müssen, um unsere Truppen kampfbereit und versorgt zu halten. Könnt ihr das?«

Luray war sichtlich nervös, und seine Antwort kam mit erkennbarem Zögern. »Ich bin mir nicht sicher, Sterncaptain. Das haben wir vorher noch nie getan.«

»Keiner von uns hat das je zuvor getan. Du kennst deine Fähigkeiten und die deiner Leute. Also antworte mir, könnt ihr es?«

»Positiv, Sterncaptain«, preßte Luray hervor, »Aber ich muß sofort anfangen.«

»Dann los«, befahl Angela und trat an die Funkstation. Sie klopfte mit den Knöcheln auf die Konsole, um die Aufmerksamkeit des jungen Techs zu erregen. »Öffne einen Kanal zu dem Wolf-Schiff.« Er betätigte ein paar Tasten, dann hob er den Daumen zum Zeichen, daß die Verbindung stand.

»Sterncolonel Dirk Radick, hier spricht Sterncaptain Angela Bekker. Ich wähle den Kontinent Graham als Austragungsort für diesen Kampf. Ich freue mich auf dein Gebot ... und deine Niederlage.« Mit einer Handbewegung ließ sie die Verbindung kappen. Sollte er sich ruhig fragen, was sie vorhatte. Er sollte merken, daß er ihr zwar rangmäßig überlegen war, aber in keiner anderen Hinsicht.

Angela Bekker drehte sich ihren beiden Sterncommandern um. »Wir dürfen Sterncolonel Dirk Radick nicht unterschätzen. Stellt sicher, daß unsere Nachschubdepots vor einer Orbitalortung geschützt sind, falls er etwas vermutet. Verwischt unsere Spuren. Jeder Krieger darf nur die Lage einer Handvoll Nachschubbasen kennen, für den Fall, daß er in die Leibeigenschaft der Wölfe gerät. Von diesem Moment an müssen wir uns verhalten, als stünden die Blutsäufer schon auf unserem Boden. Meine Herren, der Kampf hat begonnen.«

12

Landungsschiff *Hundezahn*, am Nadirsprungpunkt des Toffen-Systems
Geisterbären-Dominium

5. März 3062

»Irgendwelche Ideen?« fragte Sterncolonel Dirk Radick in die Runde, als der Text der Botschaft auf dem Schirm verblaßte. Die Anwesenheit drei weiterer Offiziere machte es in seiner kleinen Schiffskabine noch enger.

Die Nachricht stammte von Toffen, und er hatte seine Offiziere versammelt, um die Antwort der Geisterbären-Kommandeurin zu empfangen. Sie war mit mehr als einer Stunde Verzögerung eingetroffen, was angesichts der zu überbrückenden Entfernung nicht sonderlich erstaunlich war. Die mutige Reaktion Angela Bekkers auf sein Batchall, die formelle Clan-Herausforderung, gefiel ihm. Sie zeigte Kampfgeist. Nur einfach zu landen und den Geisterbären diese Welt abzunehmen, reichte ihm nicht. Aber ein echtes Kräftemessen ... das war eines Wolfs würdig.

Er wartete auf die Reaktionen seiner Offiziere, der Kommandeure der drei Trinärsterne, die zusammen die Blutsäufer darstellten. Sterncaptain Jergan stand stumm und aufrecht an ihrem Platz. Sterncaptain Lark Radick hatte ein beinahe spöttisches Lächeln aufgesetzt. Sterncaptain Vaughn verlagerte das Gewicht von einem Fuß auf den anderen. Offensichtlich wünschte er sich, die Kabine wäre groß genug, um darin auf und ab zu gehen.

Lark Radick sprach als erster. »Was für ein Austragungsort für einen Test soll das sein? Ein ganzer Kontinent? Die Geisterbären bringen ihren Kommandeuren wohl nicht bei, wie man bietet, frapos?«

Sterncaptain Vaughn schüttelte den Kopf. »Neg. Sie versucht, uns mit der Wahl des Austragungsorts in die Irre zu führen.« Er streckte eine fleischige Hand aus und hantierte mit den Kontrollen des kleinen Wandschirms, suchte versessen nach der richtigen Kombination. Nach mehreren Sekunden stummer Bemühungen gelang es ihm schließlich, eine Karte Grahams aufzurufen. »Hier, seht es euch selbst an.«

Vaughn deutete auf die Karte. »Wir haben auf dem Herflug studiert, was wir über Toffen und seine Planetographie wissen. Diese Geisterbärin hat reichlich Möglichkeiten, wo sie den Test austragen kann. Aber schließlich und endlich gibt es nur einen Ort, den sie halten muß. Fort DelVillar, die kostbare Operationsbasis der Bären.« Er stieß einen Wurstfinger auf die Karte.

Sterncaptain Lark Radick rückte ein wenig zur Seite und starrte auf den Schirm. »So sehr es mich freuen würde, meinem Mitkommandeur widersprechen zu können, sehe ich mich gezwungen, seiner Argumentation zu folgen. Erinnert euch, was die Wache gemeldet hat. Es ist ein gewaltiger Vorrat an Material und Ersatzteilen auf Toffen, und das alles lagert in Fort DelVillar. Ihr bleibt gar nichts anders übrig, als von dort zu operieren.«

Jergan schüttelte leise den Kopf. »Warum wählt sie dann den ganzen Kontinent als Schlachtfeld?«

»Sterncaptain Angela Bekker versucht, uns zu täuschen. Sie hofft, Zeit für die Verstärkung Fort DelVillars zu gewinnen, während sie uns kreuz und quer durch Graham hetzt.«

Dirk Radick verzichtete auf einen Kommentar. Debatten überließ er gerne jüngeren Offizieren. Aber er stellte fest, daß der junge Lark ihm gefiel. Ihr gemeinsames Genmaterial hatte eine mehr als oberflächliche Ähnlichkeit zur Folge. Er wandte seine Aufmerksamkeit der Karte zu, die er bereits Tage zuvor auswendig gelernt hatte, und versuchte, mit dem Problem zu Rande zu kommen, das Angela Bekker ihm gestellt hatte.

»Du findest also, Lark Radick, daß wir das Fort auf der Stelle angreifen sollten«, meinte Jergan.

»Allerdings«, bestätigte dieser. Wir sollten Fort DelVillar angreifen, und nicht nur von außen, sondern von vornherein Einheiten innerhalb seiner Mauern abwerfen. So können wir sie schnell zerschlagen und ihre Fähigkeit zerstören, sich neu zu gruppieren und ihre Anstrengungen zu koordinieren.«

»Ich stimme zu«, meinte Sterncaptain Vaughn. »Selbst wenn diese Geisterbärin sich in die Wälder und in die Berge schlägt, hängt ihr Nachschub weiter an ihrem kostbaren Fort. Wenn wir ihnen das abnehmen, können wir die Vorräte der Geisterbären für unsere Zwecke verwenden, falls sich herausstellen sollte, daß wir sie brauchen.«

Jetzt ergriff auch Radick endlich das Wort. »Sterncaptain Angela Bekkers Trinärstern ist eine junge Einheit ohne Kampferfahrung. Wir müssen schnell und hart zuschlagen, sie überrennen und zerschlagen. Es wird nicht lange dauern.«

»Wo nehmen wir also Aufstellung?« fragte Lark, aber Radick wußte, daß die Frage, um die sich die Gedanken seiner drei Offiziere wirklich drehte, war, wann das Bieten beginnen würde. Nachdem das Batchall ergangen war, blieb nur noch die Entscheidung, wer von ihnen die Ehre haben würde, Angela Bekker und ihre Geisterbären zu vernichten.

Dirk Radick betrachtete die Karte angestrengt, dann drehte er sich zu seinen Sterncaptains um. »Ich glaube, Angela Bekker versucht, uns von der Festung wegzulocken. Es ist die einzige logische Erklärung für ihre Wahl des Austragungsortes. Wir werden geradewegs über dem Fort abspringen. Wir werden ihr Fort DelVillar abnehmen, und Toffen wird nur Minuten nach unserer Landung Wolf-Territorium sein.« Er bemerkte, daß Jergan nicht allzu überzeugt schien. »Du bist anderer Meinung, Sterncaptain?«

»So ist es«, antwortete sie. »Ich befürchte, daß wir diese Geisterbären-Kometin unterschätzen. Sie ist zu erfahren für eine so offensichtliche Finte. Hinter ihrem Vorgehen steckt etwas, das wir übersehen haben, irgendein anderer Grund, aus dem sie ganz Graham als Schauplatz für den Test gewählt hat. Ich weiß nicht, was der Grund ist, oder welchen Vorteil sie daraus zieht, aber ich bin sicher, daß er existiert.«

»Und welche Beweise hast du für diese Annahme?« protestierte Lark.

»Keine«, gab Jergan zu. »Abgesehen von meiner Erfahrung als Gefechtskommandeurin und meinem Instinkt.«

»Vielleicht solltest du dich mit deinem Instinkt bei den Novakatzen bewerben«, höhnte Lark.

Jergans Miene verdüsterte sich. »Vielleicht würde ein kurzes Zwischenspiel im Kreis der Gleichen helfen, dir das Grinsen aus dem Gesicht zu wischen oder den Eindruck, ich wäre irgend etwas anderes als eine Wölfin.«

Lark setzte zu einer Entgegnung an, aber Radick stoppte ihn mit einer scharfen Handbewegung. »Wir verschwenden unsere Zeit«, erklärte er. »Wir kümmern uns besser um das Bieten.«

Bei der Erwähnung des Bietens leuchteten die Mienen der drei auf, wie die Gesicher von Kindern, die Erlaubnis bekommen hatten, über einen Kuchen herzufallen. Das Bieten war ein weiteres Clanritual, bei dem sich entscheiden würde, wer von ihnen mit seinen Einheiten Toffen angriff.

»Laß uns unsere Meinungsverschiedenheit im Bieten austragen, Jergan«, schlug Lark vor. »Vorausgesetzt, du bist Manns genug, aggressiv mitzubieten.«

»Du wirst feststellen, daß ich sehr gut als Kriegerin funktionieren kann, ohne mit dem Gemächte zu denken«, schleuderte sie zurück.

Wieder mußte Dirk Radick ungeduldig mit der Hand durch die Luft fahren. »Ich habe mir über das Bieten einige Gedanken gemacht. Mit eurem kleinlichen Gezeter werdet ihr gar nichts erreichen. Die Geisterbären sind vielleicht ein Bewahrer-Clan, aber das schmälert ihre Leistungen als Krieger keineswegs. Sie sind während der Invasion fast so tief in die Innere Sphäre vorgestoßen wie wir Wölfe. Und seit dem Waffenstillstand haben sie als einzige nicht durch die Hand anderer Clans an Kraft eingebüßt ... bis jetzt nicht.«

»Soll ich die Bietmarken holen, Sterncolonel?« fragte Sterncaptain Vaughn. Jeder Clan hatte seine eigene Methode, das Bieten auszutragen, und die Wölfe benutzten Marken, um festzustellen, wer das Ritual eröffnete.

»Neg«, erklärte Radick. »Nur ich werde für diesen Sternhaufen bieten.«

»Was?« fragte Lark.

»Hüte deine Zunge«, warnte Radick ihn. »Unter normalen Umständen würde jeder von euch die Chance bekommen, seine Kräfte für das Recht auf die Einnahme Toffens wegzubieten. Aber dies sind keine normalen Umstände. Ich bin der Meinung, daß Sterncaptain Angela Bekker uns etwas verschweigt, aber das werden wir erst wissen, wenn der Kampf beginnt. Ich werde als einziger um die Einnahme Toffens bieten und werde eure Kräfte wegbieten, wie ich es für angebracht halte.«

Lark Radick war über diese Wendung sichtlich verärgert. »Das ist höchst fragwürdig, Sterncolonel. Du verweigerst uns die Chance, Ehre zu gewinnen.«

Dir Radick blieb unbeeindruckt. »Als befehlshabender Offizier habe ich das Recht, den gesamten Sternhaufen zu bieten. Es mag ungewöhnlich sein, aber es gibt entsprechende Präzedenzfälle in unserem Clan. Wenn du das Verlangen verspürst, mich deshalb herauszufordern, Sterncaptain Lark Radick, wirst du Gelegenheit haben, deine Niederlage und meinen Zorn auszukosten.« Er senkte den Kopf und kniff die Augen zusammen. Es war deutlich, daß er keinen Widerspruch von seinen Untergebenen duldete.

Lark wurde rot. »Verstanden, Sterncolonel.«

»Wir sind allein im Bau des Geisterbären«, fuhr Radick fort, »und ich habe kein Interesse daran, Truppen wegzubieten, die später eventuell notwendig werden könnten, um den Kampf zu gewinnen.«

Normalerweise maßen sich die einzelnen Kommandeure miteinander, indem sie die ihnen zur Verfügung stehenden Kräfte Schritt für Schritt aufgaben, bis ihnen nur das Minimum an Truppen blieb, das sie für den Sieg im bevorstehenden Test zu benötigen glaubten. Wenn ein Kommandeur in Schwierigkeiten geriet und Gefahr lief, den Test zu verlieren, konnte er einen Teil seiner Ehre aufgeben und die im letzten Gebot aus der Aufstellung entfernten Einheiten reaktivieren. Gegen Ende des Rituals verlief das Bieten häufig sehr knapp, und die Kommandeure reduzierten ihre Einheiten nur noch um einen Strahl hier oder dort. Als einziger Beteiligter konnte Dirk Radick jedoch ganze Sterne oder sogar Binär- oder Trinärsterne wegbieten. Auf diese Weise hatte er später die Möglichkeit, eine größere Anzahl an Reserven in den Kampf zu holen, falls sich das als einzige Chance erwies, den Sieg zu retten.

Entsprechend den Regeln des Rituals sprach Vaughn die traditionelle Eröffnungsfrage: »Mit welchen Kräften wirst du Toffen erobern, Sterncolonel?«

»Ich biete in meiner Eröffnung den gesamten 7. Gefechtssternhaufen.« Wenn Radick sich damit begnügte, war seine Übermacht gegen Angela Bekker überwältigend, drei zu eins, selbst ohne Berücksichtigung der unterschiedlichen Kampferfahrung. »Mein Gegengebot besteht in der Aufgabe des Trinärsterns Ewige Kreuzritter Sterncaptain Vaughns.« Vaughns Miene wurde starr, als ihm klarwurde, daß er nur dann irgendeine Chance hatte, in den Kampf einzugreifen, wenn sich auf Toffen ein absolutes Debakel anbahnte. Die Chance, daß es im Kampf gegen einen einzelnen Geisterbären-Trinärstern soweit kam, waren bestenfalls gering zu nennen.

»Als nächstes verzichte ich auf Sterncaptain Lark Radicks Trinärstern Vernichter«, erklärte Dirk, und wieder lief Larks Gesicht rot an, als der sich bemühte, seine Wut zu unterdrücken. »Mein Endgebot besteht aus Sterncaptain Jergans Trinärstern Blutrünstige Wölfe, mit einer Änderung. Ich übernehme die mir zustehende Rolle als Kommandeur der Bodentruppen.« Er machte eine kurze Pause und ließ den Blick über die Gesichter der drei anderen Offiziere schweifen. »Damit ist das Bieten um die Einnahme Toffens abgeschlossen.«

»Seyla«, sprachen die vier Krieger ehrfürchtig und mit gebeugtem Haupt und beschlossen damit das Ritual.

Radick wandte sich an Lark und Vaughn. »Kehrt auf eure Landungsschiffe zurück und macht euch augenblicklich auf den Weg nach Toffen.« Sie verließen die enge Raumschiffskabine, und er blieb allein mit Jergan zurück.

Dirk Radick nutzt die so erhaltene Bewegungsfreiheit, um an den kleinen Kartentisch zu treten, an dem er arbeitete. »Was denkst du, Sterncaptain?«

Jergan zuckte leicht zusammen, als er sie ansprach, und Radick war erfreut, das festzustellen. Sie fürchtete ihn, ließ sich aber davon nicht aus dem Gleichgewicht bringen. »Deine Bietstrategie ist legitim, auch wenn sie hart an der Grenze des Erlaubten liegt. Auch du vermutest, daß Sterncaptain Angela Bekker eine Hinterlist plant, frapos?«

»Neg«, verneinte Radick und schien den Gedanken mit einer Hand vom Tisch wischen zu wollen. »Ich habe schon früher Tests gegen Geisterbären ausgetragen. Sie sind Bewahrer, aber nicht unehrenhaft. Nein, diese Angela Bekker benutzt keine Hinterlist, auch wenn sie offensichtlich etwas plant. Ich nutze nur jede Möglichkeit, einen Mißerfolg auszuschließen, selbst wenn mich das etwas Ehre kostet.«

»Wenn mir die Frage gestattet ist, Sterncolonel«, meinte Jergan zögernd. »Warum hast du für das Schlußgebot meinen Trinärstern ausgewählt?«

Dirk Radick reagierte auf ihre Frage auf eine Weise, von der er wußte, daß sie seine Untergebenen nervös machte: Er lächelte. Es lag keinerlei Humor in diesem Lächeln, sondern es war vielmehr ein Ausdruck verschlagener Bösartigkeit. »Du bist weder die beste Kriegerin meiner Einheit noch auch nur die beste Kommandeurin, Jergan.«

»Dann verstehe ich deine Entscheidung nicht.«

»Lark Radick und Vaughn waren beide versessen auf den Kampf, aber du warst als einzige vernünftig genug, zu erkennen, daß unsere Gegnerin kein Dummkopf ist. Du hast ein Risiko erkannt, wo die beiden vor Kampfeseifer blind waren. Du entwickelst allmählich Charakter. Das werden wir brauchen, um diesen Sterncaptain zu besiegen, soviel zumindest wird aus ihrer Wahl des Schlachtfelds deutlich.«

»Und ihre Truppen?«

»Frischfleisch, wie erwartet. Den Daten zufolge, die sie uns übermittelt hat, ist es eine Mixtur aus erfahrenen Kriegern und jungem Blut. In einer offenen Schlacht können wir sie leicht besiegen. Und falls nicht, habe ich so geboten, daß der Sieg der Wölfe dennoch garantiert ist.«

»Ich nehme an«, tastete sich Jergan zögernd vor, »du hast bereits festgelegt, wie und wo du angreifen wirst.«

»Wie Vaughn es bereits gesagt hat: Fort DelVillar ist ein offensichtliches Ziel. Diese Anlage einzunehmen, muß ein zentraler Punkt in unserer Strategie sein, gleichgültig, welchen Plan Sterncaptain Angela Bekker sich auch zurechtgelegt hat.«

»Wenn Bekker sich im Innern des Forts verschanzt hat und eine längere Belagerung erwartet, wird der Kampf teuer für unsere Truppen.«

»Da hast du recht, aber wir sind die Blutsäufer. Du weißt so gut wie ich, daß es zwei Methoden gibt, eine derartige Installation zu erobern. Wir werden es auf die aggressivere Weise tun.«

Daran, wie Jergans Miene sich erhellte, erkannte Radick, daß sie sein Vorhaben genau begriff. »Das ist mit Risiken verbunden, Sterncolonel, frapos?«

»Pos. Aber ich bin nicht soweit gekommen, indem ich Risiken vermieden habe. Es ist mir lieber, Angela Bekker unterschätzt mich als umgekehrt.« Um diesen Punkt zu unterstreichen, schaltete er an den Kontrollen neben der Steuerung des Sichtschirms die Sprechanlage. »Kommunikationsoffizier«, sagte er. »Strahle folgende Nachricht nach Toffen ab: ›Sterncaptain Angela Bekker, hier spricht Sterncolonel Dirk Radick. Ich werde dich in zehn Tagen an der Spitze des Trinärsterns Blutrünstige Wölfe angreifen. Ich übermittle dir hiermit meinen Kodax und den der Wolf-Krieger, mit denen ich unterwegs bin, dich zu zerquetschen. Ich hoffe, du bist darauf vorbereitet, eine Gegenwehr zu liefern, die dich würdig macht, zu meiner Leibeigenen zu werden, wenn ich dir Toffen abgenommen habe.« Er schaltete den Interkom ab und drehte sich zu Jergan um.

»Was bleibt noch zu tun, Sterncolonel?« fragte sie.

Er lächelte sie noch einmal an. »Nur die Geisterbären zu zermalmen, Jergan. Mehr ist nicht nötig, und weniger wird nicht erwartet.«

13

Fort DelVillar, Toffen
Geisterbären-Dominium

14. März 3062

Am Eingang Fort DelVillars herrschte hektisches Treiben, aber trotz der Eile verlief alles in geordneten Bahnen. Angela, die sich das Schauspiel vom Eingang des Befehlsbunkers aus ansah, war beeindruckt vom Anblick ihrer Geisterbären. Die Raumortung hatte sie vor ein paar Stunden abschalten lassen, nachdem sie sich vergewissert hatte, daß die Wolf-Landungsschiffe noch einen Tag entfernt waren. Jetzt würde das Ortungsnetz ihnen kaum noch etwas nützen. Sie hatte die wichtigsten Schaltkreise ausbauen lassen und mit den letzten Techs ausgelagert.

In den letzten neun Tagen hatten sie einiges geleistet, aber allmählich lief ihnen die Zeit davon. Abgesehen von den kahlen Mauern war Fort DelVillar praktisch leergeräumt. Ihr Trinärstern und die Mitglieder der niedereren Kasten unter ihrem Befehl hatten teilweise rund um die Uhr gearbeitet, um alles abzutransportieren, was für die Wölfe einen Wert haben konnte. Alle Raketen, AK-Granaten und MG-Patronen waren in eines der zehn Nachschubdepots verschifft worden, die sie an verschiedenen Punkt Grahams eingerichtet hatten.

Ein Transporter fuhr am Bunker vorbei, und Constant Tseng sprang von dem Radfahrzeug auf den Asphalt und kam herübergelaufen. Vor der Tür angekommen, hielt er an und salutierte kurz und schneidig. Angela erwiderte den Gruß. »Das dürfte die letzte Ladung sein«, meinte er.

»Status der Wartungsanlagen?« fragte sie.

»ChefTech Luray ist gerade dabei, eine aufzubauen, und meldet, daß sie in wenigen Stunden einsatzbereit sein wird. Barthelow arbeitet an der anderen. Er schätzt, daß er zur Fertigstellung noch mindestens einen Tag benötigt.«

Angela neigte fragend den Kopf. »Du hast die Aufgabe deinem Leibeigenen übergeben, frapos?«

»Pos«, bestätigte Tseng. »Der Rest des Personals war damit beschäftigt, die anderen Nachschubbasen einzurichten. Ich habe benutzt, was verfügbar war. Gibt es irgendein Problem, Sterncaptain?«

»Neg«, erwiderte sie. »Ich weiß, unser Personal ist knapp. Ich hatte nur nicht an deinen Leibeigenen gedacht.« Die Zugmaschine des Transporters röhrte, als das Fahrzeug durch das Tor in der Granitmauer rollte und Kurs auf den Wald nahm, der die Festung umgab. Eine Staubwolke stieg über die Mauer auf, und eine seltsame Stille schien sich über die Anlage zu legen. »Wie steht es mit Doktor Drogan?«

Tseng verzog etwas das Gesicht. »Er beschwert sich in einem fort, aber er hat seinen Teil getan und ist ebenso gut vorbereitet wie wir alle.«

Angela gestattete sich ein Schmunzeln. »Unser medizinischer Offizier ist ein rechtes Unikum. Wäre er ein Krieger, würde er vermutlich den größten Teil seiner Zeit damit zubringen, seine Ehre im Duell zu verteidigen.«

»Er hat einen Mund, und den benutzt er auch«, stellte Tseng fest. Aus seinem Tonfall schloß Angela, daß einige der Sticheleien des Arztes ins Schwarze getroffen haben mußten.

Sie reckte den Hals, um die Muskeln zu lockern, dann rieb sie sich die Stirn und die Augen, als ob sie damit die Müdigkeit vertreiben könnte. »So ist es. Aber Ehrlichkeit kann eine nützliche Eigenschaft bei einem Untergebenen sein.«

»Wann hast du zum letzten Mal geschlafen, Sterncaptain?«

»Irrelevant«, antwortete sie und unterdrückte ein Gähnen. »Wir haben alle unsere Verpflichtungen.«

»Stimmt, aber wir müssen uns auch für das wappnen, was noch bevorsteht. Ich brauche Ruhe, und du auch.«

Sie starrte ihn ärgerlich an, nickte aber gleichzeitig einmal langsam. »Ich versichere dir, Sterncommander, daß ich voll ausgeruht sein werde, wenn Dirk Radicks Wölfe eintreffen.«

»Gut. Ich habe eine letzte Überprüfung der Anlage angeordnet, um sicherzugehen, daß wir nichts übersehen haben, was die Wölfe nutzen könnten.«

»Den Befehlsbunker habe ich bereits geräumt«, meinte Angela und zog unbewußt an ihren künstlichen Fingern. »Er enthält nichts mehr außer einer Nachricht an Dirk Radick, für den Fall, daß er tut, was ich erwarte.«

Tseng starrte sie an, dann blickte er zu den beiden Mechs, die in der Nähe des Tors warteten, Angelas *Executioner* und sein *Warhawk*. Ein kleines Geländefahrzeug mit den letzten Hilfstruppen und mehreren kleinen Nachschubbehältern bog gerade um die Beine der OmniMechs und nahm Fahrt auf, um dem Transporter zu folgen.

»Sterncommander Constant Tseng?«

»Ja, Sterncaptain?«

»Sind sie der Aufgabe gewachsen?«

»Unsere Leute?«

»Aye.«

»Ja«, erklärte er. »Was ihnen an praktischer Erfahrung im Kampf als Einheit fehlt, machen sie an Kampfgeist wett. Selbst die Hitzköpfe scheinen ihren Platz gefunden zu haben … Sie balancieren uns auf gewisse Weise aus.«

»Bethany«, flüsterte sie.

»Nicht nur sie. Du darfst nicht glauben, Gregori stünde ihr in irgendeiner Weise nach. Der Unterschied zwischen den beiden scheint mir im Grad ihrer Selbstbeherrschung zu liegen. Gregori hat ein schnelles Mundwerk, aber er weiß, wann er aufhören muß. Gelegentlich tänzelt er hart am Rande des Kreises der Gleichen, aber er sagt oder tut nie genug, um wirklich hineinzukommen.«

Angela nickte. »Du kennst seinen Kodax. Er hat in der Vergangenheit schon viel zu oft im Kreis der Gleichen gestanden. Vielleicht ist er es müde geworden.«

»Das bezweifle ich stark, Sterncaptain«, meinte Tseng und sog in einem tiefen, langanhaltenden Atemzug die nachmittägliche Luft ein. »Er ist so häufig in Herausforderungen über seine Positionstests degradiert worden, weil er immer wieder als Freigeburt beschimpft wurde. Wir haben nicht zugelassen, daß jemand darauf herumreitet. Bethany dagegen ringt mit einem inneren Feind.«

Angela verstand nur zu gut. »Ja, in ihrem Geist bin *ich* der Feind.«

Tseng nickte. »Sie glaubt, du willst sie zwingen, die Art Kriegerin zu werden, die sie haßt.«

Hat sie damit recht? Angela ließ sich den Gedanken durch den Kopf gehen und versuchte, eine Antwort zu finden. »Ich versuche, ihr das Wesen des Geisterbären beizubringen, das Wesen unseres Clans ... unserer Familie. Sie sieht sich als Einzelgängerin, selbst im Kampf. Aber sie muß sich klarmachen, daß der ganze Trinärstern als ein Team zusammenarbeiten muß, statt zu versuchen, für sich allein eine Kometin zu werden.«

»Ich kann dir nicht widersprechen«, stellte Tseng fest, »aber ich befürchte, daß es nur eine Möglichkeit gibt, ihr diese Lektion beizubringen: durch direkte Kampferfahrung. Meine einzige Sorge dabei ist, daß wir gute Krieger verlieren werden, bevor sie das begriffen hat.«

Angela unterdrückte erneut ein Gähnen und drehte den Kopf, um die Nackenmuskeln zu entspannen. Ihr Blick zuckte zu dem in der Ferne kleiner werdenden Transporter. »In jeder Familie gibt es jemand, der gegen die Autorität rebelliert. Auch bei uns. Wir müssen über sie wachen und uns um sie kümmern, geradeso wie wir es bei denen tun, die uns fraglos gehorchen.«

»Aye«, bestätigte Tseng. »Und in diesem Kampf gegen die Wölfe werden wir alle geprüft. Es wird ein Feldzug werden, dessen Methoden keinem von uns vertraut sind.«

Angela drehte sich zu ihm um. »Du hast recht. Das wird für uns alle schwer werden.«

»Sie werden sich daran gewöhnen, Sterncaptain«, erklärte Constant Tseng leise.

»Genau wie Sterncolonel Dirk Radick«, gab Angela zurück. »Dieser Wolf ist clever. Du hast seine Akte und die Kodaxe der Truppen gesehen, mit denen er antritt. Alle sind erfahren und gut ausgebildet. Und vergiß auch sein Gebot nicht. Jeder andere Kommandeur hätte seine Offiziere ermutigt, für diesen Kampf auf eine relative Gefechtsstärke von unter eins zu eins zu bieten. Dirk Radick hat einen kompletten Trinärstern der besten Truppen der Wölfe gegen uns geboten.« Der Einsatz geringer Truppenstärken, um einen Sieg zu erringen, versprach größere Ehre für einen Clanoffizier. Radicks Vorgehen reduzierte die Ehre, die er auf Toffen erringen konnte, erhöhte aber seine Chance, Angela und ihren Pirschenden Bären den Planeten abzujagen.

»Vielleicht erwartet er, daß wir uns hinter den Mauern der Festung verschanzen und rechnet mit hohen Verlusten bei einer Belagerung.«

Angela lächelte vielsagend. »Sterncolonel Dirk Radick gehört zu den skrupellosesten der Kreuzritter-Wölfe. Möglicherweise habe ich ihm in der Wahl des

Schlachtfelds einen genügend deutlichen Hinweis gegeben, um mehr als ausreichend vorbereitet hier zu erscheinen.«

»Willst du damit etwa sagen, wir können diesen Wolf nicht besiegen?«

Angela wollte auflachen, aber aus ihrer Kehle drang nur ein schwaches Kichern. »Nein, Sterncommander, ich weise dich nur darauf hin, daß es nicht leicht werden wird. Unser Gegner ist wild und skrupellos, aber wir dürfen weder seine Intelligenz noch seine Schläue unterschätzen. Wenn wir nur für einen Moment vergessen, daß wir es mit einem der besten Kommandeure zu tun haben, die es bei den Wölfen gibt, sind wir verloren.«

»Ich werde es mir merken.« Tseng sah sich in der seltsam ruhigen Festung um. »Wir sollten uns auf den Weg machen. Hier soll es bald Wölfe regnen.«

Angela beugte sich, immer noch lächelnd, hinab und öffnete eine vor ihr liegende Kiste. Tseng beobachtete, wie sie ein ledernes Objekt hervorzog, aus dem in verschiedene Richtungen hölzerne Flöten ragten. Sie hielt es ehrfürchtig in der Hand, streichelte über das Leder, liebkoste die glatten Holzpfeifen. Während sie das tat, wurde sie wie von selbst ruhiger. Es war eine entspannende Tätigkeit, unter der die Nervosität verblaßte, die sie durch die Übermüdung entwickelt hatte.

»Was ist das?« fragte er.

»Mein Dudelsack«, erklärte sie leise. »Ich habe nicht vor, ihn hierzulassen.«

»Ich habe schon Dudelsackmusik gehört, aber noch nie einen gesehen. Er sieht ziemlich kompliziert aus.«

Sie hievte den Sack hoch und klemmte ihn sich unter die linke Achsel. Die drei Brummpfeifen lagen auf der linken Schulter und dem Unterarm. Die Melodiepfeife hing vor ihrem Leib herab. »Durch den Dudelsack habe ich viel darüber gelernt, was es heißt, eine Kriegerin zu sein.«

»Das verstehe ich nicht.«

»Um den Dudelsack zu spielen, muß man mehrere Fertigkeiten meistern. Ich muß den Takt halten, atmen, Noten lesen und spielen, alles gleichzeitig.«

»Der Schlüssel scheint mir Koordination zu sein.«

»Stimmt, aber das ist es nicht allein. Wenn ich spiele, entwickelt sich ein Rhythmus, aber der ist nicht wirklich musikalisch. Er baut sich auf, wenn alle Elemente des Dudelsackspiels zusammenkommen, und dann ist es fast, als ob die Musik ein Eigenleben hat. Diese Art von Rhythmus kenne ich sonst nur vom Schlachtfeld her. Verschiedene Ereignisse treten ein, fließen, treten in Bezug zueinander und verlaufen im Gleichklang, obwohl sie gegeneinander stehen. Meine Musik führt mich, sie schenkt mir das Gefühl der Schlacht.« Sie stockte. »Es tut mir leid. Das muß sich sehr seltsam anhören aus dem Mund einer Kriegerin.«

»Neg«, beruhigte Tseng sie. »Ich verstehe, glaube ich zumindest, Sterncaptain. Also gut, wir sind die letzten hier. Spielst du jetzt etwas?«

Angela hob das Mundstück an ihre Lippen und richtete sich auf, den Dudelsack in den Armen. Sie blies den Sack auf, bis er fast voll war. In einer fließenden Bewegung brachte sie den rechten Arm herum und preßte den Sack, blies und klemmte ihn unter den Arm, spielte ihn. Die Brummpfeifen stimmten ihren trostlosen Gesang an, und als ihre Finger über die Melodiepfeife tanzten, hallte Musik durch das Fort, indem die beiden Geisterbären fast verloren wirkten. Sie spielte etwas länger als eine Minute, dann hörte sie auf.

»Das war sehr beruhigend. Was war es?« fragte er.

»Das Stück heißt ›The Green Hills of Tyrol‹«, erklärte sie, und legte den Dudelsack vorsichtig zurück in seine Kiste. »Es ist ein seit Jahrhunderten von und für Krieger gespieltes Lied. Ein sogenannter Retreat.«

»Retreat? Rückzug? Hast du es als Signal für unseren Abzug gewählt?«

»Ja und nein. Es ist eines meiner Lieblingsstücke. Ich werde dir irgendwann den Text geben, damit du es verstehst. Es handelt von einem Krieger fern seiner Heimat. Für mich hat das eine besondere Bedeutung.« Sie verstummte und sah, daß Tseng verstand. Als Geisterbären standen sie auf ständig wechselnden Welten, kämpften immer wieder ferne Schlachten.

»Normalerweise wurde ein Retreat gespielt, um die Truppen für den Abzug nach beendeter Schlacht zu sammeln. Später spielte man sie dann nachts, als eine Art Schlaflied für die müden Krieger.« Sie sah hinüber zum Tor, wo der *Executioner* wartete. »Aber dies ist kein Abzug für uns, Sterncommander. Nein. Wir werden hierher zurückkehren.« Sie machte sich auf den Weg zu den Mechs, den Koffer in einer Hand. »Jetzt werden wir erst einmal eine Weile Winterschlaf halten, und die Wölfe werden keine Ahnung haben, wo wir uns verstecken. Aber bald schon, sehr bald, wird es Zeit sein, die Jagd auf die Jäger einzuläuten.«

14

Fort DelVillar, Toffen
Geisterbären-Dominium

15. März 3062

Die Morgensonne verdampfte den Tau auf dem Boden um Fort DelVillar und ließ ihn als sanfter Nebel in die Höhe steigen. Im Innern der Anlage herrschte Totenstille. Die Festung lag so verlassen wie dreihundert Jahre zuvor nach dem Abzug der Sternenbund-Verteidigungsstreitkräfte. Es ging kein Wind, und die weißblaue Geisterbärenfahne hing schlaff und naß vom Tau der Nacht von der Fahnenstange über dem Befehlsbunker.

Die riesigen alten Bäume des Richartwalds umringten das Fort als stumme Zeugen des stillen Morgens. Gelegentlich fiel ein Blatt zu Boden. Kleine Tiere huschten hier und da durch den Nebel, kaum mehr als unscharfe Schatten. Ab und zu knackte ein Zweig, oder ein Vogel zwitscherte im ausladenden Geäst der Baumriesen.

Zunächst war ein undefinierbares Geräusch zu hören. Nur ein Murmeln, das den Wald durchzog. Ein Reh kam aus dem Wald gelaufen und hastete über die weite Lichtung, die rund um das Fort gerodet worden war, um seinen Verteidigern freies Schußfeld zu liefern. Ein zweites Reh tauchte auf und rannte am Waldrand entlang, als wäre es vor irgend etwas auf der Flucht. Dann folgten zwei Igel, andere kleinere Waldbewohner. Alle stürmten sie aus dem Wald, wie von einem unsichtbaren Jäger gehetzt. Der Lärm der Stampede nahm zu, als auch Elche und Wildpferde am Waldrand erschienen und ihre Hufabdrücke im weichen Gras hinterließen, während sie vor einem unsichtbaren Feind flohen.

Dann kam der Donner. Der Lärm war ohrenbetäubend, als das gigantische Landungsschiff *Hundezahn* über den Wipfeln auftauchte. Über 4700 Tonnen Metall jagten über das Blätterdach heran, in der Luft gehalten vom überhitztem Plasmaausstoß riesiger Fusionstriebwerke. Das Schiff schwenkte über den Wald, setzte einige der Bäume in Brand und schleuderte totes Laub und Astwerk davon, als es über die Lichtung auf Fort DelVillar zuschoß.

Als das kugelförmige Landungsschiff der *Union-C*-Klasse tiefer sank und wie ein titanisches Pendel auf die grauen Steinmauern des Forts zuschwang, öffneten sich die Hangartore. Die riesigen Schotten glitten mit lautem Zischen auseinander, und Hydraulik und Pneumatik sorgten dafür, daß die breiten, gepanzerten Tore weit geöffnet blieben. Gestalten wurden sichtbar, Silhouetten vor der über Toffen aufgehenden gelben Sonne.

Die Gestalten sprangen hinab auf die Lichtung, und unter ihrem Aufprall erzitterte der Boden. Kaum angekommen, verteilten die Mechs sich im Laufschritt, umrundeten die Anlage und suchten nach dem Eingangstor. Das Landungsschiff hatte inzwischen die Außenmauern erreicht.

Ein Teil der Mechs bewegte sich auf das Tor zu, andere suchten mit aufwärts gerichteten Waffen die Mauerzinnen und Geschützplattformen ab. Alles in allem waren fünf OmniMechs, ein kompletter Stern, außerhalb des Forts abgesprungen und rückten nun schnell und gekonnt vor, so, als hätten sie die Operation Dutzende Male trainiert.

Die *Hundezahn* zog knapp über die Außenmauer des Forts, ein Beweis für das Können des Wolfsclanpiloten an ihren Kontrollen. Im Innern der Mauern bremste das Schiff ab, bis es reglos in der Luft stand, dann senkte es sich schnell auf den grasbewachsenen Paradeplatz im Innern der Anlage. Gleichzeitig sprangen weitere Battle-

Mechs aus den Hangaröffnungen, die Waffen drohend aufwärts und auswärts gerichtet, mit einem Können nach Angriffszielen Ausschau haltend, das Ergebnis von jahrelanger Erfahrung und bester Clan-Eugenik war. Als das Landungsschiff sanft auf dem verkohlten Gras aufsetzte, waren die übrigen zehn Mechs bereits ausgestiegen und streiften durch das Innere Fort DelVillars.

Einer der OmniMechs, ein fünfundneunzig Tonnen schwerer *Executioner*, nahm Kurs auf den Befehlsbunker. Wie bei den anderen Maschinen auch, prangte auf seinem Rumpf das Einheitsabzeichen des 7. Gefechtssternhaufens. Der schwarze Wolfskopf mit dem bösartigen bronzefarbenen Auge und den bluttriefenden Fangzähnen kennzeichneten ihn unmißverständlich als Teil der Blutsäufer. Die drei roten Sterne über den Insignien zeigten, daß dieser Mech von einem Sterncolonel gesteuert wurde, in diesem Fall von Sterncolonel Dirk Radick.

»Status«, bellte er über die Kommleitung, während er den *Executioner* vor dem Befehlsbunker in Stellung brachte.

»Sterncommander Digomo, ReißerStern. Außenlinien und Tor gesichert«, antwortete eine gelassene Stimme.

»Sterncommander Biffly Ward, SturmStern. Außenmauern gesichert. Kein Anzeichen für Feindaktivität.«

»Sterncaptain Jergan, BefehlsStern. Innere Anlage gesichert. Es scheinen keine Geisterbären da zu sein, Sterncolonel.«

In seinem Cockpit hämmerte Dirk Radick wütend auf die strukturverstärkte Kontrollkonsole der Zielerfassung ein. Irgendwie hatte er erwartet, die Festung verlassen vorzufinden, aber zugleich auch gehofft, sich zu irren, gehofft, daß sie ein schneller, wilder Kampf erwartete. Er bellte eine schnelle Abfolge von Befehlen ins Mikrofon. »Alle Truppen rücken gegen ihre Sekundärziele vor. Ich will, daß jedes Gebäude durchsucht und gesichert wird. Für den Fall eines Angriffs Verteidigungsstellungen auf den Mauern einnehmen. Bewegung!« Er erwartete keinen Hinterhalt. Neg, es würde auch keine versteckten Fallen geben. Das wäre unehrenhaft gewesen. Das hätte weder zu den Geisterbären gepaßt noch zu dieser Angela Bekker.

Mehrere MechKrieger verließen ihre Mechs und verteilten sich auf die Gebäude im Innern der Festung. Er steuerte den *Executioner* in langsamen Schrittempo die Straße zum Haupttor hinauf und sah, daß die Krieger des ReißerSterns bereits auf dem Weg zu den erhöhten Feuerplattformen waren, von denen aus sie jeden Angriff auf die Anlage mit einem Bombardements aus Laser- und Raketenfeuer beantworten würden. Noch immer dröhnte das Pochen seines rasenden Pulsschlags in Dirk Radicks Ohren. Er sehnte sich nach einem Gefecht.

Die Minuten verstrichen, und sein Weg führte ihn zurück zum Befehlsbunker. Das Hämmern in den Ohren nahm von Minute zu Minute ab, als ihm klarwurde, daß er den Kampf, nach dem er verlangte, hier nicht finden würde. Seine Ortung, egal ob Kurz- oder Langstrecke, zeigte nichts. Keine magnetischen Anomalien, wie sie für Fusionsreaktoren typisch waren. Keine Spuren größerer Bewegungen. Selbst die Reflexabtastungen lieferten keine Spur von Angela Bekker und ihren Pirschenden Bären. Nur eines war sicher: Sie waren nicht im Fort DelVillar.

Er fuhr den Fusionsreaktor des Mechs auf Wartestellung herunter und nahm den leichten Neurohelm ab. Dann öffnete er die Luke und kletterte an den in Torso und Bein des *Executioner* eingelassenen Sproßen auf den Rasen hinab. Seine Lungen hatten Mühe, genug Sauerstoff aus der ungewohnt dünnen Luft Toffens zu filtern, aber das konnte ihn nicht bremsen. Ringsumher rannten Wolf-Krieger über das Gelände, kampfbereit, die Waffen im Anschlag, aber Dirk Radick wußte, daß das unnötig war. Er ging zum riesigen, strukturverstärkten Eingangstor des Befehlsbunkers hinüber, wo Sterncaptain Jergan ihn erwartete.

»Unsere Befürchtungen waren begründet«, stellte er erbittert fest. Seine Hand schmerzte noch immer von den Schlägen auf die Cockpitkonsole. »Aber zumindest haben wir den Geisterbären die Kontrolle über diese Anlage und ihre logistische Unterstützung genommen.«

»Neg, Sterncolonel«, erklärte Jergan.

»Neg?«

»Ich habe gerade mit Sterncommander Biffly Ward gesprochen. Seine Leute haben die Durchsuchung der Wartungshangars und Lagerhallen abgeschlossen. Sie sind alle leer.«

Das traf Radick wie ein Schlag ins Gesicht. Er fühlte, wie die Haut vor Wut brannte. »Leer. Das ist unmöglich. Nach Angaben der Wache war hier eine solche Masse von Waffen und Material eingelagert, daß sie es niemals in so kurzer Zeit hätten wegschaffen können.«

Jergan antwortete in ruhigem Ton, als wolle sie seinen Zorn nicht auf sich ziehen. »Entweder waren die Angaben der Wache falsch, oder sie haben weit schneller gehandelt, als wir erwartet haben.« Sie senkte kurz den Blick, ein Zeichen, daß sie noch etwas verschwieg.

»Was noch, Sterncaptain?«

»Die Wartungshangars sind bis auf die Mauern leergeräumt. Jeder Hebekran und selbst das letzte Stück Werkzeug ist fort. Wir haben nichts als leere Mauern eingenommen. Kein Nachschub, keine Ersatzteile, nichts.«

Mehrere lange Sekunden sagte Dirk Radick kein Wort, aber in seinen Augen loderte die Wut. Dann drehte er um und marschierte ins Innere des Befehlsbunkers. Jergan folgte ihm auf dem Fuße, als er den strukturverstärkten Korridor hinab ins Herz der Festung stampfte. Wolfsclan-Techs mit Werkzeug und Meßgeräten wuselten durch die Gänge und Räume, aber Radick ignorierte sie.

Im Innern des Bunkers lag eine Anzahl von Räumen, deren Türen sämtlich weit offenstanden, und alle erzählten sie dieselbe Geschichte. Er schaute in die den Raum, in dem sich die Kommunikationszentrale befunden hatte, und sah alle Wartungspaneele geöffnet. Techs mit aufgerollten Ärmeln und schweißglänzender Stirn hingen halb im Innern der Geräte und überprüften die Systeme. Über manche Geräte flickerten einzelne Lichter und warfen bunte Lichtreflexe über die Wände und die toten Bildschirme. Radick packte sich einen vorbeikommenden Tech und riß ihn herum. »Was ist mit der Ausrüstung hier?« fragte er in einem so drohenden Ton, daß der Mann erbleichte.

»Also, Sterncolonel, die Ausrüstung ist nicht beschädigt, Sterncolonel. Aber die Geisterbären haben nahezu überall einige der wichtigsten Platinen entfernt.«

»Ersetzt sie«, ordnete Radick langsam und mit knirschenden Zähnen an. Sein Griff um die Schulter des Techs wurde fester, schmerzhaft.

»So einfach ist das nicht, Sterncolonel.« Die Stimme des Techs zitterte. »Wir haben für den größten Teil dieser Ausrüstung keine Ersatzteile mit, vor allem für den Hyperpulsgenerator nicht.«

»Dann stellt sie her«, befahl Radick, als genüge sein Wort, um es geschehen zu machen.

»Das ist einfach nicht möglich, Sterncolonel«, erklärte der Tech, und versuchte mühsam, sich aus dem Griff seines Kommandeurs zu lösen.

»Sabotage«, knurrte Radick und stieß den namenlosen Tech von sich wie irgendein Ausrüstungsteil.

»Keine Sabotage«, widersprach Jergan. »Angela Bekker hat die Anlage nur betriebsunfähig gemacht. Da besteht ein Unterschied.«

»Nicht für mich«, meinte Radick.

»Ihr Vorgehen ist kein Ehrverstoß. Hätte sie die Ausrüstung zerstört, wäre sie dadurch dezgra geworden. Aber sie hat nur einzelne Bauteile entfernt, die für uns von Wert wären.«

Radick wollte seinen Frust hinausbrüllen, wollte um sich schlagen, aber er beherrschte sich. Ohne den HPG konnte er keinen Kontakt zu seinem Clan aufnehmen. Jetzt mußte er erst recht einen Sieg erringen, denn er hatte seinen Sternhaufen in feindliches Gebiet geführt und keine Möglichkeit, den Rest der Wölfe zu Hilfe zu holen. In diesem Moment erschien ein anderer Tech und hielt ihm ein kleines, rundes Gerät entgegen, bei dem es sich offensichtlich um einen tragbaren Holoprojektor handelte.

»Sterncolonel, das haben wir oben in einem Büro gefunden. Auf dem daran befestigten Zettel steht Ihr Name.« Der Tech reichte ihm das Gerät, und Radick winkte ihn ungeduldig zurück an die Arbeit.

Er nahm das kleine schwarze Gerät in beide Hände und schaltete es mit einem Daumendruck ein. Das mit einem kurzen Flackern aufgebaute Hologramm zeigte eine kleine, puppenartige Gestalt, die auf der Oberfläche des Projektors stand und ihn ansah. Es war eine blonde Frau mit der schlanken Figur einer Kriegerin, gekleidet in einen grauen Overall. Auf einem Ärmel trug sie das Clanwappen der Geisterbären. In seinen Händen wirkte sie wie eine Puppe, wie sie freigeborene Kinder als Spielzeug bekamen. Dann sprach sie.

»Sterncolonel Dirk Radick vom 7. Gefechtssternhaufen. Ich bin Sterncaptain Angela Bekker. Willkommen auf Toffen. Inzwischen weißt du, daß ich dir in Fort DelVillar nichts von Wert hinterlassen habe. Du hast nichts weiter eingenommen als leere Mauern. Der Verlust bedeutet mir und meinem Clan nichts. Zweifelsohne bist du wütend und verlangst nach einer Entscheidungsschlacht. Diese Schlacht verweigere ich dir, so wie ich dir den Inhalt des Forts verweigert habe. Eines solltest du dir klarmachen, Dirk Radick, du bist jetzt dort, wo ich dich haben wollte, zu dem Zeitpunkt, an dem ich dich dort haben wollte. Ich habe das Geschehen bis hierher kontrolliert, und ich werde es auch weiter kontrollieren. Was du getan hast, hast du auf meine Veranlassung getan. Du stehst jetzt auf Toffen, im Territorium des mächtigen Geisterbären. Und wenn wir uns begegnen, und wenn wir kämpfen, werde immer ich das Geschehen bestimmen.« Sie lächelte verschmitzt. »Mit anderen Worten: Du bist bereits besiegt.« Das Bild verschwand.

Radick starrte auf den tragbaren Projektor hinab, dann schleuderte er ihn gegen die Wand. Das schwarze Gehäuse zerschellte. Die Bruchstücke flogen nach allen Seiten davon und trafen mehrere Techs in der Nähe. Was von seinem Innenleben noch übrig war, landete in einem Metallhaufen auf dem Korridorboden. Während die Techs sich hastig in Sicherheit brachten, riß Dirk Radick seine Laserpistole aus dem Holster und zerschmolz den Projektor mit einem rubinroten, sonnenheißen Energiestrahl. Weißer Rauch und der Geruch von Ozon füllten den Gang. Stumm steckte er die Waffe wieder ein, wirbelte herum und starrte Sterncaptain Jergan mit so wutentbranntem Blick an, daß es schier unmöglich schien, er könne sich je wieder unter Kontrolle bekommen, aber irgendwie schaffte er es. »Angela Bekker ist eine arrogante Närrin, wenn sie glaubt, mich schon besiegt zu haben.«

»Allerdings«, meinte Jergan leise. »Sie hat nur die Initiative ergriffen. Wir werden sie ihr wieder abnehmen.«

»So ist es«, zischte Dirk Radick. »Wir werden sie hetzen.«

»Sie sind da draußen im Vorteil. Sie kennen das Gelände besser als wir.«

Radick war unbeeindruckt. »Wir sind Wölfe, geborene Jäger. Wir können das Gelände erkunden. Wir werden sie lokalisieren, unsere Truppen zusammenziehen und sie vernichten.«

Jergan setzte zu einer Erwiderung an, aber dann verstummte sie. »Was ist, Jergan?« herrschte Radick sie an.

»Heute sind die Iden des März. Ich frage mich, ob das ein Omen ist.«

Die Anspielung entging ihm nicht und heizte seine Wut nur noch weiter an. »Willst du andeuten, sie wäre der Brutus für meinen Cäsar, Jergan?«

»Ich wollte gar nichts andeuten, Sterncolonel. Mir ist nur gerade aufgegangen, welcher Tag heute ist, mehr nicht.«

»Ich versichere dir, Sterncaptain Jergan, ich werde sie zermalmen, zerquetschen, nichts als einen blutigen Schmierfleck auf dem Stein zurücklassen, unter den sie sich verkrochen hat.« Für diesen Gegner, der so weit gegangen war, ihn zu verspotten, würde es keinen Gnade geben.

In diesem Moment tauchte ein dritter Krieger auf, der breitschultrige Sterncommander Biffly. Er wirkte beinahe fröhlich, als er Radick ein Stück Tuch entgegenhielt. »Ein Geschenk für dich, Sterncolonel.«

Radick riß Biffly das Tuch aus der Hand und hielt es hoch. Es war die Geisterbärenfahne, die über dem Befehlsbunker geweht hatte. Wütend warf er Biffly die Fahne ins Gesicht und stieß ihn mit solcher Wucht gegen die Wand, als wollte er ihm das Genick brechen. Dann war er verschwunden.

Diesmal folgte Sterncaptain Jergan ihm nicht. Sie ging hinüber zu dem entgeisterten Biffly Ward und hielt ihm die Hand hin, um ihm wieder aufzuhelfen.

* * *

Von seinem Beobachtungsposten zwischen den Ästen einer wuchtigen Eiche stierte Dolf durch das Okular seines elektronischen Fernglases. Ohne selbst gesehen zu werden, studierte er über die Weite der Lichtung hinweg die Gestalten der Wölfe im Innern Fort DelVillars. Er ah, wie ein leichter Windhauch eine neue Fahne blähte, die über der Festung aufgezogen war. Sie zeigte auf grauem Tuch einen knurrenden roten Wolfskopf in Profilansicht. Die »Eroberung« des Forts war abgeschlossen.

Er ließ sich auf den Boden hinab, schaltete den leichten Kommunikator ein und vergewisserte sich, daß er die richtige Frequenz eingestellt hatte. »Jagd Zwo an Befehl.«

»Hört«, antwortete Sterncaptain Bekkers Stime klar und deutlich.

»Phase Eins abgeschlossen. Es rappelt in der Kiste.«

»Gut. Morgen werden sie anfangen auf die Jagd zu gehen. Dann werden wir ihnen die nächste Lektion erteilen: Paß auf, wonach du suchst – du könntest es finden.«

15

Nachschubdepot Gamma, Richartwald, Toffen
Geisterbären-Dominium

16. März 3062

Das schattenspendende Blätterdach des Waldes badete die versammelten Mitglieder der Pirschenden Bären in einem grünem Lichtschein. Sie waren fast fünfundsiebzig Kilometer von ihrer alten Basis Fort DelVillar entfernt. Jetzt wehte die Fahne des Wolfsclans über der Anlage. Eine Wolf-Fahne auf Ihrer Welt, auf einer Welt, die sie für die Geisterbären zu verteidigen geschworen hatte. Angela Bekker hatte in ihrer Laufbahn schon reichlich schwierige Situationen meistern müssen, aber diese hier gehörte zu den schwersten. Ihre Kräfte und die ihres Gegners waren sich numerisch ebenbürtig, aber nicht an Erfahrung und Können.

Sie stand auf dem Mechfuß ihres *Executioner* und sprach zu den Mitgliedern ihrer Einheit. In der Dekkung des Waldes und dem Schutz ihrer Mechs hatten sich ihre Krieger versamelt, eine Handvoll der Techniker, Wissenschaftler und Arbeiter und ein kleiner Trupp Freigeburtsinfanteristen, die eingeteilt gewesen waren, Fort DelVillar zu bewachen, auch wenn die Gewehre über ihren Schultern und die Nadler in ihren Hüftholstern im Schatten der hoch aufragenden BattleMechs reichlich kümmerlich wirkten.

Sie warteten geduldig. Alle Augen waren auf Angela gerichtet. Sie sah ins Rund, suchte den Blick jedes einzelnen, um zu zeigen, daß ihr klar war, was sie in diesem Moment von ihr erwarteten. Ihre Leute brauchten hier und jetzt mehr als eine Kommandeurin. Sie brauchten eine Inspiration. Für Angela Bekker lag zwischen diesen beiden Begriffen im Augenblick ein Kluft so tief wie der Ozean.

»Mitglieder des Trinärsterns Pirschende Bären«, hub sie mit lauter Stimme an, die vom dichten Wald fast verschluckt wurde. »In den letzten zehn Tagen habt ihr hart gearbeitet. Diese Arbeit hat sich bezahlt gemacht. Sterncolonel Dirk Radick und seine Blutsäufer sind gelandet und haben nichts als leerstehende Gebäude und nicht funktionierende Ausrüstung erbeutet. Jetzt wird er versuchen, uns aufzuspüren und zu vernichten. Wir haben ihn beschämt und seine Ehre verletzt. Er wird wie ein hungriger Wolf Jagd auf uns machen, in der Hoffnung, uns in einer schnellen, wilden Entscheidungsschlacht zu zerschlagen und so seinen verletzten Stolz zurückzugewinnen.« In Bethanys Augen sah sie, daß die junge Kriegerin sich nach demselben Kampf sehnte, nach einer schnellen Klärung dieses Besitztestes. Ihr war klar, daß auch andere diese Gefühle hatten. Das lag in ihrem Wesen als Clanner. Aber sie mußte von ihnen verlangen, ihre Kampfweise zu ändern, etwas Neues zu versuchen.

»Ich will ihm diese Genugtuung verweigern. Wir werden uns in einzelne Sterne aufteilen. Alle Nicht-Krieger werden sich bei den ihnen zugeteilten Depots melden und dort versteckt halten. Die Sterncommander werden unabhängig voeinander operieren, bis es zu einer Begegnung mit den Wölfen kommt. Wenn wir sie finden, greifen wir an ... Aber nur, wenn Geländebedingungen und Umstände uns einen Vorteil verschaffen. Wir werden unsere Truppen zusammenziehen, soweit das irgend möglich ist, unseren Feind treffen und verletzen und uns geordnet zurückziehen. Auf diese Weise werden wir sie langsam schwächen. Unser stärkster Verbündeter in diesem Test wird die Zeit sein.«

Angela war klar, daß sie nicht lockerlassen durfte, bis auch der Letzte verstanden hatte, was sie von ihm verlangte. »Zahlenmäßig sind wird den Wölfen ebenbürtig, aber die Blutsäufer sind uns an Erfahrung überlegen. Sie sind Veteranen, teilweise sogar Elitetruppen. Auch wir verfügen über beachtliche Fähigkeiten, aber vor allem verfügen wir über Kampfgeist. Wir haben die heilige Pflicht übernommen, diese Welt im Namen unseres Clans zu halten und zu verteidigen. Die Erfahrung werden wir uns Schlacht um Schlacht erwerben. Diese Strategie stellt unsere beste Chance dar, die Wölfe zu besiegen, die es gewagt haben, uns zu überfallen. Angreifen, möglichst viel Schaden anrichten, dann zurückziehen. Als ClanKrieger drängen uns Instinkt und Training zu einer Entscheidungsschlacht, aber diesmal wäre eine offene Schlacht nicht im Interesse der Geisterbären auf Toffen. Jeden Krieger, der sich nicht an diese Gefechtsregeln hält, werde ich persönlich zur Rechenschaft ziehen.« Ihr Blick bohrte sich in Bethany, die ihn unbewegt erwiderte. »Ihr alle kennt die Lage einzelner, aber nicht aller, Nachschubdepots. Ihr dürft keine Notizen machen, denn die könnten den Wölfen in die Hände fallen. Wenn ihr auf den Feind trefft, zieht euch nicht zum nächstgelegenen Depot zurück. Wahrscheinlich werden die Wölfe euch folgen. Nutzt das Gelände, verteilt euch und benutzt einen entfernter gelegenen Sammelpunkt. Zur Kommunikation habt ihr verschiedene Befehlsfrequenzen zugeteilt bekommen. Vermeidet die Benutzung der allgemeinen Frequenz, soweit es irgendwie geht.« Angela verschränkte in perfekter Ruhestellung die Hände auf dem Rücken, damit keiner in ihrer Einheit sah, wie sie nervös an den bionischen Fingern zerrte. »Dies wird für lange Zeit unsere letzte Begegnung als Gesamteinheit sein. Wenn wir die Wölfe genügend erschöpft, ihnen wieder und wieder zugesetzt haben, werden sie Toffen entweder aufgeben, oder sich in einem dermaßen geschwächten Zustand befinden, daß es zu unserem Vorteil ist, eine offene Feldschlacht zu initiieren. Bis dahin müssen wir eins mit dem Land werden. Ich wünsche euch allen viel Glück und gute Jagd.«

Es erklang kein Jubel zum Abschluß ihrer Rede, aber an den Mienen ihrer Leute sah Angela, daß die Ansprache ihnen geholfen hatte. Dann löste sich die Versammlung auf, und die einzelnen Clanner machten sich an ihre letzten Aufgaben.

Sie ging hinüber zu ihrem BefehlsStern, aber Stone und Tseng fingen sie ab. Beide wirkten müde und erschöpft, aber trotzdem war ihnen anzusehen, daß sie bereit für die bevorstehende Operation waren. Die Stille des Waldes wurde vom pulsierenden Wummern hochfahrender Fusionsreaktoren im Inneren der Geisterbären-Mechs zerschlagen, das den Waldboden unter ihren Füßen zum Vibrieren brachte.

»Wir sind bereit, in Richtung Rapidan auszurücken«, meldete Tseng. »Ich habe mehrere Furten ausfindig gemacht, an denen wir den Fluß überqueren können.«

»Gut«, meinte Angela. »Bleibt in Reichweite, um dem JagdStern zu Hilfe kommen zu können.« Dann sah sie zu Sterncommander Stone. »Ihr werdet vermutlich als erste auf die Wölfe treffen. Als einzige Ortschaft in der Nähe des Forts wird Rixleyville mit Sicherheit ihre Aufmerksamkeit erregen, und es liegt in eurem Operationsgebiet. Halte dich an die Anweisung, Stone. Schneller Angriff, gefolgt von sofortigem Abzug.«

»Aye, Sterncaptain«, bestätigte Stone. Er hatte das Gebiet um das Dörfchen mehrere Male in Augenschein genommen und sich mehr als einmal mit Angela über die Gefechtsplanung beraten. Zusammen mit ihren Sterncommandern hatte sie einige Dutzend wahrscheinliche Schauplätze für Gefechte mit den Wölfen ausgemacht, Stellen, an denen Radick bei einem nachdrücklichen Vorstoß auch Felsen und Bäume zu seinen Gegnern würde zählen müssen. Sie alle hatten die Pirschenden Bären sorgfältig erfaßt und studiert. Soweit möglich, waren die Sterne sie persönlich abgegangen, um sicherzustellen, daß sie mit dem Gelände besser vertraut waren als ihre Gegner.

»Ich habe nur einen JagdStern«, beruhigte Stone sie. »Die Geschwindigkeit ist mein Hauptverbündeter. Sterncolonel Dirk Radick wird den Preis für seine wölfische Arroganz zahlen, wenn und falls wir ihn angreifen.«

Tseng verschränkte die Arme vor der Brust. »Unsere Leute sind bereit, Sterncaptain, so bereit wie sie nur sein können. Vielleicht sollten wir Neta fragen, ob sie irgendwelche Visionen gehabt hat, die unsere Zukunft betreffen.« Sein Tonfall war halb spöttisch, halb ernst.

Angela schnitt ihm mit kalter Stimme das Wort ab. »Mache dich nicht über Neta und ihre Überzeugungen lustig, Sterncommander. Ich vertraue ihnen, so seltsam sie auch scheinen mögen. Noch bevor wir etwas von der Ankunft der Wölfe ahnten, hat sie deren Eintreffen vorausgesagt. Über den Mystizismus der Novakatzen magst du denken wie du willst, aber ihre Intuition ist korrekt, und ich zumindest vertraue ihr.«

Mehrere Sekunden blickte Tseng sie unbeholfen an, dann meinte er: »Wenn du ihr vertraust, dann genügt mir das.«

»Jeder unserer Leute trägt auf eine andere, spezielle Weise etwas zu dieser Einheit bei. Wir werden bald herausfinden, wie all diese Besonderheiten zusammenpassen«, stellte Angela fest. Sie umschloß mit beiden Händen die Hand Constant Tsengs und schüttelte sie, dann wiederholte sie die Geste bei Stone. »Viel Glück.«

Stone sagte nichts, sondern neigte nur respektvoll den Kopf. Tseng meinte leise: »Dir auch, Sterncaptain.« Dann drehten sich die beiden Männer zu ihren Sternen um, die bereits aufgesessen waren und sich bereit machten, auszurücken.

Angelas BefehlsStern hatte auf sie gewartet. Jetzt setzte sie ihren Weg zu dien vier Kriegern fort. Neta und Sprange wirkten entspannter als ihre Kameraden. Sie hatten beide bereits ihre Feuerprobe hinter sich, auch wenn sie noch nie zusammen gekämpft hatten. Für sie unterschied sich dieser Test nur in der Art seiner Durchführung von all den anderen, die sie schon hinter sich hatten.

Breedfelt wirkte nervös. Der Ausdruck auf seinem Gesicht ließ sich irgendwo zwischen müde und besorgt einordnen. Angela suchte seinen Blick, um ihn zu beruhigen. Sie ignorierte Bethany, die sich mit trotzig verschränkten Armen aufgebaut hate und sie mit wütenden Blicken ihrer funkelnden dunklen Augen aufzuspießen versuchte. *Es gibt Zeiten,* dachte Angela, *zu denen Rebellen ihren Wert haben, und andre, jetzt zum Beispiel, zu denen sie mehr Ärger machen, als sie wert sind.*

»Irgendwelche Fragen, bevor wir ausrücken?« fragte sie. Die meisten schüttelten den Kopf. Sprange lächelte, was beruhigend auf Angela wirkte. Bethany verlagerte unruhig das Gewicht von einem Fuß auf den anderen, dann setzte sie zu einer Antwort an. Angela versuchte, nicht mit den Augen zu rollen, aber es gelang ihr nur unvollkommen.

»Ich habe eine Bitte, Sterncaptain.«

»Ich höre«, antwortete Angela mit unguten Vorahnungen.

»Ich erbitte die Erlaubnis, während der Streife die Vorhut übernehmen zu dürfen, Sterncaptain.«

Angela war überrascht. »Wir werden uns in der Vorhut abwechseln, aber du wirst die Ehre haben, diese Position als erste einzunehmen.« Bethany nickte zufrieden. »Wenn sonst niemand etwas hat, können wir aufsitzen und uns auf den Weg machen.« Als die Krieger sich auf ihre Maschinen verteilten, stoppte sie Sprange mit einer Berührung am Arm. »Sprange, wenn du einen Moment hast«, sagte sie leise genug, so daß keiner der anderen es hörte.

»Aye, Sterncaptain.«

»Bethany. Ihre Bitte, die Vorhut übernehmen zu dürfen. Was sollte das?«

Er grinste. »Wir hatten eine Unterhaltung mit ihr, der ganze Stern. Sie hält nichts von deiner Strategie für diese Operation. Wir haben sie überzeugt, daß dieser Plan der Schlüssel zum Sieg ist. Sie hat es eingesehen, glaubt aber, wenn sie auf der Streife die Vorhut übernimmt, eine größere Chance zu haben, als erste auf den Feind zu stoßen.«

»Inwiefern hilft ihr das bei ihrem Problem?«

»Wenn sie als erste Feindkontakt erzielt, hat sie eine Chance, einen Abschuß zu schaffen, bevor du den Rückzug befiehlst. Wir haben ihre Logik eingesehen. Hättest du sie nicht ausgewählt, hätten wir ihr unsere Position überlassen.«

»Du hast ihr über diese Hürde geholfen, frapos?«

»Pos. Es ist nicht mehr als ein Anfang. So wie du vor Jahren mir geholfen hast. Eine andere Kriegerin hätte mich vielleicht sterben lassen, um ihr Ziel zu erreichen. Aber nicht du. Ich betrachtete meine Ehrenschuld dir gegenüber damit nicht als abgetragen, aber es ist ein Schritt in die richtige Richtung.«

Angela lächelte und gluckste leise. »Ich hatte recht, dich für meine Einheit auszuwählen, alter Freund.«

»Und ich bin froh darüber.«

»Dank deiner Hilfe lernt Bethany, sich anzupassen. Das ist die Lektion, die ich gehofft hatte, ihr zu erteilen.«

»Auf gewisse Weise hast du das auch.«

Der Gedanke gefiel ihr. »Sie hat eine Möglichkeit gefunden, den Instinkt zu kompensieren, sich dem Feind zum Kampf zu stellen, gegen meine Befehle an sie … und an dich.«

»Sie ist schwer zu bändigen, und mit Vernunft kommt man ihr nicht bei«, erklärte Sprange. »Aber so waren wir alle einmal. Der Unterschied ist die Erfahrung.«

»Aye, alter Freund.« Angela klopfte ihm auf die Schulter. »Und jetzt laß uns eine weitere Erfahrung teilen: Die Freude, die Wölfe von Toffen zu vertreiben.«

Sprange nickte, und Angela ging zu ihrem *Executioner*, um sich an die lange Kletterpartie die Rumpfsprossen hinauf zum Cockpit zu machen, als ein Schatten über sie fiel. Als sie sich umdrehte, sah sie einen riesenhaften Elementar hinter sich. Irgendwie hatte sich der hünenhafte Krieger ihr genähert, ohne daß sie es bemerkt hatte. Durch die aufgeklappte Visierplatte seiner Rüstung sah sie die kantigen Gesichtszüge Dolfs.

»Hast du einen Moment Zeit, Sterncaptain?« fragte er.

»Falls es sich um ein dienstliches Problem handelt, solltest du dich an den Dienstweg halten. Bei einer persönlichen Frage bin ich gerne bereit, mit dir darüber zu sprechen.«

»Es ist eine Angelegenheit, die ich nicht mit Sterncommander Stone besprechen kann, weil sie seinen Tod beinhaltet.«

Angela legte den Kopf in den Nacken, um zu ihm aufzusehen. Sie war sich nicht sicher, in welche Richtung sich das Gespräch entwickelte. »Ich verstehe nicht.«

Dolf trat etwas näher und beugte sich zu ihr hinab, um leiser sprechen zu können. »Du kennst meine Vorgeschichte, Sterncaptain. Ich bin alt für einen ClanKrieger. Unser Oberkommando hätte mich sicher zum Solahmadienst abgestellt, wenn du mich nicht für den Trinärstern rekrutiert hättest. Du weißt auch, daß ich bereits dreimal der einzige Überlebende meines Sterns war, der einzige, der eine Schlacht überlebt hat.«

Sie erinnerte sich nur zu gut an seinen Kodax. Mancher hätte es Glück genannt, manch anderer Pech. Für Dolf war es Pech. Es bedeutete, daß es ihm nicht gelungen war, ruhmreich im Kampf zu fallen, bevor er zu alt wurde, um noch länger als Krieger zu dienen. »Ich bin mit deiner Vergangenheit mehr als vertraut. Aber sie spielt keine Rolle für mich. Mich interessiert nicht, was früher geschehen ist, nur, was du hier und jetzt bist. Und du bist ein ausgezeichneter Krieger, Dolf.«

Er nickte im Innern des Gefechtspanzers mit dem Kopf. »Danke, Sterncaptain. Aber ich bin gekommen, um dich um einen Gefallen zu bitten.« Als sie das hörte, wußte Angela sofort, wovon er sprach, aber sie ließ ihn aussprechen.

»Ich will mein Schicksal nicht noch einmal wiederholen. Falls mein Stern ausgelöscht werden sollte, und ich bin der einzige Überlebende, bitte ich dich, mich zu töten, damit ich nicht mit dem Tod der anderen an meinen Händen weiterleben muß.«

»Dolf«, erklärte sie, und suchte nach Worten. »Was du verlangst, grenzt für einen Geisterbär an eine Unehrenhaftigkeit.«

»Neg, Sterncaptain. Du wirst keine Ehre einbüßen. Ich habe kein Verlangen danach, ein alter Krieger zu werden, für den es keinen ehrenhaften Tod mehr gibt. Falls mein Stern ausgelöscht wird und ich allein überlebe, bitte ich dich, mir diese neuerliche Schande zu ersparen. Töte mich und gewähre mir diese Erlösung.«

Angela blieb stumm. Hätte sie an seiner Stelle gestanden, hätte sie mit Sicherheit dasselbe empfunden wie er, und sehr viel jünger als der Elementar war sie auch nicht. »Dolf, wenn die Umstände es verlangen, werde ich tun, was recht ist.« Das war die wahrhaftigste Antwort, die sie ihm geben konnte.

»Danke, Sterncaptain«, meinte er und war es für den Moment zufrieden.

Angela konnte nur hoffen, daß es nicht soweit kommen würde.

Teil Zwei

Pirschende Bären

And now this soldier, this Scottish soldier
Who wandered far away and soldiered far away
Sees leaves are falling and death is calling
And he will fade away, in that far land.
He called his piper, his trusty piper
And bade him sound a lay … a pibroch sad to play
Upon a hillside, a Scottish hillside
Not on these green hills of Tyrol.
And so this soldier, this Scottish soldier
Will wander far no more and soldier far no more
And on a hillside, a Scottish hillside
You'll see a piper play his soldier home.
He'd seen the glory, he'd told his story
Of battles glorious and deeds victorious
The bugles cease now, he is at peace now
Far from these green hills of Tyrol.
— *The Green Hills of Tyrol*, schottisches Traditional

16

Rixleyville, Toffen
Geisterbären-Dominium

19. März 3062

Der *Mad Dog* bewegte sich langsam und vorsichtig durch Rixleyville. Selbst in seiner besten Zeit hatte der Flecken nie aus mehr als vier oder fünf Häusern bestanden, kleinen Geschäften, die ihren Besitzern gerade genug für einen bescheidenen Lebensunterhalt einbrachten. Aber für die Hunderte Familien in den über das Umland verstreuten Bauernhöfen war dieses Dorf die einzige Verbindung zur Zivilisation.

Das Auftauchen des Wolf-AggressorSterns war für Sterncommander Stone, der es in der Enge des *Fire Moth*-Cockpits beobachtete, keine Überraschung. Der Mech operierte mit minimaler Energie, um seine Wärmesignatur möglichst unaffällig zu halten, aber die eigentliche Tarnleistung lieferten die Nickel- und Eisenablagerungen in der Felsformation, hinter der er den Mech versteckt hatte. Statt die Aktivortung einzusetzen und den sich nähernden Stern abzutasten, verließ Stone sich auf seine Augen.

Die fünf Strahlen des AggressorSterns kamen seit drei Tagen um dieselbe Zeit durch Rixleyville und suchten nach den Pirschenden Bären. Stone kannte die Mechs. Er kannte sogar die V-förmige Suchfomation, in der sie das Dorf durchquerten. Alles war genau wie immer.

Nur daß die Wölfe in wenigen Sekunden Ziel eines Angriffs sein würden.

Rixleyville würde allerdings nicht zum Schlachtfeld in diesem ersten Kampf mit den Wölfen werden. Stone wollte nicht, daß die Angehörigen der niederen Kasten, die das Dorf bewohnten, Opfer des Gefechts der Krieger wurden. Das wäre ehrlos gewesen. Es hätte dem Wesen der Geisterbären widersprochen. Stone hatte die *Umgebung* des Dorfes als Schlachtfeld ausgesucht, den Bereich, in dem er sich versteckt hielt. Er hatte das Gelände sorgfältig untersucht, und es war geeignet, seinem Stern den nötigen Vorteil zu liefern. Er brauchte nur in aller Ruhe abzuwarten, bis die Wölfe genau da waren, wo er sie haben wollte.

Der *Mad Dog* an der Spitze der Formation hielt an, als er die kleine Kreuzung erreichte hatte, die das Zentrum Rixleyvilles markierte. Sein Torso drehte sich nach links und rechts, als suche er nach einem Ziel. Stone stellte ohne größere Nervosität fest, daß dieses Verhalten ungewohnt war. Anscheinend ahnte der Wolf-Pilot etwas. Stones Hand hing über dem Leistungsregler des Fusionsreaktors. Er spielte mit dem Gedanken, den *Fire Moth* hochzufahren und die Falle zuschnappen zu lassen. Aber er widerstand der Versuchung und hoffte, daß der Rest des Sterns das auch schaffte.

Der Plan war einfach genug. Hinter ihm bedeckte lichter Wald einen sanft abfallenden Berghang. An dessen Fuß lag ein Sumpfgebiet. Aber der Sumpf war gut versteckt. Die Wölfe würden nichts von seiner Existenz ahnen, während Stone ihn zur Vorbereitung dieses Überfalls bereits mehrmals durchquert hatte. Der *Fire Moth* und Dolfs Elementare, die sich ebenfalls hier zwischen den Felsen versteckt hielten, waren schnell und leicht genug, ihn zu überqueren. Die schwereren Maschinen der Blutsäufer würden erheblich mehr Probleme haben.

Im Hügelland auf der anderen Seite des Sumpfes wartete der für Langstreckengefechte konfigurierte Rest des JagdSterns. Stone und Dolf würden die Wölfe angreifen und sich dann in den Sumpf zurückziehen. Die

Wölfe würden ihnen folgen. Sie hatten keine Wahl, das lag in ihrer Natur. Und sobald sie den Sumpf erreichten, würden sie im Morast steckenbleiben. Dann konnte der JagdStern sie unter Beschuß nehmen und auf sie einhämmern, bis der Rest der Wolfstruppen sich zum Gegenschlag sammelte und die Geisterbären sich zurückzogen.

Der *Mad Dog*-Pilot schloß die Abtastung der Umgebung ab und bewegte seinen Mech mit äußerster Vorsicht weiter. Der Rest des Sterns folgte ihm ebenso zögernd und tastete jedes einzelne Gebäude sorgfältig ab, als ob die Mechpiloten im Innern der Kampfkolosse erwarteten, die Geisterbären hätten sich im Innern der jahrhundertealten Gebäude versteckt, bereit zum Zuschlagen. Stone wartete, beobachtete jeden ihrer Schritte, der die Wölfe immer dichter an seine Falle heranbrachte.

Er öfnete den Kommkanal. »Jagd Eins an Jagd Zwo.«

Dolfs Stimme war kaum mehr als ein Flüstern. »Jagd Zwo hört.«

»Agriff auf mein Zeichen. Wartet auf mein Signal für den Rückzug ... wie geplant, frapos?«

»Pos«, antwortete ihm ein von Knistergeräuschen durchzogenes Flüstern.

Als der *Mad Dog* sich methodisch die Straße entlangbewegte, die nur knappe hundert Meter vor der Felsformation entlangführte, packte Stone den Regler der Reaktorsteuerung und zog ihn zurück. Der 200-XL-Fusionsreaktor erwachte pulsierend zum Leben. Lichter flammten auf den Konsolen rund um die Pilotenliege auf, als der Mech hochfuhr und in Kampfbereitschaft ging. Der *Fire Moth* war der leichteste aller Clan-OmniMechs und weniger für den Kampf als auf Schnelligkeit ausgelegt. Aber Stone hatte sich entschieden, ihn mit Waffenmodulen zu bestücken, die ihm eine beachtliche Schlagkraft lieferten. Gegen so viel Feuerkraft mochte sich Geschwindigkeit allein als zu wenig erweisen.

»Jagd Eins an alle Einheiten. Phase Eins ausführen«, gab er trotz der Erregung, die er fühlte, in seinem üblichen gelassenen Ton durch.

Auf der Straße hielt der Wolf-*Mad Dog* abrupt an. Stone wußte, warum. Plötzlich zeichnete dessen Ortung einen Fusionsreaktor und den Geisterbären-Mech, den er antrieb. Mit Hilfe der Steuerpedale und der Lenkkontrollen zog Stone den *Fire Moth* nach rechts hinten aus der Deckung der Felsformation, bis er in direkter Sicht der Wolf-Mechs stand. Der *Mad Dog* drehte sich zu ihm um, aber bevor er feuern konnte, zog Stone sein eigenes Fadenkreuz über den avoiden Rumpf der Feindmaschine.

Er hatte die beiden mittelschweren Extremreichweitenlaser im linken Arm seines Omnis auf einen Feuerleitkreis gelegt, und die beiden KSR-Lafetten im rechten Arm und Torso auf einen anderen. Die Kurzstrekkenraketen löste er zuerst aus. Der *Fire Moth* erbebte, als die Geschosse aus den Abschußrohren donnerten, und der Kreiselstabilisator sich bemühte, den Rückstoß auszugleichen. Insgesamt zehn Raketen jagten aus den Lafetten und senkten sich auf die linke Flanke des *Mad Dog*.

Die schmutzig schwarz-orangeroten Detonationen der Sprengköpfe verteilten sich über den gesamten Rumpf der Wolf-Maschine und zerschmetterten deren Ferrofibritpanzerung. Nur ein Bruchteil der Geschosse flog vorbei. Der Blutsäufer-Mech erzitterte unter dem Angriff, beantwortete ihn aber sofort mit den schweren Impulslasern, die kurze Stakkatosalven roter Lichtenergiebolzen über die Distanz zwischen den beiden Maschinen schleuderten. Beide Schüsse verfehlten ihr Ziel, hauptsächlich auf Grund der Erschütterungen durch Stones Raketentreffer. Die anderen Wolfsclanmaschinen verteilten sich gerade, als plötzlich von der anderen Seite der Felsformation eine weitere Salve Kurzstreckenraketen auf sie zuschoß. Dolfs Elementarstrahl hatte sich eine *Adder* als Ziel ausgesucht und verwüstete mit seinen Geschossen Torso und Beinpanzerung, deren rußgeschwärztes und pockennarbiges Aussehen keinen Zweifel am Erfolg des Angriffs ließ.

Stone verarbeitete die Information, noch während er zurückfiel und weiter nach links rannte. Der einzige Vorteil, den sein *Fire Moth* in einem solchen Kampf hatte, war die Geschwindigkeit. An Masse war ihm sein Gegner dreifach, an Feuerkraft beinahe vierfach überlegen. Er drehte den Mechtorso nach rechts und zielte mit den mittelschweren Lasern. Eine der Strahlbahnen zuckte vorbei. Der leuchtend smaragdgrüne Energiestrahl peitschte in den Wald hinter dem *Mad Dog*. Der andere traf die bereits angeschlagene Armpanzerung des feindlichen Mechs, schnitt tief in mehrere Panzerplatten, und die Gluthitze des Lasertreffers sprengte eine wirbelnd davon.

Auch die Wolf-Maschine setzte sich jetzt in Bewegung und rückte näher. Stone war klar, daß es ihn das Leben kosten würde, wenn er sich jetzt zum Kampf stellte. Er hatte sich schon zu lange aufgehalten. Der *Mad Dog*-Pilot feuerte seine beiden mittelschweren Impulslaser ab. Ein Treffer erwischte die rechte Rumpfseite des *Fire Moth*, und der Mech legte sich hart zur Seite, als einiges an Panzerung unter dem Angriff verdampfte. Eine Hitzewelle schlug durch das Cockpit. Dieser Angriff hatte Stone mit Sicherheit mehrere Wärmetauscher gekostet, und das bedeutete, daß sein Mech bald mehr Abwärme produzieren würde, als er ableiten konnte, wenn er noch mehr Treffer einstecken mußte.

Stone kämpfte mit den Kontrollen und versuchte, über das Neurofeedback des Helms die Balance der Maschine wiederherzustellen. Er erhöhte die Leistung des Gyroskops und drehte den *Fire Moth* gleichzeitig in

Richtung Sumpf. »Phase Zwo einleiten!« bellte er mit rauher Stimme ins Mikrofon.

Er sprintete in vollem Galopp den Hang hinunter in den Sumpf, wobei er den Mechrumpf gerade weit genug drehte, um dem nachsetzenden *Mad Dog* eine zweite Raketensalve vor den Bug zu setzen. Ob die Geschosse ihr Ziel trafen, sah er nicht. Das einzige, was jetzt wichtig war, war die zweite Phase des Plans.

Auf der Taktikanzeige des Sekundärschirms sah er, daß Dolf und seine Leute Schwierigkeiten hatten, sich von der beschädigten *Adder* zu lösen. Der Mech schloß schneller zu dem Elementarstrahl auf, als der zurückfallen konnte. Aber hier und jetzt gab es nichts, was er für sie tun konnte. Auf der Anzeige sah er ebenfalls, daß die anderen Wolfsclanmaschinen, eine zweite *Adder*, ein *Ice Ferret* und ein *Mist Lynx*, sich auf beide Seiten des Hügels verteilt hatten und nun ebenfalls den Hang hinabstiegen, auf der Suche nach neuen Zielen, nach weiteren Geisterbären.

Als Stone den Sumpf erreichte, erzitterte der *Fire Moth*, und von allen Seiten drang das Stöhnen und Krachen des Metalls auf ihn ein, als die interne Struktur des Stahlgiganten unter einem plötzlichem Bombardement von Treffern zerbrach. *Raketen.* Der Fusionsreaktor unter dem Cockpit donnerte, und eine erneute Hitzewelle verwandelte die Pilotenkanzel in einen Dampfkochtopf. Im Innern des Neurohelms brannte Schweiß in seinen Augen, und die Kühlweste verwandelte sich in etwas, dessen Wert irgendwo zwischen wertlos und Lachschlager angesiedelt war. Ein Blick auf die Schadensanzeige teilte ihm mit, daß die Rückenpanzerung komplett vernichtet war, und wenn die Daten stimmten, hing der größte Teil des internen Mechskeletts wahrscheinlich in Fetzen aus der Bresche, jedem weiteren Angriff schutzlos ausgeliefert, soweit es nicht jetzt schon zerschmolzen und hoffnungslos zertrümmert war.

Er brachte den Mech ein wenig herum und drehte den Torso bis zum Anschlag, gerade als der Kampfkoloß in den Sumpf trat. Der *Mad Dog* war weiter entfernt, als er erwartet hatte, setzte ihm aber immer noch nach. Er zielte mit beiden Lafetten und feuerte eine weitere Salve aus zehn Geschossen ab, deren weiße Kondensstreifen ihre Spur durch die zwischen den beiden Mechs liegende Entfernung zogen. Vier der Raketen verfehlten ihr Ziel, aber die anderen detonierten am Kopf des *Mad Dog* und sprengten dessen Panzerung weg.

Der Boden unter dem *Fire Moth* gab nach, aber nur leicht. Wenn Stone es auf die andere Seite schaffen wollte, mußte er in Bewegung bleiben. Trotz der ständig zunehmenden Hitze im Innern des Cockpits durch den Reaktorschaden und den Verlust der Wärmetauscher rannte er weiter. Auf der anderen Seite des Berges sah er Dolfs Elementare, oder doch zumindest einen Teil von ihnen, die auf den Feuerzungen ihrer Sprungdüsen in den Himmel stiegen, um der ihnen nachsetzenden *Adder* zu entkommen. Das Flammenspiel der Düsen wurde von den Ästen und Blättern der vor ihnen aufragenden Bäume zu einem schnellen Flackern verzerrt.

Plötzlich schlug ein gewaltiger Blitz durch sein Hirn, und alles um ihn herum wurde weiß. Er fühlte einen harten Schlag und hörte ein Krachen, fast, als würde ein Knochen brechen, aber es war ringsum, schien aus allen Richtungen gleichzeitig zu kommen. Plötzlich fühlte er einen Druck auf der Brust, als die Haltegurte der Pilotenliege sich in seine Schultern gruben. Sein Kopf wurde zur Seite geschleudert, und irgend etwas regnete auf die Visierscheibe des Neurohelms herab, möglicherweise Glas implodierter Cockpitbildschirme, während sein Kopf im Innern des Helms wild hin und her schlug. Ein salziger Geschmack füllte seinen Mund. Blut.

Stones Gedanken rasten, als er versuchte, die vielfältigen Eindrücke zusammenzufügen. Er hatte dieses Erlebnis schon einmal gehabt, in der Kadettenausbildung seiner Geschko. *Neurofeedback.* Sein Mech hatte einen schweren Treffer erlitten, bei dem auch die über den Neurohelm existierende Verbindung zwischen seinem Gehirn und dem Kreiselstabilisator des *Fire Moth* in Mitleidenschaft gezogen worden war, mit dem Ergebnis, daß ein Teil der Energie ins Cockpit durchschlagen konnte. Als er die Augen öffnete, sah er blauen Himmel und wußte sofort, daß der Mech zu Boden gegangen war. In seinem Innersten war er sicher, tot zu sein. Er bewegte leicht den Kopf und fühlte die Nackenmuskeln schmerzen. Die auf Notenergie flackernde Schadensanzeige erzählte eine Geschichte, die er nicht glauben mochte.

Das linke Bein seines Mechs war weg. Nicht nur beschädigt, sondern völlig abgetrennt. Anscheinend hatten die Laser des *Mad Dog* ihr Ziel endlich getroffen. Er hatte noch etwas Panzerung auf dem Mechtorso, aber nicht viel. Das Gyroskop war völlig ausgefallen, aber die Sensoren zeigten, daß er versuchen konnte, den Fusionsreaktor wieder zu starten, falls er dieses Wagnis einzugehen bereit war. Sein Mech war vernichtet. Galt dasselbe für seine Einheit?

Instinkt und Training setzten sich durch, obwohl der Körper aufgeben wollte. Stone öffnete den Gurtharnisch und versuchte, sich aufzusetzen, fand aber nicht die Kraft dazu. Seine Bewegungen waren unbeholfen und schludrig, als er den Neurohelm abnahm und sich zur Cockpitluke hochzog. Die Notentriegelung reagierte mit einem ermutigenden Zischen, und die Luke öffnete sich. Stone sammelte das wenige an Kraft, das er noch besaß, um durch die halboffene Luke zu kriechen, und schnitt sich dabei an einer vorstehenden Metallkante das linke Knie auf.

Die kühle Nässe des Sumpfs begrüßte ihn, als er aus

seinem zerschmetterten BattleMech fiel. Er hörte das Donnern über ihn hinwegjagender Raketen, als er sich auf alle viere erhob. Seine Fäuste sanken ein wenig im schwarzen Morast ein. Er war umgeben vom Tosen der Schlacht. Als er den Kopf hob, sah er in der Ferne eine dichte, wabernde, grünlichweiße Rauchwolke aus den Trümmern einer Wolfsclan-*Adder* aufsteigen, dem Mech, der Dolf verfolgt hatte. Stone wußte nicht, wie lange er ohne Bewußtsein gewesen war. Schwindelgefühl erfaßte ihn, als er sich an einem jungen Baum auf die Füße zog.

Nicht weit entfernt lag der *Mad Dog*, der ihn abgeschossen hatte. Seine Kniegelenke waren zertrümmert, und sein Kopf steckte im Sumpf. Er mußte vornüber gefallen und von einem anderen Mitglied des Jagd-Sterns erledigt worden sein. Die andern Wolf-Mechs standen auf der anderen Seite des Sumpfes und zeigten unterschiedlich schwere Beschädigungen. Über seinem Kopf ebenso wie links und rechts von ihm schossen Raketen nach beiden Richtungen über das Brackwasser.

Er hob den Kommunikator an seinem Gürtel an den Mund. »Jagd Eins hier. Statusbericht«, gab er mühsam durch. Seine Rippen schmerzten, als er versuchte, mehr Luft in die Lungen zu ziehen, um seiner Stimme Kraft zu verleihen.

»Jagd Eins von Jagd Zwo. Wo bist du?«

»Bei meinem Mech«, antwortete Stone und wischte sich mit einer Hand übers Gesicht. »Status.«

»Sterncommander«, antwortete Dis, der andere *Fire Moth*-Pilot seines Sterns. »Wir haben den Wölfen den geplanten Schaden zugefügt. Wir zeichnen Sensorkontakte in unserem Rücken. Ich löse mich aus der Fomation, um sie zu überprüfen.«

Kontakte im Rücken? Das war nicht vorgesehen, ganz und gar nicht vorgesehen. Er ah zwei Elementare in seiner Nähe landen. Sie nahmen mit den Kurzstrekkenraketen ihrer Schulterwaffen einen Wolf-*Ice Ferret* unter Beschuß und zertrümmerten seine Beine in einer Serie von Detonationen, die sich durch Panzerung und die Myomermuskelfasern fraßen, deren Leistung alle Bewegungen eines BattleMechs ermöglichte.

Stone preßte den Sender an die Lippen. »Negativ, Jagd Fünnef. Phase Drei einleiten. Alle JagdStern-Einheiten aus dem Gefecht lösen und abziehen. Bewegung.« Er verlor den Halt und sank auf die Knie.

Der kleine Kommunikator, auf dessen Anzeige die Befehlsfrequenz blinkte, erwachte zischend zum Leben. »Jagd Fünnef. Wolfsclan-Mechs in unserem Rücken. Wir werden angegriffen.« Plötzlich krachte eine Explosion über die Leitung, gefolgt von einem langen, beinahe schmerzhan Zischen. Dann Stille. Stone kannte dieses Geräusch, wußte, was geschehen war. Dis war verloren, entweder tot oder kampfunfähig.

Er starrte in den Morast und fühlte das Blut in seinem Mund klebrig werden. *Ich werde hier sterben. Es war ein guter Plan. Irgendwie sind sie in unseren Rücken gekommen. Es war ein guter Plan ...* Er kämpfte nicht länger gegen den Zug der Schwerkraft an und fiel mit dem Gesicht voraus in den Sumpf. Aber er erreichte das Wasser nicht. Etwas packte ihn um die Hüften, und einen Moment schien er über dem Morast zu schweben, dann erhob er sich in die Luft. Er tastete mit den Händen hinter sich und fühlte Metall, die Ferrofibritpanzerung eines Elementarrüstung.

Wie durch einen Nebelschleier sah er hoch in die undurchsichtige Visierplatte Dolfs, der ihn an der Taille hielt. Seine Rüstung war schwer zerbeult und an einer Stelle über der Brust aufgerissen, aber Dolf war noch kampfbereit.

Stone sah kraftlos zu der Visierplatte hoch. »Wir müssen uns zurückziehen.«

Dolfs Stimme antwortete ihm durch den kleinen

Lautsprecher des Gefechtspanzers. »Wir sind auf dem Rückzug, Sterncommander.« Dann drehte Dolf sich um, hob den linken Arm und feuerte aus seinem Armlaser einen grellroten Energiestrahl auf einen fernen Gegner ab.

»Laß mich. Ich halte dich nur auf«, hustete Stone. »Das ist ein Befehl.«

»Dann werden wir uns später im Kreis der Gleichen gegenübertreten, Sterncommander«, stellte Dolf fest und sprang, seinen Kommandeur unter einen Arm geklemmt, über einen umgestürzten, halb verrotteten Baumstamm. »Wir brauchen dich mehr denn je. Die Wölfe greifen mit uns mit zwei Sternen an.«

»Laß mich sterben«, stammelte Stone.

»Neg. Wenn ich das tue, bin ich vielleicht wieder der einzige Überlebende.« Dolf sprang wieder und erhob sich hoch in die Lüfte, diesmal unterstützt von den in den Beinen seines Gefechtspanzers eingebauten Sprungdüsen. Wieder schlug Schwindelgefühl über Stone zusammen, und diesmal wehrte er sich nicht, sondern schloß die Augen und ergab sich der lockenden Ohnmacht. Er fühlte weder die Landung noch das, was ihr folgte …

17

Nachschubdepot Lambda, Toffen
Geisterbären-Dominium

20. März 3062

Angela fühlte die Blicke der Techs, Arbeiter und Krieger auf sich, als sie aus dem BattleMech stieg und zu ihnen hinüberging. Der Morgentau auf den niedrigen Büschen und Schlingpflanzen benetzte ihre nackten Beine, als sie sich dem Eingang der Höhle näherte, die sie als Standort für Nachschubdepot Lambda ausgewählt hatten.

Die Höhle wurde von einer riesigen dachartigen Felsplatte geformt, die aus einer steilen Klippenwand ragte. Darunter hatten die Geisterbären annehmbare Lebens- und Lagerbedingungen etabliert. Es war nicht gerade komfortabel, aber man konnte überleben. Der Felsvorsprung war fast so hoch wie ihr Mech. An der linken hinteren Höhlenwand stand ein beschädigter *Mist Lynx*, und eine Gruppe Techs war vollauf damit beschäftigt, seine Panzerung zu erneuern. Schwarze Flecken zeigten, wo der Mech beschädigt worden war, obwohl die Panzerung schon repariert war. Sie schenkte der Maschine mehr als nur einen beiläufigen Blick. War das alles, was vom JagdStern übrig war?

Im Innern der Höhle sah sie mehrere abgetrennte Bereiche. Die Trennwände bestanden hauptsächlich aus übereinander gestapelten Kisten mit Ersatzteilen, Munition und Lebensmitteln. Als sie in die Höhle trat, schien die Spannung dramatisch anzusteigen. Durch das schummrige Licht kam eine Gestalt auf sie zu. Sie erkannte die Züge Doktor Drogans. Unter seinen Augen hingen ebenso tiefe Säcke wie unter den ihren, und seine Bewegungen wirkten kraftlos. Angela blieb stehen und sprach ihn an. »Wie geht es meinen Kriegern?«

Der Arzt wirkte gleichzeitig verbittert, müde, erschöpft und wütend. »Diejenigen, die es zurück geschafft haben, werden überleben.«

Angela hätte den Bericht ebenso leicht über Funk einholen können, aber es war wichtig, daß sie selbst hier erschien. Es war ein Aspekt der Menschenführung, die diese Situation von ihr verlangte, daß sie für ihre Truppen greifbar blieb. Eine zweite Gestalt näherte sich aus den Schatten, eine riesenhafte Silhouette diesmal. Das konnte nur Dolf sein. Er trug die gleichen Uniformshorts wie sie, wenn auch auf seinen hünenhaften, genetisch modifizierten Körperbau zugeschnitten. Er ragte über sie auf und mußte sich etwas ducken, um nicht mit dem Schädel gegen die herabhängenden Felszacken zu schlagen. Als er herantrat, machte Drogan Platz.

»Sterncaptain Angela Bekker, wir hatten schwere Verluste«, stellte Dolf mit grimmiger Miene fest.

»Bericht«, befahl sie.

»Dis ist gefallen«, meldete er. »Ebenso wie Drake und Dole.« Sein Gesicht spannte sich, als er die beiden toten Elementare erwähnte, die unter seinem Befehl gedient hatten. »Kate ist unverletzt, und unsere Techs setzen ihren Mech instand. Scarrys *Viper* steht fünf Kilometer von hier, wo sie durch die Gefechtsschäden ausgefallen ist. Sie muß ebenfalls repariert werden.« Er warf dem Arzt einen kurzen Blick zu. »Scarry ist verletzt.«

»Was ist mit Sterncommander Stone?«

Diesmal antwortete Drogan. »Er hat eine schwere Gehirnerschütterung, Neurofeedbackschäden, zwei gebrochene Rippen und eine leichte Verstrahlung durch einen Reaktortreffer. Er dürfte es überleben.«

»Erzähle mir, was geschehen ist, Dolf.«

Der riesige Krieger atmete tief ein und stieß die Luft in einem langen Seufzer wieder aus, der seine Erschöpfung deutlich machte. »Unser Plan funktionierte fehlerlos, bis auf die Tatsache, daß Sterncommander Stone abgeschossen wurde, bevor er die andere Seite des Sumpfes erreicht hatte. Aus den Hügeln bombardierten Kate, Scarry und Dis den uns verfolgenden Stern mit Langstreckenfeuer, das den Wölfen ernsten Schaden zufügte. Zwei der Wolf-Mechs wurden im Sumpf abgeschossen. Die anderen erlitten unterschiedlich starke Schäden. Dis bemerkte ein Sensorsignal an unserer hinteren linken Flanke und verließ die Formation, um es zu überprüfen. Anscheinend befand sich einer der anderen Wolf-Sterne, ReißerStern, in der Nähe und ist im wörtlichsten Sinne über uns gestolpert. Es war ein mehr als unglücklicher Zufall. Dis lockte sie weg, aber sein Mech war viel zu leicht, um die Begegnung zu überstehen. Keiner von uns konnte seinen Schleudersitz orten, und wir nehmen an, daß er umkam. Ich habe den Befehl übernommen und unsere Truppen schnellstens aus dem Gebiet abgezogen. Wir haben den Rückzug mehrere Stunden aufrechtgehalten, bevor wir hierherkamen.«

»Feindverluste?« fragte Angela, die angesichts der erlittenen Gefechtsschäden beinahe unter Schock stand.

»Ein *Mad Dog* und eine *Adder* abgeschossen, vermutlich zerstört, auch wenn der *Mad Dog* wahrscheinlich repariert werden könnte. Ein *Ice Ferret* hat schwere Schäden an den Beinen erlitten, eine zweite *Adder* ausgedehnte Panzerschäden. Ein Wolfsclan-*Mist Lynx* hat ein Waffenmodul verloren sowie weitere Beschädigungen erlitten.«

Sie hatten zwei Mechs und zwei Elementare verloren, und die restlichen Mechs dieses Sterns waren schwer beschädigt, konnten aber möglicherweise wiederhergestellt werden. Weitere Verluste in dieser Größenordnung konnten sie sich kaum erlauben. »Danke, Dolf«, sagte Angela und entließ den Elementar. Drogan blieb.

»Er hat gute Arbeit geleistet«, meinte der Arzt.

»Aye.« Angela verzichtete darauf, Drogan darauf hinzuweisen, daß ein Mitglied seiner Kaste nicht berechtigt war, mit einem Offizier über militärische Belange zu reden. Außerdem hatte er recht. »Wir haben in unserem ersten Gefecht gegen diese Wölfe einen Gleichstand erzielt. Aber wir hätten die Oberhand haben müssen.«

»Das Auftauchen des zweiten Wolf-Sterns war eine unerwartete Komplikation. Die Wölfe hatten Glück.«

»Wie lange werden die Krieger außer Gefecht sein, Doktor?«

Drogan rieb sich nachdenklich das Kinn. »Scarry hat leichte Verbrennungen am Bein und könnte morgen schon wieder Dienst tun. Kate ist unverletzt. Dolf und seinen Elementaren geht es bestens. Stone fällt noch für mindestens drei Tage aus.«

»Sehr schön. Du kannst wieder zu deinen Patienten zurückkehren, Doktor ...« Dann, nach einer kurzen Pause, setzte sie hinzu: »Und ich danke dir.«

Drogan winkte ab. »Das ist erst der Anfang, Sterncaptain. Sehen Sie zu, daß Sie das hier schnell zu Ende bringen. Ich habe keine Lust, Sie und Ihre Einheit wieder und wieder zusammenflicken zu müssen und mit jedem Mal mehr Patienten zu verlieren.« In seiner Stimme lag Besorgnis, aber auch mehr als nur eine Spur von Insubordination. Angela war zu müde, um ihn zurechtzuweisen.

Sie schickte ihn zurück an die Arbeit, dann wanderte sie hinüber zu den Techs, die mit der Reparatur des *Mist Lynx* beschäftigt waren. Einer von ihnen wurde auf sie aufmrksam, und sie stellte fest, daß es gar kein Tech war, sondern Barthelow, Constant Tsengs Leibeigener. Sein Overall war mit schwarzen Schmiermittel- und grünen Kühlflüssigkeitsflecken übersät, und sein Gesicht war schwarz von Schweiß und Dreck.

»Barthelow, du bist der leitende Tech hier, frapos?«

»Pos, Sterncaptain. ChefTech Luray ist zu weit weg. Er hat mit hergeschickt, um die Arbeit zu überwachen.«

»Na schön«, nickte sie. »Wie sieht es mit dem Zustand der Einheit aus?«

Barthelow war zunächst etwas nervös, dann schien er in der pflichtgemäßen Berichterstattung Ruhe zu finden. »Wir haben die Elementarrüstungen aus dem Ersatzteillager repariert. Zwei von ihnen sind auf Dolfs Befehl hin auf Streife. Der *Mist Lynx* wird in zwei Stunden wieder einsatzbereit sein.« Er deutete mit dem Daumen über die Schulter auf den leichten Mech, der unter dem Felsvorsprung stand. »Eine der Techs arbeitet an Scarrys *Viper* und meldet, daß der Mech in einer Stunde bewegungsfähig sein und in drei Stunden hier eintreffen wird. Ihrer Meldung nach wird es mindestens drei Tage dauern, ihn vollständig instandzusetzen. Das Gyroskop ist schwer beschädigt, und selbst in einer regulären Wartungsanlage ist so eine Maschine schwierig zu eichen.«

»Aye«, bestätigte Angela. »Haben wir einen Ersatzmech hier oder wenigstens in der Nähe?«

Barthelow nickte. »Unser einziger Reservemech ist eine ältere *Viper* in Nachschubdepot Bravo. Aber das ist über zweihundertfünfzig Kilometer entfernt.«

Angela überlegte. Schließlich fragte sie: »Wirst du hier gebraucht, Barthelow?«

»Neg, Sterncaptain. Ich kann den Teams zur Hand gehen, habe aber weniger beizutragen als der hiesige Techstab.«

»Dann möchte ich, daß du unseren Reservemech holst. Einer der Techs kann dich hinbringen. Bis du wieder zurück bist, könnte Sterncommander Stone soweit sein, ihn benutzen zu können.«

Der Leibeigene starrte sie einen Moment mit offenem Mund an. »Aye, Sterncaptain, und danke!«

Angela verstand ihn. Barthelow war ein MechKrieger gewesen, bevor er zum Leibeigenen wurde. Als MechKrieger hatte er dafür gelebt, einen BattleMech zu steuern. Jetzt gab sie ihm nicht nur die Gelegenheit, sondern sogar den Befehl. »Ich werde Sterncommander Tseng informieren.«

Sie drehte sich zu dem beschädigten *Mist Lynx* um, an dem die Techs gerade mit einem Flaschenzug und einer Handwinde eine Panzerplatte am Torso in Position hievten. Ihre Einheit war angeschlagen, aber zumindest einen Teil der Schäden konnten sie wieder wettmachen. Sie hoffte nur, daß sie den Wölfen damit ein Stück voraus waren.

* * *

Sterncolonel Dirk Radick stand auf dem Rumpf des zerstörten Geisterbär-*Fire Moth* und betrachtete die Umgebung. Einige Bäume auf den Hügeln, die den Sumpf umgaben, waren von Lasertreffern und Partikelprojektorkanonen gezeichnet. Der Boden war von Raketen- und Granateneinschlägen aufgerissen und mit Kratern bedeckt. Sein kleines Techteam arbeitete wie wild an Sterncommander Biffly Wards *Mad Dog* und schien, soweit er das erkennen konnte, vor allem mit dem Versuch beschäftigt, die Maschine wiederaufzurichten.

Er war gezwungen, Angela Bekkers Wahl des Schlachtfelds zu bewundern. Das Gelände kam ihren Kräften entgegen. Es war reines Glück gewesen, daß ReißerStern in der Nähe gewesen war, als der Kampf entbrannte. Sie hatten sich gerade dem Kampfgebiet genähert, als sie auf einen Posten der Pirschenden Bären gestoßen waren. Der *Fire Moth* hatte sie attackiert, sich dann wieder zurückgezogen und den Vormarsch ReißerSterns damit um kostbare Sekunden gebremst. Gerade lange genug, um einigen Geisterbären den Abzug zu ermöglichen. Radicks Leute hatten den leichten

Mech so gründlich auseinandergenommen, daß von dem Piloten nicht mehr als ein verkohlter Leichnam geblieben war, den Mund für alle Zeiten zu einem Aufschrei geöffnet.

Sterncommander Biffly Ward watete durch den Morast heran und kletterte zu seinem Kommandeur auf das Wrack des *Fire Moth*. »Die Techs melden, daß sie meinen Mech bergen und voraussichtlich auf achtzig Prozent der ursprünglichen Leistungsfähigkeit reparieren können.«

»Und die *Adder*?« fragte Radick und deutete über das Wasser zu den zerschmolzenen Überresten des anderen abgeschossenen Wolf-Mechs.

»Die ist ein Totalverlust. Das haben wir den Geisterbären-Elementaren zu verdanken. Und von den Mechs, die sie in diesem Gefecht verloren haben, ist nicht genug übrig, um es zu bergen.«

»Welche Verluste hatten die Geisterbären?«

»Wir haben zwei tote Elementare und zwei zerstörte Mechs gefunden. Einige ihrer Mechs wurden ernsthaft beschädigt, wie die unseren, und einer der abgeschossenen Krieger wird vermißt.« Biffly wischte sich mit dem Handrücken den Schweiß von der Stirn und ließ an dessen Stelle eine breite Schmutzspur auf der Haut zurück.

»Du hast die anderen entkommen lassen, Sterncommander«, stellte Dirk eisig fest.

»Ich hatte keine Wahl. Die Geländebedingungen machten eine Verfolgung unmöglich.« Er war sichtlich nervös, und Radick durchschaute, was er vorhatte. Er wollte die Schuld dafür, daß niemand die Geisterbären verfolgt hatte, Sterncommander Digorno zuschieben, aber er war der Narr, der ihnen überhaupt erst in die Falle gegangen war.

»Ich gebe dir nicht die alleinige Schuld, Biffly Ward. Wir kannten die Absichten und Möglichkeiten der Geisterbären nicht ausreichend, bis du deiner Einheit gestattet hast, ihnen in die Hände zu fallen. Sterncaptain Angela Bekker ist eine fähige Kommandeurin. Es war pures Glück, daß unser ReißerStern sie daran gehindert hat, euch noch schwerere Schäden zuzufügen. Ihr Abzug kann nur als Bestätigung ihrer Strategie gewertet werden.«

»Sterncolonel?«

»Sie weigert sich, uns in einem offenen Gefecht gegenüberzutreten. Diese Angela Bekker versucht, uns zu einem ausgedehnten Feldzug zu zwingen statt eine ehrenhafte Entscheidungsschlacht zu ermöglichen. Sonst wäre sie geblieben und hätte gekämpft. Wir hatten bereits vorher nicht gerade subtile Hinweise darauf, daß sie etwas derartiges geplant hatte, aber du hast die Bestätigung geliefert.«

»Ja, Sterncolonel«, stimmte Biffly zu.

In einer abrupten Bewegung sprang Radick über den Rumpf des halb im Morast steckenden *Fire Moth* und packte den Sterncommander beim Kragen. Er hob ihn von den Füßen und brachte sein Gesicht bis auf wenige Zentimeter an das seines Untergebenen. »Ich rate dir, mir keine weitere Bestätigung welcher Art auch immer zu liefern, die Geisterbären und deren Strategie betreffend, Biffly Ward. Wenn du dir so etwas noch einmal leistest, wirst du meinen Zorn zu spüren bekommen. Hast du das verstanden?«

Biffly war nicht wirklich verängstigt, sondern spannte in Erwartung weiterer Handgreiflichkeiten die Muskeln an. »Ich höre und gehorche, Sterncolonel«, antwortete er mit erstickter Stimme.

Mit noch weniger Vorwarnung als zuvor ließ Dirk Radick Biffly los und lächelte. »Gut. Jetzt gehe und kümmere dich um deine Einheit.«

Während Biffly Ward zurück in den Sumpf kletterte, kehrten Dirk Radicks Gedanken zu Angela Bekker zurück. Er schaltete seinen Kommunikator ein und justierte ihn auf eine Breitbandsendung, die eine Palette möglicher Frequenzen abdeckte. Er wollte sich die Gelegenheit nicht entgehen lassen, dieser störrischen kleinen Geisterbärin eine Nachricht zukommen zu lassen.

»Sterncaptain Angela Bekker von den Geisterbären, hier spricht Sterncolonel Dirk Radick von den Wölfen. Wir sind uns im Gefecht begegnet, und du hast bewiesen, daß du kämpfen kannst. Wie lange hoffst du, mit deiner unerfahrenen Einheit meine Veteranen angreifen und es überleben zu können? Bei unserem letzten Kampf hast du herbe Verletzungen erlitten. Ich werde dir keine Ruhe lassen. Deine beste Überlebenschance besteht darin, dich mir im direkten Kampf zu stellen. Wenn nicht, bist du es, nicht ich, die langsam verbluten wird.«

Er schaltete das Gerät ab und hängte es wieder an den Gürtel. *Ich muß diese Geisterbärin besiegen*, dachte er. *Ich muß, bevor sie mich besiegt.*

18

**In der Nähe des Ishimaru-ko-Ufers, Toffen
Geisterbären-Dominium**

25. März 3052

Sterncommander Constant Tseng rutschte auf der Pilotenliege herum, um eine bequemere Position zu finden. Es war erst Tage her, daß er zuletzt in der Kanzel seines *Timber Wolf* gesessen hatte, aber es schien eine kleine Ewigkeit. Sein Blick streifte langsam über die Umgebung. Er vergewisserte sich, daß alles in Ordnung war. Hinter ihm, fast zwei Kilometer entfernt, erstreckte sich die glitzernde Wasserfläche des Ishimaru-ko. Auf den dunkelblauen Fluten spiegelte sich die untergehende Sonne. Ringsum erstreckten sich dichter Wald, zerklüftete Felsformationen und nahezu undurchquerbares Terrain, außer an dem Uferabschnitt, auf den er gerade hinausblickte. Dieses Uferstück war das einzige freie, offene Stück Land, über das der See erreichbar war.

Er drehte den Torso des *Timber Wolf* zu der Straße, die sich in der Wildnis des Waldgebiets verlor. Diese Straße stellte die einzige Möglichkeit dar, dieses Gebiet zu durchqueren, war das einzige Gelände, in dem sich ein Mech halbwegs frei bewegen konnte. Es war nicht unmöglich, sich einen Weg durch den dichten Wald aus jahrhundertealten Baumriesen zu bahnen, aber selbst mit den Kräften eines BattleMechs kostete es beträchtliche Anstrengung. Zwischen der Straße und dem Seeufer lag eine flache, offene Wiese. Er hatte dieses Gelände während ihrer Manöver in Augenschein genommen und jede Einzelheit dieser Umgebung studiert. Jetzt hieß es warten, und das war immer das Schwerste.

Sterncaptain Bekker hatte ihn darüber informiert,

welche Schäden Stone und sein Stern hatten einstekken müssen. Es war kein überwältigender Rückschlag, aber die Verluste trafen sie härter als die Wölfe, was ganz und gar nicht der Planung entsprach. Angela und er waren zu dem gleichen Schluß gekommen, daß das Auftauchen des zweiten Wolf-Sterns bei Rixleyville ein Zufall gewesen war, eine unglückselige Verkettung der Umstände. *Diesmal wird es anders*, beruhigte Tseng sich. Er warf einen Blick auf die Zeitanzeige auf der Konsole und sah, daß es fast soweit war. Bald würde die Planung von Tagen auf die Feuerprobe gestellt werden.

Er streckte die Hand aus und aktivierte die Aktivortung des *Timber Wolf*. Statt nur einfallende Signale auszuwerten, strahlten die Sensoren jetzt selbst Impulse aus, um ein Ziel zu suchen. In diesem Katz-und-Maus-Spiel wurde sein Mech dadurch auf weite Entfernung sichtbar. Jeder, der sich in Sensorreichweite befand, konnte ihn orten und seine Position feststellen. Und diese Straße war sein einziger Fluchtweg.

Er rückte sich zurecht und behielt die Sensoranzeigen im Auge. Er hatte den Wolfsclanstern, der dieses Gebiet patrouillierte, schon längere Zeit beobachtet. Der Zeitpunkt seiner Streifengänge variierte, aber es konnte nicht lange dauern, bis …

Auf der Langstreckenanzeige leuchtete ein Lichtpunkt auf. Dann erschien ein zweiter Signalpunkt. Fusionsreaktoren. Magnetische Anomaliesignale. Vier …, nein, fünf. Der ganze Stern kam im Gänsemarsch in diese Richtung. Er fuhr seinen Mechreaktor hoch und schaltete beide LSR-Lafetten auf denselben Feuerleitkreis. Vierzig Abschußrohre warteten nur auf einen Druck seines Daumens, um ihre Langstreckenraketen abzufeuern. Als die Signale näherkamen, ließ er den Blick auf dem Sichtschirm noch einmal über den Bereich schwenken, auf dem die Straße in die Lichtung mündete, auf der er wartete. Er fuhr sich mit der Zunge über die Lippen, während er auf seine Gegner wartete.

Der erste Mech, der die Lichtung betrat, war ein riesenhafter *Gargoyle*, dessen humanoider Kopf so bemalt war, daß er einem geifernden Wolf mit bronzefarbenen Augen ähnelte. Im selben Augenblick, in dem er die Bemalung registrierte, hörte er das Signal der Waffenerfassung verführerisch in seinen Ohren summen. Der Wolf-Mech hob den rechten Arm und machte Autokanone und Raketen feuerbereit, während Tseng noch alle Raketenrohre abfeuerte und eine Salve aus den schweren Lasern hinterherschickte.

Ein Donnerschlag erschallte, und der *Timber Wolf* ruckte hart nach hinten, als die Lafetten feuerten. Der größte Teil der Raketen schlug in die Beine und untere Torsohälfte des *Gargoyle* ein, aber ein paar flogen vorbei, und explodierten hinter ihm im Wald, wo sie die riesigen Bäume schüttelten wie bei einem Beben. Die schweren Lichtwerfer spien grellrote Energielanzen, die sich in die von den Raketen angeschlagene Trefferzone bohrten. Ganze Panzerplatten wurden vom rechten Bein und linken Arm des Wolf-Mechs gerissen, der unter der Wucht des Angriffs nach hinten taumelte.

Jetzt erwiderte der Wolf das Feuer. Die LB-X/5-Autokanone schleuderte eine Salve von Granaten auf Torsomitte und rechte Seite des *Timber Wolf*. Die Geschosse aus abgereichertem Uran sprengten Panzerplatten vom Rumpf des Mechs und ließen das Schrapnell des Angriffs auf Tsengs Cockpitdach prasseln. Beinahe augenblicklich folgte eine Welle von Kurzstreckenraketen, die das Waffenmodul des rechten Mecharms mit solcher Gewalt trafen, daß der schwere OmniMech fast die Balance verlor. Der Mech schien unter der Wucht der Einschläge aufzustöhnen.

Die anderen Wolf-Mechs tauchten jetzt ebenfalls auf, griffen aber nicht in den Kampf ein. Das entsprach den

Kampfregeln der Clans. Bis Tseng das Feuer auf einen anderen Wolf-Mech eröffnete, blieb dies ein Einzelduell zwischen ihm und dem Piloten des *Gargoyle*. Er zog das Fadenkreuz nach unten und löste die mittelschweren Impulslaser aus. Die leuchtendgrünen Lichtbolzen zertrümmerten den bereits schwer mitgenommenen Panzerschutz an den Beinen des Wolf-Mechs. Er fühlte die Temperatur im Innern des Cockpits ansteigen, ließ sich davon aber nicht stören. Er bewegte seinen Mech rückwärts und vergrößerte den Abstand zwischen ihm und dem Wolf-MechKrieger.

Der feuerte seine Autokanonen wieder ab, gerade als Tseng das vertraute metallische Knallen hörte, mit dem der Lademechanismus den nächsten Raketenpack in die Abschußrohre der LSR-Lafetten speiste. Einer der Schüsse verfehlte ihn nur um Meter, und der größte Teil seiner Energie flog harmlos an dem *Timber Wolf* vorbei, wahrscheinlich irgendwo in die Fluten des Ishimaruko. Die andere Salve hallte in seinen Ohren und seinem Schädel wider, als der rechte Arm des Mechs unter dem Aufprall des Granatenhagels erbebte. Die Wölfe rückten langsam weiter vor, und in Tsengs Ohren schnurrte erneut das Signal der Zielerfassung.

Wieder schüttelte ihn der Rückstoß durch, als die Raketen aus den wuchtigen Lafettenaufbauten auf beiden Mechschultern jagten. Er wartete nicht auf den Einschlag, sondern drehte den Kampfkoloß um und spurtete in einem Zickzackkurs auf das Seeufer zu. Dann wirbelte er den *Timber Wolf* wieder zu dem *Gargoyle* herum, der ihn mit einer erneuten Breitseite aus Raketen und Autokanonen attackierte.

Ein paar der Raketen schlugen mit brachialer Gewalt im rechten Bein und linken Arm des Mechs ein, aber die meisten gingen vorbei. Die AK-Granaten hingegen kosteten den *Timber Wolf* mit jeder Salve mehr Panzerung. Jetzt, nachdem er etwas mehr Distanz zwischen sich und seinen Gegner gebracht hatte, sah Tseng die rußgeschwärzten Krater, die seine letzte Raketenwelle an Torso und Hüfte des *Gargoyle* hinterlassen hatte. Jetzt rückte der komplette Stern Wolf-Mechs gegen ihn vor. Sollte sein momentanes Ziel ausfallen, war jeder einzelne von ihnen bereit, dessen Platz einzunehmen.

Er feuerte die schweren Laser ab und trieb die Innentemperatur der Pilotenkanzel damit so hoch, daß er salzigen Schweiß schmeckte, als er sich die Lippen leckte. Ein Laserschuß zuckte weit vorbei und hätte fast ein Wolf-*Linebacker* getroffen, das besonders dicht an seinem anvisierten Ziel stand. Der andere Strahl schnitt tief in den bereits rußgeschwärzten linken Mecharm des *Gargoyle*, und diesmal schälte er nicht nur Ferrofobritpanzerung ab, sondern durchtrennte einige der Myomerbündel, die dem Mech als Muskeln dienten. Die Faserstränge rissen und hingen aus der Bresche in der Panzerung herab, aber die überschwere Wolf-Maschine setzte die Verfolgung ihres Geisterbären-Ziels unbeirrt fort.

Tseng sah auf die Nahortung. Er hatte das Ufer des Sees fast erreicht. Hinter ihm lag der Ishimaru-ko, vor ihm rückten die Wölfe näher. Es war Zeit, den ganzen Stern anzugreifen. Er überprüfte die Kommleitung und vergewisserte sich, daß sie auf die richtige Frequenz eingestellt war.

»KampfStern, Phase Eins, grün«, sagte er.

An den Außenrändern des Sichtschirms, auf dem eine 360°-Rundumsicht auf 160° komprimiert war, beobachtete er aus den Augenwinkeln, was die Blutsäufer-Piloten gerade voraus sahen. Zwei weitere BattleMechs tauchten aus ihrem Versteck unter der Wasseroberfläche aus. Mit noch im kalten Seewasser stehenden Beinen eröffneten sie das Feuer auf die anrückende Feindformation. Die Wölfe wirkten von dem überraschenden Manöver entgeistert, wenn auch nur für einen Sekundenbruchteil.

Tseng zögerte nicht, ihre Konsternation auszunutzen, und schickte eine weitere mörderische Raketensalve auf den Weg, die Beine und Torso des *Gargoyle* in einem Orkan von Flammen zu verzehren schien. Die riesige Maschine wankte unter den Einschläggen. Eine Wolf-*Summoner* wurde vom Geschützfeuer der *Summoner* Natulsons durchgeschüttelt, und die Luft schien unter dem Krachen der Raketen und den bläulich weißen Energieentladungen einer PPK-Salve beinahe zu brennen. Ein anderer Mech auf der äußeren linken Flanke, ein *Warhawk*, sackte unter dem Raketenbombardement von Sorrentenos *Mad Dog* zusammen.

Der Pilot des *Gargoyle* versuchte, gegen die Wucht der Raketeneinschläge anzukämpfen, schaffte es aber nicht. Wie ein Betrunkener schwankte der Mech erst nach rechts, dann nach links, dann stürzte er, als Tseng mit einer weiteren Salve der mittelschweren Impulslaser in die Beine nachsetzte, und rings um den am Boden liegenden Mech stürzten abgesprengte Panzerplatten ins Gras.

Tseng kniff die Augen zusammen und nahm Kurs auf die Wölfe. »KampfStern, Phase Zwo, grün«, bellte er in das Mikro des Neurohelms. Jetzt, während die Wölfe mitten im Gefecht standen.

Neben ihm loderte die Luft, als der Wolf-*Warhawk* seine vier Partikelprojektorkanonen an dem *Timber Wolf* vorbei auf den hinter ihm stehenden Sorrenteno abfeuerte. Hinter den Blutsäufer-Mechs sah er den Wald lebendig werden, als die restlichen Mitglieder seiner Einheit ihre Mechs hochfuhren und aus dem Versteck traten. Gregoris riesiger *Grizzly* kündigte sein Eintreffen mit einem vernichtenden Bombardement aus dem Gaussgeschütz, einem Impulslaser und einer Handvoll Langstreckenraketen an, das er auf die Rückenpartie des

Blutsäufer-*Linebacker* zielte, deren Panzerung ohnehin gefährlich dünn war. Die meisten Raketen flogen vorbei, aber die anderen Waffen fanden ihr Ziel. Der Wolf-Mech erstarrte und schien unter Schüttelfrost zu leiden, als der Angriff die im Innern des Rumpfes eingelagerte Munition zur Detonation brachte. Dann drehte er sich schwerfällig zu Gregori um, und Tseng sah die furchtbaren Risse in der kaum noch vorhandenen Rückenpanzerung. Kränklich grüne Kühlflüssigkeit troff wie Blut aus den Breschen und verdampfte brodelnd auf den glühenden Panzerfetzen.

Kyle in seinem *Cauldron-Born* nahm sich den Wolf-*Mad Dog* vor, der mühsam herumwirbelte, um sich dem neu aufgetauchten Gegner zu stellen. Kyle rückte gnadenlos vor und reduzierte die Entfernung zwischen den beiden Kampfkolossen auf wenige Meter. Seine Hauptwaffe, eine überschwere Autokanone, verfehlte ihr Ziel und riß links neben der Wolf-Maschine einen Krater im Boden auf, aber die blutroten Strahlbahnen der schweren Laser fraßen sich unaufhaltsam durch die dünne Rückenpanzerung des *Mad Dog*. Tseng sah schockiert, wie der Pilot des *Gargoyle* versuchte, seinen Mech wiederaufzurichten. Dicke Erdklumpen baumelten von der kraterübersäten Panzerung, als er sich mühsam auf die Knie hebelte. Er zögerte nicht lange, sondern löste die mittelschweren Laser wieder aus und sprengte die Panzerung des schwerfällig aufstehenden Wolf-Mechs davon. Der Impulslaser traf den Kopf der Maschine und brannte das aufgemalte Wolfsgesicht weg. Ein Extremreichweitenlaser verfehlte den *Gargoyle* komplett, der andere bohrte sich tief in dessen Torso, diesmal unbehindert von irgendwelcher Panzerung. Qualm quoll aus dem Loch, schwarzer, öliger Qualm, und einen Augenblick war der *Gargoyle* wie gelähmt, mitten in der Bewegung abrupt erstarrt.

Irgendwie gelang es dem Krieger, den Mech auf die

Füße zu bekommen, trotz der noch immer aus dem klaffenden Loch in seinem Torso quallenden Rauchwolken. Er feuerte wild auf Tsengs *Timber Wolf*, schleuderte Kurzstreckenraketen gegen dessen Beine, deren Detonationen den Sterncommander im Cockpit heftig durchschüttelten. Beide Autokanonen feuerten weit an dem Geisterbären-Mech vorbei, was Tseng beindruckend deutlich machte, wieviel Schaden er bei seinem Gegner angerichtet hatte. Er schaltete auf die schweren Laser um und feuerte erneut auf den verwüsteten Torso des *Gargoyle*. Beide Schüsse trafen und brannten sich ihren Weg tief in die Eingeweide des Kampfkolosses. Tiefschwarzer Rauch vermischte sich mit grünem und weißem Qualm, als der Wolf-Krieger noch einmal seine Kurzstreckenraketen abfeuerte. Die Hälfte der Geschosse schlug zentral in Tsengs Mechtorso ein, der Rest schoß an seinem Cockpit vorbei ins Blaue.

Er schob den Daumen auf die Kuppe des Steuerknüppels und drückte den Feuerknopf durch, der mit dem Feuerleitkreis für die Langstreckenraketen gekoppelt war. Die Raketen donnerten zu beiden Seiten der Kanzel aus den Lafetten, mit einem Tosen, das in seinen Ohren wie ein Triumphgebrüll widerhallte. Die Geschosse schlugen auf der ganzen Länge und Breite des *Gargoyle* ein. Manche gingen auch vorbei, aber die weitaus meisten schüttelten den überschweren OmniMech mit unglaublicher Gewalt durch. Wieder versuchte der Wolf-Pilot, dem Angriff zu widerstehen, aber diesmal hatte er keine Chance. Seine Maschine kippte nach vorne und schlug hart auf. Constant Tseng war sich sicher, daß sein Gegner diesmal nicht wieder aufstehen würde.

Er schaute auf die Taktikanzeige und stellte fest, daß Sorrenteno in seinem *Mad Dog* fast erledigt war. Er hatte praktisch die gesamte Panzerung verloren, stand aber immer noch in den blauen Fluten des Sees und feuerte aus allen Rohren. Kyles *Cauldron-Born* prügelte sich aus nächster Nähe mit dem Wolf-*Mad Dog*, und unter den Rauchschwaden, die aus den Breschen in ihrer Panzerung quollen, waren beide Kampfmaschinen kaum noch zu sehen. Direkt vor ihm brach das *Linebacker* gerade unter dem Angriff von Gregoris *Grizzly* zusammen. Sein rechter Arm und die rechte Torsoseite waren schwer zerfetzt, und den Ortungsdaten nach zu urteilen war er kaum noch betriebsfähig.

Tseng schaltete auf Breitbandkommunikation. »Wolfsclan-Kommandeur von Sterncommander Constant Tseng. Deine Einheit ist dezimiert und steht vor der Vernichtung. Ergib dich jetzt, statt das Leben dieser Krieger unnütz zu verschwenden.«

Nach einem kurzen Knacken und Knistern antwortete ihm eine haßerfüllte Stimme. »Ich bin O'Connel vom ReißerStern. Sterncommander Digorno hast du bereits vernichtet. Ich habe den Befehl. Wir werden niemals kapitulieren, nicht solchem ...« Seine Nachricht brach ab, als Kyles *Cauldron-Born* unmittelbar vor dem *Mad Dog* explodierte. Kyles OmniMech wurde von einem sonnenhellen Feuerball verzehrt, als die Fusionsreaktion seines Reaktors aus der Magnetflasche brach. Der *Mad Dog* wurde von der Explosion aus nächster Nähe erfaßt, und seine Panzerung wurde bis zu dreißig Meter weit davongeschleudert. Als der Mech sich zu Tseng umwandte, sah der Sterncommander geradewegs ins Innere der riesigen Kampfmaschine. Die gesamte, weitgehend zerfetzte Myomermuskulatur, die an den Titanstahlknochen der internen Struktur hing, lag offen vor ihm, und Flammenzungen tanzten an den Rumpfseiten empor. Nachdem Kyle gefallen war, wählte Tseng diesen Gegner zum Ziel und feuerte die schweren Laser auf ihn ab. Innerhalb einer einzigen Sekunde hatten die Lichtwerfer dem *Mad Dog* das Rückgrat gebrochen und schleuderten ihn nur zwei Dutzend Meter neben den Überresten des *Gargoyle* zu Boden.

Plötzlich herrschte Stille, eine gespenstische Stille, die vielen Kriegern bis in die Seele gedrungen wäre, aber nicht Constant Tseng. Er ließ den Blick durch Rauch und Trümmer schwenken und stellte fest, daß keine Granaten und Laserimpulse mehr die Luft über dem Schlachtfeld teilten. Am Boden sah er die Überreste des kompletten Wolf-Sterns. Sorrentenos *Mad Dog* stand noch im Wasser. Sein Torso war kaum noch als Battle-Mechrumpf erkennbar. Es war ein surrealer Anblick, wie die Kampfmaschine, von deren Hüftaktivatoren noch der Dampf aufstieg, reglos im ruhig blauen Seewasser stand, und das Licht der Abendsonne sich auf ihrer Metalloberfläche spiegelte. Natulsons *Summoner* hatte ebenfalls schwere Schäden einstecken müssen, war aber noch voll einsatzbereit. Gregoris *Grizzly* hatte praktisch überall Panzerung eingebüßt, aber davon abgesehen schien er unbeschädigt und voll kampfbereit.

Kyle war tot. Für Sorrenteno galt möglicherweise dasselbe, aber vielleicht hatte er auch rechtzeitig aussteigen können. »Gregori, sichere die Straße für den Fall, daß weitere Wölfe hierher unterwegs sind«, befahl Tseng gelassen.

»Aye, Sterncommander«, bestätigte der MechKrieger.

»Natulson, suche die Umgebung nach einer Spur von Sorrenteno oder seinem Schleudersitz ab.« Er wartete nicht auf die Bestätigung, sondern schaltete sofort weiter auf die Befehlsfrequenz. »Kampf Eins an Befehl Eins. Operation wie geplant ausgeführt. Leichte Verluste. Erbitte sofortige Säuberung.«

Sterncaptain Angela Bekker antwortete sofort. »Bergungstrupps sind unterwegs. Und, Sterncommander«, fügte sie hinzu. »Gute Arbeit.«

19

**In der Nähe des Ishimaru-ko-Ufers, Toffen
Geisterbären-Dominium**

27. März 3062

Der BefehlsStern der Blutrünstigen Wölfe verlies die Straße in einer weitgefächerten W-Formation, mit Sterncolonel Dirk Radicks *Executioner* in der vordersten Position. Die Mechs verteilten sich mit militärischer Präzision und deckten mit ihren Waffen sowohl den Wald als auch den entfernten See ab. Auf den ersten Blick war im gelben Licht der Vormittagssonne kaum die Spur einer Schlacht zu sehen. Dirk Radick sah die zertrümmerten Überreste der ReißerStern-Mechs als erster, zerbeulte Klumpen verwüsteter Gefechtsfeldtechnologie, die man zurückgelassen hatte, wo sie zu Boden gegangen waren. Allmählich fand er noch andere Hinweise darauf, was sich hier zugetragen hatte, wie vereinzelte Krater, wo eine Rakete oder AK-Granate ihr Ziel verfehlt hatte. Mehrere Bäume am Rand der Lichtung zeigten vielsagende schwarzverkohlte Wunden, Spuren schlecht gezielter Laserschüsse.

»Stelle deine Truppen auf, Sterncaptain Jergan«, befahl er und schwenkte die Mechgeschütze über die Waldlinie.

Jergan, die unmittelbar hinter ihm in ihrem *Warhawk* saß, trat vor, um dem Rest des Sterns, der sich noch am Waldrand zwischen den Bäumen vorarbeitete, schneller ausfächern konnte. »BefehlsStern, Gebiet sichern. Fletcher, Waldrand beobachten. Patton und Helenica, vorgeschobene Position, Waffen auf den See gerichtet.«

Ihre Befehle hatten einen ernsten Hintergrund. Die Datenübermittlung, die Sterncolonel Radick ihr überspielt hatte, meldete, wie die Geisterbären ReißerStern in den Hinterhalt gelockt und aus dem tiefen Seewasser und dem Waldinnern angegriffen hatten. Der Bericht war sehr kurz gewesen, und der Ausgang des Gefechts war nicht bekannt. Sie hatten nur erfahren, daß ReißerStern von den Geisterbären in eine Falle gelockt worden war. Danach hatten sie nichts mehr gehört.

Dirk Radick steuerte seinen *Executioner* beinahe schlendernd auf das Ufer zu. Er fühlte nichts von der Anspannung, die seine Untergebenen ergriffen hatte, als sie auf die Wiese traten und sich dem Ishimaru-ko näherten. Als er keine Nachricht mehr von ReißerStern erhalten hatte, war er vom Schlimmsten ausgegangen. Es hatte anderthalb Tage gedauert, den See zu erreichen, und als sie schließlich angekommen waren, war sich Radick nicht nur sicher, daß ReißerStern nicht nur vernichtet oder bestenfalls zerschlagen war sondern auch, daß kein Geisterbär mehr in der Nähe war und auf ihn wartete.

Das wäre der Strategie zuwidergelaufen, die diese Angela Bekker verfolgte. Nein, sie spielte ein anderes Spiel, ein Spiel, an das er sich schnellstens anpassen mußte, wenn er nicht untergehen wollte. Aber trotzdem hatte er durch diese Niederlage etwas gewonnen, einen Einblick in ihre Strategie und die Erkenntnis, daß er im Umgang mit ihr vorsichtiger sein mußte.

Er hielt den BattleMech an und schaltete die Systeme auf Bereitschaft. Nicht weit von den Füßen seines Mechs lagen die Überreste eines *Gargoyle*, dessen interne Struktur wie bei einem aufgeschlitzten und ausgeweideten Stück Wild aufgerissen war. Als er die Luke des Cockpits öffnete, schlug ihm der Gestank von zerschmolzenem Isoliermaterial und verschmorten Myomerfasern entgegen, durchsetzt mit dem Geruch von verschütteter Kühlflüssigkeit. Dirk kannte diesen Gestank, den Geruch des Schlachtfelds. Während er die Sprossen hinabkletterte, die entlang des Torsos und Beins seines *Executioner* in das Metall eingelassen waren, sah er noch andere Mechwracks, alle ebenso verwüstet wie der *Gargoyle*.

Radick ging zu dem zertrümmerten Mech hinüber und starrte auf das Cockpit. Es war mit dem Wappen der Blutsäufer bemalt gewesen, aber jetzt waren nur noch geschwärzte, abblätternde Farbreste zu sehen, Spuren des gnadenlosen Kampfes, den der Mech hinter sich hatte. Er kannte den Mech, und dessen Piloten, Sterncommander Digorno aus der Blutlinie Carns. Das eingetrocknete Blut auf der Innenseite des Kanzeldachs sagte ihm, was aus Digorno geworden war. Er war ehrenvoll gefallen, wenn auch besiegt. Radick schwor sich, diesen Test zu gewinnen, damit der Tod so guter Krieger nicht vergebens gewesen war, ihre Ehre nicht verschwendet.

Er starrte lange auf den bräunlich-schwarzen Schmierfleck, dann sah er hinüber zum Seeufer, an dem die Mechs des BefehlsSterns patrouillierten und sicherstellten, daß dieses Gebiet sicher war. Radick stand fast zehn Minuten dort, schaute über das Gelände, leerte seinen Geist, versuchte sich vorzustellen, was hier geschehen war.

Er hörte Schritte hinter sich. Als er sich umdrehte, sah er Sterncaptain Jergan auf sich zukommen. »Gefechtsschadensbericht, Sterncaptain«, verlangte er ruhig.

Der Ausdruck auf ihrem Gesicht sprach Bände. »Wir haben die Überreste von vier Reißer-Mechs gefunden, Sterncolonel.« Ihr Blick wanderte kurz zu dem neben ihnen am Boden liegenden *Gargoyle*. »Es befinden sich auch die Überreste von zwei Geisterbären-Mechs auf dem Gelände.«

»Was ist mit dem fünften Mech ReißerSterns? Könnte er im See liegen?«

Sie schüttelte den Kopf. »Wir haben die Reifenspuren eines Mechtransporters gefunden. Soweit ich es feststellen kann, haben die Geisterbären die gesamte Munition unseres Sterns und mindestens einen unserer im Verlauf des Kampfes beschädigten Mechs mitgenommen, Krieger Lucians *Summoner*.«

Über die Lichtung kamen zwei Krieger heran. Radick ging ihnen entgegen, und Jergan mußte einen Teil der Strecke im Laufschritt zurücklegen, um mitzuhalten. Einer der Krieger gehörte ihrem BefehlsStern an, Patton Ward. Er stützte einen verletzten Krieger, Kevin Carns vom ReißerStern. Der Mann hinkte und trug einen Arm in der Schlinge. Der Kontrast zwischen seiner dreckigen, blutverschmierten Uniform und der fleckenlosen Uniform Patton Wards war beträchtlich. Er nahm mühsam Haltung an, als Radick die beiden erreichte, dann fiel er halb auf einen Baumstumpf.

Jergan sprach als erste. »Kevin Carns, was ist geschehen?«

Er hob den Kopf, und Radick sah, daß sein schwarzer Schnurrbart fast vollständig weggebrannt war. Sein Gesicht war von den kleinen Kraternarben geplatzter Brandblasen übersät. Seine Augen lagen blutunterlaufen in dunklen Höhlen. Er war sichtlich erschöpft. Patton Ward reichte ihm eine Feldflasche, aber er trank nicht daraus, sondern hielt sie nur kraftlos in den schmutzstarrenden Händen.

»Einer ihrer Krieger griff uns an, sobald wir aus dem Wald traten. Ein einzelner *Timber Wolf*. Er traf Sterncommander Digorno. Wir rückten gemeinsam vor. Er hatte keine Fluchtmöglichkeit. Dann tauchten mehrere von ihnen aus dem Wasser auf. Das Wasser und die Felsen mußten ihre Reaktorsignale verdeckt haben. Als wir sie gerade angreifen wollten, griff uns der Rest des Sterns von hinten an. Sie müssen sich die ganze Zeit im Wald versteckt gehalten haben. Wir müssen gerade einmal hundert Meter entfernt an ihnen vorbeimarschiert sein, ohne sie zu bemerken.« Seine Stimme war eine Mischung aus Verzweiflung und Erschöpfung.

»Ein *Timber Wolf*«, wiederholte Jergan. »Welche anderen Mechs hast du gesehen?«

»Einen *Mad Dog*, eine *Summoner*, einen *Cauldron-Born* und einen *Grizzly*«, erzählte er. Dann erlag er endlich der Versuchung der Feldflasche und setzte sie zu einem langen Schluck an. Ein Teil des Wassers lief ihm übers Gesicht, als er trank, und zog eine dünne Spur durch den eingetrockneten Schmutz.

Radick sah Jergan an. »Nach allem, was wir von ihrer Einheit wissen, müssen sie es mit Sterncommander Constant Tseng und seinem KampfStern zu tun gehabt haben.«

»Gibt es noch andere Überlebende?« fragte Jergan nach, als Kevin Carns die Feldflasche endlich absetzte.

»Neg. Wir wurden vernichtet. Sie haben in dem Gefecht zwei Mechs verloren, und die anderen wurden schwer beschädigt.«

Dirk Radick beugte sich vor, bis er nur noch Zentimeter von dem jungen Carns entfernt war. »Erzähle, was geschah danach?« Er war zornig, wütend aber das, was sich hier ereignet hatte. Das war ganz und gar nicht, was er erwartet, was er geplant hatte. Irgend jemand würde dafür bezahlen müssen, teuer bezahlen.

»Sterncaptain Angela Bekker traf nur drei Stunden nach dem Kampf mit ihren Techs ein. Sie haben alles, was noch irgendeinen Wert hatte, aus unseren Mechs ausgebaut: Gyros, Aktivatoren, Munition, alles, was sich nur ausbauen ließ. Sie haben sogar die Reste von Lucians *Summoner* mitgenommen.«

Jergan starrte ihn streng an. »Und sie haben dich nicht gefunden?«

Die Frage war von Bedeutung für einen Krieger. Von einem Gegner besiegt zu werden, kostet Ehre, aber die

Schande war noch weit schlimmer, wenn der Feind ihn nicht zum Leibeigenen machte und damit in seinen Clan aufnahm. »Sie haben mich gefunden, Sterncommander. Sie haben mich medizinisch versorgt und hier zurückgelassen.«

»Sie sind zu dem Schluß gekommen, daß du nicht wert bist, ein Geisterbär zu werden«, stellte Radick fest und lehnte sich noch weiter zu Kevin Carns hinab.

Carns war eingeschüchtert, schien aber in seinem Innern eine verborgene Kraftreserve zu entdecken, und seine Stimme zeugte von neuer Leidenschaft, als er antwortete. »Sie hat mir gesagt, diese Angela Bekker, daß sie mich normalerweise zum Leibeigenen gemacht hätte. Sterncommander Constant Tseng hat ihr berichtet, daß ich ehrenhaft gefochten habe. Sie erklärte mir, daß ich aus einem bestimmten Grund zurückgelassen wurde.«

»Und der wäre?« fragte Jergan nach.

»Um dir eine Nachricht zu überbringen, Sterncolonel.« Carns fuhr sich mit der Zunge über die Lippen und blinzelte nervös unter Radicks unbewegt starrem Blick.

»Die Nachricht?«

»Sie sagte, wir hätten bereits verloren. Sie hat uns hierher gelockt und hier besiegt. Ich soll dir sagen, daß sie dein Handeln kontrolliert, wie an dem Tag, als wir hier landeten. Ich soll dir sagen, wir können uns jetzt zurückziehen und unsere Ehre retten. Wenn wir auf diesem Test bestehen, wirst du mein Schicksal teilen.«

Einen Moment sagte Dirk Radick gar nichts. Dann versetzte er Carns ohne Vorwarnung einen Schlag ins Gesicht, der den jüngeren Krieger fast von seinem Sitzplatz auf dem Baumstumpf warf. Die Feldflasche flog aus Carns' Händen, und ihr Inhalt plätscherte ins Gras. Kevin Carns erduldete die Mißhandlung wortlos. Er war zu entehrt, um sich zu wehren.

Sie wagt es! Radick wirbelte zu Jergan herum. »Du siehst, wie ihre Strategie sich entwickelt, frapos?«

Jergan nickte. »Die Geisterbären wollen uns ausbluten, unsere Vorräte aufzehren, uns schwächen und uns schließlich vernichten.«

Radicks Augen weiteten sich einen Augenblick. »Wie ist unser Nachschub- und Ersatzteilstatus?«

Sterncaptain Jergan zog einen kleinen Compblock aus der Hüfttasche ihres Overalls und tippte auf mehrere Tasten. »Unsere Raketen- und Autokanonenmunition ist beinahe aufgebraucht. Wir haben noch Panzerplatten und Myomer-Reparatursets, aber nach dem Wiederaufbau AggressorSterns sitzen wir, was systemkritische Ersatzteile betrifft, praktisch auf dem Trockenen.« Sie sah sich auf der Wiese um, und ihre Miene sprach Bände. Mit der Vernichtung ReißerSterns wurde die Lage noch düsterer.

»Ihre Strategie wird scheitern«, knurrte Radick.

»Aye, Sterncolonel«, stimmte Jergan ihm zögernd zu, offensichtlich bemüht, seine Wut nicht noch anzuheizen. »Um sie zu besiegen, müssen wir unsere verbliebenen Kräfte stärker kontrollieren und viel dichter beieinander operieren, damit wir unsere Truppen schnell konzentrieren können, wenn es zu einem Kampf kommt.«

»Nicht nur das«, erklärte Radick. »Wir müssen Leute losschicken, um ihre Basis zu finden. Wenn wir diese Operationsbasis finden, können wir den Bären dieselbe logistische Niederlage zufügen, die sie für uns vorgesehen haben.«

»Das könnte problematisch werden«, stellte Jergan fest. »Was, wenn sie mehrere Nachschubdepots benutzen?«

Wieder riß Radick die Augen auf, wenn auch nur für den Bruchteil einer Sekunde. »Falls das der Fall ist, könne wir sie ihr nacheinander abnehmen und uns neu versorgen.« Er trat ein Stück zurück und starrte erst Kevin Carns, dann Jergan wütend an. »Zweimal hat sie uns jetzt an einem Ort ihrer Wahl in einen Kampf gelockt. Beim ersten Mal hatten wir das Glück, zwei Sterne in Position zu haben, und wir konnten sie zurückschlagen. Diesmal nicht. Gib folgendes an alle Krieger durch: Wenn wir die Geisterbären das nächste Mal stellen, muß die Verfolgung mit äußerster Vorsicht erfolgen. Sie sollen das Gelände gründlich abtasten und den Gegner auf keinen Fall auf dem sich anbietenden Weg angreifen. Dadurch können wir ihre Fallen vermeiden und ihre Pläne durchkreuzen.«

»Jawohl, Sterncolonel«, bestätigte Jergan.

Radick starrte auf Kevin Carns hinab. »Und schafft diese Überreste eines Kriegers aus meinen Augen. Wenn wir diesen Test verlieren, wird er nicht mehr sein als ein Mitglied der Schwarzen Kaste, ein Bandit. Wer nicht wert ist, als Geisterbären-Leibeigener zu dienen, ist es ganz bestimmt nicht wert, sich Wolf zu nennen.« Er hatte seine Worte sorgfältig gewählt, Aus der Kriegerkaste ausgeschlossen zu werden, war für einen Krieger ein Schicksal schlimmer als der Tod. Es war ein Weg ohne Wiederkehr. Radicks Drohung war ernstgemeint und darauf ausgelegt, allen unter seinem Befehl klarzumachen, was denen blühte, die in diesem Kampf versagten.

Als Patton Ward den verletzten Kevin Carns wegführte, trat Jergan näher an ihren Kommandeur heran und sprach mit leiser Stimme zu ihm, so daß niemand anderes es hören konnte. »Sterncolonel, ich verstehe, was du tust und was du sagst, aber manchmal verstehen unsere Krieger es nicht. Die meisten sind von einer fanatischen Loyalität dir gegenüber, andere sehen dich als den nächsten Khan unseres Clans. Wenn du sie beschimpfst, riskierst du, ihre Unterstützung zu verlieren.«

Radick schütelte den Kopf. »Es ist ohne Bedeutung,

was sie von mir halten. Sie sollen die Angst kennen. Gelegentlich sehe ich sie in ihren Augen, Jergan. Nicht nur vor den Geisterbären, Angst vor mir. Angst ist der größte Ansporn, den es je gab. Und ich werde jede Waffe einsetzen, die mir zur Verfügung steht, um diesen Test zu gewinnen.«

20

In der Nähe des Rapidan, Toffen
Geisterbären-Dominium

1. April 3062

Von ihrer Position auf einem riesigen Felsblock auf dem Gipfel des Berges blickte Angela Bekker auf den Fluß hinab, der unter ihr in einer weiten Biegung durch das Tal verlief. Der Rapidan besaß eine recht starke Strömung. Er war fast achtzig Meter breit, und tief und tükkisch genug, um eine Durchquerung mit einem BattleMech ebenso gefährlich wie mühsam zu machen. Auf der anderen Seite des Flusses war ihr BefehlsStern in Position gegangen, nachdem er den Strom an weiter flußaufwärts gelegenen Furten überquert hatte. Die Mechs bewegten sich an den hohen Klippen entlang, auf der Suche nach geeigneten Gefechtspositionen.

Ihr *Executioner* stand nur wenige Meter entfernt. Sein Schatten dehnte sich hinter ihm auf den dichten Wald zu. Das Gelände hier gefiel ihr. Es war gut geeignet für eine Operation, wie sie ihr vorschwebte. Nicht perfekt, aber gut genug für einen weiteren vernichtenden Schlag gegen die Wölfe, die es gewagt hatten, Toffen zu entweihen. Richtig ausgeführt, konnte dieser Angriff den Wölfen noch mehr Schaden zufügen und sie weiter ausbluten.

Angela sah sich beinahe sehnsüchtig zu ihrem *Executioner* um. Er war kein Zuhause, sondern eine Kampfmaschine, aber ihr diente er häufig als ein Heim. Er war ein Teil von ihr, und bis jetzt hatte er in diesem Feldzug noch keinen Schaden davongetragen. Ihr Blick löste sich von dem OmniMech und stieg zum Himmel auf. Ihre HPG-Botschaft über den Versuch der Wölfe, Toffen zu erobern, mußte inzwischen bei ihren Kommandeuren eingetroffen sein, vielleicht sogar beim Khan persönlich. Würden sie zusätzliche Truppen aussenden, und wenn, wann?

Angela senkte den Blick und sah Constant Tseng mit verschränkten Armen unten stehen und darauf warten, daß sie ihn bemerkte. Sie stieg in einer Staubwolke den grauen Felsen hinab. »Ein annehmbarer Platz«, stellte sie fest, als sie in einem Satz zu Tseng hinabsprang.

Er nickte. »An dieser Biegung ist es unmöglich, den Fluß zu überqueren. Alles, was den Wölfen auf dieser Seite gegenübertritt, sitzt in der Falle. Zumindest muß es diesen Anschein haben.«

Sie gestattete sich die Andeutung eines Lächelns. »Ich weigere mich, Dirk Radick zu unterschätzen. Nach allem, was wir von ihm wissen, ist er skrupellos, aber kein Dummkopf. Wir haben seine Truppen schon zweimal in einen Hinterhalt gelockt und beschädigt, beim letzten Mal ernsthaft. Er wird versuchen, eine Wiederholung zu vermeiden.«

»Stimmt, aber hier arbeitet das Gelände gegen ihn. Er kann versuchen, die Flanken zu umgehen, und sich einbilden, unseren Hinterhalt damit umgangen zu haben, aber im Endeffekt wird er genauso in der Falle sitzen.«

»Ich sollte mich also damit zufriedengeben, daß er glaubt, meinen Plan durchkreuzt zu haben?«

»Aye. Seine Kriegerinstinkte werden ihm einen Strich durch die Rechnung machen. Wir haben selbst erfahren, daß es schwieriger ist, sich aus einem Kampf zu lösen als einen zu eröffnen.«

Angela sah auf die Uhr, dann warf sie erneut einen Blick hinüber zu ihrem Mech. »Ich habe eine Meldung von Stone erhalten«, meinte sie. »Sein Stern hat ausgekundschaftet, daß die Wölfe nur eine Handvoll ihrer am schwersten beschädigten BattleMechs zur Verteidigung des Forts zurücklassen. Ihre Patrouillen sind in letzter Zeit stark reduziert und bleiben in der Nähe der Operationsbasis. Aber der BefehlsStern ist in unsere Richtung unterwegs. Er sucht die Flußufer ab. In ein oder zwei Tagen müßten wir Kontakt haben.«

Tseng nickte. »Das ist aufschlußreich. Sie sind nicht mehr so forsch wie unmittelbar nach der Landung. Einen Teil ihrer Einheiten können sie nicht mehr komplett reparieren. Vermutlich zwingen wir ihnen das letzte an Ersatzteil- und Munitionsreserven ab.«

»Vielleicht. Aber ich weigere mich auch in dieser Hinsicht, Dirk Radick zu unterschätzen. Seine Blutsäufer gelten als Teil der Wolfsclan-Elite. Wir können nicht ausschließen, daß er von Stone weiß und ihm etwas vorspielt, was nicht den Tatsachen entspricht.« Bei diesem Gedanken lief ihr ein kalter Schauder über den Körper, und auf ihren Armen breitete sich eine Gänsehaut aus. »Wie ist unser Status?«

»Sorrenteno ist noch in der Obhut des Doktors. ChefTech Luray hat die Isorla-*Summoner* weitgehend einsatzbereit bekommen. Unsere Vorräte und Munition und Ersatzteilen sind reichlich. JagdStern operiert zwar nur mit etwa fünfzig Prozent Effizienz, aber es hat seiner Kampfmoral erheblich geholfen, daß Stone wieder im Einsatz ist. Hast du dich schon entschieden, wer den bevorstehenden Angriff leiten soll?«

»Wir haben mehrere Mechs und Krieger, die den Missionsanforderungen für diese Seite des Flusses gerecht werden«, antwortete Angela. »Gregori und sein *Grizzly* zum Beispiel, oder Kate und ihr *Mist Lynx*.«

»Und Bethanys *Nova*«, stellte Tseng fest, »erfüllt die Operationsparameter ebenfalls.«

»Wir brauchen für diesen Auftrag nur zwei Krieger, und Kate ist zur Zeit beim JagdStern«, meinte Angela mit leichtem Schulterzucken. »Damit bleiben uns Bethany und Gregori.«

»Zusammen?« Tseng gluckste. »Das ist eine Kombination, die ich instabil nennen würde, hauptsächlich, weil mir kein besseres Wort einfällt.«

»Vielleicht wäre ›unterhaltsam‹ passender«, gab sie zurück. »Du hast mir selbst geholfen, diesen Plan auszuarbeiten, Sterncommander. Wir brauchen zwei Mechs, die den Missionsanforderungen entsprechen, und das sind die beiden einzigen, die uns zur Verfügung stehen.«

»Wir gehen ein Risiko ein, indem wir unsicheren Elementen eine Schlüsselrolle in unserem Plan zugestehen.«

Angela blieb unbeeindruckt. »Im Krieg gibt es reichlich unsichere Elemente, Sterncommander. Ich vertraue den beiden. Aber glaube ja nicht, daß ich darauf verzichten werde, sie zu überwachen.«

»Ich werde Gregori informieren. Er wird sich in etwa zwei Stunden hier melden. Wir treffen uns dann auf der anderen Flußseite.«

»Sehr schön«, bestätigte Angela mit einem letzten Blick zurück auf den Fluß. »Mach ihm auch klar, daß sie zur Erfüllung eines Missionsauftrags zusammen losgeschickt werden, nicht, damit sie sich gegenseitig umbringen können. Wir wollen den Wölfen nicht die ganze Arbeit abnehmen. Ich werde mir Bethany entsprechend zur Brust nehmen.«

* * *

»Ich hasse dich«, fluchte Bethany in das Mikro ihres Neurohelms.

»Und ich empfinde nichts als Liebe für dich, Kanistergeburt«, antwortete Gregori.

»Unser Sterncaptain muß mich abgrundtief hassen, mich mit dir zusammen auf einen Einsatz zu schicken«, murmelte sie.

»Was für ein häßlicher Gedanke«, stichelte Gregori. »Was werden unsere Kinder sagen?«

Der Gedanke, eine Wahrgeborene könnte Kinder gebären, war für eine wahrgeborene Kriegerin mehr als beleidigend, er war widerwärtig. Das Eugenikprogramm der Clans war darauf ausgerichtet, durch gezielte Zuchtmaßnahmen eine überlegene Kriegerrasse zu erzeugen. Zufallsbegattungen, die »Herstellungsweise« der Freigeburten, wurden als minderwertig verachtet und waren tabu. Zukünftige Generationen der Geisterbären stammten aus dem Genmaterial der besten Krieger, das von den Mitglieder der Wissenschaftlerkaste in den Labors sorgfältig vermischt wurde. Gregoris Andeutung, er und Bethany könnten sich fortpflanzen, war die Entsprechung einer gut gezielten Raketenbreitseite. Bethany sah rot. Sie machte die Waffenmodule scharf und drehte ihre untersetzte *Nova* herum, so daß Gregoris riesiger *Grizzly* unter dem Fadenkreuz lag. »Noch eine Beleidigung, Gregori, und ich erledige dich selbst.«

»Und stellst dich den Wölfen allein?«

»Aye«, bestätigte sie. »Lieber trete ich gegen einen Stern Wölfe an als mir deine Schweinereien anzuhören.«

Plötzlich drang ein scharfes Zischen aus den Lautsprechern ihrer Kommsysteme, als jemand ihre Unterhaltung unterbrach. »Hier spricht Sterncaptain Angela Bekker. Ich habe euren Funkverkehr überwacht. Ihr benehmt euch wie zwei läufige Surats. Alle beide: Haltet den Mund, oder ihr werdet mir im Kreis der Gleichen gegenübertreten müssen.«

»Verstanden, Sterncaptain«, erklärte Gregori.

»Aye«, bestätigte Bethany. »Aber wenn das hier vorbei ist, Sterncaptain, bitte ich um die Erlaubnis, dieser Freigeburt beizubringen, was Ehre ist.«

»Das hier erweist sich als ein noch größerer Spaß als ich erwartet habe«, höhnte Gregori.

Angela wollte sichergehen, daß beide den Ernst der Situation erkannten und einsahen, daß dies nicht der Zeitpunkt für ihre Streitereien war. »Wenn wir das hier überleben, habt ihr beide meine Erlaubnis, euch gegenseitig zu Brei zu prügeln. Aber jetzt zurück auf Posten! Behaltet die Ortung im Auge und macht euch bereit, auf die Wölfe zu treffen!«

* * *

Angela stand im dunkeln und betrachtete den Berg am anderen Ufer des Rapidan, auf dem sie einige Stunden zuvor noch gestanden hatte. Jetzt befand sie sich hoch auf den Felsenklippen, und tief unter ihr toste der Fluß. Mit ihrem elektronischen Fernglas konnte sie kurz hinter der Kuppe die schwachen elektromagnetischen Signaturen der beiden Mechs erkennen. Dort oben auf der Bergkuppe, unweit des Felsens, den sie als Aussichtspunkt erklettert gehabt hatte, waren sie für Wolf-Mechs, die sich in dieser Gegend aufhielten, nicht zu übersehen. Es war zwei Stunden her, daß sie gezwungen gewesen war, die beiden MechKrieger zur Ordnung zu rufen. In beiden brannte ein wütendes Feuer. Wenn es ihnen nur gelang, dessen Energie in die richtigen Bahnen zu lenken, konnten sie den Feind das Fürchten lehren.

Sie spürte die Anwesenheit einer zweiten Person und senkte das Fernglas. Als sie sich umdrehte, sah sie Neta in der Dunkelheit stehen. Nur die kleine Lampe, die sie am Handgelenk trug, machte sie erkennbar. »Du hast dich angeschlichen, Neta«, stellte sie fest. Einen Augenblick schlug ihr das Herz bis zum Hals bei dem Gedanken, daß es jemand gelungen war, ihr so nahe zu kommen, ohne bemerkt zu werden.

»Es tut mir leid, daß ich dich erschreckt habe, Sterncaptain«, meinte Neta leise. »Ich bringe dir etwas Saft.

Er ist nicht sonderlich kalt, aber durstlöschend.« Sie hielt ihr eine Tasse entgegen. Angela nahm sie und trank.

Neta hatte etwas Besonderes an sich. Angela hatte es schon bei ihrer ersten Begegnung gespürt, aber erst recht, nachdem Neta das Kommen der Wölfe vorhergesagt hatte. Ihr ganzes Leben lang hatte die Geisterbärin Witze über die Prophezeiungen der Novakatzen gehört. Jetzt hatte sie selbst eine erlebt, und sie war beeindruckt. »Es überrascht mich, daß du noch wach bist. Morgen könnten wir reichlich zu tun bekommen.«

Neta nickte einmal. »Morgen *werden* wir reichlich zu tun bekommen«, stellte sie mit großer Sicherheit fest. »Ich habe mich vor zwei Stunden schlafengelegt. Aber ich bin wieder aufgewacht. Ich hatte das Bedürfnis, dich zu besuchen.«

Angela lief ein Schauer den Rücken hinab. »Macht dir etwas Sorgen, Neta?«

»Neg, Sterncaptain. Aber dir macht etwas Sorgen: Die Entscheidung, Gregori und Bethany gemeinsam auszusenden.«

Angela zog die Stirne kraus. »Ich müßte lügen, wollte ich sagen, daß ich keine Bedenken deswegen habe.«

»Dazu besteht kein Grund, Sterncaptain. Du hast die richtige Wahl getroffen«, meinte Neta ruhig.

»Du hast in deinen Träumen etwas gesehen, Neta?«

»Aye, Sterncaptain.«

»Kannst du mir mehr darüber sagen?«

»Manchmal ist ein Blick in die Zukunft ebensosehr Fluch wie Segen. Ich habe nur ein Gefühl, mehr nicht.«

»Ich wünschte, ich könnte deine Gelassenheit teilen«, erklärte Angela.

»Vergiß nicht, Sterncaptain«, sagte Neta: »Es ist Feuer, das aus Eisen Stahl macht. Kein Feuer brennt heißer als die Glut der Schlacht.« Bevor Angela nachhaken konnte, drehte Neta sich um und verschwand wieder in der Dunkelheit.

Zum ersten Mal seit Stunden wußte Angela, daß sie die nötige innere Ruhe hatte, um zu schlafen.

21

In der Nähe des Rapidan, Toffen
Geisterbären-Dominium

2. *April 3062*

Gregoris Blick wanderte sicher zum vierhundertsten Mal seit Sonnenaufgang über das Gelände. Bis jetzt hatten sie keine Spur von den Wölfen gesehen, aber er wußte, daß sie in der Nähe waren. Seine einzige Gesellschaft waren ein stummes Funkgerät und eine Mitkriegerin, die in mit derselben Genugtuung umbringen würde wie ein Wolf. Bethany war fast hundert Meter vor ihm in Stellung gegangen, weiter in Richtung Fluß den Hang hinab. Ihre gedrungene, kurzbeinige *Nova* kehrte ihm den Rücken zu und hatte die Geschütze auf das entfernte Ende des Waldes gerichtet, der einen Großteil des Hangs bedeckte. In die Richtung, aus der die Wölfe kommen würden.

Seit Sterncaptain Bekkers Zurechtweisung hatte Gregori sich seine Sticheleien auf Bethanys Rechnung verkniffen, und das war ihm ganz und gar nicht leichtgefallen. Es war nicht einmal so, daß er sie gehaßt hätte. Es amüsierte ihn nur ungemein, sie zu ärgern. Aber er haßte ihre Verachtung für seinen Status als freigeborener Krieger. Es war dasselbe Gefühl, das ihn reichlich Beförderungen gekostet hatte, so viele, daß es unter den Geisterbären rekordverdächtig war.

Das war es, was diesen Kampf besonders machte. Als er die Kodaxinformationen der Wolf-Krieger gesehen hatte, mit denen sie es zu tun bekommen sollten, hatte Gregori die wahre Natur des Feindes erkannt. Die Blutsäufer und ihr Sterncolonel waren von einer besonderen Bösartigkeit, wenn es um freigeborene Krieger ging. Sie versuchten gar nicht erst, sie gefangenzunehmen oder zu Leibeigenen zu machen. Im Gegenteil, sie zogen es unter allen Umständen vor, einen Freigeborenen brutal abzuschlachten, als ihm auch nur die Chance zuzugestehen, jemals als gleichberechtigt anerkannt zu werden. Radicks Ruf ebenso wie der seiner Einheit basierte auf dieser Gnadenlosigkeit. Wenn Gregori im Kampf gegen die Blutsäufer unterlag, war das sein Tod.

Sein *Grizzly* war ein BattleMech der Garnisonsklasse, den modular aufgebauten, umkonfigurierbaren OmniMechs, wie sie die meisten Wahrgeborenen steuerten, weit unterlegen. Aber das machte ihm nichts aus. Sein siebzig Tonnen schwerer Koloß war mit einem tödlichen Gaussgeschütz, drei Impulslasern verschiedener Größen und einer Zehnerlafette Langstreckenraketen bestens für ein Distanzgefecht gerüstet. Er tastete die Gegend ab, justierte die Filterkontrollen der Langstrekkenortung und wurde mit einem Signalton in den Ohrhörern seines Neurohelms belohnt. Sein Blick zuckte zur Anzeige. Mehrere unidentifizierte Zielobjekte waren in Anmarsch.

»Bethany, bestätige meine Ortung«, funkte er.

»Natürlich bestätige ich sie«, kam die Antwort. »Ich zeichne vier näherkommende Mechs.«

»Fünf«, korrigierte er sie. »In ein oder zwei Minuten werden sie auf Sichtweite heran sein.«

Solange wollte Bethany nicht warten. »Befehl Eins von Befehl Zwo. Ich zeichne einen von Süden anrükkenden Wolf-Stern.«

Sterncaptain Bekkers Stimme drang klar und fest aus den Lautsprechern. »Bestätigt Kampf Zwo diese Ortung?«

Gregoris Puls raste vor Erregung. »Aye, Sterncaptain.«

»Haltet euch an den Plan«, ermahnte Bekker sie. »Lockt sie auf den Hang, der zum Fluß hinunterführt, den Rest erledigen wir.«

Gregori knackte mit den Fingerknöcheln, dann legte er die Hände um die Steuerknüppel des *Grizzly*. Um ihn herum erwachte der Mech zu neuem Leben. Das leise Summen des Gyros gute vier Meter unter dem Cockpit, das Wummern des Fusionsreaktors, jetzt fuhren die Maschinen zur vollen Leistung hoch. Ja, er stand vor einem gefährlichen Kampf, aber er hatte vor, ihn zu überzuleben.

»Kontakt!« schrie Bethany. Ein Wolf-Mech trat aus dem Wald, eine *Stormcrow*, die mit unverkennbarer Absicht auf die *Nova* zustürmte. Ihre eingeknickten Arme setzten oberhalb des Kopfes an, was diesem Mechtyp sein charakteristisch verwachsenes Aussehen verlieh, besonders jetzt, wo die Arme die unteren Äste der Bäume streiften. Bethany schwenkte die Arme in Feuerposition, aber Gregori war schneller. Noch während er den Signalton der Zielerfassung hörte, löste er das Gaussgeschütz und die LSR-Lafette aus. Im selben Moment eröffnete die *Stormcrow* das Feuer und schoß mit ihrer Autokanone auf den näheren der beiden Geisterbären-Mechs. Irgendwann mitten in diesem Bombardement hatte auch Bethany die Hälfte ihres tödlichen Laserarsenals abgefeuert. In der Ferne konnte Gregori einen *Warhawk* und einen *Executioner* auftauchen sehen, die sich für den Angriff bereitmachten.

In dem Moment, in dem er und Bethany auf denselben Mech geschossen hatten, ungeachtet des Timings, waren für ihre Gegner alle Einschränkungen durch die formellen Clan-Gefechtsregeln gefallen, und nun war jedes Ziel erlaubt. »Du Idiot!« brüllte Bethany, als die *Stormcrow* unter dem Doppelbeschuß wankte.

»Jetzt ist es zu spät für eine Diskussion«, stammelte Gregori und feuerte weiter.

Die silbern gleißende, von den Magnetspulen auf Überschallgeschwindigkeit beschleunigte Kugel des Gaussgeschützes schlug mit solcher Gewalt in die Seite der *Stormcrow*, daß die Panzertrümmer hoch durch die Luft wirbelten, gerade rechtzeitig für die nachsetzende Raketensalve. Die weißen Kondensstreifen der Langstreckenraketen senkten sich korkenzieherartig auf den Wolf-Mech. Die Geschosse trafen Cockpit und Torsomitte und ließen eine Abfolge grauschwarzer Detonationen aufflammen, als sie die Panzerung zerschmetterten. Bethanys Wand aus hochenergetischen Lichtimpulsen stieß durch den Qualm und traf die Beine und untere Torsohälfte des entfernt humanoiden OmniMechs, aber die Rauchentwicklung hinderte Gregori daran, zu erkennen, welchen Schaden sie angerichtet hatte. Der Gegenangriff des Wolf-Piloten traf Bethanys Mech vor allem an der rechten Seite und sprengte weitere Panzerung ab.

Jetzt richtete der *Warhawk* seine Waffen auf Bethany. Die schweren Laser und Langstreckenraketen vereinigten sich zu einem Orkan aus Licht und Vernichtung. Die schweren Laserstrahlen zuckten über die rechte Torsoseite und das Waffenmodul. Die gedrungene *Nova* wurde nach hinten geschleudert, als die Raketensalve den Mech praktisch überall traf, außer am Cockpit.

»Bethany!« bellte Gregori. »Wir müssen hier weg.«

Sie antwortete nicht, sondern feuerte statt dessen eine weitere Salve auf die *Stormcrow* ab, diesmal eine Breitseite aus allen Lasern. Die *Nova* verfügte mit zwölf mittelschweren Extremreichweitenlasern über eine tödliche Vernichtungskraft. Zusammen abgefeuert, konnten ihre Waffen nahezu jeden Gegner zerfetzen. Der Preis für den *Nova*-Piloten war allerdings eine Hitzewelle, die kaum zu ertragen war, wenn die Laser eine derartige Abwärme ausstießen, daß sie die automatische Stillegung der Maschine auslösen oder den Krieger im Innern der Kanzel ernsthaft verletzen konnte.

Sie muß bei lebendigem Leib gebraten werden da drin, dachte Gregori, als er ah, wie die Laserbahnen die *Storm-*

crow trafen. Die smaragdgrünen Energielanzen schlugen mit solcher Gewalt in den Wolf-Mech ein, daß er sichtbar erzitterte. Panzerung verdampfte und wurde in alle Richtungen davongeschleudert. Ein Teil der Schüsse fand sein Ziel in der Internen Struktur des Mechs, bohrte sich tief in dessen Eingeweide und ließ gelblichgrüne Kühlflüssigkeit aus rußgeschwärzten Rumpflöchern strömen.

Die *Stormcrow* fiel schwankend ein, zwei Schritte zurück, während der *Executioner* und der *Warhawk* sich viel zu langsam auf die Ausläufer des Hangwalds zubewegten. *Warum fällt er nicht um?* fragte sich Gregori. Selbst der beste Pilot verlor die Kontrolle über einen Mech, der solche Schäden erlitt, aber irgendwie schaffte der Wolf-Pilot es, seinen Kampfkoloß aurecht und kampfbereit zu halten. Für einen Moment erkannte Gregori, wie ausgezeichnet die Blutsäufer tatsächlich waren, und welche Gefahren sie bereit waren, auf sich zu nehmen. Auch die anderen Wolf-Mechs verteilten sich und verlängerten damit die Kampflinie ihrer Gegner noch weiter. Sie rückten nicht überhastet vor. Anscheinend hatten sie aus ihren letzten beiden Begegnungen mit den Geisterbären gelernt. Das behagte Gregori ganz und gar nicht, und sein Puls hämmerte ihm immer schneller und lauter in den Ohren.

Wie als Beweis, daß sie noch nicht erledigt war, feuerte die *Stormcrow* ihr Kurz- und Langstreckenraketen ab und bombardierte das Areal, auf dem Bethanys vor Überhitzung nahezu bewegungsunfähige *Nova* stand. Einen Moment verschwand sie unter Rauch, Schrapnell, fliegenden Trümmerbrocken und den orangeroten Lichtblitzen der Detonationen. Mechpanzerung wurde von den Einschlägen ebenso brutal zerfetzt wie der Boden ringsum von den Fehlschüssen. Kleine Pilzwolken wuchsen auf dem Berghang, als die Gefechtsköpfe der Geschosse explodierten.

»Bethany, Rückzug!« befahl er, als er ihren Mech unter den Einschlägen taumeln sah.

»Neg, erst wenn diese *Stormcrow* ausgeschaltet ist«, zischte sie zurück.

Er war versucht, sie zurückzulassen, aber er verstand genau, was in ihr vorging. Bethany würde sich nicht vom Fleck rühren, bis dieser Wolf-Mech zerstört war. Statt zu warten oder seinen Mech zu ihr nach vorne zu steuern, richtete er sein Gaussgeschütz auf die wankende *Stormcrow*. Der Signalton der Zielerfassung summte ihm in den Ohren, als er das Fadenkreuz über die Mitte des unförmigen Mechs zog. Mit ihren hochgezogenen Armen lieferte die *Stormcrow* eine perfekte Zielscheibe, wie ein überdimensionales X auf der Ortungsanzeige. Er löste die Waffe aus und fühlte förmlich den Einschlag, als die glitzernde Kanonenkugel überschallschnell ins Herz der Blutsäufermachine schoß. Welchen Schaden sie dort genau anrichtete, konnte er nicht feststellen. Er sah den Mech nur unter der Wucht des Aufpralls nach hinten kippen. Der Mechtorso faltete sich ein, als habe der Treffer die gesamte Stützstruktur zerschmettert.

Er hörte ein Aufheulen über den Kommkanal, Bethanys ohrenbetäubenden Aufschrei von Wut und Frustration. Dann nahm der *Executioner* Gregori mit Langstreckenraketen unter Beschuß, und das Krachen der Einschläge übertönte den Wutausbruch seiner Kameradin. Die Raketen trafen seinen Mech von links und zertrümmerten die Panzerung an Arm, Bein und Torso, als er den Berg hinauf zum Gipfel zurückwich. Bethanys *Nova* drehte gerade rechtzeitig um, so daß sie von einem Angriff des *Warhawk* nur gestreift wurde und ihm Lichtbogen einer Partikelprojektorentladung einen Teil der Torsopanzerung einbüßte. Über den Auslaßöffnungen der Wärmetauscher flimmerte die Luft, als sie sich bewegte.

»Du suratgezeugter tittensaugender Freigeburtsidiot!« fluchte sie. »Der Abschuß gehörte mir!«

Gregori verzichtete auf eine Entgegnung, bis er die Bergkuppe erreicht hatte. »Ich liebe dich auch heiß und innig, Bethany, aber wir müssen von hier weg.« Er schwenkte seinen Mech herum und feuerte mit dem schweren Impulslaser auf den *Warhawk*, um ihr etwas Zeit zu verschaffen. Der Lichthagel traf den OmniMech hart am Bein und zog eine Schmelzspur bis hinauf zur Hüfte.

Sobald er außer Sicht der Wölfe war, drehte Gregori den *Grizzly* hangabwärts, in Richtung der Flußschleife, und beschleunigte. Er rannte bereits in gestrecktem Galopp auf das Wasser zu, als Bethany hinter ihm um den Berg kam und ebenfalls den Hang herabsprintete, verfolgt vom orangeroten Lichtschein einer Explosion. Der *Warhawk* erreichte die Bergkuppe als erster Verfolger, gerade, als sie sich zu ihm umdrehte. Der Wolf-Pilot erwiderte Gregoris letzten Angriff mit einer Salve der Partikelprojektorkanonen.

Die PPKs schleuderten ihre künstlichen Blitze auf ihn herab, als habe es Gottvater Zeus persönlich auf ihn abgesehen. Einer traf den Mechtorso auf der rechten Seite, der andere auf der linken. Gregori wurde mit Wucht in die Gurte geschleudert, als der *Grizzly* unter den Treffern hart nach hinten ruckte. Statische Elektrizität schlug ins Cockpit durch, und einen Moment standen Gregori die Haare zu Berge. Er bemühte sich, den abrupten Verlust über einer Tonne Panzerung auszugleichen. Durch verkniffene Augen und mit zusammengebissenen Zähnen hielt er den *Warhawk* im Visier, obwohl er den *Executioner* und einen *Dire Wolf* auf beiden Seiten der Bergkuppe zu einer Zangenbewegung ansetzen sah.

Bethany hielt gut vierzig Meter entfernt an, drehte den Mechtorso der *Nova* und feuerte die Hälfte ihrer ER-Laser hangaufwärts auf den *Executioner* ab, ohne mehr Schaden anzurichten als ihm einige Panzerplatten wegzureißen. Die Situation auf der Taktikanzeige sah gar nicht gut aus. Hinter ihnen lag der tosende Rapidan, zu tief und zu reißend, um ihn zu durchqueren. Vor ihnen waren vier Wolf-Mechs, in erhöhter Position und weit aufgefächerter Formation, die langsam und methodisch den Hang herab näherrückten.

Das Gaussgeschütz lud die nächste Kugel in die Kammer, und er hörte das metallene Knallen, mit dem Langstreckenraketen aus dem Munitionspack in die Abschußrohre fielen. Ein *Hellbringer* mit fleckiger purpurrot-sandbrauner Bemalung erschien in der Nähe des *Executioner* im unteren Abschnitt des Berghangs, als die Wolf-Maschinen zum Todesstoß ansetzten. Gregori hatte in seinem Leben schon einige Gefechte durchgestanden, aber noch nie hatte er sich gefühlt wie gerade jetzt. Es war ein übles Gefühl, das da wie Galle aus seiner Magengrube aufstieg. Ein Gefühl von Hilflosigkeit. Die Waffen noch immer auf den *Warhawk* gerichtet, feuerte er noch einmal Langstreckenraketen und Gaussgeschütz ab.

Kampflos bekommt ihr mich nicht …

22

In der Nähe des Rapidan, Toffen
Geisterbären-Dominium

2. *April 3062*

Angela beobachtete den Kampf mit hämmerndem Herzen aus ihrem Cockpit. Die Biegung des Flusses deutete auf die hohen Felsklippen, auf deren Gipfeln sie und der Rest des BefehlsSterns warteten. Tief unter ihnen, am gegenüberliegenden Ufer, schleuderten Gregori und Bethany, ihnen den Rücken zugekehrt, den langsam den Hang herabkommenden Wölfen eine vernichtende Geschützsalve entgegen. Die Gegner rückten in einer weit gefächerten Schlachtreihe vor, und das Feuer ihrer MechKrieger galt vor allem einem *Warhawk* und einem *Executioner*, die sich sehr langsam zu beiden Seiten des Hangs talwärts schoben und dabei nahezu gegenüberliegende Flankenpositionen einnahmen.

Lange würden ihre beiden Krieger das nicht durchstehen können. Schlimmer noch, die Art, wie die beiden Wolf-Mechs Gregoris Maschine attackierten, zeigte offensichtlich, daß im Verlauf des Kampfes irgendwie die überlieferten Regeln des Kampfes verletzt worden waren. Gregoris wuchtiger *Grizzly* wurde geradezu in Explosionen gebadet und schien sich zu drehen, als wolle er den Angriff abschütteln, aber in Wahrheit schüttelte er mehr als eine Tonne seines Panzerschutzes ab. Die Zeit, die den beiden noch blieb, lief rapide aus. Sie mußte handeln. Sie hatte gehofft, die Wölfe wären vorgeprescht und etwas näher an den Fluß gekommen, aber Dirk Radick war vorsichtiger geworden. Er hatte dazugelernt.

»Befehl Zwo und Kampf Zwo, Rückzug«, bellte sie.

Normalerweise wäre jeder Rückzug so dicht am Ufer des reißenden Rapidan unmöglich gewesen, selbst für den besten Krieger ein selbstmörderisches Wagnis. Dann sah Angela das Zangenmanöver des Wolf-*Hellbringer*, der den Hang entlang kam und eine mörderische Salve auf Bethanys *Nova* abfeuerte, die bereits viel zu viel Rüstung verloren hatte, um den Kampf weiterzuführen.

»BefehlsStern, Angriff auf weite Distanz, sobald sie zünden«, befahl sie. Plötzlich aktivierten die scheinbar in der Falle sitzenden Mechs ihre Sprungdüsen und erhoben sich in die Lüfte, drehten ab und sprangen über die tosenden Fluten, während die Raketen und Laserbahnen der Wölfe nur die Luft hinter ihnen zerteilten.

Angela hatte Gregori und Bethany weniger auf Grund ihrer kämpferischen Fähigkeiten für diese Aktion ausgesucht als wegen der Möglichkeiten ihrer BattleMechs, ebenso wie sie diesen Schauplatz für das Gefecht ausgewählt hatte, weil sie wußte, daß Dirk Radicks *Executioner* der einzige sprungfähige Mech im Aufgebot der Blutsäufer war, und sie bezweifelte, daß selbst Dirk Radick allein über den Fluß springen würde, um die beiden Krieger zu verfolgen.

Als die beiden das andere Ufer erreichten, brachte Angela ihren *Executioner* hinter dem Felsvorsprung vor, der ihr Deckung geboten hatte, und senkte das Fadenkreuz auf den Wolf-*Hellbringer*, der den Hang herab ans Flußufer rannte, um Bethany noch eine Salve hinterherzuschicken. Der Rest ihres Sterns trat ebenfalls aus den Verstecken, wählte sich Ziele und eröffnete mit den Langstreckenwaffen das Feuer auf die Blutsäufer.

Ihr Gaussgeschütz schoß die polierte Kanonenkugel mit Überschallgeschwindigkeit ab, und die schweren Extremreichweitenlaser bereiteten sich auf den Schuß vor und pumpten ein Megajoule Energie in die Vorheizsequenz. Sie hatte gut gezielt. Die fünfzig Zentimeter durchmessende Titankugel schlug in den linken Arm des *Hellbringer* ein. Der Mecharm wurde nach hinten gebogen, als sei er gebrochen, und riß den ganzen Kampfkoloß mit herum. Der Arm hing noch am Rumpf, aber er hatte die gesamte Panzerung verloren, und aus dem beschädigten Schulteraktivator sprühten Funken.

Geschützfeuer hallte von den Klippen hoch über dem Fluß und dem langen Hangufer auf der anderen Seite wider. Sprange hatte den *Timber Wolf* für dieses Gefecht umkonfiguriert, so daß er ebenfalls für einen Langstreckeneinsatz gerüstet war. Sein Gaussschuß verfehlte den *Dire Wolf*, der vom Fuß des Berghangs aus auf Bethanys *Nova* am gegenüberliegenden Ufer feuerte. Der schwere Impulslaser zog eine Serie von Einschlägen über die Brustpartie der Wolf-Maschine, während die Langstreckenraketen sich auf die Beine des titanischen OmniMechs stürzten und deren Schutz aufrissen und zerbeulten. Angelas schwere Laser verfehlten ihr Ziel nur um einen Meter, aber ihre Leute erzielten reichlich Treffer bei den gegnerischen Einheiten. Netas Extremreichweiten-PPKs brachten den Vormarsch des *Warhawk* zum Stehen. Ein Schuß verfehlte sein Ziel und verbrannte das Gras vor dem Mech zu einem tiefschwarzen Kreis, der andere grellblaue Blitzschlag explodierte auf dem linken Kniegelenk des Blutsäufer-Mechs.

Der Wolf-*Executioner* am gegenüberliegenden Flußufer feuerte auf Gregoris *Grizzly*, als der sich langsam die Klippen hinaufbewegte, und zertrümmerte dessen Beinpanzerung schwer genug, um ihn aus dem Gleichgewicht zu bringen. Gregori stürzte mit einem Donnerschlag, unter dem der Boden erzitterte, vornüber auf den schlammigen Felshang. Breedfelts *Kodiak* hielt sich nahe der Kuppe von Angelas Berg und griff mit seiner einzigen Fernwaffe, einem schweren Laser, den *Hellbringer* an, den sie bereits unter Beschuß genommen hatte.

Einem Instinkt folgend legte sie das Gaussgeschütz

und die schweren Laser auf denselben Feuerleitkreis und zielte auf den *Dire Wolf*, der auf dem gegenüberliegenden Berghang in Stellung gegangen war. Dessen Pilot feuerte eine Geschützsalve ab, die an ihrer Maschine vorbeizuckte und weiter zu Breedfelt auf dem Kamm der Klippe. Sie visierte die Torsomitte des überschweren Blutsäufer-Mechs an und feuerte mit allen drei Waffen. Eine Hitzewelle schlug durch ihr Cockpit, als die Waffen ihre tödliche Ladung auf die Reise schicken. Ein Laser schoß vorbei, aber der andere bohrte sich ins Herz des *Dire Wolf*, knapp unterhalb der Bresche, die das Gaussgeschütz geschlagen hatte. Der *Hellbringer* hatte sich unter der Wucht ihres Angriffs gekrümmt, aber dieser Koloß schien ihn unbeeindruckt abzuschütteln. Seine Frontalpanzerung wurde zusätzlich von Bethany beschädigt, die auf dem Rückzug den Berg hinauf ihre mittelschweren Laser noch einmal einsetzte, bevor die Wölfe außer Reichweite waren.

Der *Hellbringer* zog sich trotz der Verwüstung seines linken Waffenmoduls, um das immer noch ein wilder Funkenregen tanzte, nicht aus dem Kampf zurück. Er hob den unbeschädigten rechten Arm in eine Linie mit Breedfelts *Kodiak* und schoß. Der Blitzschlag zuckte die Klippe herauf, und Angela sah auf dem Sichtschirm, wie der riesige Geisterbären-Mech einen tief ins Innere des rechten Beins durchschlagenden Treffer einsteckte.

Die PPK-Blitze erhellten den Berhang, als auch der *Warhawk* einstimmte und Neta attackierte. Deren *Kingfisher* fiel dicht neben Angela zurück, als einer der Schüsse eine beachtliche Menge Panzerung von seiner Brustpartie schälte. Der zweite Schuß fiel zu kurz und schleuderte einen Schauer von Steinen, Erdbrocken und Baumwurzeln die Klippe hinab auf Gregori, der sich immer noch abmühte, seinen Mech wiederaufzurichten.

Dirk Radicks *Exexutioner* feuerte seine schweren Laser ab und spießte Bethanys *Nova* mit den blutroten

Lichtlanzen auf. Angela konnte Bethanys Maschine nicht sehen, aber auf der Ortungsanzeige sah sie, daß der Mech die gesamte Panzerung verloren hatte. Außerdem war eines ihrer Waffenmodule komplett unbrauchbar. Möglicherweise war es abgerissen worden, aber vielleicht war es auch explodiert, brannte oder hing nutzlos herab. Die beträchtliche Hitze, die von der *Nova* ausging, ließ darauf schließen, daß entweder die Abschirmung ihres Fusionsreaktors beschädigt war oder sie mehrere Wärmetauscher verloren hatte. So oder so sagte Angela ein untrügliches Gefühl in der Magengrube, daß Bethanys Zeit in diesem Kampf abgelaufen war.

Und die Blutsäufer sorgten dafür, daß dieses Gefühl sich bewahrheitete.

Der *Warhawk* feuerte eine seiner PPKs auf Bethany ab. Der elektrischblaue Energiestrahl traf die ohnehin geschwächten Beine des Mechs. Obwohl die Felsen und der Qualm des Gefechts ihre Sicht behinderten, sah Angela eine Serie von Explosionen aufblitzen, wo die *Nova* sich befunden hatte. Sie überprüfte die taktische Anzeige und stellte fest, daß der Fusionsreaktor der *Nova* nicht mehr arbeitete. Sie biß sich auf die Unterlippe und rückte ein Stück weiter vor. Die Entfernung und der Fluß, den sie zu ihrer eigenen Verteidigung zwischen sich und ihre Gegner gesetzt hatte, hinderten sie daran, zurückzuschlagen. *Du darfst nicht sterben, Bethany. Ich will sehen, wie du dich an diesen Wölfen rächst.*

Gregori kämpfte sich gegen Schlamm und Schwerkraft hoch, brachte den *Grizzly* auf die Knie und schließlich auf die Beine, während rings um ihn her die Raketen des Wolf-*Executioner* tiefe Krater in den Berg schlugen. Angela wandte sich zum Angriff auf den Mech, in vollem Bewußtsein, wer an seinen Kontrollen saß. Dann wendete der *Executioner* plötzlich und ohne Vorwarnung militärisch präzise auf der Stelle und marschierte den Hang wieder hinauf.

Sie feuerte, aber als sie den Auslöser des Feuerleitkreises auf dem Steuerknüppel durchdrückte, waren nur die schweren Laser wieder aufgeladen und feuerbereit. Nur eines der beiden Geschütze traf sein Ziel und schälte die Panzerung von Radicks Mechbein, so daß zerschmolzene Metallpfützen in den tiefen Fußstapfen zurückblieben. Er drehte den Mechtorso zu ihr herum, lange genug, um eine Raketensalve in ihre Richtung abzufeuern. Sie sah die Geschosse kommen, konnte aber nichts dagegen unternehmen. Die meisten schlugen auf der rechten Seite der Maschine an Bein und Torso ein, und ihr *Executioner* stöhnte leise unter den Treffern. Danach drehte sich Dirk Radick einfach um und ging weiter, um die Bergkuppe und außer Sicht.

Der Pilot des *Dire Wolf* hatte den Kampf allerdings noch nicht aufgegeben, und als echter ClanKrieger brachte er sich Angela schlagkräftig in Erinnerung. Der Mech erfaßte Sprange mit seinen drei schweren Impulslasern und dem Gaussgeschütz und überschüttete den Geisterbär mit einem vernichtenden Feuerschlag. Die Gausskugel schlug mit einem donnernden Krachen in den Torso des *Timber Wolf* ein, das Angela selbst Dutzende Meter entfernt im Cockpit ihres *Executioner* noch hörte. Das Knirschen und Stöhnen des Metalls erinnerte an brechende Knochen, und sie zuckte mitfühlend zusammen. Die Laser zuckten über die Klippe. Einige der Energiebolzen verfehlten die Maschine ihres alten Freundes, aber andere schlugen in die Mechbeine und verwandelten schützende Panzerplatten in kleine, wertlose metallene Souvenirs.

Der *Hellbringer* stand zu dicht an Angelas Pirschenden Bären, um eine Chance auf einen geordneten Rückzug zu haben, so sehr sich der *Warhawk* auch bemühte, das Feuer auf sich zu ziehen. Sprange zielte und löste sein Gaussgeschütz und die Langstreckenraketen aus. Diesmal war das Glück auf seiner Seite. Die im Flug kaum sichtbare Gausskugel traf den Torso der Wolf-Maschine zentral, und deren Brustpartie fiel in sich zusammen. Eine Sekunde später trafen die Raketen ins Ziel. Ihre dünnen Rauch- und Kondensstreifen verwoben sich zu einem komplexen, tödlichen Muster. Der *Hellbringer* hob gerade die Waffen zum Gegenschlag, als dic Sprengköpfe auf dem Kanzeldach und im Innern der klaffenden Panzerbresche detonierten, die das Gaussgeschütz geschlagen hatte. Eine Serie interner Explosionen schüttelte den fünfundsechzig Tonnen schweren Kampfkoloß, und Flammenzungen schossen aus dem Loch in seiner Brustpartie zu den Wolken hoch, als er zur Seite kippte und halb im Fluß, halb im Ufersand liegenblieb.

Neta feuerte den letzten Schuß des Gefechts auf den *Dire Wolf* ab. Als läge ein Fluch über ihren Waffen, verfehlte wieder eine der PPKs das Ziel, aber der zweite künstliche Blitzschlag krachte in den gewaltigen rechten Oberschenkel des Metallmonstrums und sprengte einiges an Panzerung ab, während er sein Ziel mit sonnenheißen Lichtbogenentladungen zeichnete. Dann verschwand der überschwere Stahlriese schweigend aus der Feuerlinie, zusammen mit dem Rest der Wölfe.

Angela betrachtete die Ortungsanzeige auf dem Hilfsbildschirm, um den Zustand ihrer Einheit zu überprüfen. Die Datenübertragung von Gregoris Mech zeigte, daß er schwer beschädigt, aber immerhin noch einsatzfähig war. Bethanys *Nova* war erledigt, und Angela war sicher, daß in diesem Moment bereits mindestens einer ihrer Krieger mit dem Versuch beschäftigt war, Bethany aus dem Wrack ihrer Maschine zu zerren. Spranges *Timber Wolf* sah noch viel stärker mitgenommen aus als die Datenübertragung anzeigte. Obwohl er hauptsächlich kleinere Panzerungsschäden erlitten hatte, machte der schwere Mech den Eindruck, gerade quer durch die Hölle marschiert zu sein. Breedfelts Schäden waren minimal. Ihr eigener *Executioner* hatte einen gewissen Schaden einstecken müssen, aber sie wäre bereit gewesen, dem Feind nachzusetzen, wenn die Planung das vorgesehen hätte.

Aber dem war nicht so.

Der Plan war von Beginn an derselbe wie immer gewesen. Sie wollten die Wölfe treffen, sie schädigen und sich zurückziehen. Sie hatte diesen Platz speziell deshalb ausgewählt, weil sie wußte, daß nur ein einziger Feindmech in der Lage war, ihrer sprungfähigen Vorausabteilung über den Fluß zu folgen. Sie und ihr Team hatten gemeinsam mit ChefTech Luray dafür gesorgt, daß all ihre Mechs auf ein Distanzgefecht eingestellt waren, mit Ausnahme des Köders: Bethany und Gregori.

Mehrere Aspekte der Schlacht waren nicht wie geplant verlaufen, aber damit mußte man in einer Kampfsituation immer rechnen. Sie hatte gehofft, Dirk Radicks Truppen würden aggressiver vorpreschen und ihrem Langstreckenbeschuß mehr Zeit geben, Schaden anzurichten. Sie war auch nicht darauf vorbereitet gewesen, daß Dirk Radick seine Leute zurückzog. Aber so gut er sich auch geschlagen hate, zwei seiner BattleMechs waren vernichtet, und die anderen hatten Schäden erlitten, die sich mit den Mitteln der Wölfe nicht reparieren ließen.

Sie wollte gerade den Sendeknopf drücken und ihrem Stern neue Befehle erteilen, als eine Sendung über Breitband hereinkam. Sie sah die Frequenzanzeige und wußte, daß alle ihre Geisterbären mithören konnten, was nun folgte. Und sie wußte, wer sie anfunkte, noch bevor sie seine Stimme hörte.

»Sterncaptain Angela Bekker von den Geisterbären, hier spricht Sterncolonel Dirk Radick von den Wölfen.«

»Ich höre dich, Sterncolonel. Ich nehme an, du willst diesen Test beenden?«

Es folgte eine kurze Pause. »Ja, Sterncaptain, das will ich. Gefechte, bei denen ihr euch hinter Flußläufen und derartigen Geländemerkmalen versteckt, sind der Ehre nicht würdig, für die Geisterbären bekannt sind. Statt wie Abschaum der Inneren Sphäre zu kämpfen, sollten wir diese Kraftprobe zu einem Ende bringen. Nenne mir einen Austragungsort, und ich werde mit meinen Kräften antreten. Du wirst deine Truppen zum Kampf führen, und innerhalb von Minuten wird das Leid deiner Einheit ein Ende haben.«

Angela war sich nicht sicher, was sie davon halten sollte. Entweder waren die Wölfe schwerer angeschlagen als sie ahnte, oder Radick versuchte, sie hinters Licht zu führen. So oder so blieb ihre Antwort die gleiche. »Ich weiß deine Besorgnis um meine Ehre zu schätzen, aber ich habe bei der Wahl des Austragungsortes für unseren Kampf keine Ehre eingebüßt. Du hingegen hast heute viel verloren.«

Sie betrachtete das zertrümmerte Wrack des *Hellbringer*, und die hinter dem Berg in den Himmel steigende Rauchsäule zeigte ihr, daß auch die *Stormcrow*, die sie nie zu Gesicht bekommen hatte, an keinem Kampf mehr teilnehmen würde.

»Du unterschätzt unsere Möglichkeiten, Bärin«, stellte Radick eisig fest.

Jetzt war sich Angela sicher, daß er bluffte und versuchte, sie glauben zu machen, seine Einheit sei stärker als es in Wirklichkeit der Fall war. »Und du unterschätzt unsere Entschlossenheit, Wolf.«

»Neg. Aber soviel weiß ich: Wenn ich hier fertig bin, wirst du meine Leibeigene sein, und die Wahrgeborenen in deiner Einheit werden aus der Kriegerkaste verstoßen und den Rest ihrer Tage als dreckige Banditen fristen. Du hast meinen Kodax gesehen, und weißt, was mit deinen Freigeburten geschehen wird. Tue ihnen allen und auch dir selbst einen Gefallen, Sterncaptain.

Mach den Nächten ein Ende, in denen ihr in den Wäldern schlafen und euch wie Ungeziefer verstecken müßt. Stelle dich zum Kampf wie eine echte Kriegerin.«

Sie fand seine Beleidigungen sehr aufschlußreich. »Neg, Sterncolonel Dirk Radick. Krieche zurück zu deiner Basis, aber halte die Augen offen. Ich habe noch immer Kräfte dort draußen, die den Rückweg unangenehmer für dich machen könnten, als du dir vorstellst.« Sie unterbrach die Verbindung und beendete ihre öffentliche Unterhaltung. In gewissem Maße hatte sie diesmal selbst geblufft. Nur der JagdStern hielt sich im betreffenden Gebiet auf, und der hatte Befehl, die Wölfe zu beschatten und nur anzugreifen, wenn sich auf deren Rückweg zum Fort DelVillar vereinzelte Nachzügler als Ziel anboten. Und Angela wußte, daß Radick bei all seiner vorgetäuschten Siegessicherheit auf diesem Weg hinter jeden Fels und jeden Baumstamm blicken und auf einen Überfall warten würde, der nie kam,

Hier und jetzt warteten ihre eigenen Leute auf ihre nächsten Worte. Angela schaltete auf die Frequenz ihres Sterns um und grinste breit im Innern des Neurohelms. »Breedfelt, gib Doktor Drogan ein Zeichen, sein Team auf den Weg zu schicken. Wir übrigen Pirschende Bären werden uns jetzt textbuchmäßig zurückziehen und uns etwas gönnen, was den Wölfen abgeht: Reparaturen und neue Munition.«

23

Fort DelVillar, Toffen
Geisterbären-Dominium

19. April 3062

Dirk Radick versuchte nicht, seine Wut zu verbergen, als er auf das Tor der Festung zumarschierte. Dicht hinter ihm folgte Sterncaptain Jergan, die sich bemühte, geschwindigkeitsmäßig mit ihm mitzuhalten, wenn auch nicht stimmungsmäßig. Von dem Eifer, den sie am Beginn ihres Besitztests um Toffen noch gezeigt hatte, war nichts geblieben. Dunkle Ringe lagen um ihre Augen. Ihr Haar war struppig und ungekämmt. Ihre Uniform war ausgebleicht und fleckig. Eine Neueinkleidung mußte warten, bis der Test … nein, der Feldzug, vorbei war.

Durch das Tor Fort DelVillars wankten die Überreste von Sterncommander Bifflys Truppen. Die Mechs bewegten sich unbeholfen, wirkten ebenso erschöpft wie die Krieger an ihren Kontrollen. Es waren nur noch zwei Maschinen, und sie waren nicht mehr als Schatten der Kampfkolosse, die auf Toffen gelandet waren.

Die braun-grüne Tarnbemalung des *Mist Lynx* war nur noch an ein paar Stellen zu sehen. Der Rest des Rumpfes wurde von mattgrauer Ersatzpanzerung bedeckt, jedenfalls dort, wo überhaupt noch Panzerung vorhanden war. Die Beine waren völlig entblößt, und von einem der Mecharme waren nur noch einzelne lose herabbaumelnde Myomerstränge übrig. Unter einem riesigen Riß in der Brustpartie funkelte es silbern. Die Gausskugel, die diese Bresche geschlagen hatte, war so tief in der internen Struktur des Mechs vergraben, daß die Techs sie mit den ihnen zur Verfügung stehenden

Mitteln wahrscheinlich kaum mehr würden entfernen können.

Ein *Ice Ferret* war der einzige andere Mech des Sterns, der noch einsatzfähig war, obwohl »einsatzfähig« in diesem Fall schon sehr freizügig ausgelegt werden mußte. Der Lauf der Extremreichweiten-PPK war so verbogen, daß er sich nur noch als Altmetall eignete. Die KSR-Lafette im anderen Arm sah zwar von vorne schußbereit aus, aber ihre Munition war explodiert und hatte die Panzerung im hinteren Teil von innen heraus aufgerissen, so daß sie an eine exotische Blume erinnerte. Die Schmelzspuren von Lasertreffern zogen sich über die Brustpartie des Mechs hinauf zum Cockpit. Das Kanzeldach des Mechs, von dessen Kopf nach dem Streifengang durch den Wald mehrere Lianen herabhingen, war weggesprengt, aber die Pilotin hatte es irgendwie geschafft zu überleben. Jergan holte Dirk Radick am Fuß der BattleMechs ein und bemerkte eine Pfütze grüner Kühlflüssigkeit auf dem Stahlbeton, die sich unter dem *Ice Ferret* sammelte. Die Piloten der beiden Maschinen kletterten müde herunter zu ihren Kommandeuren.

»Ist das alles, was vom AgressorStern noch übrig ist?« raunzte Radick, als die beiden MechKrieger herantraten und vor ihm salutierten. Eine der beiden, Drew, trug einen provisorischen Verband um den Kopf, und die Verbrennungen an den Armen würden sicherlich Spuren hinterlassen, die sie für den Rest ihres Lebens tragen mußte.

Die beiden Krieger sagten nichts, sondern nahmen nur stumm Haltung an. Es gab auch nicht viel zu sagen, erst recht nicht angesichts der Stimmung, in der ihr Sterncolonel war. Begonnen hatte dieses Debakel, als Sterncommander Biffly Ward zu einem Überfall auf eines der Geisterbären-Nachschubdepots ausgerückt war, dessen Lage sie durch einen scheinbar zufällig aufgeschnappten Funkspruch erfahren hatten. Die Einzelheiten des Fiaskos, das sich daraus entwickelt hatte, kannten Radick und Jergan noch nicht, aber der männliche Überlebende, Vaul, hatte Fort DelVillar angefunkt und gemeldet, daß Biffly tot war und der Rest einen Hinterhalt der Geisterbären nur mit Mühe überlebt hatte. Jetzt blieb nur noch, die Einzelheiten ihrer Verluste festzustellen. Die Einzelheiten der Niederlage.

»Was ist mit dem Nachschub der Bären, Drew?« tobte Radick. Biffly und sein schwer angeschlagener Stern hatten die Funksignale des Feindes sorgfältig überwacht und zu ihrem Ursprung zurückverfolgt. Die Mission war als schneller, leicht durchzuführender Überfall geplant gewesen. Die Mechs hatten den dringend benötigten Nachschub stehlen und sich danach sofort zurückziehen sollen.

»Wir konnten die Einrichtung lokalisieren, die wir für ihr Depot hielten. Alles von Wert war bereits entfernt, Sterncolonel«, meldete sie. Trotz ihrer Verletzungen stand sie immer noch stramm. »Sterncommander Biffly Ward ließ uns mehrere noch dort befindliche Kisten untersuchen, und in einer fanden wir einen kleinen Funksender, der mit einem Stolperdraht verbunden war. Die Geisterbären wußten von unserer Anwesenheit. Sie haben uns angegriffen, während wir noch zu unseren Mechs rannten.«

»Wie ist Biffly Ward gefallen?« fragte Jergan. Biffly hatte über ein Jahr unter ihrem Befehl gedient. Er hatte strategisches Talent besessen, auch wenn er ihr persönlich nie sonderlich sympathisch gewesen war.

Diesmal antwortete Vaul, und in seiner Stimme lag fast so etwas wie Trauer. »Er starb ohne große Ehre, zumindest nicht die Ehre, die er sich immer erhofft hatte. Sie griffen zunächst mit einer *Viper* an, der kurz darauf ein *Mist Lynx* folgte. Ihre Elementare waren in den Baumwipfeln versteckt und ließen sich von oben auf uns herabfallen. Sterncommander Biffly Ward feuerte auf den *Mist Lynx*, aber einer seiner Schüsse streifte einen Elementar. Als wir die Cockpits erreichten, war der Kampf bereits freigegeben. Die Elementare zerfetzten seinen *Mad Dog*, während die *Viper* uns unter Beschuß nahm. Der *Mist Lynx* erledigte ihn aus nächster Nähe.«

Der Verlust seines Offiziers schien Radick überhaupt nicht zu berühren. »Und danach habt ihr die Geisterbären entkommen lassen?«

Vaul fühlte sich von dieser Bemerkung sichtlich beleidigt, wagte aber nicht zu widersprechen. Er warf Jergan einen hastigen Blick zu, in der Hoffnung, sie würde ihm zu Hilfe kommen, aber das konnte er vergessen. Sie hatte Dirk Radick oft genug in dieser Stimmung erlebt, um zu wissen, daß er momentan für Logik und Vernunftargumente nicht zugänglich war. Vauls Blick kehrte zu Radick zurück. »Wir sind nicht zurückgewichen, Sterncolonel. Wir haben gekämpft. Die Geisterbären haben sich zurückgezogen, als sie mit dem Schaden zufrieden waren, den sie uns zugefügt hatten.«

»Habt ihr sie wenigstens auch beschädigt?«

Vauls Augen wurden zu Schlitzen. »Das haben wir. Die *Viper* wurde schwer beschädigt, und wir haben zwei ihrer Elementare verletzt.«

»Du hast sie entkommen lassen, statt sie zu zermalmen?« Dirk Radicks Stimme war vor Wut kaum noch menschlich zu nennen.

Trotz der Gefahr, seinen Zorn noch anzuheizen, entschied Jergan, daß es an der Zeit war, einzugreifen. »Sterncolonel, wenn er sie verfolgt hätte, hätten die Geisterbären ihn möglicherweise in eine weitere ihrer Fallen gelockt. Vauls Handeln könnte die Überreste des Sterns gerettet haben.«

Dirk Radick wirbelte zu ihr herum. Er war außer sich vor Wut. Dies war nicht der einzige Überfall, dessen Opfer ihre Truppen seit dem Gefecht am Rapidan geworden waren. Bei einem früheren Angriff hatten die

Wölfe in einem Austausch von Raketen- und PPK-Salven in einem engen Gebirgspaß mehr Schaden erlitten, als sie sich leisten konnten. Theodore Kerenskys *Adder* war so zugerichtet worden, daß sie kaum noch betriebsfähig war. Selbst Radick hatte Schaden einstecken müssen, aber bis die Wölfe sich zum Gegenangriff gesammelt hatten, waren die Pirschenden Bären bereits im Gebirge verschwunden gewesen. Sie durch unbekanntes Gelände zu verfolgen, wäre zu riskant gewesen. Dirk Radick stand unter derselben Anspannung, die sie alle fühlten, aber bei ihm äußerte sich der Streß in cholerischen Wutausbrüchen. »Überbeanspruche meine Geduld nicht, Sterncaptain. Meine Stimmung ist so düster wie die Nacht auf diesem Höllenloch von einem Planeten.«

Die Lage war ernst, das wußte sie. Ihr Trinärstern hatte den Test mit fünfzehn voll funktionsfähigen BattleMechs begonnen. Jetzt hatten sie nur noch die beiden halben Wracks des AggressorSterns, Radicks *Executioner*, Theodore Kerenskys *Adder*, Patton Wards *Dire Wolf* und ihren *Warhawk*. Der *Dire Wolf* hatte fast die Hälfte seiner Panzerung verloren, und über die Hälfte des Panzerschutzes auf ihrem eigenen Mech bestand aus Flikken. Die *Adder* hatte ein Waffenmodul und die komplette Beinpanzerung verloren. Radicks *Executioner* hatte auch einiges an Panzerung und darüber hinaus zwei seiner kostbaren Wärmetauscher eingebüßt. Alles, was von ihrem Trinärstern noch geblieben war, reichte gerade einmal zu etwas mehr als einem Stern. Und selbst der war ein trauriger Rest früherer Größe.

Ihr Munitionsbestand war ein anderer Punkt, den Radick und sie erst wenige Stunden zuvor besprochen hatten. Die Situation war düster, falls das nicht noch beschönigt war. Ihre Vorräte waren erschöpft. Was sie noch an Munition besaßen, war unter den noch kampfbereiten Mechs verteilt worden und reichte nur noch für wenige Salven. Sie hatten sich in der Konfiguration ihrer Mechs zu stark auf Autokanone und Raketenlafetten gestützt. Keiner von ihnen hatte mit einem Test gerechnet, der sich über Wochen hinzog.

»Ich verstehe, wie du dich fühlst, Sterncolonel, aber wir sollten unseren Zorn besser auf die Geisterbären richten«, meinte sie in der Hoffnung, in ein wenig zu beruhigen.

»Du mußt einsehen, daß sich mir nur wenige Möglichkeiten eröffnen, Sterncaptain. Angesichts der Schäden, die wir erlitten haben, wäre die logischste Vorgehensweise hierzubleiben und uns von den Geisterbären belagern zu lassen. Aber sie ist unrealistisch, weil unsere Nahrungsvorräte in einer Woche erschöpft sind. Wenn sie genug Zeit haben, könnten sie uns einfach aushungern. Diese Angela Bekker wäre dazu vermutlich ohne weiteres bereit. Oder wir können in die Offensive gehen und diesen Stützpunkt aufgeben. Wir wissen aber, daß die Geisterbären über zwei Sterne an Truppen verfügen, die sie uns entgegenwerfen können, und sie besitzen reichlich Nachschub und Reparaturmöglichkeiten, daher erscheint dieses Vorgehen ebenso sinnlos.«

Die Hoffnung, Sterncaptain Bekker zu einer Entscheidungsschlacht auf offenem Feld überreden zu können, um den Test zu einem schnellen Ende zu bringen, hatte Dirk Radick längst aufgegeben. Wenn er unter den momentanen Umständen eine Schlacht forciert hätte, wären seine Blutsäufer, so gut sie als Krieger auch waren, innerhalb von Minuten nur noch eine Erinnerung gewesen.

»Was mir nur eine Möglichkeit läßt, auf die ich gehofft hatte verzichten zu können«, erklärte er langsam, und gegen Ende des Satzes wurde seine Stimme zunehmend leiser.

Jergan verstand. »Wir können uns zurückziehen«,

sagte sie, aber die bloße Erwähnung des Wortes enzündete das Feuer in seinen Augen neu.

»Und Khan Vladimir Ward erklären, daß ich einen Trinärstern seiner besten Truppen in den Tod geschickt habe, ohne das Geringste damit zu gewinnen? In einem Besitztest, den er nicht genehmigt hat. Neg.«

Jergan nickte. Auf Toffen stand mehr als nur Ehre auf dem Spiel. Dieser Test war zu einer Frage politischen ebenso wie militärischen Überlebens geworden.

Radick schüttelte beinahe traurig den Kopf. »Was mir noch bleibt, wird mich Ehre kosten, aber es wird mir den Sieg sichern.«

Bevor sie noch etwas sagen konnte, drehte Dirk Radick um und marschierte in Richtung des Befehlsbunkers davon.

* * *

Angela betrat das kleine Zelt und beugte sich über den verwundeten Elementar. Der durchdringende Gestank der Newarksümpfe lag in der Luft, aber inzwischen hatte sie sich daran gewöhnt. Doktor Drogan warf ihr einen Blick zu, der ihr die Schwere der Verletzung klarmachte, und sie sah selbst, daß das rechte Bein des Mannes vom Knie abwärts nicht mehr vorhanden war. Der Elementar, Krane, war nur halb bei Bewußtsein, schien sie aber zu erkennen.

»Wir hatten Erfolg, Sterncaptain«, flüsterte er.

»Ruhe dich aus, Krane«, sagte sie, und drückte beruhigend seine riesige Hand. »Unser guter Doktor wird dafür sorgen, daß du den Geisterbären noch auf Jahre hinaus dienen kannst.«

Er nickte und fiel in einen Dämmerzustand. Angela drehte sich um und verließ das Zelt, dicht gefolgt von dem Arzt. »Sterncaptain Bekker«, sprach er sie wie üblich in einem fordernden Ton an, der ganz und gar nicht zu einem Mitglied einer niederen Kaste paßte, das mit einem Höherstehenden sprach.

Sie drehte sich um. »Was gibt es, Doktor?«

»Er wird überleben, wenn wir ihm einige Tage Ruhe gönnen«, stellte Drogan kalt fest. »Es sei denn, Sie haben andere Pläne.«

Angela behagte sein Ton ganz und gar nicht, aber das war im Augenblick das Geringste ihrer Probleme. »Dann kümmere dich um ihn. Wir alle haben unsere Pflichten, Doktor. Das ist deine.«

»Sie sollten noch etwas wissen … Ich mußte bei Bethany eine Amputation vornehmen. Die Infektion ihrer Verletzungen hatte sich verschlimmert. Sie brauchte auch eine Nottransfusion.« Seine Stimme war ernst.

»Eine Amputation?«

»Ja. Drei Finger. Ihre Hand ist schwer beschädigt, und sie wird reichlich Therapie brauchen, bevor sie wieder einen Mech steuern kann.«

Angela sah auf ihre eigenen bionischen Ersatzfinger, und einen Moment waren ihre Gedanken nicht mehr auf Toffen, sondern in einer schummrigen Höhle auf Strana Metschty, Lichtjahre entfernt und Jahre in der Vergangenheit. War es das Opfer wert gewesen? »Wann? Wann wird sie wieder in der Lage sein, einen BattleMech zu lenken?«

»Sie ist durch die Infektion geschwächt. Sie werden dem Clan beide wieder im Kampf dienen können, Bethany genau wie Krane, aber nicht in nächster Zeit. Beide brauchen entweder Prothesen für das Bein beziehungsweise die Finger, die sie verloren haben, oder wir müssen die Regeneration der betreffenden Glieder stimulieren. So oder so wird einige Zeit vergehen, bis sie wieder ins Gefecht ziehen können.«

»Doktor, ich schreibe dir nicht vor, wie du die Verletzten behandeln sollst. Maße dir nicht an, mir zu sagen, wie ich gegen einen anderen Clan kämpfen soll.

Vielleicht wäre es dir lieber, wenn diese Welt in die Hände der Wölfe fällt, frapos?«

Er schüttelte den Kopf. »Sie wissen, daß ich das nicht will. Aber ich bin es satt, gute Männer und Frauen behandeln zu müssen, die an der Schwelle des Todes stehen. Die ganze Einheit, Sie selbst eingeschlossen, zeigt Anzeichen von Erschöpfung. Die meisten von uns müssen mit bestenfalls vier Stunden Schlaf auskommen, und das laugt uns aus. Es stumpft uns ab. Dieser Wahnsinn muß ein Ende haben, und zwar bald.«

Das Fiepen ihres Kommunikators unterbrach ihn. An der Anzeige sah sie, daß es sich um eine Breitbandsendung handelte. »Hier ist Sterncaptain Angela Bekker«, meldete sie sich, und es gelang ihr nicht, die Nervosität in ihrer Stimme zu verbergen.

»Sterncolonel Dirk Radick hier«, kam die Antwort. »Ich beglückwünsche dich zu deiner bisherigen Strategie, Sterncaptain. Du hast meinen Trinärstern Blutrünstige Wölfe höchst effektiv ausgeblutet. Jeder andere Krieger würde sich jetzt zurückziehen, aber wie du bereits festgestellt hast, bin ich nicht wie andere Krieger.«

»Aye, Sterncolonel«, bestätigte sie locker.

»Beim Bieten um diese Welt habe nur ich persönlich geboten, statt dies meinen Offizieren zu überlassen. Es ist ein unorthodoxes Vorgehen, aber es gibt in meinen Clan Präzedenzfälle für diese Praxis. Daher habe ich mich jetzt entschieden, auf mein vorletztes Gebot zurückzugreifen, oder zumindest auf einen Teil davon, um diesen Test zum Ende zu bringen.« Vom prahlerischen Ton seiner früheren Funksprüche war nichts geblieben. Jetzt lag nur noch bittere Entschlossenheit in seiner Stimme, Entschlossenheit, sie zu vernichten. »Hiermit rufe ich mein vorletztes Gebot wieder auf, den Trinärstern Vernichter Sterncaptain Lark Radicks. Normalerweise würde ich den gesamten Trinärstern gegen dich einsetzen, aber du hast dich als findige Gegnerin erwiesen. Der Einsatz so übermächtiger Kräfte wäre verschwenderisch und ehrlos. Ich werde auf einen der Sterne der Vernichter verzichten und sie als Binärstern ins Feld führen. Ich treffe diese Entscheidung nicht leichtfertig, Sterncaptain, sondern in Anerkennung der Ehre, die du bisher gezeigt hast. Ich werde dir die Daten dieser Einheit übermitteln und dir entsprechend den Gebräuchen unseres Volkes Gelegenheit zur Planung geben. Obwohl du keine Luft/Raumelemente geboten hast, bin ich verpflichtet, formell um Safcon für die für Übermorgen angesetzte Landung meines Binärsterns zu bitten.« Mit dem Gesuch um Safcon, freies Geleit, stellte er sicher, daß Angela das Landungsschiff nicht während des Landeanflugs angriff. Natürlich hatte er recht in seiner Einschätzung, daß sie ohnehin nicht über die Möglichkeiten dazu verfügte.

Es war seine andere Ankündigung, die sie wie eine Raketensalve traf. Ein neuer Binärstern! Frische Truppen, mit neuen Munitionsvorräten. Der Mut wollte sie verlassen. Auch der Doktor wurde bleich, als er die Bedeutung dieser Mitteilung erkannte. »Du verlierst mit dieser Aktion reichlich Ehre, Sterncolonel«, stellte sie fest.

»Das stimmt«, gab er mit erkennbarem Widerwillen zu. »Aber schlußendlich liegt die höchste Ehre im Sieg. Du hast dich gut geschlagen, Angela Bekker. Aber es wird Zeit, diesen Test zu beenden.«

Die Verbindung wurde unterbrochen, und aus dem Lautsprecher drang nur noch ein bösartiges Zischen. Angela schloß die Augen und atmete tief ein. Wenn sie jetzt die Hoffnung aufgab, war alles verloren, wofür sie gekämpft hatten. Sie konnte nicht zulassen, daß ihre Krieger umsonst gestorben waren, nicht einmal für die Ehre eines Kampfes bis zum Letzten.

Sie öffnete die Augen und schaltete auf eine andere Frequenz um. »Sterncommander Constant Tseng und

Stone, bringt eure Truppen zu meinen Koordinaten. Ich will alle und jeden hier haben, die einen Mech steuern können. Es ist an der Zeit, diesen Kampf zu einem Ende zu bringen, so oder so.«

24

Newarksumpf, Toffen
Geisterbären-Dominium

19. April 3062

»Damit ist alles gesagt«, meinte Angela, als sie die Aufzeichnung der Mitteilung Dirk Radicks abschaltete. »Ein neuer Binärstern mit frischen Wolf-Kriegern.« Die um sie versammelten Pirschenden Bären wirkten um nichts minder geschockt als sie sich fühlte, aber sie blieben stumm, warteten darauf, was sie als nächstes sagen würde, warteten auf die Worte, die über das Schicksal Toffens und ihre Zukunft entscheide würden.

Sie hatten fast zehn Stunden gebraucht, um sich im Newarksumpf zu versammeln. Um sie herum standen die reichlich mitgenommenen, aber inzwischen kampferprobten Überlebenden ihrer Einheit. Sie hatten sich auf einem kleinen, trockenen Hügel versammelt, der von Feldlampen beleuchtet wurde, die ihre Techs hastig angeschlossen hatten. Auch eine Handvoll Personal der niederen Kasten war anwesend. ChefTech Luray war da, unter einer so dicken Schicht Dreck, Schmiermittel, Kühlflüssigkeit und sonstigem Schmutz, daß es zweifelhaft erschien, ob er jemals wieder ein menschliches Aussehen erreichen würde. Doktor Drogan stand im Hintergrund, die Arme verschränkt, so trotzig wie immer.

»Ihr habt euch alle gut geschlagen. Ich würde sogar sagen, daß ihr mit die besten Krieger seid, die ich je befehligen durfte. Wir alle haben mitgefochten und mit unseren Anstrengungen einen der besten Sterncolonel und eine der besten Einheiten in die Knie gezwungen, die Clan Wolf je gezüchtet hat. Die Blutsäufer haben jahrelange gemeinsame Kampferfahrung, aber ihr habt sie bezwungen und sie soweit gebracht, daß sie ihre Ehre opfern müssen, um noch eine Chance zu haben, uns diesen Planeten abzunehmen.«

Angela achtete darauf, während ihrer Worte jedem ihrer Zuhörer in die Augen zu sehen. Für das, was jetzt bevorstand, genügte es nicht, eine Kriegerin zu sein. Sie hielt ihr Leben in den Händen. Es genügte nicht, eine Kommandeurin zu sein. Sie mußte in ihren Leuten ein Feuer entzünden, ohne das sie keine Hoffnung auf den Sieg hatten.

»Ich habe unsere Möglichkeiten abgewogen. Wir können diese Welt den Wölfen überlassen, oder wir können kämpfen. Aber ich will ehrlich zu euch sein. So gut ihr euch auch bisher geschlagen habt, jetzt stehen wir frischen Truppen gegenüber, nicht erschöpften, ausgebluteten Kämpfern wie die, mit denen wir es bisher zu tun hatten.«

»Wir dürfen nicht aufgeben«, erklärte Stone, dessen Gesicht als Folge seiner frühen Verletzungen und der langen Nächte auf Streife erschreckend eingefallen war. »Wenn wir das tun, war alles, was wir auf uns genommen haben, alles, was wir wir verloren haben, umsonst.«

»Ganz meine Meinung«, stimmte Gregori zu. »Diese Blutsäufer sollen Freigeburten und jeden anderen, den sie für minderwertig halten, abschlachten. Ich kann nicht für Neta sprechen, aber wir würden beide das Leben verlieren, wenn sie gewinnen. Statt Toffen einfach aufzugeben, würde ich es vorziehen, zu kämpfen und ein paar von ihnen mitzunehmen.« Neta nickte zustimmend.

»Unsere Erziehung lehrt uns, Verschwendung zu vermeiden«, stellte Constant Tseng fest, und rieb sich den blauschwarzen Fleck auf seinem Arm, der ihn schmerzhaft an einen Zusammenprall mit den Wölfen wenige Tage zuvor erinnerte.

Angela beendete die Diskussion mit einer schnellen Handbewegung. »Ihr unterliegt einem Mißverständnis«,erklärte sie. »Dies ist keine Demokratie, dies ist eine militärische Operation. Die Entscheidung wird nicht vom Ergebnis irgendwelcher Debatten abhängen. Sie ist bereits gefallen. Wir werden gegen diese Wölfe kämpfen. Aber wir werden dazu unsere Strategie möglicherweise ein weiteres Mal ändern müssen. Neue Gegner können ein neues Vorgehen erfordern, eines, das unseren guten Sterncolonel noch einmal überrumpelt.«

Die Gesichter leuchteten im schwachen Licht der von den Bäumen hängenden Lampen auf. Wieder sah sie ihre Leute der Reihe nach an. »Was noch zu diskutieren bleibt, ist das Wo und Wie.«

Mehrere Sekunden herrschte Schweigen, bis Stone schließlich das Wort ergriff. »Die Berge erstrecken sich bis nördlich des Rapidan. Sie bieten ausgezeichnete Deckung. Wir könnten ein passendes Gelände finden und sie dorthinlocken.«

Angela schüttelte den Kopf. »Dirk Radick wird in keinen Hinterhalt mehr gehen. Das haben wir am Rapidan gesehen. Er würde uns niemals in die Berge folgen. Das würde ich an seiner Stelle auch nicht. Er weiß, daß uns das Gelände dort zu sehr in die Hände spielen würde.«

»Da wären noch die Falmouthebenen«, meinte Constant Tseng nach einem Moment.

»Und? Was nützen uns die Falmouths?« fragte Breedfelt. »Um diese Jahreszeit sind sie bedeckt mit hohem Gras und Rohrpflanzen. Was nützt uns das, abgesehen davon, daß es die Sicht behindert?«

Tseng lächelte. »Du redest, als hättest du die taktischen Daten genauso analysiert wie die Wölfe es getan haben.«

Angela erkannte, worauf er hinauswollte. Auch sie

mußte lächeln, als sie mit dem Gedanken spielte. *Es könnte funktionieren …* »Doktor Drogan, in welchem Zustand sind die Ebenen um diese Zeit des Jahres?«

Der Arzt war völlig überrascht, als sie ihn plötzlich ansprach, und stammelte zu Beginn sogar etwas. »Ich, also, äh, normalerweise sind die Ebenen reichlich trokken. Unsere Bauern haben ihre Ernte eingeholt, und in oder zwei Wochen steht die Brandrodung der Rohrfelder an. Das fördert die Fruchtbarkeit im nächsten Jahr. Wenn die Felder nicht kontrolliert abgebrannt werden, kommt es durch Unfälle oder natürliche Faktoren zu unkontrollierten Bränden.«

»Sind die Ebenen dieses Jahr trocken?«

Drogen nickte langsam. »Staubtrocken, Sterncaptain.«

»Und die vorherrschende Windrichtung?«

Tseng zog seinen Compblock hervor und tippte wie wild auf die Tastatur ein. »In dieser Jahreszeit aus Südwest. Nach den meteorologischen Daten unserer Wettersatelliten ist in der nächsten Woche mit stetigen Brisen zu rechnen.«

Jetzt grinste auch Gregori, der die Idee inzwischen verstanden hatte. »Wir locken die Wölfe auf die Falmouthebenen, und dann brennen wir sie ab.«

»Aye«, bestätigte Angela. »Das ist momentan unsere beste Chance. Aber wir benötigen eine Methode, einen möglichst großen Teil der Ebenen anzuzünden, und das, wenn es geht, gleichzeitig.« Ihr Blick wanderte über den inneren Zirkel ihrer Krieger hinaus dorthin, wo Luray stand. »ChefTech, weißt du einen Weg, ein Feuer zu entfachen, ein Feuer von schier unglaublichen Ausmaßen?«

Ebenso wie vor ihm Drogan war auch er überrascht, als er angesprochen wurde, hauptsächlich deshalb, weil er vor Schlafmangel kaum noch stehen konnte. »Wir haben noch etwa vierzig Fässer Pentaglyzerin, die wir ungefähr fünfzig Kilometer von hier vergraben haben, als wir Fort DelVillar aufgegeben haben. Es ist ein hochexplosives Gemisch, aber wenn man es versprüht, brennt es noch besser als Napalm. Da es nicht verdunstet, läßt es sich über das gesamte Gebiet verteilen, von dem Sie geredet haben. Ein Funke, oder auch ein Funkzünder würde genügen, und Sie könnten so ziemlich alles abrennen.«

Angela nickte. »Wir haben die Ebenen bei unseren Trainingsübungen nach der Ankunft auf Toffen kennengelernt. Das Gras und die Rohrpflanzen stehen so dicht, daß nicht einmal der beste OmniMech in einem solchen Inferno überleben könnte.«

»Die Feuer müßten so gelegt werden, daß sie den Wölfen den Fluchtweg abschneiden. Außerdem müßten wir ein Gebiet auswählen, in dem der Bewuchs so dicht ist, daß die Flammen eine stetige Hitze aufbauen, die es den Wölfen unmöglich macht, sich zu bewegen oder gar zu feuern.«

Der Arzt ergriff das Wort. »Sterncommander, ich lebe schon seit meiner Geburt auf dieser Welt. Die Hitze der Rohrfeuer, die unsere Bauern legen, ist so intensiv, daß die Rauchentwicklung manchmal drei, vier Tage den Himmel mit Wolken verhängt, und das über den ganzen Kontinent. Die meisten Leute werden Ihnen auf Fragen erklären, daß man sich einem Rohrfeuer nicht weiter als auf fünfzig Meter nähern kann, ohne das Bewußtsein zu verlieren. Es wird mehr als heiß genug für Ihre Bedürfnisse werden.«

»Das kannst du nicht machen, Sterncaptain«, warf Breedfelt ein. »Der Einsatz eines kontrollierten Großfeuers ist unehrenhaft. Unser Volk hat auf Tukayyid eine bittere Niederlage erlitten, als die ComGuards diese Art von Taktik einsetzten.« Seine Stimme klang verbittert, als könne er die Asche des Feuers im Holthwald auf Tukayyid noch schmecken.

Angela kniff die Augen zusammen. »Ich verstehe deine Einwände. Auch ich war auf Tukayyid. Ich war im Holthwald, als er in Flammen aufging, und habe es nur durch Zufall überlebt.«

»Dann stimmst du mir zu, daß wir diese Taktik nicht einsetzen können.«

»Neg«, verneinte sie. »Aus mehreren Gründen nicht. Erstens sind die Umstände andere. Ich habe dieses Gelände in meiner Testerklärung eingeschlossen, und Sterncolonel hat Zugriff auf dieselben Informationen wie wir. Zweitens ist kein Ehrverlust damit verbunden, wenn man Geländebedingungen nutzt, um einen Sieg zu erreichen. Drittens wird es funktonieren. Ich weiß es. Ich habe den Ensatz eines solchen Feuers gegen meine Einheit überlebt. Wir sind Geisterbären. Wir sind bekannt für unsere Unbeweglichkeit, aber in diesem Fall müssen wir uns anpassen.«

Auch Neta meldete sich zu Wort. »Die Wölfe erinnern sich an Tukayyid genau wie wir. Sie wissen, daß unser ganzer Clan die Narben jener Katastrophe im Holthwald trägt. Wir müssen diese Taktik anwenden, allein schon, weil sie eben das von uns niemals erwarten würden.«

Breedfelt war noch nicht überzeugt. »Sagst du das als Novakatze oder als Geisterbärin, Neta?«

»Als eine Geisterbärin, die sich den Sieg ebenso wünscht wie du.« Dann wandte sie sich an Angela. »Und als eine Kriegerin, die an den Erfolg dieser Taktik glaubt.« Von diesem Moment an war die Debatte beendet. Die Angelegenheit war entschieden.

»Eine Sache stört mich noch«, stellte Tseng fest. »Radick bringt seinen Binärstern erst in vierundzwanzig Stunden herunter. Warum die Wartezeit? Sie könnten ohne weiteres innerhalb einer Stunde hier unten sein.«

Angela zuckte die Achseln. »Das werden wir wohl nie genau erfahren. Nach Stones Gefechtsbericht zu urteilen, dürfte es die Niederlage seines AggressorSterns gewesen sein, die Radick dazu gezwungen hat. Seine Truppen auf der Planetenoberfläche sind schwer angeschlagen. Vermutlich will er die Zeit dazu nutzen, das, was ihm noch geblieben ist, so gut instandzusetzen, wie er kann.«

»Wenn er diesen Binärstern und dessen Vorräte in Fort DelVillar absetzt und seine Mechs repariert, stehen die Chancen noch schlechter für uns«, meinte Tseng.

»Aye«, bestäigte Angela. »Deshalb müssen wir in zwingen, sich zum Kampf zu stellen, bevor er voll aufgerüstet ist.«

»Sterncaptain.« Es war die Stimme Dolfs. »Deine Bemerkung bringt eine andere Frage auf. Ich bin sicher nicht der richtige Mann, um diese Frage zu stellen, aber wo ist der Rest unseres Clans? Inzwischen hätten Verstärkungen hier eintreffen müssen.«

Angela sah sich zu Tseng um, dann blickte sie wieder zu Dolf. Wie sollte sie diese Frage beantworten, wenn sie selbst nicht verstand, warum noch keine Entsatzeinheiten eingetroffen waren? »Ich habe noch keine Antwort von unseren Kommandeuren erhalten. Ich gehe davon aus, daß unsere Eidgeschwister zusätzliche Einheiten senden, um uns zu entsetzen, aber bisher habe ich noch kein entsprechendes Signal erhalten.«

Neta meldete sich zu Wort. Ihre Stimme klang seltsam, übernatürlich monoton, wie die eines Orakels oder einer Seherin in der Antike Terras. »Es sind über vierzig Tage vergangen, Sterncaptain. Wären Verstärkungen unterwegs, hätten sie das System inzwischen erreicht.«

Es breitete sich ein unbehagliches Schweigen aus, während Angela mit ihren eigenen Zweifeln rang. Aber es dauerte nur einen Augenblick, bevor sie durch pure Willensanstrengung neuen Mut faßte. »Es stimmt, wir haben nichts von unserem Clan gehört. Aber selbst wenn Entsatztruppen bereits im System wären, stehen die Wölfe in der Umlaufbahn und wären vor ihnen hier. Wir haben diesen gesamten Test ohne Hilfe von außen gefochten, und wir können ihn auf dieselbe Weise auch weiter gewinnen ... mit unserem eigenen Blut.« Ihr Blick fiel auf die Gesichter vor ihr, und sie erkannte, daß ihre Krieger die Angst überwunden hatten.

Wieder suchte sie den Blick jedes einzelnen ihrer überlebenden Krieger und Hilfstruppen. »Die einzige Frage, die sich jeder von euch stellen sollte, ist: Können wir diese Wölfe besiegen? Können wir sie so bluten lassen, daß sie den Schwanz einziehen und Toffen den Rücken kehren? Können wir sie in der Schlacht zerquetschen, in der letzten, entscheidenden Schlacht?«

Mit einer Stimme brüllten die Pirschenden Bären ein hallendes »Ja!«

Angela strahlte. »Ausgezeichnet. Es bleibt noch eine Menge zu erledigen. ChefTech Luray, laß ein Team unter Sterncommander Constant Tsengs Leitung das Pentaglyzerin rund um die Falmouths verteilen. Außerdem brauchen wir für diesen Kampf jeden verfügbaren Krieger, der einen BattleMech steuern oder in einen Gefechtspanzer steigen kann.«

»Welche Pläne hast du für meinen JagdStern?« fragte Stone.

Angela lächelte. »Ihr habt bereits Schäden einstekken müssen. Ich habe etwas Besonderes für dich und deine Leute geplant, Stone. Richtig ausgeführt, sollten wir es schaffen, daß du Dirk Radick eine zusätzliche Überraschung überreichst.« Stone stellte erstaunt eine Augenbraue schräg, und Constant Tseng sah sie mit fragend schräggestelltem Kopf an.

»Sterncaptain«, mischte sich ChefTech Luray ein. »Von meiner Warte aus haben Sie den entscheidenden Punkt angesprochen. Den Mangel an Kriegern. Wir konnten die von den Wölfen erbeutete *Summoner* einigermaßen instandsetzen, aber wir haben keinen Krieger, der sie steuern könnte.«

Angela sah zu Doktor Drogan hinüber. »Ganz egal, welche Medikamente ich einsetze, weder Bethany noch irgendein anderer meiner Patienten wird rechtzeitig einsatzbereit sein«, stellte er fest, und sein Tonfall ließ keinen Raum für Debatten.

Tseng trat mit einem weiten Schritt vor. »Ich bin vielleicht in der Lage, dieses Problem zu lösen, Sterncaptain«, sagte er. Dann drehte er sich wieder zu der kleinen Versammlung auf der Hügelkuppe um. »Barthelow, tritt vor.«

Der Leibeigene aus der Inneren Sphäre kam zu seinem Herrn und streckte die Hand aus. Constant Tseng packte das schmale Fellband, das um das Handgelenk des Mannes lag, und durchtrennte es mit seinem Messer. »Barthelow, hier und heute, vor den Augen und in den Köpfen dieser um dich versammelten Geisterbären, befreie ich dich von deiner Leibeigenschaft. Nicht länger bist du Barthelow, Leibeigener des Constant Tseng. Von diesem Tage an bist du, Barthelow, ein Krieger unseres Clans.«

Die anderen Geisterbären, Angela eingeschlossen, senkten kurz den Kopf. »Seyla« intonierten sie im Chor und bestätigten die Zeremonie damit für alle Zeit. Als sie den Kopf wieder hob, sah Angela Barthelow noch immer etwas benommen das Handgelenk reiben, um das er die Leibeigenenkordel getragen hatte. »Willkommen in unseren Reihen, Barthelow.«

»Danke, Sterncaptain«, erwiderte er wie im Traum.

Gregori hob triumphierend die Faust. »Endlich eine zweite Freigeburt in dieser Einheit. Ich kann es kaum erwarten, daß Bethany gesund wird.«

»Damit wäre das Problem gelöst«, stellte Tseng fest. »Aber das beantwortet die Hauptfrage noch nicht, Sterncaptain. Wie genau willst du die Wölfe dazu bringen, sich auf den Ebenen zum Kampf zu stellen?«

»Indem ich Dirk Radick gebe, was er sich wünscht. Etwas, dem er nicht widerstehen kann. Etwas, das er gewollt hat, seit er hier gelandet ist.« Angela aktivierte ihren Kommunikator und hob das Mikrofon dicht an ihren Mund, damit keine Gefahr bestand, daß ein Teil ihrer Botschaft verlorenging. »Sterncolonel Dirk Radick von den Wölfen, hier spricht Sterncaptain Angela Bekker. Ich gewähre deinem Binärstern Safcon für eine Landung am Ostrand der Falmouthebenen zu dem von dir angegebenen Zeitpunkt. Ich werde mich zu diesem Zeitpunkt auf der Ebene aufhalten, Sobald deine Truppen aufgesetzt haben, werde ich dir die Position meines Trinärsterns mitteilen.«

»Deines *gesamten* Trinärsterns?« antwortete die körperlose Stimme Radicks.

»Wir alle werden dir auf den Ebenen gegenübertreten. Du bekommst, was du dir gewünscht hast, Dirk Radick, die Entscheidungsschlacht zwischen unseren Clans. Aber ich muß dich warnen. Wenn du nicht bereit bist, diesen Kampf anzugehen, werde ich dir diese Gelegenheit nie wieder bieten. Dem Sieger wird Toffen gehören. Der Verlierer wird entweder tot sein, oder es sich wünschen.«

25

Falmouthebenen, Toffen
Geisterbären-Dominium

21. April 3062

»Es ist eine Falle, das ist dir doch klar, frapos?« meinte Sterncaptain Jergan, während sie ihren Mech in dem Versuch, mit Sterncolonel Radick mitzuhalten, um einen riesigen Baumstamm lenkte. Fast hundert Meter hinter ihr wuchtete sich der gigantische *Dire Wolf* Patton Wards durch den Wald und versuchte dasselbe. Radicks *Executioner* rannte durch den Richartwald, als gäbe es die Bäume gar nicht. Jergan hatte ihn schon früher so erlebt, in den Klauen einer Leidenschaft, die kein Blutsäufer kontrollieren konnte. Er war besessen, ging völlig im Kampf gegen die Bären auf, ignorierte alles andere – Vernunftargumente eingeschlossen.

Radicks Stimme drang knisternd aus den Lautsprechern ihres Neurohelms. »Ja, natürlich weiß ich, daß diese Angela Bekker etwas plant. Ich bin keine dumme Freigeburt. Du hast dir diese Falmouthebenen angesehen. Was glaubst du, hat sie vor?« Es war die Art Fangfrage, die Jergan in Gesprächen mit ihrem Vorgesetzten besonders fürchtete, aber ihr blieb nichts anderes übrig, als ihm zu antworten.

In den letzten zwei Tagen war viel geschehen, und das meiste überhastet. Nur Vaul und sein *Mist Lynx* waren beim Landungsschiff in Fort DelVillar zurückgeblieben, hauptsächlich, weil Vauls Mech ausgeschlachtet worden war, um den Rest der Einheit kampffähig zu halten. Außerdem nahm Dirk Radick Vaul immer noch den letzten Hinterhalt der Geisterbären übel. Das er ihn zurückließ, war ein Zeichen, der Preis des Versagens. An der Flanke der Formation manövrierte Drew in ihrem *Ice Ferret* um Bäume und Sträucher, um mithalten zu können. Sie befehligte jetzt den Aggressor-Stern, beziehungsweise dessen Überreste, sprich: ihren eigenen Mech.

Sie stürmten durch den Wald nach Westen, wo er an die weiten, wogenden Ebenen grenzte. Jergan hatte sich alle verfügbaren Daten über die Falmouthebenen dreimal angesehen, und jedesmal hatte sie gespürt, daß ihr dabei irgend etwas entging. Das Gelände eignete sich hervorragend für versteckte Bewegung, da die Gräser und ungeernteten Rohrpflanzen hoch genug standen, um die meisten Mechs zu verbergen. Ein effektiver Kampf war nur in den Bereichen möglich, in denen die Rohrpflanzen weit genug ausgedünnt oder kurz genug geschnitten waren, um dem Feind die Deckung zu nehmen. Aber das ergab keinen Sinn. Die Sensoren ihrer Mechs würden mehr als genügen, um die Geisterbären zu verfolgen, auch wenn sie deren Mechs nicht sehen konnten. Hergan hatte genug über Angela Bekker gelernt, um zu wissen, daß sie die Ebenen niemals als Schlachtfeld ausgesucht hätte, wenn sie nicht irgendeinen Vorteil daraus ziehen konnte.

»Nach allem, was ich sagen kann, will sie die Ebenen dazu verwenden, ihre Bewegungen zu verbergen. Die Rohrpflanzen engen das Schußfeld erheblich ein. Angela Bekker hat sich als sehr geschickt darin erwiesen, die Geländebedingungen gegen uns einzusetzen. Ich rate zur Vorsicht.«

Sie verlor Radicks *Executioner* aus der Sicht, als er hinter der Kuppe eines vor ihr aufragenden Hügels verschwand, aber seine Stimme verspottete sie weiter. »Vorsicht hat uns überhaupt erst in diese Lage gebracht. Sie ist ausgeblutet, und das weiß sie auch. Unsere Angela Bekker ist verzweifelt. Wir sind ihr zahlen- und waffenmässig überlegen. Wenn diese Ebenen ihr einen so gewaltigen taktischen Vorteil bringen, warum hat sie den dann nicht schon früher genutzt?«

Ihr *Warhawk* sträubte sich leicht, als sie ihn den Hang hinaufsteuerte. »Du hast sie gezwungen, nach deinen Regeln zu spielen, Sterncolonel. Ich will nur andeuten, daß sie sich anpaßt, und das schnell.«

Als sie die Hügelkuppe erreichte, sah sie den riesigen Rumpf des *Union*-C-Landungsschiffes, der umnittelbar am Rand des Waldes aufragte und die ganze Ebene beherrschte. Hinter den letzten jungen Setzlingen begannen die Falmouthsebenen. Das braune Gras und Rohr wogte im Wind wie ein Ozean. Die am Fuß des Hügels in der Nähe des kurz zuvor aufgesetzten Landungsschiffes wartenden Mechs waren der Binärstern Sterncaptain Lark Radicks, ihres Offizierskollegen und Rivalen.

»Nett von euch, uns Gesellschaft zu leisten«, spöttelte Lark aus dem Cockpit seines *Timber Wolf*, und sein Tonfall war von solcher Arroganz, daß Jergan sich unwillkürlich fragte, ob es sich dabei möglicherweise um eine genetische Besonderheit der Radick-Blutlinie handelte. »Ich schlage vor, ihr stellt die Maschinen kurz ab und laßt sie von meinen Techs anständig mit Munition beladen.«

Sie hielt neben Dirk Radicks *Executioner* an und kletterte die zerbeulten Rumpfsproßen hinab zu ihrem Kommandeur. Lark stand bereits unten, die Arme verschränkt, ein verschmitztes Grinsen auf dem Gesicht. Jergan versuchte, ihren Ärger zu unterdrücken. Sie wußte, daß er keine Ahnung davon hatte, was sie auf Toffen schon durchgemacht hatten oder was ihnen in dieser Entscheidungsschlacht noch bevorstand.

»Jergan, schön, dich wiederzusehen. Wie es scheint, hat diese Geisterbären-Kometin dich ganz nett in die Mangel genommen«, höhnte er, und wippte auf Fersen und Zehen, während er den Augenblick genoß.

»Bevor du dich um Kopf und Kragen redest, Lark Radick, möchte ich dich daran erinnern, daß diese Operation unter dem Befehl unseres kommandierenden Offiziers steht.« Sie warf Dirk Radick einen Blick zu, der über den Tonfall des jüngeren Radick alles andere als amüsiert wirkte.

»Falls es irgend etwas gibt, was ich deiner Ansicht nach übersehen habe, Lark Radick, solltest du es mir jetzt vielleicht sagen.« Dirk Radicks Augen waren wütende Schlitze, und Jergan sah deutlich, daß Lark seine nächsten Worte besser einzeln auf die Goldwaage legte, wenn er sich nicht zusammen mit seinem Vorgesetzten im Kreis der Gleichen wiederfinden wollte ... Eine selbst unter den besten Umständen wenig beneidenswerte Situation.

»Neg, Sterncolonel, ich habe nichts hinzufügen«, stellte er geduckt fest. »Ich habe die Daten über eure bisherigen Begegnungen eingesehen. Die Geisterbären sind in der Tat ein des Wolfes würdiger Gegner.«

»Genug des Geplappers«, erklärte Dirk Radick, während die Techs sich daran machten, Raketenpacks in die Überreste seines *Executioner* zu laden. »Du wirst bald selbst sehen, wie verschlagen Angela Bekker sein kann.«

»Ja, Sterncolonel, ich habe mir ihre Aufstellung angesehen. Es handelt sich um offenes Gelände, aber auf Grund des dichten Pflanzenbewuchs im gesamten Gebiet wird es schwierig werden, die Waffen einzusetzen.«

»Hast du die Ebenen auf deinem Anflug abgetastet, um dich davon zu überzeugen, daß sie anwesend ist?« fragte Radick.

»Ich habe eine Ortung gestattet, aber nur soweit es erforderlich war, um sicherzustellen, daß wir in der richtigen Position aufsetzen, nichts, was die Ehre des Tests berühren oder dieses Landungsschiff als möglichen Kombattanten einbeziehen würde«, erwiderte Lark. Sein Einsatz der Schiffsortung war eine gewisse Beugung der Testbedingungen, aber nicht gravierend genug, um jemals eine Untersuchung zu rechtfertigen. »Nach dem Aufsetzen unseres Schiffes habe ich Geist und Buchstaben des Gebots beachtet.«

Lark strahlte übers ganze Gesicht, als er davon erzählte, wie er den Bietprozeß gebeugt hatte, und daß die Abtastung der Geisterbären seine persönliche Ehre in Frage stellte, machte ihm offenbar überhaupt nichts aus. »Ich habe unbeabsichtigterweise eine Einheit BattleMechs auf einer Hügelkuppe fast achtzig Kilometer entfernt ausgemacht, die in einer fast einen Kilometer langen Gefechtslinie Aufstellung genommen hatte. Wenn ich mich recht erinnere ...« Er rollte die Augen zum Himmel, als müsse er nachdenken. »Ich glaube mich zu erinnern, daß es sich um insgesamt acht Mechs handelte.«

Dirk Radick nickte bewundernd. »Acht Mechs. Durch all die Kämpfe hat sie es geschafft, über die Hälfte ihres Trinärsterns einsatzbereit zu halten.« Er warf Lark einen strengen Blick zu. »Laß dir deine kümmerlichen Spielchen nicht zu Kopf steigen, Sterncaptain. Ich habe dieser Geisterbärin im Feld gegenübergestanden. Sie ist schlau.«

An dieser Einschätzung hatte Jergan nichts auszusetzen. Auch sie hatte gelernt, Angela Bekker zu respektieren. Nicht als Geisterbärin, sondern als ebenbürtige Praktikerin in der jahrtausendealten Kunst des Kriegshandwerks.

»Wie sieht dein Plan aus, Sterncolonel?« fragte Lark.

»Ein Versuch, die Mechs in Jergans Trinärstern zu reparieren, wäre Zeitverschwendung. Angela Bekker wartet auf uns, also werden wir uns auf den Weg zu ihr machen. Wir werden nicht blindlings vorpreschen, sondern sie genau im Auge behalten. Wenn wir sie zum Kampf stellen, werden wir unsere Kräfte weit auffächern. Greift von den Flanken her an und hämmert auf diese Geisterbärin ein, bis sie und ihre Einheit sich ergeben.«

Lark strahlte ihn zuversichtlich an. »Wir werden sie zertreten. Heute abend wird diese Welt nur noch ein weiterer Punkt auf der Karte des Hoheitsgebiets Clan Wolfs sein.«

* * *

»Status, ChefTech Luray«, forderte Sterncaptain Angela Bekker gelassen von ihrer Position auf der Hügelkuppe. Von hier schien es, als würde der Ozean aus trockenen braunen Gras- und Rohrhalmen kein Ende nehmen, die sich rings um sie her sanft im Wind wiegten. Ihr *Executioner* ragte hoch auf, den Wind im Rücken. Hier in ihrem Cockpit war es kaum zu glauben, daß diese Stroh- und Rohrfelder sich in wenigen Minuten in ein Schlachtfeld verwandeln sollten, auf dem das Schicksal dieser Welt sich entschied.

»Alles in Position«, drang die Stimme aus ihrem Helmlautsprecher. »Ich habe jeden Tropfen Pentaglyzerin in unserem Vorrat in einem weiten Kreis versprüht. Die Zünder sind auf die von Ihnen festgelegten Befehlsfrequenz geeicht.«

»Gute Arbeit«, sagte sie. »Sterncommander Constant Tseng, bist du mit deinem Stern in Position?« Sie konnte die Antwort auf diese Frage jederzeit selbst auf der Taktikanzeige sehen, aber die persönliche Rückmeldung eines ihrer Offiziere hatte eine besondere, beruhigende Qualität.

»KampfStern wäre soweit, wenn die Wölfe es auch sind«, antwortete ihr die Stimme Constant Tsengs. Er stellte zusammen mit Gregori, Barthelow und Angela die Mitte der Formation. An der rechten Flanke standen Neta und Sprange, an der äußeren Linken Breedfelt, Kate und Scarry.

»Gut. Augen auf alle Mann«, befahl sie. Sie hatten das Wolf-Landungsschiff über die Ebene kommen gesehen und wußten, daß die Schlacht in wenigen Minuten beginnen mußte. Als sie die Silhouette des Schiffes sah, hatte Angelas Puls sich beschleunigt, und irgendwie hatte sie gehofft, das Schiff könnc die Insignien der Geisterbären tragen, ihres eigenen Clans. Aber diese Hoffnung hatte sich nicht erfüllt. Wo steckten sie? Hatte man sie und ihre Leute hier auf Toffen vergessen?

Das Schiff war vor über einer Stunde über sie hinweggeflogen. Jetzt blieb nur noch die Schlacht. Irgendwann in dieser Auseinandersetzung würde sich entscheiden, wer den Sieg davontrug. Angela war stolz darauf, was sie bisher erreicht hatten. Bald, sehr bald schon, würde es vorbei sein.

Sie streckte die Hand zur Kommkonsole aus und schaltete auf eine andere Frequenz. »Sterncommander Stone«, sagte sie.

»Hier JagdStern«, reagierte Stone. Kate und Scarry waren Mitglieder seines Sterns, aber auf weiteres Constant Tseng zugeteilt worden. Sie hatte Stone zusammen mit Dolf und Raul, dem letzten noch kampffähigen Elementar, auf eine Spezialmission geschickt. Eine Mission, die darauf ausgelegt war, Dir Radick den Todesstoß zu versetzen, hoffentlich im entscheidenden Augenblick.

»Bist du in Stellung?«

»Aye, Sterncaptain. Wir erwarten dein Zeichen.«

»Gut. Viel Glück, Sterncommander.«

Eine kurze Pause. »Wäre es dir nicht lieber, diese Schlacht durch Können zu gewinnen, Sterncaptain?«

»Aye«, bestätigte sie. »Aber unter den gegebenen Umständen sollten wir nicht wählerisch sein. Glück ist gut genug.« Ein Blinklicht auf der Konsole signalisierte, daß jemand versuchte, sie auf einem anderen Kanal zu erreichen. Sie schaltete hastig um. »Befehl Eins«, meldete sie sich knapp.

Die Stimme am anderen Ende war vertraut, klang aber schwach und erschöpft. Bethany?

»Sterncaptain, unser Stravag-Arzt ist dagegen, aber ich habe darauf bestanden, mit dir zu sprechen.« Angela konnte den Streit, der sich vor diesem Funkspruch zwischen Bethany und Drogan abgespielt haben mußte, in Gedanken beinahe hören. Sie schmunzelte.

»Ich höre«, sagte sie.

»Du brauchst es nur zu sagen, Sterncaptain, und ich reihe mich ein.«

Von der Verbitterung in Bethanys früheren Ausbrüchen war nichts mehr zu hören. Auch der Haß war verflogen. Nur die Loyalität war geblieben, auf die Angela es von Beginn an angelegt hatte. Sie wollte Bethany auffordern, aufzusitzen und von dem Nachschubdepot, in dem sie sich von ihren Wunden erholte, auf die Ebenen zu kommen, so schnell die Mechbeine sie trugen. Aber es wäre falsch gewesen, und inzwischen war es ohnehin zu spät. »Du bist schon eingereiht«, sagte sie statt dessen.

»Aye«, antwortete die kurzatmige Stimme, müde und erschöpft, gefolgt von einem langen Seufzer. »Dann bleibt mir nur, euch Erfolg in der Schlacht zu wünschen. Pulverisiert diese Blutsäufer. Laßt sie für ihre Arroganz bezahlen.«

Angelas Grinsen wurde breiter. »Das werden wir. Alle.« Sie wollte Bethany noch sagen, wie stolz sie auf ihre Kriegerin war, und darauf, wie es ihr gelungen war, ihre kleinliche Selbstsucht zu überwinden. Aber der Notkanal unterbrach die Verbindung mit einer Alarmmeldung.

»Jagd Vier«, erklang laut und deutlich die Stimme Kates vom anderen Ende der Formation. »Kontakt. Mehrfach. Ich wiederhole: ich zeichne Mechs und Elementare an der äußeren Markierung. Bestätigt über Langstreckenortung. Die Ziele bewegen sich in exakt westlicher Richtung und nähern sich unserer Position.«

Angela holte die von Kates über einen Kilometer entferntem *Mist Lynx* überspielten Ortungsdaten auf den Schirm. Die Wölfe rückten direkt gegen sie und Scarry vor. Sie überprüfte die Datenblöcke der Mechs, die Kates Bordcomputer als Wölfe identifiziert hatte, und knirschte mit den Zähnen. Dort draußen rückte Lark Radicks Binärstern an, zusammen mit den Resten der dezimierten Blutrünstigen Wölfe Dirk Radicks. Da waren sie also, allesamt.

»Pirschende Bären, denkt an die Feuerzone und haltet euch so gut es geht von ihr fern. Scarry, Breedfelt und Kate, Position halten und auf maximale Distanz das Feuer eröffnen. Sterncommander Constant Tseng, Schwenkbewegung mit deiner Zentraleinheit um eine Achse bei Breedfelts Position. Angriff auf die Wölfe und Rückzug zur ursprünglichen Gefechtslinie. Das müßte sie in Richtung Mitte ziehen. Paßt auf, wohin ihr schießt. Wir wollen nicht, daß der Brand zu früh ausgelöst wird.«

Von ihrer Position auf der Kuppe sah sie Tseng, Gregori und Barthelow nach links abziehen und auf ihrem Marsch eine Schneise durch das Rohr schlagen. Aus der Ferne hörte sie das Donnern der Geschütze. Raketen und Autokanonen. In ihren Ohren rauschte das Blut, wie immer in solchen Augenblicken, ein triumphales Brüllen der Erregung.

* * *

Sterncommander Jergans *Warhawk* watete in die scheinbar endlose Mauer aus Rohrpflanzen. Die Stengel peitschten gegen das Kanzeldach mit dem prasselnden Lärm eines Wolkenbruchs. Als sie eine kleine Lichtung erreichte, in der das Rohr niedrig genug war, um relativ freie Sicht zu ermöglichen, sah sie auch Lark Radicks *Timber Wolf* aus der Pflanzenwand brechen, und knapp hinter ihm den zerbeulten *Executioner* Sterncolonel Dirk Radicks. Die kleineren Gestalten der Elementare bewegten sich durch das verdorrte braune Gras wie Schlangen durch einen Sumpf.

Eine Wolke von Raketen tauchte scheinbar aus dem Nirgendwo über der kleinen Lichtung auf und donnerte auf Dirk Radicks *Executioner* herab. Die krachenden Detonationen zertrümmerten die wenigen Panzerflikken auf dem Mechtorso. Der Strahl aus fünf Elementaren zündete die Sprungdüsen und stieg hoch in die Luft auf, vor die Formation der Wolf-Mechs, die allmählich in Stellung für den Gegenschlag gingen.

Die Flammen ihrer Sprungdüsen hinterließen eine dichte Wand aus schwarzem Rauch, als die gepanzerten Infanteristen emporstiegen und ihre Kurzstreckenraketen auf den unsichtbaren Feind abfeuerten. Aus einem Augenwinkel bemerkte Jergan noch etwas anderes, etwas, daß augenblicklich Alarmsirenen in ihrem Geist auslöste. Die Rohrhalme, zwischen denen die Elementare gestanden hatten, hatten Feuer gefangen, und die Flammen breiteten sich mit unglaublicher Geschwindigkeit zu einer Wand aus Feuer aus, die ein eigenständiges Leben entwickelte.

Sie richtete ihre Aufmerksamkeit gerade rechtzeitig wieder nach vorne, um einen Geisterbären-*Mist Lynx* unter dem Bombardement von Lark Radicks *Timber Wolf* zusammenbrechen zu sehen. Plötzlich erkannte sie, warum Angela Bekker diesen Ort für die Entscheidungschlacht ausgewählt hatte, und auch, warum die Geisterbären-Mechs auf einem Hügel oberhalb der Rohrfelder standen. Die Flammen züngelten an ihrer Maschine empor, und Jergan zog den *Warhawk* zur Seite, um ihnen auszuweichen.

Bevor sie Gelegenheit hatte, etwas zu sagen, ertönte Dirk Radicks Stimme über den Befehlskanal. »Mehrere Zielkontakte im Südwesten. Alle Einheiten in diese Richtung abdrehen. Gebt es ihnen. Schlagt sie hart und gnadenlos!«

Als sie sich auf der Pilotenliege etwas zur Seite drehte, um die Kommkonsole besser erreichen zu können und ihre Warnung durchzugeben, wurde der *Warhawk* von einem Autokanonenbombardement durchgeschüttelt, das sie in die Gurte und mit dem Neurohelm hart auf die Kontrollkonsole schleuderte. Ein warmer Blutsfaden von seltsam metallischem Geschmack lief ihr über die Lippen, während sie wie gebannt auf das Spinnennetz der Haarrisslinien vor ihren Augen starrte. Sie war benommen, verwirrt. Ein lautes Klingeln in ihren Ohren wollte einfach nicht aufhören. Und am äußeren Rand ihres Sichtfelds leuchteten die Ausläufer des größer werdenden Feuersturms.

26

Fort DelVillar, Toffen
Geisterbären-Dominium

21. April 3062

Sterncommander Stone hielt seinen Mech bei einer kleinen Baumgruppe an, die den Rand der Rodung rund um Fort DelVillar markierte. Mit den Sensoren seiner alten *Viper* tastete er die Festung ab. Der Mech war mit gutem Grund in Reserve gehalten worden. Er hatte bereits in der ersten Angriffswelle der Invasion Dienst getan und war seit dem Überfall auf die Innere Sphäre so oft beschädigt und instandgesetzt worden, daß sein momentaner Zustand, in ChefTech Lurays Worten, »technologisch unbefriedigend« war. Damit meinte er, daß eine Vielzahl von Techs ihre jeweiligen Lösungen für Schäden an interner Struktur und Bauteilen an ihm ausprobiert hatten, mit dem Ergebnis, daß sein Innenleben inzwischen kunterbunt genannt werden konnte. Der Mech konnte kämpfen und stellte noch immer eine schlagkräftige Waffe dar, aber er hatte gewisse Eigenheiten. Ab und zu fiel die Langstreckenortung aus, wenn auch nie länger als ein paar Sekunden, und die Zielerfassung hatte eine Tendenz, das Waffenfeuer nach unten rechts abzulenken.

Trotzdem war es ein gutes Gefühl, wieder im Cockpit zu sitzen.

Dolf und einer seiner Elementare waren fast einen Kilometer entfernt, ebenfalls am äußeren Kordon der Festung. Die Sensoren verrieten ihm nicht viel. Die dikken Granitmauern des jahrhundertealten Baus dienten nicht nur zur Abwehr, sie schirmten das Innere auch gegen die meisten Sensorabtastungen ab. Er zeichnete allerdings einen laufenden Mechreaktor im Innern der Anlage. Einen einzigen. Klasse und Bauart des Mechs waren nicht erkennbar. Ebensowenig konnte er sagen, ob das Fort noch irgendwelche anderen Überraschungen enthielt, etwas die Elementare des Vernichter-Trinärsterns. Aber wenn Stone und Sterncaptain Bekker recht hatten, waren die Wölfe in nahezu voller Stärke zu den Falmouthebenen abgerückt. Das bedeutete, Fort DelVillar stand praktisch leer.

»Dolf, bist du mit Raul in Position?« fragte er.

»Aye, Sterncommander«, kam die von Störungen unterbrochene Antwort.

Das Tor der Festung war geschlossen. Was sie zu tun hatten, war nicht leicht, aber machbar. Und es gab kaum einen Sieg, der sich anders erringen ließ. »Ihr wartet, bis ich über die Mauer bin, dann rückt ihr gegen euer Zielobjekt vor.« Sie hatten diese Operation so gut geplant, wie es angesichts der beschränkten Zeit und Mittel möglich gewesen war. Ihr Hauptvorteil lag in der Überraschung. Einer Überraschung, die groß genug war, um Dirk Radick in den Grundfesten seiner Seele zu erschüttern – falls er eine hatte.

Stone fuhr den Reaktor der alten *Viper* hoch und fühlte ihn unter dem Cockpit zittern, statt zu pulsieren, wie es bei anderen Mechs normal war. *Eine Schlacht noch, mehr bist du den Geisterbären nicht schuldig*, sprach er dem Mech in Gedanken zu. Dann stürmte er in gestrecktem Galopp aus dem Wald auf den Torbogen Fort DelVillars zu. Der Boden an den Seiten des Sichtschirms verschwamm, und das Fort schien wie ein Berg vor ihm anzuwachsen. Kaum vierzig Meter vor der Granitmauer zündete Stone die Sprungdüsen des Kampfkolosses. Das Zittern hatte sich inzwischen in ein wildes Schütteln verwandelt, und Stone mußte mit den Kontrollen kämpfen, um die Gewalt über den OmniMech nicht zu verlieren.

Die *Viper* erhob sich in die Lüfte, langsam erst, fast widerwillig, dann schoß sie empor. Die massive Frontmauer der Festung schien auf ihn zuzufallen, und einen Moment bekam Stone Angst, es nicht hinüber zu schaffen. Dann sah er die Zinnen und die breite Gefechtsplattform, die auf der Oberseite der Mauer lag. Er setzte auf. Die Temperatur im Innern des Cockpits war so hoch, daß sein dünnes Hemd vor Nässe am Körper klebte.

Er sah den *Mist Lynx*, kaum daß er aufgesetzt hatte. Irgend etwas stimmte mit dem Mech nicht. Er war beinahe ein Skelett. Er besaß keine irgendwie nennenswerte Panzerung, abgesehen von vereinzelten Panzerplatten hier und da an Armen und Beinen, vor allem in der Nähe des Kopfes. Eines der Waffenmodule fehlte völlig, war entweder abmontiert oder in einem früheren Kampf weggeschossen worden. Beinahe wie im Schock bewegte er sich vorwärts und kam auf den Eindringling zu. Er zog das rechte Bein nach wie ein waidwundes Tier.

Stone hielt sich nicht lange mit Gedanken darüber auf, wie sie die Wölfe auf ein derart trauriges Bild reduziert hatten. Er schwenkte die Waffen herum und initiierte die Ladesequenz. Die Feuerbereitschaftslichter der fünf mittelschweren Extremreichweitenlaser flammten nacheinander auf, auch wenn das letzte unstet flackerte, bis er mit der Faust auf die Konsole schlug. Mit einem metallischen Knall wurden die Kurzstreckenraketen in die Abschußrohre der Lafette geladen.

Der *Mist Lynx* beendete seinen schwerfälligen Anmarsch in neunzig Metern Entfernung und kippte den Torso nach hinten, um die *Viper* anzuvisieren. Dann feuerte er, aber statt der tödlichen Geschützsalve, die Stone erwartet hatte, prasselte nur MG-Feuer die Beine des Omnis bis zum Cockpit hoch und kostete die Geisterbären-Maschine eine ganze Panzerplatte. Stone erkannte, daß dem *Mist Lynx* nur noch die Maschinengewehre geblieben waren. Er hätte den Wolf-Mech mit einer einzigen Salve vernichten können, wenn er das gewollt hätte. Aber das wäre Verschwendung gewesen. In einem Kampf ohne Gegenwehr lag keine Ehre.

Stone legte nur die Kurzstreckenraketen auf den primären Feuerleitkreis, zog das Fadenkreuz auf die Beine des *Mist Lynx* und preßte den Feuerknopf des Steuerknüppels. Die Raketen schossen in wirbelndem Flug auf den Innenhof der Festung hinab und in die Beine des Blutsäufer-Mechs. Eine Serie von Detonationen krachte, dann fiel das Mechwrack nach vorne. Aus seinem rechten Knie stieg schwarzer Qualm. Der *Mist Lynx* knallte auf den Stahlbetonbelag der Straße, und ein Gitternetz von Rissen platzte unter seinem Aufprall darin auf. Stone schaltete noch einmal die Sprungdüsen ein und sank unsicher vor der Maschine auf den Boden.

An der Seite des Sichtschirms sah er Dolf und Raul über die Mauer kommen und durch den Festungshof rennen. Raul nahm Kurs auf den Befehlsbunker, Dolf auf das Landungsschiff, das auf dem Paradeplatz an der anderen Seite des Forts aufragte. Er aktivierte die Funkanlage und rief den gestürzten Wolf an. »Wolf-Krieger. Ich bin Sterncommander Stone vom Trinärstern Pirschende Bären. Du bist besiegt. Schalte den Mechreaktor ab.«

Eine wütende Stimme antwortete ihm. »Ich bin Vaul von den Blutsäufern, Trinärstern Blutrünstige Wölfe. Töte mich, Geisterbär. Ich habe kein Verlangen danach, Sterncolonel Dirk Radick als Schuldiger für den Verlust dieser Basis gegenüberzutreten.«

Stone sah auf die zertrümmerten Überreste des *Mist Lynx* hinab. »Ich bin ein Krieger, kein Mörder. Wenn du Erlösung suchst, mußt du sie anderen Orts finden. Jetzt muß dir genügen, daß du verloren hast. Und auf den

Falmouths bringt mein Sterncaptain deinem Clan soeben eine weitere Niederlage bei, neben der diese hier verblaßt. Benachrichtige die Mitglieder deines Clans in dieser Anlage, daß du sie an die Geisterbären verloren hast.«

Es dauerte eine volle Minute, bis Vaul gehorchte.

* * *

Das Landungsschiff der *Union*-*C*-Klasse *Hundezahn* stand schweigend in der Mitte des Paradeplatzes, als Dolf ins Freie trat und auf die Laderampe zumarschierte, die in die riesigen Frachträume des Raumschiffs führte. Er ging offen auf das Schiff zu, ohne den geringsten Versuch, sich zu verstecken. Auch die Geschütztürme am Rumpf des Schiffes, riesige Kuppeln des Tods und der Vernichtung, blieben stumm. Die Wölfe im Innern mußten ihn sehen können. Das Geisterbären-Wappen auf dem Harnisch über seiner Brust glänzte so unübersehbar, daß auch ein Banner in seiner Hand nicht deutlich hätte sein können.

Plötzlich krachte eine Stimme aus den Helmlautsprechern seines Gefechtspanzers. »Ich bin Sterncaptain Kevin vom Wolfsclan-Landungsschiff *Hundezahn*. Bleib stehen, Elementar, oder du wirst vernichtet.«

Dolf hielt an und sah zu dem Schiff hoch, dem er an Masse und Feuerkraft hoffnungslos unterlegen war. Es war Zeit, die Ehre der Wölfe zu spielen wie ein Instrument. »Sterncaptain Kevin, ich bin Dolf vom JagdStern der Pirschenden Bären, gegen die dein Clan dieses Besitztest austrägt. Ich komme mit einer Nachricht von Sterncaptain Angela Bekker, meiner Kommandeurin und der Verteidigerin Toffens.«

»Übermittle deine Nachricht«, forderte die Stimme ihn auf.

»Ich habe den Auftrag, dir mitzuteilen, daß meine

Anwesenheit hier vor deinem Schiff bedeutet, daß Fort DelVillar gefallen ist. Dementsprechen beansprucht sie dein Schiff mitsamt seiner Besatzung als Isorla.« Die Verwendung dieses Begriffs, der im Clan-Sprachgebrauch für Kriegsbeute benutzt wurde, war keine leere Drohung.

»Du bist nur ein Elementar. Du bist allein. Wir könnten dich in deine Atome zerblasen, und weder du noch irgend jemand sonst könnte etwas dagegen tun«, reizte Kevin ihn.

»Aye, das könntet ihr. Aber bedenke folgendes: Dein Schiff wurde im Bieten für den Besitztest um diesen Planeten nicht einmal erwähnt. Wenn du nur eine Schuß auf mich abfeuerst, verletzt du die Bedingungen dieses Tests. Was immer deinem Sterncolonel noch an Ehre verblieben sein sollte, wäre damit verloren, und die Geisterbären würden diesen Test vor allen Clans im Großen Konklave anfechten. Die Ehre deines Clans und deines Khans wird in Frage gestellt werden. Wir werden vor den anderen Clans anführen, daß ihr offensichtlich von den verdorbenen Methoden der Inneren Sphäre angesteckt seid. Für diesen einen Schuß wird man deine Gene und die deiner Kommandeure für den Rest der Zeit verwerfen und in die nächste Latrine kippen. Es wird keine Zukunft geben für einen Kommandeur, der seine Krieger in eine derartige Schande führte. Keine Zeile wird in der *Erinnerung* eurer Leistungen gedenken. Wenn überhaupt, werden andere euch als abschreckendes Beispiel sehen, nicht als Vorbild.« Dolf grinste im Innern seines Helms. »Also, Sterncaptain Kevin von der *Hundszahn*, verletzt du Jahrhunderte der Tradition und Rituale, oder ergibst du dich in Ehren?«

27

Falmouthebenen, Toffen
Geisterbären-Dominium

21. April 3062

Angela preßte sich in die Polster der Pilotenliege, als eine Salve von Langstreckenraketen auf ihren *Executioner* herabfiel. Eine große Zahl verfehlte den Mech, stürzte vor ihm ins Gras und schleuderte erst Erdbrocken, dann Flammen empor. Der Rest schlug wie Schrotmunition in Torso und Beinpanzerung ein und hinterließ ein Zufallsmuster an Kratern. Der *Timber Wolf*, der den Angriff ausgeführt hatte, stand fast dreihundert Meter entfernt auf einer Lichtung, in der die Rohrpflanzen und trokkenen Gräser nicht ganz bis an sein Cockpit reichten.

Die Spuren des Kampfes wurden von turmhohen Rauch- und Flammensäulen verdeckt, die sich im Osten der Ebene erhoben und in langen Bahnen über das Rohr drifteten. Mit dem Steuerknüppel zog sie das Fadenkreuz auf die untere Torsohälfte und die Beine des *Timber Wolf*, dann legte sie das Gaussgeschütz und die schweren Laser auf denselben Auslöser. Als sie feuerte, schien es ihr, als würden die Schüsse von ihrem Blick gelenkt. Im Flug war das Gaussgeschoß unsichtbar, aber sein Einschlag im linken Bein des Wolf-Mechs war unübersehbar. Der ganze Kampfkoloß wurde von dem Aufprall nach hinten geworfen und knickte gleichzeitig ein. Unmittelbar danach zuckten die Laserstrahlen in die kleine Lichtung. Eine der Strahlbahnen schoß vorbei und hinterließ nur qualmende Pflanzenstengel an den Füßen des BattleMechs, aber die andere zog eine Schmelzbahn schräg aufwärts über die linke Seite des Torsos. Sie zog den *Executioner* nach rechts und beschleunigte in südöstlicher Richtung. Angela war sich sicher, daß ihr Gegner die Verfolgung aufnehmen würde.

Auf der Taktikanzeige sah sie ihre Mechs in einer kurzen Linie von Nord nach Süd und einer längeren von Ost nach West aufgereiht, zu einer grob L-förmigen Formation quer über der Ebene. Die Wolf-Truppen befanden sich in deren Mitte und versuchten, nach Osten zurückzuweichen. Anscheinend befürchteten sie, von den Geisterbären umzingelt zu werden. Die grünen Lichtpunkte, einschließlich desjenigen, der ihre eigene Maschine repräsentierte, wanderten nach Süden und Osten, die durch rote Leuchtpunkte dargestellten Wölfe schienen ihnen zu folgen. *Beinahe …*

»Jagd Vier!« drang eine entsetzte Stimme über die Kommleitung. Angela setzte zu einer Antwort an, aber Kate war schneller. »Steige aus!« Danach drang nur noch Rauschen aus den Lautsprechern, als Kate irgendwo außerhalb des Sichtfelds den Schleudersitz auslöste, die letzte Rettung jedes MechKriegers.

Die Rohrhalme rings um den *Executioner* wogten, als würden sie von einer riesigen Sense gefällt, als vierzig Langstreckenraketen aus den Lafetten des *Timber Wolf* bei dem Versuch, Angelas Mech zu treffen, in das Pflanzenmeer stürzten. Zehn der Geschosse fanden ihr Ziel und hämmerten mit genügender Wucht auf den linken Torso und Arm ein, daß der *Executioner* auf seinem Marsch leicht ins Wanken geriet.

Constant Tsengs Stimme kam über dic Befehlsfrequenz. »Jagd Vier ist ausgefallen. Jagd Drei ebenfalls.« Scarrys kampfgezeichnete *Viper* hatte am äußersten Nordende der Formation gestanden und ihren Auftrag gewissenhaft erfüllt, ebenso wie Kate. Die beiden hatten lange genug ausgeharrt, um dem Rest der Pirschenden Bären Gelegenheit zu geben, die Wölfe nach Süden zu locken. Angela fühlte eine gewisse Reue. Sie hatte den beiden befohlen, die Stellung zu halten, und sie mit diesem Befehl möglicherweise in den Tod geschickt. Aber Jahre des Trainings halfen ihr, derartige Gedanken zu unterdrücken und in die Tiefen ihrer Seele zu verbannen. Das waren keine Überlegungen, die sie sich jetzt mitten im Kampf leisten konnte. Dafür würde später genug Zeit bleiben.

»Sterncaptain Angela Bekker. Sie befinden sich im Ring. Jetzt oder nie«, meldete Tseng. An den Störungen, die seinen Funkspruch unterbrachen, hörte sie, daß er ebenfalls unter schwerem Beschuß stand.

Sie schaltete auf den Kanal um, auf den Luray die Sprengladungen eingestellt hatte, und gab den Zündimpuls. Vor ihr und weiter im Norden verwandelte sich das Meer von Pflanzen abrupt in eine rotorangefarbene Wand des Todes, die sich donnernd zum Himmel erhob, als das Pentaglyzerin in Flammen aufging. Selbst aus dieser Entfernung konnte sie die Hitze spüren. Sie drang bis ins Cockpit, und ihr brach am ganzen Körper der Schweiß aus. »Geisterbären, mehrere Meter zurückziehen. Ziele wählen und weiterfeuern.«

Sie schaute auf die Ortungsanzeige. Bis auf einen einzigenen waren alle Wolf-Mechs jetzt in einem fünf Kilometer durchmessenden Ring aus Feuer eingeschlossen. Der Wind trieb die Flammen nach Osten, und den in ihren Kanzeln röstenden Wölfe würde keine Wahl bleiben, als immer weiter zurückzuweichen, nur um festzustellen, daß ihr Fluchtweg abgeschnitten war. Es war möglich, einen solchen Großbrand im Innern eines Mechs zu überleben, aber die Chancen standen nicht allzu gut, und es war auf jeden Fall unmöglich, gleichzeitig zu kämpfen. Die Hitzeentwicklung war so gewaltig, daß sie zur Stillegung des Fusionsreaktors führen konnte und zur Detonation der Munitionsvorräte, bevor sie abgefeuert wurden. Und der MechKrieger im Innern der Kanzel konnte bei lebendigem Leib verbrennen.

Sie wußte all das. Sie hatte selbst eine solche Situation erlebt.

Auf Tukayyid hatte Angela im Holthwald gegen die ComGuards gekämpft, als ihre Gegner das Waldgebiet in Brand gesetzt hatten. Ihr Mech war den Flammen knapp entkommen, und als sie aus dem Inferno aufgetaucht und versucht hatte, die Waffen abzufeuern, hatte er sich abgeschaltet. Es hatte in ihrer Karriere als Kriegerin nur eine Handvoll Gelegenheiten gegeben, bei denen sie dem Tod ins Auge geblickt hatte. Das war eine davon gewesen, und die einzige, in der sie jede Hoffnung aufgegeben und sich innerlich bereitgemacht hatte zu sterben. Aber irgendwie hatte sie es doch überlebt.

Jetzt erlebten Dirk Radick und seine Wölfe einen ebensolchen Feuersturm.

Die Erinnerung verblaßte, als sie in den Flammen die Silhouette des *Timber Wolf* erkannte. Er stand auf der anderen Seite der Feuerwand, auf der heißeren Seite, auf der dichter Qualm und sengende Hitze nahezu jeden Sauerstoff verzehrten. Angela zögerte keine Sekunde, und der Pilot des Wolf-Mechs ebensowenig. Er feuerte seine Laser ab, gefolgt von einer der Raketenbreitseiten, die den *Timber Wolf* so gefährlich machten.

Die Laser bohrten sich zentral in den Torso des *Executioner* und verwüsteten die Ferrofibritplatten der Panzerung. Angelas schwere Laser peitschten über Arme und Brustpartie des *Timber Wolf* und zerschmolzen einiges an Panzerung, schienen aber ansonsten nicht allzuviel Schaden anzurichten. Im nächsten Moment schlugen die Raketen des Wolfs mit solcher Wucht links und rechts in Torso und Arme ihres Kampfkolosses ein, daß er nach hinten kippte und zu Boden krachte, wo die eigenen abgesprengten Panzerplatten auf den Rumpf des OmniMechs herabregneten. Ihre Schultern schmerzten unter den ins Fleisch schneidenden Haltegurten, die sie sicher auf der Pilotenliege hielten.

Der Sturz hatte einen gewissen Schaden verursacht, hauptsächlich an der Rückenpanzerung. Indem sie die Geschwindigkeit- und die Beinkontrollen bearbeitete, schaffte sie es, den Mech auf die Knie zu heben. In einer derartigen Position war sie eine perfekte Zielscheibe, aber nicht ein Schuß traf den *Executioner*, während sie wild an dessen Arm- und Beinsteuerung hantierte, um ihn schließlich wieder auf die Füße zu bekommen. Sie wirbelte herum. Der *Timber Wolf* stand beinahe exakt an derselben Stelle wie bei ihrem Sturz, aber inzwischen hatte die Feuerwand ihn überholt.

Statt wild auf ihn einzufeuern, tastete sie ihn mit den Sensoren ab und stellte fest, daß sein Reaktor ausgeschaltet war. Das Abfeuern der Breitseite in solcher Nähe der Flammen hatte ihn rettungslos überhitzt. Jetzt stand der Metallgigant regungslos in den Flammen und verwandelte sich in ein vom Scheitel bis zur Sohle tiefschwarz verbranntes Standbild. Angela hob den Mecharm zum Fangschuß, aber sie bekam die Gelegenheit nicht mehr, ihren Gegner zu erledigen. Plötzlich detonierte die restliche LSR-Munition im Innern der Maschine. Das modulare Munitionslagersystem, das darauf angelegt war, die Wucht interner Explosionen nach außen abzuleiten und sprengte die Rumpfpaneele ab. Der einzige Effekt waren grellgelbe Glanzlichter in den wütenden roten Flammen, die über den Wolf-Mech tanzten. Der *Timber Wolf* erzitterte unter den Munitionsexplosionen, und die kastenförmige Raketenlafette auf seiner rechten Schulter zersprang in Hunderte Bruchstücke. Dann kippte der Kampfkoloß seitlich weg und brannte aus.

Links von sich sah Angela Netas *Ice Ferret* mit der Partikelprojektorkanone einen Blutsäufer-Mech unter Beschuß nehmen, der durch die Feuerwand zu brechen versuchte, um die Geisterbären anzugreifen. Der Wolf-Mech, ein *Linebacker*, erreichte den Rand des Feuerkreises gerade richtig, um von Netas PPK-Salve voll erwischt zu werden. Der künstliche Blitzschlag krachte in das rechte Waffenmodul der Feindmaschine. Die drehte sich langsam um, feuerte aber nicht zurück.

Angela wußte, was es bedeutete, inmitten eines Großfeuers zu kämpfen, und verstand. Wenn der Wolf-Krieger seine Waffen eingesetzt hätte, wäre seine Maschine noch weiter aufgeheizt worden. Statt dessen versuchte der Wolf, abzuwarten und den Mech so gut es ging abzukühlen, in der Hoffnung, lange genug durchzuhalten, um Neta erledigen zu können.

Neta allerdings hatte andere Pläne. Diesmal setzte sie ihre großkalibrige Autokanone und die Kurzstreckenraketen ein. Die LB-X-Autokanone spie ihre Granaten auf den Torso der Wolf-Maschine und vergrößerte einen Schaden, den ihr Gegner bereits erlitten haben mußte, bevor Angela sich als Beobacherin zu dem Duell gesellt hatte. Netas Raketen schlugen in Torsomitte und Kopf des Blutsäufer-Mechs ein und zertrümmerten fast dessen Cockpit. Der Pilot des *Linebacker* entschied sich daraufhin, vor allem weil er sah, daß Neta die nächste Breitseite vorbereitete, das Risiko einzugehen und zu feuern. Er löste Kurz- und Langstreckenraketen in einem kombinierten Angriff aus, der die Beine von Netas *Kingfisher* verwüstete und lange, schwarze Breschen in den unbemalten Panzerflicken hinterließ. Aber seine schlagkräftigere PPK hielt er weiter zurück, weil ihm klar sein mußte, daß die Hitzeentwicklung dieser Waffe zu viel für ihn gewesen wäre.

Neta hatte derartige Probleme nicht. Sie feuerte ihre PPK wieder ab, sobald sie frisch aufgeladen war, und zertrümmerte das bereits beschädigte Waffenmodul des *Linebacker* weiter. Angela hätte den Sieg genießen können, wenn ein Blick auf die Taktikanzeige ihr nicht bewiesen hätte, daß die Schlacht keineswegs vorbei war. Breedfelts *Kodiak* wurde als ausgefallen gemeldet. Anscheinend hatte Dirk Radicks *Executioner* ihn mit seinen Langstreckenwaffen abgeschossen. Die Wölfe zogen sich zurück, aber trotz der Verluste in ihren Reihen, die auf der Anzeige deutlich wurden, teilten sie weiterhin beträchtlichen Schaden aus.

Ein Fiepen im Befehlskanal meldete den Eingang einer Meldung vom JagdStern. »Befehl Eins«, bellte sie. »Status, Stone.«

»Mission ausgeführt« antwortete die nüchterne Stimme. »Keine Verluste. Wir halten die Festung, Sterncaptain.«

»Was ist mit Dolf?«

»Er hatte Erfolg, wie erwartet«, erklärte Stone mit einer Andeutung von Stolz. Er und Dolf hatten dessen Rolle in der Aktion geplant.

Durch das Abbrennen des Rohrs öffneten sich dem Blick plötzlich gewaltige schwarzverbrannte Weiten, über die der Wind Dunstwolken aus Rauch von den vereinzelt noch schwelenden Bränden trieb. Sie sah Constant Tsengs *Timber Wolf*, der vom Bombardement eines hinter der im Osten weiter wütenden Feuerwand nicht sichtbaren Wolf-Mechs getroffen wurde. Ebenso wie es ihr kurz zuvor ergangen war, wurde Tseng von dem Angriff nach hinten geworfen, und seine Maschine schlug mit einer Wucht auf den Rücken, daß der Boden erzitterte und Angela es bis in ihren BattleMech fühlte.

Als sie die zweite Raketensalve auf seinen am Boden liegenden Kampfkoloß zustürzen sah, rannte sie instinktiv auf ihn zu, obwohl ihr klar war, daß sie ihn nicht rechtzeitig erreichen konnte. Dann schob sich plötzlich die verwaschene Silhouette eines Geists vor ihr Gesichtsfeld. Ein BattleMech in vollem Galopp. Der Mech hielt an, als die Raketen gerade ihr Ziel erreichten, und steckte den Angriff an Stelle des hilflos am Boden liegenden Constant Tseng ein. Der Kampfkoloß wurde von dem Bombardement geradezu zerfetzt. Die Bruchstücke seiner schon zuvor beschädigten Panzerung wurden in alle Richtungen weggesprengt. Angela war froh, daß ihre Pirschenden Bären einander das Leben retteten, und erst recht, als sie in dem zweiten BattleMech Gregoris *Grizzly* erkannte. Hinter ihm kam Tsengs *Timber Wolf* mühsam und schmerzhaft langsam wieder auf die Beine. Seine linke Schulterlafette war nur noch ein häßlicher Klumpen wertloses Altmetall.

»Bist du okay, Gregori?« fragte sie.

Er antwortete nicht sofort, sondern feuerte statt dessen erst mit seinen eigenen Langstreckenraketen und dem Gaussgeschütz auf den hinter den Flammen verborgenen Wolf. »Ich bin noch einsatzfähig, Sterncaptain. Aber erzähle niemand, daß ich einem Wahrgeborenen das Leben gerettet habe. Ich habe schließlich einen Ruf zu waren. Die Wölfe haben gerade verschiedene Ziele angegriffen. Damit ist der Kampf freigegeben.«

»Aye«, bestätigte sie. »Alle Mann: haltet den Abstand und konzentriert eure Anstrengungen auf die Langstreckenwaffen. Laßt das Feuer seine Arbeit tun.« In der Ferne sah sie einen gestürzten *Dire Wolf* auf dem schwarzverkohlten Boden liegen, während das Feuer um die Wölfe immer höher loderte und sie immer enger einschloß. In der orangeroten Hölle der Flammen sah sie Spranges Gegner mit dem Schleudersitz aus seinem Mech, einem Wolf-*Pouncer*, aussteigen, kurz bevor die Maschine auf den Scheiterhaufen stürzte.

Wieder sah sie auf die Taktikanzeige. Der Feuerring hatte sich inzwischen erheblich zugezogen. Sie beschleunigte den *Executioner*, um mit dem Rest der Pirschenden Bären mitzuhalten, die den sich zurückziehenden Wölfen massiv nachsetzten. Währenddessen ging sie ihre Optionen durch. Ihre Truppe war schwer angeschlagen, aber für den Gegner galt dasselbe. Sterncolonel Radik war ein fanatischer Kreuzritter und ein ausgezeichneter Krieger. Er mußte verzweifelt nach einer Möglichkeit suchen, diesem Inferno zu entkommen.

Vielleicht ist es an mir, ihm diese Möglichkeit zu bieten. Sie schaltete das Funkgerät auf Breitband, damit sie nicht nur von ihren eigenen Leuten, sondern auch von den Wölfen gehört werden konnte. »Sterncolonel Dirk Radick, hier spricht Sterncaptain Angela Bekker. Du hast verloren, Sterncolonel. Ergib dich und rette eure Leben.«

»Neg«, antwortete ihr eine verbitterte, wütende Stimme. »Wir werden deiner Feuerfalle entkommen und immer noch zahlenmäßig überlegen sein.«

»Mag sein«, gab Angela zu. »Aber was wird es euch nutzen? Versuche einmal, über euren Befehlskanal Fort DelVillar zu erreichen, Sterncolonel. Du wirst feststellen, daß es wieder unter Geisterbären-Kontrolle steht. Selbst wenn du mich hier besiegst, mußt du anschließend die Festung belagern, und um das erfolgreich zu tun, fehlen dir die Kräfte. Außerdem habe ich dein Landungsschiff *Hundezahn* als Isorla beansprucht. Wenn du mir nicht glaubst, darfst du es gerne anfunken.«

Die Pause, die dieser Mitteilung folgte, war lang genug, um ihr Gelegenheit zu geben, einen zweiten *Dire Wolf* in den Flammen auszumachen. Sie nutzte die Chance für einen Schnellschuß mit Lasern und Gaussgeschütz. Einer der Laser schoß vorbei, aber ihre übrigen Waffen erzielten Treffer. Der hundert Tonnen schwere OmniMech blieb abrupt stehen und versuchte, das Feuer zu erwidern, verlor Angelas Mech aber in den wütenden Flammen, die sich zwischen den beiden Kampfmaschinen erhoben, aus Sicht und Zielerfassung. Neta kam an Angelas Seite und reihte sich neben ihr ein.

Dann meldete sich Radick wieder. »Du bist eine würdige Gegnerin, Angela Bekker. Aber ich kann mich dir nicht ergeben. Das würde mich den Rest von Ehre kosten, der mir noch bleibt. Und auch wenn du mich für besiegt hältst, werde ich für diesen kleinen Rest an Ehre, den ich noch besitze, weiterkämpfen und sterben.«

Angela wählte ihre Antwort mit Bedacht. »Es gibt eine andere Möglichkeit.« Sie wußte, daß Radick verstehen würde, wovon sie sprach. Hegira. Das Ritual, in dem ein Clan-Kommandeur einem Gegner den Rückzug aus der Schlacht ohne Einbuß an Ehre zugestand. Wenn Dirk Radick und seine Blutsäufer Hegira erhielten, konnten sie sich ungehindert von Toffen zurückziehen, allerdings würden sie den Besitztest verlorengeben müssen.

»Ich weiß nicht, was du meinst«, erwiderte Radick, aber Angela wußte, daß er log.

»Dann werden meine Krieger dich und deine Krieger zur Strecke bringen. Höre mir gut zu, Dirk Radick: Der Tod in der Niederlage bringt keine Ehre.«

Es war viel geschehen. Angela und ihre Pirschenden Bären hatten die Wölfe über lange Wochen des Kampfes mit einer Niederlage nach der anderen beschämt. Radick war so arrogant gewesen, zu glauben, seine kampferprobten Krieger könnten eine frisch ausgehobene Einheit im Handstreich besiegen und ihr die Welt abnehmen, zu deren Schutz sie angetreten war, hatte sogar zusätzliche Truppen gegen sie herangezogen, als seine Verluste zu hoch geworden waren. Und trotzdem hatten die Pirschenden Bären sich als wahre Krieger erwiesen, als wahre Geisterbären. Sie hatten sich durch Geduld, Mut und Kraft den Sieg gesichert.

»Sterncolonel Dirk Radick von den Wölfen, was hier geschehen ist, wird in der Erinnerung meines Volkes ebenso weiterleben wie in der des deinen. Noch kannst du die Ehre, die dir geblieben ist, retten. Ich, Sterncaptain Angela Bekker, Kommandeurin des Trinärsterns Pirschende Bären, Verteidiger Toffens, gewähre dir Hegira.«

Die Stille währte nur Sekunden, aber es schien eine

Ewigkeit. Mehrere lange Herzschläge drang nur das Rauschen der Statik über die offene Kommleitung. Dann erklang endllich eine matte Männerstimme. »Im Namen des Wolfsclans nehme ich das Hegira-Angebot an«, erklärte Dirk Radick so leise, daß er kaum zu hören war.

»Gut gehandelt und akzeptiert, Sterncolonel Dirk Radick«, antwortete Angela, mehr der Tradition wegen als aus echtem Respekt.

»Gut gehandelt und akzeptiert, Sterncaptain Angela Bekker.«

Angela hob den Arm ihres *Executioner* zum Zeichen des Sieges. »Pirschende Bären«, erklärte sie. »Unsere Feinde gestehen uns den Sieg in diesem Test zu. Stellt das Feuer ein und gestattet ihnen, die Flammen zu verlassen.«

28

**Falmouthebenen, Toffen
Geisterbären-Dominium**

21. April 3062

Die Kräfte der Geisterbären und der Wölfe standen sich auf dem verbrannten Boden der Falmouths gegenüber. Die beiden BattleMechreihen waren in einem Abstand von nur dreißig Metern voneinander angetreten. Um die Metalkolosse trieb der Wind noch immer den Qualm des Rohrfeuers. Die Linie der siegreichen Pirschenden Bären war kurz. Neben Angelas *Executioner* stand Constant Tseng in seinem rußverklebten *Timber Wolf,* der deutliche Spuren des Kampfes trug. Netas *Kingfisher* neben ihm hatte in den letzten Sekunden der Schlacht noch einen Arm verloren. Sprange stand ohne Mech in der Reihe, bekleidet mit Kühlweste und Shorts und ebenfalls bedeckt mit grauem und schwarzem Ruß. Sein Mech lag fast einen Kilometer entfernt auf einem Hang, auf dem er unmittelbar vor seinem Ende einen feindlichen *Warhawk* abgeschossen hatte, dessen Pilot Sprange zu seinem Leibeigenen gemacht hatte. An der nächsten Position der Reihe stand die *Summoner* des jüngsten Rekruten der Pirschenden Bären, Barthelow. Ihre Mechbeine waren schwarz vom Rohrfeuer. Kate stellte das Schlußlicht, zusammen mit Doktor Drogan, der versuchte, ihre Verletzungen zu behandeln, während sie ihr Bestes tat, ihn zu ignorieren und den Augenblick zu genießen. Ihr Mech war verloren, zusammen mit mehreren Mitgliedern des Trinärsterns. Bis jetzt hatten sie nicht einmal Überreste von Scarry oder Breedfelt gefunden.

Die Wölfe waren zahlreicher, aber in schlechterer Verfassung. Die sieben Mechs, die das Inferno überstanden hatten, waren von Kopf bis Fuß schwarz, und die meisten hatten einen großen Teil ihrer Panzerung eingebüßt. Einigen, unter anderem Dirk Radicks *Executioner*, fehlten einzelne Gliedmaßen. In seinem Fall war der linke Mecharm in Schulterhöhe abgerissen. Von dem einen Strahl Elementare, den sie mit in die Schlacht geführt haten, waren noch drei rabenschwarze Krieger übrig, die sich kaum noch auf den Beinen halten konnten.

Angela saß in ihrem Cockpit und starrte zu Radicks *Executioner* hinüber. Bei einem Gefecht wären die Chancen ausgeglichen gewesen. Aber wie viele ihrer Leute wären noch gefallen oder verwundet worden? Sie blieb mit ihrem *Executioner*, wo sie war, den feindlichen Kriegern gegenüber, die sie und ihre Einheit bezwungen hatten.

»Wir werden jetzt abziehen«, erklärte Sterncolonel Radick in kühlem Tonfall. »Ich hatte gehofft, dich zu meiner Leibeigenen machen zu können, Angela Bekker. Du wärst eine ausgezeichnete Wölfin geworden.«

Sie antwortete ihm über das Mikrofon ihres Neurohelms. »Das bezweifle ich, Sterncolonel. Du hättest festgestellt, daß ich mehr Bewahrerin als Kreuzritterin bin. Wie du an unserem Clan siehst, ist es nicht schwer, zum Verteidiger der Menschheit zu werden. Es sehr viel schwieriger, aus einem Verteidiger einen Kreuzritter zu machen.«

»Mag sein«, erwiderte Radick. »Du hast gut gekämpft. Aber jetzt stehen wir vor denselben Problemen.«

»Und die wären?«

»Unsere Oberkommandos.«

Angela war verwirrt. Probleme? Sie hatte triumphiert. Ihre Pirschenden Bären hatten den Besitztest gewonnen. Sie hatten ihre Mission erfüllt. Toffen blieb Teil des Geisterbären-Dominiums. »Ich verstehe nicht, Sterncolonel.«

»Ich muß für den Versuch büßen, Toffen ohne Erlaubnis meiner Vorgesetzten zu erobern … und es nicht geschafft zu haben. Ich habe Verluste erlitten, die auszugleichen viel Zeit kosten wird. Meine Kommandeure und mein Khan werden mehr als wütend auf mich sein, dessen bin ich sicher. Ich habe Khan Vladimir Ward bereits mehrmals getroffen, und seinen Zorn erregt man nicht leichtfertig. Und du, Sterncaptain Angela Bekker? Warum hat man deinen Trinärstern hier alleingelassen, damit ihr Toffen verteidigt? Wo war der Rest der Geisterbären, während ihr gegen uns gekämpft habt? Ich habe täglich mit der Ankunft von Geisterbären-Landungsschiffen gerechnet, aber nicht eines ist gekommen. Und was ist mit den gewaltigen Nachschubvorräten, die hier eingelagert waren? Ich bin sicher, du erkennst jetzt den wahren Grund für deine Anwesenheit hier. Deshalb«, schloß er, »habe ich gesagt, daß wir beide Probleme haben.«

Wie auf ein stummes Zeichen drehten die Wolf-BattleMechs um und marschierten in den Qualm und Rauch davon. Sie würden Stunden brauchen, um ihr Landungsschiff zu erreichen und Toffen zu verlassen, aber jetzt waren sie bei ihrer Ehre verpflichtet, abzufliegen. Angela sah der letzten der Blutsäufer-Maschinen nach, einer *Naga*, bis ihr verbrannter, platter Rükken in die Rauchschwaden drang und schließlich aus dem Sichtfeld verschwand.

Die Wölfe hatten verloren, aber Dirk Radick hatte die letzte Salve des Tests abgefeuert. Seine Bemerkungen hatten ins Schwarze getroffen. Sie hatte selbst viel zu oft in den Nachthimmel hochgeschaut und auf eine Spur eintreffender Geisterbären-Schiffe gehofft, die Entsatztruppen brachten, und nie etwas anderes gesehen als kalt funkelnde Sterne.

Angela rutschte unbehaglich auf ihrer Pilotenliege umher. Plötzlich war ihr kalt. Und während der Rest ihres Trinärsterns den Sieg feierte, drehten sich Angela Bekkers Gedanken um das Unfaßbare und zugleich Unabstreitbare, das Radick in Worte gefaßt hatte.

Epilog

Feld der Ehre, Alshain
Geisterbären-Dominium

25. *Juni 3062*

Angela und der Rest des Trinärsterns Pirschende Bären, 8. Bärkürassiere, Galaxis Delta, nahmen Haltung an. Verschwunden waren die fleckigen, zerrissenen Uniformen des Toffen-Feldzugs, für diese Gelegenheit ersetzt durch neue graue Ausgehuniformen. Verschwunden auch die Müdigkeit auf den Gesichtern der Krieger, die den Kampf überlebt hatten. Zum Teil trugen sie noch Gipsverbände oder Bandagen um ihre verbrannten Glieder, aber ihre Mienen zeigten Kampfgeist und Entschlossenheit. Selbst Bethany, die den Arm mit den sorgfältig angepaßten bionischen Ersatzfingern an der Hand noch in der Schlinge trug. Das allein half, die verwirrte Mixtur aus Wut, Frustration und Peinlichkeit zu überdekken, die Angela fühlte.

Sie standen auf einer steinernen Empore, und die helle Sonne Alshains brannte auf sie herab. Auf dem schimmernden Rasen des Paradegrunds vor ihnen war alles versammelt, was Alshain an Geisterbären-Kriegern aufzubieten hatte, und hinter ihnen drängten sich die Mitglieder der niederen Kasten. Sie alle waren Geisterbären und auf das Geheiß ihres Khans hier erschienen. Sie alle standen stramm, Reihe um Reihe hatten sie die Augen zu der Plattform erhoben, auf der Angela stand und ihre Blicke erwiderte.

Nach dem Sieg auf Toffen erschienen die letzten Monate beinahe enttäuschend. Fast zwei Wochen nach der letzten Schlacht gegen Dirk Radick und die Wölfe waren Ersatztruppen eingetroffen, um ihren Trinärstern abzulösen, ein ganzer Sternhaufen. Die Pirschenden Bären waren eingeschifft und zurück nach Alshain gebracht worden, offenbar auf Anordnung Khan Bjørn Jorgenssons. Angela hatte mehrmals um ein Gespräch mit ihren Vorgesetzten gebeten, aber all ihre Anfragen waren ignoriert worden. Jetzt, heute, begegnete sie ihnen zum erstenmal wieder. Sterncolonel Dana Vishio stand neben Galaxiscommander Roberto Snuka, und beide nickten Angela aufmunternd zu. Neben ihnen stand saKhanin Aletha Kabrinski, schweigend und mit strenger Miene.

Khan Jorgensson trat an ein kleines, säulenförmiges Podest im Zentrum der Empore. Er trug die traditionelle Robe seines Amtes, einen Pelzumhang mit Kapuze aus dem Fell eines Geisterbären über einem schwarzen Overall. Um seinen Hals hing eine Kette mit den Zähnen des Bären, den er bei seinem Tatzenschlag erlegt hatte. Der Khan sah sich nicht zu Angela und den Mitgliedern ihres Trinärsterns um, sondern wandte sich statt dessen an die Legion der Clanner und schlug die Pelzkapuze zurück, damit alle auf dem Platz Versammelten sein Gesicht sehen konnten.

»Für einen Khan der Geisterbären gibt es keine größere Ehre als einen Tag wie diesen. Vor einigen Monaten autorisierte ich die Aushebung eines neuen Trinärsterns innerhalb der 8. Bärkürassiere. Sterncaptain Angela Bekker erhielt den Befehl über diese Einheit. Es war eine neue Einheit, unerfahren, unerprobt im Kampf. Als ihren ersten Auftrag wurde sie nach Toffen gesandt, wo sie allein die Garnisonsaufgaben übernahm. Angela Bekker, eine betatzte Blutnamensträgerin, repräsentiert die besten Eigenschaften, die uns zu Geisterbären machen, und ihre Einteilung auf jener Welt war als Ehre für sie und die Mitglieder ihrer Einheit gedacht. Dann schlichen sich unsere früheren Eidgeschwister, der Wolfsclan, über unsere Grenzen. Sie kamen nach Toffen, um diese Welt unserem Dominium zu entreißen. Sterncaptain Angela Bekker und ihre unerfahrene Einheit stellten sich den Blutsäufern, einer der besten Einheiten, die die Wölfe anzubieten haben, zu einem Besitztest um den Planeten. Die Schlacht währte nicht eine Stunde, sondern sechsundvierzig Tage. Angela Bekker und ihr Trinärstern Pirschende Bären besiegten nicht nur einen Trinärstern Wölfe, sondern sogar noch einen zusätzlichen Binärstern Wolfsclantruppen. Trotz ihrer Verluste hielt sie die Einheit zusammen, und ich veranlasse hiermit deren Neuausstattung. Und während die Wölfe ihren vergeblichen Versuch unternahmen, uns Toffen abzutrotzen, und diese tapferen Krieger sie zurückwarfen, starteten wir Geisterbären unsere eigene Offensive gegen die Wölfe. Es war ein süßer Triumph, in dessen Verlauf wir Nox, Satalice und Altenmarkt eroberten, die Welt, auf der die Blutsäufer stationiert waren. Sterncaptain Angela Bekker hat dies möglich gemacht, und die Opfer, die ihre Einheit gebracht hat, werden dadurch noch ehrenvoller.«

Angela spürte, wie sie vor Wut puterrot anlief, als sie das hörte. Ihr Clan war ihr deshalb nicht zu Hilfe gekommen, weil sie auf Toffen einen ganzen Sternhaufen der Wölfe gebunden und dem Rest der Geisterbären damit einen separaten Krieg gegen die Wölfe ermöglicht hatte. Sie konnte nicht anders, als sich an die Worte Dirk Radicks am Tag seiner Niederlage zu erinnern. Warum waren die Pirschenden Bären auf Toffen alleingelassen worden? Jetzt kannte sie die Antwort. Sie waren als Köder benutzt worden, um die Wölfe anzulocken!

Khan Jorgensson sprach weiter. »Und in Anerkennung ihrer selbstlosen Hingabe an unseren Clan haben wir uns heute hier versammelt, um Sterncaptain Angela Bekker unsere höchste Ehre zukommen zu lassen, Tsengs Schild. Sterncommander Constant Tseng, Sterncommander Stone und dem Rest der Pirschenden Bären entbiete ich mein höchstes Lob für ihren Mut und ihre Hingabe an die Ideale der Geisterbären.«

SaKhanin Kabrinski trat, immer noch schweigend und mit steinerner Miene, vor und kam zu Angela herüber. In der Hand hielt sie Tsengs Schild und befestigte die Auszeichnung an Angelas Uniform. Dabei drückte sie so fest zu, daß Angela das kalte Metall der Nadel auf ihrer Haut fühlte.

Bjørn Jorgensson drehte sich wieder zu den versammelten Kriegern um, als sie fertig war. »Seht die Stärke unseres Clans im Kampf gegen alle, die sich für würdig erachten, unsere Feinde zu sein. Stimmt mit mir ein und ehrt diese Krieger!« Er klatschte in die Hände, und die Versammlung der Geisterbären tat es ihm nach, bis der Applaus zu einem Triumphgebrüll anschwoll.

* * *

Angela betrat das Büro Galaxiscommander Roberto Snukas und nahm Haltung an. Das Zimmer wirkte sehr viel kleiner und dunkler, als sie es in Erinnerung hatte. Sterncolonel Dana Vishio war ebenfalls anwesend.

»Steh bequem, Sterncaptain, und meinen Glückwunsch.« Roberto Snuka bedeutete ihr, sich zu setzen, aber Angela blieb stehen.

Snuka stellte die Ellbogen auf den Schreibtisch und legte das Kinn auf die gefalteten Hände, während er sie betrachtete. »Khan Bjørn Jorgensson hat mich wissen lassen, wie sehr er deine wertvollen Dienste zu schätzen weiß, Sterncaptain. So sehr, daß er plant, einen neuen Sternhaufen auszuheben, der natürlich einen Kommandeur brauchen wird. Er wird dich persönlich für den betreffenden Positionstest vorschlagen und versichert mir, daß niemand dich herausfordern wird.«

Angela schaffte es nur mit Mühe, ihre Wut im Zaum

zu halten. »Das ist nicht notwendig, Galaxiscommander«, erklärte sie, die Augen nicht zu ihm gewandt, sondern starr geradeaus gerichtet.

»Gibt es irgendein Problem, Sterncaptain Angela Bekker?« fragte Dana Vishio.

»Aye«, stellte Angela mit bitterer Stimme fest. »Orden können keine Toten erwecken, ebensowenig wie neue Einheiten. Ihr habt mich und meine Einheit nach Toffen geschickt und alleingelassen, obwohl ihr genau wußtet, daß die Wölfe uns angreifen würden, frapos?« Ihr Kopf flog herum, und ihr Blick brannte sich in die Augen ihrer Vorgesetzten.

Es gab eine kurze Pause, während Vishio sich zu Roberto Snuka umsah, dann drehte sie sich wieder zu Angela um. »Pos. Der Wolf-Clanwache wurden Information über deinen Einsatzort zugespielt. Wir transportierten eine außerordentliche Menge an Nachschub und Ersatzteilen nach Toffen, um den Planeten wichtiger erscheinen zu lassen, als er tatsächlich war. All das war notwendig, um sie in die Falle des Khans zu locken.«

»Wir waren ein Köder.« Angela spie Vishio die Worte geradezu ins Gesicht. »Es war nie geplant, uns zu entsetzen.«

Galaxiscommander Snuka ergriff das Wort. »Es war eine Strategie, Sterncaptain. Eine notwendige Strategie. Deine Leistung auf Toffen hat uns mehrere Wolfsclansysteme eingebracht.«

»Und du wußtest davon?« fragte Angela, ohne den Blick von Dana Vishio zu nehmen.

»Aye«, bestätigte die. »Die Umsetzung einer Strategie gehört zu den Pflichten eines Sterncolonels. Das ist dir inzwischen doch sicher klar.«

»Beantwortet mir eine Frage, Galaxiscommander, Sterncolonel: Waren meine Pirschenden Bären und ich entbehrlich?«

Roberto Snuka sah Angela in die Augen. »Wir alle

haben unsere Pflichten, Sterncaptain. Und in dieser Hinsicht sind wir alle entbehrlich, wenn es darum geht, den Clan und unsere Lebensweise zu schützen. Was auf Toffen geschehen ist, war ein Einsatz deiner Person und deiner Pirschenden Bären in einer strategischen Rolle. Ihr habt eure Pflicht erfüllt. Nicht mehr. Nicht weniger.«

Angela nickte. »Ich bin eine Taktikerin. Ich gewinne Schlachten. Das ist meine Pflicht, meinen Clan und meiner Einheit gegenüber. Wenn ihr von mir als Sterncolonel erwarten würdet, Strategien zu entwickeln und umzusetzen, wie ihr sie auf Toffen vorgeführt habt, will ich damit nichts zu tun haben. Meine Ehre würde mir das niemals gestatten.«

»Was soll das heißen, Sterncaptain?« fragte Snuka und stand hinter seinem Schreibtisch auf. »Du lehnst die Beförderung ab und willst Sterncaptain bleiben, frapos?«

»Pos, Galaxiscommander. Besonders, wenn der Preis für die Beförderung in meinem Gewissen oder meiner Ehre bestünde. Und nach allem, was ich durchgemacht habe, müßte ich beide mißachten, wenn ich je gezwungen wäre, anderen das anzutun, was uns angetan wurde. Ich will nichts weiter, als ein Sterncaptain bleiben und den besten Trinärstern in der Geisterbären-Touman kommandieren.«

Angela wartete nicht auf die Erlaubnis, wegzutreten, sondern drehte militärisch perfekt auf dem Absatz um und verließ das Büro.

* * *

»Wie ist es gelaufen?« fragte Constant Tseng, als er und Stone Angela vor dem Zentralkommando einholten.

»Wie zu erwarten war. Sie haben mir die Chance geboten, Sterncolonel zu werden. Ohne Gegenbewerber. Eine Chance, einen neuen Sternhaufen auszuheben.«

»Hast du angenommen?«

»Neg. Ich habe ihnen erklärt, daß ich kein Verlangen verspüre, anderen jemals das anzutun, was sie mit uns gemacht haben.«

»Das wird ihnen sicher nicht gefallen haben. Hoffentlich bleibst du unsere Kommandeurin«, meinte Stone.

»Es sieht so aus. Ich habe vor wenigen Minuten neue Order erhalten. Wir sollen den Trinärstern neu ausrüsten und in einem Monat auf Toffen zum Rest der 8. Bärkürassiere stoßen. Wie es scheint, verzichtet man darauf, mich für meine Insubordination zu bestrafen.«

»Es wäre dem Clan nicht dienlich, seine neueste Heldin zu disziplinieren«, stellte Stone fest.

»Ich fühle mich nicht wie eine Heldin.« Angelas Stimme klang matt.

»Ich bezweifle, daß irgendein Held das tut«, dagte Tseng. »Willkommen zurück bei den Pirschenden Bären, Sterncaptain.«

Angela lachte. »Danke, Constant Tseng. Es tut gut, zuhause zu sein.«

»Da wäre noch etwas«, erklärte Tseng. Die drei hielten an, und er griff in eine große Ledertasche, die über seiner Schulter hing. Als er die Hände wieder zum Vorschein brachte, hielten sie einen mit Silberstücken besetzten Samtbeutel, an dem Brummpfeifen aus Elfenbein und Rosenholz hingen. »Das ist ein Geschenk der ganzen Einheit. Ein neuer Dudelsack, hergestellt vom feinsten Handwerker dieser Welt. Wir haben uns sagen lassen, daß er Monate daran gearbeitet hat, die Brummpfeifen zu drechseln.«

Angela hob den Dudelsack in die Höhe und betrachtete die Melodiepfeife. In der Nähe des oberen Endes sah sie eine kleine Silbertafel. Sie trug das Wappen der

Geisterbären und die Namen aller Mitglieder des Trinärsterns, in so winzigen Buchstaben, daß sie sie kaum entziffern konnte.

Sie hielt den Dudelsack ehrfürchtig in den Händen. »Danke, euch beiden. Aber jetzt wird es Zeit für uns, nach Hause zu gehen, frapos?«

»Nach Toffen«, sagte Stone.

»Neg«, erwiderte Angela. »Zu den Pirschenden Bären. Ein anderes Zuhause brauche ich nicht.«

Blaine Lee Pardoe
& Mel Odom

BLUTSVERRAT

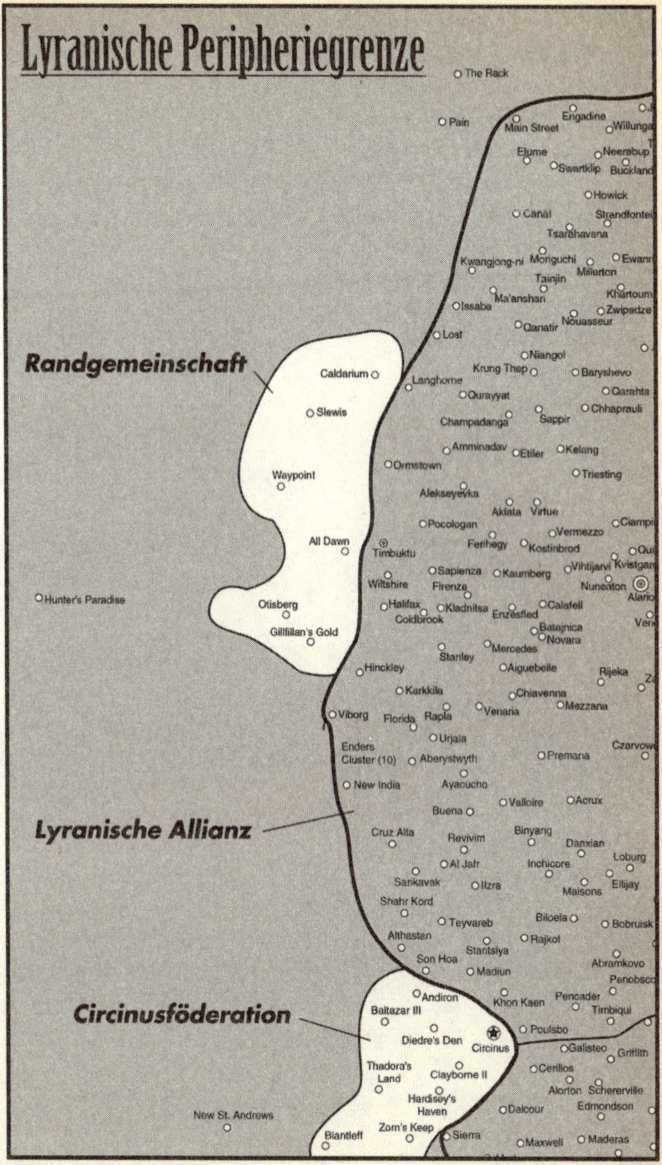
Lyranische Peripheriegrenze
Randgemeinschaft
Lyranische Allianz
Circinusföderation
The Rack
Pain
Main Street
Engadine
Elume
Neerabup
Swartklip
Howick
Canal
Tsarahavana
Kwangjong-ni
Moriguchi
Millerton
Tainjin
Ma'anshan
Issaba
Zwipadze
Nouasseur
Qanatir
Lost
Niangol
Krung Thep
Baryshevo
Caldarium
Langhorne
Qurayyat
Qarahta
Slewis
Champadanga
Sappir
Chhaprauli
Amminadav
Etiler
Kelang
Ormstown
Triesting
Waypoint
Alekseyevka
Aklala
Virtue
Pocologan
Vermezzo
All Dawn
Timbuktu
Ferihegy
Kostinbrod
Vihtijarvi
Wiltshire
Sapienza
Kaumberg
Nuneaton
Firenze
Hunter's Paradise
Otisberg
Halifax
Coldbrook
Kladnitsa
Enzesfled
Calafell
Batajnica
Novara
Gillfillan's Gold
Mercedes
Stanley
Hinckley
Aiguebelle
Rijeka
Karkkila
Chiavenna
Mezzana
Viborg
Florida
Rapla
Venaria
Urjala
Enders Cluster (10)
Aberystwyth
Premana
New India
Ayacucho
Valloire
Acrux
Buena
Cruz Alta
Revivim
Binyang
Danxian
Loburg
Al Jafr
Inchicore
Sarikavak
Ilzra
Maisons
Ellijay
Shahr Kord
Teyvareb
Biloela
Bobruisk
Althastan
Rajkot
Stantsiya
Son Hoa
Madiun
Abramkovo
Andiron
Khon Kaen
Pencader
Timbiqui
Baltazar III
Poulsbo
Diedre's Den
Circinus
Galisteo
Griffith
Thadora's Land
Clayborne II
Cerillos
Alorton
Schererville
Hardisey's Haven
Edmondson
Dalcour
New St. Andrews
Zorn's Keep
Biantleff
Sierra
Maxwell
Maderas

1

Vogelsangkamm, Caldarium
Randgemeinschaft, Peripherie

15. Januar 3059

»Eulenschwarm Eins von Laterne Ein.« Von Billy Wallace kam keine Antwort. Das beunruhigte Oberleutnant Livia Hawke. Noch einmal überprüfte sie die Haupt- und Nebenschirme ihres *Quickdraw*. Die Sensoren meldeten keinerlei Feindaktivität in der Umgebung, während die beiden anderen BattleMechs ihrer Befehlslanze auf der Sichtprojektion deutlich zu sehen waren. Dasselbe galt für die Infrarot-Ortung und die Magnetischen Resonanztaster, die normalerweise die Fusionsreaktoren in der Nähe befindlicher Mechs ohne Schwierigkeiten entdeckten. Aber dieses Gelände war für akkurate Messungen einfach nicht geeignet.

Während ihre Kompanie unter Funkstille wartete, suchte Billy Wallace in seinem *Jenner* vor ihnen im Gebirge nach Spuren der Piraten. Eigentlich hätte er in einem Rafferimpuls Zeichen geben sollen. Nicht mehr als ein freundliches Anklopfen, nur um sie zu beruhigen, daß er noch unter den Lebenden weilte. Aber es kam nichts.

Wo steckte er?

Das Warten zehrte an den Nerven. Es war, als würden Ameisen über die Haut krabbeln. Hawke blickte vom Sekundärschirm hoch und durch das Polykarbon-Kanzeldach des Mechcockpits hinaus in die Nacht. So sehr sie es auch versuchte, sie konnte das Unbehagen nicht abschütteln, das von ihr Besitz ergriffen hatte. Mit dem Rest der Einserkompanie bewegte sie sich langsam und etappenweise weiter vorwärts und hoffte darauf, daß Wallace sie vor wirklichen Gefahren warnen konnte, bevor die Einheit in eine Falle tappte.

Das Gelände des Vogelsangkamms mit seinen steilen Klippen und den unzugänglichen, mit hohen Bäumen und dichtem Unterholz bedeckten Bergen war tödlich für Mechs. Die Kampfkolosse konnten zwar klettern, aber es kostete einige Mühe, sie unter diesen Bedingungen aufrecht zu halten. Ganz davon abgeschen, daß die Sichtweite praktisch gleich Null war. Dem bloßen Auge bot sich die Umgebung im fahlen Mondlicht nahezu zweidimensional dar. Selbst die IR-Optik des *Quickdraw* hatte Mühe mit dem schwierigen Terrain. Das lag nur zum Teil an den Geländebedingungen. Ein anderer Faktor war die Tatsache, daß Hawke einen recht alten Mechtyp steuerte. Hier draußen, in den dünnbesiedelten Weiten der Peripherie, hatte moderne Technik Seltenheitswert.

Andererseits kümmerte Hawke alte oder neue Technik wenig. Ein Mech war nur so gut wie der MechKrieger, der ihn steuerte. Außerdem hatten die Einheimischen bei den Meldungen über den Überfall auf Porth vor ein paar Wochen nur drei bis fünf Piratenmaschinen erwähnt. Sie waren in der Übermacht. Kompanie Eins würde keine Probleme damit haben, sie in die Flucht zu schlagen. Able's Aces beschützten die Siedlungswelten der Randgemeinschaft jetzt schon seit zwölf Jahren. Dafür wurden sie schließlich bezahlt.

Kommandanthauptmann Able persönlich hätte diese Piratenjagd geleitet, wenn nicht kurz vor seinem Abflug nach Caldarium Hopper Morrisons Bande eine Munitionsfabrik auf Waypoint überfallen gehabt hätte. Also hatte er die Mission Livia Hawke übergeben und sich statt dessen auf den Weg nach Waypoint gemacht.

In der Peripherie gehörten Piratenüberfälle zum Alltag, aber Morrisons Ausbeuter waren ebenso berüchtigt für ihre Gnadenlosigkeit wie für ihre Habgier. ›König‹ Hopper Morrison und seine Bande hatten sich in der letzten Zeit einen üblen Ruf erworben und beanspruchten inzwischen zwei nicht weit von der Randgemeinschaft gelegene Sonnensysteme. Morrison hatte die beiden bewohnbaren Welten Pain und The Rack getauft und sich dort derart gründlich eingegraben, daß niemand in der Lage war, ihn zu vertreiben.

Die Aces hatten die Piraten bisher abhalten können, aber ihre drei Bataillone waren durch die zum Schutz der sechs Systeme in ihrer Obhut nötig gewordene Aufteilung bedrohlich zerfasert. Morrison und seine Banditen wurden immer frecher und hatten sich sogar ausdrücklich angekündigt, bevor sie Waypoint angriffen, zwei Mechs zerstörten und sechzehn Fabrikangestellte umbrachten. Der Angriff war derartig provozierend ausgeführt, daß Kommandanthauptmann Able den eigentlichen Zweck der Attacke sofort durchschaut hatte: Sie sollte Zweifel an der Fähigkeit der Aces säen, die Welten der Gemeinschaft zu beschützen.

Auf Otisberg hatte auch Hawke schon gegen die Ausbeuter gekämpft und sich bei einem der jüngsten Scharmützel ein Andenken in Form einer zehn Zentimeter langen und vier Zentimeter breiten Narbe eingehandelt. Mit jedem neuen Schlag trieb Morrison einen tieferen Keil zwischen Able's Aces und den Rat der Planeten, der die Randgemeinschaft regierte.

Hawke drückte eine Taste und öffnete die Kommverbindung. Die Gedanken an Morrisons Bande hatten sie in Rage versetzt, und ihre Geduld war aufgebraucht. »Laterne Zwo von Eins.«

»Ich höre, Eins«, antwortete Benjamin Rassor mit ruhiger Stimme.

Trotz der Anspannung lächelte Hawke, während sie mit den Mechsensoren die Nacht abtastete. Benjamin war ein Vollprofi. Er war aggressiv und schnell, und er ergriff jede sich bietende Chance, ins Cockpit eines größeren und besseren Mechs umzusteigen. Sein Ehrgeiz und seine Energie waren mit der Grund gewesen, der sie bewogen hatte, sich auf eine Affäre mit ihm einzulassen. Trotz der Leidenschaft, die er im Bett an den Tag legte, unternahm er niemals den geringsten Versuch, den Rangunterschied zu verwischen, der sie bei der Arbeit trennte.

»Bereithalten, Zwo«, erklärte Hawke und faßte die Steuerknüppel. »Wir erkunden das Gebiet und versuchen herauszufinden, was aus Eulenschwarm geworden ist. Falls es Schwierigkeiten gibt, werden wir eine Hintertür brauchen.«

»Verstanden, Eins«, erwiderte Benjamin. »Wir stehen Gewehr bei Fuß. Gute Jagd.«

Hawke wurde in die Haltegurte gedrückt, als die Bein- und Hüftaktivatoren die sechzig Tonnen ihres Mechs in Bewegung setzten. Die normale Reisegeschwindigkeit des *Quickdraw* lag bei vierundfünfzig Stundenkilometern, aber das war unter den gegebenen Geländebedingungen zu schnell.

»Greifvogel Eins von Laterne Eins.«

»Verstanden, Laterne Eins. Greifvogel Eins hört.« Oberleutnant Jon Jamison befehligte die Fluglanze der Kompanie. Deren zwei SPR-H5 *Sparrowhawk* waren mit mittelschweren und leichten Lasern bewaffnet, und ihre Geschwindigkeit machte sie zu erstklassigen Angriffsjägern.

»Ich brauche einen Vorbeiflug, Greifvogel Eins«, gab Hawke durch. »Volle Sensorabtastung über eine Distanz von fünf Klicks von meiner Position. Kein Waffeneinsatz, es sei denn, ihr werdet angegriffen und habt ein erkennbares Ziel. Irgendwo da draußen wird eine unserer Einheiten vermißt.«

»Keine Sorge, Laterne Eins«, beruhigte Jamison sie. Er war ein vorsichtiger und fähiger Pilot und konnte mit jedem anderen mithalten, was Tapferkeit betraf. »Greifvogel Eins breitet seine schützenden Schwingen über euch aus.«

Wieder suchte Hawke das Gelände mit den Sensoren ab. Mit jeder Minute wurde ihr unbehaglicher. Dank der Kameras und Elektronik des Bordcomputers lieferte ihr die Sichtprojektion eine 360°-Rundumsicht, allerdings auf einen Winkel von 120 Grad komprimiert. Den Mech mit Hilfe der komprimierten Rundumdarstellung zu manövrieren, hatte zu den schwierigsten Aufgaben gehört, denen sie sich in der Mechausbildung gegenübergesehen hatte.

Sie überprüfte kurz ihre Waffen und Feuerleitkreise. Der *Quickdraw* war mit zwei mittelschweren Omikron 4000-Lasern an den Armen und zwei weiteren im Rücken bewaffnet. In Schulterhöhe war eine Delta-Dart-Langstreckenraketenlafette mit zehn Abschußrohren in den Torso integriert, und eine Hovertec Vierer-Kurzstreckenlafette saß in der Mitte des Torsos. Hawke kannte den *Quickdraw* und seine Bewaffnung wie ihre Westentasche und fühlte sich gleich erheblich ruhiger, als die stetig grün leuchtenden Vorheiz- und Ladelichter auf der taktischen Anzeige volle Gefechtsbereitschaft signalisierten.

Sie öffnete die Verbindung zu ihrer Befehls-Lanze. »Crosby.«

»Ich höre, Oberleutnant«, antwortete Crosby.

»Wir rücken aus. Ich übernehme die Spitze, Amos deckt uns den Rücken. Das heißt, du kommst in die Mitte.«

»Verstanden, Boß. Diese Rumsteherei hier hat mir eh den letzten Nerv geraubt. Ich will mich austoben, was soll ich sonst hier.«

Hawke beobachtete, wie Leonid Crosbys *Dervish* aus der Deckung einer Baumgruppe trat. Crosby war impulsiv und aufbrausend. Wäre er nicht außerdem ein verteufelt guter MechKrieger gewesen, der in der Hitze des Gefechts ausgezeichnetes Unterstützungsfeuer lieferte, hätte Kommandanthauptmann Able ihn mit Sicherheit ein Dutzend Male degradiert und längst aus der Einheit geworfen. So mußte er nur regelmäßig Strafdienst für seine Verstöße ableisten oder bekam einen Teil des Solds gestrichen. Oder beides.

Hinter ihm brachte Derrick Amos seinen *Orion* in Position. »Bereit« meldete er mit seiner sanften Flüsterstimme. Amos war ein Rätsel für seine Kameraden. Niemand wußte genau, woher er kam oder was er getan hatte, bevor er sich bei den Aces verpflichtete, und er schien auch keinerlei Neigung zu verspüren, darüber zu reden. Hawke war es zufrieden, denn das einzige, was sie über Amos wußte, war auch das einzige, was sie interessierte: In einem Kampf konnte man sich auf ihn verlassen.

»Ausrücken«, befahl sie und beschleunigte den *Quickdraw* auf Reisegeschwindigkeit. Sie mußte herausfinden, was aus Billy Wallace und seinem *Jenner* geworden war, selbst wenn sie dazu mit ihrer Einheit geradewegs in eine Falle lief.

Sie blickte hoch zum Kanzeldach und sah die beiden *Sparrowhawk* der Greifvogel-Lanze an ihrer rechten Flanke vorbeiziehen. Im selben Moment loderte es unter den Jägern gleißend blau auf. Für einen Zivilisten hätte es möglicherweise nach einem strahlend blauen doppelten Blitzschlag ausgesehen. Für Hawke hatte der Anblick eine sehr viel düsterere Bedeutung: Partikelprojektorkanonen, mehrere sogar. Ein schlechtes Zeichen. Ein äußerst schlechtes Zeichen.

Sie griff nach den Funkkontrollen, aber es war schon zu spät. Raketenschwärme jagten zu den bereits beschädigten und von den PPK-Attacken geschüttelten Luft/Raumjägern hoch. Sie hörte Jamison aus dem Lautsprecher ihres Neurohelms kreischen, dann wurde sein Todesschrei abrupt von einem langen Rauschen abgeschnitten. Die Raketen hämmerten auf den Jäger ein, und er brach in einem Feuerball auseinander.

Der zweite *Sparrowhawk* versuchte abzudrehen und dem Angriff auszuweichen. Leuchtendgelbe Laserstrahlbahnen zuckten durch den Himmel und schnitten durch eine der Tragflächen. Keiner der beiden Piloten hatte Zeit, auszusteigen. Hawke war klar, daß sie beide tot waren. Innerhalb von Sekunden hatte ihre Kompanie ein Sechstel der Feuerkraft eingebüßt.

»Laterne Eins an alle«, rief sie über die Kommleitung. »Sie haben auf uns gewartet. Sofort auf Verteidigungsposition zurückfallen!«

Hawkes Stimme hallte durch ihren Helm, aber die einzige Antwort, die sie erhielt, war Rauschen. Die Piraten hatten die Aces in die Gebirgslandschaft des Vogelsangkamms gelockt und dann vom Rest des Universums abgeschnitten.

Sie saßen in der Falle.

2

Vogelsangkamm, Caldarium
Randgemeinschaft, Peripherie

15. Januar 3059

Geplant war gewesen, daß Livia Hawke und ihre Leute von Osten zum Vogelsangkamm emporstiegen, der sich rund zweihundert Kilometer in westöstlicher Richtung erstreckte. Ben Rassor sollte mit seiner Lanze aus vier Mechs aus etwa zwanzig Kilometer Entfernung von Süden kommen, dann nach Westen abschwenken und durch einen engen Hohlweg den Kamm ersteigen. Die beiden Truppenteile sollten gleichzeitig aus verschiedenen Richtungen die Gipfelhöhe des Kamms erreichen. Bens Lanze würde die Aufmerksamkeit der Raumpiraten binden, während Hawke mit der Hauptstreitmacht der Kompanie hinabstieß.

Das Ganze hätte ein Kinderspiel werden sollen, aber jetzt war der Plan zusammen mit Greifvogels Jägern in Flammen aufgegangen.

Hawke suchte die Umgebung weiter mit ihren Sensoren ab. Sechs Meter hohe Abraumhalden, riesige kegelförmige Hügel aus Erdmasse vermischt mit Erzabfällen, Überreste aus den Tagen des Intensivbergbaus auf Caldarium, ragten über die Landschaft verteilt auf. Zwischen ihnen wuchsen niedriges Buschwerk und zähes Unkraut. Der Puls raste in ihren Ohren, als sie sich hektisch vorarbeitete und nach einem Gegner suchte, nach irgendeinem faßbaren Gegner.

»Laterne Eins!« brüllte Crosby seine Warnung durch das Rauschen. Im selben Moment, in dem sie seinen Warnruf hörte, leuchtete die Taktikanzeige auf. Der Computer identifizierte den auf Hawke zukommenden

KTO-20 *Kintaro* eine Nanosekunde, nachdem sie den Mechtyp selbst erkannt hatte. Seine Silhouette war humanoider als bei manch anderem Modell, mit breitbeiniger Haltung und riesigen Füßen.

Der *Kintaro* war aus Deckung einer der Abraumhalden getreten, die KSR-Lafette im linken Arm vorgestreckt und aus weniger als zweihundert Metern Entfernung auf Hawkes Maschine gerichtet.

Sie trieb ihren *Quickdraw* ohne Zögern vor, denn ihr war klar, daß sie keine Zeit hatte, den anderen Mech in ihr Schußfeld zu bringen. Eine Kurzstreckenrakete zischte aus dem Arm des *Kintaro*, und im leuchtenden Feuerschweif des Treibsatzes verschwand der Mech aus der Sicht. Das Geschoß raste nur Zentimeter an Hawke vorbei und schlug in die Abraumhalde hinter ihr ein.

Der Sprengkopf detonierte beim Aufprall und schleuderte tonnenweise Fels- und Erztrümmer davon. Ein riesiger Steinbrocken pallte gegen den *Quickdraw* und den Kampfkoloß nach diesem Einschlag aufrecht zu halten, stellte Hawkes Pilotenfähigkeiten und den Kreiselstabilisator vor eine gleich harte Aufgabe. Der Treffer zertrümmerte die Panzerung der Maschine und sprengte mehrere der Panzerplatten komplett weg. Staub füllte die Luft, verdunkelte den Sichtschirm und drang in die Filter des Mechs, die unter dieser Belastung laut aufheulten. BattleMechs waren darauf angelegt, in jeder Umgebung zu funktionieren, vom luftleeren Weltall bis zu den Tiefen des Meeres, aber sie waren keineswegs unzerstörbar.

Dann regnete der von der Explosion in die Höhe geschleuderte Schutt in einer zweiten Welle aus Lehm und Stein auf den Kampfkoloß herab.

Hawke bearbeitete wild die Pedale, kämpfte darum, mit ihrem *Quickdraw* Halt zu finden, und fluchte laut in ihren Neurohelm, während sie mit dem Seitensteuer rang. Der Pilot des *Kintaro* hatte offenbar Blut gerochen, denn er setzte ihr nach, und die schlankere Konstruktion seiner Maschine machte es ihm leichter, sich zwischen den Abraumhalden zu bewegen. In der Ferne sah sie die Markierungen auf dem Mechrumpf.

Morrisons Ausbeuter.

Hawke drehte die Handlaser des *Quickdraw* zur Seite und schaltete den Feuerleitkreis so um, daß sie alle vier Laser mit demselben Feuerknopf auslösen konnte. Sie zog das Fadenkreuz über den Sichtschirm und versuchte, eine Zielerfassung zu bekommen, als der *Kintaro* um eine der Abraumhalden rutschte. Er brachte den rechten Arm hoch und zielte zusätzlich zu den KSR im linken Arm mit beiden Lasern auf ihren Mech. Die Abschußrohre der Lafette flammten in dem Augenblick auf, in dem sie auf den Auslöser drückte.

Hawke feuerte alle vier Laser ab und betete, daß die Waffen ihr Ziel sicher genug erfaßt hatten. Der *Kintaro* erwiderte das Feuer, und sein schwerer Laser brannte eine Spur über die dünne Rückenpanzerung des *Quickdraw*. Eine Hitzewelle schlug über Hawke zusammen, und eine Warnsirene gellte, als der Mech Gefahr lief zu überhitzen. Die KSR-Salve des Piraten senkte sich in das rechte Mechbein und Hüftgelenk, zertrümmerte Metallteile und zerfetzte Panzerung in einer gewaltigen Detonation.

Die Druckwelle hämmerte auf den *Quickdraw* ein und warf ihn aus dem Gleichgewicht. Das Gyroskop heulte auf, als Hawkes Neurohelm versuchte, die Erschütterung mit Hilfe ihres natürlichen Gleichgewichtssinns zu kompensieren. Trotz all ihres Könnens gelang es den Hüft- und Beinaktivatoren nicht, der Schwerkraft erfolgreich Widerstand zu leisten. Sie kippte um.

Ihr war klar, daß sie keine Chance hatte, den Sturz abzuwenden, also riß sie die Arme des *Quickdraw* nach vorne, um ihn abzufangen. Sie bohrten sich in den Boden und rissen einen ein Meter tiefen und fast zehn

Meter langen Graben auf, bevor es ihr gelang, die tonnenschwere Kampfmaschine anzuhalten. Der Aufprall schleuderte Hawke in die Gurte. Das versprach schmerzhafte blaue Flecken … wenn sie lange genug überlebte. Als ihr Kopf nach vorne flog, schlug der Neurohelm gegen den Rahmen des Sichtschirms. Blut von ihrer aufgeplatzten Lippe verschmierte die Sichtscheibe des Helms, als sie sich wieder zurücklegte.

Sie packte den Steuerknüppel und riß ihn hart von einer Seite zur anderen, um den Kampfkoloß wieder aufzurichten. Auf der komprimierten Rundumanzeige der Sichtprojektion sah sie den *Kintaro* in ihrem Rükken stehen. Unter der Anzeige liefen die Daten ihres Mechs vorbei und teilten ihr mit, daß der *Quickdraw* unter der Kombination der Lasertreffer und des Trümmerregens durch die KSR-Detonation zweiundsechzig Prozent der Rückenpanzerung eingebüßt hatte. Da diese von Beginn an nicht allzu stark gewesen war, konnte sich Hawke nicht erlauben, noch einen weiteren Rükkentreffer einzustecken. Sie drehte hastig um und hoffte darauf, daß die Knöchelaktivatoren des *Quickdraw* durchhielten.

Der *Kintaro* war zurückgewichen. Vermutlich hatte das Feuer aus den vier Lichtwerfern den Piloten so überrascht, daß er seinen Angriff abgebrochen hatte. Hawkes Laserfeuer hatte dem linken Mecharm des Piraten schwer genug zugesetzt, um die KSR-Munition zur Detonation zu bringen. Vor ihren Augen erreichten die Raketen kritische Temperatur und explodierten, zerfetzten den Arm und rissen ihn vom Rumpf des *Kintaro*.

In der Ferne sah sie drei ihrer Kameraden in ein Gefecht mit hinter Schutt und Felsen unsichtbaren Gegnern verstrickt. Vorbeigegangene Laser- und Autokanonensalven warfen harte Schlagschatten über den Vogelsangkamm, während sie ihr Bestes tat, den Kampf zu überleben. Die Taktikanzeige blinkte und verkündete schlimme Neuigkeiten. Ihre Truppe fiel mit zerstörten oder kampfunfähig geschossenen Mechs langsam, aber sicher aus.

Hawke ließ nicht locker. Sie agierte aus reinem Reflex und Überlebensinstinkt. Wieder zog sie die Armlaser über das Ziel, und kaum hörte sie den Signalton der Zielerfassung, feuerte sie auch schon eine KSR aus der Torsolafette ab. Die Rakete bohrte sich in die Torsomitte des *Kintaro*. Dessen Panzerung verhinderte, daß Hawkes Geschoß ins Rumpfinnere durchschlug, aber da er durch den Verlust eines Arms bereits außer Balance war, genügte der Aufprall, ihn umzuwerfen. Hawke machte die Laser feuerbereit, als der Piratenmech nach hinten kippte. Sie mühte sich ab, ihn im Fadenkreuz zu halten und wartete auf die Gelegenheit für den perfekten Treffer, mit dem sie ihrem Gegner den Garaus machen konnte.

Brandspuren glühten auf dem Rumpf des *Kintaro* auf, als die rubinroten Lichtbahnen ihrer Laser über ihn peitschten. Die Ferrofibritpanzerung brach auseinander. Der Pilot schlug mit dem verbliebenen Arm des Kampfkolosses um sich und versuchte, die Maschine wieder aufzurichten. Plötzlich brach das Zischen in ihren Ohren ab. Irgend etwas hatte die Störung des Funkverkehrs beendet. Statt dessen hörte sie Schreie, Rufe und Flüche ihrer Kompanie. Sie steckten in der Falle, und ihre Leute wurden abgeschlachtet.

»Livia!« Bens Stimme drang durch den Kampflärm auf der Kommleitung. »Wir stehen unter Beschuß von überlegenen Einheiten. Ich habe Rivenburg, Nelson und Fuller verloren. Ich ziehe mich zurück.« Hawke hatte noch nie eine derartige Panik in Bens Stimme gehört.

»Benjamin, zieh deine Lanze ab. Rückzug zur zweiten Kordonzwischenstation«, befahl sie. Dann öffnete sie eine Breitbandverbindung zum Rest der Kompanie. »Aces, wir verabschieden uns von hier. Laternen-Lanze übernimmt die Rückendeckung. Eulenschwarm an die rechte Flanke, Greifvogel an die Linke. Rückzug zum Aufmarschpunkt. Abzug unter Deckungsfeuer.«

Normalerweise gab es zwei Möglichkeiten, einer Falle zu entkommen. Die erste bestand darin, sie zu sprengen und durchzubrechen, die andere darin, sich auf demselben Weg zurückzuziehen, auf dem man sie betreten hatte. Hawke hatte sich für die letztere entschieden, aber sie wußte, daß es alles andere als einfach werden würde, während der Gegner den Höhenvorteil des Kamms hatte.

In diesem Moment bremste der *Kintaro* weit genug ab, um ihr ein Ziel zu liefern. Sie feuerte, was die Laser hergaben. Hawke war sich nicht sicher, ob es reichen würde, um dem gegnerischen Mech den Kopf abzureißen, aber es war genug, um die Rettungsautomatik auszulösen. Sie sah den riesigen Mechkopf aufbrechen, als die komplette Pilotenkanzel abgesprengt wurde. Sofort versuchte sie, die Armlaser auf das Cockpit zu ziehen, und fast hätte sie es geschafft, noch bevor die Cockpitkapsel in die hinter dem Mech aufragende Abraumhalde krachte. Die fehlende Balance des *Kintaro* hatte das Cockpit nicht senkrecht in die Luft geschleudert, wie es geplant gewesen war, sondern es geradewegs gegen die Halde geschmettert.

Die Kapsel und der Pilot in ihrem Innern zerschellten.

Hawke wandte sich augenblicklich von ihrem ausgeschalteten Gegner ab. Der *Kintaro* stellte keine Gefahr mehr dar. Sie überprüfte den Systemstatus des *Quickdraw*. Durch den Sturmlauf und den Einsatz der KSR und Laser in dichter Folge war die Cockpittemperatur in gefährliche Höhen geschossen. Die Luft im Innern der Kanzel war dick wie ein Sumpf im Hochsommer. Es wäre noch schlimmer für Hawke gewesen, hätte sie mehr getragen als die Shorts und das dünne Unterhemd, das die meisten MechKrieger als Kampfmontur trugen, um mit der Hitze fertigzuwerden, die ihre Kühlwesten nicht abzuleiten vermochten.

»Ben, wie sieht's aus?« fragte sie, dann sah sie Crosbys Mech in einer Lasersalve den rechten Arm verlieren. Sie rannte mit ihrem *Quickdraw* los, um seinen Gegner ins Schußfeld zu bringen.

»Es sind zu viele. O mein Gott ... d...« Bens Stimme brach ab.

Ihr Blick zuckte zur Taktikanzeige und sah seinen Mech auf der Kartengrafik blinken: ausgefallen. Sie hatte keine Zeit, die Information zu verarbeiten. Der Mann, den sie liebte, stand kurz vor dem Ende, wenn er nicht sogar schon tot war. Sie versuchte, Crosby zu Hilfe zu kommen, aber als sein schwarzverbrannter und zerbeulter *Dervish* sich umdrehte, verzehrte ein PPK-Treffer ihn in einem lodernden Feuerball. Hawkes ganzer Körper verkrampfte sich beim Anblick der Explosion, und sie setzte ihren Rückzug fort.

»*Heimdall* von Laterne Eins«, zwängte sie durch die zusammengepreßten Zähne.

Die *Heimdall* gehörte zur *Leopard*-Klasse und war das leitende Landungsschiff der Gruppe, mit der Hawke's Talons nach Caldarium gekommen waren. Hawkes Gedanken überschlugen sich, während sie die Möglichkeiten abwägte. Gleichzeitig bewegte sie den *Quickdraw* weiter rückwärts über das zerklüftete Gelände, durch dessen Unebenheiten sie hoch in der Pilotenkanzel hin und her geworfen wurde. »*Heimdall,* Notabholmanöver Alpha-Alpha-Sieben.«

»*Heimdall* bestätigt, Laterne Eins. Wir sind unterwegs.«

Hawke fragte sich, ob das Landungsschiff rechtzeitig eintreffen würde oder nur noch die leblosen Überreste ihrer Einheit auf den Felsen des Kamms verteilt herumliegend vorfinden würde.

Ein *JägerMech* der Ausbeuter erfaßte sie im selben Moment mit seinen Waffensystemen, als Hawke ihn bemerkte. Seine Silhouette mit den hochgezogenen Schultern und dem tief auf die Brustpartie abgesenkten Kopf ließ ihn aussehen, als habe er einen Buckel. Beide Arme endeten in plumpen Geschützläufen von General Motors Nova-5-Autokanonen, aus denen ein Stakkato von Mündungsfeuer zuckte. Auch die Impulslaser auf beiden Seiten des Torsos leuchteten auf und bereiteten sich darauf vor, blutrote Vernichtung zu speien.

Hawke löste die Sprungdüsen des *Quickdraw* aus und leitete hochkomprimiertes und aufgeheiztes Plasma durch die Ventilöffnungen der Mechbeine. Der Kampfkoloß stieg senkrecht in die Höhe, und an dem Punkt, an dem er sich eben noch befunden hatte, kreuzten sich Laserimpulse und eine Autokanonensalve panzerbrechender Explosivgranaten. Mehrere der Geschosse schlugen in die schon von den vorhergehenden Angriffen beschädigten Mechbeine, rissen die kümmerlichen Panzerreste vollends ab und zerfetzten die darunter sichtbar werdende Myomermuskulatur. Eine neue Hitzewelle schlug durch das Cockpit, als die Sprungdüsen ihre Arbeit leisteten.

Fünfzig Meter über dem Boden suchte Hawke verzweifelt nach einem sicheren Landeplatz. Sie flatterte die Düsen in Vorbereitung für das Aufsetzen hinter einer Abraumhalde und um sich etwas Zeit zu verschaffen. Ein paar Sekunden schien alles gutzugehen, aber ihr linkes Mechbein reagierte verzögert und bremste sie ab.

Verdammt, dachte sie. *Aktivatorschaden.* Sie sah einen anderen Acer-Mech ebenfalls hinter ihre Zielhalde zurückweichen. Der schwarzgraue *Orion* wies Panzerkrater von Raketeneinschlägen und weit schlimmere Schäden von Lasertreffern auf dem Torso auf.

»Amos«, rief sie. »Deck nach rechts. Ich übernehme die linke Seite.«

Das Raketenbombardement eines in der Nähe auftauchenden Piraten-*Trebuchet* verhinderte, daß der Befehl zur Ausführung kommen konnte. Die Raketen hüllten Amos' *Orion* in einen Feuerball aus orangegelben und blutroten Flammenzungen, und er krachte neben ihr zu Boden. Die Erschütterung des Aufpralls schüttelte Hawke hart durch. Dann hörte sie das Warnsignal, als die Waffen des *JägerMech* den *Quickdraw* erfaßten.

Die Granaten schienen überall gleichzeitig in den zerbeulten Mech einzuschlagen. Der *Quickdraw* taumelte unter der Wucht des Angriffs nach hinten und verlor fast den Boden unter den Füßen. Warnlichter flammten auf, meldeten den Ausfall von Waffensystemen und interne Schäden. Der Mech starb, und Hawke wußte, daß er starb. Sie feuerte mit allem, was sie noch hatte, eine Breitseite aus Lasern und Kurzstreckenraketen, die wie durch ein Wunder ihr Ziel am *JägerMech* fanden und dessen Ansturm so abrupt zum Stillstand brachten, als sei er gegen eine Wand gerannt.

»*Heimdall*, GAZ?«

»Drei Minuten siebenundzwanzig Sekunden, Laterne Eins. Halten Sie durch.«

Hawke konzentrierte sich auf ihre Atmung und schüttelte sich den Schweiß von der Stirn. Die Visierscheibe ihres Helms war immer noch blutverschmiert, aber das spielte keine Rolle mehr. Sie wußte, daß sie nicht mehr lange zu leben hatte.

Schieß schon, du Bastard, dachte sie. Sie hatte ohnehin schon alles verloren, wofür es sich zu leben gelohnt hatte. Erst Benjamin, jetzt ihre Einheit. Die Zeit zum Rückzug war vorbei. Sie änderte die Richtung und stürmte vor, schleuderte dem *JägerMech* jedes Quentchen Energie und Feuerkraft entgegen, das ihr zerbeulter *Quickdraw* noch aufbringen konnte.

Eine gespenstische Stille machte sich in ihren Gedanken breit, als sie sich in Bewegung setzte. Sie donnerte in einem schwerfälligen Trab auf den *JägerMech* zu, die schnellste Gangart, zu der ihr *Quickdraw* noch fähig war. Die beiden Mechs kollidierten. Sie fühlte eine Hitzewoge, hörte das Krachen von Explosionen. Sie erinnerte sich nicht, den Auslöser für den Schleudersitz betätigt zu haben, aber sie mußte es getan haben. Kalte Luft brach über sie herein, es klingelte ihr in den Ohren, sie fühlte sich schwerelos. Unter ihr wummerten die Detonationen.

Sie schlug hart auf. Danach versank die Welt um sie herum in stiller Dunkelheit.

3

Außerhalb Thorpes, Slewis
Randgemeinschaft, Peripherie

26. Februar 3059

Aus dem Tagebuch des Harley Rassor:

Ich bin kein großer Schriftsteller. Aber nach allem, was heute nacht und heute morgen geschehen ist, halte ich es für das Beste, wenn ich alles aufschreibe. Vielleicht hilft es mir, zu verstehen oder wenigstens halbwegs durchzublicken.

Ich bin achtzehn Jahre alt, so groß wie mein Da, mit breiten Schultern, aber hagerer Statur. Von den Holos von Mutti, die Da aufgehoben hat, weiß ich, daß ich mein schwarzes Haar, die grünen Augen und den dunklen Teint von ihr geerbt habe. Mutti ist kurz nach der Geburt meiner jüngsten Schwester Jolee gestorben. Ben war der einzige von uns, der sich wirklich an sie erinnert konnte. Er war sechs Jahre älter als ich, aber er hat weniger von ihr gesprochen als Da.

Nach dem, was heute nacht geschehen ist, frage ich mich, was Mutti jetzt von mir denken würde.

Der Plan für die Hinrichtung stammte von Da. Wir sind keine Mörder, er nicht und ich auch nicht, genausowenig wie unsere Nachbarn. Aber er kann furchtbar wütend werden. Ich habe seinen Handrücken und seine Wut schon am eigenen Leibe zu spüren bekommen, wenn ich mich ab und an zu spät nach Hause geschleppt habe, um meine Arbeit noch anständig verrichten zu können. Normalerweise war ich dann bei Ben gewesen, meinem älteren Bruder, der sich schon aus der Fürsorge von Da entfernt hatte. Als Ben sich entschloß, mit

Able's Aces abzufliegen, bekam ich es von Da um so härter. Ich glaube, er hatte Angst, daß ich auch abhauen könnte. Ich war damals siebzehn und genau in dem Alter, zu tun, was mir gefiel. Ich bin aber geblieben, weil ich wußte, daß Da mich brauchte, und ich war mir auch nicht sicher, ob ich überhaupt Bedarf nach einer weiteren Welt als Slewis oder auch nur Thorpe hatte.

Aber in manchen Nächten habe ich die Sterne rufen gehört.

Ich wünschte, ich wäre ihrem Ruf vor heute nacht gefolgt.

Ich hatte mich im Geäst einer Cathbaal versteckt, als einer der Handelsvertreter zum Pinkeln an den Baum kam. Er blieb die ganze Zeit in Sicht seiner Freunde, und mir war klar, daß er Angst davor hatte, was im Wald ringsum auf ihn warten könnte.

Ich wußte nicht, ob er mich entdeckt hatte, deshalb zog ich nur zur Sicherheit das Jagdmesser aus der Scheide an meinem Gürtel. Ben hatte die Scheide aus Ultethleder genäht, so weich wie Seide und lautlos wie ein Windhauch. Der Händler hörte nichts, als ich die Klinge blankzog. Ich wußte, wenn es sein mußte, würde ich ihn töten und dann im Wald untertauchen. Aber das war nicht der Plan.

Das Herz hämmerte mir in der Brust, als wollte es freibrechen, und der beschleunigte Puls sagte mir, daß mein Körper für alle Anforderungen gerüstet war, die ich an ihn stellen mochte. Ich ballte die Faust um das Messer und atmete leise durch den Mund, während ich ihn beobachtete.

Er war ein großer Kerl, fast zwei Meter lang, mit einem Stoppelbart und harten Augen von der Farbe Fremdweltlerstahls. Er trug einen Landungsschiff-Overall in Rostbraun und Gold, reichlich schmutzig und ein paarmal geflickt, mit dem Zeichen des Freihändlerkombinats, für das er unterwegs war. Ich schätze, er war

Anfang vierzig, etwa so alt wie Da, aber der Vertreter war ein brutaler Kerl. Phelyn muß furchtbare Angst vor ihm gehabt haben.

In mir stieg die Wut hoch, als ich daran dachte, was er und seine Begleier ihr und den beiden anderen Mädchen im Dorf angetan hatten und welche Angst die Mädchen gehabt haben mußten. Und wieviel Angst sie immer noch hatten. Ich hatte sie gesehen, und ich glaubte nicht, daß ich den Klang ihrer von Schmerz erfüllten Stimmen jemals würde vergessen können.

Ich verkorkte meine Wut, schob sie beiseite, um mich darauf zu konzentrieren, wozu ich hier war. Das habe ich von Da gelernt. Er hat mir erklärt, daß er sich verantwortlich dafür fühlt, wie ich mit meiner Wut ungehe, weil ich die Neigung dazu von ihm geerbt habe. Die Handelsvertreter hatten verdient, was sie erwartete, und ich fühlte kein Mitleid mit ihnen. Es war kein echter Mord. Es war Gerechtigkeit. Das sagten Da und die anderen. Sie sagten es ziemlich häufig während der Planung. Ich glaubte daran. Wenn man jemandem das Leben nimmt, braucht man so einen Glauben.

Der Vertreter behielt das Automatikgewehr in der Hand, während er Wasser ließ, und sah dauernd über die Schulter zurück zu den fünf anderen Männern, die nervös auf ihn warteten. Sie hatten alle Gewehre, deswegen hielten wir uns versteckt, während wir sie verfolgten. Sie wußten, daß etwas in der Luft lag, aber sie hatten keine Ahnung, was sie erwartete.

Thorpe ist eine minimaltechnologische Gemeinschaft, weil seine Bewohner es so wollen. Früher hat es einmal Bergwerke hier gegeben und hochmoderne Verarbeitungsanlagen, mit aus dem harten Fels gesprengten Tunneln, die sich tief in den Boden senkten. Das Erz wurde ausgehauen und dann auf Schienen die Berge hinab zu den Fabriken im Vorgebirge transportiert. In den Werken wurde das Erz zu Metall verhüttet, und dann wurden daraus Bauteile geschlagen und gegossen, die mit Frachtraumschiffen ins All verschifft wurden. Als das Erz dann ausging, verschwanden auch die Fabriken und die Kombinate, die sie gebaut hatten.

Die Menschen, die hier zurückblieben, mußten sich ein neues Leben aufbauen. Heute sind wir eine Agrargesellschaft, und nichts bedeutet uns mehr als unsere Familie und unser Hof. Einen Hof kann man zur Not wiederaufbauen. Eine Familie ist etwas für immer.

In letzter Zeit, in den Jahren seit der Gründung des Rats der Planeten, sind Thorpe und ein paar der anderen Dörfer effizienter gewoden und produzieren jetzt genug Weizen und Sojabohnen für einen begrenzten Handel mit den Freihändler-Landungsschiffen, die durch die Randgemeinschaft fliegen. Die meisten von ihnen haben eine Lizenz vom Rat der Planeten, die von Able's Aces gegengezeichnet ist, so wie das Kombinat, für das diese Vertreter unterwegs waren. Aber das garantiert leider nicht, das sie allesamt gute Menschen sind.

»Mach hinne, Hackett«, rief einer der anderen Vertreter. »Wir haben nicht die ganze Nacht Zeit. Die Blödmänner in Thorpe werden uns nicht einfach hier verduften lassen, ohne zu versuchen, uns aufzuhalten.«

»Ich komm ja schon, ich komm schon«, antwortete Hackett. Er knöpfte seinen Overall zu und trabte zurück zu seinen Kumpels. »Dieses verdammte Eingeborenenbier läuft geradewegs durch einen durch.«

»Du solltest froh sein, wenn es das Bier ist«, erklärte ein anderer, als sie sich wieder in Bewegung setzten. »Und kein einheimischer Tripper von einer der Huren in Thorpe.« Sein grausames Gelächter hallte durch den Wald.

Ich griff meinen Bogen und legte einen Pfeil auf die Sehne, um den Kerl zu durchbohren. Phelyn war eine gute Freundin von mir, und die beiden anderen Mädchen kannte ich auch. Sie waren keine Huren, nur ganz normale Mädchen, die sich von den wilden Geschichten und dicken Bündeln mit C-Noten hatten einfangen lassen und einer Bande wilder, brutaler Kerle zu nahe gekommen waren. So etwas war Mädchen in Thorpe schon früher zugestoßen, aber das hatte lange Jahre zurückgelegen. Ich atmete langsam aus und entspannte den Bogen, als ich mich an die Ermahnung von Da erinnerte, daß wir sie alle erwischen wollten, statt auch nur einem die Gelegenheit zu geben zu entkommen.

»Wenn du die verdammte *Packratte* besser bewacht hättest, bräuchten wir jetzt nicht mitten durch diesen Scheißwald zu stiefeln«, beschwerte sich Hackett.

»Wir haben sie noch nie bewachen brauchen«, gab der andere zurück. Er trat in eine Lichtung, auf der das Mondlicht durch das Blätterdach brach, und einen winzigen Augenblick stand er im Licht. Ich erkannte ihn an der Narbe über den Augen. Es war Jenkins, der Händler, der die Gruppe anführte. Bei dem Überfall auf die drei Mädchen hatte er die Männer nicht angeführt, aber er hatte mitgemacht.

Ich war es gewesen, der ihr Fahrzeug außer Gefecht gesetzt hatte. Es war ein alter Fernaufklärer Typ *Packratte,* aber das Freihändlerkombinat hatte ihn zum Frachttransporter umgebaut. Im Vergleich dazu, wie Ben und ich den alten *Commando* wiederhergerichtet hatten, der auf unserem Gelände stand, war es ein Kinderspiel gewesen. Daran hatten wir gemeinsam gearbeitet, und dann hatte er mir beigebracht, den Mech zu steuern. Es war ein alter Schrotthaufen, der in einem Kampf keine zehn Minuten überlebt hätte, aber er gehörte uns, und ich hatte gelernt, ihn zu fahren.

Da hatte darüber nie ein Wort verloren. Inzwischen verstehe ich auch, warum. Ich brauchte keine zwei Minuten, den Reaktor außer Betrieb zu setzen. Jetzt hatten die Vertreter einen langen Fußmarsch zurück in die

Stadt vor sich, über Wege, an denen wir auf Posten gegangen waren, um sie für ihr Verbrechen hinzurichten.

Ich trug meine Jagdmontur aus weicher, schwarzer Terrighaut, die ich selbst zugeschnitten und zu einer ärmellosen Joppe und Hose genäht hatte. Jolee hat mir beim Nähen geholfen. Sie hat bei Dama Elaine gelernt, der besten Schneiderin von Thorpe, deren Arbeiten die Handelsvertreter immer als erstes kaufen.

Nach konventionellen Maßstäben waren meine Sachen vielleicht nicht sonderlich ansehnlich, aber sie erfüllten ihren Zweck bestens und halfen mir, in der Nacht unterzutauchen. Die Schleichanzüge, die ich beim Miliztraining gesehen habe, sind natürlich viel besser, aber mit meiner Jagdmontur und meinem Wissen über das Gelände war ich fast genauso unsichtbar.

Dann machten die Vertreter bei ihrem plumpen Getrampel durchs Unterholz mir plötzlich einen Strich durch die Planung. Der Waidweg teilte sich, und ich hatte erwartet, daß sie sich an den stärker ausgetretenen Pfad halten würden. Ich hatte meinen Weg so angelegt, daß er parallel zu ihrem verlief. Aber sie waren nicht völlig bescheuert. Der Nebenweg verlief in direkterer Richtung nach Clowater's Crossing und zu Belloqs Fähre.

Ich rannte hinter ihnen her, sprang über Felsen und umgestürzte Bäume, und merkte mir diejenigen, die ich später zu Brennholz zerkleinern will. Uns steht dieses Jahr wieder ein harter Winter bevor. Dann konzentrierte ich mich wieder auf die Jagd.

Da setzt mir ständig wegen meiner Neigung zu, die Gedanken schweifen zu lassen, aber er kennt auch deren Wert. Manchmal fallen mir Möglichkeiten ein, die andere übersehen haben, und ich entdecke, was andere nicht bemerken. Ich bin neugierig, und er findet das eine Veranlagung, die für einen Bauern nichts taugt. Ben wußte immer viel klarer, was er wollte und wie er es bekam. Antrieb … so hat Da es genannt. Das war einer der Gründe, warum er nicht groß versucht hat, es Ben auszureden, als der sich Able's Aces angeschlossen hat, sobald er die Gelegenheit dazu hatte.

Wegen des Lärms, den ich beim Rennen machte, machte ich mir keine großen Sorgen. Verglichen mit dem Krach, den die Vertreter machten, war ich geradezu leise, und es bestand keine Gefahr, daß sie mich hörten. Ich lief den Berghang hoch und achtete darauf, mich nicht in dem Gewirr von toten Zweigen und Ästen zu verheddern, das in der Nähe des Kamms aufgehäuft war. Oben angekommen, stierte ich durch die Schatten und sah die Umrisse der Vertreter, die gerade in die nächste Talsenke verschwanden. Sie zogen im Gänsemarsch vor mir vorbei und hielten sich dichter beieinander als vorher.

Ein Vetchin brach aus dem Gebüsch, und seine vier Flügel schlugen wild, als er aufgeschreckt in die Luft stieg. Er hatte eine meterbreite Flügelspanne und machte gehörigen Lärm. Bis auf einen, einen Mann namens Brewster, warfen sich alle Händler auf den Boden. Ich hatte Brewster schon früher getroffen und erinnerte mich an seine Gestalt und Bewegungen. Ich beobachtete ihn, wie er geschmeidig wie Sahnebutter das Automatikgewehr hoch und herumriß.

Einen Pulsschag später explodierte der Vetchin zu einer Masse aus Federn und Blut. Ich hörte keinen Schuß, also mußte Brewster einen Schalldämpfer benutzen. Mit dem Vorteil auf seiner Seite konnte er in den Schatten des Waldes untertauchen und auf die Bauern und Hirten Jagd machen, die ihn verfolgten, um Rache für Phelyn und die anderen Mädchen zu nehmen.

Die vertraute eisige Hand der Furcht kroch über meinen Nacken und glitt mir den Rücken hinunter, als ich an die Männer dachte, die sich für dieses Unternehmen gemeldet hatten. Ich kannte sie alle, und mit den meisten war ich befreundet.

Die fünf anderen Vertreter kamen langsam und laut fluchend wieder auf die Beine. Einer von ihnen lachte.

Ich wollte gerade weitergehen, als ich einen Luftzug schräg hinter mir spürte. Ich sah über die Schulter und entdeckte meine Schwester Jolee hinter mir im Unterholz sitzen.

Sie ist blond, genau wie Ben, der unserem Vater so sehr ähnelt. Sie hat ein herzförmiges Gesicht, und aus ihren klaren blauen Augen leuchtet in aller Regel der Schalk.

»Was?« fragte ich sie.

»Sie haben den Weg verlassen«, flüsterte sie.

»Ich weiß.«

»Da will, daß du sie zum Undrehen bringst oder wenigstens aufhältst. Er braucht noch ein paar Minuten.«

Ich wurde ärgerlich. »Hat er irgendeinen Vorschlag anzubieten, wie ich das zuwege bringen soll?«

Sie zuckte die Achseln wie nur Jolee es kann. Ich habe schon gesehen, wie sie mit ihrem Schulterzucken jungen Burschen das Herz gebrochen hat. »Er hat gemeint, das überläßt er dir. Sie warten auf der Lichtung. Wir müssen sie aufhalten, bis er soweit ist. Und sie müssen im Freien bleiben.«

»›Wir‹?«

»Da hat mir gesagt, ich soll bei dir bleiben. Er will kein Risiko eingehen, daß sie mich im Wald erwischen, nachdem du sie gestoppt hast.«

Das machte Sinn, aber mir war auch das Risiko klar, das damit verbunden war. Und ich war mir sicher, daß Da es ebensogut kannte. Es war eine enorme Ehre, daß er mir so vertraute und mir zutraute, auf Jolee aufzupassen. Da ist ziemlich geizig, wenn es um Lob geht, aber wenn man welches von ihm bekommt, wiegt es doppelt und dreifach.

»Okay«, sagte ich. »Aber du tust genau, was ich dir sage.«

»Sicher.«

Ich war überrascht, wie schnell sie mir zustimmte. »Harley«, fügte sie leise hinzu. »Eine eigene Meinung haben bedeutet nicht, daß man blöd ist.«

»Ist klar.« Der Lärm der durch das Gebüsch brechenden Vertreter erinnerte mich, daß mir die Zeit davonlief. »Du bleibst vier Meter hinter mir, und wenn wir losrennen, halt dich im Gebüsch und nimm Kurs auf Thorpe. Ich werde direkt hinter dir sein, also keine plötzlichen Halts.«

Sie nickte, und ihre blonden Locken hüpften. Ich nickte ebenfalls, dann lief ich los, und meine langen Beine fraßen die Entfernung zu den Fremdweltlern. Ich lauschte auf Jolee und hörte sie in der vereinbarten Entfernung hinter mir.

Ich zog den Kompositbogen von der Schulter und zog drei Pfeile aus dem Köcher an meinem rechten Oberschenkel. Zwei behielt ich in der Linken, den dritten legte ich auf. Ich hielt die Sehne und die Fiederung des Pfeils locker mit drei Fingern, sobald ich sicher war, daß er sauber anlag.

Ich zielte, spannte, atmete halb aus und schickte den ersten Pfeil auf die Reise. Ich war mir ziemlich sicher, daß sie das aufhalten würde, bis Da und die anderen soweit waren.

4

**Außerhalb Thorpes, Slewis
Randgemeinschaft, Peripherie**

25. Februar 3059

Aus dem Tagebuch des Harley Rassor:

Ich möchte nicht an einer Pfeilwunde sterben. Man verblutet langsam und schmerzhaft. Es ist kein schneller Tod.

Ich legte es nicht darauf an zu töten, ich wollte mir nur ihre Aufmerksamkeit sichern. Aber für den Vertreter, dem mein Pfeil in der Hüfte steckte, machte das wahrscheinlich keinen großen Unterschied. Er jaulte wie ein verletzter Hund. Dann riß er den Pfeil heraus. Selbst aus dieser Entfernung konnte ich sehen, daß er die Wunde dabei noch vergrößerte. Fast hätte er mir leidgetan, aber dann erinnerte ich mich daran, was sie den Mädchen angetan hatten. Meinen Freundinnen.

Brewster und die anderen waren schon in Bewegung, als ich den zweiten Pfeil abfeuerte. Er warf sich zu Boden, nahm sich einen Moment Zeit, um sich den Pfeil anzusehen und festzustellen, aus welcher Richtung er gekommen war. Dann feuerten sie. Erst einen regelrechten Kugelhagel, aber Brewster stoppte sie. Er hatte wohl den Verdacht, daß es um mehr als nur einen einsamen Bogenschützen ging.

Ich war auch nicht stehengeblieben, sondern lief geduckt über den Kamm hinab und sah, daß Jolee mir folgte. Sie behielt ständig einen Baum zwischen sich und den Handelsvertretern. Rinde spritzte von dem Baumstamm, hinter dem ich in Deckung gegangen war, und Holzsplitter regneten mir auf Kopf, Rücken und Schultern. Ihre Schüsse kamen gezielter.

Ich änderte wieder die Richtung und rannte einen anderen Hang hoch. Ich legte den dritten Pfeil auf die Sehne. Sie folgten mir. Genau das wollte ich. Da hatte gesagt, ich sollte sie aufhalten. Genau das tat ich.

Das wütende und ängstliche Gebrüll der Vertreter hallte durch den Wald unmittelbar bevor das donnernde Krachen ihrer Automatikgewehre die Stille zerriß. Die in der Nähe schlafenden Waldbewohner schreckten auf und hasteten in einer Kakophonie ängstlicher Tierstimmen hierhin und dorthin, was die Konfusion nur noch steigerte.

»Feuer einstellen, verdammt!« befahl einer der Männer grob. Ich glaube, es war Hackett. Es spielt wirklich keine Rolle, nach dem, was ihnen Minuten später zustieß.

»Zum Teufel!« brüllte einer der anderen. »Sie haben uns umzingelt!«

»Wenn du deine Munition sinnlos verballerst«, bellte Brewster zurück, »kannst du ihnen genausogut eine schriftliche Einladung schicken, sich deinen Arsch holen zu kommen!«

Das brachte sie einen Moment zur Besinnung, und sie hörten ihm zu.

»Diese Dummköpfe haben keine Gewehre wie die hier«, erklärte Brewster. »Wir haben genug Munition, um sie abzuwehren, bis wir am Landungsschiff sind.«

Sie versuchten, die Initiative zu gewinnen. Meine Milizausbildung sagte mir genau wie mein Bauch, daß ich das nicht zulassen durfte. Also schoß ich. Der Pfeil flog sicher und gerade und grub sich tief in den Rucksack des Mannes namens Hackett. Ich setzte ihn von der Seite in den Rucksack, um kein Risiko einzugehen, daß er sich geradewegs durch den Inhalt in den Rükken seines Trägers bohrte. Der Pfeil schlug hart genug gegen etwas Festes im Innern, um Hackett kurz stolpern zu lassen.

Der Anblick eines weiteren Pfeils reichte, die Männer in Panik zu versetzen. Vor lauter Angst liefen sie wie die Tiere. Die Gruppe bot Sicherheit, und sie hatten alle schon genug Erfahrung, um das zu wissen.

Weil ich wußte, was ihnen bevorstand, regte sich ein Hauch von Mitgefühl in mir, aber ich brauchte nur an Phelyn zu denken, mich an ihr verwüstetes Gesicht zu erinnern, um jeden Anflug von Sympathie für diese Kerle abzutöten. Ich richtete mich auf und winkte Jolee näher.

»Ich hoffe, Da ist jetzt soweit. Wir müssen leise sein«, flüsterte ich, als sie neben mir auftauchte. »Einer von ihnen könnte als Rückendeckung ein Stück zurückbleiben.«

»Ich weiß, Harley.« Ihr Tonfall war leicht sarkastisch.

Ich ging nicht weiter darauf ein, denn ich erinnerte mich, wie ich in ihrem Alter gewesen war. Sie ist letztes Jahr in die Miliz eingetreten, mit fünfzehn, so wie ich.

Nachdem wir den Handelsvertretern einen ordentlichen Vorsprung gegeben hatten, holte ich drei weitere Pfeile aus dem Köcher und packte sie mit dem Bogen zusammen, um sie einsatzbereit zu haben. Dann folgte ich den Männern, durch den Wald, parallel zu ihrem Kurs. Ich hielt mich dichter am Fluß, für den Fall, daß sie entschieden, in diese Richtung umzudrehen.

Zweihundert Meter später atmete ich leicht und flüssig, und unter der Ledermontur lag ein feiner Schweißfilm auf meiner Haut. Die Vertreter rannten, getrieben von Angst und Adrenalin. Sie würden nicht anhalten, bis es verbrannt war.

Ich erhaschte ab und zu einen Blick auf sie, aber keiner von ihnen bekam mich zu Gesicht, dafür sorgte ich. Siebzig Meter weiter erreichten sie Crystos Lichtung, einen weiten leeren Fleck mitten im Wald, an dem der Fels durch den Mutterboden an die Oberfläche tritt und nichts Wurzeln schlagen kann.

Ich winkte Jolee hinter mir in Deckung, brach hinter den Fremdweltlern quer über deren Weg, hängte mir den Kompositbogen über die Schulter und packte die unteren Äste der Baumwipfel, gerade als ich hartes Hufgeklapper auf der Lichtung hörte. Ich lugte durch das Gewirr von Zweigen und Blättern und sah die Ultethherde durch die tiefen Zweige vor den Handelsvertretern brechen.

Da und die anderen hatten die Herde zusamengetrieben und mit Wildwurz gefüttert, was sie noch bösartiger machte. Jetzt waren sie im Rausch, wütend und hungig … auf Fleisch.

Ich weiß nicht, ob die Männer jemals vorher Ulteth gesehen hatten. Aber ich weiß, wie es ist, wenn man sie zum erstenmal zu Gesicht bekommt. Ich habe gelesen, daß Ulteth vom Aussehen terranischem Rotwild ähneln, nur daß sie größer und keine Pflanzenfresser sind, sondern Raubtiere. Wenn Ulteth einen Menschen allein in der Wildnis treffen, hetzen sie ihn zu Tode und reißen ihm das Fleisch von den Knochen. Erfahrene Männer wie Da und seine Begleiter wissen, wie man mit den Tieren umgehen muß und sie auf Distanz halten kann, bis der richtige Zeitpunkt gekommen ist.

Ulteth kennen keine Gnade, und Da hatte sie bewußt als Teil der Strafe ausgewählt, die für die Vertreter angemessen war. Die Wildwurz hat sie noch tollwütiger gemacht.

Es müssen drei Dutzend Ulteth gewesen sein, die aus dem Wald brachen und auf ihren messerscharfkantigen Hufen über den harten Fels galoppierten. Sie hatten eine Schulterhöhe von zwei Metern und ein kurzes, drahtiges Fell von der Farbe antiken, pulvergeschwärzten Silbers. Ihr tückisches Geweih war kohlschwarz und strotzte vor spitzen Enden. Das Mondlicht spielte in ihren Augen und weckte grünes Feuer. Ihr Atem stand als grauer Nebel vor den Schnauzen.

Im Blutwahn stürmten die Ulteth auf die Handelsvertreter zu. Hackett war dumm genug, stehenzubleiben und das Automatikgewehr an die Schulter zu heben. Er schaffte einen kurzen Feuerstoß, der die Brust des Leittiers mit blutroten Flecken sprenkelte und vermutlich seine Lungen zerfetzte.

Der Ulteth stolperte nicht einmal, obwohl er jetzt versuchte, dem Tod davonzulaufen. Er senkte den dikken, muskulösen Hals und spießte Hackett mit dem Geweih auf. Ein heulender Schmerzensschrei brach aus der Kehle des Mannes, als der Ulteth ihn von den Füßen riß. Das Tier trug ihn mit, ohne daß ihm die geringste Mühe anzusehen war, eine Tonne fellbedeckter blinder Wut, die sich von nichts aufhalten ließ.

Vier der Vertreter versuchten zu fliehen, aber keiner von ihnen schaffte es weiter als ein paar Schritte. Die Hufe der Ulteth zuckten hoch und zerfetzten sie. Dunkles Blut spritzte über Gras und Unterholz.

Ich schenkte den Männern nicht mehr als einen flüchtigen Blick, weil ich wußte, daß sie nicht wieder aufstehen würden. Jetzt traten Da und die anderen Männer in einer langen Reihe auf der anderen Seite der Lichtung aus dem Wald, bewaffnet mit Messern und Bögen. Es würde keine Überlebenden geben.

»Harley«, rief Jolee.

Aber ich hatte schon gesehen, worauf sie mich hinweisen wollte, während die Ulteth unter mir vorbeipreschten. Einer der Männer war entkommen und ins Gebüsch gesprungen. Er hatte sich zur Seite geworfen und tief in die dornigen Havilbüsche gegraben, um den Ultheth zu entkommen. Er kann nicht gewußt haben, wie verhaßt den Tieren der Ausschlag ist, den sie von Havil bekommen. Damit haben Da und die anderen die Herde unter Kontrolle gehalten. Dann war der Kerl durchgebrochen und rannte stolpernd den Hang hinunter auf den Fluß zu.

Ich ließ mich aus dem Baum fallen und setzte ihm nach, ohne daran zu denken, daß ich möglicherweise meinem Ende entgegenlief.

Der Überlebende war Brewster, und er rannte um sein Leben, huschte zwischen den Bäumen und Büschen hindurch, ein Schatten im Wald. Er war gut, weit beser als seine Kameraden. Aber er war nicht wirklich ein Teil des Walds um ihn herum.

Ich schon.

Ich warf Bogen und Köcher beiseite und markierte die Stelle, an der ich sie zurückgelassen hatte. Der Bogen ist ein Geschenk von Da. Er hat ihn mir vor fünf Jahren als Anerkennung für meine Hilfe bei der Versorgung der Familie gegeben.

Die Pfeile gehören mir. Ich habe sie mit der Jagd und mit Holzhacken verdient, und mit anderen Arbeiten, was sich gerade fand. Pfeile aus Metallegierung sind teuer. Es gibt sie nur als Importware, und sie gehören nicht gerade zu den Waren, die Händler ständig anbieten. Ich habe den neun- oder zehnfachen Preis für sie bezahlen müssden, aber Holzpfeile sind schwer herzustellen und einfach nicht haltbar genug.

Ich hatte Mühe, Brewster in Sicht zu behalten, und mußte ihn aus den Augenwinkeln verfolgen. Wenn man einen Mann im Mondlicht direkt anstarrt, verschwindet er im Flimmern der Schatten.

Die Innenseite meiner Montur war schweißnaß, und das Leder klebte an meiner Haut. Mir war heiß in den wasserdichten Sachen.

Ich krabbelte, sprang und sprintete durch Wald und Unterholz. Meine Ellbogen pumpten, ich riß die Knie hoch und konzentrierte mich darauf auszuatmen statt ein. Ich trieb meine Stiefel hart auf den Waldboden und reagierte automatisch, wenn ich ihn nachgeben fühlte. Auch ein guter Bogenschütze erlegt seine Beute nicht automatisch mit dem ersten Pfeil. Manchmal muß ich einem Tier hinterherhetzen, und ich meine wirklich hetzen, weil die Blutspuren schnell trocknen und dann nicht mehr zu sehen sind. Okay, zum Teil beeile ich mich auch, weil ich kein Tier unnötig leiden lassen will, aber meine Beute verlieren will ich ganz sicher auch nicht.

Brewsters Silhouette stolperte und fing sich hastig wieder ab. Aber damit hatte ich ihn. Trotz seiner Schnelligkeit und Geschicklichkeit fehlte ihm die Ausdauer, um es bis zum Fluß zu schaffen, bevor ich ihn einholen konnte. Er würde das sicher auch bald erkennen, und sobald es soweit war, würde sich sein Verhalten ändern.

Keine hundert Meter weiter hielt Brewster auf einer Lichtung an. Er wirbelte herum und riß das Automatikgewehr an die Schulter. Das erzeugte eine unnatürlich harte Kante in seinem Schatten, an der ich die Bewegung erkannte.

Ich hechtete nach vorne statt abzubremsen, weil ich aus der Milizausbildung wußte, daß ein trainierter Schütze auf die Füße des Gegners zielte und die Waffe vom Rückstoß hochziehen ließ. Hinter mir flogen Erdklumpen weg, als die Kugeln in den dunklen Waldboden schlugen.

Ich blieb in Bewegung, preßte mich auf den Boden und stieß mich mit den Ellbogen weiter. Eine Kugelgarbe zerfetzte die Blätter und Zweige des Gebüschs über meinem Kopf. Ich verschwendete keinen Gedanken an den Tod. Das tue ich nie. Wenn mir das läge, würde ich meinen Bogen verkaufen und zuhause bleiben. Jedesmal, wenn ich zur Jagd in den Wald aufbreche, geht es um alles oder nichts. Die Messerscheide an meinem Gurt hat Ben genäht, aber den Ulteth, der das Leder dafür geliefert hat, habe ich selbst erlegt.

Die Dunkelheit verbarg mich, und ich bewegte mich vorsichtig und ohne einen Laut weiter vor. Ich atmete durch die Nase ein und durch den Mund aus und konzentrierte mich auf meine Atmung. Da hat mich trainiert, ruhig zu bleiben. Ein atmender Mensch ist ein denkender Mensch, und ein denkender Mensch ist einem, der nicht denkt, weit voraus.

Der Vertreter stellte das Feuer ein und zog sich in die Deckung der Bäume zurück. Er blieb in Bewegung und stierte in die Dunkelheit, weil er nicht wußte, wo ich war.

»Wer, zum Teufel, bist du?« rief er mit keuchender Stimme. Er war verängstigt und außer Atem.

Ich antwortete nicht. Ich zog das Messer aus der Scheide und machte den nächsten vorsichtigen Schritt auf ihn zu. Meine Jagdmontur lag naß von Schweiß schwer auf meinen Schultern, aber das Leder blieb geschmeidig. Das Knochenheft des Messers lag heiß und hart in meiner Hand.

Und ich erinnerte mich an Phelyns Gesicht, erinnerte mich an das abgehackte Schluchzen ihrer Mutter, als sie versucht hatte, ihre einzige Tochter zu trösten. Mein Herz war aus Stein. Phelyn war praktisch Familie, und er war ein Fremdweltler, und Abschaum dazu.

»Ich weiß, daß ich dich nicht erledigt habe«, brüllte Brewster.

Ich tat noch einen Schritt, kam ihm immer näher.

»Diese Mädels«, sagte Brewster. »Kann sein, daß sie ein bißchen mehr bekommen haben, als sie erwartet hatten, aber sie wollten es.« Er blieb in Bewegung, versuchte, meinen Schatten aus den Dutzenden anderen herauszufiltern, die ihn umgaben.

Dann war ich sechs Meter vor ihm und bewegte mich von links auf ihn zu. Brewster drehte mir das Profil zu, und ich wußte, daß er aus dem Augenwinkel eine bessere Chance hatte, mich zu entdecken, als wenn er geradewegs in meine Richtung geblickt hätte.

Ich erkannte, daß er meine Nähe bemerkt hatte. Sein Kopf erstarrte schräg zur Seite geneigt. Gehört haben konnte er mich nicht, es mußte eine Art Überlebensinstinkt gewesen sein. Er wirbelte herum und riß das Automatikgewehr hoch.

Bevor es in Position war, streckte ich den Arm aus und packte den Lauf, dann trat ich nach seinen Händen. Ich riß ihm das Gewehr ohne Mühe weg, aber dann warf ich es beiseite, weil mir klar war, daß er mich erledigt hätte, bevor ich Zeit gehabt hätte, es umzudrehen und zu benutzen.

Brewster war fünf, sechs Zentimeter kleiner als ich und mindestens zehn Kilo leichter. Sein dunkelbraunes Haar ging zurück, und er hatte tiefe Geheimratsecken. Über dem dünnlippigen Mund kräuselte sich ein Schnurrbart wie ein Tourquit-Bandwurm.

Das Mondlicht glitzerte auf der Schneide des breiten Messers in seiner Hand. Die Klinge war fast vierzig Zentimeter lang und krümmte sich zum Ende hin zu einer rasiermesserscharfen Spitze. In der Mitte des Blatts lag eine Rille, durch die Blut ablaufen konnte, während die Klinge in einem Körper steckte. Das war eine Mordwaffe, kein Jagdmesser.

»Wie heißt du?« fragte er. Seine Augen wurden schmal, als er mich unbewußt nach links umkreiste, immer darauf achtend, daß das Messer zwischen uns blieb.

»Harley Rassor«, antwortete ich ihm leise.

»Du bist kaum mehr als ein Kind.«

»Mag sein«, äußerte ich. »Aber ich stehe zwischen Ihnen und dem Fluß.«

Er lächelte mich dünn und ohne Humor an. »Welche Rolle spielst du in dieser Angelegenheit, Harley Rassor?«

»Ich vertrete meine Freunde«, erwiderte ich und drehte mich mit ihm.

»Bist du bereit, für sie zu sterben?« spottete er.

»Wenn es nötig wird, ja. Aber dazu wird es nicht kommen.«

»Bist du dir da so sicher?«

Das war ich nicht, aber ich dachte nicht daran, ihn das merken zu lassen. »Sie haben die Wahl. Sie können sich ergeben.«

»Und mich in Thorpe vor Gericht stellen lassen?«

»Ja.«

»Und was, wenn man mich schuldig spricht, die Mädchen vergewaltigt zu haben, was dann?« Sein rechter Fuß streifte einen losen Zweig, und er verlagerte sofort das Gewicht, um keine Gefahr einzugehen, die Balance zu verlieren.

»Man wird Sie zu zwanzig oder dreißig Jahren Zwangsarbeit verurteilen. Aber Sie werden überleben.«

Er fluchte, und lächelte dabei. »Nichts zu machen, Kleiner. Sobald ich beim Landungsschiff bin, sind die Karten neu verteilt. Ich werde einfach nie mehr hier auftauchen.«

Ich sagte nichts.

»Du bist allein, Kleiner«, sagte er. »Die anderen habt ihr erwischt. Vielleicht solltest du mal überlegen, ob du damit nicht zufrieden sein kannst.«

»Nein.« Ich wußte nicht, ob sich Phelyn in dem Wissen besser fühlen würde, daß alle Männer, die ihr Gewalt angetan hatten, dafür bezahlt hatten, aber zumindest würde es der Sache ein Ende machen.

Ohne Vorwarnung schlug Brewster mit dem Messer nach meinem Bauch. Ich hieb mit meiner Klinge nach seinem Gesicht, als Erinnerung, daß ich ebenfalls bewaffnet war.

Brewster duckte sich ohne Probleme weg, aber meine Geschwindigkeit und Bereitschaft, ihn anzugehen, muß ihn überrascht haben. Er trat zwei Schritte nach hinten. Ich blieb, wo ich war. Er konnte nirgends hin.

Dann sprang er auf mich zu und stieß mir das Messer ins Gesicht. Ich schlug ihm mit der freien Hand den Arm beiseite, mein Messer zuckte in einem Querhieb in Bauchhöhe vor, dann erwischte er mich mit einem Kinnhaken, den ich nicht hatte kommen sehen. Schmerzen schossen durch meinen Kiefer, und ich schmeckte salziges Blut. Ich blieb konzentriert und duckte mich unter seinem erneut heranschießenden Messer weg. Er trat mir mit knochenbrecherischer Wucht in die Brust.

Als ich stolperte und nach Halt suchte, setzte er nach. Sein Messer zuckte wie eine Schlangenzunge auf mich zu, schien überall zugleich zu sein. Ich blockte seine Attacken mit meiner Klinge ab. Stahl knirschte auf Stahl, stiebende Funken erhellten die Nacht. Wieder schlug ich seinen Messerarm beiseite, dann trat ich in seine Deckung und riß die freie Hand in einem Schwinger herum, der ihn voll im Gesicht erwischte.

Bresters Nase schien in einem roten Nebel zu explodieren. Sein Kopf flog nach hinten, aber er bekam sich wieder in die Gewalt und kam wieder auf mich zu. Sein Messer peitschte senkrecht herab. Der Stahl kreischte, als unsere Klingen aufeinandertrafen. Ich stoppte seinen Angriff und zog mich zurück, sobald er es auch tat.

Der Kampf entwickelte sich zu einem blitzartigen Austausch von Faust- und Messerattacken. Ich griff an und blockte ab, und die Klingen trafen mit hellem Glokkenklang aufeinander, unterstrichen vom dumpfen Aufprall unserer Körper. Er stieß in einem geraden Ausfall nach meiner linken Schulter. Ich duckte mich leicht weg, zog die Schulter zurück und wollte im Gegenzug vorstoßen. Er überraschte mich. Ich reagierte zu spät, um der herumschwingenden Klinge auszuweichen, und fühlte ihre Sägezahnkante über meine Stirn fahren. Heißer, lodernder Schmerz brannte sich in meinen Schädel, gefolgt von einem Schwall von Blut, der in mein linkes Auge strömte.

Ich wußte, daß er, halbblind wie ich plötzlich war, von mir erwartete, daß ich mich zurückzog, versuchte, den Schaden einzuschätzen und sicherzugehen, daß ich nicht ernsthaft verletzt war. Also tat ich genau das nicht. Ich wußte aus Erfahrung, daß das Messer meinen Schädel nicht gespalten hatte und daß nur eine Schlagader noch stärker blutet als eine Kopfverletzung. Die Augen und der Mund sind die Schwachpunkte am Kopf, und der Hals direkt unter ihm.

Er setzte den Angriff fort und versuchte, mir die Kehle durchzuschneiden, bevor ich reagieren konnte. Ich brachte das Messer hoch und herum. Die Spitze schabte kurz gegen seine Rippen, dann senkte sie sich zwischen die dritte und vierte und geradewegs in sein Herz. Brust an Brust gepreßt und durch den Stahl verbunden, den ich tief in seinen Körper gestoßen hatte, fühlte ich ihn erzittern.

»Zur Hölle mit dir, Harley Rassor«, keuchte Brewster mit seinem letzten Atemzug. Er versuchte, nach mir zu treten, aber ich drehte mich zur Seite und wich ihm aus.

Ich starrte ihn mit dem freien Auge an. Das andere wurde von heißem, über mein Gesicht strömendem Blut vernebelt. Er starb langsam. Seine Glieder verloren ihre Kraft, bis nur ich ihn noch aufrecht hielt. So ist der Tod wirklich. Die Zuschauer im Kino von Thorpe sehen die Helden in den Holovids ihre Waffen abfeuern, und die Schurken fallen um. Ein Gefecht ist schnell, aber der Tod läßt sich oft Zeit. Das hat Da mir beigebracht.

Ich starrte Brewster an, bis ich das Licht in seinen Augen ersterben sah, bis das Mondlicht, das uns umgab, plötzlich nicht mehr ganz so tief drang. Ich hielt ihn noch ein paar Sekunden länger fest, um sicherzugehen, daß er sich nicht verstellte, um mich noch mit einem letzten Hieb mitzunehmen. Sein Kopf fiel zur Seite, und ich legte mein Gesicht an seines, um mit der Wange nach Atem zu suchen. Aber ich fühlte nichts.

Als die Gefahr vorüber war, spürte ich plötzlich sein totes Gewicht auf meinen Armen. Ich riß das Messer aus ihm heraus und ließ ihn fallen. Der Leichnam sackte kraftlos auf den Boden der Lichtung.

Ich schaute auf ihn hinab, atmete tief ein und zitterte plötzlich, wie es mir immer geht, wenn der Adrenalinstoß abklingt. Die leichte Brise streichelte kühl über meine Haut, und meine Jagdmontur klebte mir am Körper. Ich versuchte gar nicht erst darüber nachzudenken, wie ich mich fühlte. Ich ließ es einfach über mich kommen.

»Harley«, rief Jolee.

Ich drehte mich um und sah sie auf einem dicken Baumast balancieren, den Bogen in den Händen. »Es ist vorbei«, sagte ich.

»Ich konnte nicht schießen«, erklärte sie. »Ihr wart zu dicht beieinander.«

Ich nickte und versuchte, meine Atmung zu beruhigen.

Sie schlang sich den Bogen über die Schulter und ließ sich zu Boden fallen. Sie zog ihr Messer, trat an Brewsters Leiche und schnitt ohne zu zögern zwei Stoffstreifen aus seinem Overall.

Ich wartete, bis meine Atmung sich normalisiert und das Zittern sich gelegt hatte. Jolee wischte mir so gut es ging mit dem kleineren Stoffstück das Blut aus dem Auge und vergewisserte sich, daß die Stirnwunde eingetrocknet war, bevor sie mir mit dem zweiten Streifen einen Kopfverband umlegte.

Dann säuberte ich mein Messer und warf mir Brewsters Leiche über die Schultern. Selbst wenn ich nicht gewußt hätte, daß Da den Toten würde sehen wollen, hätte ich ihn nicht für die Aasfresser liegen gelassen. Das Automatikgewehr nahm ich auch mit, für den Fall, daß Ulteth die Blutspur rochen und uns nachstellten.

5

Außerhalb Thorpes, Slewis
Randgemeinschaft, Peripherie

25. Februar 3059

Das Landungsschiff der *Leopard*-Klasse saß wie ein riesiger Raubvogel auf dem Gebirgskamm über Clowster's Crossing. Im Miliztraining hatte Harley alles über Landungsschiffe gelernt und wußte daher, daß das Schiff alt war, Jahrhunderte alt, und möglicherweise sogar noch aus den Tagen des Sternenbunds stammte.

Das Schiff war ursprünglich zu dem Zweck gebaut worden, Männer und Mechs aufs Schlachtfeld oder in eine Befestigung zu tragen, aber die Händler hatten alle entsprechenden Einbauten entfernt und die Hangars in Frachtraum umgewandelt. In manchen Jahren, wenn reichlich Regen gefallen war und die Sonne das Getreide nicht ausgedörrt hatte, reichten die Exportwaren von Slewis beinahe aus, die Laderäume zu füllen.

Die Männer, die um das Landungsschiff Wache hielten, zeigten keine Reaktion, als Harley, sein Vater und die anderen Thorper bei Beloq's Ferry den Kinnit überquerten. Der alte Rassor hatte Harleys Wunden verbunden und sich dabei selbst für seine Verhältnisse schweigsam gezeigt. Möglicherweise lag es an der Selbstjustiz, die sie verübt hatten, aber für Harley schien noch etwas anderes im Spiel zu sein. Sein Vater schien den Blikken seines Sohnes auszuweichen, und dazu bestand kein Anlaß.

Als die Gruppe näherkam, bewegten sich die um das Schiff versammelten Händler vorsichtig und nahmen Verteidigungsposition ein, fast, als wüßten sie, was die Einheimischen ihnen brachten.

Am Flußufer angekommen, machten Harley, sein Vater und die übrigen Männer sich auf den Weg den Hang hinauf, aber die Händler kamen ihnen nicht entgegen. Sie blieben bei ihrem Schiff, im Schutz der LSR-Lafetten und der PPK- und Laserbordgeschütze. Sie hatten die Hangars umgewandelt, schienen aber, soweit Harley das beurteilen konnte, die Bewaffnung des Schiffes unbehelligt gelassen zu haben.

Sein Da hielt die Männer trotz des Gewichts der Leichen in Bewegung, die auf ihren Schleppen festgebunden waren. Im linken Arm trug er ein Gewehr, den Kolben auf dem Oberarm, so daß er es mit einer schnellen Armbewegung einsatzbereit in seine Hand rutschen lassen konnte.

An dem Landungsschiff flammten Scheinwerfer auf, als die Gruppe sich näherte. Ihre Lichtkegel zerschnitten die Dunkelheit und lockten Schwärme von Motten und anderen Nachtinsekten an. Harleys Vater hielt die Gruppe am Rand des Lichts an. Jemand im Innern des Schiffes zog den Scheinwerfer über die Leichen, die sie mitgebracht hatten. Mit einem bedrohlichen Knarren drehten sich die Bordgeschütze und richteten sich auf die Männer. Harley legte instinktiv einen Pfeil auf die Sehne und spannte seinen Bogen. Die Vorstellung, mit Pfeil und Bogen ein Landungsschiff anzugreifen, war absurd, aber er hatte nun einmal nichts anderes.

»Ich möchte mit Commander Gossamon reden«, erklärte Da. Seine Stimme hallte laut durch die Stille.

Einer der Händler trat vor, aus dem Schatten unter dem Rumpf des *Leopard*. Er war jung, höchstens zehn Jahre älter als Harley, aber glattrasiert und mit einem Bürstenhaarschnitt.

»Ich bin Gossamon«, stellte er nüchtern fest, und sein Blick ging an den Thorpern vorbei zu der Last, die sie trugen. »Dürfte ich erfahren, was hier vorgeht?« Seine rechte Faust hing knapp über einer an seinem

Oberschenkel im Holster steckenden Autopistole. Es war eine beinahe ebenso absurde Geste wie Harleys gespannter Bogen, wenn man die Feuerkraft des Landungsschiffs in seinem Rücken berücksichtigte.

»Wir bringen Ihnen Ihre Leute zurück«, sagte Rassor. »Sie haben drei einheimische Mädchen angegriffen, während sie in Thorpe waren, und haben sie ziemlich schlimm verletzt. Sie haben Dinge getan, die in zivilisierter Gesellschaft nicht toleriert werden. Sie wissen, was ich meine.«

Harley beobachtete Gossamons Reaktion. Er wußte, wie seine Leute waren. Unter der Führung ihres Commanders waren sie diszipliniert, aber wenn sie allein gelassen wurden, war nicht abzusehen, wozu sie in der Lage waren.

Gossamon zuckte keinen Muskel. Er hatte ein echtes Pokerface, eine Fähigkeit, die für einen Händler lebenswichtig war, wenn er nicht bankrott gehen wollte. Er versuchte keine Dummheiten. Ein paar seiner Leute waren schon tot.

»Ich habe Ihr Wort, daß das stimmt?« fragte er Harleys Vater.

»Ja«, antwortete dieser mit einer Stimme wie ein Priester.

»Es wird eine Untersuchung geben«, warnte Gossamon.

»Natürlich wird es das«, erwiderte Da knapp angebunden. »Wir wären ziemliche Narren, wenn wir nach diesem Zwischenfall Ihre Einstellungspraktiken und die weitere Gültigkeit Ihrer Handelserlaubnis nicht überprüfen würden.«

Das war nicht die Reaktion gewesen, die Gossamon auf seine Drohung erwartet hatte. Die Freihändlerkombinate konnten es sich nicht leisten, die Handelsbeziehungen mit den Planeten auf ihrer Route zu verlieren.

»Und falls Ihre Firma der Untersuchung nicht standhält«, warnte Da, »wird der Rat der Planeten entsprechende Maßnahmen ergreifen, denn diese Sache ist noch nicht ausgestanden.«

»Das habe ich nicht gemeint«, versuchte Gossamon die Kontrolle über das Gespräch zurückzugewinnen. »Ich wollte sagen, daß wir den Vorfall untersuchen …«

»Falls Sie diese Männer nicht ebenso für schuldig erklären wie wir«, stellte Harleys Vater fest, »haben Sie hier kein Willkommen mehr zu erwarten. Und wenn Thorpe sich gegen Sie stellt, wird Slewis folgen. Ohne die Unterstützung von Slewis wird der Rat der Planeten Ihre Handelserlaubnis widerrufen. Sagen Sie das Ihren Vorgesetzten.«

Bevor Gossamon noch etwas darauf entgegnen konnte, drehte der alte Rassor sich um und ließ ihn stehen.

Gossamon verlagerte unsicher das Gewicht von einem Fuß auf den anderen, dann sah er sich zu seinen Männern um, während Das Leute die Leichen vor dem Händler abluden. Harley beobachtete ihn und fragte sich, ob Gossamon versuchen würde, Vergeltung zu üben. Aber keiner der Händler regte sich. Sie standen stumm unter dem riesigen Rumpf des Landungsschiffes.

Harley, sein Vater und die anderen Männer kehrten zu Belloqs Fähre zurück und setzten wieder zu Clowster's Crossing über. Während der Überfahrt stand Harley an der Reling. Er starrte in das dunkle Wasser und dachte über alles nach, was er in der letzten Nacht gesehen und getan hatte.

Jolee kam herüber und blieb neben ihm stehen, und als er zu ihr aufsah, verwandelte das Mondlicht die Tränen auf ihren Wangen in Diamanten. Zuerst dache er, es könnte eine verspätete Reaktion auf all das sein, was mit den Handelsvertretern vorgefallen war, aber irgend etwas in seinem Innern sagte ihm, daß mehr dahintersteckte.

Ohne ein Wort legte Jolee die Arme um ihn. Es war ganz und gar nicht ihre Art, ihre Gefühle so offen zu zeigen. Normalerweise lachte sie eher und machte Witze über Dinge, die ihr zusetzten, statt ihre Betroffenheit sichtbar werden zu lassen. Jetzt war sich Harley sicher, daß etwas ganz und gar nicht in Ordnung war.

»Was ist los?« fragte er.

Jolee wischte sich über die Augen. »Wir haben eine Nachricht von Kommandanthauptmann Able bekommen«, sagte sie mit stockender Stimme. »Ben ist tot.«

Eisiger Schrecken erfaßte Harley und betäubte Körper und Sinne. Die Familie hatte eine Weile nichts mehr von Ben gehört, aber der war noch nie ein großer Briefschreiber gewesen. Von Zeit zu Zeit pflegte er ein paar Holos zu schicken, mit kleinen Notizen darüber, wo er war oder was er tat.

Geschockt sah Harley zu seinem Vater hinüber und wartete darauf, daß er ihm sagte, es sei alles ein Irrtum.

Da nickte traurig. »Ich habe es erfahren, kurz nachdem du in den Ort aufgebrochen bist, um die *Packratte* der Vertreter außer Betrieb zu setzen«, sagte er, und seine Stimme klang so tonlos, als würde er im Schlaf reden. »Ich hielt es für besser, dir noch nichts davon zu sagen. Ich wollte deinen Geist nicht damit belasten, solange du diese Kerle verfolgst. Du hättest schlimm verwundet werden können, wenn du in dieser Situation nicht voll bei der Sache gewesen wärst. Außerdem hätte ohnehin keiner von uns mehr etwas daran ändern können.«

Harley nickte stumm. Diese Erklärung leuchtete ihm ein. »Wann?« fragte er schließlich.

»Letzten Monat.«

In der Randgemeinschaft verbreiteten sich Nachrichten auf Grund der zu überbrückenden Entfernungen und der fehlenden Kommunikationsausrüstung nur langsam. Thorpe hatte eine Empfangseinrichtung, aber es kostete Zeit, den Adressaten einer Nachricht zu finden. Aber Meldungen über Verluste bei Militäroperationen hatten in jedem Fall eine hohe Priorität, und in diesem Fall war die Verzögerung von einem Ausmaß, das beinahe so schockierend war wie die Nachricht selbst. Sein Bruder war seit einem Monat tot.

»Warum haben sie sich so lange Zeit gelassen, uns was davon zu sagen?« stammelte er. Er war wütend auf die Gleichgültigkeit Kommandanthauptmann Ables. Es half ihm, sich von der schreienden Leere abzulenken, die der Gedanke an Bens Tod in seinem Innern aufriß.

»Ich weiß es nicht«, stellte sein Da auf jene ruhige, bestimmte Art fest, die er immer zeigte, wenn er einen Entschluß über etwas getroffen hatte, von dem er wußte, daß es anderen nicht gefallen würde. »Aber ich habe vor, es herauszufinden.«

6

Planetares Hauptquartier Able's Aces, Gillfillan's Gold Randgemeinschaft, Peripherie

25. Februar 3059

»Ich glaube kaum, daß Sie irgend etwas finden werden, das Sie nicht schon gesehen haben.« Livia Hawke sah abrupt von dem leuchtenden Hologramm auf, das vor ihr in der Luft hing, und nahm Haltung an. Die Stimme war unverwechselbar. Sie gehörte Jerry Able, dem Kommandeur der Söldnereinheit Able's Aces.

Ihr rechter Zeigefinger lag knapp über der Augenbraue, als sie zackig salutierte. »Sir. Ich habe Sie nicht hereinkommen hören, Sir.«

»Stehen Sie bequem, Oberleutnant.« Kommandanthauptmann Able trat in das kleine Zimmer. Er war ein kompakter Offizier von knapp über dem Durchschnitt liegender Körpergröße, aber durch seine kerzengerade Haltung erschien er größer. Einmal hatte Hawke ihn bei einem höllischen Feuer im Hauptquartier, das alle jungen Offiziere in Panik versetzt hatte, in die Zentrale kommen und mit einem einzigen stahlharten Blick den ganzen Raum zur Ordnung bringen sehen.

»Danke, Sir.« Sie nahm Ruhehaltung an und war froh, eine frisch gestärkte Uniform angelegt zu haben, bevor sie in die Infothek der Basis gekommen war. Im Feld galt kein strenger Uniformzwang, und Offiziere trugen keine Insignien. Aber im Hauptquartier achtete Kommandanthauptmann Able streng auf die Kleiderordnung.

Able's Aces verfügte über drei Bataillone und war damit faktisch ein Regiment. Die Aces hatten sogar ein eigenes Sprungschiff, das die meiste Zeit auch funktionierte, obwohl es schon Jahrunderte alt war. Aber das

Rangsystem der Einheit hatte nicht mit ihrem Wachstum Schritt gehalten, als sie sich zum stehenden Heer der Randgemeinschaft entwickelt hatte. Normalerweise wurde ein Regiment von einem Colonel geführt, aber Jerry Able hatte diesen Rang nie für sich beansprucht. Dementsprechend hätte Livia Hawke als Kommandeurin der Kompanie Eins eigentlich Hauptmannsrang haben müssen, war aber noch Oberleutnant. Sie war sich nicht sicher, ob es eine reine Förmlichkeit war, daß die Ränge in den letzten Jahren nicht angehoben worden waren, oder ob Kommandanthauptmann Able darauf bewußt verzichtet hatte, um den Sold nicht erhöhen zu müssen. Die Mittel waren schon einige Zeit recht knapp, besonders nach der jüngsten Zunahme der Piratenaktivitäten.

Able musterte die über dem Projektionstisch hängende Holovidszene. Hawke betrachtete sein von Narben und Erfahrung gezeichnetes Gesicht, konnte aber aus seinem Mienenspiel oder der Art, wie er sich die Projektion ansah, keine Rückschlüsse darauf ziehen, was in seinen Gedanken vorging.

Die Infothek unterhielt neben Trainingsprogrammen und anderen Dateien komplette Unterlagen über die Aktivitäten der Aces. Sie war Teil der Hauptquartieranlage der Einheit. In den letzten zwei Tagen hatte Hawke hier mehr Zeit verbracht als irgendwo sonst, ihr Quartier eingeschlossen.

»Die Aufzeichnungen vom Vogelsangkamm«, stellte Able leise fest, und sein Blick wanderte über die Projektion.

»Ja, Sir.« Die Daten stammten aus den Gefechts-ROMs, die von den Bergungsteams vom Vogelsangkamm zurückgebracht worden waren. Gefechts-ROMs zeichneten technische Daten und Bilder der Geschützkameras auf. Für Hawke waren sie eine Chance, nachzuvollziehen, wie es zu der Niederlage gekommen war, und zumindest zu versuchen, es zu verstehen.

»Glauben Sie ernsthaft, daß Sie hier irgend etwas entdecken werden, was Sie nicht bereits wissen?«

Hawke zögerte. »Ich hatte gehofft, daß die Bilder mir helfen könnten, mich an etwas zu erinnern. Der MedTech äußerte, daß Traumata häufig zu partieller Amnesie führten, und ...«

Able sah ihr geradewegs in die Augen. Er hielt sich trotz der langen Stunden, die er bereits im Dienst war, kerzengerade. Es gingen Gerüchte, daß der Kommandanthauptmann es einmal geschafft hatte, fünfzig Stunden am Stück wachzubleiben, als es darum ging, sich bei Kontraktverhandlungen gegen die einheimischen Politiker durchzusetzen. »Ihre Erinnerung ist äußerst vollständig, Oberleutnant. Ich weiß, daß es so ist, denn ich habe Ihren Bericht gelesen. Und ich habe mir die Gefechtszone selbst angesehen, nicht nur Vidbilder.«

»Ja, Sir.«

»Ihre Kompanie rückte gegen Plünderer vor, die sich als Piraten aus Morrisons Bande herausstellten, und geriet in einen Hinterhalt. Der Gegner griff aus erhöhter Position und verschiedenen Richtungen zugleich an, so daß er Ihre Einheit innerhalb einer Minute aufbrechen konnte. Es war ein Hinterhalt, Hawke. Gut geplant, gut vorbereitet, gut durchgeführt. Gleichgültig, wie Sie es analysieren, Sie haben verloren. *Wir* haben verloren.« Ables Stimme war nüchtern und enthielt keine Spur von Vorwurf. »In Wahrheit können Sie von Glück sagen, daß Sie es überlebt haben, besonders angesichts der Verletzungen, die Sie erlitten haben.«

Er hatte recht. Sie hatte sich den linken Unterarm gebrochen und reichlich Brandwunden, Abschürfungen und Prellungen erlitten, die medizinisch hatten versorgt werden müssen. Wie viele Schnittwunden an ihrem Körper verarztet worden waren, konnte sie selbst nicht sagen.

»Die anderen nicht.«

»Richtig, aber das ist nicht Ihr Fehler. Hätten Sie angesichts dessen, was Sie zu jenem Zeitpunkt wußten, irgend etwas anders gemacht?«

Kommandanthauptmann Able hatte recht. Selbst wenn sie die Zeit hätte zurückdrehen können, hätte sie genau dieselben Entscheidungen getroffen. Ihre Kompanie hatte vier der Piratenmechs ausgeschaltet, aber dafür hatten all ihre Leute das Leben gelassen.

»Nein, Sir«, stellte sie schließlich fest. »Wahrscheinlich hätte ich exakt dieselben Entscheidungen getroffen, aber das bedeutet nicht, daß ich bereit bin, die Verantwortlichen für dieses Debakel damit durchkommen zu lassen.«

Hawke wußte, daß das Untersuchungs- und Bergungsteam das Schlachtfeld abgegrast vorgefunden hatte. Vier Piratenmechs waren erledigt worden, aber auf Kosten einer kompletten Kompanie der Aces. Morrisons Ausbeuter hatten alles Bergungsgut aus den Maschinen entfernt und mitgenommen und die Toten Aces in einem Massengrab verscharrt. Manche waren nicht mehr zu identifizieren gewesen. Auch Benjamins Leiche war so verkohlt gewesen, daß man sie nur an den wenigen verbliebenen Uniformfetzen und seiner Erkennungsmarke noch hatte identifizieren können.

Kommandanthauptmann Able drehte sich wieder zu den Filmbildern der Holovidprojektion um. »Sie werden damit nicht durchkommen, Oberleutnant. Nicht gegen diese Einheit und nicht gegen die Menschen, deren Schutz wir übernommen haben.«

»Sir. Ich wollte nicht andeuten, daß ...«

»Ich weiß, was Sie sagen wollten, Oberleutnant. Und ich bin mir auch darüber im klaren, welche Wirkung diese Sache auf Sie hatte.« Er machte eine kurze Pause, schien seine nächsten Worte zu überdenken. »Sie standen Benjamin Rassor nahe, nicht wahr? Wenn ich mich recht entsinne, hat man ihre Beziehung in der Einheit als ›intim‹ umschrieben.«

Hawke verschlug es die Sprache. Unter den Aces war es eine ungeschriebene Regel, daß ein Kommandeur niemals ein Wort über intime Beziehungen zwischen seinen Untergebenen verlor, solange diese die Leistung im Feld nicht beeinträchtigten. In aller Regel machten Verhältnisse mit Mitgliedern der Zivilbevölkerung, zu deren Schutz sie unter Vertrag stunden, mehr Probleme als die innerhalb der Einheit.

»Sir, ich wüßte nicht, wie ...«

»Nein«, unterbrach Able sie. »Das ist mir klar. Deshalb bringe ich es hier und jetzt zur Sprache. Ob Sie es glauben oder nicht, Hawke: Ich bin über das meiste, was zwischen meinen Leuten vorgeht, informiert. Ich befehlige ein volles Regiment. So etwas ist nicht zu schaffen, wenn man seine Leute nicht kennt. Ihre Beziehung mit Rassor war nicht Allgemeinwissen, und daran wird sich auch nach unserem Gespräch hier nichts ändern.«

Hawkes Gesicht brannte, und sie blickte bewußt in guter militärischer Tradition starr geradeaus auf einen imaginären Punkt wenige Zentimeter über Ables Augen. »Ja, Sir. Danke, Sir.« Sie bemühte sich um einen emotionslosen, professionellen Tonfall.

»Sie brauchen mir nichts vorzuspielen, Oberleutnant. Ich bin mir durchaus bewußt, wie hart das für Sie ist. Ich kann Ihnen versichern, daß es mir nicht viel angenehmer ist. Ich kenne Sie jetzt schon ziemlich lange als eine meiner Offizierinnen, und ich habe mich noch nie in Ihr Privatleben eingemischt.«

Das stimmte. Zögernd und immer noch höchst verlegen sah Hawke dem Kommandanthauptmann in die Augen.

»Ich würde diese Beziehung jetzt auch nicht ansprechen«, stellte Able fest und ging auf die andere Seite des Holovidtisches. Er beugte sich vor, stützte die Knöchel auf die Tischplatte und sah sie durch die stummen Bilder kämpfender BattleMechs an. Die rubinroten

Lichtlanzen von Lasergeschützen zuckten über sein Gesicht, gefolgt von wogenden schwarzorangeroten Explosionen in der Baumlinie. »Aber wir stehen vor einem ernsteren Problem. Sie haben es in Ihrem Bericht selbst angesprochen.«

Hawke nickte traurig. »Sie wußten, daß wir kamen, und sie kannten unseren Schlachtplan. Sie wußten, von wo Benjamins Lanze anrücken würde. Es gab ein gutes Dutzend Hohlwege, die wir hätten benutzen können, und sie standen genau an dem, für den wir uns entschieden hatten.«

»Wir haben einen Verräter in unserer Mitte«, stellte Able leise fest.

»Es ist die einzige Erklärung, Sir.«

Jerry Able richtete sich wieder auf und rieb sich nachdenklich das Kinn. »Unsere Analytiker kommen in ihrem Abschlußbericht, der gestern auf meinem Schreibtisch gelandet ist, zu genau demselben Schluß. Da Sie die einzige Überlebende des Hinterhalts sind und die Operation geleitet haben, werden alle Finger auf Sie zeigen.«

Hawke lief vor Wut rot an. »Sir, ich habe die Einheit nicht …«

Able schnitt ihr mit einer Handbewegung das Wort an. »Ich weiß, daß Sie es nicht waren. Aber unsere Analytiker genau wie ich auch werden die Leute glauben lassen, was sie wollen, bis wir den wahren Verräter gefunden haben. Zumindest eine Weile werden eine Menge Acer Sie als Hauptverdächtige betrachten. Ich werde diese Verdächtigungen noch unterstützen, indem ich Sie ausschließlich zu leichtem Garnisons- und Trainingsdienst hier auf Gillfillan's Gold einteile. Lassen Sie die Leute reden, wie sie wollen, Oberleutnant. Früher oder später werden wir herausfinden, wer hinter diesem Verrat steckt.«

»Wer immer es ist, er wird dafür bezahlen, Sir«, sagte sie. »Ich schwöre es.«

Able nickte. »Sie haben mein Wort, Oberleutnant, wenn es soweit ist, dürfen Sie sich die Hundesöhne als erste vornehmen. Aber bis dahin steht Ihnen einiges bevor. In ein paar Tagen wird ein Händlerkontingent auf seinem vierteljährlichen Rundflug von Slewis nach Gillfillan's Gold aufbrechen. Ich teile Sie für den Geleitschutz ein. Um den Schein aufrechtzuerhalten, daß ich Sie für eine mögliche Verräterin halte, werden Ihrem direkten Befehl nur ein Bataillon Milizinfanterie und eine Lanze Acermechs unterstehen. Ich habe kommerzielle Sprungschiffpassagen von Slewis gebucht. Sie kommen an Bord des Händlersprungschiffs zurück. Außerdem werben wir drei Dutzend Randweltler an, die meisten auf Caldarium, und ein paar auch auf Slewis, weil Rassor der einzige Einheimische war, den wir beim Vogelsanggefecht verloren haben. Die Anwerbung auf Slewis ist bereits angelaufen. Sie werden dort den Befehl über die Rekruten übernehmen und sich um alle notwendigen PR-Maßnahmen mit den Händlern kümmern. Kurz gesagt, Sie machen sich auf den Weg, landen, sichern die LZ, schaffen die Händler zum Sprungschiff und bringen sie hierher. Während Ihrer Abwesenheit werde ich mir ein paar Überraschungen ausdenken, um zu sehen, ob es mir gelingt, unseren Intriganten ans Tageslicht zu locken. In der Zwischenzeit spielen Sie die Rolle der niedergeschlagenen und verbitterten Offizierin. Schaffen Sie das?«

Hawke glaubte nicht, daß sie dazu in der Lage war, aber das war nicht die Antwort, die Able hören wollte. »Ja, Sir«, erwiderte sie in dem vollen Bewußtsein, daß seine Frage rein rhetorischer Natur gewesen war. Die Niederlage auf Caldarium war eine Ohrfeige für das ganze Regiment, und der Rat der Planeten würde sie nicht vergessen, wenn die Verhandlungen über eine Kontraktverlängerung anstanden.

»Ich brauche Sie sicher nicht daran zu erinnern«,

erklärte Able, »daß ein Teil der Bezahlung der Aces aus einer Kommission für die jährlichen Exporteinnahmen der Randgemeinschaft besteht, aber ich tue es trotzdem. Wenn die Händler Ware verlieren, verlieren wir Profit. Und wenn wir Profit verlieren, verlieren wir das Potential zum Einkauf neuer Mecheinheiten und Ersatzteile für die Maschinen, die beschädigt werden oder sich abnutzen.«

»Ich weiß, Sir.«

»In dieser Armee bedeutet guter Wille C-Noten. Unter dem Strich.«

»Ja, Sir.«

Able streckte die Hand aus und schaltete den Holovidprojektor ab. Die Bilder der Schlacht, die sie beide so viel gekostet hatte, verschwanden. »Der Basispsychologe hat noch nichts von Ihnen zu sehen bekommen, Oberleutnant. Statten Sie ihm einen Besuch ab. Dafür bezahle ich ihn. Soweit es mich betrifft, ist das, was auf dem Vogelsangkamm geschehen ist, Vergangenheit. Lassen Sie es hinter sich, sonst verpassen Sie die Zukunft.«

Bevor Hawke darauf eine Antwort geben konnte, drehte Jerry Able um und ließ sie in dem schummrig erleuchteten Zimmer zurück, damit sie die Vergangenheit begrub und sich der Zukunft stellte.

7

Außerhalb Thorpes, Slewis
Randgemeinschaft, Peripherie

26. Februar 3059

Aus dem Tagebuch des Harley Rassor:

Ben ist tot.

Es fällt mir immer noch schwer, es zu schreiben.

Auf dem Weg nach Hause erzählte Da mir, daß in Kommandanthauptmann Ables Nachricht gestanden hat, daß Ben auf Caldarium beim Kampf gegen Piraten gefallen ist. Die Nachricht kam in Form eines Einsatzberichts, zusammen mit einem Beileidsschreiben. Able hatte sie über HPG geschickt, was reichlich teuer ist und eine großzügige Geste von ihm.

Das Problem dabei ist, daß das Hyperpulsgeneratornetz der Randgemeinschaft ziemlich alt ist und Nachrichten nur gebündelt versendet, und selbst das erst nach einer Wartezeit. Die Nachricht wäre beinahe auf einem Frachtraumer schneller hier gewesen.

Sie haben uns mitgeteilt, daß Ben fast augenblicklich tot war, genau wie der Rest der Einserkompanie. Drei Leichen, darunter Bens, waren so verkohlt, daß sie kaum noch zu identifizieren waren.

Und jetzt sitze ich hier im Schlafzimmer, in dem ich Ben zugehört habe, wie er von seinen Träume erzählte, davon, was er alles noch sehen und erreichen wollte, und schreibe diesen Eintrag. Es gibt Nächte, die prägen das Leben eines Menschen und ändern seinen Lauf. Das hat Da mir schon immer gesagt. Jetzt verstehe ich endlich, was er gemeint hat. Heute nacht habe ich einen Menschen getötet, und ich habe erfahren, daß mein Bruder tot ist.

Ben war der Abenteurer von uns beiden, nicht ich. Ich habe schon immer die Freiheit geliebt, aber Ben lebte für eine andere Art von Freiheit als ich sie draußen in der Wildnis finde, weit weg von Thorpe, möglicherweise sogar auf anderen Welten. Ich habe auch schon an so etwas gedacht, aber nicht so wie Ben. Mir war der Wald um Thorpe immer groß genug, vollgepackt mit Abenteuer.

Aber nicht für Ben.

So leer das Zimmer war, seit er sich den Aces angeschlossen hat, es war noch nie so leer wie heute. Es hat ewig gedauert, mich zu waschen, all das Blut abzuschrubben. Nicht nur mein eigenes Blut, vor allem das des Mannes, den ich getötet habe. Meine Jagdsachen waren stellenweise stumpfbraun von eingetrocknetem Blut. Aber das war alles ohne Bedeutung. Das einzige, was irgendeine Bedeutung hatte, war Bens Tod. Ich wäre die ganze Nacht in meinem Zimmer geblieben, wenn Da mich nicht in die Küche gerufen hätte.

»Die Wunde werden wir nähen müssen.«

»Hab' ich mir schon gedacht.«

»Setz dich.« Da zog einen Stuhl neben sich vor.

Ich setzte mich.

Da kramte in seinem Nähzeug. Eigentlich ist es ein Medset mit ein paar chirurgischen Instrumenten. Die Medikamente, die ursprünglich darin waren, sind längst aufgebracht, und jetzt enhält er statt dessen Salben und Tinkturen aus Thorpe und Umgebung, seit Generationen überlieferte Hausmittel. Jolee hat es Nähzeug genannt, als sie noch klein war, und irgendwie hat sich der Name gehalten.

»Bist du bereit, Junge?« fragte er.

»Warten macht es auch nicht einfacher«, gab ich zurück.

»Wir lassen uns Zeit«, äußerte Da. »Du kannst dich ausruhen, wenn es nötig wird.«

»Okay.« Ich setzte mich so bequem hin, wie es ging.

Da fädelte den dünnsten Faden in die krumme Chirurgennadel, den er hatte. »Wenn ich das dick vernähe, behältst du eine böse Narbe. Das will ich nicht, nicht bei einer Wunde im Gesicht.«

»Sie ist mehr beim Haaransatz«, erwiderte ich.

»So oder so bleibt eine Narbe«, erklärte er mir. »Kein Grund, sie größer zu machen als nötig.« Für einen großen Mann konnte Da sehr zart sein, wenn es sein mußte. »Wir machen ein paar Stiche, und wenn alles gutgeht, ziehen wir die Fäden in etwa fünf Tagen wieder.«

Ich schloß die Augen, atmete aus und entspannte mich. Ich konzentrierte mich auf den Duft der Kekse im Backofen und ließ mich von ihm davontragen, um die Schmerzen zu verdrängen. Jolee backt immer, wenn sie aufgewühlt ist. Da sagt, Mutti war genauso.

Während er arbeitete, baute ich vor meinem inneren Auge die Küche auf, mit all den Kleinigkeiten, mit denen Jolee und Ben sie dekoriert haben. Jolee hat Spaß an Collagen und macht Bilder aus den verschiedensten Dingen. Ben hat gerne kleine Schnitzereien hergestellt, und er war echt gut darin. Seit etwa drei Jahren hängt Jolee auch getrocknete und gepreßte Blumen hier auf. Die Blumen verleihen der Küche sanfte Farbtupfer.

Die Nadel stieß in meine Haut, und trotz der Schmerzen spürte ich, wie er den Faden durchzog. Da zog ihn durch die andere Seite der Wunde, dann benutzte er eine kleine Schere, um den Knoten zu binden, als er die beiden Wundränder zusammenzog. Die Wunde hatte schon aufgehört zu bluten, aber als er jetzt an ihr arbeitete, floß doch wieder ein wenig Blut.

»Der Tod deines Bruders stellt mich vor einige Fragen«, erklärte Da schließlich. Ich muß zugeben, ich war froh, daß er es zur Sprache brachte.

»Ja«, äußerte ich und achtete darauf, den Hals entspannt zu lassen, so daß mein Kopf im Nacken blieb und Da die Fäden verknoten konnte.

»Ich habe daran gedacht, Able eine HPG zu schikken, um Antwort zu bekommen«, sagte Da und machte einen weiteren Knoten. »Aber ich weiß nicht, inwieweit ich seinen Antworten glauben darf.«

»Kommandanthauptmann Able hat einen Ruf als fairer Mann.«

»Ja.« Da stimmte mir fast zu schnell zu. »Aber ich weiß, daß die Militärs einander decken. Verluste gibt es immer wieder, und manche müssen einfach als akzeptabel hingenommen werden. Ich betrachte Bens Tod nicht einmal annähernd als akzeptablen Verlust. Außerdem weiß ich, daß Able durch seine Kontakte mit dem Rat der Planeten inzwischen ebensosehr Politiker wie Soldat geworden ist. Er wird seine Interessen und die seiner Einheit verteidigen. Er muß mit einer politischen und einer militärischen Version der Wahrheit jonglieren, und im Moment bin ich mir nicht sicher, welche der beiden wir bekommen haben.«

Jolee saß uns mit tränennassen Augen gegenüber.

Mein Herz schmerzte schlimmer als die Wunde an meiner Stirn.

»So wie diese Mechs auf dem Vogelsangkamm abgeschossen wurden«, sprach Da weiter, während er mit sicherer Hand meine Verletzung nähte. »Das war kein Zufall. Es war ohne jeden Zweifel ein Hinterhalt.«

Das überraschte mich. Da hat noch nie irgendwelche auch nur entfernt militärischen Kenntnisse gezeigt. Jetzt redete er plötzlich wie jemand, der Erfahrung in so etwas hat.

Ich hatte nicht mitgezählt, wie viele Stiche er schon gesetzt hatte, aber er nähte immer noch weiter. »Wenn eine Militäroperation dermaßen erfolglos ist, liegt das daran, daß bei der Planung nicht alle Fakten bekannt waren. Irgendwer hat sie in eine Falle gelockt oder bewußt wichtige Informationen zurückgehalten.« Er machte eine Pause und setzte noch einen Stich. »Ich glaube, irgend jemand bei Able's Aces hat die Einheit verraten und seine Kameraden in diesem Hinterhalt verrecken lassen. Wenn ich mich nicht irre, denkt Jerry Able wahrscheinlich genau das gleiche.« Er redete, als ob er den Kommandanthauptmann persönlich kennen würde, aber ich weiß, daß das nicht sein kann. Er ist ein Bauer, ein Jäger, kein Krieger.

Ich ließ mir Das Schlußfolgerungen durch den Kopf gehen, und es gefiel mir gar nicht, in welche Richtung sie sich bewegten. Aber ich war gezwungen anzuerkennen, daß sie nicht von der Hand zu weisen waren.

»Es gibt jemanden, der den Angriff überlebt hat«, sagte er. »Ich hab' Chilton eine Nachricht nach Porth schicken lassen, zu einem ›Freund‹ aus meiner Jugend, aus den alten Zeiten.«

Ich stellte die Ohren auf. Noch nie hatte Da irgendwelche alte Zeiten erwähnt, und er sagte auch jetzt nichts weiter darüber.

»Abgesehen von dem, was man in den Nachrichten hört, gibt es kaum Informationen, und das ist in der Regel manipuliert oder tendenziös. Aber Chilton hat es geschafft, eine Information zu bekommen, die ich noch nicht hatte. Es gibt eine Überlebende des Gefechts auf dem Vogelsangkamm. Eine Oberleutnant Livia Hawke.«

»Du meinst, sie hatte etwas damit zu tun?« fragte ich.

»Ich halte es für ziemlich offensichtlich.«

»Able wird das nicht einfach ignorieren«, sagte ich. »Man wird ihn und den Präsidenten unter Druck setzen, andere Söldnereinheiten anzuheuern, um unsere Verteidigung zu stärken.«

»Ich habe nie erwartet, daß er es ignoriert«, antwortete Da. »Aber wer auch immer diesen Hinterhalt geplant hat, wird auch eingeplant haben, daß man der Sache nachgeht. Able und seine Leute.«

»Du meinst, es wird mehr Lügen geben?«

»Könnte sein. Ich weiß jedenfalls, daß ich mich nicht allein auf das verlassen will, was Able bereit ist, dem Rat der Planeten zu erzählen. Und was der dann seinerseits bereit ist, an uns weiterzugeben. Ich traue Jerry Able. Aber ich traue denen nicht, durch deren Hände seine Nachrichten an uns gehen. Deswegen möchte ich, daß Ben, daß unsere Familie in dieser Sache repräsentiert ist. Ich will wissen ...« Das Stimme brach ein wenig, aber seine Hände bewegten sich so sicher wie immer.

Ich öffnete die Augen und sah zu ihm hoch. Ich kann mich nicht erinnern, ihn weinen gesehen zu haben, als Mutter starb, obwohl ich sicher bin, daß er um sie geweint hat, wenn er allein war. Das ist einfach seine Art. Er hat nie wieder geheiratet. Er sagt immer, für ihn kann es keine andere Frau geben.

»Ich will wissen, was genau Ben zugestoßen ist«, sprach er weiter. »Und ich will seine Asche hier in seinem Zuhause haben. Er ist auf Caldarium eingeäschert worden.«

Meine Kehle war wie zugeschnürt, und mein Mund staubtrocken. Ich hatte nicht einmal daran gedacht, was mit Bens Leiche geschehen würde. Es fiel mir zu schwer, daran zu denken, daran, daß es da eine Leiche gab.

»Wie können wir das erreichen, Da?« fragte ich.

»Ich möchte, daß du bei den Aces eintrittst und soviel herausfindest, wie du kannst.« Er setzte in aller Ruhe den nächsten Stich.

Ich sagte nichts und warf Jolee einen schnellen Blick zu. Sie wirkte kein bißchen weniger überrascht als ich. »Bist du sicher, daß sie mich nehmen werden?«

Da nickte, ohne die Augen von seiner Arbeit zu nehmen. »Ja. Deine Zensuren sind gut genug, und dein Milizdienst hier auf Slewis ist auch nicht unbemerkt geblieben. Du hast sogar eine gewisse Erfahrung in dem Schrottmech da draußen auf unserem Gelände. Sie werden dich nehmen. Dafür sorge ich schon. Wie ich bereits sagte, ich habe einen Freund aus den alten Zeiten, jemand, der mir noch etwas schuldig ist und dafür sorgen kann, daß du aufgenommen wirst. Ich habe ihm schon eine entsprechende Nachricht geschickt.«

Da hat Ben und mich immer mit unserer Bastelei an dem alten Mech aufgezogen. Seltsam, wie das jetzt zu etwas wird, das mein ganzes Leben verändert.

Ich habe ihn nicht weiter gefragt, wie er Kommandanthauptmann Able dazu bringen will, mich bei den Aces zu akzeptieren. Eines habe ich gelernt, was Da angeht: Er verspricht nichts, was er nicht halten kann.

Da nähte noch ein paar Minuten, dann entschied er, daß es genug war. Er machte die Nadeln sauber und packte das Medset weg. Inzwischen waren auch Jolees Kekse fertig.

Wir aßen schweigend, in Gedanken versunken. Ich bin mir sicher, daß Da und Jolee sich des leeren Stuhls am anderen Ende des Tischs, den Da so glänzend poliert hatte, daß man sein Spiegelbild in der Platte sehen konnte, genauso bewußt waren wie ich. Die Sahnebutter, der Honig und die Marmelade waren wirklich gut, aber keiner von uns hatte sonderlichen Appetit.

»Able baut die Kompanie wieder auf, die er verloren hat, und ich habe gehört, daß auf einem der Handelsschiffe neue Rekruten eingetroffen sind. Es heißt, er schickt in ein paar Tagen einen Transporter, der sie nach Gillfillan's Gold bringen soll. Bis dahin solltest du wieder reisefähig sein.«

Ich nickte und bereute die Bewegung sofort, als die Kopfschmerzen zwischen meinen Schläfen hin und her hämmerten.

»Was meinst du, Junge?« fragte Da.

Ich wußte, es war letztendlich meine Entscheidung. Er ließ mir immer die Wahl. »Es ist nötig«, stellte ich fest. »Und ich eigne mich am besten dafür, es zu tun.«

»So sehe ich es auch.«

»Aber es macht mir Angst.«

»Dein Zuhause zu verlassen?«

Ich dachte an den Nachthimmel, an all die hell und kalt glitzernden Sterne. »Da draußen zu sein. Da draußen in so viel – *Leere*.«

»In einem Schiff oder Mech bekommst du nicht viel davon mit«, beruhigte Da mich.

Ich hoffe, er hat recht. Irgendwie ist mir der Weltraum sehr viel freundlicher vorgekommen, solange ich nur Ben zugehört habe, wie er davon erzählte.

»Die Männer und Frauen, denen du begegnen wirst«, stellte Da fest, »die in Ables Kerneinheit, sie sind nicht alles gute Menschen.«

»Das habe ich auch nicht erwartet.«

»Sie haben ihre eigene Art, die Dinge anzugehen, ihre eigene Art, sie zu sehen. Manchmal unterscheiden sie sich kaum von den Handelsvertretern. Es hängt davon ab, wer sie anführt.« Danach stand er auf und ging in sein Zimmer.

Nach einer Stunde oder so gab ich den Versuch auf, einzuschlafen. Ich ging barfuß ans Fenster nach Osten und machte es auf. Da hat uns absichtlich hier untergebracht, damit uns die Sonne morgens weckt … an den Tagen, an denen wir wenigstens bis zum Sonnenaufgang schlafen durften.

Ich kletterte raus und packte die Regenrinne. Ich hatte so lange gelegen, daß meine Muskeln schmerzten. Und meinen hämmernden Kopfschmerzen bekam die Anstrengung auch nicht gerade.

Ich zog mich zur Regenrinne hoch und krabbelte die Dachschräge rauf. Da hat es steil genug gemacht, daß der Schnee sich nicht lange hält, aber es ist dabei doch rauh genug, daß Ben und ich häufig hier gelegen haben. Wir haben im Laufe der Jahre über so vieles geredet. Wir waren nicht in allem einer Meinung, aber geredet haben wir trotzdem darüber.

Ich habe ihn ungeheuer vermißt in jenem Augenblick, als mir klar wurde, daß ich nie wieder die Chance haben würde, mich einfach auszustrecken, zu den Sternen hochzublicken und mit meinem Bruder über alles zu reden, was mir in den Sinn kam. Nach einer Weile bin ich eingeschlafen, aber es war ein unruhiger Schlaf mit Alpträumen über Ben und die Handelsvertreter und heißes, helles Blut.

8

Landungsschiff *General Gordon*, im Anflug auf Slewis Randgemeinschaft, Peripherie

16. März 3059

Livia Hawke bereitete sich auf den Angriff vor und verlagerte den größten Teil des Körpergewichts nach hinten auf das rechte Bein. Den rechten Fuß drehte sie etwas, so daß er senkrecht zu dem nach vorne geschobenen linken stand.

Geschützfeldwebel Harry Coombs, von den anderen Feldwebeln und seinen Männern nur »Gunney« genannt, stürmte forsch heran. Er war einen Kopf größer als sie und war von wuchtigem, muskelbepacktem Körperbau. Das graue Haar trug er in einem kurzen Bürstenschnitt, und er trug einen grauen Trainingsanzug mit dunklen Schweißflecken an Hals, Brust und Achseln. Sie hatten beide Sparringszeug angelegt, Schutzhelme, Handschuhe und gepolsterte Stiefel.

Coombs' Hände schossen zum Angriff hoch und auf Hawkes Gesicht zu. Er bewegte sich mit blitzartiger Geschwindigkeit, weit schneller, als irgend jemand bei einem Mann seiner Statur erwartet hätte.

Hawke wich vor dem Angriff zurück und wehrte ihn mit flachen Händen ab. Das Knallen ihrer aufeinandertreffender Arme hallte über das Deck der *General Gordon*. Das Landungsschiff befand sich auf dem Flug ins Systeminnere, und der Antriebsschub lieferte Schwerkraft für ein Kampfsporttraining. Nicht allzu viel, aber genug.

Die *General Gordon* war ein älteres Modell der *Union*-Klasse, das eine komplette Kompanie aus einem Dutzend BattleMechs oder Fahrzeugen in die Schlacht tragen konnte. Ein Sprungschiff dahingegen bewegte sich zwischen den Sonnensystemen, oder genauer gesagt, zwischen den Zenith- oder Nadirsprungpunkten weit ober- bzw. unterhalb der Schwerkraftsenken ihrer Zentralgestirne. Sprungschiffe waren bis zu einem Kilometer lang, aber nicht dafür gebaut, durch die Gravitationsfelder im Innern eines Sonnensystems zu fliegen. Das erledigten die Landungsschiffe. Sie dockten für den Flug zwischen den Sternen mittschiffs am Rumpf eines Sprungschiffs an. Im Gegensatz zu ihren interstellarflugtauglichen Vettern waren sie in der Lage, vom Sprungpunkt zu einem Planeten zu fliegen und auf dessen Oberfläche aufzusetzen.

Die etwa ein Dutzend anderen Besatzungsmitglieder, die in ihrer Freischicht hier in die Halle gekommen waren, hatten sich um die Matte versammelt, als sich Coombs und Hawke nach ihren Kampfsportkata-Aufwärmübungen zum Duell gegenübergetreten waren. Weder sie noch der Feldwebel hatten vor oder während der Begegnung ein Wort miteinander gewechselt.

Die Wände des Appelldecks waren stumpf. Der grüngraue militärische Anstrich blätterte ab. Als Hawke mit ihrem Armverband einen Handkantenschlag seiner Rechten schmerzhaft abblockte, drang ihr der in der ganzen Halle in der Luft hängende Schweißgeruch in die Nase. Die *General Gordon* war schon vor Jahrhunderten in Dienst gestellt worden. In dieser ganzen Zeit waren auf diesem Deck Kämpfe und Gefechtssimulationen abgelaufen. Dies war nicht der erste Zweikampf hier, und es würde auch nicht der letzte werden.

Hawke hatte die Zeit für ihren Trainingskampf angesetzt, und Coombs war sofort einverstanden gewesen. Die beiden waren bei den Aces als gelegentliche Sparringspartner bekannt, die keiner Herausforderung aus dem Weg gingen. Sie hatte sogar Creditnoten an den Seitenlinien den Besitzer wechseln sehen. Es lag etwas Magisches darin, wenn ein Unteroffizier mit einem Offizier kämpfte.

Gunney ließ nicht locker und sprang wieder auf Hawke zu. Er erwischte sie mit einem Streifschlag, der ihr klarmachte, daß sie keinen Spielraum für Fehler hatte. Sie versuchte, Coombs die Beine wegzusäbeln, aber er sprang über ihren Tritt weg. Seine Fäuste wirbelten wie ein Hurrikan auf sie zu. Sie konnte die meisten Hiebe abblocken, aber ihre Verteidigungshaltung nahm ihre jede Möglichkeit, selbst zum Angriff überzugehen. Der Schweiß, der ihr in den Augen brannte, erinnerte sie nachdrücklich daran, daß er keine Gnade erwartete oder zeigte – auf ihren ausdrücklichen Befehl nicht.

Sie konterte und wehrte seine Schläge ab. Nach Jahren des Zweikampfs wußte sie, daß Coombs sich auf seine Größe, sein Gewicht und die Länge seiner Arme verließ, die ihm in den meisten Fällen einen klaren Vorteil verschafften. Hawke konnte sich trotzdem gegen ihn halten.

Sie bewegte sich flüssig, aber ihr selbst erschienen ihre Bewegungen abgehackt. Die Verletzungen zwickten und zerrten und erinnerten sie daran, daß sie noch nicht voll genesen war. Das Training half allerdings. Der MedTech hatte ihr einen speziellen Bindeverband um den Unterarm gelegt, der ihr gestattete, den Arm zu benutzen, während der Knochenbruch heilte. Die Schmerzen halfen ihr, die emotionalen Wunden zu überwinden, die nach dem Geschehen auf dem Vogelsangkamm zurückgeblieben waren.

Coombs verlagerte das Gewicht und rückte vor. Er traf sie mit einem kräftigen Schlag in die Magengrube und warf sie einen Schritt zurück. Aber Hawke geriet nur kurz ins Wanken, dann schwang sie das Bein erneut unter das seine, und diesmal erwischte sie ihn an der Ferse. Coombs ging zu Boden und rollte ab, aber ein plötzliches Krachen und Zischen dröhnte aus dem

Lautsprecher, gefolgt von einer über das Deck hallenden Stimme. »Oberleutnant Hawke, Prioritätsdatenübertragung von Slewis trifft ein.«

Plötzlich stoppte der Kampf. Livia Hawke atmete tief ein, richtete sich auf und sah hinüber zu dem Geschützfeldwebel. Coombs schlug frustriert auf die Matte und rollte auf die Füße. Er hob die Arme und sah sie erwartungsvoll an.

»Genug«, keuchte Hawke. Sie schüttelte schwer atmend den Kopf. »Genug«, wiederholte sie. »Wenn ich noch weitermache, kippe ich um.« Ihr Gesicht war triefnaß vor Schweiß, und ihr Herz hämmerte in der Brust.

Coombs zögerte nur einen Augenblick, dann ließ er die Deckung sinken. »In Ordnung, Ma'am.«

Sie verbeugten sich voreinander, die rechte Faust in die offene linke Hand gelegt. Hawke hob den Kopf und fing das Handtuch auf, das einer der Soldaten ihr zuwarf. Sie nickte dankbar, dann wischte sie sich das Gesicht ab.

»Bis später, Gunney«, verabschiedete sie sich müde von Coombs und machte sich auf den Weg zum Interkomterminal in einer der Stützsäulen. Ihr Compblock war an das Terminal angeschlossen, und von seinem Bildschirm blinkte ihr die Mitteilung entgegen, daß er die Datenübertragung von Slewis empfangen hatte.

Sie hatte schon auf die Daten gewartet. Kommandanthauptmann Able hatte ihr angekündigt, daß er die Akten der neuen Rekruten und alle Analytiker-Informationen über HPG nach Slewis senden würde, so daß sie auf dem neuesten Stand blieb. Hyperpulsgeneratoren waren, abgesehen von Kurierschiffen, die einzige Möglichkeit, Nachrichten über interstellare Entfernungen zu verschicken, die noch zu Lebzeiten des Absenders ankommen sollten. Die HPG-Stationen der Randgemeinschaft waren allerdings allesamt alte Klasse-C-Stationen mit einer recht niedrigen Übertragungspriorität. Diese Nachricht war nur Tage vor ihrer Ankunft eingetroffen. Aber so war das nun mal in der Peripherie. In der Inneren Sphäre hätte die Botschaft den Empfänger weit früher erreicht.

Ihr verbundener Arm schmerzte, als sie den Compblock aus dem Bus zog und die Daten aufrief. Sie und ihre Lanze sollten am 19. März auf Slewis eintreffen. Dort würde sie zu der örtlichen Miliz und einer der Schlammstampferlanzen der Aces aus Panzern und Infanteristen stoßen.

Die Händler befanden sich bereits auf Slewis und hatten ihren Aufbruch für den 25. März geplant. In der größten Gefahr schwebten sie während der letzten Ladephase am Boden, wenn die Waren zum Abtransport eingeschifft wurden. Das war der Zeitpunkt, zu dem Plünderer und Raumpiraten bevorzugt angriffen. Leere Frachter anzugreifen machte wenig Sinn.

Als sie die HPG-Botschaft überflog, stellte Hawke fest, daß Kommandanthauptmann Able den Flugplan geändert hatte. Er hatte den Abflug der Händler auf den 23. März vorverlegt. Ihre Blicke jagten über den geheimen Nachrichtentext, und sie verstand den Grund für die Änderung sofort. Die Verschiebung der Abflugdaten machte einem möglichen Piratenüberfall einen Strich durch die Rechnung. Außerdem reduzierte es die Anzahl der möglichen Verdächtigen, falls es einen Verräter in den Reihen der Aces gab, und ließ ihm dazu nur ein Minimum an Zeit, die Änderung in den Plänen an seine Auftraggeber weiterzugeben.

Ein um zwei Tage vorverlegter Abflug bedeutete auch eine um zwei Tage frühere Ankunft auf Gillfillan's Gold. Falls die Piraten die Händler angriffen, konnten sie den neuen Zeitplan nur von einem Mitglied der Aces erfahren haben. Und mit ziemlicher Sicherheit überwachten die Analytiker der Einheit alle Kontakte und Kommunikationsverbindungen sehr genau auf verdächtige Handlungen.

Für Hawke bedeutete das, daß sie in kurzer Zeit eine Menge zu erledigen hatte. Die Händler mußten von dem veränderten Zeitplan in Kenntnis gesetzt werden, und die Aufmarschplanung wurde erheblich gestrafft. Das alles war machbar, aber es brachte ein zusätzliches Element der Dringlichkeit ins Spiel, auf das sie nicht vorbereitet gewesen war.

Der Rest der Datenübertragung bestand aus Routinenachrichten, Informationen über die Ersatztruppen, die auf Slewis angeworben worden waren, um die Verluste am Vogelsangkamm auszugleichen. Sie rief die Liste der elf neuen Soldaten auf und überflog sie. Da sie selbst aus der Randgemeinschaft stammte, suchte sie bei solchen Gelegenheiten automatisch nach vertrauten Familiennamen, vielleicht sogar nach denen alter Freunde. Es kam nur selten vor, daß sie dabei Erfolg hatte, aber es kam vor.

Diesmal sprang ihr ein Name ins Auge. *Schütze Rassor, Harley Dain.* Rassor. Die Erinnerung an Benjamin stieg in ihr auf. Sie erinnerte sich, daß er mit Zuneigung von seinem jüngeren Bruder gesprochen hatte und daß dessen Name Harley war. Sie sagte sich, daß das nur ein Zufall sein konnte, aber ihr Puls hämmerte, als sie den Namen des Rekruten anklickte und seine Dienstakte aufrief.

Tatsächlich. Der Eintrag war noch nicht einmal aktualisiert. Benjamin Rassor war noch immer als einziger Bruder verzeichnet. Hawke starrte auf den Schirm. Sie fing gerade erst an, ihre Gefühle über Benjamins Tod zu verarbeiten. Wenn es etwas gab, was sie jetzt ganz und gar nicht gebrauchen konnte, dann war das jemand, dessen bloße Anwesenheit eine ständige Erinnerung an ihr Versagen auf dem Vogelsangkamm war.

Jedenfalls nicht, wenn sie es verhindern konnte. Kommandanthauptmann Able hatte eine Reihe recht rigider Regeln betreffs der Personalrekrutierung. Familienangehörige im Dienst gefallener Aces wurden erst mehrere Jahre nach dem Todesfall aufgenommen. Er hatte diese Regel eingeführt, als die Aces die Rotation der planetaren Milizen der Randgemeinschaft in die Einheit aufgenommen hatten. Sie sollte verhindern, daß Verwandte aus Rachegelüsten in die Einheit eintraten, oder aus anderen verqueren Motiven über die Wiedergutmachung erlittener Fehler oder Verluste.

Hastig schib Livia Hawke ihren Compblock wieder auf den Terminalanschluß und rief das Kommsystem auf. Das war ein Problem, das sie auf der Stelle lösen konnte. Schütze Harley Rassor würde nicht zu Able's Aces stoßen. Dafür würde sie sorgen.

9

Landungsschiff *General Gordon*, im Anflug auf Slewis Randgemeinschaft, Peripherie

16. März 3059

Gesicherte Transmission, Daten-Sendung:
Sicherheitsstufe Smaragd
Keine Kopien
An: Kommandanthauptmann Jerry Able
Ort: Commandostelle, Gillfillan's Gold
Von: Oberleutnant Livia Hawke
Ort: Landungsschiff *General Gordon*, im Anflug auf Slewis
COMSTAR-CODIERUNGSSEQUENZ AC_RIM004.322
KONTO AA210102301.L

Betrifft: Rassor, Harley Dain
Rekrut, Slewis-Miliz

Sir:

Bei der Durchsicht der neuen Mannschaftsliste ist mir ein neuer Rekrut der Slewis-Miliz aufgefallen, der ins Corps der Aces übernommen wurde. Ich weiß nicht, wie dieser Vorfall Ihrer Aufmerksamkeit entgehen konnte, aber ich möchte diese Gelegenheit benutzen, Sie darauf hinzuweisen.

Schütze Harley Rassor erscheint auf der Aufstellung der neuen Rekruten. Ich bin der Ansicht, daß er auf Grund des Todes von Benjamin Rassor nicht in den aktiven Dienst bei den Aces übernommen werden sollte, da es sich um dessen Bruder handelt. Die Familie Rassor wurde erst vor wenigen Wochen von Bens Tod informiert. Wie Sie mir selbst verdeutlicht haben, müssen aus einem Todesfall entstehende Emotionen vollständig verarbeitet werden, bevor ein Soldat im Feld eingesetzt werden kann.

Ich befürchte, daß Schütze Rassor dazu nicht ausreichend Zeit gehabt hat. Entsprechend geltender Aces-Dienstanweisung #143 empfehle ich die Rückstellung seiner Aufnahme, bis die Möglichkeit einer Versuchseinziehung gegeben ist.

Mit freundlichen Grüßen,

Oberleutnant Livia Hawke
Bataillon 1, Able's Hammers
Kompanie 1, Hawke's Talons

Livia Hawke tippte die Nachricht in die Kommkonsole und bereitete sie zur Übertragung vor. Sie würde über Normalfunk nach Slewis gehen und von dort zusammen mit dem nächsten Datenbündel über HPG nach Gillfillan's Gold geschickt werden. Es würde eine gewisse Zeit dauern, aber sie würde eine Antwort erhalten, bevor sie Slewis verlassen mußte, ein Abflug, den sie ohne Begleitung Harley Rassors anzutreten plante.

Als sie den letzten Befehl eingegeben hatte, hörte sie, wie der Compblock aktiv wurde. Zunächst beachtete sie das nicht weiter, aber dann sah sie, daß der Bildschirm nicht die übliche Mitteilung »Datenübertragung erfolgreich abgeschlossen« zeigte. Sie wollte sich schon mit der Brücke in Verbindung setzen, um sich zu vergewissern, daß kein Fehler in den Kommunikations- oder Computersystemen der *General Gordon* vorlag, als eine neue Botschaft über den Schirm rollte. Hawke las den Text und lief vor Wut puterrot an.

SCHLÜSSELBEGRIFFSUCHE AUTOMATISCHER
LADEVORGANG

DATEI RASSOR.2.GEGENBEFEHL
AKTIVIERT PER
SENDER HAWKE, LIVIA,
OBERLEUTNANT
SCHLÜSSELBEGRIFFE: Rassor, Harley, Dienstanweisung, #143, Benjamin
TREFFERWAHRSCHEINLICHKEIT: 92,2%
PRÄKODIERTER TEXT FOLGT:

Oberleutnant Hawke:

Sie sehen diese Mitteilung, weil ich in Ihrer letzten Datenübertragung eine Schlüsselbegriffssuche mitübertragen habe. Möglicherweise haben Sie gerade versucht, mir eine Mitteilung betreffs der Einbeziehung Harley Rassors in die Ersatzleute für Ihre Kompanie zu schikken. Ich kann Ihnen versichern, daß mich diese Mitteilung nicht erreichen wird. Ein Teil dieser Automatikroutine besteht darin, Ihre Mitteilung zu löschen, um zu verhindern, daß sie uns beide in Verlegenheit bringt.

Ich habe Ihre Argumentation zwar nicht gesehen, aber ich bin mir sicher, daß sie äußerst professionell formuliert war. In diesem besonderen Fall wiederrufe ich Dienstanweisung #143 jedoch und gestatte Schütze Rassor ausdrücklich den Beitritt zu unserer Einheit.

Bevor Sie mir eine lange Liste von Gegenargumenten schicken, sollten Sie wissen, daß ich Ihre Situation verstehe, aber in diesem Punkt nicht mit mir reden lasse.

David Rassor, Benjamins und Harleys Vater, ist ein alter Freund. Wir haben gemeinsam in den Lyranischen Commonwealth-Streitkräften gedient. David Rassor hat mir einmal bei einem Überfall auf Haus Marik das Leben gerettet. Er hat dabei fast selbst ins Gras gebissen, aber er war zu loyal und stur, mich zurückzulassen. Er war ein wilder Bursche, damals. Das waren wir beide. Aber der Krieg hat ihn verändert. Er kehrte unserer Art zu leben den Rücken und kam in die Randgemeinschaft, um eine Familie zu gründen. So wie ich ihn kenne, hat er keinem seiner Spößlinge je erzählt, was für ein verteufelt guter MechKrieger er einmal war.

David hat mir eine Nachricht geschickt, in der er mich um einen Gefallen gebeten hat, etwas, was er normalerweise niemals tun würde. Dafür ist er viel zu stolz. Er hat sich in den Kopf gesetzt, daß er nicht die ganze Wahrheit über Benjamins Tod erfahren hat, und er will, daß Harley bei uns dient, bis er alle Fakten herausgefunden hat. Ich nehme an, er hat mich deshalb nicht nach Einzelheiten gefragt, weil er entweder weiß, daß ich sie nicht habe, oder befürchtet, daß ich zu sehr Politiker geworden bin, um sie ihm zu geben. So oder so möchte er, daß Harley unter meinem Befehl dient, und den Wunsch eines Mannes, dem ich mein Leben verdanke, werde ich nicht abschlagen.

Ich kann Ihre Bedenken sowohl persönlicher wie beruflicher Natur ganz und gar verstehen. Deshalb hänge ich dieser Botschaft Harley Rassors Dienstakte bei der Slewis-Miliz an.

Ich verlasse mich auf Ihre professionelle Diskretion betreffs dieser Information und freue mich darauf, Sie zusammen mit Ihrem Schützling hier auf Gillfillans Gold zu begrüßen.

Mit freundlichen Grüßen,

Kommandanthauptmann Jerry Able
Kommandierender Offizier, Able's Aces

DATEIANHANG DOKUMENT HRASS001.322
Name: Rassor, Harley Dain
Rang: Private, Thorpe, Slewis-Miliz
Feldtransfer zu Schütze, Bataillon 1, Able's Aces, Kompanie 1, Hawke's Talons. Bestätigt JA, KO.
Standort: Hauptquartier, Gillfillan's Gold

Militärisches Spezialgebiet: BattleMechpilot und Bordschütze
Primärausbildung: Sprengstoff und Sicherheitstechnik
Sekundärausbildung: Spurensuche

Gefechtskompetenzwertung:
Gewehr, Zeus: Scharfschütze
Gewehr, Federated: Scharfschütze
Revolver/Pistole, beliebig: Experte
Granatwerfer: Experte
Waffenloser Kampf: Erstklassig
(Anmerkung: Kein spezielles Verteidigungssystem; Elemente verschiedener separater Techniken)
Sprungtornister: Durchschnitt
MedTech: Durchschnitt
Navigation: Experte

BattleMech-Erfahrung:
Commando (Privatausbildung ohne Verifizierung durch Milizoffiziere)
Assassin
Jenner

Führungsqualitäten: 82,9% (Offizierspotential)

Anmerkungen:

Rassor verfügt über ausgeprägtes Überlebenstraining. Er besitzt Führungsqualitäten, scheint jedoch keine entsprechende Position anzustreben. Zieht es vor, nur für sich selbst Verantwortung zu tragen und allein zu handeln. Diszipliniert, aber Aktionsparameter müssen sich mit Eigenverantwortungsbercich decken. Kompetenz in Mechkampf und Feldreparaturen.

Besondere Anmerkung: **Schütze Rassor besitzt Erfahrung im Einsatz von Hieb-/Stich- und Bogenwaffen.**

10

Landungsschiffzone Clowster's Crossing, Slewis Randgemeinschaft, Peripherie

23. März 3059

Auf dem improvisierten Landefeld, das im Grunde nicht mehr als ein abgeernteter Acker, markiert mit den Brandspuren früherer Starts und Landungen war, standen drei Landungsschiffe. Eines davon war das Schiff der *Leopard*-Klasse, an das Harley sich noch bestens aus der Nacht erinnerte, in der er und die anderen die Mädchen von Thorpe gerächt hatten. Die beiden anderen waren hoch aufragende kugelförmige Schiffe der *Union*-Klasse. Man sah allen drei Schiffen ihr Alter an. Die Rümpfe waren übersät mit Brandspuren, Schrammen und Meteorkratern, und einige alte Geschütztürme starrten noch vor Waffen. Eine *Union* trug die Insignien von Able's Aces – die *General Gordon*. Die beiden anderen waren Handelsschiffe.

Durch ihre schiere Größe beherrschten die Schiffe das Bild, aber noch auf dem Weg zu ihnen mit seiner Familie sah Harley auch die Menschenmengen unter den Schiffesrümpfen und die fast drei Stockwerke hohen BattleMechs, die rund um das Landefeld patrouillierten.

Der Anblick der Mechs nahm ihn unwillkürlich gefangen. Sie waren metallene Giganten, auch wenn sie jetzt durch die gewaltigen Landungsschiffe dicht hinter ihnen winzig erschienen. Die mit beinahe menschlichen Bewegungen über das Feld stampfenden Kampfkolosse schienen die Bürger und Händler, zu deren Schutz sie hier waren, kaum wahrzunehmen.

Harley rückte seinen Tornister auf dem Rücken zurecht. Er wußte aus seiner Ausbildungszeit, daß die Aces einem Rekruten in der Regel Waffen und Schutzkleidung stellten, aber er hatte trotzdem sein Messer dabei, ebenso wie seine Jagdmontur. Natürlich würde er auch eine Uniform bekommen, aber es würde sicher auch Zeiten geben, in denen er eine andere Bekleidung bevorzugte. Während seiner Dienstperioden bei der Slewis-Miliz war es nicht anders gewesen. Außedem hatte er noch ein paar weitere Kleidungsstücke und ein zusätzliches Paar handgenähter Mokassinstiefel gepackt, die ihm enganliegend bis an die Knie reichten. Jolee hatte sie genähht, und wohin immer es ihn verschlug, sie würden ihn an sie erinnern.

Auf Schulterhöhe ragte eine zerfledderte Ausgabe der gesammelten Gedichte von Byron, Shelley und Keats aus dem Tornister, die Da ihm zum dreizehnten Geburtstag geschenkt hatte. Dreizehn war ein besonderes Alter für seinen Vater, ein Alter, in dem ein Junge die ersten Schritte auf dem Weg zum Mann machte. Das Buchgeschenk hatte Harley die Sprache verschlagen. Er hatte erwartet gehabt, vielleicht ein neues Messer zu bekommen, oder ein paar Fallen, weil er sich damals gerade mit Fallenstellerei ein wenig zusätzliches Taschengeld verdiente. Ben hatte im selben Alter einen Compblock bekommen. Harley hatte versucht, seine Enttäuschung zu verbergen, aber sein Vater hatte ihn durchschaut. Da hatte ihm auf die Schulter geschlagen und ihm aufmunternd zugelächelt. »Das ist ein Geschenk, dessen Wert nicht auf den ersten Blick sichtbar ist, mein Junge«, hatte er gesagt. »Du wirst an ihm wachsen, und es an dir. Im Moment bist du noch ganz Augen und Hände, aber das liegt daran, daß du nach etwas suchst, das dein Herz füllen kann.«

Da hatte recht gehabt. Und in den langen Tagen nach Bens Tod hatte Harley Trost in seinem geliebten Buch gefunden. Es hatte ihm geholfen, die Trauer durchzustehen.

Auf dem Weg zum Landefeld sprach Da mit ruhiger Stimme zu seinem einzigen überlebenden Sohn und achtete darauf, daß er seine volle Aufmerksamkeit hatte. »Du hast den größten Teil deines Lebens auf Slewis verbracht, Junge. Ich habe es dir schon einmal gesagt, aber wenn du dort draußen bist, wirst du einer Menge unterschiedlicher Leute begegnen. Manche davon werden gute Menschen sein, andere werden deine Werte nicht teilen. Wähle deine Freunde sorgfältig aus. Ein Mann wird daran gemessen, welche Gesellschaft er pflegt und was er sagt.«

Harley nickte langsam, ohne die Augen von den Mechs zu nehmen, die um das Landefeld patrouillierten. »Keine Bange, Da. Ich kann auf mich aufpassen.«

Das konnte seinen Vater nicht überzeugen. Er blieb stehen und legte Harley die Hände auf die Schultern, um sich seine Aufmerksamkeit zu sichern. Er sah ihm in die Augen. »Verlier dich nicht zu sehr im Augenblick, Harley. Ich kenne das Militärleben. Ich weiß, was es heißt, im Kampf zu stehen. Das ist kein Spiel, und im Gegensatz zu dem, was wir mit dem Vertreterabschaum gemacht haben, wirst du nicht nur zu deinen Regeln und Bedingungen kämpfen können. Du wirst schlauer, schneller und überlegter agieren müssen, wenn du am Leben bleiben willst. Benjamin habe ich schon verloren. Ich will dich nicht auch noch betrauern müssen.«

Seine Worte überraschten Harley. Er hatte seinen Vater nie auch nur andeuten hören, daß er irgendwelche militärischen Kenntnisse besaß. »Da, du weißt, daß ich zurechtkomme, im Feld und auch sonst, wenn es dazu überhaupt kommt. Ich werde herausfinden, was mit Ben geschehen ist, und es wiedergutmachen.« Er wollte seinen Vater noch danach fragen, was genau er vom Kampf und Soldatenleben wußte, aber da hatte Da sich schon wieder umgedreht und war weitergegangen.

Es war Jolee, die das Schweigen brach. »Das ist ein

Black Knight«, sagte sie und deutete auf einen der Mechs. »Der andere ist, glaube ich, ein *Hussar.*« Auf der anderen Seite der Landungsschiffe waren noch drei Maschinen zu erkennen, aber durch die Schiffsrümpfe wurden sie teilweise verdeckt, so daß es schwerfiel, sie zu identifizieren.

Harley schüttelte den Kopf. Jolee hatte ebenso ein Miliztraining hinter sich wie er, aber ihr Wissen über BattleMechs war recht lückenhaft. »Netter Versuch, aber ich halte deinen ›*Hussar*‹ eher für einen *Sentinel.*«

»Bist du sicher?«

»Wenn es ein *Hussar* ist, wo ist dann der Laser über dem Cockpit?«

Sie sah hinüber zum Landefeld, dann runzelte sie die Stirn. »Na gut, dann ist es eben ein *Sentinel.* Was für einen Mechtyp wirst du zugeteilt bekommen, glaubst du?«

Harley zuckte die Achseln. »Keine Ahnung. Möglicherweise teilt Kommandanthauptmann Able mich ja auch zur Infanterie ein. Mir ist das sowieo egal. Solange ich bei nur den Aces bin, damit ich herausfinden kann, was mit Ben geschehen ist.«

Etwa zweihundert Meter vor dem Landefeld kam ihnen eine Streife der Slewis-Miliz entgegen. Die mit schweren Zeus-Gewehren oder Federated Long Rifles und Pistolen bewaffneten Milizionäre wirkten verglichen mit den riesenhaften Schiffen und der Mechlanze zu ihrem Schutz nicht sonderlich bedrohlich. Zusätzlich zu den über der Schulter hängenden Gewehren hielten drei der Männer Repetierschrotflinten in der Hand, und der Sergeant, der die kleine Streife anführte, hielt eine Imperator-Maschinenpistole in der linken Armbeuge.

Harley blickte in ein vertrautes Gesicht. Der Sergeant hieß Grant, und er kannte ihn aus der Schule und seiner eigenen Milizzeit.

»Guten Tag, Familie Rassor«, begrüßte Grant sie. »Die Händler beladen gerade ihre Schiffe. Zutritt zum Landebreich nur auf Befehl oder mit Genehmigung.«

Harley reichte ihm einen kleinen Datenchip. Grant nahm ihn und schob ihn in seinen Armbandcomp, dann betätigte er mehrere Knöpfe. Sekunden später sah er seinen Freund grinsend an. »Harley Rassor geht zu Able's Aces? Du darfst an Bord der *General Gordon* gehen. Melde dich an der Rampe bei Geschützfeldwebel Coombs. Er weist dich ein.«

Harley wußte, daß er seinen Vater und seine Schwester jetzt verlassen mußte. Er drehte sich zu ihnen um und wollte gerade Lebewohl sagen, als Grant murmelte: »Das ist seltsam.« Er sah auf seinen Armbandcomp. »Ich habe deine Ankunft gemeldet, und als Antwort eine Datei von Major Able persönlich zurückbekommmen. Hier steht, er will dich persönlich bei Able's Aces willkommen heißen.«

Grant legte den Kopf zur Seite und sah Harley fragend an. »Du mußt Freunde in einflußreichen Stellen haben, Schütze Rassor. Niemand sonst hat eine persönliche Einladung vom Kommandeur bekommen.« Er reichte Harley den Chip zurück, und der steckte ihn in die Hosentasche.

Harley erwiderte Grants Blick, dann sah er zu seinem Vater hinüber. Da zwinkerte ihm lächelnd zu. »Ich war nicht immer ein Bauer, Junge. Kommandanthauptmann Able und ich kennen uns schon lange, noch aus der Zeit, als es die Randgemeinschaft gar nicht gab. Hast du gedacht, den alten *Commando* auf unserem Gelände hätte der frühere Eigentümer da vergessen?«

Harley war zu geschockt, um ein Wort herauszubringen, aber Jolee benahm sich, als hätte sie nicht einmal gehört, was Da gerade gesagt hatte. Sie umarmte Harley, und er drückte sie ebenso fest an sich. Sein Vater streckte ihm die schwielige Hand zu einem festen

Händedruck entgegen. Mehrere Minuten sagte niemand ein Wort, während Harley sich darüber klar wurde, daß er nicht nur sein Zuhause hinter sich ließ, sondern auch das Leben, das er gekannt hatte.

»Keine Sorge, Da. Ich finde raus, was mit Ben passiert ist. Und ich werde einen Weg finden, es gutzumachen.«

»Aye«, äußerte sein Vater. »Paß nur auch auf dich selbst auf, Junge.« Mit diesen Worten gab Da Harleys Hand frei, dann drehten er und Jolee sich um und machten sich zurück auf den Weg zum in der Ferne glitzernden Fluß.

Harley Rassor drehte sich um und schaute hinüber zu dem in den Himmel aufragenden Landungsschiff. Er rückte seinen Tornister gerade, nahm die Schultern zurück und machte sich auf den Weg.

Harley stand an der Rampe, die hinauf ins Innere der *General Gordon* führte, als eine grobe Stimme ihn zusammenfahren ließ. »Wer bist du, und was machst du hier?« herrschte die Stimme ihn an.

Harley wirbelte herum und prallte fast mit einem Muskelberg von einem Mann mit kurzgeschorenem, graumeliertem Haar zusammen. Auf dem Ärmel seiner Uniform prangte unter dem Einheitsaufnäher von Able's Aces der Keil eines Stabsfeldwebels.

Intinktiv wollte Harley salutieren, aber dann überlegte er es sich rechtzeitig noch anders. Das war eine Lektion, die er in der Miliz gelernt hatte. Wer vor einem Spieß salutierte, war entweder ein Arschkriecher oder ein Idiot, und er hatte keine Lust, gleich am ersten Tag als das eine oder das andere abgestempelt zu werden. Statt dessen nahm er zackig Haltung an. »Schütze Harley Rassor meldet sich zum Dienst.«

»Order?« forderte der Feldwebel ihn auf.

Harley zog den Datenchip aus der Tasche und reichte ihn dem Unteroffizier. Der Feldwebel schob ihn in seinen Compblock und sah Harley schräg an. »Willkommen bei Able's Aces. Du bist Benjaim Rassors Bruder, richtig?« Seine Stimme hatte einiges an Schärfe verloren.

Harley nickte. »Ja, Stabsfeldwebel.«

»Geschützfeldwebel, Schütze. Merk es dir. Ich kannte deinen Bruder ganz gut. Guter Mann. Schade um ihn.«

Harley wollte gerade etwas sagen, als der Boden unter seinen Füßen erzitterte. Er drehte sich um und sah nur wenige Meter entfernt einen riesigen *Orion*-BattleMech. Trotz des Flickenteppichs aus Austauschpanzerplatten, der seinen Rumpf überzog, wirkte er um nichts weniger bedrohlich als an dem Tag, an dem er vom Band gelaufen war. Harleys Blick wanderte von den Metallfüßen den Mechrumpf hinauf bis zum Cockpit, unter dessen polarisierten Kanzeldach der MechKrieger saß, der die humanoide Kampfmaschine kontrollierte.

Aus einem Außenlautsprecher des Mechs donnerte eine Stimme. »Geschützfeldwebel Coombs, wir heben in dreißig Minuten ab. Beginnen Sie mit den Vorbereitungen. Ich werde in fünf Minuten der Miliz den Befehl geben, die Zivilisten zu entfernen.« Die Stimme gehörte einer Frau, aber sie stand der des bulligen Feldwebels in nichts nach, was ihren Kommandoton betraf.

»Wer war das?« fragte Harley, immer noch hinter dem Mech herblickend, der sich sofort wieder umgedreht hatte und jetzt schwerfällig davonstampfte.

»Das war Oberleutnant Hawke, Kommandeurin Bataillon Eins, Kompanie Eins. Du wirst unter ihrem Befehl dienen, Schütze.«

Hawke. Harley erinnerte sich an den Namen. Sie war die einzige Überlebende des Gefechts am Vogelsangkamm. Sie hatte überlebt, während sein Bruder Ben gestorben war – unter ihrem Befehl. Und jetzt würde er sich bei ihr melden müssen …

»Wie ist sie so?« fragte er.

Der Geschützfeldwebel wischte seine Frage beiseite wie einen Dunststreifen. »Das wirst du früh genug selbst herausfinden, Schütze. Im Augenblick habe ich reichlich Arbeit und wenig Zeit. Hebel deinen Kadaver an Bord und warte im Besprechungszimmer beim restlichen Frischfleisch.«

»Frischfleisch?« Harley löste seinen Blick von dem *Orion* und sah den Geschützfeldwebel an.

Coombs schenkte ihm ein breites Grinsen. »Frischfleisch, Rassor. Ersatztruppen. Mit anderen Worten, du.«

Damit ging Geschützfeldwebel Coombs davon und brüllte den anderen Soldaten seine Befehle zu. Harley drehte um und machte sich auf den langen Marsch die Rampe hinauf ins Innere des Landungsschiffes, das ihn fort von dem einzigen Zuhause, das er je gekannt hatte, und hinaus ins All tragen sollte.

11

Landungsschiff *General Gordon*, im Abflug von Slewis Randgemeinschaft, Peripherie

23. März 3059

Harleys Magen überschlug sich noch einmal, als die Schwerkraft an Bord des Landungsschiffes erneut nachließ. Er sah sich zu den anderen auf den Andrucksesseln festgeschnallten Rekruten um und fragte sich, ob sie sich ebenso schlecht fühlten wie er. Ein paar versuchten, ein Grinsen vorzutäuschen, aber einer hatte dabei ein derart grünes Gesicht, daß Harley sich sicher sein konnte, nicht der einzige zu sein, dessen Eingeweide rebellierten.

Ein Gefreiter hatte ihn und die anderen Neuzugänge der Aces zu den Sesseln gescheucht und ihnen geholfen, sich anzuschnallen. Harley war noch nie zuvor an Bord eines Landungsschiffes gewesen, geschweige denn im Weltraum. Und jetzt, wo er endlich hier war, nachdem er sich ein Leben lang ausgemalt hatte, wie es sein mußte, war er dicht daran, sich zu übergeben. Das einzige, was ihn davon abhielt, sein Frühstück wieder von sich zu geben, war die Tatsache, daß er sich nicht den Verwünschungen seiner Leidensgenossen aussetzen wollte.

Das Schiff befand sich in der Beschleunigungsphase in Richtung des Sprungschiffs, das über der Schwerkraftsenke der Sonne Slewis' auf sie wartete. Das Schiff würde bis zum Mittelpunkt der Strecke beschleunigen und von dort an abbremsen. Harley und die anderen an Bord würden während dieser Zeit mit verminderter Schwerkraft leben müssen, was eine gewisse Gewöhnung erforderte. Auf dem Papier und in der Theorie hörte sich das alles nicht weiter wild an, aber die Realität war erheblich härter, als Harley es sich ausgemalt hatte. Er bearbeitete den Entriegelungsmechanismus der Haltegurte und bemühte sich, den Gallegeschmack in seinem Mund zu ignorieren. Rings um ihn herum bemühten seine Kameraden sich, es ihm gleichzutun.

Mit lautem Quietschen eines Scharniers, dessen Wartung lange überfällig war, öffnete sich die Luke der Kabine. Der wuchtige Körper Geschützfeldwebel Coombs' erschien in der Öffnung. »So, Jungs uns Mädels, ihr seid jetzt bei den Aces, und hier bei den Aces sitzen wir nicht auf dem Arsch herum und genießen die Aussicht. Ihr werdet euch im Laufschritt auf dem Hauptdeck versammeln, damit wir die Grundlagen eures neuen Lebens durchgehen können. Bewegung, Bewegung, Bewegung!«

Harley und die anderen Milizrekruten waren von Able's Aces ausgebildet worden, und er wußte, daß Befehle sofort zu befolgen waren. Er preßte die Zähne zusammen und sprang auf, mit dem Ergebnis, daß er auf Grund der niedrigen Schwerkraft abhob und sich fast den Kopf an der Kabinendecke anschlug. Er verzichtete darauf, das Erlebnis auszukosten, und beeilte sich, an seinen Posten zu kommen.

Das Hauptdeck der *General Gordon* fungierte zugleich als Mechhangar. Die vier BattleMechs der Geleitschutzlanze standen in ihren Kokons, wo sie von Techs umschwärmt wurden, die in der geringen Schwerkraft die anfallenden Wartungsarbeiten ohne sichtliche Anstrengung durchführten. Die Luft war erfüllt mit dem süßlichklebrigen Duft von Kühlmittel und dem kupfermetallischen Geschmack von Schmierstoffen. Es lag auch ein Hauch von Ozon in der Luft. Das Scheppern von Metall und Knallen von Werkzeug hallte in Harleys Ohren.

Er starrte ehrfürchtig zu den Mechs hoch, als er zusammen mit den anderen Rekruten in das gelbe Licht des Hangars trat, und fragte sich, ob er einem von ihnen zugeteilt werden oder statt dessen in der Infanterie der Aces dienen würde.

Geschützfeldwebel Coombs betrat den Hangar und baute sich vor den Rekruten auf. »Ach-tung!« bellte er, und sie richteten hastig die Linie aus und starrten geradeaus. Sie waren insgesamt zu zwölft und hatten in zwei Sechserreihen Aufstellung genommen.

Coombs ging die vordere Reihe langsam ab und starrte die Rekruten an, als wären sie noch in der Grundausbildung. »Ich bin nicht hier, um euch mit Handkuß bei Able's Aces willkommen zu heißen. Ihr wart alle in der Miliz, also kennt ihr die Aces und habt eure Ausbildung hinter euch. Und jetzt hört mir gut zu: Ihr habt soeben die Ränge der Sonntagskrieger verlassen und seid in die Reihen derer eingetreten, die sich auf diese Weise ihr täglich Brot verdienen. Wir erwarten einiges von euch, und wenn wir das nicht bekommen, kann das eine Menge Leute Kopf und Kragen kosten, angefangen mit euch selbst.«

Harley starrte weiter geradeaus, so wie er es bei der Miliz gelernt hatte. Plötzlich wurde ihm klar, daß er sich auf erheblich mehr eingelassen hatte als nur eine Untersuchung des Todesumstände seines Bruders.

»Die meisten von euch werden in Bataillon Eins dienen«, sprach Coombs weiter. »Das Einserbataillon heißt auch Able's Hammers, und aus gutem Grund. Wenn irgendwo gekämpft wird, sind die Hämmer in der Regel mittendrin zu finden. Ihr werdet unter erfahreneren Lanzenführern in Kompanie Eins eingesetzt, die wir auch Hawke's Talons nennen. Eure Kompanieführerin ist Oberleutnant Livia Hawke.«

Harleys Puls beschleunigte sich etwas, als er den Namen hörte. Livia Hawke, das erste Glied in der Kette, an deren Ende das Wissen um Bens Tod stand. Und jetzt würde er unter ihrem Befehl dienen, dem Befehl einer Frau, die sehr leicht eine Verräterin sein konnte.

»Die anderen werden auf andere freie Stellen des Einserbataillons verteilt werden. Die einzelnen Dienstaufträge werden auf dem Datenbrett bekanntgegeben. Wenn wir hier fertig sind, werdet ihr sie euch dort abholen. Ihr dürft euch von diesem Moment an als im aktiven Dienst befindlich betrachten und erhaltet eine vollständige Ausrüstung. Ihr werdet zum Käfig des Quartiermeisters dackeln und euch eure Ausrüstung abholen. Danach geht ihr in eure Unterkünfte, die ebenfalls auf dem Datenbrett aushängen, und zieht eure neuen Uniformen an. Anschließend werdet ihr auf euren kleinen Stummelbeinchen zu einer Einsatzbesprechung und Trainingssitzung hierher zurückwatscheln. In dreißig Minuten will ich jeden einzelnen von euch wieder hier vor mir sehen, oder ihr werdet mehr Liegestütze absolvieren, als ihr je für möglich gehalten habt.«

Coombs stützte die Hände auf die Hüften und ließ seinen Blick von einem Ende der Rekrutenreihe zum anderen wandern. Es war offensichtlich, daß er noch nicht fertig mit ihnen war.

»Jetzt hört mir mal gut zu, ihr Grünschnäbel. Ihr seid nicht mehr in der Miliz, sondern in der vordersten Verteidigungslinie der Randgemeinschaft gegen sämtliche Raumpiraten, Plündererbanden und Möchtegernsöldner, die sich da draußen rumtreiben. Ihr seid Teil des Nächsten, was die Randgemeinschaft an einem stehenden Heer besitzt, und eure Mamis und Papis, Brüdern und Schwestern, Tanten und Onkel und sonstigen Anverwandten verlassen sich darauf, daß ihr eure Arbeit macht und eure Pflicht erfüllt. Ihr kämpft vielleicht nicht mehr auf eurer Heimatwelt, aber wenn ihr versagt, wenn ihr irgendwo anders den Kampf verliert, ist es gut möglich, daß dieselben Plünderer oder Piraten beim nächstenmal euren Heimatplaneten angreifen.«

Harley dachte an seinen Da und Jolee zurück, irgendwo dort draußen, weit jenseits der Raumschiffshülle, in der er zusammen mit allen anderen an Bord durch die Leere des Alls jagte.

»In Ordnung, Bewegung, Bewegung, Bewegung!« bellte Coombs. Und in schneller Folge drehten die neuesten Mitglieder der Aces um und rannten los, seine Befehle zu befolgen.

Wie sich herausstellte, waren dreißig Minuten reichlich knapp. Die Quartiermeisterausgabe war tatsächlich ein Käfig, und die Unifomen von erheblich besserer Qualität als alles, was Harley je bei der Slewis-Miliz gesehen hatte, aber für seinen Geschmack immer noch zu lose. Er zog den hautengen Sitz seiner Jagdmontur vor. An diese Uniform würde er sich erst gewöhnen müssen.

Es dauerte allein schon zehn Minuten, die Unterkunft zu finden, die er mit einem anderen Rekruten namens Davis Gilbert teilte. Es gelang den beiden, sich in der engen Kabine umzuziehen und gerade zwei Minuten vor Ablauf der Frist zurück in den Mechhangar zu hetzen. Die Dienstaufträge waren noch nicht angeschlagen, so daß er und die anderen erwartungsvoll darauf warteten zu erfahren, wo man sie wohl einteilen würde.

Geschützfeldwebel Coombs kam herüber und scheuchte sie wieder zusammen, um ihnen weitere Informationen über Able's Aces zu geben. Er verzichtete auf blumige Motivationsansprachen und beschränkte sich auf die Fakten. Die drei Bataillone der Aces waren über alle sechs Systeme der Randgemeinschaft verteilt und wurden ständig verlegt, um den Piraten und anderen Plünderern die Planung ihrer Überfälle zu erschweren. Einige der älteren Aces standen in der Nähe und hörten zu, während sie die neuen Rekruten abschätzten. Ab und zu erlaubte Harley sich einen schnellen Blick in ihre Richtung, in der Hoffnung, daß Coombs es nicht mitbekam.

Nach zwei Stunden Instruktion baute sich der Feldwebel schließlich in Ruhestellung vor ihnen auf und erkundigte sich wie üblich, ob es nach Fragen gab. Unter den Rekruten kam es zu einer gewissen Unruhe, aber niemand schien sich etwas zu sagen zu trauen. Dann stellte eine zäh aussehende Schützin von Caldarium eine Frage, die sich wie ein Pfeil in Harleys Herz bohrte. »Geschützfeldwebel, was ist der Einserkompanie zugestoßen, das einen so kompletten Neuaufbau nötig macht?«

Ein weiblicher Offizer, den Rangabzeichen nach zu schließen ein Oberleutnant, löste sich von der Seitenlinie, von der aus sie die Versammlung beobachtet hatte, und kam herüber. »Das würde ich gerne beantworten, Feldwebel«, sagte sie.

Sie wirkte hart und hager. Ihr dunkelrotes Haar war nach hinten gebunden und über den Schläfen abrasiert, um einen besseren Kontakt mit dem Neurohelm zu ermöglichen. Ein Arm steckte in einem metallischen Stützverband mit Erweiterungen, die eine freie Bewegung gestatteten. An ihrer Hand und auf einer Seite des Gesichts waren Narben zu erkennen, die frisch genug waren, um noch rosa zu glänzen.

Die Rekruten nahmen abrupt Haltung an, als die Offizierin vor die Gruppe trat. Sie hatten die ganze Zeit gestanden, aber Harley hatte es kaum bemerkt. Durch die geringere Schwerkraft war die Anstengung erheblich geringer. Der Oberleutnant erwiderte den Salut und bedankte sich mit einem knappen: »Rührt euch!« Sie legten de Hände auf den Rücken und spreizten leicht die Beine.

»Ich bin Oberleutnant Livia Hawke, Kommandeurin der Kompanie Eins. Für die meisten von euch bin ich eure zukünftige Vorgesetzte. Wer hat die Frage gestellt?«

Sutcliffe antwortete laut und deutlich. »Das war ich, Ma'am. Schützin Jill Sutcliffe.«

Oberleutnant Hawke nickte ihr zu. »Deine Frage verdient eine Antwort, Schützin. Vor zwei Monaten führte ich meine Kompanie nach Caldarium, um Jagd auf die Piraten zu machen, die den Planeten überfallen hatten. Wir verfolgten sie bis zu einem Gebirge namens Vogelsangkamm. Dort gerieten wir in einen Hinterhalt, der meine gesamte Einheit das Leben kostete. Bei den Piraten handelte es sich um Mitglieder von ›König‹ Hopper Morrisons Ausbeutern.« Die Worte kamen langsam und getragen.

Bei der Erwähnung des Vogelsangkamms wäre Harley fast zusammengezuckt. Wie Hawke trug er auch noch frische Wunden von dieser Begegnung.

»Ich war die einzige Überlebende«, sagte sie nach einer Weile. »Und das war mehr ein Zufall als irgend etwas anderes. Deshalb bauen wir die Einheit von Grund auf wieder auf. Als Lanzenführer werden erfahrene Offiziere anderer Kompanien dienen, die euch beibringen, was ihr lernen müßt. Ich bin sicher, Gunney hier hat euch alles über die Aces und unsere Arbeit erzählt. Im Augenblick befinden wir uns auf einer Mission, und wir müssen euch möglichst schnell einweisen, damit ihr einsatzbereit seid, wenn es nötig werden sollte. Wir liefern den beiden Händlerschiffen Geleitschutz zum Sprungpunkt und werden sie im Zielsystem nach Gillfillan's Gold begleiten. Dort angekommen, werden wir den Schutz des Raumhafens übernehmen.«

Sie streckte den verbundenen Arm etwas und bewegte die Finger ihrer Hand gerade genug, daß es auffiel. »Morrisons Ausbeuter haben uns in der letzten Zeit mit ihren Überfällen gehörig zugesetzt. Bis jetzt haben sie es noch nicht auf einen Angriff auf unser Hauptquartier auf Gillfillan's Gold ankommen lassen, aber das heißt nicht, daß wir uns leisten könnten, auch nur einen Moment in unserer Wachsamkeit nachzulassen. Ein Planet ist gehörig groß und bietet reichlich Platz für einen Piraten wie Hopper Morrison, unbemerkt Truppen abzusetzen. Deshalb habe ich Gunney hier angewiesen, alle unter euch, die Mecherfahrung haben, in die Simulatoren zu stecken und euch mit unseren Konfigurationen und Reserven vertraut zu machen. Außerdem werdet ihr reichlich Sport treiben. Wenn ihr noch nicht in Form seid, werdet ihr es bald sein, und wenn ja, werdet ihr eure Leistung verbessern. Worauf es hinausläuft, Leute, ist folgendes. Wir stehen im Krieg mit den Ausbeutern. Sie haben mich einmal überrumpelt, aber ein zweites Mal werde ich das nicht zulassen.«

Unter anderen Umständen hätte ihre Überzeugung Harley vielleicht beeindruckt, aber er konnte nicht anders, als sie zu hassen. Diese Frau hatte ihn seinen Bruder gekostet. Sie hatte überlebt, und Ben war gestorben. Egal, was sie dazu sagen konnte, so sah er die Sache.

Inwieweit sein erstes Urteil über Livia Hawke zutraf, konnte nur die Zeit weisen. Vielleicht hatte sie mehr auf dem Kasten als schöne Worte, vielleicht auch nicht. Aber eines wußte Harley sicher. Er würde die ganze Wahrheit darüber herausfinden, was auf dem Vogelsangkamm vorgefallen war, selbst wenn es ihn das Leben kostete.

12

Landungsschiff *General Gordon*, Nadirsprungpunkt, Slewis-System
Randgemeinschaft, Peripherie

26. März 3059

Harley flatterte das rechte Pedal des *Assassin* und ließ ihn leicht nach rechts ziehen, während er den Schubhebel zurückzog und abbremste. Der stumpfgraue Berghang schnitt das Sichtfeld ab, aber auf der Taktikanzeige des Zweitmonitors konnte er den Feindmech auf der anderen Seite auf ihn warten sehen. Den Daten nach zu schließen, die ihm die Sensoren des Magnetischen Anomaliedetektors über den Reaktor seines Gegners lieferten, handelte es sich um einen einzelnen Mech, vermutlich von derselben Gewichtsklasse wie sein vierzig Tonnen schwerer Kampfkoloß.

Harley ließ sich die Situation gründlich durch den Kopf gehen. Wenn er über den Berg vorrückte, hatte er eine erhöhte Position und damit einen taktischen Vorteil. Andererseits konnte den Berg auch seitlich umgehen und seinen Gegner aus der Flanke angreifen. Aber aus seiner Ausbildung wußte er, daß wenn er den Feind orten konnte, der Feind ihn sicher auch auf dem Schirm hatte.

Jeder BattleMech war anders. Die verschiedenen Typen unterschieden sich in der Stärke der Panzerung und ihrer Bewaffnung. In der Peripherie fanden sich hauptsächlich ältere Typen wie der *Assassin*, die zum Teil noch aus der Zeit des ersten Sternenbunds stammten. Aber das machte die titanischen Kampfmaschinen um nichts weniger tödlich. Die dreistöckigen Kampfkolosse wurden von Fusionsreaktoren angetrieben und waren mit genug Waffensystemen bestückt, um einen ganzen Häuserblock in Schutt und Asche zu legen.

Er aktivierte sein Kommsystem und stellte es auf die Frequenz seines Begleitmechs ein, eines Fünfzig-Tonnen-*Centurion*, an dessen Steuer ein erfahrener Acer, Gefreiter Jord MacAuld, saß. MacAuld befand sich fast drei Kilometer hinter Harley. Sie waren auf ihrer Streife bereits auf einen schwereren *Quickdraw* getroffen, und MacAulds Maschine hatte Schaden an einem Hüftaktivator erlitten, durch den sie langsamer vorwärtskam als normal.

Der MechKrieger an Bord des *Quickdraw* hatte seine Sache hervorragend gemacht. Er war stark und schnell gewesen. Bevor er schließlich ins Gras beißen mußte, hatte er nicht nur den *Centurion* schwer beschädigt, auch Harleys *Assassin* hatte einige Panzerung an Torso und rechtem Arm verloren. MacAuld hatte Harley losgeschickt, um auszukundschaften, was sie noch erwartete, und die Reaktordaten auf seinem Ortungsschirm zeigten Harley deutlich, daß es Zeit wurde, seine Verstärkung zu rufen.

»Alpha-Leiter von Alpha Eins«, gab er durch und bremste seinen Mech ab, so daß er nur noch im Schritttempo auf den Berg zuschlenderte, der vor ihm aufragte. »Ich zeichne einen einzelnen MAD-Kontakt auf den Koordinaten Drei Neun Zwo Komma Zwo Eins. Ziel bewegt sich nicht. Erbitte Erlaubnis zum Angriff.«

»Bestätige Koordinaten bei Drei Neun Zwo Komma Zwo Eins. Erlaubnis abgelehnt, Alpha Eins. Halten Sie sich ein paar Minuten zurück, Rassor«, antwortete MacAuld. »Sie wissen noch nicht, womit Sie es zu tun haben. Warten Sie, bis ich in Reichweite bin und Sie unterstützen kann.«

Harley leckte sich den salzigen Schweiß von der Oberlippe. Er wollte nicht warten. Er wollte kämpfen. Darum ging es in diesem Training, um einen Test seines

Kampfgeschicks. Sein Mech war leicht beschädigt, aber er hatte noch immer fast neunzig Prozent Gefechtsleistung. Bei den Schäden an der Maschine des Gefreiten würde es einige Minuten dauern, bis er weit genug aufgeholt hatte, um einen spürbaren Beitrag zum Kampf leisten zu können.

Harley blieb stehen, und augenblicklich veränderte sich die Situation auf seiner Sekundäranzeige. Das stationäre Ziel setzte sich in Bewegung und kam auf der anderen Seite den Berg herauf. Die Distanz zwischen ihnen verringerte sich stetig. Sein Puls wurde immer schneller, während er das Feindsymbol näherkommen sah. Obwohl der Mech noch nicht in Sicht war, wußte er, daß es nur noch eine Frage von Minuten war, bis sein *Assassin* und der Gegner freies Sicht- und Schußfeld aufeinander hatten.

Beinahe zittrig streckte Harley die Hand aus und überprüfte die Feuerleitkreise. Auf dem Primärfeuerknopf lagen sein mittelschwerer Laser und die Kurzstrecken-Raketenlafette. Der zweite Feuerknopf löste die fünf mit Langstreckenraketen bestückten Abschußrohre aus. Harleys Finger streichelten die Auslöser auf dem Steuerknüppel fast, während er darauf wartete, daß sein Gegner auftauchte.

»Alpha-Leiter von Alpha Eins«, meldete er über das Mikro des Neurohelms. »Bandit nähert sich meiner Position. Erbitte Erlaubnis zum Angriff.«

»Negativ, Alpha Eins«, hörte er MacAulds Stimme im Helmlautsprecher. »Nicht angreifen. Bandit auf Distanz halten und zurückweichen, bis ich Ihnen Unterstützung liefern kann.«

Harley schüttelte den Kopf. Er hielt nicht viel von dieser Anweisung. Ben hatte ihm einmal erklärt, daß kein Plan die Begegnung mit dem Feind überlebte. Jetzt verstand er endlich, was damit gemeint war. MacAulds Gefechtsplan war bereits überholt. Er stand einem einzelnen Gegner seiner Gewichtsklasse gegenüber. Er sollte in der Lage sein, sich lange genug gegen ihn zu halten, daß MacAuld aufholen konnte. Entweder würde er den Feindmech bis dahin allein ausgeschaltet haben, oder der Gefreite würde rechtzeitig eintreffen, um ihm zu helfen.

Er stieß den Schubhebel nach vorne, stürmte auf den Berg zu und den steilen Hang hinauf. »Alpha-Leiter, hier Alpha-Eins. Ich greife an.« Das Cockpit schwankte leicht, während der Mech sich bewegte, und im Innern wurde es wärmer, schwüler.

Er sah den *Spider* etwa zur gleichen Zeit, in der deren Pilot ihn entdeckte. Mit dreißig Tonnen Gewicht war der feindliche Mech etwas leichter als sein *Assassin*. Bewaffnet war er mit zwei mittelschweren Lasern und einer größeren Beweglichkeit. Der MechKrieger an Bord des *Spider* zögerte keine Sekunde und eröffnete das Gefecht mit einer gutplazierten Breitseite, die sich wie ein Speer in die Torsomitte des Aces-Mechs bohrte. Einer der Laser verfehlte sein Ziel, aber beim Treffer des anderen schlug Harleys Cockpit hart nach vorne und wieder zurück. Das Schadensdiagramm meldete einen erschreckenden Verlust an Panzerung.

Harley wurde durch den Treffer hart genug durchgeschüttelt, um zu reagieren. Er preßte den zweiten Feuerknopf in die Fassung und schleuderte eine Salve aus fünf Langstreckenraketen den grauen Berghang hinauf. Zwei der Geschosse jagten am Ziel vorbei ins Leere, die drei anderen detonierten auf dem rechten Arm und Torso des *Spider*. Das schien zu genügen, um den Vormarsch der Feindmaschine zum Stehen zu bringen. Sie drehte um und jagte zurück in Richtung Berggipfel.

»Alpha Eins von Alpha-Leiter. Angriff abbrechen.« MacAulds Stimme bebte vor kaum beherrschter Wut. Aber Harley wußte, daß der *Spider* vor ihm auf der

Flucht war. Er war seinem Gegner an Masse und Bewaffnung überlegen. Der gegnerische Pilot hatte den Kampf abgebrochen, um sich in Sicherheit zu bringen. Wenn er ihn jetzt nicht verfolgte, würde die höhere Geschwindigkeit der Feindmaschine sie außer Reichweite tragen. Das war seine erste Gefechtsübung bei den Aces, und er dachte gar nicht daran, sie zu verpatzen. Er stieß den Schubhebel bis zum Anschlag vor und fühlte eine Hitzewelle aus dem Kabinenboden steigen. Die Innentemperatur des Cockpits stieg schnell an.

»Nichts zu machen, Alpha-Leiter. Ich stehe im Gefecht und bin so gut wie fertig. Wir können uns weiter unterhalten, wenn ich mit dem Kerl hier fertig bin.«

Als der *Spider* den Berggipfel erreichte, hörte Harley einen Summton, der eine erfolgreiche Zielerfassung meldete. Er stieß den Daumen auf den primären Feuerknopf und löste den Laser und die Kurzstreckenraketen aus. Der Laser feuerte vorbei und brachte die Luft gute acht Meter rechts neben dem *Spider* zum Kochen. Aber die Raketen fanden ihr Ziel. Die mit größeren Sprengköpfen als ihre Langstreckenvettern ausgestatteten Geschosse pflügten in das rechte Bein des leichten Mechs und zertrümmerten den größten Teil der Panzerung. Die Maschine schien auf der anderen Seite des Bergs mehr ins Tal zu stolpern als zu laufen. Sehen konnte Harley sie nicht mehr, aber das hieß keineswegs, daß er bereit war, sie ziehen zu lassen.

Harley stürmte weiter auf die Bergkuppe zu, um seinen Feind erneut zu stellen, als plötzlich ein Warnlicht auf dem Sekundärschirm aufflammte. Sein Blick suchte den stumpfgrauen Berghang ab. Er entdeckte den *Spider* und nicht weit daneben einen riesigen, achtzig Tonnen schweren *Zeus*. Harley begriff sofort, was gespielt wurde. Der gigantische überschwere Kampfkoloß hatte die ganze Zeit im Sichtschatten des Bergs gewartet, entweder mit abgeschaltetem oder auf Sparflamme heruntergefahrenem Reaktor. Er hatte gewartet, während der *Spider* ihn angelockt hatte.

Zu spät erkannte Harley, daß er in einen Hinterhalt geraten war.

Der *Zeus* feuerte, sobald Harley in seinem Schußfeld auftauchte, und deckte ihn mit Autokanone und Langstreckenraketen ein. Fünfzehn Raketen jagten bereits auf den *Assassin* zu, noch bevor Harley sein Fadenkreuz über das Metallmonster gezogen hatte. Die Raketen explodierten krachend auf Torso und Arm des BattleMechs und schleuderten Panzerfetzen in alle Winde davon. Harley war sich nicht sicher, wieviel der Salve ihn getroffen hatte, aber nach den Warnlichtern auf der Cockpitkonsole zu schließen, mußte es ein gehöriger Teil gewesen sein.

Jetzt setzte der *Zeus* mit der Autokanone nach und schleuderte einen Strom von Granaten in Kniehöhe auf das linke Bein des mittelschweren Mechs. Der *Assassin* schwankte wie wild, und im Innern des Cockpits wurde Harley so heftig durchgeschüttelt, daß er sich wie in einem gigantischen Mixer fühlte. Sein Mech stolperte nach hinten, und er verlor die Balance.

Harley stieß beide Füße auf die Pedale und versuchte verzweifelt, den Steuerknüppel herumzureißen, den Schaden und die durch die Panzerungsverluste abrupt veränderte Balance seiner Kampfmaschine auszugleichen, aber vergebens. Der *Assassin* schlug hart auf den Rücken und zertrümmerte dabei noch weitere Panzerplatten, und der Auprall schleuderte Harley in die Sicherheitsgurte.

»Alpha-Leiter, hier auf der anderen Seite des Bergs wartet ein *Zeus*. Ich bin am Boden«, gab er durch, während er sich bemühte, den Kampfkoloß wieder auf die Beine zu bringen. Es war ein schwieriges Unterfangen, aber er schaffte es, gerade rechtzeitig hochzukommen, um eine Lasersalve des wieder vorrückenden *Spider* abzufangen. Die Lichtbolzen gruben sich durch die bereits geschwächte Panzerung und brachten die von den früheren Treffern begonnene Arbeit zu Ende. Harleys Schadensanzeige meldete ihm, daß einer der Wärmetauscher sich in einen Klumpen nutzlosen Ballast verwendet hatte. Eines war sicher, falls er dieses Gefecht überlebte, würde sein Mech erheblich heißer laufen.

Noch hatte er Waffen und seine Entschlossenheit. Mehr aus Instinkt als unter Zuhilfenahme der Ortungs- und Feuerleitsysteme schwenkte Harley den mittelschweren Lichtwerfer herum und feuerte den Hang hinab auf den dürren *Spider*, der erheblich näher war als der hochaufragende *Zeus*. Der feuerrote Energiestrahl schnitt eine tiefe Brandspur in die Torsopanzerung der gegnerischen Maschine. Eine gleißende Lichtfackel brach aus der Bresche und zeigte Harley, daß er die Reaktorabschirmung getroffen hatte. Der *Spider* fiel nach hinten um, aber Harley wartete nicht ab, bis sie aufschlug. Statt dessen zog er sich eilig den Hang hinab zurück, um dem Feuer des überschweren Mechs zu entkommen.

Aber wo, zur Hölle, steckte MacAuld? Harley wartete nicht auf den *Zeus*. Er drehte um und rannte den Berghang hinunter, so schnell die Mechbeine ihn trugen. Die vom Verlust des Wärmetauschers und dem Einsatz der Mechsysteme schwülheiße Luft verwandelte das Cockpt in eine Sauna. Er warf einen Blick auf den Sekundärschirm und sah, daß er die Langstreckenlafette mitsamt der eingelagerten Raketenpacks verloren hatte.

Aber trotz allem war ihm das Glück hold geblieben: Die im Mechtorso lagernde Munition war nicht explodiert. Er fragte sich, wie lange sein Glück noch halten würde.

»Alpha-Leiter, jetzt wäre ein guter Moment, hier

aufzutauchen und mir die angebotene Feuerunterstützung zu liefern«, rief er über das Helmmikro.

Endlich sah er MacAulds *Centurion* auf der Sichtprojektion. Er war nicht allein. Ein anderer Mech hatte ihn unter Beschuß, ein *Grashopper*, und nahm ihn mit seiner tödlichen Phalanx aus mittelschweren Lasern nach allen Regeln der Kunst auseinander. MacAuld war zu weit entfernt, als daß Harley ihm hätte helfen können. Außerdem hätte er sich gemeldet, wenn seine Funkanlage noch funktioniert hätte.

Harley stand vor der Wahl, und es blieb ihm nicht viel Zeit, seine Entscheidung zu treffen. Er konnte versuchen zu fliehen, aber es waren zu viele Gegner in diesem Gebiet aktiv, als daß er eine Hoffnung gehabt hätte, ihnen zu entkommen. Er konnte versuchen, zu MacAuld aufzuschließen, aber die Entfernung war zu groß, um ihn noch rechtzeitig zu erreichen. Oder er konnte umdrehen und zum Angriff übergehen, was einem Selbstmord gleichkam.

Andererseits war ein Angriff sicher das Letzte, was der Gegner erwartete. Er überprüfte die Sprungdüsenkontrollen und vergewisserte sich, daß sie funktionierten, gerade als eine Salve panzerbrechender Granaten aus der Autokanone des *Zeus* dicht über dem Kanzeldach vorbei pfiff.

Harley schob den Daumen auf die Steuerung und schaltete die Sprungdüsen auf volle Leistung. Die riesigen Schubdüsen waren dazu ausgelegt, dem Mech eine begrenzte Sprungfähigkeit zu liefern. Er hatte vor, mit ihrer Hilfe seinen Kampfkoloß selbst in eine Waffe zu verwandeln. Er stieg in die Höhe und steuerte den *Assassin* zurück den Hang empor, auf dem der *Zeus* noch immer abwärts stürmte und wild auf den in die Luft aufsteigenden Mech feuerte.

Die Temperatur im Innern des Cockpits erreichte neue Rekordwerte, aber Harley ignorierte die Hitze. Die

Kühlweste auf seinem nackten Oberkörper pumpte Kühlflüssigkeit über seinen Leib, um einen Teil der Hitze abzuleiten, aber gegen diese Temperaturen hatte sie keine Chance. Harley konzentrierte sich ganz auf seinen titanenhaften Gegner und flog immer näher auf den heranpreschenden *Zeus* zu. Kurz bevor er über dem überschweren Mech vorbeiflog, tat er, wovon jeder MechKrieger zugleich träumt und zittert. Er schaltete die Sprungdüsen ab.

Der *Assassin* stürzte mit solcher Gewalt zu Boden, daß seine Füße sich tief in die Schultern und die Kanzel des *Zeus* bohrten. Alles ging so schnell, daß Harley es kaum registrierte. Der *Zeus* unter ihm stürzte, und er verlor die Gewalt über seinen *Assassin*, als dessen Beine unter der Kollision der beiden Metallriesen zersplitterten. Der überschwere Feindmech rutschte den Berg hinab, während Harleys Mech nach vorne kippte und der junge MechKrieger wieder hart in die Gurte geschleudert wurde. Sein Neurohelm schlug gegen die Steuerkonsole, und unmittelbar vor ihm schoß zischend eine Dampf- oder Kühlmittelwolke auf und nahm ihm die Sicht.

In seinen Ohren klingelte es, und er versuchte, die Daten auf den Bildschirmen zu deuten. Der Sturz war ihn teuer zu stehen gekommen. Die bloße Anzahl der gelben und roten Warnlichter auf der beschädigten Anzeige allein zeichnete bereits ein grausiges Bild. Wenn die Meldungen stimmten, waren sein rechter Mecharm und der dort montierte mittelschwere Laser nur noch wertloser Metallschrott. Die Sprungdüsen und Mechbeine waren schwer beschädigt, und allem Anschein nach hatte er den rechten Knieaktivator und das Gyroskop verloren. Er hatte noch Energie, aber konnte seine Maschine nicht mehr bewegen, konnte nicht mehr aufstehen, konnte nicht mehr kämpfen. Für ihn zumindest war der Kampf vorbei.

Er hatte seinen ersten Mech im Kampf verloren. Wie er mit dieser Niederlage fertig wurde, war wichtig, wenn er nicht zur Infanterie versetzt werden wollte.

Er überprüfte die Nahortung und sah den *Zeus* nur ein paar Meter entfernt reglos am Boden liegen. Wie es schien, hatte der Angriff den gewünschten Erfolg gehabt und den gegnerischen Mech erledigt, auch wenn Harley das die eigene Maschine gekostet hatte.

Das war zumindest ein Trost. Er lebte noch und hatte sich gegen eine feindliche Übermacht durchgesetzt. Seine Fernortung war ausgefallen, entweder durch den Sturz oder die Hitze im Innern der Kanzel. Harley wußte, daß irgendwo dort draußen noch der *Spider* war, und er konnte nur hoffen, daß Jord MacAuld mehr Glück gegen seinen Gegner hatte.

Von der Cockpit-»Luke« drang ein lautes Klopfen herüber. Harley streckte in der schummrigen Enge die Hand aus, öffnete die Kabine und stieg hinaus auf das Flugdeck der *General Gordon*. In der kühlen Luft des Raumschiffdecks zog sich eine Gänsehaut über seine Arme und Beine. Er hob den Neurohelm vom Kopf und klemmte ihn unter den Arm. Bei jeder Bewegung schmerzten ihn Arme und Hals. Er war sich gar nicht klar gewesen, wie sehr er sich während des Simulatorgefechts angespannt hatte.

Als er sich zur Simulatorkapsel umdrehte, sah er, daß die Dampf- und Raucherzeuger bereits abgeschaltet waren und das System neu startete. Die Hydraulikkolben, die den Aufprall simuliert hatten, senkten oder hoben sich wieder in die Waagerechte. Aus vier nahen Simulatorkapseln stiegen andere MechKrieger, Veteranen ebenso wie unerfahrene Rekruten. Alle waren schweißnaß wie Harley. Manche machten ein düsteres Gesicht, andere grinsten. Gefreiter Jord MacAuld machte keinen fröhlichen Eindruck.

Geschützfeldwebel Coombs trat vor die Gruppe und

schüttelte den Kopf. Er fuhr sich mit der Hand durch den Bürstenschnitt, als müsse er zu Berge stehende Haare glattstreichen. »Schützin Patterson, Sie sind als erste ausgefallen. Haben Sie eine Vorstellung, was Sie falsch gemacht haben?«

Patterson war das offensichtlich peinlich. Ihre Wangen liefen rot an, und sie versuchte, dem Blick des Feldwebels auszuweichen. »Ich glaube, ich habe den Feind aus zu kurzer Entfernung angegriffen, Feldwebel Coombs.«

»Verdammt richtig«, bellte er zurück. »Sie saßen in einem *Whitworth*, Schützin. Ihre Bewaffnung bestand zum überwiegenden Teil aus Langstreckenraketen. Und Sie sind auf kürzeste Distanz vorgeprescht und haben zu feuern versucht. Langstreckengefechtsköpfe werden erst nach einer bestimmten Flugweite scharf. Für Kurzstreckenraketen gilt diese Einschränkung nicht, aber für LSR schon. Sie haben mit dem *Charger* praktisch Walzer getanzt. *Streitrösser* sind für Nahkämpfe gemacht. Himmel und Hölle, Sie hätten Gefreiten Glancy zu Matsch zerblasen können, wenn Sie nur Distanz gehalten hätten. Sie sollten besser gehörig Zeit damit verbringen, Mechfähigkeiten und Konfigurationen zu studieren.«

Coombs drehte sich langsam auf dem Absatz herum, bis er Harley sah.

»Was Sie angeht, Rassor, weiß ich gar nicht, wo ich anfangen soll. Erst lassen Sie Ihren Lanzenkameraden im Stich, der, nicht, daß ich es vergesse zu erwähnen, bereits schwer beschädigt ist. Er befiehlt Ihnen, zurückzubleiben, und statt sich daran zu halten, preschen Sie geradewegs in einen Hinterhalt. Dann sehen Sie, was mit Gefreitem MacAuld geschieht, und statt zu versuchen, sein Leben zu retten, nehmen Sie sich einen fast doppelt so schweren Mech vor und versuchen auch noch einen so idiotischen Stunt wie den ›Todessprung‹.«

Coombs schien auf eine Erwiderung Harleys zu

warten, also gab er sie ihm. »Der Angriff hat funktioniert, Feldwebel Coombs. Mir war klar, daß ich Mist gebaut hatte, und ich hielt es für zu spät, um Gefreiten MacAuld noch zu erreichen, bevor sein Kampf entschieden war. Statt zu versuchen, vom Schlachtfeld zu fliehen, hielt ich es für das Beste, den *Zeus* auszuschalten.«

»Das war verdammt arrogant, und der einzige Grund, daß der Angriff Erfolg hatte, war entweder, daß Sie der verfluchteste Glückspilz sind, der je gelebt hat, oder daß niemand erwartet hat, irgend jemand könnte einen derartig jeder Vernunft Hohn sprechenden Schwachsinn versuchen.«

»Ja, Feldwebel«, antwortete Harley ohne große Überzeugung.

»Wenn Sie Gefreiten MacAuld gar nicht erst im Stich gelassen hätten, wäre es nicht dazu gekommen, daß sie Ihren Mech verlieren. Lassen Sie das nächste Mal die Heldenmätzchen und arbeiten Sie mit Ihrem Lanzenkameraden zusammen, Rassor.«

Livia Hawke stand im Korridor, als die Ace-Veteranen, die sie mit nach Slewis gebracht hatte, aus der Halle kamen, während Feldwebel Coombs hinter ihnen weiter die neuen Rekruten zurechtstauchte. Sie hatte die gesamte Übung zusammen mit Coombs von der Simulatorsteuerung aus beobachtet, aber sie wußte, daß bei so einer Übung mehr zu sehen war als nur Datenreadouts und Zahlenwerte.

Als Gefreiter MacAuld in der Luke erschien, salutierte er kurz, und sie erwiderte den Gruß. »Gefreiter, Sie waren zusammen mit Harley Rassor da draußen. Sagen Sie mir, was halten Sie von ihm?«

Jord schien nach den richtigen Worten zu suchen. »Gunney hat recht. Der Bursche ist nicht bei mir geblieben. Der Hinterhalt war schlau gemacht, aber zu zweit hätten wir eine bessere Chance gehabt.«

»Was noch?« fragte sie nach, weil ihr sein anfängliches Zögern nicht entgangen war.

»Nun, Ma'am, was Gunney nicht gesagt hat, ist, daß Rassor richtig reagiert hat. Er hätte mir nicht mehr helfen können. Sicher, er hat es am Anfang verbockt, indem er mich so weit zurückfallen ließ, aber den *Zeus* auszuschalten, hat, verdammt nochmal, eiserne Nerven gekostet, das wissen Sie so gut wie ich. Jeder normale Anfänger wäre in die Berge geflüchtet, hätte sich hinter meinem Rockschößen vor Angst bepißt oder wäre starr vor Schreck gewesen. In der Situation umzudrehen und einen Veteran wie Jeremy Lewis auszuschalten, das ist eine echte Leistung. Zugegeben, es war ein Simulatorkampf. Man wird ein bißchen durchgeschüttelt, und das Ganze ist mehr ein Holovidspiel als eine echte Schlacht, aber er hat einen gesunden Kampfinstinkt. Er weiß, was zu tun ist, wenn es darauf ankommt.«

»Geben Sie mir ein Fazit«, befahl sie.

Gefreiter MacAuld rieb sich die Stirn. »Entweder ist er der größte Glückspilz, der seit langem in einen Simulator gestiegen ist, oder er hat ein seltenes Talent für den Mechkampf. So oder so wäre ich bereit, mit ihm in die Schlacht zu ziehen.«

Hawke nickte und ließ MacAuld ziehen. Ein kalter Schauder lief ihr Rückgrat entlang, als sie dort in der geringen Schwerkraft des Landungsschiffs allein im metallenen Korridor stand. MacAulds Antwort hatte eine nicht zu unterschätzende Wirkung gehabt. Kurz nachdem Benjamin Rassor zu den Aces gestoßen war, hatte jemand sie nach ihrer Einschätzung von ihm gefragt, und sie hatte ihm fast wortwörtlich dieselbe Antwort gegeben.

13

Landungsschiff *General Gordon*, im Anflug auf Gillfillan's Gold
Randgemeinschaft, Peripherie

31. März 3059

Livia Hawke saß in ihrem Büro an Bord der *General Gordon* und studierte den Bericht auf dem Datenschirm wohl schon zum tausendsten Mal. Zumindest schien es ihr so. Sie hatte ihren Rekruten ein hartes Trainingspensum verordnet, und allem Anschein nach machten sie Fortschritte.

Vor acht Tagen hatten die *General Gordon* und die Handelsraumer unter ihrem Schutz planmäßig am Rumpf des Händlersprungschiffs angedockt und waren ins System von Gillfillan's Gold gesprungen. Jetzt flogen die drei Landungsschiffe auf den Planeten zu. Noch konnte eine Menge schiefgehen, und Hawke hatte nicht vor, unvorsichtig zu werden. Am Vogelsangkamm hatte sie gelernt, daß selbst ein »Spaziergang« tödlich enden konnte.

Noch zwei Tage, dann würden sie aufgesetzt haben. Sie freute sich darauf, nach Gillfillan's Gold zurückzukehren. Es war die einzige Heimat, die sie derzeit hatte. Aber bis die Händler ihre Geschäfte erledigt hatten und sicher wieder unterwegs waren, würde sie wachsam bleiben.

›König‹ Morrison hatte inzwischen auf allen Welten der Randgemeinschaft zugeschlagen, nur nach Gillfillan's Gold hatte er sich bis jetzt nicht gewagt. Kommandanthauptmann Able war sich aber sicher, daß das nur eine Frage der Zeit war. Wenn Morrison versuchte, den Rat der Planeten in Angst und Schrecken zu versetzen und Zweifel an der Fähigkeit der Aces zu säen, seinen Regierungsbereich zu schützen, gab es keinen geeigneteren Ort. Gillfillan's Gold war nicht nur der Standort des Söldnerhauptquartiers. Hier hatte auch die Regierung der Randgemeinschaft ihren Sitz.

Das Problem war, daß es schon eine gewaltige Aufgabe war, einen einzigen Planeten zu verteidigen, geschweige denn derer sechs. Kommandanthauptmann Able hatte die drei Bataillone der Aces bei dem Versuch, die lebenswichtigsten Bereiche der Randgemeinschaft zu sichern, gefährlich aufgesplittert. Hawke verdrängte diese Sorgen aus ihren Gedanken und widmete sich wieder dem Studium der Berichte. Gunney Coombs hatte die neuen Rekruten bis an ihre Grenzen und darüber hinaus getrieben. Gymnastik, Nahkampf- und Schußwaffentraining und stundenlange Simulatorgefechte füllten jede wache Minute. Sie hatte auf einem vollen Stundenplan mit minimaler Freizeit bestanden. Ihre Rekruten waren gute Milizionäre, aber jetzt mußten sie sich als Frontsoldaten bewähren. Sie wußte aus eigener Erfahrung, daß manche Milizionäre das einfach nicht packten, und es war besser, sie jetzt gleich auszusieben, als sie später im Gefecht zu verlieren.

Diese Gruppe machte sich bis jetzt wirklich gut, und es beunruhigte sie, Harley Rassors Namen an der Spitze der Bewertungsliste zu sehen. Zu Beginn des Trainings war er ein harter Brocken gewesen, beinahe waghalsig. Aber er hatte sich bei den Übungen gut an die verschiedensten Mechs angepaßt und trotz jener ersten Simulation, die nichts derartiges hatte erwarten lassen, zeigte er eine Begabung für Teamwork. Rassors Werte in Mechführung und Treffsicherheit lagen gute zehn Prozent über denen seiner Kameraden. Im Nahkampf konnte ihn nur ein einziger der anderen besiegen. Wichtiger noch war, daß er bewiesen hatte, aus seinen Fehlern lernen zu können, eine der wichtigsten Fähigkeiten überhaupt für einen MechKrieger.

Das war noch nicht alles. Er teilte einige der körperlichen Merkmale und Eigenheiten seines Bruders. Das hätte sie nicht überraschen dürfen, aber es setzte ihr ständig zu. Es war, als würde Bens Schatten sie verfolgen und sie konstant an den Vogelsangkamm erinnern. Wann immer sie Harley sah, blickte sie in Benjamins Gesicht. Es war wie ein ständiger Vorwurf für die Art und Weise seines Todes.

Einen Punkt gab es allerdings, in dem er sich grundlegend von Ben unterschied: Harley Rassor haßte sie. Es war unübersehbar. Sein gesamtes Auftreten ihr gegenüber schrammte tagtäglich haarscharf an Insubordination vorbei. Aus genau diesem Grund hatte sie ihn heute zu sich bestellt. Sie mußten sich unterhalten, mußten die Spannungen abbauen. Kommandanthauptmann Able hatte ihr verboten, über die Geschehnisse am Vogelsangkamm zu sprechen, aber sie würde versuchen müssen, dieses Verbot so weit wie irgend möglich zu umgehen.

Es klopfte. »Herein«, sagte sie und stand auf.

Harley Rassor kam herein und schloß die Luke. Dann nahm er Haltung an. »Schütze Harley Rassor meldet sich wie befohlen, Ma'am!«

»Stehen Sie bequem, Schütze«, forderte sie ihn auf und deutete auf den Stuhl vor ihrem Schreibtisch. »Bitte, setzen Sie sich.«

Harley nahm Platz und saß ihr so steif gegenüber, als stünde er noch immer stramm. Das würde nicht einfach werden. Sie ließ sich langsam auf ihren Platz sinken, und wieder starrte ihr aus Harleys Gesicht Benjamin entgegen.

»Schütze Rassor, Sie haben sich seit Ihrer Ankunft hier bemerkenswert entwickelt. Sie haben die Spitzenposition in den Gefechtsbewertungen. Meinen Glückwunsch.«

»Danke, Ma'am«, erklärte er steif und sah über sie

hinweg, an ihr vorbei, wohin auch immer, nur nicht zu ihr.

Hawke faltete die Hände und legte sie vor sich auf den Schreibtisch, um sich zu sammeln. »Schütze Rassor«, stellte sie mit einer gewissen Förmlichkeit fest. »Ich habe Sie hierher bestellt, um zu sehen, ob es uns gelingt, ein paar unserer Probleme aus der Welt zu schaffen.«

»Keine Probleme, Ma'am.« Sein Tonfall war knapp und korrekt.

»Schütze Rassor«, versuchte sie es noch einmal, und wählte ihre Worte mit Überlegung. »Seit Sie hier bei den Aces sind, spüre ich Ihre Feindseligkeit. Ich würde sagen, wir wissen beide, woher sie kommt.«

Harleys Wangen röteten sich leicht. »Ich weiß nicht, was Sie meinen, Ma'am.«

»Ihr Bruder Benjamin hat unter mir gedient.«

»Ja, Ma'am.«

»Er ist unter meinem Befehl gefallen.«

»Ja, Ma'am. Das ist er, Ma'am.«

»Und Sie geben mir die Schuld für seinen Tod.«

Diesmal antwortete er erst nach einer kurzen, aber spürbaren Pause. »Ich weiß nicht, Ma'am.« Etwas von der Verbissenheit in seiner Stimme war verklungen, aber nicht viel.

Irgendwie drängte es Livia Hawke, Harley zu sagen, wie sehr sie Benjamin geliebt hatte. Sie wollte ihm erzählen, daß ihre Nächte eine einzige Folter waren, in der sie schweißgebadet aufwachte und sich fragte, ob sie tatsächlich verantwortlich für seinen Tod gewesen war. Sie wollte ihm deutlich machen, daß auch sie einen furchtbaren Verlust erlitten hatte.

Aber sie konnte es nicht. Sie war eine Offizierin. Er war ein ihr unterstellter Soldat. Es wäre unangemessen gewesen, über etwas Derartiges mit ihm zu sprechen. Bei seinem Bruder hatte sie diese unsichtbare Linie überschritten, und dafür zahlte sie jetzt einen hohen Preis.

»Um ehrlich zu sein, Schütze, habe ich meine Aktionen am Vogelsangkamm auch in Frage gestellt. Ich habe mir die Begegnung noch einmal vorgenommen, habe jedes Quentchen an Daten überprüft, das wir von diesem Gefecht besitzen, alles, was wir wußten, alles, was wir gesehen haben, alles, was wir gehört haben, alles, was dort geschehen ist. Ich habe nach etwas, irgend etwas, gesucht, was ich hätte tun können, um das Ergebnis anders ausfallen zu lassen. Ich habe nichts gefunden. Mit dem Wissen, daß ich damals besaß, hätte ich nichts anders machen können.« Es hatte eine Weile gedauert, aber schließlich hatte sie eingesehen, daß Kommandanthauptmann Able recht gehabt hatte.

»Dann dürfen wir wohl beide dankbar dafür sein, daß Sie nicht noch einmal vor dieser Entscheidung stehen«, stellte Harley kalt fest.

Sie ignorierte seinen Sarkasmus. »Als ich sah, daß Sie den Aces zugeteilt werden sollten, habe ich versucht, Sie aus der Liste zu streichen, Harley. Wie es scheint, hat Ihr Vater Einfluß bei Kommandanthauptmann Able.«

»Mein Vater war derjenige, der wollte, daß ich mich zu den Aces melde.«

»Warum?« *Hat eure Familie noch nicht genug Opfer gebracht?*

»Die Wahrheit bedeutet uns viel. Ich bin hier, um herauszufinden, was wirklich mit Benjamin geschehen ist.«

»Ich war da.«

»Ja, Ma'am, das weiß ich. Sie waren die einzige Überlebende.«

Da war sie, die unausgesprochene Anschuldigung. »Schütze, wollen Sie behaupten, ich hätte etwas mit dem Hinterhalt zu tun gehabt, in dem Ihr Bruder ums Leben gekommen ist?« Sie kannte die Antwort bereits. So hatte Kommandanthauptmann Able es gewollt, aber es schmerzte sie um so mehr zu wissen, daß auch Bens Bruder sie für schuldig hielt. Ihre eigenen Schuldgefühle lasteten schon schwer genug auf ihr.

»Nein, Ma'am«, gab er kühl zurück. »Ich stelle nur fest, daß Sie allein den Hinterhalt überlebt haben. Nicht mehr und nicht weniger. Es gibt andere, die der Ansicht sind, daß Sie möglicherweise Ihre eigene Kompanie verraten und in den Hinterhalt geführt haben, um sie abschlachten zu lassen.«

»Glauben Sie dieses Gerede auch, Schütze?«

Harley zuckte leicht die Schultern. »Ehrlich gesagt, Oberleutnant, bin ich mir nicht sicher. Ich bin erzogen worden, selbst die Wahrheit herauszufinden, bevor ich ein Urteil fälle. Das einzige, worum es mir geht, ist die Wahrheit. Mehr verlangt meine Familie nicht.«

»Wenn Sie Schuld zuweisen wollen, dann *bin* ich verantwortlich für Benjamins Tod. Ich hatte an jenem Tag den Befehl über die Kompanie. Ich habe die Befehle erteilt.«

»Und mein Bruder ist gestorben.«

»Wenn ich Ihnen sagen würde, daß ich sie nicht absichtlich in einen Hinterhalt befohlen habe, würden Sie mir glauben, Schütze?« Sie beugte sich vor und stützte die Ellbogen auf den Tisch.

»Sie können sagen, was immer Sie wollen, Ma'am. Wie ich Ihnen gerade erklärt habe, interessiert mich nur die Wahrheit.«

Hawke erkannte, daß sie gegen eine Wand redete. Sie war sich nicht sicher, was für einen MechKrieger Harley abgeben würde, aber sie mußte Regeln für ihn aufstellen. Sie hätte eine Rüge geradezu eingeladen, hätte sie darauf verzichtet.

»Na schön, Schütze Rassor. Sie haben sich einiges aufgebürdet. Sie trauen mir nicht, und sie mögen mich nicht. Damit kann ich fertigwerden. Schon mancher gute Soldat hat unter mir gedient, obwohl er mich nicht ausstehen konnte. Aber keiner hat es dermaßen zur Schau gestellt. Wenn Sie mich hassen wollen, dann hassen Sie mich, aber dann gefälligst in Ihrer Freizeit. Wenn ich anwesend bin, werden Sie mich mit dem Respekt behandeln, den Sie meinem Rang schulden. Das heißt, Sie werden mich ansehen, wenn Sie mit mir reden, und Sie werden sich Ihre Aufmüpfigkeit verkneifen.«

Harley nickte einmal langsam. »Ja, Ma'am. Respekt. Ja, Ma'am.«

Sie stand auf, ohne den Blick von ihm zu nehmen. »Ihr Bruder hat mir auf eine Weise vertraut, die Sie nie verstehen werden, Schütze. Das war eine Sache zwischen uns. Im Laufe der Zeit werden Sie lernen müssen, mir ebenfalls zu vertrauen. Ich bin Ihre befehlshabende Offizierin, aber ich weiß, daß ich Ihnen das nicht befehlen kann. Es ist etwas, das Sie selbst erreichen müssen, wenn Sie unter mir dienen wollen.«

»Wenn Sie es sagen, Ma'am.« Harley stand ebenfalls auf und riß die Hand zu einem schnellen Salut hoch.

Hawke entließ ihn, aber sie war alles andere als zufrieden damit, wie sich die Dinge entwickelten.

Zehn Stunden später trat sie auf die Brücke der *General Gordon*, einen Becher Kaffee in der Hand. Tagar Edelstein, der Skipper des Schiffs, hatte sie gerufen. Gunney Coombs war ebenfalls da und rieb sich den Schlaf aus den Augen. Es war spät, sehr spät sogar. Das konnte nur bedeuten, daß etwas vorlag, das nicht warten konnte.

Kapitän Edelstein befehligte die *General Gordon* schon, seit sein Vater vor zwanzig Jahren in Pension gegangen war. Mehr noch, seit das Schiff vor Jahrhunderten vom Stapel gelaufen war, hatte es immer ein Edelstein kommandiert. Dieser wirkte trübsinnig und reichlich phlegmatisch, aber Kommandanthauptmann Able vertraute ihm, und das genügte Hawke. Außerdem schaffte er es, das Jahrhunderte alte Landungsschiff in Betrieb zu halten, was mehr war, als sie von anderen Skippern sagen konnte, denen sie in ihrer Laufbahn schon begegnet war.

»Ich nehme an, Sie haben einen guten Grund, uns aus den Federn zu holen, Skipper?« fragte sie.

»Tut mir leid wegen der Uhrzeit, aber das ist Standardverfahren für einen Fall wie diesen.«

»Einen Fall wie welchen, Kapitän?«

»Vor zwanzig Minuten haben wir die Verbindung zum primären Kommunikationssatelliten verloren, der Funksignale an anfliegende Raumschiffe weiterleitet. Wir haben auf den Reservesatelliten umgeschaltet. Der funktionierte fünf Minuten, dann war er auch weg.«

»Irgendwelche Satelliten fallen ständig aus«, stellte Coombs fest.

»Stimmt. Aber wir haben die Langstreckenoptik eingesetzt. Die Satelliten sind nicht mehr da.«

Hawke verstand sofort. »Satelliten verschwinden nicht einfach.«

Coombs runzelte besorgt die Stirn. »Wir haben Gesellschaft.«

Edelstein nickte. »Wegen einer einfachen Fehlfunktion hätte ich Sie nicht geweckt. Aber wenn beide Satelliten plötzlich verschwinden, ist die einzige vernünftige Erklärung, daß sie jemand abgeschossen hat.«

»Wie weit sind wir noch entfernt?« fragte Hawke.

»Dreiundvierzig Stunden«, erwiderte der Kapitän. »Wenn Sie einen schnelleren Rücksturz wollen, kann ich die Bremsphase verzögern. Dadurch werden wir die letzten paar Stunden mehrere G aushalten müssen, aber wir kommen ein paar Stunden früher an.«

Hawke nickte. »Machen Sie's.«

»Was ist mit den Händlern?« fragte Coombs.

»Wir behalten sie lieber in der Nähe, für den Fall, daß es Ärger gibt. Sie setzen zeitgleich mit uns am selben Ort auf, und wir geben ihnen den nötigen Schutz. Wie sieht es mit unserer Gefechtsbereitschaft aus, Gunney?«

»Die Mechs sind voll einsatzklar. Das Problem ist, daß Glancy sich auf Slewis einen astreinen Dünnpfiff eingehandelt hat. Sie kann kaum gehen, geschweige denn einen Mech steuern. Selbst wenn sie es augenblicklich schaffen würde, nicht mehr alle zwei Sekunden aufs Klo zu rennen, würde sie noch ein paar Tage brauchen, sich zu erholen.«

»Wen schlägst du vor, Gunney? Du hast mit diesen Rekruten gearbeitet.«

»Sie sind alle noch Grünschnäbel, Ma'am. Aber wenn Sie einen von ihnen mitnehmen wollen, würde ich Rassor nehmen.«

Sie hatte natürlich gewußt, wen er ihr empfehlen würde. »Geben Sie die Information an die Händler weiter, Feldwebel. Halten Sie die Meldung beiläufig. Diese Handelsfahrer neigen zur Nervosität, wenn sie das Gefühl bekommen, daß sie statt eines Marktplatzes eine heiße LZ erwartet. Wecken Sie Rassor und geben Sie ihm und dem Rest der Lanze Bescheid, daß sie sich um 7 Uhr in meinem Büro versammeln. Wir haben eine Schlacht vorzubereiten.«

14

Landungsschiff *General Gordon*, im Anflug auf Gillfillan's Gold
Randgemeinschaft, Peripherie

2. April 3059

Harley starrte auf die Hologrammkarte des höllischen Geländes rund um den Raumhafen von Gillfillan's Gold und die ihm am nächsten gelegene Stadt, Rectortown. Beide befanden sich im Innern eines gigantischen, drei Kilometer durchmessenden Kraters, der von Bergen umstanden war, über die nur gefährliche Pässe führten, zum Teil voller stehender Teiche, deren Inhalt von jahrhundertealten Industrieabwässern verdunkelt war, oder aber staubtrocken und leblos. Kleine Wälder bedeckten die felsigen Hänge. Es war eine Szenerie geradewegs aus der Hölle, aber dies war die Heimatbasis von Able's Aces und der Regierungssitz der mühsam ihr Dasein fristenden Randgemeinschaft.

Die Berge, Hochplateaus und engen Pässe waren ein unzugängliches Gelände, das sich wahrscheinlich in Fahrzeugen durchqueren ließ, aber in irgend etwas anderem als einem BattleMech würde man dort nur reichlich langsam vorankommen, und selbst mit einem Mech wohl kaum schneller. Maroo, die planetare Hauptstadt und der Amtssitz des Rats der Planeten lag etwa zwei Stunden entfernt.

In den letzten zwei Tagen hatten Livia Hawke und ihre Rekrutenlanze einen Schlachtplan entworfen. Die Verbindung mit der Planetenoberfläche und der Basis der Aces war offen, aber man hörte kaum etwas außer Rauschen, was darauf hindeutete, daß jemand versuchte, das Signal an der Quelle zu stören.

Es würde nicht mehr lange dauern, bis sie aufsetzten. Trotz aller Planung und des eingehenden Geländestudiums war Harley nervös wie vor einer großen Jagd, erst recht, weil er diesmal damit rechnen mußte, daß die Beute gleichzeitig Jagd auf ihn machte.

Gerade redete Oberleutnant Hawke mit ihnen. Harley sah Jord MacAuld begeistert an ihren Lippen hängen, genau wie Feldwebel Jeremy Lewis. Jill Sutcliffe dagegen wirkte gelangweilt, vermutlich, weil sie den Plan jetzt schon so oft durchgegangen waren. Tatsächlich hatten sie inzwischen so ziemlich jede vorstellbare Variation des bevorstehenden Gefechtsverlaufs behandelt. Auch Gunney Coombs war da, und an seinen matten Zügen ließ sich ablesen, daß er die Schlacht vermutlich auch schon im Schlaf schlug.

Sie wußten, daß irgend jemand die Kommunikationssatelliten sabotiert hatte und die Funksignale aus dem Hauptquartier von Able's Aces störte. Dementsprechend nahmen sie an, daß eine unbekannte Streitmacht von unbekannter Größe auf Gillfillan's Gold gelandet war, höchstwahrscheinlich mit dem Ziel, die kostbare Fracht der Händlerschiffe zu erbeuten. Die Commandobasis der Aces lag etwa eine Stunde vom Raumhafen entfernt in den Bergen zwischen der planetaren Hauptstadt Maroo und Rectortown.

Harleys Gedanken gingen in die Richtung, die Händlerschiffe im Orbit zu belassen, während Hawkes Lanze auf der Oberfläche zu den übrigen Aces stieß. Aber das war nur seine aus der Sicht eines einzelnen Mechpiloten geformte Meinung. Seinen entsprechenden Vorschlag hatte Hawke abgeschmettert, bevor er ausgeredet hatte. Falls die Angreifer über Luft/Raumjäger verfügten, hatte sie argumentiert, konnten sie die Schiffe in der Umlaufbahn attackieren. Die Landungsschiffe der Händler waren zwar bewaffnet, konnten sich gegen einen Jägerangriff aber nicht lange verteidigen, wenn überhaupt.

Im Jägerhangar der *General Gordon* befand sich nur ein einzelner *Lucifer*. Die Bodenverteidigung würde also nur aus einer kompletten Lanze BattleMechs und einem weiteren Mech bestehen, den sie als Fracht für die Söldnerbasis geladen hatten. Fünf Kampfkolosse und ein Zug schwerbewaffnete Infanterie unter Gunney Coombs. Feldwebel Davis Gilbert würde den *Lucifer* steuern und gleichzeitig mit dem Schiff in die Atmosphäre eintauchen, um eventuelle Angreifer abzufangen.

Hawkes Plan war elegant, wenn auch nicht einfach. Die *General Gordon* sollte ein paar Minuten vor den zwei Händlerschiffen aufsetzen. Am Boden angekommen, würde sie ihre kleine Streitmacht ausschiffen, um die Landezone für die Händler zu sichern. Je nachdem, wie stark der Gegner war, würden sie versuchen, die Grenze des gesicherten Gebiets bis hinter Rectortown auszudehnen. Hawke hatte ihnen mitgeteilt, daß Kommandanthauptmann Able eine geheime subplanetare Kabelverbindung zwischen dem Aces-HQ und einem kleinen Büro am Raumhafen hatte legen lassen. Sobald es ihnen gelungen war, die LZ hermetisch abzusichern, würden sie die Verbindung zum Rest der Einheit aufbauen und ihr weiteres Vorgehen absprechen.

Harley hätte nicht erwartet, überhaupt Teil der Planung zu sein, aber Gunney hatte ihn angewiesen, Gefreite Glancys *Sentinel* zu übernehmen, da sie zu krank sei, um in Hawkes Lanze in den Kampf zu ziehen. Er hatte ein paar Simulatorgefechte in diesem Mechtyp hinter sich, aber nun würde er zum ersten Mal tatsächlich in seinem Cockpit sitzen. Mehr noch, wenn es zum Kampf kam, würde es sein erster realer Kampf an den Kontrollen eines BattleMechs überhaupt werden.

Harleys Gedanken drehten sich ständig um das Gespräch mit dem Oberleutnant drei Tage zuvor. Es war eine angespannte Situation gewesen, und er hatte ihr das Stochern in seinen Gedanken übelgenommen. Nach allem, was Ben zugestoßen war, konnte er ihr nicht vertrauen, aber jetzt war sie seine Vorgesetzte, so wie sie die Vorgesetzte seines Bruders gewesen war. Er schuldete ihr Gehorsam und mußte ihren Befehlen folgen, obwohl er sie verdächtigte, eine Verräterin zu sein.

Er zwang sich zurück in die Gegenwart, in der Hawke gerade mit ihrem Laserzeiger auf einen Punkt am Grund des Kraters deutete. »Der Weg zur Ausweichfunkzentrale ist ziemlich schmal. Gunney, du und deine Infanterie werdet den Löwenanteil der Arbeit machen müssen. Sutcliffe wird euch begleiten, um Dekkungsfeuer zu liefern, falls der Feind noch dort sein sollte.«

Jill Sutcliffe schüttelte zweifelnd den Kopf. »Ma'am. Ich habe keine Probleme mit dem Plan«, wandte sie ein. »Aber sollten wir dieses Risiko so kurz nach dem Aufsetzen eingehen? Wer weiß, ob die Ganoven die Landverbindungen zur Basis nicht schon gekappt haben.«

Hawke schüttelte den Kopf. »Kommandanthauptmann Able hat das Glasfaserkabel von unseren eigenen Leuten verlegen lassen. Die Einheimischen haben davon keine Ahnung. Es ist speziell für eine Situation wie diese gedacht.«

Harley verkrampfte sich der Magen, als er das hörte. Wenn es in den Reihen der Aces einen Verräter gab, stand die Chance nicht schlecht, daß er von diesem geheimen Kommunikationssystem wußte. Falls dem so war, wußte auch der Feind davon. Dann riß er sich zusammen. Er durfte sich nicht in diese Sache hineinsteigern, wenn er nicht irgendwann in jedem Schatten einen Meuchelmörder vermuten wollte.

Wie um diesen Gedanken zu unterstreichen, heulte plötzlich dumpf die Bordsirene, und die gelbe Lampe über der Luke leuchtete auf und tauchte den Raum in goldenes Licht. Harleys Puls beschleunigte sich.

Hawke erhob die Stimme, um sich über dem Lärm Gehör zu verschaffen. »Das ist unser Zeichen, Leute. Wir treten in den Bremsflug ein. Fertigmachen. In Kürze geht es rund.«

Alle schienen wie elektrisiert. Die MechKrieger trotteten den schmalen Gang hinab zum Bereitschaftsraum außerhalb des Mechhangars. Die Techs warteten schon auf sie, um ihnen beim Ablegen der Bordmonturen und Überstreifen der Kühlwesten zu helfen. Harley zog sich bis auf die Standardmechkampfbekleidung aus Shorts und Trägerhemd aus. Darüber legte er einen Pistolengurt und seine Kühlweste an. Der Neurohelm wartete im Innern des Mechs auf ihn. Seltsam wortlos zogen sie sich bis auf Gunney Coombs alle um, der einen Spind öffnete und ein bedrohlich wirkendes Sturmgewehr herausholte, das um einiges älter als Harley aussah ... möglicherweise sogar älter als Da.

Harley war an vierter Stelle der Formation, als sie im Gänsemarsch in den Mechhangar marschierten, und er hatte keine Zeit, stehenzubleiben und den Kampfkoloß zu bewundern, den er steuern sollte. Der *Sentinel* war im unregelmäßig schwarzweiß gestreiften Tarnmuster für Stadtgefechte lackiert. Schwarz und Weiß waren auch die Einheitsfarben von Able's Aces, und Harley betrachtete das als gutes Vorzeichen. Auf der linken Schulter des Mechs prangte ein Pik-As. Der nur mit einer Ultra-Autokanone, einem leichten Laser und einer kleinen Kurzstreckenlafette bewaffnete *Sentinel* war ein relativ leichter Mech, der sich zu seinem Schutz weniger auf Panzerung als auf seine Behendigkeit verließ.

Harley kletterte das Gerüst zum Cockpit hinauf. Er stieg ein und versiegelte die Luke hinter sich. Die Kabine ähnelte einer Simulatorkapsel, war aber spürbar kleiner. Er versuchte, das Gefühl der bedrückenden Enge zu verdrängen, aber es fiel ihm nicht leicht. Durch seine Kindheit und Jugend in Thorpe war er an ein Leben im Freien gewöhnt. Jetzt bestand seine ganze Welt aus einer Metallkabine, deren Wände er mit den Händen berühren konnte, ohne dazu die Arme ganz ausstrekken zu müssen.

Er ging die Vorheizsequenz des Mechs sorgfältig durch. Es dauerte keine Minute, bis er den Fusionsreaktor in Betrieb genommen und hochgefahren hatte. Die Konsolenlichter vor ihm erwachten flackernd zum Leben, ebenso wie der Hauptschirm und die Hilfsmonitore. Der *Sentinel* war zweihundert Jahre alt und mußte im Laufe dieser Zeit schon Hunderte Reparaturen über sich ergehen gelassen haben. Harley fragte sich ernsthaft, ob er eine so kampferprobte Maschine wert war.

Das Landungsschiff schüttelte sich leicht und erinnerte ihn daran, sich anzuschnallen. Dann justierte er den Neurohelm und überprüfte die Gyrosteuerung. Der Neurohelm las die elektrischen Impulse, die Harleys Gleichgewichtssinn ans Gehirn schickte, und setzte seine angeborene Balance in Befehle an den Kreiselstabilisator des BattleMechs um.

Plötzlich meldete sich knisternd die Kommleitung. »Feuerball Fünnef von Feuerball Leiter«, erklang Oberleutnant Hawkes Stimme aus dem Helmlautsprecher.

»Hier Feuerball Fünnef, Leiter. Ich höre Sie laut und klar«, antwortete Harley, der annahm, daß es sich um eine Standardsystemüberprüfung der Funkanlage handelte.

»Rassor, das wird Ihr erster Kampfeinsatz. Wahrscheinlich ist jetzt nicht der beste Zeitpunkt, um Ihnen das zu erzählen, aber Benjamins erster Einsatz war bei der Abwehr einer Plündererbande auf All Dawn. Er war so nervös, daß er vergaß, den Kokon zu öffnen, der seinen BattleMech im Hangar festhielt. Er hat ihn aus der Schottwand gerissen und sich für den Schaden eine Woche Küchendienst eingehandelt.« Sie kicherte leise bei der Erinnerung.

Harley mußte lächeln, als er sich an Ben und dessen Übereifer erinnerte. »Ich werde versuchen, das Schiff nicht zu beschädigen, wenn wir aufsetzen.«

»Gut«, sagte sie und schaltete auf eine Breitbandverbindung um. »Hier Feuerball-Leiter an alle Einheiten. Bereithaltung zum Aufsetzen in Fünnefzehn.«

Harley bereitete sich auf die Landung vor, die bald darauf von einem gedämpften Wummern angezeigt wurde, das selbst durch sein Mechcockpit hallte. Das riesige Hangartor öffnete sich, und das gelborangefarbene Sonnenlicht Gillfillan's Golds schlug herein. Vor ihm lagen die Kraterwand und der weite Asphalt der Landezone. Er warf den Öffnungsschalter des Kokons um und brachte den Mechreaktor auf volle Leistung. Zwölf Schritte später hatte er die Rampe verlassen und stand auf der Planetenoberfläche.

Die Gebäude rund um das Landefeld waren uninteressant kastenförmige, stumpfgrau verputzte Bauten, die neben den von der *General Gordon* ausschwärmenden BattleMechs irgendwie fehl am Platz wirkten. Am entfernten Rand des Raumhafenfelds sah er vereinzelte Zivilisten, und seine Fernortung fing nichts außer den Transpondersignalen der übrigen Acer-Mechs auf.

»Hier Feuerball-Leiter an alle Einheiten«, gab Hawke durch. »Jetzt Phase Zwei ausführen.«

Harley bewegte sich an den Westrand des Raumhafens. Er schaltete in der Hoffnung, eine Spur des Gegners zu finden, auf Nahortung um, aber ohne Erfolg. Als er die niedrigen Wartungsschuppen und die in ihrer Nähe parkenden Tankwagen erreichte, tastete er sie ab, um sicherzugehen, daß sich keine feindlichen Mechs hinter ihnen versteckten. Immer noch nichts. Das Herz hämmerte in seiner Brust, als er die Einstellungen der Sensoren überprüfte.

»Hier Feuerball Sechs«, drang die Stimme des Jägerpiloten Gilbert aus dem Neurohelmlautsprecher an

Harleys Ohr. »Oberleutnant, ich bin zweimal kreuz und quer über Rectortown geflogen. Von den Banditen ist nichts zu sehen.«

Einer nach dem anderen meldeten sich die übrigen Mitglieder der Lanze. Alle meldeten sie dasselbe. Es gab keinen Hinweis auf feindliche Plünderer. Nach mehreren langen Minuten ertönte die Stimme von Gunney Coombs. »Oberleutnant, wir haben die Kommstation gesichert. Ich lege Kommandanthauptmann Able jetzt auf den Breitbandkanal.«

Es knackte, dann drang eine feste Männerstimme über die Leitung. »Oberleutnant Hawke«, forderte Kommandanthauptmann Able. »Lagebericht.«

»Ja, Sir«, antwortete Hawke. »Wir haben Rectortown gesichert und halten Position. Die Landungsschiffe der Händler dürften in wenigen Minuten aufsetzen. Wir sind vom Schlimmsten ausgegangen, als wir feststellten, daß die Kommunikationssatelliten ausgefallen waren und wir keine Verbindung zu Ihnen herstellten konnten.«

»Richtig so. Ich benutze Kommunikationsprotokoll Gamma.« Das war eine Information, mit der Harley nichts anzufangen wußte. »Es befindet sich eine Plündereinheit auf dem Planeten. Wir schätzen ihre Stärke auf eine verstärkte Kompanie, möglicherweise auch zwei Kompanien. Sie sind vor ein paar Tagen eingetroffen. Sie haben die Kommunikation lahmgelegt, stören unseren Funkverkehr und ärgern uns mit ständigen Stippangriffen. Wenn wir ihnen nachsetzen, verschwinden sie im Gebirge, nur um kurz darauf zurückzukommen und uns erneut zu beschießen. Ich habe Blacks Kompanie auf die Verfolgung angesetzt, aber es ist uns bisher nicht gelungen, den Feind zu fassen zu bekommen.«

»Wie viele Mechs sind bestätigt, Sir?« fragte Hawke.

»Bestätigt haben wir nur eine Kompanie gesehen.«

Harley war klar, daß das bedeutete, daß sich vermutlich das Doppelte an Feindeinheiten hier aufhielt und sich nur noch nicht hatte blicken lassen.

»Identität der Angreifer?«

»Morrisons Ausbeuter natürlich«, erwiderte Kommandanthauptmann Able. Seine Antwort traf Harley wie ein Schlag ins Gesicht. Dieselben Piraten, die seinen Bruder auf dem Gewissen hatten, die Banditen, deren Schüsse Ben das Leben gekostet hatten. Das war eine Chance für ihn, den Bruder zu rächen, nicht nur für sich selbst, sondern auch für Da und Jolee.

»Und, Oberleutnant: Sie müssen Ihre Leute in Clan-Technologie instruieren. Ich bin selbst gegen diese Gestalten ausgerückt, als sie hier gelandet sind, und habe es mit einem Clan-*Mad Cat* zu tun bekommen.«

Das war eine beunruhigende Nachricht. Clan-Technologie war allem, was sich in der Inneren Sphäre fand, weit überlegen, und erst recht der älteren Technologie, die in der Peripherie Verwendung fand. Der Gedanke, daß Piraten wie Morrison Zugriff auf Clan-Mechs hatten, war dazu angetan, die Kampfmoral der Aces schwer zu beschädigen. »Sind Sie sicher, Sir?«

»Diese dreckige Ratte hat mich abgeschossen. Ein Clan-*Timber Wolf* – in unserer Typenterminologie ein *Mad Cat*. Ich konnte es selbst nicht fassen. Ich habe keine Ahnung, wie Hopper Morrison den in die Finger bekommen hat, aber wir alle wissen, wie tödlich eine derartige Feuerkraft ist. Mein Mech ist seit diesem Duell in der Reparatur.«

»Sir, während wir uns hier unterhalten, sind die Händlerschiffe im Anflug«, gab Hawke zu bedenken. »Soll ich sie in die Umlaufbahn oder in eine andere Landezone umlenken?«

»Sie im Orbit zu parken, hieße einen Jägerangriff zu riskieren. Schlimmer noch, es würde uns politisch und finanziell schaden, wenn die Händler an Bord der Schiffe ihren Geschäften nicht nachgehen können. Sie werden sie aufsetzen lassen und ihnen Deckung geben müssen, während sie mit den Einheimischen handeln. Aber sie sollen sich beeilen. Morrison dürfte hier sein, um sich ihre Ladung als Beute zu holen. In Rectortown stehen vier Züge Miliz, zu denen ich keinen Kontakt aufnehmen konnte, weil sie nichts von dieser Kabelverbindung wissen. Übernehmen Sie den Befehl über sie und tun Sie, was Sie für richtig halten, um das Gebiet abzusichern. Ich würde Ihnen gerne Hilfe schicken, selbst wenn es nur zwei Mechs wären, aber das Risiko ist zu groß. Wir bleiben hier in der Basis. Sie sind auf sich gestellt. Able Aus.«

»Ja, Sir«, bestärtigte Hawke. »In Ordnung, Feuerball, ihr habt den Kommandanthauptmann gehört. Die Händler sind auf dem Weg hierher, und unsere Aufgabe ist es, das Gebiet zu sichern. Ich will jedes einzelne Gebäude um den Raumhafen evakuiert und gesichert sehen. Jord, du und Lewis bleibt mit der Infanterie und der Miliz hier in der Stadt. Die anderen nehmen Aufstellung am oberen Kraterrand. Tastet die Gegend ab. Stellt an allen Zugängen Sensoren ab und überwacht sie. Der Kraterrand stellt eine erhöhte Stellung dar, von der aus ein Mech mit der geeigneten Bewaffnung das Schiff und den Raumhafen treffen könnte. Wir müssen diese Höhenlage halten, für den Fall, daß Morrisons Leute auftauchen. Kein Abschlaffen da draußen, Leute. Diese Plünderer sind nicht auf ein kühles Bierchen hier. Sie sind gekommen, um zu stehlen, zu rauben und Ärger zu machen. Ich habe es schon früher mit diesen Brüdern zu tun bekommen, und unsere letzte Begegnung ist mich teuer zu stehen gekommen. Ich habe mit den Plünderern noch eine Rechnung zu begleichen. Aber das hier ist mehr als nur ein Privatkrieg. Wir werden ihnen zeigen, daß niemand sich ungestraft mit Able's Aces anlegt.«

15

Rectortown, Gillfillan's Gold
Randgemeinschaft, Peripherie

4. April 3059

Die letzten Tage waren erstaunlich ruhig für Harley und den Rest der Aces und Milizionäre gewesen. Als er hörte, daß es Judith Glancy wieder besserging, wartete er auf den Befehl, ihr den *Sentinel* wieder zu übergeben, aber der kam nicht. Vielleicht lag es daran, daß er seinen Quadranten des Kraterrands jetzt schon seit zwei Tagen patrouillierte und sich inzwischen mit der Gegend vertraut gemacht hatte.

Gefreite Glancy war eine erfahrene MechKriegerin, aber sie hätte Zeit gebraucht, das Gelände zu erkunden und die besonders infiltrationsgefährdeten Pässe zu identifizieren. Wahrscheinlich wollte Hawke nicht das Risiko eingehen, daß Glancy dafür mehr Zeit benötigte, als die Banditen ihnen ließen. Harley war es im Grunde gleichgültig. Ganz egal, welche Position oder welchen Auftrag er hatte, er hatte sich den Aces nur angeschlossen, um die Wahrheit über Benjamins Tod herauszufinden. Was Livia Hawke von ihm hielt, war für ihn so oder so ohne Bedeutung.

Unten in dem Krater, der Rectortown umgab, hatten die Händler auf dem Asphalt des Landefelds ihre Waren aufgebaut. Trotz der strengen Sicherheitsvorkehrungen war eine große Zahl von Einheimischen im Schatten der Landungsschiffe damit beschäftigt zu kaufen, zu verkaufen und um Preise zu feilschen. Frachtwagen brachten Waren und nahmen andere mit. Der Markt und das Händlertreiben ging bis tief in die Nacht, weil Hawke wegen der Gefahr eines Angriffs durch die

Plünderer auf einem baldigen Abflug bestanden hatte. Die Händler hatten sich nicht beschwert. Im Gegenteil, sie erwarteten noch bessere Gewinne, weil die Einheimischen weniger Gelegenheit hatten, auf Zeit zu spielen.

Bevor er zu den Aces gestoßen war, hatte Harley die Miliz immer für einen wertvollen Bestandteil der planetaren Verteidigung gehalten. Aber da hatte er auch noch nicht gewußt, was es hieß, einen BattleMech zu steuern. Miliztruppen waren mit Gewehren und Raketenwerfern bewaffnet und hätten sich gegen den Angriff einer Mecheinheit nicht länger als Sekunden gehalten.

Auch Geschützfeldwebel Coombs und sein Acer-Infanteriezug waren Schlammstampfer, aber sie waren für den Kampf gegen Mechs trainiert und ausgerüstet. Die Kletterstangen, die sie mitführten, gestatteten ihnen, an einem Kampfkoloß hochzuklettern, und ihre Waffen waren schwerer und tödlicher. Ihre tragbaren PPKs und Laser fraßen sich durch Mechpanzerung.

In wenigen Stunden schon würden die Händler ihre Schiffe wieder beladen und abfliegen. Die *General Gordon* würde sie sicher bis zum Sprungpunkt eskortieren. Wenn alles lief wie geplant, würde Harley in ein paar Stunden wieder in einem echten Bett schlafen können statt auf der Pilotenliege des *Sentinel*, dessen Kanzel seit zwei Tagen sein Zuhause war.

Er justierte die Fernortung, wie er es in dieser Schicht schon einige Male getan hatte, als ein kurzes Flackern auf dem Sichtschirm seine Aufmerksamkeit erregte. Es war nur ein kurzer Lichtblitz, aber eigentlich hätte es ihn nicht geben dürfen. Er kam von der gegenüberliegenden Seite des Kraters, auf der Jord MacAuld Dienst schob. Erst dachte Harley, es wäre ein Gewitter aufgezogen, aber es standen kaum Wolken am Himmel.

»Feuerball Fünnef an Feuerball Zwo«, bellte er in

das Mikrofon seines Neurohelms. Über die Kommleitung kam keine Antwort, außer einem Knattern und Zischen, »… arm … wiederhole … Feind …« Dann Stille.

Harley fuhr den Pitban 240 Fusionsreaktor des *Sentinel* hoch und schaltete auf die Breitbandfrequenz der Kompanie. »Feuerball Fünnef an Feuerball-Leiter. Rot, Rot, Rot.« Es war das vereinbarte Zeichen für Feindkontakt.

»Position, Rassor!« ertönte Hawkes Stimme.

»Nicht bei mir, bei Jord«, gab Harley durch. »Jemand stört seinen Funkverkehr, und es sieht aus, als würde in seinem Quadrant geschossen.«

Hawke übernahm sofort das Commando. »Fünnef und Vier, Position auf dem Kraterrand halten. Es könnte ein Ablenkungsmanöver sein. Coombs, deine Leute bleiben mit der Miliz am Boden und sichern den Raumhafen. Die Händler sollen sofort mit dem Einschiffen beginnen. Alle anderen Einheiten rücken auf Feuerball Zwos Koordinaten vor.«

Harley sah eine Rauchsäule von Jord MacAulds Stellung aufsteigen, ein sicheres Zeichen für ein Gefecht. Er wurde angegriffen, aber Hilfe war schon unterwegs.

Vier angespannte Minuten vergingen, während Hawke und die anderen sich durch die Gebirgspässe zum Kraterrand hocharbeiteten. Noch während Harley das Gefecht beobachtete, schien sich dessen Tempo zu steigern. Die Langstreckensensoren zeichneten schwache Signale, als sich die Feindmaschinen zwischen den Felsformationen bewegten und gelegentlich aus deren Deckung traten.

Als er einen PPK-Schuß aufblitzen und eine vorbeigehende Raketensalve Staub- und Rauchwolken in die Luft schleudern sah, spielte Harley mit dem Gedanken, seine Befehle zu ignorieren. Hier war er zu nichts nutze. Er hätte dort drüben sein und MacAuld helfen sollen. Einen flüchtigen Augenblick erinnerte er sich an seine erste Simulatorübung, in der er Jord zurückgelassen und sich auf eigene Faust in den Kampf gestürzt hatte.

Nein, er hatte seine Befehle, und es war durchaus möglich, daß der Oberleutnant recht hatte: Der ganze Kampf konnte eine Art Ablenkungsmanöver sein. In diesem Moment blinkten mehrere blaue Signallichter vor ihm auf.

Im Verlauf der vergangenen Tage hatten er und die anderen Mitglieder der Einheit in allen Pässen und Straßen tragbare Sensoren aufgestellt. Soeben hatte etwas einen nicht weit von seiner Position aufgestellten Detektor ausgelöst.

»Feuerball-Leiter von Fünnef«, rief er. »Ich zeichne eine Bewegung an Außenmarkierung Acht. Banditen an der Hintertür.«

Livia Hawkes Antwort war gepreßt. »Verstanden, Fünnef. Wir sind hier beschäftigt. Vier unterstützt Fünnef, während wir hier aufräumen.«

Jeremy Lewis reagierte sofort. »Wird gemacht, Ma'am.« Er schaltete auf einen anderen Kanal um, über den er mit Harley reden konnte, ohne die anderen abzulenken. »Ich bin zwei Minuten an Ihrer Position. Können Sie da warten, bis ich Sie erreicht habe, Rassor?«

Harley holte die Nahortungsdaten auf den Hauptschirm. Er war nicht länger allein. Vier BattleMechs, möglicherweise sogar noch mehr, bewegten sich in Sensorreichweite, aber nicht in seine Richtung. Sie hatten Kurs auf den Kraterrand und auf Stadt und Raumhafen unter ihm genommen. Der Bordcomputer rief bereits die Daten der Maschinen ab und versuchte sie zu identifizieren. Eines war jetzt schon sicher. Er war den Angreifern unterlegen.

»Ich kann nicht warten. Geben Sie Gunney Bescheid, daß er Gesellschaft bekommt. Ich rücke vor und versuche sie abzulenken.«

Hastig steuerte er den *Sentinel* die schmale Straße entlang, die über den Kraterrand verlief, und erreichte eine kleine Lichtung mit spärlichem Gestrüpp, Felsbrokken aller Formen und Größen ... und Ausbeuter-BattleMechs. Auf der Sichtprojektion blinkten mehrere Ziele alarmierend auf, und Harley verlor keine Zeit mit langen Überlegungen.

Zwei der Mechs standen dicht am Abhang der Kraterwand. Der vorderste der beiden, ein *Dragon*, hatte sich bereits an den Abstieg gemacht und war nur noch teilweise zu sehen. Auch andere Feindmaschinen waren bereits auf dem Weg hinab zur Stadt und zum Raumhafen, und Harley erkannte, daß er es nur noch mit der Nachhut zu tun hatte. Ein *Trebuchet* drehte ihm den Rücken zu, als er auf die Lichtung trat. Seine dünne Rükkenpanzerung bettelte geradezu darum, mit einer Breitseite zerblasen zu werden.

Er löste die Kurzstreckenraketen und Autokanone aus. Eines der Geschosse flog am Ziel vorbei und pflügte neben dem Piratenmech in eine Felsformation. Das andere senkte sich in die Panzerplatten über der Torsomitte des *Trebuchet* und riß eine üble Bresche auf. Die AK-Granaten waren treffsicherer. Sie schlugen eine Kraterspur den Rücken des Kampfkolosses hinauf, und bei jedem Einschlag spritzten die Panzertrümmer nach allen Seiten davon. Eine Hitzewelle wusch durch das Cockpit, und Harley stellte fest, daß er die Rückenpartie des Piraten komplett entblößt hatte.

Der Mechpilot des *Trebuchet* hatte Mühe, auf dem Rand des Kraterbeckens das Gleichgewicht zu halten. Er drehte den Mech halb zur Seite und brachte in einer Torsodrehung seine Waffen bis in Schußposition herum.

Harley stürmte vorwärts. Die Hauptbewaffnung des *Trebuchet* bestand aus zwei je fünfzehn Abschußrohre starken Lafetten mit Langstreckenraketen. Wenn es ihm gelabg, dicht genug an seinen Gegner heranzukommen, waren sie wertlos, weil sie nicht genug Flugzeit hatten, um die Sprengköpfe scharf zu machen. Er verließ sich darauf, daß der Ausbeuterpilot instinktiv zuerst diese Waffen abfeuern würde, und er hatte recht. Dreißig Raketen glitten aus den Rohren und schwärmten auf den *Sentinel* zu.

Mehr als die Hälfte traf ihn, während er in gestrecktem Galopp auf seinen Gegner zustürmte, aber da hatte Harley die kritische Distanz bereits unterschritten. Er stählte sich für den Aufprall, als er die Stichflammen aus den Lafettenrohren schlagen sah, aber die Raketen flogen blindlings wie Feuerwerkskörper durch die Landschaft, bis ihr Treibsatz ausgebrannt war. Sie tanzten wild durch die Luft und verteilten sich über die Lichtung.

Die Temperatur im Innern der Kanzel war immer noch hoch genug, aber er wußte, er mußte das Risiko eines weiteren Angriffs eingehen. Der *Trebuchet* war ihm an Masse und Bewaffnung überlegen. In einem längeren Schlagabtausch hatte er keine Chance. Außerdem war der *Dragon*, der auf dem Weg ins Tal schon fast aus seinem Sichtfeld verschwunden gewesen war, stehengeblieben. Er mußte damit rechnen, daß der schwere Mech umdrehte, um den plötzlichen Angriff aus dem Rücken der Formation mit zurückzuschlagen.

Harley verschwendete keine Zeit mit dem leichten Laser. Statt dessen zog er mit einer schnellen Knüppelbewegung das Fadenkreuz auf den Kopf des *Trebuchet*. Als erstes löste er die Raketenlafette aus, gefolgt von einer erneuten Salve seiner AK-Ultra.

Die Kurzstreckenraketen schlugen in den rechten Arm der Kampfmaschine, und die Panzerplatten verwandelten sich unter der Wucht der Detonationen in graue Rauchschwaden. Die Autokanone traf die obere rechte Brustpartie des *Trebuchet* und zeichnete eine Spur aus rußgeschwärzter, zerfetzter Panzerung aufwärts bis über den Kopf des humanoiden Kampfkolosses. Der zehn Tonnen schwerere BattleMech geriet unter dem Stakkatofeuer ins Wanken und kippte leicht nach hinten, vermutlich, weil sein Pilot unter dem ohrenbetäubenden Granatenbombardement im Innern der Kanzel wild durchgeschüttelt wurde.

Harley war entschlossen, den nach seinem ersten Angriff praktisch schutzlosen Rücken des Gegners aufzureißen. Noch ein paar Volltreffer, und er hatte eine Chance, den *Trebuchet* auszuschalten, bevor der *Dragon* in das Geschehen eingriff. Er stürmte weiter und wünschte sich, seine Wärmetauscher könnten mehr Leistung liefern. Inzwischen war er bis auf vierzig Meter an den Piratenmech heran. Als der *Sentinel* durch sein Schußfeld preschte, feuerte der *Trebuchet* einen seiner mittelschweren Laser ab und erwischte Harley fast mitten in der Bewegung. Er zog seine Maschine vor dem Mech vorbei, eindeutig in der Absicht, in dessen ungeschützten Rücken zu gelangen.

Dann blieb er abrupt stehen und änderte die Richtung um hundertachtzig Grad.

Der MechKrieger im Innern des *Trebuchet* mußte wissen, daß seine verbliebene Rückenpanzerung die Schutzwirkung von Toilettenpapier hatte. Harley zählte darauf, daß der Pirat versuchte, seine Schwachstelle zu beschützen. Wieder hatte er richtig geraten. Mit einer erneuten Torsodrehung richtete Morrisons Pilot seinen Mech dorthin aus, wo der *Sentinel* gestanden hätte, hätte Harley nicht den Kurs plötzlich geändert. So hatte er den Banditen mit seiner abrupten Kehrtwende und einer kleinen Drehung dazu gebracht, ihm genau das zu liefern, was er wollte: einen freien, ungehinderten Schuß auf den Rücken eines praktisch reglosen Mechs.

Er konnte sein Ziel nicht verfehlen.

Er verfehlte es nicht.

Der leichte Laser schnitt von der Mitte des Torsos

hinüber zur linken Seite eine Sektion aus dem Rücken der Maschine und brannte die Myomerbündel weg, die dem Kampfkoloß als künstliche Muskeln dienten. Die Kurzstreckenraketen verschwanden in dem dadurch in der Rückenpartie aufklaffenden Loch und explodierten im Innern der Maschine. Schwarzer Qualm und rote Flammenzungen schlugen ins Freie.

Wegen des Wämestaus in seiner eigenen Maschine wartete Harley eine volle Sekunde, bevor er die Ultra-Autokanone auslöste, dann feuerte er einen steten Strom von Projektilen in die Eingeweide des *Trebuchet*. Die Granaten detonierten immer tiefer im Herzen der Kampfmaschine, zerschlugen die interne Skelettstruktur und lebenswichtige Untersysteme. Er sah bläulichweiße Lichtbögen aus dem Innern der Bresche schlagen, und eine gleißend gelbe Feuersäule zeigte ihm, daß er den Fusionsreaktor oder mindestens dessen Abschirmung getroffen hatte.

Die Temperatur im Innern des Cockpits war inzwischen so hoch, daß er glaubte, im eigenen Saft geschmort zu werden, aber auf dem Sichtschirm erzitterte der *Trebuchet* wie von einem Krampfanfall geschüttelt. Eine gar nicht einmal so starke interne Explosion versetzte dem Mech den Todesstoß. Er sackte zusammen und krachte über den Rand des Kraters den Hang nach Rectortown hinab, auf den *Dragon* zu, der sich seinen Weg zurück nach oben bahnte.

Harleys Blick zuckte zur Wärmeskala, die nach dem Sturmlauf und seinen Breitseiten gefährlich hohe Werte anzeigte. Er verlor keine Zeit, drehte um und machte sich vor dem immer näher kommenden *Dragon* aus dem Staub. Irgendwo weiter hangabwärts waren die beiden anderen Ausbeuter-Mechs auf dem Weg zum Raumhafen. Aber im Moment hatte Harley selbst Probleme genug.

Er bildete sich auf den Abschluß des *Trebuchet* nichts

ein. Es war ihm nur deshalb gelungen, sie zu besiegen, weil er den schwereren Mech mit seinem Angriff von hinten überrascht und im weiteren Verlauf des Mechduells die Initiative behalten hatte. Bei dem *Dragon* würde ihm das nicht gelingen. Dessen Mechpilot wußte, daß Harley hier war, und mit einem Mechgewicht von sechzig Tonnen hatte er eine solchen Vorteil gegenüber dem *Sentinel*, daß das Ergebnis der Konfrontation nur eine Frage der Zeit war. Der *Dragon* bewegte sich in ruhigem Schrittempo und ließ Harley Gelegenheit, auf Distanz zu gehen, bevor er seine tödliche Mauer aus Langstreckenraketen auf die Reise schickte. Vorerst begnügte er sich mit seiner Standard-Autokanone und den mittelschweren Lasern.

Ein Laserschuß zuckte keinen Meter an Harleys Kanzeldach vorbei. Der andere bohrte sich in das rechte Bein des *Sentinel* und schnitt durch die Schutzpanzerung. Das AK-Feuer traf den linken Mechtorso und zertrümmerte den größten Teil des Panzerschutzes. Noch ein Treffer an dieser Stelle, und ihn erwartete dasselbe wie kurz zuvor sein Opfer.

Harley duckte den Mech hinter einen kleinen Felsvorsprung, der ihm gestattete, aus der Schußlinie seines Verfolgers zu kommen, und zog sich weiter zurück.

»Feldwebel Lewis, ich könnte hier Unterstützung gebrauchen«, keuchte er ins Helmmikro. Er erhielt keine Antwort und wartete auch nicht darauf. Als er mit dem *Sentinel* um eine weitere Felsgruppe rannte, erwischte ihn der *Dragon* mit einer neuen Autokanonensalve, diesmal am rechten Arm knapp unterhalb des Ellbogenaktivators. Der Treffer beschädigte nur die Panzerung, aber Harley war klar, daß ihm die Zeit davonlief.

Die Sensoren warnten ihn vor der Annäherung eines weiteren Mechs, dann sah Harley sich um und entdeckte einen *Hermes II*. »Ist das eine Privatfeier, oder darf jeder mitmachen?« fragte Lewis' Stimme in Harleys Helmlautsprecher.

»Übernehmen Sie, Feldwebel«, stammelte er überrascht und erleichtert.

»Ich lenke ihn von rechts ab. Sie ziehen in seine linke Flanke«, befahl Lewis. Der *Hermes II* war ein älteres Mechmodell, verfügte aber trotzdem über reichlich Feuerkraft. Er zog an Harleys *Sentinel* vorbei und stürmte davon, während er mit Autokanone und Lichtwerfer auf ein unsichtbares Ziel feuerte.

Harley folgte seiner eigenen Spur und fand Jeremy Lewis und den *Dragon* wie zwei Sumoringer im Duell verstrickt. Sie tauschten aus tödlich kurzer Distanz Geschützfeuer aus. Harley beschleunigte den *Sentinel* auf einen mittleren Trab und legte alle Waffen auf denselben Feuerleitkreis.

Trotz der Schäden, die der *Dragon* schon erlitten hatte, war Harley klar, daß er mit seinen begrenzten Waffen nicht die Entscheidung erzwingen konnte. Es würde mehr brauchen, die Waagschalen dieses Gefechts zu beeinflussen, etwas weit Dramatischeres. Große Siege erfordern große Risiken, hatte Ben immer gesagt. Jetzt verstand Harley nur allzu gut, was sein Bruder damit gemeint hatte.

Er warf den Mech in einen Sturmangriff. Statt sich in die Flanke des Piratenmechs zu bewegen, hatte er sich entschlossen, ihn zu rammen. Harley drehte den *Sentinel*, bis die Ausbeutermaschine direkt voraus auf dem Kraterrand aufragte, dann rammte er den Schubregler bis zum Anschlag nach vorne und jagte den Kampfkoloß vorwärts mit jedem Joule, das der Reaktor aufbieten konnte. Der *Dragon*-Pilot war so mit Lewis beschäftigt, daß er Harley gar nicht bemerkte, bis es zu spät war. Eine Sekunde vor dem Zusammenstoß löste Harley eine letzte Breitseite aus.

Er glaubte, das Aufblitzen seiner Raketen noch für

einen Sekundenbruchteil mitzubekommen, bevor der Rumpf des *Dragon* Sichtschirm und Kanzeldach füllte. Der Aufprall war knochenbrecherisch, und Harley fühlte, wie die Sicherheitsgurte der Pilotenliege sich bis zum Zerreißen gespannt in seinen Körper gruben. Blut stieg ihm in den Kopf, und das Gesicht brannte heißer als die Luft im Innern des Cockpits, als er sich bemühte, den Mech im Griff zu behalten. Nicht einmal das Neurofeedback seines Gleichgewichtssinns an den Kreiselstabilisator reichte dazu aus. Der *Sentinel* schwankte und stürzte nach hinten. Wieder wurde Harley durch die Kanzel geschleudert.

Das Schadensdiagramm auf dem Zweitbildschim zeichnete kein hübsches Bild. Ein großer Teil der Torsopanzerung war zerstört, aber wenigstens waren die Waffen noch intakt. Bis jetzt hatte er keinen internen Schaden einstecken müssen, aber das konnte nicht mehr lange dauern. Er konnte nur hoffen, daß der *Dragon* ähnlich schwer mitgenommen war, ausreichend, um Lewis die Möglichkeit zum Todesstoß zu geben. Wenn nicht, stand ihm noch weit Schlimmeres bevor.

Harley bearbeitete Steuerknüppel und Pedale wie ein Derwisch, um den *Sentinel* wieder aufzurichten. Als er es endlich geschafft hatte, konnte er auf dem Sichtschirm das Ergebnis seines Rammangriffs betrachten. Der *Dragon* lag auf der Seite, und Lewis überschüttete ihn mit Laser- und AK-Feuer. Sein Rumpf war rußgeschwärzt, und seine Panzerung und Myomermuskulatur war durch Lewis' Attacken so schwer verbrannt, daß er kaum noch an den Mech erinnerte, in den Harley nur eine Minute zuvor gesprescht war.

Der *Dragon* schüttelte sich heftig, als die Raketenmunition in seinem Innern explodierte und den Kampfkoloß von innen heraus zerfetzte. Der MechKrieger im Innern der Maschine versuchte auszusteigen, aber der am Boden liegende BattleMech war dafür in einer denkbar ungünstigen Position. Der Schleudersitz schoß zwar aus dem Mechkopf, aber statt senkrecht in die Höhe zu steigen, wie es vorgesehen war, schleuderte der Treibsatz ihn in einem spitzen Winkel über den Boden und geradewegs auf eine Felsformation zu. Wie zum Hohn öffnete sich der Fallschirm, als die Leiche des Piloten auf seiner zertrümmerten Pilotenliege an der Felswand herabrutschte.

»Lagebericht«, bellte Lewis.

Harley überprüfte noch einmal alle Systeme. »Ich bin einsatzbereit, aber meine Panzerung ist hinüber.«

»Das war ein verteufelter Zug, Rassor. Der *Dragon* brachte zwanzig Tonnen mehr auf die Waage als Sie, aber Sie haben es geschafft, ihn umzuwerfen, und das war alles, was ich brauchte, um ihn zu erledigen.«

»Feldwebel Lewis«, brach eine dritte Stimme über die Kommverbindung, eine Stimme, die Harley noch nie zuvor gehört hatte. »Wenn Sie und Glancy hier fertig sind, warten da unten im Tal noch mehrere Mechs mit Kurs auf den Raumhafen und eine Menge verängstigter Zivilisten.«

Lewis antwortete sofort. »Das ist nicht Glancy, Kommandanthauptmann. Es ist einer der Rekruten, Schütze Harley Rassor.«

Harley drehte seinen zerbeulten *Sentinel* zu der riesigen, fünfundneunzig Tonnen schweren *Banshee* um, die hundert Meter entfernt aufgetaucht war. Auf dem graubraunen Tarnmuster prangten das Einheitsabzeichen der Aces und eine große rote Ziffer Eins. Harley wußte sofort, wem er gegenüberstand, ohne daß es ihm noch irgend jemand sagen mußte.

»Rassor, ja? Das war ein verteufelter Zug, Kleiner. Ich nehme an, der *Trebuchet*, an der ich vorbeigekommen bin, geht auch auf dein Konto?«

»Ja, Sir«, bestätigte er.

»Na, dein Bruder war ein guter Mann, und es sieht

aus, als wärst du aus demselben Stoff. Willkommen bei den Aces. Ich bin Kommandanthauptmann Jerry Able.« Der Kommandanthauptmann wartete nicht auf Harleys Antwort. »Hinter mir aufstellen. Auf uns wartet Arbeit.«

16

Rectortown, Gillfillan's Gold
Randgemeinschaft, Peripherie

4. April 3059

Auf dem Raumhafen herrschte das blanke Chaos, als Harley hinter Kommandanthauptmann Ables *Banshee* eintraf. Von brennenden Frachtcontainern auf dem Landefeld stieg Rauch in den Himmel, und Zivilisten rannten in alle Richtungen davon. Aus dem Cockpit seines gebeutelten *Sentinel* sah Harley mindestens eine Lanze aus vier BattleMechs zwischen den Bürgern wild auf Lasttransporter, Warenpaletten und, wie es schien, andere Kampfkolosse auf der anderen Seite des Raumhafens feuern.

»Gebt den Unbeteiligten Deckung«, befahl Able über Funk. »Treibt die Piraten aus der Stadt.«

Die Mechs der Angreifer hielten sich bewußt zwischen den panisch davonstürzenden Zivilisten, damit es schwieriger wurde, sie anzugreifen, ohne das Leben Unschuldiger zu gefährden. BattleMechs waren titanische Maschinen, die Geschwindigkeiten von sechzig Stundenkilometern oder mehr erreichen konnten, aber in dieser Situation war das unmöglich, ohne unschuldige Zivilisten zu zertrampeln. Obwohl die Menge sich schnell zerstreute, stellte sie Harley immer noch vor ein Problem, mit dem er keinerlei Erfahrung hatte.

Seine Gedanken rasten unter dem Adrenalinstoß des Kampfes. Obwohl es sein erstes wirkliches Gefecht war, bewegten seine Hände und Füße sich mehr reflexartig über die Kontrollen der Maschine statt von bewußten Überlegungen gesteuert. Er konnte den Gedanken an Ben nicht verdrängen, und daran, daß dies die Raumpiraten waren, die ihn getötet hatten. Das war seine Chance, das Unrecht wiedergutzumachen, das seine Familie erlitten hatte. Es war mehr als nur Vergeltung, diese Piraten zu erledigen. Es war Gerechtigkeit.

Er sah Oberleutnant Hawkes allem Anschein nach unbeschädigten *Orion* mit Autokanone und schwerem Laser auf einen Gegner feuern, den Harley noch nie aus solcher Nähe gesehen hatte. Es war ein dunkelgrün lackierter Clan-*Timber Wolf*, eine Maschine, die in der Inneren Sphäre *Mad Cat* genannt wurde. Der riesige OmniMech war der Gipfel der Mechtechnologie. Er schüttelte Hawkes Angriff ab, als wäre er keine reelle Bedrohung, sondern höchstens eine Belästigung.

Harley wartete den Gegenangriff nicht ab. Die Panzerung seines *Sentinel* war praktisch nicht mehr existent, und er hatte keinerlei Bedürfnis, sich mit einem tödlichen Monster wie dem *Timber Wolf* anzulegen. Er suchte sich ein lohnenderes Opfer und fand es in einem erheblich älteren *Crab*, der mit Jill Sutcliffes *Panther* Geschützfeuer austauschte. Der Name paßte hervorragend zu dem länglich flachen Mech, dessen Rumpf auf nach hinten geknickten Vogelbeinen tief über dem Boden hing und an dessen rechtem Arm eine riesige Schere einen schweren Laser beschützte. Von oben wirkte ein *Crab* wie ein riesiger mutierter Panzerkrebs. Von Harleys Position aus erinnerte er mehr an eine Zielscheibe.

Sutcliffes *Panther* feuerte seine tödliche PPK ab und schleuderte einen armdicken Strahl geladener Atomteilchen, der sich in einem gleißenden Blitzschlag in den Torso des *Crab* senkte. Eine Panzerplatte wurde so schwer beschädigt, daß ihre Überreste fast fünfzig Meter hoch geschleudert wurden, bevor sie krachend auf den Asphalt schlugen. Der *Crab* wankte leicht, und gerade als er unmittelbar davor schien, sich wieder aufzurichten, löste Harley seine Ultra-Autokanone aus.

Der Strom der Granaten schien die beiden Kampfkolosse über die sie trennende Distanz zu verbinden, wenn auch nur für den Bruchteil einer Sekunde. Die Geschosse hämmerten in die linke Torsoseite des Ausbeutermechs und sprengten noch mehr Panzerung ab. Der *Crab* stolperte einen Schritt nach hinten. Der MechKrieger in seinem Innern schien vom Auftauchen dieser neuen Bedrohung überrascht und versuchte vermutlich, die Situation einzuschätzen.

In der Ferne sah Harley einen *Crockett* und den *Timber Wolf* Angriffe Kommandanthauptmann Ables und Oberleutnant Hawkes abwehren. Er sah noch andere Kampfmaschinen in der Entfernung, aber sie bewegten sich fort statt auf das Schlachtfeld zu, und Harley hatte nichts dagegen einzuwenden.

Der *Crab* brachte einen seiner schweren Laser herum und feuerte ihn auf Sutcliffes *Panther* ab. Der leuchtende Energiestrahl traf sein linkes Mechbein und brannte mit einem knallenden Geräuch, das Harley bis ins Cockpit hörte, den größten Teil der Panzerung ab. Irgendwie mußte er den gegnerischen Piloten ablenken. Harley drehte den Torso des *Sentinel* nach rechs und zog die beiden Abschußrohre seiner Kurzstreckenlafette in Position. Dann betätigte er den Feuerknopf.

Eine Rakete verfehlte ihr Ziel, flog weiter gegen die Seitenwand eines in der Nähe aufragenden Gebäudes und sprengte in einer Wolke aus Staub und braunem Rauch einen Teil der Mauer weg. Die zweite grub sich in den Mittelteil des *Crab* und schlug noch einen zusätzlichen Krater in die wenigen noch verbliebenen Panzerplatten.

Das genügte, die Aufmerksameit des Piraten zu erregen. Der *Crab* drehte sich zu Harley um, und plötzlich leuchtete er unter dem elektrischblauen Glanz eines künstlichen Blitzschlags aus der Partikelkanone von Jill Sutcliffes *Panther* auf. Der Partikelstrahl traf den beschädigten linken Torso, pflügte an den dort noch verbliebenen Panzerresten vorbei und grub sich tief in die interne Struktur. Der Kampfkoloß wirbelte herum und krachte zu Boden. Harley drehte um und suchte nach einem neuen Ziel.

Er fand den *Timber Wolf*. Dessen Feuerkraft machte ihn nicht gerade zu einem Ziel, auf das Harley sonderlich scharf war, aber ihm blieb keine Wahl. Der *Timber Wolf* überschüttete Kommandanthauptmann Ables *Banshee* mit einem mörderischen LSR-Bombardement. Zuerst dachte Harley, die schiere Gewalt des Angriffs hätte den überschweren Mech vernichtet, als er in einer dichten Rauchwolke verschwand. Aber dann sah er den *Banshee* durch den Qualm stampfen, zerbeult und an den verschiedensten Stellen schwarz verbrannt, aber immer noch einsatzbereit.

Mit einem Gewicht von fünfundsiebzig Tonnen war der *Timber Wolf* ein Mech, der jedem Krieger angst machen konnte. Als ein mit Technologien hergestellte OmniMech, die sich nur sein Bruder Ben hätte erträumen können, war der *Timber Wolf* in der Lage, sich mit dem erheblich schwereren *Banshee* anzulegen und sie abzuwatschen wie ein kleines Kind. Ben hatte ihm alles von den Wundern der Clantechnologie erzählt, von Waffen mit größerer Reichweite, weniger Abwärme und höherer Durchschlagskraft. Jetzt sah sich Harley eben dieser todbringenen Techologie an den Kontrollen eines bereits übel zugerichteten Mechs gegenüber, der seit Jahrhunderten in Dienst stand.

In einer Erinnerung daran, was er gegen den *Trebuchet* geschafft hatte, beschleunigte er den *Sentinel* auf volle Geschwindigkeit und hetzte durch das Frontschußfeld des *Timber Wolf*. Trotz aller technologischen Unterschiede war die Schnelligkeit seiner Maschine sein Verbündeter. Er schlug einen Kurs ein, der ihn von Kommandanthauptmann Ables *Banshee* weg führte, und hoffte darauf, daß der Pirat mehr an dem größeren und tödlicheren Gegner interessiert war.

Im Hintergrund sah er Hawkes *Orion* dem Piraten-*Crockett* dermaßen zusetzen, daß der Pilot die Maschine umdrehte und die Flucht ergriff. Aus mehreren Gebäuden, an denen der *Crockett* vorbeikam, flogen leichte Mechabwehrraketen auf ihn zu, ein Beweis, daß auch Gunney Coombs und seine Leute noch aktiv an der Schlacht teilnahmen.

Durch den Sprint blieb die Temperatur im Innern des *Sentinel* unangenehm hoch, aber Harley ließ sich davon nicht beeindrucken. Der *Timber Wolf* war ein eindrucksvoller Gegner, aber er hatte dieselbe schwache Rückenpanzerung wie die meisten Mechs, und Harley hoffte, daß es ihm gelingen würde, das auszunutzen. Er fühlte, wie die riesigen Metallfüße des *Sentinel* auf dem glatten Asphalt leicht abrutschten, und kompensierte die Bewegung so gut er konnte, während er in einem weiten Bogen in den Rücken des OmniMechs rannte. Er hob die Ultra-Autokanone und stieß den Feuerknopf durch, sobald er den Signalton der Zielerfassung hörte.

Der Granatenhagel schlug in das wuchtige Waffenmodul am Arm des *Timber Wolf* und verfehlte die dünnere Rückenpanzerung, die Harley eigentlich hatte aufbrechen wollen. Als der *Banshee* des Kommandanthauptmanns vorrückte, verkrampfte sich Harleys Magen. Der Omni drehte den Mechtorso schneller als er es je bei irgendeinem Mech gesehen oder auch nur für möglich gehalten hatte. Die Waffenmodule schienen nach ihm zu suchen, dann sah er eine glutrote Lichtwelle aus zwei schweren Lasern in seine Richtung zucken. Einer der Lichtspeere verfehlte ihm, aber der andere schlug mit solcher Gewalt in das linke Mechbein ein, daß er die Kontrolle über den *Sentinel* verlor. Der BattleMech stürzte um und schlidderte mit einem knirschenden Geräusch über den Asphaltbelag des Landefelds, bei dem es Harley eiskalt den Rücken hinablief.

Der Knieaktivator seines Mechs war zerstört. Ohne Kontrolle über die Bewegung des Gelenks war es schwer, den Kampfkoloß auch nur wieder aufzurichten. Harley versuchte es augenblicklich, wälzte den Mech auf die Seite und hebelte sich mit ausgestrecktem Mecharm hoch. Es kostete einige Anstrengung, aber schließlich gelang es ihm, den *Sentinel* wieder auf die Füße zu stellen. Er konnte alllerdings nicht sagen, wie zuverlässig das linke Bein war. Er riskierte einen Schritt und zog das beschädigte Bein wie ein verletztes Tier nach. Der Mech konnte nur noch humpeln, aber er war einsatzbereit.

Irgendwie erwartete er eine weitere Geschützsalve des *Timber Wolf*, aber die Ortung ebenso wie seine eigenen Augen teilten ihm mit, daß der OmniMech die Flucht ergriffen hatte. In der Ferne konnte er ihn und drei andere Ausbeuter-Mechs auf einem ausgetretenen Trampelpfad die Kraterwand hinaufklettern sehen. Sie ließen Rectortown hinter sich und zogen sich wieder ins Gebirge zurück.

Er sah hinüber dorthin, wo Able's Aces sich nach Aussage der Mechsensoren sammelten. Der *Banshee* des Kommandanthauptmanns hatte über ein Drittel ihrer Panzerung eingebüßt und war vollständig rußgeschwärzt. Jord MacAulds *Black Knight* war böse zugerichtet, ebenso wie Sutcliffes *Panther*, von dessen Rumpf ein Arm beinahe so nutzlos herabhing wie Harleys Mechbein. Hawkes *Orion* wies ebenfalls Beschädigungen auf, aber zumindest soweit Harley das beurteilen konnte, war ihm das Schlimmste erspart geblieben.

»Feuerball-Leiter«, öffnete er einen Kanal zu Oberleutnant Hawke. »Erbitte Erlaubnis, die Verfolgung aufzunehmen.«

Ihre Stimme war streng. »Rassor, Sie hätten den Breitbandkanal abhören sollen. Kommandanthauptmann Able hat uns angewiesen, den Kampf einzustellen und den Raumhafen zu sichern.«

Harley wollte protestieren. Das waren die Mörder seines Bruders Benjamin. Sie entkommen zu lassen, erschien ihm falsch, verbrecherisch geradezu. Er warf einen Blick auf die Schadensanzeige, deren rote und gelbe Lichter ihm klarmachten, wie schwer beschädigt der *Sentinel* war. Eine Verfolgung ohne Unterstützung durch die restlichen Mechs der Einheit wäre der sichere Tod gewesen, selbst wenn es ihm gelungen wäre, die Piraten einzuholen ... was reichlich zweifelhaft war.

Die nächste Stunde verging schnell. Die Reparaturmannschaften und Miliztruppen trafen ein und machten sich an die Aufräumarbeiten. Die Aces hatten relativ geringe Schäden zu beklagen. Jeremy Lewis' *Hermes II* war auf dem Landefeld innerhalb von Sekunden ein Opfer des *Timber Wolf* geworden. Lewis hatte die Auseinandersetzung überlebt, war aber beim Ausstieg aus dem Cockpit verletzt worden. Sie hatten fünf Raumpiraten erledigt, und keiner von ihnen hatte soviel Glück wie Lewis gehabt. Sie alle waren entweder schon tot oder lagen im Sterben, als sie von der Miliz abgeholt wurden. Die Aces-Infanterie hatte acht Mann verloren, die planetare Miliz noch mehr.

Harley stand am Fuß des *Sentinel* und betrachtete die Schäden an der turmhohen Maschine. Die Tarnbemalung war weitestgehend verschwunden, entweder abgekratzt oder von Waffentreffern weggebrannt. Der Knieaktivator lag völlig frei und erinnerte an das zerschmetterte Kniegelenk eines Menschen, mit dem Unterschied, daß aus dieser Verletzung schwarzes Schmiermittel tropfte. Es überraschte ihn zu sehen, wieviel Schaden der Mech erlitten hatte, und nicht minder, wie schwach er sich plötzlich fühlte.

Harley hörte Schritte auf dem Asphalt hinter sich und drehte sich um. Er sah Oberleutnant Hawke in Begleitung eines Mannes näherkommen, dessen Rangabzeichen keinen Zweifel daran ließen, daß es sich um Kommandanthauptmann Jerry Able handelte. Harley salutierte kurz, und der Kommandeur der Einheit erwiderte den Gruß.

»Gar nicht einmal so schlecht für das erste echte Gefecht«, stellte Hawke fest. »Nach allem, was ich vom Kommandanthauptmann und von Feldwebel Lewis gehört habe, klingt es ganz so, als hätten Sie sich bewundernswürdig gehalten.«

»Ich habe nur getan, was ich tun mußte, Ma'am«, erwiderte Harley verlegen angesichts dieses Lobs.

»Ich wollte Sie Kommandanthauptmann Able vorstellen«, erklärte sie und deutete auf den Mann an ihrer Seite. »Sir, das ist Schütze Harley Rassor.«

Der Kommandanthauptmann schüttelte Harley mit festem Druck die Hand. »Sie haben da oben gute Arbeit geleistet. Ihr Vater und Bruder wären stolz auf sie.« Die Erwähnung seines Vaters und Bens schien die Last noch zu steigern, die Harley auf seinen müden Schultern spürte. »Ihr Bruder war ein guter MechKrieger, Schütze Rassor, und diese Einheit wird eine Weile brauchen, sich von diesem Verlust zu erholen. Sie und Ihre Familie dürfen sich meines Mitgefühls gewiß sein.«

»Danke, Sir. Ich bin überrascht, Sie hier zu sehen, nachdem Sie erklärt hatten, Sie würden uns keine Einheiten schicken können.«

Der Kommandanthauptmann lächelte und warf Oberleutnant Hawke einen wissenden Blick zu. Sie nahm ihm die Antwort an. »Der Kommunikationscode, den der Kommandanthauptmann in seiner Nachricht benutzte, war ein Hinweis darauf, daß er es für möglich hielt, daß die Kabelverbindung abgehört wurde. Daher war alles, was er gesagt hat, im Grunde gelogen, um mögliche Mithörer zu täuschen. Eine Entscheidung, die sich im Nachhinein als ausgesprochen klug erwiesen hat.«

»Es gibt also einen Verräter in der Einheit«, stellte Harley mehr bei sich als für die Ohren seiner Vorgesetzten fest.

Able nickte einmal langsam. »Irgendwo sitzt eine Ratte. Oberleutnant Hershorn von unserer Analyseabteilung prüft alles doppelt und dreifach, aber trotzdem sind wir jetzt schon zweimal überrumpelt worden. Trotzdem konnten wir diesmal den Spieß umdrehen.«

»Sind sie entkommen?«

Able nickte wieder. »Gilberts *Lucifer* hat ihre Landungsschiffe mit Kurs auf den Sprungpunkt geortet. Sie sind fort, aber sie haben ihren Schaden angerichtet«, stellte er fest. Er deutete mit einem Armschwenk auf die Trümmer und die verkohlten Warenpaletten, die nach dem Angriff der Piraten auf dem Landefeld zurückgeblieben waren. »Aber es ist seltsam. Hopper Morrison spielt ein sehr viel tödlicheres Spiel als vorher.«

»Wie meinen Sie das, Sir?« fragte Hawke.

»Zunächst einmal hat er uns hier auf Gillfillan's Gold angegriffen, was er bis jetzt noch nie riskiert hat. Er wird wagemutiger, jetzt, wo er einen Maulwurf in unserer Truppe hat, der ihm Informationen darüber zuspielen kann, wann wir wo stehen. Nachdem ich unseren Zeitplan geändert hatte, kannten nur acht andere Acer Ihren neuen Ankunftstermin, und trotzdem haben die Piraten Sie erwartet. Und sie wußten, wie sie sich in unser Notfallkommsystem einklinken konnten.« Able verschränkte die Arme und blickte in die Richtung, in die sich die feindlichen Mechs zurückgezogen hatten. »Und zweitens war das kein normaler Piratenüberfall.«

Nach allem, was er gerade durchgemacht hatte, verstand Harley nicht, wie der Kommandanthauptmann das meinte, und er fühlte sich sicher genug, das auch zum Ausdruck zu bringen.

»Wenn ›König‹ Hopper Morrison einen Planeten überfällt, kommt er, um zu stehlen«, erläuterte Able.

»Aber nicht einer dieser Piratenmechs war mit Tragenetzen ausgestattet. Das sagt mir, daß es ihnen neben einem Beutezug noch um etwas anderes ging.« Tragenetze waren zum Abtransport von Kriegsbeute notwendig, weil BattleMech so gut wie keinen Frachtraum besaßen. Able schüttelte den Kopf. »Nein, Morrison hat uns hier überfallen, um die Bevölkerung einzuschüchtern und die Gemeinschaftsregierung zu erschrecken. Das muß ich ihm zugestehen, allmählich beweist er eine gewisse Phantasie. Wenigstens läßt er jetzt eine Strategie erkennen.«

Harley hörte, wie sich weitere Schritte näherten, und als er sich umdrehte, sah er Gefreite Judith Glancy wenige Meter entfernt vor ihrem Mech stehen und zu dem Metallkoloß hochsehen. Ihr Blick folgte den Schäden abwärts zu Harley am Fuß der Maschine. Dann kam sie herüber und baute sich mit in die Hüften gestämmten Händen vor ihm auf.

»Was, in Teufels Namen, haben Sie mit meinem Baby angestellt, Schütze?« Wie um ihre Zurechtweisung zu unterstreichen, fiel ein dicker Klumpen zähflüssiges grünes Kühlmittel aus einem beschädigten Wärmetauscher im Mechtorso und zerplatzte auf dem Asphalt. Die Spritzer prasselten auf Harleys nackte Beine.

»Er hat Leben gerettet, Gefreite«, stellte Kommandanthauptmann Able mit breitem Lächeln fest. »Und er hat ein paar der Männer und Frauen, die seinen Bruder getötet haben, zu Klump geprügelt.«

17

Planetares Hauptquartier Able's Aces, Gillfillan's Gold Randgemeinschaft, Peripherie

12. April 3059

Harley betrat das Büro und salutierte zackig. Der Offizier, der ihn hinter dem Schreibtisch erwartete, erwiderte den Gruß mit knapper Geste. Es war ein Oberleutnant, ein Rang, der bei Able's Aces einiges Gewicht hatte. Harley hatte Befehl erhalten, sich im Befehlszentrum der Aces im Büro von Oberleutnant Hershorn zu melden. Er ging davon aus, daß es sich bei dem Mann um Hershorn handelte.

Er nahm den Platz an, den der Oberleutnant ihm anbot. Der Offizier war von schlaksiger Gestalt, mit einem Schnurrbart und faltiger Haut, wie man sie von langen Aufenthalten im Freien bekam. In der Luft hing ein Hauch von Rasierwasser, der Harley unangenehm aufstieß. »Sie haben bei den Aces ziemlichen Eindruck gemacht, Schütze«, stellte der Mann fest. Von seinem Platz aus konnte Harley jetzt das Namensschild auf der Uniform des Offiziers lesen und stellte befriedigt fest, daß er richtig vermutet hatte. Er sprach mit Oberleutnant Hershorn.

Harley zuckte kurz die Schultern. »Ich habe nur meine Pflicht getan, Sir. Nichts Außergewöhnliches.«

Hershorn schüttelte den Kopf. »Ich rede nicht von ihrer Aktion bei der Schlacht um Rectortown, Schütze. Es ist reichlich ungewöhnlich für ein neues Mitglied der Einheit, geheime Analysedaten oder Gefechts-ROM-Ausdrucke eines Kampfes anzuforden. Erst recht ohne die Zustimmung seiner Vorgesetzten.«

Es war etwa eine Woche her, seit Harley zum erstenmal den bittersüßen Geschmack des Kampfes gekostet hatte, aber er hatte darüber nicht den Grund vergessen, aus dem er zu Able's Aces gestoßen war. Oberleutnant Hershorn war der Analyseoffizier der Söldnereinheit und verantwortlich für die interne Sicherheit und die Bereitstellung von Informationen für Kommandanthauptmann Able und die Bataillons- bzw. Kompanieführer. Es hatte nicht viel Mühe gekostet, festzustellen, wo die Daten des Vogelsangkammgefechts lagerten und wer sie verwaltete. Aber Harley hatte einige Zeit warten müssen, bis er die Genehmigung erhalten hatte, mit dem Oberleutnant zu reden.

»Ich wußte nicht, daß ich dafür die Genehmigung Oberleutnant Hawkes benötige, Sir.«

Hershorn hob die linke Augenbraue. »Es besteht kein offensichtlicher Bedarf für Sie, Informationen über dieses Gefecht einzusehen. Daher ist in der Regel eine Genehmigung des vorgesetzten Offiziers notwendig, damit ich derartige Informationen freigeben kann.«

»Sir, mein Bruder ...«

»... war ein hochangesehenes Mitglied dieser Einheit«, stellte Hershorn fest, öffnete einen Faltordner auf seinem Schreibtisch, warf einen kurzen Blick hinein und schloß ihn wieder. »Ich bin über Ihre Verbindung zu den Aces sehr wohl informiert. Ich weiß, daß Ihr Bruder bei den Kämpfen auf Caldarium ums Leben kam. Ich habe die Gefechtsberichte durchgesehen und an der Entsatzmission zur Bergung unserer Toten teilgenommen.«

»Dann wissen Sie auch, warum ich diese Daten angefordert habe.«

»Rache?«

»Ich will die Wahrheit darüber erfahren, was Benjamin zugestoßen ist. Ich will wissen, wie dieser Hinterhalt gelegt wurde, wer Zufang zu den Einsatzparametern dieser Mission hatte.«

»Sie reden, als würden Sie jemandem in der Einheit verdächtigen, Schütze.«

Harley verstummte. Er hatte Angst, zu schnell zu viel preisgegeben zu haben. Immerhin saß er hier dem Mann gegenüber, der für alle nachrichtendienstlichen Aktivitäten der Einheit verantwortlich war. Wenn irgend jemand den Verdacht hatte, daß es sich bei dem Hinterhalt um das Werk eines Verräters gehandelt hatte, dann sicherlich er. »Ich weiß nicht, welchen Verdacht ich haben soll. Ich habe die Daten nicht gesehen. Aber eines kann ich sagen: Meine Familie genau wie ich findet es verdächtig, daß mein Bruder und praktisch seine gesamte Einheit abgeschlachtet worden sind.«

Hershorn trommelte nachdenklich mit den Fingern auf dem Schreibtisch. »Ihre Sorgen und die Ihrer Familie rechtfertigen keine Verletzung stehender Befehle über den Zugriff auf Analysedaten. Warum fragen Sie Oberleutnant Hawke nicht einfach nach der Erlaubnis, die Dateien einzusehen?«

Harley war sich nicht sicher, wie er darauf reagieren sollte. Dann entschied er, daß er keine andere Wahl hatte, als die Wahrheit zu sagen. »Es wäre mir unangenehm, sie darum zu bitten, Sir.«

»Verständlicherweise.« Hershorn schien zu zögern, fast, als ob Harleys Antwort seine eigenen Gedanken tangierte. »Ich kannte Ben, Schütze. Er war kein Offizier, aber wir bestehen hier nicht alle auf Formalitäten. Ben war ein guter Freund. Er war auch ein guter MechKrieger. Ein sehr guter sogar. Es hat mich getroffen, wie er gestorben ist, was ihm als Caldarium zugestoßen ist.« Hershorn schob einen Faltordner über den Schreibtisch zu Harley herüber. »Das ist ein Bericht, der die Fragen anspricht, auf die Sie Antworten suchen.«

Harley streckte zögernd die Hand aus und nahm den Ordner. Er wollte ihn öffnen, dann stockte er. »Das ist ein Verstoß gegen die Vorschriften, oder?«

»Nicht wirklich. Es wäre gegen die Vorschriften, wenn ich als Analyseoffizier Ihnen dieses Material übergeben würde. Ich übergebe es Ihnen aber nicht. Die Akte lag auf meinem Schreibtisch, und Sie ist Ihnen zufällig in die Finger gefallen. Sie haben Sie durchgeblättert, aber sie hat dieses Büro zu keinem Zeitpunkt verlassen. Und das Material in dieser Akte ... sagen wir, es war nicht erkennbar als Geheimsache markiert. Es muß mir irgendwie entgangen sein. Ich bin schließlich auch nur ein Mensch. Da wir eine Besprechung hier hatten, hat sich nichts in irgendeiner Weise Bemerkenswertes ereignet. Verstehen wir uns, Schütze?«

Mit diesen Worten drehte Oberleutnant Hershorn seinen Sessel um, stand auf und trat an sein kleines Fenster, um durch die Schlitze der Jalousie hinaus zu schauen.

Harley sah ihn einen Moment an, dann öffnete er die Akte und las. Der Bericht war nicht sonderlich umfangreich, gerade einmal drei Seiten. Er trug den Titel »Zusammenfassende Analyse« und war von Oberleutnant Weldon Hershorn verfaßt. Die Schlußfolgerung war dieselbe, zu der auch Harley gekomme war: Der Hinterhalt, in den Hawke's Talons auf Caldarium geraten waren, war das Ergebnis eines Geheimnisverrats an den Feind. Es war nicht bekannt, wo die undichte Stelle gewesen war, aber nur relativ wenige Personen hatten Zugriff auf die Missionsbefehle gehabt. Kommandanthauptmann Able und Hauptmann Max Chou, der befehlshabende Offizier des Bataillons Eins. Livia Hawke, ihre direkten Untergebenen, die sämtlich ums Leben gekommen waren, und eine Reihe von Kommoffizieren.

Die Überprüfung aller Funkverbindungen und Kommunikationslogs hatte keine Verbindungsaufnahme mit Hopper Morrison ans Licht gebracht, aber der Zeitpunkt, an dem das Sicherheitsleck aufgetaucht war, konnte recht genau eingegrenzt werden. Zwischen dem Moment, an dem Able die Mission angeordnet hatte, und jenem Tag auf dem Vogelsangkamm, an dem die

Söldnerkompanie niedergemetzelt worden war, waren nur zwei Monate vergangen, und es mußte Morrison eine gewisse Zeit gekostet haben, seine Leute für den Hinterhalt in Stellung zu bringen.

Die Liste der Hauptverdächtigen war äußerst kurz. Sie bestand aus nur zwei Namen. Einer war der eines Kommoffiziers, von dem Harley noch nie etwas gehört hatte und dessen Vetter bei Morrisons Ausbeutern diente. Der andere war Oberleutnant Livia Hawke.

Harley wußte nicht, wie lange er da saß und auf den Bericht starrte. Schließlich klappte er den Ordner leise zu und legte ihn wieder auf den Schreibtisch. Was er gerade gelesen hatte, war kein Beweis, aber es brachte ihn einen Schritt weiter auf dem Weg zur Wahrheit. Und jetzt glaubte er, einen Blick auf diesen Weg erhaschen und sogar die Gestalt erkennen zu können, die an seinem Ende auf ihn wartete. Oberleutnant Livia Hawke.

»Danke, Sir«, sagte er und stand auf.

»Ich habe keine Ahnung, wofür Sie mir danken, Schütze«, gab Hershorn zurück, nahm den Ordner vom Schreibtisch und legte ihn zurück in eine der Schubladen. »Aber da wäre noch eine Sache, über die wir reden sollten.«

»Sir?«

Hershorn kehrte nicht an seinen Platz zurück, sondern verschränkte die Arme und sah Harley an. »Wie ich bereits erwähnte, war ich Teil des Teams, das die Entsatz- und Rettungsaktion zum Vogelsangkamm anführte. Ich habe die sterblichen Überreste Ihres Bruders geborgen. Da wir erst mehrere Tage später eintrafen, war ein normales Begräbnis nicht mehr möglich, und wir haben seinen Leichnam eingeäschert. Es ist vorgesehen, die Asche mit dem nächsten Transitflug nach Slewis an Ihre Familie zu überstellen. Wenn Sie eine Botschaft an Ihre Familie verfassen möchten, kann ich Sie beilegen.«

Diese Eröffnung berührte Harley tief, aber er ließ sich nichts anmerken. »Ich verstehe, Sir. Danke. Ich würde meinem Da und meiner Schwester gerne eine Nachricht zukommen lassen.«

»Wir schicken die Urne mit der Asche diese Woche ab. Lassen Sie mir Ihren Brief bis dahin zukommen, und ich sorge dafür, daß er sie nach Slewis begleitet.«

Jord MacAuld übersprang drei Stufen, um Harley einzuholen. Auf der anderen Seite tat Bixby Finch dasselbe. Im Verlauf der letzten Woche waren die drei gute Freunde geworden. Bix war ein strohblonder Bauernbursche, der in derselben Gruppe wie Harley als Rekrut von Waypoint nach Gillfillan's Gold gekommen war. Er und Harley hatten so viel gemeinsam, daß sie sich vom ersten Moment an bestens verstanden hatten. Jord und Harley hatten sich angefreundet, nachdem er den jungen Rassor in Rectortown in Aktion gesehen hatte.

»Und, Teufelskerl, wie war's beim Gespenst?« fragte MacAuld.

»Beim Gespenst?« Harley ging nicht auf den Spitznamen ein, den er seit der Schlacht weghatte. Er hatte den starken Verdacht, daß einer seiner Freunde für diesen Beinamen verantwortlich zeichnete, und hoffte, ihn durch bewußtes Ignorieren wieder in der Versenkung verschwinden lassen zu können. Bis jetzt allerdings schien das nicht zu funktionieren.

»So nennen die Jungs in der Flugstrecke Oberleutnant Hershorn.«

»Gespenst, weil er im Spionagegeschäft ist?« fragte Bixby.

Jord zuckte die Achseln. »Mehr oder weniger. Er war ein paar Jahre MechKrieger. Es heißt, er soll ziemlich merkwürdig gewesen sein. Er hat kaum Freunde in der Einheit und ist reichlich verschlossen. Ich habe gehört, daß er häufig vor sich hin murmelt. Er ist ein wenig weggetreten.«

»Also zu mir war er ganz nett«, stellte Harley fest.

»Hast du herausgefunden, was mit deinem Bruder passiert ist?« hakte Jord nach.

»Ja und nein. Ich habe erfahren, daß wir möglicherweise einen Verräter in der Einheit haben.«

»Darauf sind die meisten von uns auch schon gekommen«, erklärte Jord. »Ich bin nur geschockt, daß du ernsthaft glaubst, es könnte Oberleutnant Hawke sein.« MacAuld war erst beim Wiederaufbau zu Hawkes Kompanie gestoßen. Er bestand darauf, daß sie kein Verräter sein konnte, aber das konnte Harleys Meinung nicht erschüttern.

»Sie war die einzige Überlebende«, insistierte Harley, während die drei weitergingen. »Und im letzten Gefecht hat ihr Mech kaum eine Schramme abbekommen, während alle anderen durch die Mangel gedreht wurden.«

Jord runzelte die Stirn und schüttelte den Kopf. »Soll das heißen, du hältst sie für schuldig, nur weil sie das Glück hatte, einen Hinterhalt zu überleben, und eine gute MechKriegerin ist? Da mußt du schon mit besseren Argumenten kommen, Teufelskerl.«

Bixby mischte sich ein, bevor Harley antworten konnte. »Ich bin ja noch nicht lange in der Einheit und das alles, aber in den Rängen erzählt man sich, daß sie ein wenig verärgert darüber ist, daß Chou zum Hauptmann befördert wurde. Es ist bloß ein Gerücht, aber vielleicht hat es gereicht, daß sie sich entschlossen hat, gegen Kommandanthauptmann Able zu arbeiten.«

Wieder schüttelte Jord den Kopf. »Tut mir leid, aber ich bin jetzt schon eine Weile bei den Aces. Was du da aufgeschnappt hast, ist ein völlig haltloses Gerede. Chou hatte schon den Befehl über das Einserbataillon, bevor Hawke überhaupt bei den Aces angefangen hat. Er war von Anfang an ihr direkter Vorgesetzter, auch wenn der Kommandanthauptmann mit all seinen Kompanieführern engen Kontakt hält. Außerdem, wenn es Probleme zwischen ihnen gäbe, wäre Chou sicher hier auf Gillfillan's Gold und würde nicht auf All Dawn Milizionäre trainieren. Tut mir leid, Bix, aber als Neuling muß du dir erst noch anständige Beziehungen zur Gerüchteküche aufbauen.«

»Warum gehen wir nicht runter in die Stadt und sehen nach, ob das neue Holovid da ist?« fragte Bix und wechselte das Thema, auch wenn er seine Verärgerung darüber, als Neuling bezeichnet zu werden, nicht verbergen konnte. Harley war es genauso gegangen, aber dank der Schlacht um Rectortown hatten die Veteranen der Einheit inzwischen aufgehört, ihn damit aufzuziehen.

Bixby war versessen auf die Holovids um den Unsterblichen Krieger, die hier in der Randgemeinschaft immer erst mit reichlich Verspätung eintrafen. Die meisten Episoden der Holoserie, die jetzt den Weg in die Peripherie fanden, waren in der Inneren Sphäre schon vor Jahren gedreht worden.

»Geht schon voraus«, sagte Harley. »Wir sehen uns.«

»Du willst doch wohl nicht in der Kaserne Trübsal blasen?« fragte Jord.

»Nein. Ich muß einen Brief an meinen Vater schreiben.«

»Lieber Da«, schrieb Harley. »Es tut mir leid, daß ich Bens Asche nicht selbst zurück nach Slewis bringen kann, aber ich habe noch nicht genug Ausgang angesammelt. Als ich erfahren habe, daß Euch die Urne zugeschickt wird, habe ich Erlaubnis bekommen, diesen Brief mitzuschicken.

Ihr könnt Euch sicher vorstellen, wie sehr ich Dich und Jolee vermisse und wie leid es mir tut, nicht da sein zu können, wenn dieses traurige Paket Euch erreicht. Es geht mir gut, Da, und ich habe kurz nach meiner Ankunft hier auf Gillfillan's Gold meine erste Schlacht geschlagen. Wir haben gegen dieselben Banditen gekämpft, die Ben ermordet haben, und ich habe einen von ihnen ehrenhafter getötet als sie ihm gegenüber waren. Nach dem Kampf habe ich Kommandanthauptmann Able getroffen, und er hat sehr lobend von Dir gesprochen.

Keine Sorge. Ich bin in diesem Kampf nicht verletzt worden, und es geht mir gut hier bei den Aces. Ich habe sogar ein paar Freunde gefunden.

Ich habe nicht vergessen, warum Du mich hierher geschickt hast, und ich versuche die Wahrheit über Bens Tod herauszufinden. Ich habe eine Ahnung, wer seine Einheit verraten haben könnte, und es könnte jemand gewesen sein, der Ben recht nahe stand. Ich kann es noch nicht beweisen, aber wenn es soweit ist, werde ich dafür sorgen, daß diesen Jemand die gerechte Strafe trifft.

Ich wollte Dir noch etwas sagen, was Ben und ich uns früher versprochen haben. Als Kinder sind wir häufig den Kahlenberg hinaufgestiegen und haben im Schatten des großen Baums gesessen, der auf seiner Kuppe steht. Du weißt, welchen ich meine. Wir waren uns einig, daß wir, wenn wir einmal sterben, auf diesem Berg begraben werden wollten, mit dem Blick über das Tal. Und wir haben einander geschworen, dieses Versprechen niemals zu vergessen.

Wir können Ben nicht mehr begraben. Die Piraten, die ihn ermordeten, haben seine Leiche auf dem Schlachtfeld zurückgelassen, damit sie verrottet. Das ist noch etwas, wofür sie bezahlen müssen. Ich bitte Dich, mit Jolee dort hinauf zu gehen und Bens Asche auf dem Hügel und über dem Tal auszustreuen und an mich und meinen Bruder zu denken, und an die besseren Zeiten, in denen wir alle noch zusammen waren.

Ich sende Dir und Jolee meine ganze Liebe, und ich hoffe, daß ich Dir eines nicht allzu fernen Tages werde sagen können, daß ich erreicht habe, wozu ich hierher gekommen bin. Dein Sohn, Harley.«

18

Planetares Hauptquartier Able's Aces, Gillfillan's Gold Randgemeinschaft, Peripherie

16. April 3059

Kommandanthauptmann Jerry Able starrte durch die Hologrammkarte der sechs Systeme der Randgemeinschaft auf die beiden anderen Offiziere. Die schwachen Lichtpunkte der holographischen Sterne zeichneten ein Muster auf ihre Gesichter und Arme.

Hauptmann Maxwell Chou, der Kommandeur des Bataillons Eins, war einen Tag zuvor heimlich mit einem Personaltransport eingetroffen. Er war von kleiner Statur, und in seinen Zügen spiegelte sich eine scharfe Intelligenz, eine der Eigenschaften, die Jerry Able an seinem alten Freund besonders schätzte. Weil die drei Kompanien des Einserbataillons über drei der sechs bewohnten Welten der Randgemeinschaft verteilt waren, benötigte Max Chou sowohl die Fähigkeiten eines klugen Kommandeurs wie auch die eines erstklassigen Verwalters.

Der dritte anwesende Offizier war Oberleutnant Livia Hawke, die Able in den letzten Monaten erheblich häufiger gesehen hatte als früher. Sie stand in Ruhehaltung, aber es schien ihm, daß sie etwas von dem zurückgewonnen hatte, was sie nach dem Desaster am Vogelsangkamm verloren gehabt zu haben schien. Er hoffte nur, daß es reichen würde. Able würde den beiden einiges abverlangen müssen.

»Max. Danke, daß du dir trotz deiner Trainingsverpflichtungen die Zeit genommen hast«, eröffnete er das Gespräch.

Chou lächelte ihn mit strahlend weißen Zähnen an.

»Es ist mir eine Freude, Kommandanthauptmann, aber ich war überrascht, daß der Befehl nicht über den normalen Dienstweg eintraf.« Die Nachricht war in größter Geheimhaltung übermittelt und am Zielort persönlich überbracht worden.

»Es war leider nötig«, stellte Able fest und schaltete die Holoprojektion ab. »Wie ihr beide wißt, sind wir in den letzten zwei Monaten zweimal angegriffen worden. Auf Caldarium haben wir praktisch eine komplette Mechkompanie mit Jägerunterstützung verloren. Und jetzt haben die Piraten uns hier auf Gillfillan's Gold überfallen. Die einzige gute Nachricht ist, daß unsere Verluste beim letzten Angriff gering ausgefallen sind und wir ihnen einen Tritt in den Arsch versetzt haben.«

»›König‹ Hopper Morrison«, erklärte Chou eisig.

Able nickte. »Ganz recht. Bis jetzt hat Morrison es bei seinen Angriffen immer auf Raub und Diebstahl abgesehen, wie es sich für einen guten kleinen Piraten gehört. Aber diese beiden letzten Angriffe waren strategischer Natur.«

Chou nickte ohne Kommentar und wartete darauf, daß Able seine These ausführte.

»Am Vogelsangkamm war sein Ziel schlicht und einfach die Vernichtung einer Mechkompanie. Sicher, er hat einen Überfall inszeniert, aber der war mehr ein Ablenkungsmanöver. Seine Hauptabsicht war, uns einen Schlag zu versetzen, einen gewaltigen Schlag. In einem Streich hat er ein Drittel des Einserbataillons aufgerieben. Das ist kein typisches Piratenbenehmen. Im Gegenteil, Piraten versuchen in aller Regel, eine Feldschlacht zu vermeiden.« Able runzelte die Stirn, als er sich an die jüngsten Ereignisse erinnerte. »Und als Morrisons Bande hier auftauchte, ging es ihm nicht darum, die Händler auszurauben wie früher. Seine Leute haben keinen Versuch unternommen, die Fracht zu stehlen. Nein, er hat nur angegriffen, um uns zu treffen und die einheimische Bevölkerung in Unruhe zu versetzen. Er wollte Panik säen.«

Hauptmann Chou strich sich nachdenklich über den schwarzen Kinnbart. »Wenn ich es nicht besser wüßte, würde ich sagen, Morrison expandiert. Er fängt an, sich für reichere Beute zu interessieren.«

Able beugte sich über den Tisch und sah erst Chou, dann Hawke fest in die Augen. »Er will die Randgemeinschaft soweit destabilisieren, daß er die ganze Chose einsacken kann.«

Hawke war sichtlich überrascht. »Sir?«

»Indem er uns schwächt, jagt er dem Rat der Planeten Angst ein. Wir haben ihn bei seinem Überfall auf unsere Basis zurückgeschlagen, aber das war ihm von vornherein klar. Er hat trotzdem erreicht, worauf es ihm ankam, nämlich, die Einheimischen glauben zu machen, daß unser Schutz nicht ausreicht. Wenn er für weitere Verunsicherung sorgt, könnten Able's Aces den Kontrakt mit der Randgemeinschaft verlieren. Präsident Moroney muß sich bereits Anschuldigungen anhören, er würde uns hier auf Gillfillan's Gold als seine Privatarmee beschäftigen. Die Vertreter der anderen Planeten behaupten, daß wir auf Gillfillan's Gold die Piraten zurückschlagen, während sie unter Morrisons Überfällen zu leiden haben.«

Chou nickte. »Das erweckt den Eindruck, daß wir nicht in der Lage sind, unsere Arbeit zu tun.«

»Werden sie versuchen, andere Söldner zu verpflichten?« fragte Hawke.

Able wußte, daß das Thema im Rat der Planeten schon mehrmals zur Sprache gekommen war, in der Regel nach einem von Morrisons Überfällen. Bisher waren solche Anträge immer abgelehnt worden, aber der Stimmenvorsprung, mit dem das geschah, wurde von mal zu mal kleiner.

»Oh, das würde Hopper Morrison gefallen«, stellte

er sarkastisch fest. »Die klassische Teile-und-Erobere-Strategie. Jede Welt würde ihre eigene Söldnertruppe verlangen. Sie würden keine Ressourcen mehr teilen, und es gäbe keine Möglichkeit mehr, unsere Anstrengungen zu koordinieren. Ohne zentrale Befehlsstruktur wäre jedes System auf sich allein gestellt. Morrison könnte die einzelnen Welten und die verschiedenen Söldnerkommandeure gegeneinander ausspielen. Wie ich ihn kenne, könnte es ihm sogar gelingen, ein paar der Söldner auf seine Seite zuziehen. Eine Menge Söldnereinheiten hier draußen in der Peripherie interessiert sich nur für das eigene Wohlergehen. Ein paar davon hätten kaum Skrupel, einen Auftraggeber gegen ihr eigenes Stück eines Privatkönigreichs zu verkaufen. Gleichgültig, wie wir es auch drehen oder wenden, ein dezentraler Militärapparat wäre für jemanden wie Morrison eine leichte Beute. Er wäre möglicherweise sogar in der Lage, einzelne Welten, wenn nicht sogar die ganze Randgemeinschaft, so einzuschüchtern, daß sie ihm Schutzgeld zahlen, damit er seine Überfälle einstellt. Abgesehen von den Aces sind die Ausbeuter die einzige nennenswerte Militärmacht hier draußen in diesem Teil der Peripherie. Das wäre eine andere Möglichkeit für ihn, die Herrschaft zu übernehmen.«

Die Randgemeinschaft war ein sehr junger und noch nicht wirklich gefestigter Staat, der erst noch lernen mußte, sich zu behaupten. Jetzt war er in Gefahr. Es würde nicht viel nötig sein, Hawke und Chou klarzumachen, daß ihr Einkommen und ihr Zuhause ernsthaft gefährdet waren. Chou hatte eine Familie auf All Dawn. Das letzte, was er ihr wünschen konnte, war eine Situation, in der »Recht und Ordnung« in den Händen eines skrupellosen Raumpiraten wie Hopper Morrison lagen.

»Das ist noch nicht alles«, sprach Able weiter. »Das Schlimmste kommt noch. In beiden der letzten zwei

Überfälle hat ein Verräter Morrisons Ausbeutern wichtige Informationen zugespielt, die den Piraten ihre Angriffe erst ermöglicht haben. Das ist die einzige Erklärung dafür, wie die Piraten mit jedem Angriff besser auf uns vorbereitet zu sein scheinen.«

Chou schüttelte ungläubig den Kopf. »Sind Sie sicher, Kommandanthauptmann?«

»Völlig sicher. Auf dem Vogelsangkamm wußten sie exakt, wie Oberleutnant Hawke ihre Truppen aufzustellen plante. In Rectortown wußten sie, daß wir den Zeitplan vorgezogen hatten. Wir müssen sogar die Möglichkeit in Betracht ziehen, daß wir mehr als eine undichte Stelle haben, aber ich bin bereit zu wetten, daß es bis jetzt vor allem eine Person war.«

Livias Miene war ernst. »Haben Sie eine Idee, wer, Kommandanthauptmann?«

»Ich bin mir sogar beinahe sicher«, stellte Able fest. »Und zwar Sie, Livia.« Er stieß den Finger in ihre Richtung. »Für die nächsten drei Tage werden Sie eingeschränkten Dienst ausschließlich bei nicht kampfbezogenen Aufgaben leisten, Danach haben Sie Gillfillan's Gold zu verlassen. Bis auf weiteres sind Sie verbannt, Oberleutnant Hawke.«

Präsident James Moroney, das Staatsoberhaupt der Randgemeinschaft, wirkte noch immer wie der Professor, der er gewesen war, bevor er zum Politiker wurde. Der zurückweichende Haaransatz, die Drahtbrille und seine zerbrechlich wirkende Statur ließen ihn wie einen zaghaften Bücherwurm aussehen. Aber in seinem Fall täuschte der äußere Eindruck.

Jerry Able wußte, daß Moroney als Aufrührer aus der Inneren Sphäre vertrieben worden war. Nur deshalb hielt er sich jetzt hier in der Peripherie auf. Innerhalb kürzester Zeit war es dem ehemaligen Professor gelungen, die Oberhäupter sechs unabhängiger Welten zur Gründung einer Konföderation zu mobilisieren. Jetzt nannten sie sich die Randgemeinschaft und hofften, sich von einer Hinterwäldlerecke der Peripherie zu einem echten interstellaren Staat zu entwickeln, mit dem man rechnen mußte. Und jetzt war dieser Traum in Gefahr.

»Jerry«, sagte Moroney. »Ich habe Ihnen nie etwas vorgemacht. Dieser Plan, den Sie mir da vorschlagen, steckt voller Risiken.«

»Ich kann Ihre Bedenken verstehen, Herr Präsident«, erwiderte Jerry Able. »Dies ist ein Wendepunkt für uns beide. Sie haben mich verpflichtet, damit wir Ihre Nation verteidigen. Das haben wir getan, und wir haben auf allen sechs Welten der Gemeinschaft Milizen ausgebildet. Morrisons Ausbeuter sind eine ernste Gefahr für alles, was wir bis jetzt erreicht haben. Ich glaube, daß dieser Plan geeignet ist, diese Bedrohung auszuschalten.«

Moroney nahm die Brille ab und rieb sich die Augen, bevor er antwortete. »Es gibt andere im Rat, die Ihren Plan zu ihrem eigenen Vorteil ausnutzen könnten.«

Able wußte wohl, was Moroney damit äußerte. Planetarrat Roberts, der wortgewaltige Repräsentant Otisbergs, führte die Opposition gegen die Amtsführung des Präsidenten an und hatte in letzter Zeit an Unterstützung gewonnen.

»Das stimmt, Herr Präsident, aber ich bin überzeugt, daß Sie in der Lage sind, es richtig zu verkaufen. Erklären Sie ihnen, wie schwer angeschlagen wir militärisch und finanziell sind. Ich bitte Sie nur um ein paar Monate Zeit, drei Monate – maximal vier –, und wenn ich fertig bin, wird die Randgemeinschaft sicherer sein als je zuvor.«

Moroney zog ein Taschentuch aus seiner Jacke und polierte methodisch die Gläser seiner Brille. Able war klar, daß er sich damit ein paar Sekunden Zeit verschaffen wollte, in der er die Alternativen abwägen, die Gefahren überdenken und einen Blick in die Zukunft werfen konnte.

»Welche Welten würden von Ihren Truppen entblößt werden?« fragte Moroney schließlich und legte die Drahtbügel seiner Brille wieder über die Ohren.

»Gillfillan's Gold, All Dawn, Waystation …« erklärte Able. Er machte eine Pause, dann fügte er leise hinzu: »… und Otisberg.«

Moroney zuckte zusammen, als er das hörte, weil er wußte, was es kosten würde, Roberts dazu zu bewegen, einer solchen Bedingung zuzustimmen. »Muß es unbedingt auch Otisberg sein?«

Able nickte. »Ich fürchte ja, Herr Präsident. Aber diese Welten werden nicht völlig schutzlos sein. Wir ziehen nur achtzig Prozent unserer Truppen ab, die restlichen zwanzig Prozent werden bleiben. Gillfillan's Gold wird am schwächsten verteidigt sein.«

»Jerry, Geschichte ist mein Spezialgebiet. Ich habe sie mein ganzes Leben studiert, bevor ich hierher kam, und seitdem lebe ich, was ich vorher studiert habe. Ich stimme Ihnen zu, daß dieser kleine Staat, den wir uns hier zusammengeschustert haben, an einem Wendepunkt seiner Geschichte steht. Ich habe es kommen sehen, aber ich hätte mir niemals träumen lassen, daß es so werden würde.« Sein Blick ging an Jerry Able vorbei, als er nachdenklich die Fingerspitzen aufeinanderlegte. »Morrisons Ausbeuter sind eine reale Bedrohung. Sie haben mit Ihrer Einschätzung der jüngsten Überfälle recht. Sie haben den Einsatz erhöht und spielen ein neues Spiel. Sie wollen uns entweder zerschlagen oder übernehmen. So oder so gewinnen sie. Und Sie sind möglicherweise nicht der einzige mit einem Verräter in den eigenen Reihen.«

Able nickte. Es bestand eine reelle Gefahr, daß jemand in gehobener Position in der Randgemeinschaft mit Hopper Morrison unter einer Decke steckte. Er hegte diesen Verdacht selbst ebenfalls, hatte aber noch nicht die Mittel, es zu beweisen.

»Herr Präsident, ich glaube einen Weg gefunden zu haben, wie ich mit meinem Sicherheitsproblem fertigwerden kann. Wenn alles läuft wie geplant, sollten wir in der Lage sein, auch alle undichten Stellen in Ihrem Apparat zu schließen.«

»Ich hoffe, Sie haben recht, Jerry. Wenn nicht, werden eine Menge Menschen darunter zu leiden haben.«

Jerry Able wußte, daß er dieses Risiko eingehen mußte. »Ich habe recht, Herr Präsident. Sie müssen mir nur bei den anderen Ratsmitgliedern die nötige Zeit erkaufen.«

Moroney stieß einen langen, resignierten Seufzer aus. »Nun denn, so bleibt mir nichts, als meinen Teil beizutragen.«

Das Sitzungszimmer des Rats der Planeten war ein relativ kleiner Raum und der jungen Regierung angemessen, die hier tagte. Ein Halbkreis aus Tischen wölbte sich vor einem zentralen Rednerpult für den Präsidenten. Der Raum war dunkel und fensterlos, und das auf Hochglanz polierte Wurzelholzmobiliar verlieh ihm eine erhabene und zugleich abweisende Aura von Förmlichkeit und Macht.

Jede der sechs Welten der Randgemeinschaft entsandte einen einzelnen, gewählten Vertreter in den Rat. Von seinem Platz am Rednerpult aus ließ Präsident Moroney den Blick langsam von einem Gesicht zum nächsten wandern. Es war nicht sonderlich schwierig, in den Mienen zu lesen, und er wußte gut genug, wer in dieser Versammlung sein Verbündeter war und wer sein Feind. Jetzt mußte er etwas tun, was er schon lange nicht mehr nötig gehabt hatte: Er mußte sie beherrschen.

»Der nächste Punkt der Tagesordnung ist eine Sicherheitsfrage gemäß Artikel drei des Gemeinschaftsvertrages«, sprach Moroney die Geheimhaltungsverpflichtung an. Die Mitglieder des Rates waren damit gesetzlich verpflichtet, mit niemandem außerhalb des Sitzungszimmers über die zu behandelnde Frage zu sprechen. »Gestern erhielt ich einen Bericht von Kommandanthauptmann Able bezüglich der jüngsten Überfälle auf unsere Welten. In beiden Fällen hat die Einheit erhebliche Schäden erlitten. Daher hat er einen bestimmten Passus in unserem Kontrakt mit Able's Aces in Anspruch genommen, über den zu informieren ich mich vor Ihnen bei dieser Gelegenheit nur ungern gezwungen sehe.«

Planetarrat Roberts ergriff mit trotzig verschränkten Armen von seinem Platz aus das Wort. »Von welchem Passus reden Sie, Herr Präsident?«

»Kommandanthauptmann Able zieht zwei seiner drei Bataillone aus der Randgemeinschaft ab. Er hat einen Kurzkontrakt mir der Lyranischen Allianz ausgehandelt und wird zu einer fünfmonatigen Mission in deren Gebiet aufbrechen.«

Die Erklärung schlug ein wie eine Bombe. Alle Repräsentanten protestierten gleichzeitig. »Das kann er nicht machen, Herr Präsident. Die Randgemeinschaft wäre diesen Piraten schutzlos ausgeliefert«, rief Planetarrätin Warner.

»Laut den Bedingungen unseres rechtlich verbindlichen Kontrakts mit den Aces *kann* Kommandanthauptmann Able dies sogar für über sechs Monate. Und wenn man bedenkt, wie weit wir mit unseren Zahlungen im Rückstand sind, kann ich sowohl Ihre Besorgnis wie auch seine Zwangslage gut verstehen. Able hat mir versichert, daß das Ziel dieses Unternehmens darin besteht, ausreichende Mittel für eine komplette Neuausrüstung und Verstärkung seiner Einheit zu erwirtschaften, damit sie uns nach seiner Rückkehr besser beschützen kann. Er wird sein Bataillon Drei hierlassen, und unsere planetaren Milizen werden uns ebenfalls weiter verteidigen.«

»Nach seiner Rückkehr?« spie Roberts und lehnte sich über seinen glänzend polierten Tisch. »Es wird uns nicht mehr geben, wenn er zurückkommt. Morrison wird uns massakrieren. Es wird Zeit, daß wir meinen Antrag verabschieden, zusätzliche Söldnereinheiten zu verpflichten.«

Wieder sprachen die fünf anderen Planetenvertreter durcheinander, und es klang ganz so, als würde Roberts bei einer Abstimmung den Sieg davontragen.

»Verehrter Planetarrat Roberts«, erklärte Moroney. »Ich kann Ihren Wunsch verstehen, zusätzliche Truppen zu verpflichten, aber ich muß darauf hinweisen, daß dieser Vorschlag zu seiner Annahme sowohl eine Mehrheit im Rat wie auch meine Unterschrift benötigt, die ich nicht zu leisten bereit bin.«

»Natürlich«, gab Roberts zurück und fuhr sich mit der Hand durch die wenigen Haare, die auf seinem kahlen Schädel noch sprossen. »Sie haben die Aces ja auch wie Ihre Privatarmee benutzt. Es ist mir nicht entgangen, daß ihre Verluste bei dem Überfall auf Gillfillan's Gold minimal waren. Im Gegensatz zur Situation bei den letzten Angriffen auf Otisberg und Caldarium.«

Moroney setzte ein drohendes Lächeln auf und reagierte völlig gelassen. »Ihre Anschuldigung ist völlig haltlos, Planetarrat Roberts. Die bloße Andeutung, ich hätte die Kraft meines Amtes mißbraucht, ist aufrührerisch und riskiert ein Ausschlußverfahren. Welche Beweise haben Sie für diese irrwitzige Beschuldigung anzubieten?«

Roberts steckte zurück, aber mit stahlhartem Blick. »Ich entschuldige mich, Herr Präsident«, erklärte er in unterwürfigem Ton. »Ich bin nur besorgt um die Sicherheit der Menschen, für die ich in diesem Rat spreche.«

Für Moroney war es offensichtlich, daß diese Debatte noch lange nicht vorbei war. »Es wäre ein Irrtum, sollten Sie auch nur für einen Augenblick annehmen, Planetarrat Roberts, daß ich um die Sicherheit unserer Bevölkerung weniger besorgt bin als Sie.« Er klang beleidigt, aber das war weitgehend gespielt. »Aber Morrisons Ausbeuter sind simple Raumpiraten. Wenn wir unsere Miliztruppen verstärken und die Sicherheitsvorkehrungen ausweiten, halte ich uns durchaus dazu in der Lage, diese kleine Unannehmlichkeit durchzustehen.«

»Und genau in diesem Punkt bin ich anderer Meinung«, gab Roberts zurück. »Ich beantrage, daß jede Welt die Erlaubnis erhält, zusätzliche Söldnereinheiten zur Verstärkung unserer Milizen anzuwerben. Mein Volk wird darauf bestehen.«

Moroney hatte darauf gewartet, daß die Debatte diesen Punkt erreichte. Er hatte sich darauf vorbereitet. Jerry Able hatte nur um drei Monate gebeten, möglicherweise vier, und Moroney hatte versprochen, sie ihm zu verschaffen. Sie hatten schon zuviel durchgestanden, um sich jetzt zu trennen.

»Planetarrat Roberts, verehrte Weltenoberhäupter der Randgemeinschaft, ich teile Ihre Bedenken. Aber wir sind auch an die Bedingungen unseres Kontrakts gebunden. Ich wäre bereit, einem Antrag zuzustimmen, der ausschließlich Überbrückungskontrakte mit anderen Söldnereinheiten vorsieht. Das würde uns gestatten, die Verpflichtungen unserer Vertragsvereinbarung mit Able's Aces einzuhalten und zugleich eine solide Verteidigung zu gewährleisten. Auf diese Weise gewinnen beide Seiten.«

»An wen haben Sie gedacht, Herr Präsident?« fragte Planetarrätin Warner. »Wie viele vertrauenswürdige Söldnereinheiten könnten wir finden, die sich nahe genug an unseren Systemen aufhalten, um auch nur rechtzeitig eintreffen zu können?«

»Wir werden über legitime Kanäle rekrutieren, soll heißen, die Söldnerkommission auf Outreach. Alle Kontrakte werden entsprechend der Gründungsverträge von mir als Präsident unterzeichnet. Auf diese Weise besteht keine Gefahr, daß eine Mitgliedswelt versucht, eine Privatarmee aufzustellen, wie Planetarrat Roberts es uns bewußt gemacht hat. Außerdem werden alle Überbrückungskontrakte mit der Rückkehr von Able's Aces enden.«

Moroneys plötzliche Kursänderung hatte Roberts sichtlich aus dem Gleichgewicht geworfen. Es war ihm vom Gesicht abzulesen, daß seine Gedanken rasten, als er versuchte, einen Haken in der Argumentation des Präsidenten zu finden. »Sie würden uns gestatten, unter diesen Bedingungen Söldner anzuwerben?«

»Sie haben mein Wort, und ich werde einen entsprechenden Artikel mit meiner Unterschrift bekräftigen, sofern er die von mir erwähnten Bedingungen enthält.«

Planetarrat Randel von Slewis meldete sich zu Wort. »Ich bin kein Experte in Reisezeiten, aber Outreach liegt in der Inneren Sphäre. Es wird lange dauern, jemanden dorthin zu schicken, damit er eine Söldnereinheit verpflichtet.«

Moroney ließ sich nicht erschüttern. »Wenn wir das zu unserem legitimen Schutz durchziehen, dann dürfen Verhandlungen und Rekrutierung ausschließlich über legitime Kanäle erfolgen. Wenn das eine Reise nach Outreach oder auf eine Welt mit einer HPG-Station der Klasse A erfordert, von der aus wir uns mit Outreach in Verbindung setzen können, dann muß das eben sein.«

»Das wird Zeit kosten«, setzte Randel nach.

»Ja, das wird es«, erwiderte Moroney. Seine Stimme klang bedauernd, aber innerlich lachte er. Er hatte Jerry Able die Zeit beschafft, die der sich erbeten hatte. Jetzt war es an Able, seinen Part der Vereinbarung hochzuhalten. Wenn ihm das nicht gelang, würde keiner von ihnen vorhersagen können, wie sich die Lage entwikkelte.

Nach zwei weiteren Stunden hitziger Debatte unterzeichnete Präsident Moroney den Artikel, den er selbst vorgeschlagen hatte, und Planetarrat Roberts strahlte, zufrieden, seinen Willen durchgesetzt zu haben.

19

Planetares Hauptquartier Able's Aces, Gillfillan's Gold Randgemeinschaft, Peripherie

16. April 3059

Aus dem Tagebuch des Harley Rassor:

In den letzten paar Tagen ist so viel passiert, daß ich kaum weiß, womit ich anfangen soll. Wir werden die Peripherie eine Weile verlassen, und durch all die Übungen und Simsitzungen ist Freizeit echte Mangelware geworden.

Für mich ist allerdings viel wichtiger, daß mein Verdacht gegen Olt. Hawke sich weitgehend bestätigt hat. Zweierlei hat mich darin bestärkt. Erstens hat Kommandanthauptmann Able bekanntgegeben, daß sie ab morgen ihrer Pflichten enthoben ist. Jord hat gehört, daß sie auf eine andere Basis der Aces versetzt wird. Bix meint, sie wird ganz aus der Einheit ausgeschlossen. Ich weiß nur, daß der Kommandanthauptmann ihr den Befehl über unsere Einheit entzogen und Geschützfeldwebel Coombs zum Brevet-Oberleutnant ernannt hat. Aber das soll nur eine Übergangsmaßnahme sein.

Ich will dem nicht zu viel Bedeutung beimessen, aber nach den Informationen, die mir Oberleutnant Hershorn gezeigt hat, scheint mir, daß Hawke aus dem Frontdienst abgezogen wird, damit sie nicht mehr in einer Position Dienst tut, in der sie dem Feind Informationen zuspielen kann. Vielleicht haben der Kommandanthauptmann und Olt. Hershorn einfach nicht genug Beweise, um sie als Verräterin zu überführen, und müssen sich deshalb damit begnügen, sie irgendwo weit weg vom Schuß kaltzustellen.

Sie ist rausgekommen und hat uns eine hübsche Rede gehalten, darüber, wie gerne sie unsere Kommandeurin war und wie sie hofft, daß wir Olt. Coombs genauso unterstützen werden wie sie. Es war eine recht kurze Zeremonie, aber es hörte sich verdammt nach einem Abschied für immer an. Ich bin mir nicht sicher, was ich davon halten soll. Wenn sie diejenige war, die Ben und die anderen verraten hat, wieso sollte sie einfach irgendwo anders weiterleben dürfen? Andererseits bin ich jetzt, da ich selbst bei den Aces bin, froh, daß sie uns keinen Schaden mehr zufügen kann, wenn sie es tatsächlich war, die unsere Geheimnisse weitergegeben hat.

Ich habe mich entschieden, ein paar weitere eigene Nachforschungen anzustellen und bin Hawke letzte Nacht nach Rectortown gefolgt. Sie besuchte drei Kneipen, offensichtlich auf der Suche nach jemandem. Es war nicht schwer, mich im Schatten zu halten, damit sie mich in diesen Spelunken nicht entdeckte. Sie erinnerten mich an Brents Bar daheim. Dunkle Kaschemmen für dunkle Gestalten mit dunklen Motiven. Das ist aus einem der Gedichte in dem Buch, das ich von Da bekommen habe.

Nicht, daß ich mir sonderliche Sorgen darum gemacht habe, daß sie mich sehen konnte. Ich war außer Dienst, und was ich in meiner Freizeit mache, geht nur mich etwas an. Außerdem bezweifle ich, daß sie irgend etwas gesagt hätte. Immerhin ist sie ein Offizier und gehalten, sich nicht mit Mannschaftsmitgliedern zu verbrüdern. Trotzdem wollte ich kein Risiko eingehen. Sie führt etwas im Schilde, und ich werde es beweisen. Wenn sie wüßte, daß ich sie beschatte, würde das meine Arbeit nur erschweren.

In zwei der Kneipen hat sie sich mit reichlich zwielichten Gestalten getroffen. Ich habe hinterher ein paar Fragen gestellt, aber die anderen Gäste waren reichlich wortkarg. Schließlich habe ich eine Kellnerin gefunden, die mir erzählt hat, daß einer der Männer, mit denen sie geredet hat, Klaus Freeman heißt und ein »Pirat« ist. Soweit ich das mitbekommen habe, nennen die Leute hier jeden so, von dem man nicht weiß, wie er sein Geld verdient, deshalb ist schwer zu sagen, welchen Wert diese Auskunft hat. Ein anderer Kerl in derselben Kneipe meinte, er sei ein Sprungschiffkapitän, der vor ein paar Jahren sein Schiff verloren hat. An Orten wie diesen ist schwer abzuschätzen, wer dir die Wahrheit erzählt und wer dich anlügt.

Aber wenn der Kerl tatsächlich ein Pirat war, ist das ein weiterer Punkt auf einer langen Liste mit Hinweisen darauf, daß Hawke die Verräterin ist. Trotzdem, solange ich mir nicht absolut sicher sein kann, wäre es leichtsinnig, etwas zu unternehmen. Ich weiß, genau das würde Da sagen, wenn er jetzt hier wäre.

Ich werde nie vergessen, was in mir vorging, als ich ihren *Orion* mit kaum einem Kratzer im Lack auf dem Landefeld habe stehen sehen, während wir anderen grün und blau geprügelt waren. Entweder sie ist eine wahnwitzig gute MechKriegerin, oder die Banditen haben keinen Schuß auf sie abgefeuert. Jord hat mir erzählt, daß ihr Mech auf dem Vogelsangkamm völlig vernichtet worden ist und sie nur um Haaresbreite überlebt hat, aber möglicherweise sollte das nur so aussehen. Sie könnte ausgestiegen sein, und die Piraten haben ihre Maschine hinterher zu Klump geschossen. Da Oberleutnant Hershorn mir keinen Zugriff auf die Gefechts-ROMs gewährt, kann ich weder das eine noch das andere beweisen. Zumindest noch nicht.

Schuldige Verbrecher sollten der Strafe nicht entgehen. Da hat mir einmal gesagt, daß die Zeit der größte Richter ist. Daß Verbrecher früher oder später immer für ihre Taten bezahlen müssen. Aber ich will nicht Jahre warten, bis die Zeit sie richtet. Die Strafe sollte dem

Verbrechen auf dem Fuße folgen. Alles andere scheint mir einfach nicht gerecht.

Themawechsel. Ich habe einen eigenen BattleMech zugeteilt bekommen: einen *Enforcer*! Ein mittelschwerer Kampfkoloß. Ben wäre bestimmt genauso stolz gewesen wie ich. Die meisten neuen Rekruten haben einen leichten oder mittelschweren Mech bekommen. Ich habe ihn mir im Hangar und auf dem Übungskurs angesehen. Er ist alt, eine echte Antiquität, aber er gehört mir. Mit einer Autokanone und je einem schweren und leichten Laser hat er eine anständige Durchschlagskaft. Und er hat Sprungdüsen, was sich im Notfall als sehr nützlich erweisen kann.

Als ich heute vom Essen zurückkam, hatte irgendwer »Teufelskerl« auf meine Cockpitluke gemalt. Ich nehme an, das war Bix, auch wenn er es abstreitet. Es sieht nicht danach aus, als würde ich diesen Spitznamen so schnell loswerden, aber ich will keine große Sache daraus machen. Eine Menge Veteranen haben Spitznamen auf ihren Cockpits stehen.

Heute nachmittag wurden wir aus dem Training gerufen und mußten uns für eine Bekanntmachung aufstellen, die ganze Kompanie. Was Kommandanthauptmann Able uns zu sagen hatte, hat mir nicht gefallen, und daran hat sich bis jetzt auch noch nichts geändert. Er erzählte uns, daß er für die Einheit einen Kurzzeitvertrag mit der Lyranischen Allianz angenommen hat und wir in etwa einem Monat für ein halbes Jahr abfliegen. Ich habe mich bei den Aces verpflichtet, um für die Randgemeinschaft zu kämpfen, nicht, um sonst irgendwo die Schlachten irgendeiner fremden Regierung zu schlagen. Bix und Jord geht es genauso, aber niemand traut sich, es auszusprechen. Kommandanthauptmann Able ist bei uns allen sehr beliebt, und niemand will sich offen gegen Entscheidungen stellen, die er zum Besten der Einheit trifft.

Bix meint, es geht ums Geld. Die Aces sind schließlich eine Söldnereinheit. Er hat Gerüchte gehört, daß die Regierung mit den regelmäßigen Zahlungen im Rückstand ist. Es heißt, nach den Überfällen und Verlusten, die uns Morrisons Ausbeuter beigebracht haben, blieb dem Kommandanthauptmann nichts anderes übrig, als nach einer Möglichkeit zu suchen, anderswo Geld zu verdienen.

Bevor ich mich den Aces angeschlossen habe, hatte ich meine Heimatwelt nie verlassen. Jetzt werde ich die Randgemeinschaft und sogar die Peripherie verlassen und hinaus in die Innere Sphäre fliegen. Ben hätte über eine solche Chance gejubelt. In den letzten paar Jahren hat er von nichts anderem geredet, von all den neuen Waffen und Mechs und sonstigen Ausrüstungsteilen, die dort entwickelt werden. Ich interessiere mich nicht sonderlich für dieses Zeug. Ich bin nicht zum Militär gegangen, um Leute umzubringen, sondern um die Wahrheit über Bens Tod herauszufinden, damit Da und Jolee und ich dafür sorgen können, daß die Schuldigen zur Rechenschaft gezogen werden.

Ich habe beim Kampf um Rectortown jemanden getötet, aber das war bei der Verteidigung der Randgemeinschaft. Ich bin nicht wie ›König‹ Morrison und seine Bande, die nur für Geld Menschen umbringen. Es besteht ein Unterschied zwischen Mord und Selbstverteidigung oder der Verteidigung seiner Heimat. Außerdem war der Krieger, den ich getötet habe, einer der Piraten, die meinen Bruder auf dem Gewissen haben.

Ich werde in der letzten Zeit gehörig auf Trab gehalten. Nicht nur ich, alle neuen Rekruten. Kompanie Eins wächst allmählich zu einer effektiven Einheit zusammen. Jord hat einen Ersatzmech bekommen. Es wird eine Weile brauchen, bis die Schäden an seinem *Black Knight* behoben sind, und bis dahin haben sie ihm einen ziemlich zerbeulten *Victor* gegeben. Er ist unter Feldwebel Coombs zur Feuerball-Lanze eingeteilt, zusammen mit Jill Sutcliffe und Jeremy Lewis.

Ich bin in der Läufer-Lanze, unter dem Befehl von Glancy. Bix meint, der Name kommt von der Schachfigur, aber das ist mir ehrlich gesagt egal. Mein »offizielles« Rufzeichen ist Läufer Zwo. Bix und sein *Vindicator* sind Läufer Drei. Unsere Nummer Vier ist eine MechKriegerin namens Dabney Fox in einem *Hatchetman*. Nach dem, was ich im Simulator und auf dem Manövergelände von ihr gesehen hatte, kommt sie mit Mechs erheblich besser zurecht als mit Menschen. Jedesmal, wenn ich versuche ein Gespräch anzufangen, bekommt sie kaum den Mund auf, und sie macht einen Abgang, so schnell sie kann.

Unsere Konflikt-Lanze besteht aus Gilberts *Lucifer*, zwei Panzern und einem Zug Sprungtruppen. Das waren ursprünglich Gunney Coombs' Leute, und dementsprechende Leistung bringen sie auch. Die meisten Schlammstampfer haben gehörigen Respekt vor Mechs, aber diese Infanteristen verspeisen Kampfkolosse zum Nachtisch. Mit denen ist auch nicht leicht warm zu werden, und sie hängen enger zusammen als ein Rudel läufiger Bandiratten.

Trotz all der Drills und der übrigen Arbeit, die mir kaum Zeit läßt, an etwas anderes zu denken, vermisse ich Zuhause. Hier habe ich noch nicht eine anständige Gelegenheit zur Jagd gehabt. Auf Slewis war das so ziemlich meine Lieblingsbeschäftigung, allein im Wald in meinem Lederzeug, den Bogen in der Hand. Ich habe viel nachgedacht, wenn ich so unterwegs war, umgeben nur vom Rauschen des Winds in den Bäumen und den Geräuschen des Waldlebens. Daheim war ich viel allein. Ich brauchte nicht einmal einen Gedanken daran zu verschwenden. Hier esse, schlafe und arbeite ich umgeben von anderen, die nur ein paar Schritte entfernt ebenfalls essen, schlafen und arbeiten.

Ich sollte jetzt besser Schluß machen. Wir müssen gleich eine Nachtkampfübung auf einem Gelände absolvieren, das keiner von uns kennt. Ich habe noch nie nachts gekämpft. Ich frage mich, wie das werden wird.

20

Planetares Hauptquartier Able's Aces, Gillfillan's Gold Randgemeinschaft, Peripherie

18. Mai 3059

»Worauf wartest du, Rassor?« fragte Brevet-Oberleutnant Gunney Coombs und kaute auf seiner Zigarre, die sich ein wenig aufrichtete. »Brauchst du eine schriftliche Einladung? Mach endlich dein Gebot, Mann.«

Harley sah auf die Karten. Dann wanderte sein Blick über die anderen Mitglieder der Kompanie, die sich um den Tisch versammelt hatten. Blauer Dunst hing in der Luft, vermischt mit dem Geruch von Schweiß und Bier. Jeder von ihnen hatte ein Glas vor sich stehen. Er hatte gehörig Spaß, mehr Spaß, als er sich seit dem Beitritt zu den Aces, seit Bens Tod, zugestanden hatte.

Das Spiel war neu für ihn, und er hatte die ersten Partien gleich gewonnen. Deshalb war er dabei geblieben, aber jetzt schien sich sein Glück gewendet zu haben.

»Und?« knurrte Coombs wieder.

»Ich überlege, Sir«, antwortete Harley und starrte wieder auf die Karten in seiner Hand.

»Laß diesen ›Sir‹-Scheiß, Schütze. Bloß weil mir jemand ein Oberleutnantsabzeichen auf die Schulter heftet, heißt das noch lange nicht, daß ich im Grunde der Seele kein Feldwebel mehr bin.« Coombs behagte sein neuer Rang als Kommandeur der Einserkompanie nicht sonderlich. Obwohl er wußte, daß die Beförderung nur eine Übergangsmaßnahme war, schien er nicht damit zurechtzukommen. Vielleicht brach er deswegen heute nacht das Verbot der Verbrüderung von Offizieren mit Mannschaftsgraden, oder möglicherweise fand er auch, daß es für ihre letzte Nacht auf Gillfillan's Gold nicht galt.

»Nachdenken?« spottete er. »Nennt man rumsitzen und auf die Karten starren jetzt so?«

Harley studierte ein letztes Mal seine Hand und entschloß sich, die Logik in den Wind zu schießen. »Ich denke, Sie bluffen«, teilte er Coombs mit.

»Und was ist mit mir?« fragte Jill Sutcliffe, die ebenfalls noch im Spiel war. Bix hatte gepaßt, ohne auch nur darauf zu warten, was er eintauschen konnte. Jord hatte zwei Runden durchgehalten, dann war er auch ausgestiegen.

Harley sah sie an. »Du bluffst nicht, Jill. Du hast nur nichts besseres als Affendreck auf der Hand.« Er drehte sich wieder zu Gunney um. »Ich halte mit.«

Coombs grinste, und seine Zigarre ragte noch steiler in die Höhe. »Dein Stil gefällt mir, Jungchen. Laß sehen, was du hast.«

Harley breitete mit dem Versuch einer großen Geste die Karten vor sich aus. »Zwei Paare, Dreien und Buben.«

Jill knallte ihre Karten auf den Tisch und machte sich nicht einmal die Mühe, sie umzudrehen. »Schlimm genug, daß ich nichts als Müll bekommen habe, kann mir das auch noch ein kleiner Schütze, der noch naß hinter den Löffeln ist, am Gesicht ablesen. Ich weiß wirklich nicht, was aus der Welt wird!«

Coombs schüttelte den Kopf. »Nicht vom Glauben abfallen, Jill, mein Mädchen. Dieser Schütze leistet nur seinen Beitrag zu meinem Ruhestand.« Er deckte seine Karten auf. »Ich habe auch zwei Paare. Zehnen und Asse.« Mit einer ausladenden Geste zog er die Chips zu sich auf den Haufen, der sich bereits vor ihm auftürmte. Er kicherte leise. »Ich hatte schon immer was übrig für Asse.«

Harley starrte ungläubig auf die Karten, dann sah er wieder hoch zu Gunney. »Wie haben Sie das gemacht?«

Jord lachte laut. »Einfach, Harley. Er hat dich reingelegt.«

Harley sah sich hastig um und stellte fest, daß alle anderen im Zimmer, mit Ausnahme von Bixy, entweder schmunzelten oder offen lachten. Er drehte sich wieder zu Coombs um und sah, daß der auch grinste. »Stimmt das?« fragte er.

»Du hast doch wohl nicht ernsthaft geglaubt, daß du die ganze erste Stunde nichts als Glück hattest?« schalt ihn der Veteran. »Ich wollte nur abwarten, bis du leichtsinnig wirst und ein bißchen großzügiger mit dem ersten Soldbündel C-Noten um dich wirfst.«

In Harley stieg die Wut hoch. Das überkam ihn ziemlich selten. Er stand auf und wollte aus dem Zimmer stampfen, als Coombs sich ebenfalls erhob und ihm die fleischige Hand auf die Schulter legte.

»Nimm's dir nicht zu Herzen, Rassor. Es ist nicht mehr als eine kleine Initiation, die hier bei uns in der Einserkompanie Tradition ist. Du warst einfach an der Reihe, das ist alles.«

Harley war immer noch wütend, aber die Art, wie Kanones Hand auf seiner Schulter lag, erinnerte ihn an seinen Da. Er wurde sofort ruhiger, und plötzlich mußte er selbst lachen.

Coombs blies eine Fontäne aus Zigarrenqualm in die Luft. »Warum spielt ihr Grünschnäbel die nächsten paar Runden nicht unter euch«, erklärte er. »Ich möchte diesen Schützen mal kurz mit rausnehmen und mich mit ihm unterhalten.«

Coombs deutete zur Tür, und Harley folgte ihm hinaus in die kühle Nachtluft. Er sog die frische, saubere Luft tief in die Lungen und dachte daran, daß er diese Welt morgen verlassen würde. Danach würde er lange Zeit nur Landungsschiffluft zu atmen bekommen, bis sie ihr Ziel irgendwo in der Lyranischen Allianz erreichten, wo immer das liegen mochte.

Coombs zog an seiner Zigarre, deren Glut in der Nacht matt orangegelb leuchtete. »Es war eine Nacht wie diese«, sagte er und starrte zu den Sternen am völlig wolkenlosen Himmel hinauf. »Genau wie heute«, wiederholte er und wedelte mit der Zigarre zwischen den Fingern zum Himmel. »Wir haben mit deinem Bruder Ben dasselbe gemacht. Dieselbe Initiation, die du gerade durchgemacht hast. Er hatte fast denselben Ausdruck auf dem Gesicht, als ihm klarwurde, was los war. Ich glaube mich zu erinnern, daß es ihm etwas schneller aufgegangen ist, aber er war ja auch etwas älter. In jener Nacht sind wir auch hier raus gekommen und haben uns hier an dieser Stelle unterhalten.«

»Es heißt, er war ein ziemlich guter MechKrieger«, erklärte Harley und sah ebenfalls zu den Sternen hoch. Er fragte sich, welcher von ihnen die Sonne war, um die sein Heimatplanet Slewis kreiste.

»Das war er«, bestätigte Gunney. »Aber er war kein Heiliger, Harley. Ich will weder ihm noch dir zu nahe treten, aber Ben hatte eine unberechenbare Ader. Du hast sie auch, ich habe sie schon an dir bemerkt. Aber du hast dich besser in der Gewalt. Ben, der hat sich von seinen Gefühlen lenken lassen. Mehr als einmal hätte ich ihm fast einen Tritt ins Gemächt versetzt. Und er hat sich auch nicht in guter Gesellschaft herumgetrieben, mit Ausnahme des Oberleutnants.«

Das schockte Harley. »Meinen Sie damit Oberleutnant Hawke?« Er betete, daß Gunney von einem anderen Oberleutnant sprach … irgendeinem anderen Oberleutnant.

Coombs nickte. »Ich weiß, daß du davon nichts gewußt hast, und es hat dir gegenüber auch niemand erwähnt, aber Ben und Livia Hawke waren liiert. Es ist nur so, daß wir uns bei den Aces nicht den Mund über anderer Leute Privatleben zerreißen.«

Harley war, als wäre er gegen eine Mauer gerannt.

Das war einfach nicht möglich. »Sie machen Witze? Das kann doch nur ein schlechter Scherz sein.«

Coombs blies eine weitere Rauchwolke in die Nacht. »Kein Witz, Harley. Ben hat eine ganze Weile mit dem Oberleutnant zwischen den Laken getanzt. Die meisten Manschaftsgrade wußten nur gerüchteweise davon. Ich habe sie einmal zusammen ausgehen sehen.«

»Aber die Vorschriften ...«

Coombs schnaubte und hatte Mühe, ein Auflachen zu unterdrücken. »Teufel, Rassor, wenn die Vorschriften so mächtig wären, würden wir nicht einmal miteinander reden.«

Harley war wie in Trance. Er wußte nicht, was er denken sollte. Im letzten Monat hatte er sich allmählich mit dem Verlust seines Bruders abgefunden. Darüber hinaus hatte er fast jede freie Minute mit dem Versuch zugebracht, die Wahrheit darüber herauszufinden, was auf dem Vogelsangkamm tatsächlich geschehen war, oder jemanden zu finden, der wenigstens eine Andeutung machen konnte, wer Ben und die anderen, die dort gestorben waren, in diesen Hinterhalt gelockt hatte.

Er haßte Oberleutnant Hawke noch immer, aber seit sie den Befehl über Kompanie Eins verloren hatte, dachte er nicht mehr so häufig an sie. Trotzdem fühlte er sich durch ihre Versetzung betrogen, denn das machte es schwieriger für ihn, die ganze Wahrheit über sie herauszufinden. Jetzt wußte er nicht mehr, was er glauben, fühlen oder sagen sollte. Livia Hawke und Ben. Ein Paar?

»Warum?« wollte er wissen. »Warum erzählen Sie mir das?«

Coombs hob die Zigarre vors Gesicht und rollte sie eine Weile zwischen den Fingern hin und her. »Weil du nicht dein Bruder bist. Du hast Ben mit dieser Mörderjagd, in die du dich verbissen hast, in dir wachgehalten, und es wird Zeit, daß du losläßt. Es ist schon mehr als ein MechKrieger daran gestorben, daß er in der Vergangenheit lebte. Du hast wirkliches Potential. Deine Kompaniebewertungen liegen sogar noch höher als die mancher Acerveteranen. Aber du schlägst eine Schlacht, die du nicht gewinnen kannst, eine Schlacht mit der Vergangenheit.«

»Gunney, Ben war mein Bruder. Ich kann ihn nicht einfach vergessen.«

»Das verlangt auch niemand, Rassor. Ich will damit nur sagen, daß du dieselbe Beherrschung, die du im Cockpit zeigst, auch bei deinen Gefühlen für Ben benötigst. Ich habe gehört, daß du glaubst, Hawke hätte etwas mit seinem Tod zu tun. Sie hätte uns verraten.«

Harley hatte den Eindruck, daß Gunney ihn in die Defensive zu drängen versuchte, und das verwirrte ihn. »Richtig«, bestätigte er. »Alles deutet darauf, daß sie die Verräterin ist. Ich habe Berichte gelesen, ich habe mit Leuten geredet. Wer sonst hätte das tun können … hätte die Aces verraten können?«

Coombs schüttelte den Kopf. »Du hast dich mit ein paar Leuten unterhalten, hast ein bißchen gegraben. Aber ich habe etwas, das du nicht hast. Ich habe Ben Rassor gekannt, und ich kenne Livia Hawke. Sie hätte ihre eigene Kompanie ebensowenig zur Schlachtbank führen können, wie sie sich einen Arm oder ein Bein abschneiden könnte. Selbst wenn ihr Leben davon abhinge, würde sie niemals ihre Einheit opfern. Schon gar nicht, wenn ihr Geliebter dabei wäre.«

Harley schüttelte den Kopf. Ihm war, als hätten Kanones Worte die Schlinge um sein Herz nur noch enger gezogen. »Was Sie mir sagen wollen, ist, daß ich keinen Schritt näher an der Wahrheit bin, an der Gerechtigkeit, die zu finden mein Da mich hierher geschickt hat, als an dem Tag, an dem ich hier angekommen bin.«

»Nein, Schütze Rassor«, erklärte Gunney und sah Harley in die Augen. »Was ich dir gesagt habe, ist, daß du weißt, wer die Aces *nicht* verraten hat. In diesem Universum schränkt das deine Suche gewaltig ein.«

»Und was mache ich jetzt?« fragte Harley.

»Du führst dein Leben. Ben hätte sich niemals derartig in deinen Tod verbissen. Er hat sich nicht gerne an andere gebunden. Du, du suchst dir Freunde, gute Freunde sogar. Irgendwann wirst du die Wahrheit finden, und zwar, sobald du aufhörst, danach zu suchen.«

Harley war verwirrter denn je zuvor, aber zugleich erinnerte ihn etwas an der Art, wie Coombs mit ihm redete, an die Gespräche mit seinem Da. »Danke, Gunney«, sagte er schließlich.

»Betrachte es als einen gutgemeinten Ratschlag von jemandem, der zufällig verteufelt mehr zu sagen hat als du. Und jetzt würde ich dir raten, dich in die Unterkunft abzuseilen und deine Sachen zu packen. Wir rükken morgen zum Sprungpunkt ab, und du und deine Kumpels sollten besser bereit sein, wenn es losgeht. Du willst deinem Oberleutnant doch keine Schande machen, oder?«

21

Landungsschiff *General Gordon*, im Abflug von Gillfillan's Gold
Randgemeinschaft, Peripherie

19. Mai 3059

Die gelbe Warnlampe über ihren Köpfen wurde dunkel, als die *General Gordon* mit donnernden Schubtriebwerken aus der Atmosphäre von Gillfillan's Gold ins All stieg. Das Schiff bog in eine niedrige Umlaufbahn ein, und Harleys Magen überschlug sich, als die Schwerkraft nachließ. Er fragte sich, ob er sich jemals an den Raumflug gewöhnen würde, als er sich die Schweißperlen von der Stirn wischte und langsam tief durchatmete, um die letzte Welle der Übelkeit niederzuzwingen.

Die drei *Union*-Klasse-Landungsschiffe der Aces waren gleichzeitig von Gillfillan's Gold gestartet und hatten den größten Teil des Söldnerhauptquartiers mitgenommen. Sie würden dessen Möglichkeiten brauchen, um ihren neuen Kontrakt mit der Lyranischen Allianz auszuführen, aber es war schon ein paar Jährchen her, seit Able's Aces ihr HQ mobilisiert hatten.

Technisches Hilfspersonal aller Art drängte sich zum Transit zum Sprungpunkt des Systems in die Landungsschiffe, wo sie an das Sprungschiff ankoppeln würden, das sie auf die Reise zu ihrem neuen Auftraggeber mitnehmen sollte. Kurz vor dem Start hatte Harley sogar kurz Oberleutnant Hershorn, den Analyseoffizier der Einheit, an Bord kommen sehen.

Er schlug auf die Schloßplatte in der Mitte des Gurtharnischs und zog sich die Gurte über den Kopf. Bix sah fast so schlecht aus, wie sich Harley fühlte: weiß wie ein Laken, das T-Shirt am Kragen naß von Schweiß.

Obwohl er aussah, als würde er jeden Augenblick seinem Frühstück wiederbegegnen, schaffte Bixby Finch es, Harley mit nach oben gerichtetem Daumen zu signalisieren, daß er in Ordnung war. Sie hatten beide inzwischen genug Erfahrung mit der Schwerelosigkeit, um sich nur langsam und vorsichtig zu bewegen. Harley beugte sich nach unten und band seine Deckschuhe fester, deren Metallsohlen magnetisch waren und ihn auf dem Schiffsdeck hielten, so daß er nicht hilflos durch die Kabine trieb. Dann machte er sich mit den anderen auf den Weg zur Luke.

Drei Stunden später standen sie im riesigen Mechhangar des Schiffes vor ihren Kampfkolossen, eine lange Checkliste in der Hand. Die meisten Punkte auf der Liste behandelten die Überprüfung der Ausrüstung und Vertäuung. Harley sah stolz an seinem *Enforcer* hoch. Noch vier Monate zuvor hätte er sich nicht träumen lassen, jemals sein Brot als Mechpilot zu verdienen. Ben war derjenige von ihnen gewesen, der davon geräumt hatte, immer schnellere und tödlichere BattleMechs zu steuern. Jetzt war Harley in die Fußstapfen seines toten Bruders getreten.

Er kletterte das neben der Kampfmaschine aufragende Gerüst hoch und vergewisserte sich unterwegs, daß verschiedene Wartungsluken geschlossen waren. Ringsum hörte er das Scheppern und Klirren von Metall, als der Rest der Einserkompanie es ihm gleichtat.

Er sah eine Handvoll Techs um Judith Glancys *Sentinel* stehen, während die Mechpilotin ihren auf dem Rumpf der Maschine herumkletternden Kollegen laute Anweisungen zurief. Die Austauschplatten der Mechpanzerung hatten noch die mattgraue Farbe der Rostschutzgrundierung. Im Moment beaufsichtigte sie die Arbeiten am Knieaktivator. Harley hatte Respekt vor ihrer Maschine, seit er in deren Cockpit für seinen Vater und seinen Bruder Ben sein Kampftalent unter Beweis gestellt hatte.

Auch die streifige grünbraune Tarnbemalung seines *Enforcer* wies einzelne Spuren vergangener Kämpfe auf, aber der Mech war unbeschädigt. Als er das Cockpit erreichte, sah er, daß jemand einen bösartig grinsenden Dämonenkopf über den in roten Lettern neben der Luke prangenden Namen »Teufelskerl« gemalt hatte. Er konnte sich ein Lachen nicht verkeifen. Das mußte entweder Bixby oder Jord gewesen sein, wenn sie es nicht sogar gemeinsam verbrochen hatten.

Im Innern der Kanzel ließ er sich auf die Pilotenliege sinken und dachte daran, wie oft der Sitz im langen Leben dieses Mechs wohl schon hatte ausgetauscht werden müssen. Dieses Exemplar sah aus, als habe es schon mindestens dreißig Jahre Benutzung hinter sich. Es roch auch reichlich muffig, aber Harley gefiel es, wie die Polster sich an seinen Körper schmiegten, fast, als seien sie für ihn maßgeschneidert.

Er ging die restlichen Punkte auf seiner Checkliste durch, um sicherzugehen, daß der Kampfkoloß einsatzbereit war. Es war eine reine Vorsichtsmaßnahme, aber er hatte sich während der Ausbildung genug Warnungen über beim Landungsschiffsstart ausgefallene Reaktoren und Gyroskope anhören müssen, durch die ein MechKrieger später, wenn es Zeit wurde, die Systeme hochzufahren, an Bord festsaß. Sicher war sicher.

Als er sich in die Polster sinken ließ, veränderte sich das Gewicht seines Körpers. Er wußte, daß ein gewisser Andruck beim Flug zum Sprungpunkt normal war, weil die zyklopenhaften Fusionstriebwerke das Schiff konstant beschleunigten, aber wenn der auf das Schiff wirkende Andruck aus einer anderen Richtung kam, konnte das nur eine Kursänderung bedeuten. Harley war sofort klar, daß irgend etwas vorgefallen war. Nicht notwendigerweise irgend etwas Bedrohliches, aber es lief nicht alles so, wie es zu erwarten gewesen wäre.

Einen Moment fühlte er sich, als wäre er zurück auf

Slewis, irgendwo im Wald, wo er sich bei der Jagd jeder noch so kleinen Bewegung in seiner Umgebung bewußt gewesen war. Er hatte den Wind gespürt, die Bäume, die Tiere, einfach alles. Die kleinste Störung hatte ihn aufmerksam werden lassen. Jetzt erlebte er dasselbe, aber in einer völlig anderen Umgebung.

Er verdrängte das Gefühl, aber er konnte nicht verhindern, daß sich ihm die Härchen im Nacken aufstellten. Harley wendete sich wieder der Checkliste zu und arbeitete die restlichen Systemchecks und Relaisüberprüfungen ab. Vom Hangardeck konnte er durch das Kanzeldach des *Enforcer* nicht viel erkennen, aber zwischendurch sah er immer wieder einmal nach draußen. Er fragte sich immer noch, warum die *General Gordon* plötzlich den Kurs gewechselt hatte.

Als er fertig war, stieg er aus dem Cockpit und kletterte an den im Rumpf des Mechs eingelassenen Leitersprossen zum tief unter ihm gelegenen Deck hinab. Als er den Metallboden des Hangars erreichte, hörte er ein tiefes, metallisches Wummern, und das Schiff zitterte kurz. Jord kam auf ihn zu, schien das Geräusch aber nicht einmal zu bemerken.

»Was war das?« fragte Harley.

Jord zuckte die Achseln. »Nichts besonderes. Wir haben entweder einen Jäger gestartet, oder es ist einer im Hangar gelandet. Könnte aber auch eine Raumfähre gewesen sein. Der Kommandanthauptmann hat mehrere davon und benutzt sie gerne, um im Flug zwischen den Schiffen zu pendeln. Mit der Zeit gewöhnt man sich an das Geräusch.« Er deutete zum anderen Ende der Halle, in Richtung des Jägerhangars.

Harley spürte, wie die durch den Andruck der Beschleunigung erzeugte geringe künstliche Schwerkraft im Innern des Landungsschiffes nachließ, als das Schiff langsamer wurde. Ohne die dünnen Magnetsohlen seiner Deckschuhe hätte er vom Hangarboden abgehoben.

Irgend etwas stimmte hier nicht. Er konnte es fühlen. Sein Pulsschlag beschleunigte sich, aber soweit er das erkennen konnte, schien er der einzige zu sein, der sich Gedanken darüber machte, was geschah.

Er sah mehrere Infanteristen aus der Luftschleuse zum Jägerhangar kommen. Als die Irisblende der Schleuse sich öffnete, erkannte er den vordersten augenblicklich als Kommandanthauptmann Able. Er trug einen ausgebleichten grauen Overall und bewegte sich mit einer Geschwindigkeit, die sein Alter Lügen strafte.

Hinter ihm trat Livia Hawke in den Saal.

Harleys Nacken kitzelte noch stärker als zuvor, als er sie sah, und bei ihrem Anblick wurden seine Wangen heiß. Das war unmöglich. Hawke war von Kommandanthauptmann Able verbannt worden. Aber das war sie ganz eindeutig, und sie marschierte über das Deck, als wäre sie noch immer in ihrer alten Position. Auch sie trug einen grauen Overall mit ihrem Rangabzeichen.

Harley und Jord beobachteten, wie Coombs zu den beiden hinüberging. Die drei redeten kurz miteinander und nickten sich gegenseitig zu. Gunney lächelte sogar dünn, während sie sich unterhielten.

Dann bellte er den beiden Infanteristen an der Luke Befehle zu, die sie an andere weitergaben. Kommandanthauptmann Able trat an eines der Interkomgeräte des Schiffes und sprach ins Mikrofon. Vermutlich unterhielt er sich mit der Brücke.

»Sieht aus, als käme die Hawke zurück ins Nest«, kommentierte Jord, als Bixby zu seinen Freunden trat.

»Ich dachte, Able hätte sie weggeschickt«, sagte Bix.

»Ich hatte recht, oder? Ich habe euch gleich gesagt, es ist alles ein Irrtum«, stellte Jord zufrieden fest. »Ich habe immer gewußt, daß Hawke in Ordnung ist.«

Sekunden später lief der gesamte Infanteriezug der Einserkompanie durch das Schiff und jeden einzelner seiner Gänge. Harley beobachtete das Geschehen starr vor Verwunderung. »Ist das normal?« fragte er den erfahreneren MacAuld.

Jord schüttelte den Kopf. »Irgendwas geht hier vor.«

Die Offiziere drehten sich zu den über den Hangar verteilten Truppen um. Der größte Teil von Kompanie 1 war hier versammelt, mit Ausnahme der Infanterie, die in der Schwerelosigkeit wie ein aufgescheuchtes Rudel Ratten durch das Schiff hetzte. Able winkte die Aces näher. Selbst die Techs, die üblicherweise ignorierten, was MechKrieger und Schlammstampfer trieben, hörten auf zu arbeiten und ließen sich von den Gerüsten in Hörweite treiben.

»Ich möchte mich für das Täuschungsmanöver entschuldigen, dem Sie alle aufgesessen sind«, begann Kommandanthauptmann Able seine Erklärung. Er lächelte, aber sein Tonfall war ernst. »Ich befürchte, es war notwendig. Einige von Ihnen werden bereits bemerkt haben, daß wir abbremsen und nicht mehr auf Kurs zum Sprungpunkt sind. Statt dessen fliegen wir zum Bhidegürtel, wo wir zum Rest der Aces stoßen werden.«

Harley erinnerte sich, daß bei der Information über das Sonnensystem von Gillfillan's Gold auch ein Asteroidengürtel erwähnt worden war, aber er hatte sich nicht weiter dafür interessiert und kaum zugehört. Jetzt schien das alles Jahre zurückzuliegen statt nur wenige Wochen. Die Vorstellung, daß sich die gesamte Einheit an einem Ort versammelte, war zugleich erregend und ungewöhnlich. Er beobachtete Livia Hawke, die dem Kommandanthauptmann in gelassener Ruhehaltung, die Arme hinter dem Rücken, ebenfalls zuhörte.

»Bis jetzt hat außer Präsident Moroney und einer sehr kleinen Zahl ausgewählter Offiziere jeder geglaubt, daß wir uns auf Standardkurs zum Sprungpunkt befinden, um in die Lyranische Allianz aufzubrechen. Tja, Leute, den Kontrakt mit der Lyranischen Allianz gibt es nicht. Wir haben das Ganze nur gespielt, um Morrisons Ausbeuter anzulocken. Die Chancen stehen gut, daß sie genau wie beim letzten Mal an einem Piratensprungpunkt hier im System erscheinen werden. Sie werden sich einbilden, Gillfillan's Gold sei schutzlos. Das ist ein Irrtum. Ein tödlicher Irrtum. Sobald sie auftauchen, werden wir in Aktion treten. Unsere Schiffe werden uns über ihnen abwerfen. Und sobald wir sie hier besiegt haben, habe ich noch ein paar Überraschungen für Hopper Morrison.« Er sah zu Oberleutnant Hawke hinüber, die ihm schmunzelnd zunickte. Dann setzte der Kommandanthauptmann seine Rede fort.

»Wir mußten diese Sache geheimhalten, weil sich, wie viele von Ihnen schon vermutet haben, ein Verräter unter uns befindet. Wir haben dieses Täuschungsmanöver auch dazu benutzt, ihn aufzuspüren. Deshalb habe ich Oberleutnant Hawke öffentlich fallen lassen. Sie war damit einverstanden, obwohl es hart für sie war. Alle Welt sollte glauben, daß wir unseren Verräter gefunden hatten, während der wahre Verräter Morrison mit von uns fabrizierten Fehlinformationen nach Gillfillan's Gold lockte.«

Zum ersten Mal seit ihrer Ankunft schien Hawke Harley unter den Zuschauern zu bemerken. Er war sich nicht sicher, aber bei dem Gedanken stieg eine Mischung aus Verlegenheit, Scham und Verärgerung über seine Dummheit in ihm auf.

»Oberleutnant Hawke ist keine Verräterin. Sie hat uns geholfen, diese kleine Scharade aufzuführen. Sie übernimmt mit sofortiger Wirkung wieder den Befehl über Kompanie Eins. Gunney, Sie kehren zum Rang eines Geschützfeldwebels mit Befehl über den Infanteriezug zurück.«

Gunney reagierte auf diese Eröffnung, indem er das Oberleutnantsabzeichen von seiner Uniform riß und auf das Hangardeck warf, wo es abprallte und sich in der

Schwerelosigkeit langsam überschlagend durch die Luft trieb. »Kein Problem, Sir. Es hat sowieso nicht zu meiner Uniform gepaßt.« Dann sah er zu Hawke hinüber. »Ich bin froh, daß Sie die Einheit wieder übernehmen und ich endlich wieder meine eigentliche Arbeit machen kann.«

Kommandanthauptmann Able nickte Hawke zu, und sie trat vor. Ihr Blick wanderte über die Gesichter der Kompaniemitglieder. »Wie der Kommandanthauptmann bereits sagte: Es tut uns leid, daß wir euch hinters Licht führen mußten, aber diese Operation ist von entscheidender Bedeutung für uns. Hopper Morrison und seine Ausbeuter haben den Aces und der Randgemeinschaft in der letzten Zeit eine Menge Schaden zugefügt. Ihre gesamten Anstrengungen waren darauf gerichtet, unsere Regierung und unser Militär zu schwächen. Aber damit ist jetzt Schluß. Von jetzt an gehen wir in die Offensive. Wir werden die Initiative übernehmen und sie behalten, und wir werden die Ausbeuter dafür bezahlen lassen, was sie getan haben.«

Harley sah viele der Acer um ihn herum zustimmend nicken, als sie das hörten, und er merkte, daß er selbst ebenso reagierte. Aber wenn Hawke nicht die Verräterin war, wer hatte Ben und die anderen dann in den Tod geschickt? Panik schlug durch seine Gedanken, als er herauszufinden versuchte, wer die Gelegenheit und die Möglichkeiten gehabt hatte, zu tun, was er für Hawkes Werk gehalten hatte.

Er brauchte nicht lange auf die Antwort zu warten, aber zunächst erkannte Harley sie nicht. Erst hörte er, wie sich die Luke zum Jägerhangar mit einem Zischen luftdicht schloß. Mehrere Infanteristen sprangen an den Eingang und versuchten, die Verriegelung zu lösen, aber der einzige Lohn für ihre Bemühungen war ein dunkelrotes Warnlicht und ein Abruchsignal. Plötzlich spürte Harley ein tiefes Wummern durch den Hangar ziehen, den unverwechselbaren Klang eines Jägerstarts. Rote Warnlichter blinkten auf dem ganzen Deck auf, und eine Sirene gellte durch den Mechhangar.

»Verdammt!« fluchte Able, als MechKrieger und Techs auseinander liefen. Harley drängte sich durch das Getümmel nach vorne, auf Oberleutnant Hawke zu.

»Was ist los?« rief er, als Able und Coombs zum Interkom an der Hangarwand rannten.

»Oberleutnant Hershorn«, spie sie ihm die Antwort entgegen. »Diese verdammte Ratte hat unsere Fähre gestohlen.«

Vor Harleys inneres Auge trat das Bild des kleinen Mannes mit der Glatze, der ihm geholfen hatte ... geholfen hatte zu glauben, daß Hawke das Stück Dreck gewesen war, auf dessen Konto der Tod seines Bruders ging. Plötzlich fiel es ihm wie Schuppen von den Augen.

Sie sah ihn mit galliger Miene aus. »Er ist der Verräter, Rassor. Er hat uns zweimal verkauft.«

Inzwischen war Kommandanthauptmann Able zurück. »Ich weiß nicht, wie es ihm gelungen ist, an unserer Infanterie vorbeizukommen. Er muß sich in dem Moment zur Flucht entschlossen haben, in dem er erkannte, daß wir nicht zum Sprungpunkt unterwegs sind. Was für ein widerlicher kleiner Bastard.«

»Können wir ihn nicht abschießen?« fragte Harley. Die Waffen in den Geschütztürmen des Landungsschiffes hätten keine Schwierigkeiten haben dürfen, die Fähre zu atomisieren.

»Leider nein«, antwortete der Kommandanthauptmann. »Er hat einen Vorsprung und etwas mehr Schub als wir. Aber Kapitän Edelstein ist kein Dummkopf. Er hat augenblicklich den Funkverkehr stören lassen, sobald er den ungenehmigten Start bemerkte. Wir können ihm dicht auf den Fersen bleiben und verhindern, daß er irgend jemanden warnt, aber wir werden ihn nicht in Schußweite bekommen, bis wir wieder Kurs auf den Planeten haben.« Er wandte sich an Hawke. »Nur für alle Fälle werden wir sämtliche Sicherheitscodes ändern. Übrigens hat der Kapitän mir gerade mitgeteilt, daß wir die EM-Signatur eines aus dem Sprungraum kommenden Schiffes an dem Piratenpunkt geortet haben, den die Ausbeuter bei ihrem letzten Besuch hier benutzt haben. Scheint, daß Hershorn ein paar Freunde eingeladen hat.«

Piratensprungpunkte waren nur schwer genau zu lokalisierende »Löcher« in der Schwerkraftsenke eines Sonnensystems. Es war riskant, sie anzuspringen, aber bei einem Erfolg gestatteten sie einem Sprungschiff, weit näher an einer bewohnten Welt ins normale Raum-Zeit-Gefüge zurückzukehren als an einem der Standardsprungpunkte.

»Die anderen Aces?« fragte Hawke.

»Hauptmann Chou bringt den Rest der Einsatzgruppe aus dem Asteroidengürtel ins Systeminnere. Wenn die ersten Berechnungen stimmen, werden wir etwa anderthalb Stunden nach den Ausbeutern eintreffen, es sei denn, wir erhöhen den Schub. Stell dir ihre Überraschung vor, wenn sie herausfinden, daß Gillfillan's Gold nicht verlassen ist, wie sie es erwarten, sondern daß sich der größte Teil des Regiments hier im System aufhält.«

Hawke wandte den Kopf vom Kommandanthauptmann zu Harley um, und ihr Blick loderte, als sie sprach. »Gut. Schütze Rassor und ich haben mit dem Gespenst noch eine persönliche Rechnung zu begleichen.«

Kommandanthauptmann Able legte ihr die Hand auf die Schulter. »Wir sollten ihn lebend stellen, wenn es irgendwie geht. Ich möchte nicht, daß sich das zu einer Vendetta entwickelt. Vergeßt nicht, ihr beide seid nicht die einzigen, die es diesem Bastard heimzahlen wollen. Wir wollen ihn vor Gericht stellen. Das heißt aber nicht, daß ich irgend jemand anderen verlieren möchte, nur damit Hershorn bis zum Gerichtstermin überlebt. So oder so wird er teuer bezahlen … Verstanden?«

Er wird teuer bezahlen, sagte Harley sich. *Teuer bezahlen.*

22

Landungsschiff *General Gordon*, im Anflug auf Gillfillan's Gold
Randgemeinschaft, Peripherie

19. Mai 3059

Die Luft in der Taktischen Leitzentrale der *General Gordon* stank vor Schweiß, Erregung, Erwartung und Anspannung. Das trübe Licht und die trostlos grauen Schottwände standen in seltsamem Widerspruch zu den aufgeputschten Emotionen der hier versammelten Krieger. Auf der Hologrammanzeige waren der blaue Globus von Gillfillan's Gold und drei große grüne Lichtpunkte zu sehen, die für die Landungsschiffe der Aces standen. Sie waren noch ein gutes Stück von dem Planeten entfernt, aber sie näherten sich, rückten langsam, aber sicher immer dichter an die Weltkugel heran.

Außerdem zeigte die Anzeige noch zwei pulsierende rote Lichtpunkte. Auf der Hologrammanzeige lagen nur Zentimeter zwischen den roten und grünen Lichtern, aber die wirkliche Entfernung betrug Hunderte Kilometer. Die roten Punkte repräsentierten die Landungsschiffe Hopper Morrisons und seiner Piraten, die sich der Atmosphäre des Planeten näherten. Zwischen den beiden Gruppen hing noch ein einzelner gelber Punkt.

Das war die von Oberleutnant Hershorn gestohlene Raumfähre. Harley starrte auf den Lichtpunkt und dachte daran, wie Hershorn die Aces verraten hatte. Der Gedanke löste eine Flut aus Trauer und Wut darüber aus, daß Hershorn Ben getötet hatte.

Sein Da hatte ihn zu Able's Aces geschickt, damit er die Wahrheit ans Licht brachte, und jetzt hatte er sie gefunden. Nun blieb nur noch, den Verräter zur Rechenschaft zu ziehen. Er erinnerte sich an die Nacht, in der er, Da und die anderen Männer die Handelsvertreter auf Slewis ihrer gerechten Strafe zugeführt hatten. Er schwor sich, daß Hershorn nicht so leicht davonkommen würde ...

Harley zwang seine Gedanken zurück in die Gegenwart. Was er an Kommandanthauptmann Ables Plan nicht verstand, war, warum die Aces nicht einfach ihre Jäger ausgeschleust und hinter der Fähre hergeschickt hatten. Die Langstreckenfähre vom Typ KR-61 war langsamer als die leichten Luft/Raumjäger der Einheit und besaß keine erwähnenswerte Bewaffnung. Seine Lanzenkameradin Dabney Fox stellte die Frage, gerade als Harley es auch tun wollte.

Hawke erinnerte sie, daß der Kommandanthauptmann Hershorn wenn möglich lebend wollte. Außerdem gäbe es noch einen anderen Grund, erklärte sie. Geschützfeuer hätte die Ortung der Ausbeuter-Landungsschiffe ansprechen lassen können, und wenn die Piraten den Anflug der Aces bemerkten, konnte das den ganzen Plan scheitern lassen.

Hawke widmete sich wieder den auf der Anzeige leuchtenden Lichtpunkten, dann sah sie hinunter auf den in den Hologrammtisch eingebauten Datenschirm. Sie berührte die Kontrollknöpfe, und mehrfarbige Zahlen- und Buchstabenreihen rollten über den Schirm. Im Spiel aus Schatten und Widerschein sah sie beinahe bedrohlich aus.

»Wir verfolgen zwei Landungsschiffe, beide *Union*-Klasse. Wir können also von insgesamt zwei Kompanien Ausbeutern ausgehen.« Sie sah sich unter den Mitgliedern ihrer wiederaufgebauten Einserkompanie um. »Wie die meisten von euch wissen, sind die Ausbeuter mit einer Reihe von LosTech-BattleMechs und -Fahrzeugen ausgerüstet. Wir haben selbst ähnliche Ausrüstung, die den Vorteil negieren könnte, den sie dadurch haben. Die Hauptgefahr ist der Clan-*Timber Wolf*. Seid auf der Hut. Und seid besonders vorsichtig, wenn ihr euch auf Distanz mit ihnen anlegt. Es könnte sein, daß sie über Extremreichweitentechnologie verfügen, die wir nicht haben.«

Wie jeder in der Randgemeinschaft kannte auch Harley die Gerüchte über die LosTech, die ›König‹ Hopper Morrison in die Hände gefallen war. Falls die Geschichten stimmten, die man sich erzählte, war er über ein Depot mit BattleMechs und sonstiger Ausrüstung gestolpert, das General Aleksandr Kerensky und die Sternenbundarmee vor Jahrhunderten zurückgelassen hatten, als sie der Inneren Sphäre den Rücken gekehrt und in die Weiten des Alls jenseits der Peripherie verschwunden waren. Dieses Depot hatte ihm geholfen, seine kleine Bande von Plünderern in jüngsten Jahren stark auszuweiten und zu der gefährlichen Piratenarmee zu entwickeln, der die Aces sich jetzt gegenübersahen.

»Haben wir eine Prognose ihrer Landezone?« fragte Jill Sutcliffe.

Hawke betätigte mehrere Tasten auf den Kontrollen des Holotisches. Auf der blauen Weltkugel von Gillfillan's Gold blinkte in der Nähe von Rectortown knapp südlich des Hauptquartiers der Aces ein Lichtpunkt auf. »Es sieht so aus, als wollten sie weder auf dem Raumhafen noch bei der Hauptstadt aufsetzen, was immerhin eine gute Nachricht ist. Hershorn muß das bestens vorbereitet haben. Sie fliegen in direktem Kurs die Hochebene in unserem alten Manövergebiet Süd an. Von da aus können sie über den Fluß die Hauptstadt angreifen, ohne daß sie vom Raumhafen aus zu erreichen sind.«

»Das Gelände kennen wir«, stellte Jeremy Lewis fest. »Wir kennen es wie unsere Westentasche. Gehen Sie kein enomes Risiko ein, gerade da aufzusetzen?«

»Wir stören den Funkverkehr der Raumfähre, die Hershorn uns gestohlen hat, und unsere Schiffe sind noch außerhalb ihrer Ortungsweite. Sie werden kaum erwarten, daß wir ihnen schon auf den Fersen sind. Ich habe ernste Zweifel, daß sie auch nur ahnen, daß wir auf dem Weg sind. Sie glauben, auf einer Welt zu landen, die nur von einer Handvoll Miliztruppen verteidigt wird.«

»Da steht ihnen eine Überraschung bevor«, grinste Jord.

Hawke nickte lächelnd. »Ganz recht, Gefreiter.« Sie tippte die Tasten des Kontrollblocks noch einmal an, und plötzlich fiel der große holographische Planet in sich zusammen. Das Bild zoomte auf die erwartete Landezone. Das Bild drehte sich in der Luft und wurde zu einer dreidimensionalen Darstellung des Gebiets, das vermutlich zu ihrem Schlachtfeld werden würde.

Im Osten und Westen des Gebiets erhoben sich kleine Baumgruppen. Sie ähnelten niedrigen Zedern, keine höher als fünf Meter. Kaum groß genug, um einen BattleMech dahinter zu verbergen, aber es reichte, um die Bewegung zu behindern und Raketensalven teilweise abzufangen. Im Norden, in Richtung der von den Aces verlassenen Basis, lag eine Kette niedriger, aber steiler Berge mit nur von einer Seite zugänglichen Tälern, die zu tödlichen Fallen werden konnten. Am Südrand der Gefechtszone lag ein kleines Morastgebiet, das weiter südlich in Sumpf überging. Harley erinnerte sich an mehrere Trainingsläufe in dieser Gegend. Sein Mech war in den Sümpfen eingesunken, und er konnte sich noch bestens daran erinnern, wie frustrierend die Erfahrung gewesen war.

In der Mitte der Karte lag eine vier Kilometer lange Hochebene. Das bis auf etwas verkrüppeltes Buschwerk kahle Plateau war der einzige Ort in diesem Gebiet, an dem ein Landungsschiff ohne Schwierigkeiten aufsetzen und Truppen ausladen konnte. Harley erinnerte sich, daß die Hochebene steil über dem Tiefland aufragte. Das Gelände war unzugänglich, und es würde nicht leicht werden, die Steigung zu überwinden. Einmal oben angekommen, erwartete sie allerdings weites, offenes, flaches Gelände.

Hawke setzte ihre taktische Zusammenfassung fort. »Sie haben im besten Fall zwei Kompanien. Wir greifen mit drei an. Unser Überraschungsmoment dürfte etwa bis zu dem Moment halten, in dem sie aussteigen und die Sensoren ihrer Landungsschiffe unseren Landeanflug orten. Spätestens dann wird unser kleiner Schleimbeutel sie auch warnen, daß wir unterwegs sind, ihnen den Spaß zu verderben. Denkt daran, daß wir sie erwischen müssen, bevor sie wieder einschiffen und abfliegen. Wenn wir keinen Fehler machen, werden wir sie am Boden stellen, über die Hochebene verteilt.« Mit einem Laserzeigestab lenkte sie die Aufmerksamkeit ihrer Untergeben auf den Nordrand der Karte. »Wie springen am nördlichen Rand der Hochebene ab. Kompanie Zwo übernimmt den Osten, Kompanie Drei den Westen. Wir rücken von drei Seiten gegen sie vor.«

»Welches Einsatzziel haben wir, Oberleutnant?« fragte Feldwebel Lewis.

»Die Antwort darauf ist kurz und simpel, Jeremy. Wir wollen sie zerquetschen. Kommandanthauptmann Ables Auftrag lautet, Morrisons Leuten so viel Schaden wie möglich zuzufügen und sie wenn möglich daran zu hindern, irgendwelche Truppen wieder einzuschiffen. Unsere drei Kompanien verfügen über insgesamt sechs Jäger, die den Landungsschiffen einen Startversuch erschweren dürften.«

Gunney Coombs betrachtete die Karte und schüttelte nachdenklich den Kopf. »Da steckt mehr dahinter als wir zu sehen bekommen, Oberleutnant. Soll keine Beleidigung sein.« Er musterte das Hologramm noch etwas länger. »Wir greifen mit Bataillon Eins an. Als wir in Richtung Asteroiden unterwegs waren, sammelte sich da fast ein komplettes Ausbeuterregiment. Was ist mit denen?«

Hawke hob die rechte Augenbraue und lächelte. »Ich will Hershorn nicht jeden Spaß verderben, aber sagen wir, der Kommandanthauptmann hat zu viel in die Randgemeinschaft investiert, um das alles für ein Stück Abschaum wie Hopper Morrison wegzuwerfen. Während wir uns hier unterhalten, sind Bataillon Zwo und ein großer Teil von Bataillon Drei auf dem Weg zum Sprungpunkt, wo sie von mehreren Sprungschiffen erwartet werden. Aus offensichtlichen Sicherheitsgründen kann ich nicht alle Einzelheiten aufdecken, also begnügen wir uns damit, das hier als Gegenangriffsphase Eins der Operation zu bezeichnen.«

Sie verbrachte die nächsten Minuten damit, die operationalen Einzelheiten des Gefechtsabwurfs durchzugehen. Harley quetschte sich zwischen Sutcliffe und Lewis, um besser sehen zu können, wo sie in den Kampf ziehen sollten.

Mit einer den Ausbeutern um dreißig Prozent überlegenen Feuerkraft auf ihrer Seite versprach es ein kurzes Gefecht zu werden. Wie zuvor die Schlacht um Rectortown war das Harleys Chance, Morrisons Leuten heimzuzahlen, was sie ihm geraubt hatten. Das allein genügte bereits, ihm einen Adrenalinschub zu versetzen, der über das hinausging, was er normalerweise kurz vor dem Kampf empfand.

Als die Besprechung zu Ende ging, zogen er und seine Kameraden sich zurück, um sich bis auf die Gefechtsmontur auszuziehen und die wuchtigen Kühlwesten anzulegen, die ihnen halfen, die enorme Hitze im Innern des Cockpits unbeschadet zu überleben. Bevor er die Luke erreichte, fühlte er, wie ihm jemand von hinten die Hand auf die Schulter legte. Er blieb stehen.

Als er sich umdrehte, sah er in Livia Hawkes Gesicht.

»Auf ein kurzes Wort, Schütze Rassor«, sagte sie, als die letzten Mitglieder der Einserkompanie den Raum verließen und die Luke hinter ihnen zufiel.

»Ja, Ma'am.« Er unterdrückte ein verlegenes Schlukken. Er hatte begonnen, diese Frau zu hassen, weil er davon überzeugt gewesen war, daß sie Ben verraten hatte. Jetzt hatte sich all das innerhalb weniger Stunden von Grund auf geändert. Er hatte keinen Anlaß mehr, sie zu hassen, er hatte herausgefunden, daß sie ein Freund war, kein Feind, aber in seinem Herzen und seinem Verstand herrschte noch einige Konfusion. Er hatte Mühe, mit ihr zu reden. Die Situation bereitete ihm Unbehagen.

»Ich weiß, daß du geglaubt hast, ich wäre verantwortlich für den Tod deines Bruders, Harley. Wenn das auch weiter ein Problem darstellen sollte, möchte ich es jetzt wissen, bevor wir abspringen.«

Harley spürte, wie er vor Scham rot anlief. Er fuhr sich mit der Zunge über die Lippen, während er nach den richtigen Worten suchte. »Erlaubnis, frei zu sprechen, Ma'am?«

Oberleutnant Hawke verschränkte die Arme und lehnte sich etwas auf dem Absatz nach hinten. »Erlaubnis erteilt, Schütze. Dieses Gespräch bleibt unter uns.«

Er richtete sich auf und sah ihr in die Augen. »Es wird kein Problem sein, Oberleutnant. Und ich entschuldige mich dafür, daß ich Sie verdächtigt habe, etwas mit Bens Tod zu tun zu haben. Es ist nur so, daß ... nun, Sie waren die einzige Überlebende des Hinterhalts. Und als wir in Rectortown gegen die Piraten kämpften, hat Ihr Mech kaum einen Kratzer abbekommen. Darüber hinaus hat Oberleutnant Hershon mir ein Dokument gezeigt, in dem Sie als Hauptverdächtige aufgeführt waren.«

Sie schüttelte kurz den Kopf. »Hershorn hat uns alle zum Narren gehalten. Mich, dich, sogar den Kommandanthauptmann. Es war ziemlich clever, wie er versucht hat, dich zu täuschen. Nach dem, was wir in Erfahrung bringen konnten, hat er Hopper Morrrison seit gut zehn Monaten geheime Informationen zugespielt. Hopper hat allerdings erst kürzlich angefangen, sie gegen uns einzusetzen.«

»Und als der Kommandanthauptmann Sie dann in die Wüste geschickt hat, schien es alles zu bestätigen, was ich mir zurechtgelegt hatte.«

Hawke zuckte die Schultern. »Das war nicht zu vermeiden. Der Kommandanthauptmann wollte Hershorn die Königinmutter aller Lügen unterschieben. Diese ganze Geschichte mit dem angeblichen Kontrakt in der Lyranischen Allianz sollte für Hopper eine Verlockung sein, der er unmöglich widerstehen konnte. Wie es scheint, hat das auch funktioniert. Nachdem der Kommandanthauptmann mich wegschickte, habe ich mit ausgewählten Agenten der Aces zusammengearbeitet, damit das Gespenst nicht mitbekommt, was wirklich vorgeht. Er war völlig außen vor, was Truppenbewegungen und die wahre Natur unserer Mission betraf. Hauptmann Chou hat falsche Funkmeldungen lanciert, die es so aussehen ließen, als würden wir uns in die Lyranische Allianz absetzen. Kommandanthauptmann Able hat fälschungssichere Verigraph-Ordern abgeschickt, damit wir die Aces in Position manövrieren konnten, ohne daß diese Kanalratte von einem Verräterschwein etwas davon mitbekommt.«

»Ich komme mir vor wie ein Vollidiot«, stellte Harley fest.

»Dazu hast du keinen Grund. Hershorn hat einfach gute Arbeit geleistet. Er hat so ziemlich jeden hinters Licht geführt. Selbst der Kommandanthauptmann ist ihm eine Weile aufgesessen.«

»Wir können ihn nicht davonkommen lassen. Nicht nur der Einheit wegen. Auch meine Familie will, daß er seine gerechte Strafe erhält.«

»Genau wie ich. Ben war mir nicht gleichgültig. Ich bin sicher, im Laufe deiner Erkundigungen hast du auch zu Tage gefördert, daß er und ich eine besondere Beziehung hatten. Ich wünsche mir das Gespenst mindestens genauso sehr ans unangenehme Ende einer PPK geschnallt wie du.«

Harleys Verlegenheit war weitgehend verschwunden, aber der Gedanke an den Oberleutnant im Bett mit seinem Bruder ließ seine Wangen wieder auflodern. »Ich habe nichts davon gewußt, bis Sie fort waren. Aber jetzt bin ich froh, daß Ben jemand wie Sie in seinem Leben hatte. Er war immer so besessen von Mechs und seinem Ehrgeiz, daß er die anderen Aspekte des Lebens möglicherweise zu weit verdrängt hat. Er hat dem Rest der Familie nie etwas von Ihnen erzählt.«

Das schien Hawke einen Stich zu versetzen. »Eigentlich dürfte es mich nicht überraschen, daß er dir und deiner Familie nichts davon erzählt hat. Wie du schon sagtest, er war so besessen, daß ich manchmal auch das Gefühl hatte, daß ihm seine Datenblätter wichtiger waren als ich. Aber es gab auch andere Momente, in denen ich wußte, daß ich ihm etwas bedeutete. Dein Bruder war ein komplexer Charakter.«

»Stimmt«, bestätigte Harley und lächelte bei dem Gedanken an Ben in besseren Zeiten. »Als wir noch Kinder waren, haben wir uns Kämpfe wie diesen ausgemalt. Gut gegen Böse, um das Schicksal des Universums. Zu schade, daß er nicht mehr hier ist.«

Sie nickte. »Wir müssen das zusammen erledigen, Harley. Wir müssen das Gespenst zur Strecke bringen, und wenn wir es nur tun, damit Bens Tod und der Tod all der anderen in meiner alten Kompanie nicht umsonst waren. Wenn Hershorn entkommt, sind sie für nichts und wieder nichts gefallen.«

Harley verstummte. Er dachte an Hershorns Verrat. »Warum?« brach es plötzlich aus ihm hervor. »Warum hat Hershorn das getan? Es ergibt keinen Sinn.« Es würde ihm nicht helfen, sich besser zu fühlen, wenn er die Antwort auf diese Frage wußte, und es konnte auch die Toten nicht wieder ins Leben rufen. Aber etwas in ihm verlangte nach einer Erklärung dafür, wie Menschen etwas derartiges tun konnten.

»Wir werden es möglicherweise nie erfahren«, stellte Hawke leise fest. »Die meisten Verräter tun es des Geldes wegen. Manche lassen sich von Machtversprechen verführen oder weil man ihnen irgend etwas anderes in Aussicht stellt, wonach sie verlangen. Ich habe nie in Erfahrung bringen können, welches Motiv das Gespenst hatte. Wir werden es herausfinden, wenn wir ihn erst gefangengenommen haben.«

Harley nickte langsam. »Da ist noch etwas, was ich Sie fragen wollte, Ma'am«, sagte er.

»Nenn mich Livia. Wenn wir unter uns sind, kannst du auf die Förmlichkeiten verzichten. Und sag du zu mir. Ich habe es deinem Bruder erlaubt, und nach dem, was wir durchgemacht haben, schätze ich, daß ich dir dasselbe schulde.«

»Okay, Livia.« Ihm war noch nicht ganz wohl dabei, ihren Vornamen zu benutzen. »Ich wollte dich fragen, wie du gemerkt hast, daß ich dich verfolgt habe.«

Sie grinste. »Harley, ich bin in der Randgemeinschaft großgeworden. Ich habe meine Kindheit und Jugend in den Gassen und Hinterhöfen eines Dutzends Städten und Dörfern verbracht. Ich habe dich in drei Kneipen bei dem Versuch bemerkt, unter den Einheimischen nicht aufzufallen.«

Harley verzog den Mund. »Ich dachte immer, ich wäre ein guter Jäger.«

Sie lachte. »Aber sicher, in der Wildnis. Diesmal warst du in meinem Revier.«

»Dann mußt du mir beibringen, wie man in deinem Revier jagt, Ma'am … Livia.«

»Gemacht. Erst kümmern wir uns um das Gespenst. Dann entsaften wir Hopper Morrison. Wenn wir das fertigbringen, kannst du noch eine Menge von mir lernen. Aber jetzt wird es Zeit für Gegenangriffsphase Eins.« Sie deutete zur Tür.

Harley ging voraus in den Mechhangar. Zum ersten Mal, seit er erfahren hatte, was Ben auf dem Vogelsangkamm zugestoßen war, fühlte er sich wirklich lebendig, und der Tod seines Bruders lastete nicht mehr auf seinen Schultern.

23

Rectorplateau, Gillfillan's Gold
Randgemeinschaft, Peripherie

19. Mai 3059

Harley spannte sich an, als sein *Enforcer* mit einem halben Vorwärtsschritt auf dem harten Felsboden des Rectorplateaus landete. Er schaltete die Sprungdüsen in dem Augenblick ab, in dem die Füße des BattleMechs den Boden berührten. Rings um ihn herum kam der Rest von Kompanie Eins auf, jetzt wieder Hawke's Talons, und nahm sofort Aufstellung.

Bixbys *Vindicator* verlor bei der Landung fast das Gleichgewicht und stolperte wie ein gigantischer Betrunkener mehrere Schritte vorwärts. Michael Lings riesiger *Von Luckner*-Panzer schleuderte eine derartige Staubwolke auf, als er vorpreschte, daß das wieder abfliegende Landungsschiff fast dahinter verschwand. Über Harley und dem Staub und Chaos der in Stellung gehenden Mechkompanie ließ ein ungeheures Donnergrollen den Boden erzittern, und die Druckwellen schüttelten Harleys Mech. Das war die *General Gordon*, die von der Hochebene abhob und Kurs auf eine kleine Lichtung einige Kilometer entfernt nahm.

Harleys Fernortung zwitscherte vor Aktivität, und auf dem Sichtschirm sah er die Silhouetten der Ausbeuter-Landungsschiffe, umgeben von Lichtpunkten, die annähernd zwei Kompanien repräsentierten. Und er sah noch ein anderes Bild, näher als die feindlichen Mechs: die Silhouette einer KR-61-Raumfähre.

Harley sah sich auf die Fähre zustürmen, in der Hoffnung, Hershorn einzuholen, bevor er seine Piratenfreunde erreichte. Einen Augenblick genoß er die

Vorstellung, den Verräter zu stellen, ein drei Stockwerke hoher Kampfkoloß, gespickt mit Waffen, gegen einen einzelnen, unbewaffneten Mann. Was folgte, wäre feige gewesen, aber selbst wenn nicht, wäre Harley dafür niemals aus der Formation ausgebrochen.

»Talons von Feuerball Eins«, klang die klare Stimme Oberleutnant Hawkes in seinem Neurohelm auf. »Ich zeichne mehrere Ziele in der Ausbeuter-LZ. Feuerball-Lanze sammelt sich um mich auf der rechten Seite. Läufer-Lanze übenimmt die linke. Konflikt-Lanze Mitte und Nachhut.«

Die Planung sah vor, daß Davis Gilbert in seinem *Lucifer* Luftdeckung lieferte, während Kompanie Eins vorrückte. Die schwächere Konflikt-Lanze in der Mitte der Formation sollte von den schwereren Mech-Lanzen an den Flanken verstärkt werden. Jeder Gegner, der versuchte, in der Mitte durchzubrechen, weil er sie ein leichtes Opfer wähnte, würde sich im Kreuzfeuer von beiden Seiten wiederfinden – sofern alles glattlief. Harley hatte inzwischen genug Erfahrung, um zu wissen, daß in einer Schlacht nichts unmöglich war, gleichgültig, wie gut die Planung war.

Er drückte den Schubregler seines *Enforcer* leicht nach vorne, und unterhalb des Cockpits summte der alte Nissan-200-Fusionsreaktor. Mit den Pedalen steuerte er den Mech über die flache Felsoberfläche des Plateaus und schwenkte nach rechts, um sich mit dem Rest seiner Lanze wie befohlen aufzustellen.

Er übernahm eine Position am rechten Flügel der Lanze. Links von ihm marschierte Bix in seinem *Vindicator*, dessen rechter PPK-Arm relativ frisch rot lackiert glänzte. Jord hatte darauf hingewiesen, daß das rote Flammenmuster den Mech zu auffällig machte und seinem Freund ein traditionelleres Tarnschema empfohlen, aber Bix hatte entgegnet, daß ein Tarnschema bei einem drei Stockwerke hohen Kampfkoloß, der mit fünfzig Stundenkilometern durchs Gelände preschte, wenig Sinn hatte. Offenbar war Gunney derselben Meinung, denn er hatte Bix nicht gezwungen, den PPK-Lauf umzulackieren, während er die Kompanie befehligt hatte.

Harley legte seine Federated-Autokanone auf einen Feuerleitkreis, den schweren Laser auf einen anderen, und den leichten Laser auf den dritten FLK. Als die Entfernung zum Gegner schrumpfte, schaltete er auf Nahortung um. Die breiten Kugelrümpfe der Piratenschiffe ragten in der Ferne aus den Staubwolken auf, die ihre BattleMech-Ladung aufwirbelte. Harleys Ortungsschirm zeigte, daß Kompanie Drei inzwischen auf Schußweite an den Feind heran war und das Feuer eröffnete.

Dann tauchten auf der Sichtprojektion die ersten Identifikationsmarkierungen neben den feindlichen Maschinen auf. Der Computer arbeitete sich durch den Typenkatalog im Speicher und kennzeichnete die verschiedenen Silhouetten und Konfigurationen. Unter einem der Mechs sah Harley die vertrauten Daten eines *Crab*. Ein anderer wurde als *Mercury* identifiziert, ein dritter als jüngerer, aber technisch weniger ausgereifter *Javelin*. Alles in allem markierte der Bordcomputer vierundzwanzig feindliche BattleMechs, die sich unterhalb ihrer Landungsschiffe verteilt hatten, ganz so, wie man es von einer Mechstreitmacht erwarten konnte, die sich kurz nach der Ausschiffung einer unerwarteten Übermacht gegenübersah.

Zumindest soweit hatte der Plan funktioniert, dachte Harley. Es war ihnen gelungen, den Gegner im Hemd zu erwischen.

Eine weitere Silhouette zeichnete sich drohend auf der Taktikanzeige ab. Es war ein *Timber Wolf*, derselbe Mech, gegen dem er bei Rectortown gekämpft hatte, in einer Schlacht, die Jahre zurückzuliegen schien, auch wenn es in Wahrheit nur Wochen waren. Die Clan-Maschine war einer der tödlichsten Gegner, den man sich denken konnte. Nachdem er ihm schon einmal entkommen war, wollte Harley sich besonders an diesem Piratenmech rächen.

Kompanie Drei griff den Feind wie geplant an, rückte aber kaum über Gefechtsreichweite hinaus vor. Die Acer bewegten sich an der ihnen zugeteilten Flanke entlang und hielten den Feind beschäftigt, während die beiden anderen Kompanien näherrückten, um in den Kampf einzugreifen. Harleys Herz hämmerte in der Brust, und er war schweißgebadet, obwohl der *Enforcer* noch nicht heißlief. Auf ihrem Vormarsch bemerkte er die aufgesetzte Raumfähre gerade, als ein Schwarm laut pfeifend heranrasender Langstreckenraketen die Schiffssilhouette verdeckte.

Aber der Raketenangriff galt nicht ihm, sondern Bix in seinem *Vindicator*. Ein *Bombardier* hatte ihn mit vierzig Raketen unter Beschuß genommen. Die meisten Geschosse schlugen mit ungebremster Wucht in den Kampfkoloß ein und stoppten Bixbys Vormarsch so abrupt, als wäre der Mech gegen eine Mauer gerannt. Panzersplitter von Torso, Armen und Beinen des Mechs flogen in alle Himmelsrichtungen, während Bix versuchte, ihn wieder in Bewegung zu versetzen.

»Bix!« brüllte Harley ins Mikrofon.

Die Stimme, die ihm antwortete, war atemlos, keuchte fast panisch. »Der wird mehr als einen Anstrich brauchen«, stammelte er. Zumindest sein Sinn für Humor war noch intakt, was man von der Panzerung seines Mechs nichts sagen konnte.

»Bist du okay?« fragte Harley, während er mit einer Bewegung des Steuerknüppels das Fadenkreuz über den *Bombardier* zog. Es war der ihnen am nächsten stehende Mech der Ausbeuter. Er schob den Schubregler vor, um die Entfernung zu dem Feindmech zu reduzieren, als sein Gegner in dem Versuch, Distanz zu halten, rückwärts ging.

»Holen wir ihn uns«, preßte Bix heraus.

Auf der Sichtprojektion sah Harley das Fadenkreuz die Farbe von Rot auf Grün wechseln. Das zeigte an, daß er auf Schußweite an den Gegner heran war. Augenblicklich übernahmen sein Training und Instinkt das Kommando, und er löste die Autokanone aus. Die Granaten brauchten nur einen Sekundenbruchteil, um die Entfernung zu dem kantigen Rumpf des *Bombardier* zu überbrücken. Sie schlugen auf der rechten Torsoseite in den Piratenmech ein, zertrümmerten die offene Klappe der Raketenlafette und den größten Teil der Panzerung. Der BattleMech wurde vom Aufprall der AK-Salve nach hinten gestoßen.

Der *Bombardier* feuerte ein zweites Mal. Diesmal zielten beide LSR-Lafetten auf Dabney Fox, Läufer Vier. Ihr *Hatchetman,* durch das charakteristische Beil in einer Hand unverwechselbar, zuckte im letzten Moment beiseite und änderte die Laufrichtung. Eine Handvoll Raketen schoß an ihrem Ziel vorbei, und die fasrigen Rauchstreifen ihrer Brennsätze zuckten an der Schlachtreihe entlang.

Der Rest der Geschosse pflügte in die Beine des *Hatchetman,* zertrümmerte die Panzerung, so daß Fox fast auf den Felsboden der Hochebene stürzte. Das Bombardement bremste den Mech so abrupt ab, daß er deutlich hinter den *Enforcer* zurückfiel. Harley war zu sehr auf den *Bombardier* konzentriert, um zu registrieren, wie Fox damit fertigwurde.

Er feuerte seinen schweren Laser im selben Moment ab, in dem Oberleutnant Hawke von der anderen Flanke der Formation die LSR-Lafette ihres *Orion* auslöste und Bix, der jetzt etwas langsamer vorrückte, die rotlackierte PPK des *Vindicator* einsetzte. Ihr weißlichblauer künstlicher Blitzschlag zeichnete den Weg der Raketen nach, die ihn getroffen hatten.

Harleys schwerer Laser bohrte sich in den rechten

Torso des *Bombardier*, wo er wenig mehr ausrichtete, als etwas Panzerung in einer weißen Rauchwolke zu verdampfen. Hawkes Raketen schlugen über die ganze Frontpartie des Mechs verteilt ein und sprengten weitere Panzerung ab. Der PPK-Strahl fraß den verbliebenen Panzerschutz über der linken Brustpartie in einer knallenden Explosion vom Rumpf, als die Panzerplatten sich unter der Liebkosung des hochenergetischen Teilchenstrahls ausdehnten und ihre Schweißnähte zerbarsten.

Der *Bombardier* wankte nach hinten wie ein Boxer nach einem beinahe tödlichen Treffer. Der *Exterminator* eines seiner Kameraden setzte die Sprungdüsen ein und landete neben dem *Bombardier*, mit der deutlich erkennbaren Absicht, ihm zu Hilfe zu kommen.

Als Kompanie Zwo auf Schußweite heran war, eröffnete sie mit einer donnernden Breitseite das Feuer. Einer der Laserschüsse erwischte den *Exterminator* im Moment der Landung und schälte ihm einen Teil der Panzerung vom rechten Bein.

Harley schüttelte den Hitzeschwall ab, der durch seine Kanzel schlug, und feuerte die Autokanone wieder ab, sobald er den metallischen Knall hörte, mit dem ein frisches Magazin in die Kammer fiel. Die Granaten jagten in die bereits verwüstete rechte Flanke des *Bombardier*.

Was noch an Panzerschutz zwischen der Autokanonensalve und den internen Systemen des Ausbeutermechs lag, war den Namen kaum wert. Die kinetische Energie der Detonationen und der tödliche Hagel der Schrapnellsplitter fegte durch das Innenleben der Maschine. Sie kippte nach hinten, und nach einer internen Explosion schlugen Flammen aus ihrem Rumpf. Ölig schwarzer Qualm wallte aus dem Rumpf des *Bombardier*, als die im rechten Torso eingelagerten Langstreckenraketen detonierten. Die zur Vernichtung feindlicher BattleMechs vorgesehenen Sprengköpfe entfalteten ihre ganze Gewalt gegen die Bauteile des noch aus der Sternenbundära stammenden Mechs.

Plötzlich zeichneten Harleys Sensoren den Mech als tot, obwohl er noch auf dem Schlachtfeld stand und dichte, schwarze Rauchwolken auswürgte. Der Bordcomputer und die Kurzstreckensensoren hatten festgestellt, daß der leistungsstarke Fusionsreaktor im Herzen der Kampfmaschine nicht mehr arbeitete. *Nur noch ein Schrotthaufen*, dachte Harley, als der *Bombardier* sich langsam drehte und neben dem *Exterminator* in einem leblosen Metallklumpen zusammensackte.

»Einer weniger«, stellte Harley fest und richtete das Fadenkreuz auf den *Exterminator*. Anscheinend hatte der Piratenpilot ein wenig schneller reagiert. Seine Kurzstreckenraketen schossen bereits mit solcher Treffsicherheit auf Harleys *Enforcer* zu, daß der kaum Zeit hatte, zusammenzuzucken, bevor die Raketen auch schon einschlugen.

Der größte Teil der Salve bohrte sich in den rechten Mecharm und das rechte Bein und wirbelten den Kampfkoloß mit der Wucht der Einschläge herum. Das Schadensdiagramm zeigte, daß die Panzerung nicht durchbrochen war, aber ein Teil der Schutzwirkung war verloren. Der *Exterminator*-Pilot verlor keine Zeit und feuerte seine tödliche Batterie aus vier mittelschweren Lasern auf Ada Shopes *Patton* ab. Die Schmelzpanzerung auf der Frontpartie des an der äußersten Rechten der Konflikt-Lanze fahrende Panzers warf Blasen, zerfloß und bildete tiefe Krater unter den blutroten Lichtbündeln der Laser.

Harley feuerte seinen schweren Laser auf den *Exterminator* ab, aber der zuckte gerade im richtigen Moment beiseite, so daß der Lichtwerferschuß vorbeiging. Im Innern der Kanzel stieg die Temperatur langsam auf unangenehme Werte, als aus dem Lautsprecher des Neurohelms eine vertraute Stimme drang.

»Feuerball-Leiter an Hawke's Talons. Vormarsch verlangsamen und verteilen. Konzentriert euch auf die größeren Maschinen. Wir erledigen sie von hier aus.«

Wie um ihren Befehl zu unterstreichen, nahm Hawkes *Orion* den *Exterminator* ins Visier, den Harley sich vorgenommen hatte, und Glancys *Sentinel* schloß sich ihr an. Harley grinste unwillkürlich, als er den Kampfkoloß sah. Er würde immer eine gewisse Zuneigung zu dieser Maschine empfinden, eine Tatsache, die Judith Glancy zur Weißglut getrieben hätte, hätte sie davon gewußt.

Hawkes Raketen krachten über Brustpartie und Kopf des *Exterminator*, während ihre Autokanonensalve ihn glatt verfehlte und im Staub und Qualm hinter dem Mech verschwand. Glancys leichtere Autokanone traf die Beine des Piratenmechs und zertrümmerte ihm in einem auf das Felsplateau praselnden Regen zerborstener Panzerplatten fast die Knie. Fox attackierte mit ihren mittelschweren Lasern einen heranbrausenden *Hussar*. Eine der Strahlbahnen verfehlte den leichten Mech, aber die andere peitschte über einen seiner Stummelarme.

Morrisons Ausbeuter wurden von drei Seiten bombardiert. Ihrerseits blieben sie in Bewegung, um ihren Gegnern ein möglichst schweres Ziel zu bieten, und teilten ebenso hart aus, wie sie einstecken mußten. Aber Able's Aces nutzten ihre überlegene Feuerkraft und konzentrierten den Beschuß auf einzelne Gegner, um sie kampfunfähig zu machen.

Einer der Mechs, denen es gelang, sich derartigem konzentrierten Beschuß und Gruppenfeuer erfolgreich zu entziehen, war der hellgrüne *Timber Wolf*. Der Pilot des Omnis setzte seine schweren Extremreichweitenlaser und Langstreckenraketen mit dem Können eines trainierten Killers ein. Eine Salve schlug in Lings *Von Luckner* ein und riß die rechte Seite des Panzers auf. Die

Laser hatten Jill Sutcliffes *Panther* bereits so gut wie ausgeschaltet, indem sie seine Beine nahezu vollständig freigelegt hatten.

Harley war sich ziemlich sicher, daß der MechKrieger im Cockpit des *Timber Wolf* niemand anderes als ›König‹ Hopper Morrison sein konnte, oder wenn nicht er selbst, dann auf jeden Fall einer seiner wichtigsten Offiziere. Die Aces mußten diesen Mech aus dem Gefecht werfen, wenn sie die Befehlsstruktur der Ausbeuter aufbrechen wollten. Er versuchte weiter, den Omni mit seinen Waffen zu erfassen, aber der bewegte sich mit solcher Geschwindigkeit und Leichtigkeit, daß es Harley nicht gelang, ihn lange genug im Fadenkreuz zu halten.

Kompanie Drei bewegte sich entlang der Flanke zwischen den Ausbeutern und ihren Landungsschiffen. Harley konnte sie durch den Qualm und Dunst der Schlacht nicht sehen, aber seine Mechsensoren zeigten ihm ihre Bewegung. Er knirschte mit den Zähnen und zielte auf den *Exterminator*, hielt sein Feuer aber zurück, als der Mech plötzlich die Sprungdüsen auslöste und ihm den Schuß verdarb.

Gunney Coombs und seine Leute stürmten vor und sicherten die rechts von Harley stehende Raumfähre. Aus der Deckung ihres Rumpfes feuerten sie mehrere KSR auf einen beschädigten *Hussar* ab, der ihnen zu nahe gekommen war. Das Raketenwerferfeuer der Infanteristen war zielsicherer, als Harley es ihnen zugetraut gehabt hätte. Als der Mech sich umdrehte, sah er, daß der rechte Arm der Kampfmaschine schlaff von dem von den Raketeneinschlägen zertrümmerten Schultergelenk hing.

Plötzlich erwachten ohne jede Warnung die Triebwerke der Ausbeuter-Landungsschiffe zum Leben, und sie hoben auf riesigen Feuersäulen ab. Eines der drei Schiffe stieg senkrecht nach oben und nahm erkennbar

Kurs auf die Umlaufbahn. Die beiden anderen stiegen etwa siebzig Meter hoch, dann kippten sie den Kugelrumpf in die Richtung, aus der Harley und Kompanie 1 angriffen. Sie donnerten mit wild feuernden Geschütztürmen über die Aces hinweg.

Weit über sich sah Harley Kondensstreifen am Himmel, als die Jäger der Aces herabstießen und das Feuer auf die Landungsschiffe eröffneten, aber sie richteten kaum mehr als kosmetische Schäden an. Die Schiffe flogen weiter und setzten am Rand des Vorgebirges knapp hinter dem Plateau auf.

Ein schwerfälliger *Thug* wuchtete aus dem Dunst der Piratenstellungen und schoß mit seiner Zwillings-PPK auf Shopes *Patton*. Beide Energieblitze schlugen mit solcher Gewalt in den Panzer ein, daß sie die Frontplatte durchschlugen und tief ins Innere des Fahrzeugs vordrangen. Der *Patton* kam abrupt zum Stehen, dann flogen plötzlich drei seiner Luken auf. Dichter grauer und schwarzer Qualm wallte aus dem Inneren, als die Besatzung hastig ins Frei stürzte. Ein paar Soldaten fielen zu Boden, und selbst aus der Entfernung konnte Harley sehen, daß sie schwere Verbrennungen hatten. Das Partikelkanonenfeuer war in die Kabine des Panzers durchgeschlagen und hatte wie ein Feuersturm in seinem Inneren getobt.

Harleys Gedanken überschlugen sich, als er die Taktik der Ausbeuter zu durchschauen versuchte. Die Verlegung ihrer Landungsschiffe ergab keinen Sinn. Sie waren gewichts- und bewaffnungsmäßig in der Minderzahl und verloren rapide an Boden. Die Schlinge zog sich immer enger um sie zu.

Plötzlich sah er den *Timber Wolf* neben dem *Thug* auftauchen. Beide Kampfkolosse stürmten vorwärts, geradewegs ins Zentrum der Schlachtlinie der Einserkompanie, das immer noch von der Konflikt-Lanze gehalten wurde. Ein schwer beschädigter *Dervish* leistete ihnen Gesellschaft, zusammen mit zwei *Wyvern*-BattleMechs, die beide deutliche Spuren heftiger Kämpfe zeigten. Auch der verwüstete *Hussar* preschte jetzt in voller Fahrt los, und seine höhere Geschwindigkeit trug ihn an die Spitze der Formation – einer Formation, die schnurgerade auf Kompanie Eins zu donnerte.

Der vorderste *Wyvern* kam schnell voran, aber sein Begleiter hatte Schäden an einem Hüftaktivator davongetragen und humpelte deutlich. Eines seiner Beine flog bei jedem Schritt fast kraftlos nach vorne, so daß es sich mehr aus Zufall als mit Absicht zu bewegen schien.

Wie auf ein Zeichen konzentrierten die Ausbeuter ihr Feuer auf Lings *Von Luckner*, der angesichts der heranstürmenden Mechs den Rückzug angetreten hatte und fast in die qualmenden Überreste von Shopes *Patton* rollte.

Harley feuerte mit der Autokanone auf den *Thug*, so daß eine der Partikelprojektorkanonen ihr Ziel verfehlte und einen Felsblock kurz vor dem zurückweichenden Panzer in tausend Bruchstücke zertrümmerte. Die andere PPK des überschweren Piratenmechs jedoch traf und sprengte Panzerung von der Flanke des um sein Überleben kämpfendes Acer-Fahrzeugs. Die Langstreckenraketen des *Timber Wolf* verwandelten den graugrün bemalten Turm in eine rußgeschwärzte und verbrannte Parodie seiner selbst.

Trotzdem gerieten Ling und seine Crew nicht in Panik. Sie warteten und feuerten ihre Autokanone auf den vordersten der Ausbeuter-Mechs ab, als er geradewegs auf sie zustürmte: den *Hussar*. Die AK, das Hauptgeschütz des Panzers, feuerte ein umgangssprachlich als »Mechkiller« bezeichnetes Kaliber ab, und heute bewies die Munition, daß sie ihren Namen zu recht trug.

Der Schuß traf den *Hussar* im vorragenden Cockpit. Dessen Panzerung hatte keine Chance, auch nur die halbe Wucht des Treffers abzufangen. Die Verwüstung war so total, daß der Kopf der Kampfmaschine sich in den Torso umzustülpen schien. Harley zuckte unwillkürlich zusammen, als der Mech in voller Fahrt in einen Felsblock rannte. Der MechKrieger in seinem Innern war tot, lange bevor die Maschine zu Boden ging, in so winzige Fetzen zerblasen, daß es schwerfallen würde, genug DNS zu finden, um ihn zu identifizieren.

»Ein Bösewicht weniger«, drang Lings Stimme aus dem Lautsprecher, als einer der Piraten-*Wyvern* seinen schweren Laser in die bereits beschädigte Flanke des wuchtigen *Von Luckner* abfeuerte. Von seiner Position aus konnte Harley den Schaden nicht erkennen, aber der aufsteigende Rauch und die Tatsache, daß der Panzer abrupt anhielt, ließen keinen Zweifel daran, daß er kampfunfähig geschossen war, wenn nicht sogar zerstört.

»Konflikt Vier hier. Meine Kette ist gerrissen«, gab Ling durch, während der *Von Luckner* mit einer wütenden LSR-Salve auf den *Wyvern* antwortete. Für die meisten Raketen befand der Mech sich nur gerade in Reichweite, und keine richtete ernsthaften Schaden an. »Konflikt-Lanze übergibt an Läufer und Feuerball. Macht sie fertig, Leute!«

In diesem Moment erkannte Harley, was die Ausbeuter planten. Sie stürmten auf und durch den schwächsten Punkt in den Linien der Aces: die Konflikt-Lanze. Dahinter warteten die Landungsschiffe der Piraten. Die Banditen preschten an der schutzlosen Infanterie im leeren Rumpf der KR-61 Raumfähre vorbei und ignorierten deren mit Raketenwerfern und tragbaren PPKs ausgeführte Angriffe. Es ging ihnen einzig und allein darum, ihre Schiffe zu erreichen, damit sie die Schlacht überleben konnten.

Wie um die Logik dieses Plans zu unterstreichen, feuerte der vordere *Wyvern* seine Langstreckenraketen und schweren Laser auf Jeremy Lewis *Hermes II* ab, als wolle er ihn davon abschrecken, die Mitte der Linie zu verstärken.

»Oberleutnant, sie versuchen einen Durchbruch«, bellte Harley ins Helmmikro. »Wir müssen die Konflikt-Lanze verstärken!«

Ein Rauschen brach aus den Lautsprechern, als der *Timber Wolf* immer näher kam. Dann drang die unverwechselbare Stimme Livia Hawkes an seine Ohren und gab einen Befehl, den er nie zu hören erwartet hätte. Sicher nicht in einer Situation, in der die Piraten in einem Verzweiflungsmanöver versuchten, ihre blanke Haut zu retten.

»Aces«, rief sie laut und deutlich. »Wir verabschieden uns von hier!«

24

Rectorplateau, Gillfillan's Gold
Randgemeinschaft, Peripherie

19. Mai 3059

»Aces, wir verabschieden uns von hier!«

Harley konnte nicht glauben, was er da hörte. Die Stimme gehörte ganz eindeutg Livia Hawke, aber der Befehl ergab absolut keinen Sinn. Eine Anweisung zum Rückzug? Warum? Einen entscheidenden Moment zögerten er und der Rest der Hawke's Talons, dann brach ein Stimmengewirr über die Kommleitung, als sie alle zugleich versuchten, eine Bestätigung für diese Order zu erhalten.

»Bitte wiederholen, Feuerball Eins«, stammelte Harley ungläubig.

Der Augenblick der Unsicherheit hätte zu keinem besseren Zeitpunkt für die Ausbeuter kommen können. Die Piraten stürmten gerade durch die Lücke, die die Konflikt-Lanze in der Schlachtreihe der Einserkompanie gehalten hatte. Sie pflügten durch die Linie in den freien Raum im Rücken der Aces, wo ihre Landungsschiffe auf sie warteten, um sie in Sicherheit zu bringen.

Der Ausbeuter-*Timber Wolf* preschte in gestrecktem Galopp an Harley vorbei wie ein Sturmwind, während seine schweren Laser die Feuerball-Lanze unter Beschuß nahmen. Ein Schuß ging vorbei, der andere bohrte sich in Jord MacAulds *Victor*, schlug in dessen rechtes Mechbein und verzehrte die Panzerung, die es beschützte. Hawkes *Orion* und Lewis' *Hermes II* eröffneten beide das Feuer, als er vorbeizog, aber nur eine Salve aus Lewis' leichter Autokanone traf. Er erwischte den *Timber Wolf* knapp oberhalb des Waffenmoduls am Arm und beschädigte die Panzerung.

Harley drehte sich auf der Pilotenliege und zog mit dem Steuerknüppel das Fadenkreuz über den auf die Landungsschiffe zurennenden *Dervish*. Ohne sich um das Risiko eines Wärmestaus zu kümmern, löste er Autokanone und schweren Laser gleichzeitig aus. Neben ihm visierten Bix und Fox gemeinsam den schwerfällig heranwuchtenden *Thug* an und gaben ihm ihre vereinte Feuerkraft zu schmecken.

Die Autokanonensalve verfehlte den *Dervish*, aber der Laserschuß saß. Er traf den beschädigten rechten Arm, schnitt durch die dünne, brandspurgezeichnete Panzerung und grub sich tief ins Innere. Dort war eingelagert, was dem Mech an Kurzstreckenraketen geblieben war. Die blutrote Lanze des Lichtwerfers brannte sich durch das Munitionsgehäuse und in den Nachlademechanismus, der wohl gerade dabei gewesen sein mußte, die Abschußrohre neu zu bestücken. Ein Sprengkopf detonierte zuerst und ließ den Arm erzittern. Eine ganze Sekunde später explodierten drei weitere Raketen, gefolgt vom Rest der Munition in einem gewaltigen Feuerball aus orangeroten und gelben Flammen. Der Arm wurde von der Explosion völlig pulverisiert, und der *Dervish* geriet heftig ins Wanken, als sein Pilot versuchte, den plötzlichen Gewichtsverlust und die Druckwelle der Explosion abzufangen.

Das Kommsystem knackte, und Livia Hawkes Stimme drang über die Verbindung. »Letzten Befehl ignorieren. Kompanie Eins umschalten auf Kanal Bravo Lima Cäsar Fünnef.«

Harleys Finger flogen über die Tastatur, als er den neuen Kanal einstellte.

»Was ist passiert?« Die zitternde Stimme gehörte Gefreitem Jord MacAuld.

»Wer auch immer den Befehl gegeben hat, hat eine Aufzeichnung meiner Stimme benutzt. Das war nicht ich. Sie wußten, welche Frequenz wir benutzen, und haben meine Stimme benutzt, um uns aus dem Gleichgewicht zu werfen«, erklärte Hawke. »Feuerball-Lanze, Kehrtwende und Angriff. Läufer-Lanze, schräg rechts, an unserer Flanke aufschließen und Geschwindigkeit angleichen.«

Der *Timber Wolf* war mit Leichtigkeit durch die Linien der Aces gebrochen und nicht einmal langsamer geworden, um seinen hinter ihm zurückbleibenden Kameraden zu helfen. Der ClanMech war voll damit beschäftigt, seinen Vorsprung zu den beiden restlichen Acer-Mechlanzen auszubauen.Er ließ den kurzarmigen *Dervish*, den *Thug* und den *Wyvern* weit hinter sich zurück, die allesamt verzweifelt versuchten, mitzuhalten, um nicht zurückgelassen zu werden. Was die Schlacht als zwei Kompanien Morrisons Ausbeuter begonnen hatte, war auf das hier zusammengeschrumpft, vier Mechs, eine einzige Lanze. Der Rest wurde von den Kompanien Zwo und Drei abgefrühstückt.

Harley und der Rest seiner Lanze schwenkte im selben Moment an der hinteren Flanke in Position, in dem Fox die Laser ihres *Hatchetman* ins Spiel brachte. Judith Glancy, die Lanzenführerin, kam neben ihn und deckte den *Dervish* auf maximale Entfernung mit allem ein, was sie an Distanzwaffen zu bieten hatte.

Auch Harley bereitete sich darauf vor, die Waffen abzufeuern. Sein Fadenkreuz leuchtete auf, und das Summen der Zielerfassung klang in seinen Ohren, als er eine Salve Langstreckenraketen aus dem Himmel herabstürzen und in Rücken und Beine des *Thug* einschlagen sah.

Harleys Kopf flog in den Nacken, und er sah durchs Kanzeldach, wie Davis Gilbert von der zerschlagenen Konflikt-Lanze seinen Luft/Raumjäger hochzog und über das Plateau eine weite Kurve flog. Der *Thug* drehte sich nach diesem Angriff etwas. Der Mechpilot mußte erkannt haben, daß die gefährlich dünne Rückenpanzerung seiner Maschine ihn verwundbar machte.

Harley Rassor fühlte sich gedrängt, ihm zu beweisen, wie recht er damit hatte.

Eine Hitzewelle stieg durch das Cockpit, als er die Feuerkraft des *Enforcer* zum Tragen brachte, während der Mech in Höchstgeschwindigkeit über die Hochebene rannte. Die Autokanonensalve verfehlte erneut ihr Ziel, aber der rote Energiestrahl des Lichtwerfers stieß in die Rückenpanzerung des *Thug* und weitete eine der Breschen, die der Luftangriff des *Lucifer* hinterlassen hatte. Die gebündelte Lichtenergie drang tief in den Rücken des überschweren Kampfkolosses ein, zertrennte Myomermuskelgewebe und hinterließ eine kränklich grüne Wolke verbrannten Kühlmittels, die aus dem schwarzverbrannten Loch stieg, als der Energiestrahl abbrach.

Läufer Vier, Dabney Fox' *Hatchetman*, setzte drei Millisekunden später nach. Sie feuerte einen ihrer mittelschweren Laser auf den Kopf des *Thug* ab, doch der Schuß ging hoch über die Schulter des stählernen Riesen und knapp an seinem Cockpit vorbei. Der andere M-Laser fand dieselbe Panzerbresche, die auch Harley ausgenutzt hatte, und bohrte sich noch tiefer. Ihre Autokanonensalve schlug in einen der wuchtigen Arme der Piratenmaschine und zertrümmerte die wenigen dort noch vorhandenen Panzerplatten.

Weiter entfernt sah Harley den schon arg zerbeulten *Dervish* unter Glancys Bombardement untergehen. Er drehte den Torso, und aus dem Stummel eines der Mecharme peitschten zerfetzte Myomerstränge durch die Luft, als er den Angriff zu erwidern versuchte. Bixby Finch war nicht beeindruckt. Er nahm den Piratenmech von einer Seite unter Beschuß und feuerte im selben Moment wie Jord auf der anderen.

Angesichts der schieren Energiemassen, die beide Acer in den Ausbeuter-Mech pumpten, war schwer zu sagen, wer von den beiden ihn erledigt hatte. Schlußendlich spielte es auch keine Rolle. Der *Dervish* zuckte und zitterte wie unter einem epileptischen Anfall. Die restliche Munition wurde von der Hitze und den Treffern am anderen Arm zur Explosion gebracht. Flammen leckten an den Flanken des in Todeszuckungen liegenden Mechs hoch. Der Pilot löste den Schleudersitz aus, um dem Tod zu entgegen. Das Kanzeldach flog abgesprengt davon, und auf einer weißen Rauchwolke stieg der Schleudersitz hoch in die Luft, bevor sich der Fallschirm öffnete. Im selben Moment kippten die Überreste des *Dervish* zum letzten Mal um und krachten donnernd auf den Felsboden der Hochebene.

»Abschuß«, rief Bix.

»Den Teufel«, erwiderte Jord. »Nimm's nicht persönlich, Anfänger, aber den kannst du dir nicht ans Revers heften. Das war mein Abschuß.«

»Ihr werdet mir beiden einen zu *meinem* Abschuß ausgeben«, stellte Glancy fest.

Harley ignorierte den Rest der Unterhaltung und konzentrierte sich auf das Gefecht. Sein Ziel, der *Thug,* war in einer trostlosen Verfassung. Harleys Sensoren zeigten an, daß entweder er oder Fox den Kreiselstabilisator beschädigt hatten. Außerdem war der Mech langsamer geworden und schien ungewöhnlich heißzulaufen, beides Hinweise auf Schäden am Fusionsreaktor, der die gewaltige Kampfmaschine antrieb. Der schon unter besten Umständen einen reichlich langsamen Kampfkoloß steuernde Pirat an den Kontrollen des überschweren Mechs mußte erkannt haben, wie verschwindend klein seine Chancen waren, die Landungsschiffe zu erreichen und zu entkommen.

Statt weiterzulaufen, statt umzudrehen und sich zum Kampf zu stellen, blieb der *Thug* stehen, hob die gewaltigen Arme und schaltete sich ab. Es war seit Jahrhunderten das akzeptierte Zeichen für die Kapitulation eines Mechpiloten, Der Mech ragte wie ein gewaltiger Berg aus Metall vor Harley auf, als er weiter auf ihn zustürmte, ohne das Fadenkreuz vom Rumpf der Maschine zu ziehen. Sein Daumen schwebte über dem Auslöser des schweren Lasers auf der Oberseite des Steuerknüppels.

In seinem Kopf hatte nur der Gedanke daran Platz, daß dies die Piraten waren, die Ben in einen Hinterhalt gelockt und ermordet hatten. Dafür verdienten sie es zu sterben. Dann drang eine Stimme aus seinem Helmlautsprecher. Livia Hawke funkte ihn über Privatfrequenz an.

»Tu es nicht, Harley«, sagte sie.

»Sie haben Ben ermordet.« Harley rückte weiter auf den *Thug* vor und bremste nur leicht ab, als sein Ziel auf der Sichtprojektion und dem Hauptsichtschirm immer größer wurde.

»Er hat sich ergeben. Das müssen wir akzeptieren. Wenn du ihn jetzt umbringst, bist du auch nicht besser als er.«

Harley versuchte, die Worte und die Wahrheit zu verdrängen, die in ihnen steckte. Er war ein Jäger, und jetzt ein MechKrieger, aber ein Feigling oder ein Mörder war er nie gewesen. Und er machte sich klar, daß Ben unter denselben Umständen gefeuert hätte, ganz egal, was sie oder irgend jemand sonst gesagt hätte.

Ben war sein Bruder, aber sie waren verschieden. Erst jetzt erkannte Harley, wie verschieden. Die Toten ehren bedeutet, die Lebenden respektieren, hatte Da immer gesagt, und er hatte sich bemüht, das seinen Söhnen beizubringen.

Harley atmete langsam aus und hob den Daumen vom Feuerknopf. »Sie haben recht, Oberleutnant, auch wenn es mir nicht gefällt.«

Frustriert stieß er den rechten Fuß auf und drehte sich von dem regungslosen *Thug* weg in Richtung des flüchtenden *Wyvern* und des *Timber Wolf*. Die beiden hatten die Feuerball- und die Läufer-Lanze inzwischen schon so weit hinter sich gelassen, daß es kaum noch möglich war, sie aufzuhalten. Er sah Gilberts *Lucifer* aus dem Himmel auf den *Timber Wolf* hinuterstoßen und alles abfeuern, was er aufzubieten hatte. Der Angriff schleuderte eine gewaltige Wolke aus Rauch, Staub und Flammen auf, aber als sie sich verzogen hatte, war der OmniMech immer noch intakt und auf der Flucht.

Harley brachte den *Enforcer* zum Stehen, als ihm klar wurde, daß eine weitere Verfolgung keine Chance hatte. Neben ihm hielt auch Bix in seinem zerbeulten *Vindicator* an.

»Befehle, Ma'am?« funkte Bixby ihre Lanzenführerin Gefreite Glancy an.

»Feuerball Eins, Ihre Entscheidung«, gab sie weiter. In der Ferne, kurz hinter dem Rand der Hochebene, sah Harley die Flammen aus den riesigen Triebwerksöffnungen schlagen, als die gewaltigen Antriebsmaschinen der Ausbeuter-Landungsschiffe ansprangen und die alten Kugelschiffe der *Union*-Klasse ins All abhoben. Zwei Mechs war es gelungen, dem Hinterhalt zu entkommen, den die Aces gelegt hatten, und nun ergriffen sie die Flucht von Gillfillan's Gold.

»Hierbleiben«, kam der Befehl.

Harley war nicht völlig überzeugt, besonders nicht, nachdem in den letzten Minuten schon einmal jemand Hawkes Stimme nachgeahmt hatte. »Wiederholen Sie, Oberleutnant.«

»Sie haben richtig gehört, Schütze«, stellte sie streng fest, dann seufzte sie laut genug, daß alle angeschlossenen MechKrieger es hörten. »Zwei von zwei Dutzend sind uns entkommen. Ich bin nicht sonderlich begeistert darüber, aber wenn wir vor die Geschütze der Landungsschiffe rennen, macht es das auch nicht besser. Außerdem müssen sie erst noch an unseren Jägern vorbei. Die werden ihnen reichlich zu beißen geben.«

Harleys Verstand holte zu seinem hämmernden Puls auf, und er atmete tief durch. Hawke hatte recht, aber das machte es nicht einfacher für ihn, es zu akzeptieren. Durch das Kanzeldach sah er den lodernden Flammensäulen der Fusionstriebwerke hinterher, auf denen die Piratenschiffe in den fahlblauen Himmel über Gillfillan's Gold stiegen.

Dann kam eine andere Stimme über die Kommleitung, eine tiefe, unverwechselbare Männerstimme. Es war eine Breitbandsendung an die ganze Kompanie Eins. »Feuerball Eins von Konflikt Eins«, gab Geschützfeldwebel Coombs durch. »Sie kommen besser schleunigst her.«

»Lagebericht, Gunney«, gab Hawke zurück.

»Wir haben Oberleutnant Hershorn geschnappt, aber er wird es nicht mehr lange machen. Sie peilen besser mein Signal an und machen sich auf die Socken.«

Harley lief die letzten Meter von seinem *Enforcer* zu den übrigen Aces der Einserkompanie, die sich um die Überreste eines am Boden liegenden *Lancelot* drängten. Der Geruch von Ozon drang ihm in die Nase, zusammen mit dem Gestank verschmorter Reaktorisolierung, dem klebrig-süßlichen Aroma verschmorter Myomermuskeln und dem rußigen Duft des Flammentods. Diese Mischung hatte er schon früher gerochen, nach der Schlacht um Rectortown.

Der *Lancelot* war von Kompanie Zwo abgeschossen worden, auch wenn Harley niemanden davon in der Gruppe sah. Der Mech lag nur hundert Meter von der KR-61 Raumfähre entfernt bäuchlings auf dem harten braunen Fels des Hochplateaus. Kanones Infanteriezug hatte um ihn herum Aufstellung genommen und sicherte nicht nur die anderen Acer, sondern auch die Mechs, die Harley und die anderen ein Stück abseits abgestellt hatten. Ein paar der Infanteristen standen auf den Resten eines Mecharms oder dem zerbeulten Rücken des *Lancelot*, die schweren Sturmgewehre im Anschlag, und suchten das Gelände nach möglichen Gefahren ab.

Soweit Harley es erkennen konnte, hatte das Cockpit des Mechs schweren Schaden genommen, wahrscheinlich durch einen direkten Granaten- oder Raketentreffer. Der größte Teil der Kanzel war eingedrückt, und das Innere war völlig verbrannt. Als er in den kleinen Kreis trat, sah er, was die anderen betrachteten. Auf dem Boden lag, in eine stumpfgraue Decke gehüllt, der Körper Oberleutnant Weldon Hershorns.

»Was ist passiert?« fragte Harley fast im Flüsterton.

Gunney Coombs stand nicht weit von ihm. »Soweit wir das feststellen können, hat er es geschafft, zu einem der Piraten ins Cockpit zu steigen. Sie haben einen Kopftreffer abbekommen, der den MechKrieger auf seinem Platz gebraten hat. Das Gespenst saß hinter ihm auf dem Klappsitz. Das hat ihm das Leben gerettet, aber nur für eine Weile.«

Harleys Blick glitt über das, was vom Körper des Verräters sichtbar war. Hershorns Hände waren so schwarz verkohlt, daß sie kaum noch an menschliche Gliedmaßen erinnerten. Auch das Gesicht war schwarz und aufgeplatzt, und aus den Rissen in der verbrannten Haut drang Blut. Vom Schnurrbart war nichts mehr vorhanden. Der Duft von Rasierwasser, an den Harley sich erinnerte, war verflogen, ersetzt von einem Geruch nach Geräuchertem, bei dem sich ihm der Magen umdrehte.

»Er hat es geschafft, sich zu befreien«, erklärte Coombs, »aber dann ist er in eine Kühlmittelpfütze gefallen. Das Zeug ist schon auf der bloßen Haut schlimm genug, aber an offenen Wunden ist es Mord. Er hat alle Anzeichen einer Kühlmittelvergiftung.«

Harley hatte genug gehört. Es war allgemein bekannt, daß die neongrüne Kühlflüssigkeit, mit der die

Wärmetauscher arbeiteten, hochgiftig war. Wenn sie in den Blutkreislauf gelangte, war dem Opfer ein schmerzhafter Tod sicher.

Coombs schüttelte bei dem grauenhaften Anblick bedauernd den Kopf. »Der MedTech hat ihn einigermaßen zusammengeflickt, aber trotzdem hat er bestenfalls noch ein paar Minuten.«

Oberleutnant Hawke kniete sich neben Hershorn und fühlte seinen Puls, aber an ihrem Gesicht war abzulesen, daß der Verräter nicht mehr lange zu leben hatte.

Harley fragte sich, ob es Hawke leid tat, daß nicht sie ihn so zugerichtet hatte. Jedenfalls ging es ihm gerade so.

»Gunney, gib mir das Aufputschmittel«, sagte Hawke und deutete auf das Medset, das aufgeklappt vor den Füßen des Feldwebels lag.

»Wenn Sie ihm das verabreichen, stirbt er noch viel schneller, Ma'am«, stellte Gunney fest und reichte ihr die Spritze.

»Ich weiß. Ihn kann jetzt ohnehin nichts mehr retten. Aber so bekommen wir wenigstens noch ein paar Antworten, wenn wir Glück haben.« Sie beugte sich über Hershorn und stieß die Nadel in seinen kraftlosen Körper. Die rote Flüssigkeit drang in den sterbenden Analytiker.

Harley war starr vor Entsetzen und bekam kein Wort heraus, als er sah, was sie tat. Selbst auf der Jagd hatte er immer darauf geachtet, seine Beute schnell zu erlegen und den Tieren unnötige Qualen zu ersparen. Er wollte protestieren, aber er schaffte es nicht. Hershorn war verantwortlich für Bens Tod. Harley schämte sich für seine Gefühle, aber irgendwie erschien es ihm gerecht, wenn Hershorn Qualen litt, selbst wenn es nur für kurze Zeit war.

Hershorn atmete tief ein, und seine Augen klappten so blitzartig auf, daß Harley einen Moment glaubte, er würde seinen Zustand nur vortäuschen. Aber das Stöhnen, das dem Verräter aus der Kehle drang, vertrieb jeden Zweifel daran, daß seine Leiden echt waren. Er drehte den Kopf gerade weit genug, um Hawke über sich gebeugt zu sehen.

Hershorn kicherte, dann brach sich ein krankes Lachen Bahn. Es war das Lachen eines Toten, ein Geräusch, das Harley einen Moment schaudern ließ.

»In Ordnung, Oberleutnant«, stellte Hawke mit kalter Stimme fest. »So sieht's aus. Sie haben Kühlmittel im Körper. Sie wissen, was das bedeutet. Ich kann Ihnen einen schnellen Tod verschaffen. Aber vorher will ich ein paar Antworten.« Das war keine Drohung. Wenn überhaupt ein Gefühl in ihrer Stimme lag, war es eher Mitleid.

Hershorns Stimme klang zunächst rauh und krächzend. »Sie haben mich hinters Licht geführt.«

Hawke nickte. »So ist es. Und jetzt, Hershorn, will ich Antworten: Plant Hopper Morrison noch andere Überfälle?«

Hershorn hustete einmal kurz, dann verstummte er. Sein Schweigen schien endlos. »Welchen Grund hätte ich, Ihnen das zu sagen?«

Hawke hielt eine zweite Spritze hoch, in der eine farblose Flüssigkeit zu sehen war. »Weil ich weiß, daß das Gift Sie von innen zerfrißt. Ihr Körper steht in Flammen. Ich kann das Feuer löschen. Sagen Sie mir, was ich wissen will.« Der Anflug von Mitgefühl, noch Sekunden zuvor in ihrer Stimme erkennbar, war völlig verschwunden. Jetzt klang sie nur noch wütend.

»Die meisten Ausbeuter«, stammelte Hershorn, »sind auf The Rack. Morrison dachte, daß er ... diese Welt mit zwei Kompanien erobern kann.«

»Geschätzte Kampfstärke?«

Hershorn schleuderte ihr einen haßerfüllten Blick zu, als würde sie ihn foltern. »Zwei Bataillone.«

»Luft/Raumelemente?«

Er verzog das Gesicht. »Zehn Jäger ... insgesamt.«

»Warum?« Das Wort hing beinahe greifbar in der Luft.

»Warum habe ich es getan?« fragte Hershorn und schien neue Kraft aus der Frage zu ziehen. »Warum bin ich übergelaufen? Ich wünschte, ich könnte mit etwas Glorreichem wie Ehre antworten. Ich habe es ...« Er hustete, und diesmal lief ihm ein dünner Blutfaden aus dem Mundwinkel. »... nicht der Ehre wegen getan. Morrison hat mir Geld geboten.«

»Wie haben Sie meine Stimme nachgeahmt, um diesen falschen Befehl zu geben?«

»Nicht nachgeahmt«, keuchte er, und seine Brust schien krampfhaft zu pumpen. »Ich kannte Ihre Befehlsfrequenzen. Ich habe sie eingeteilt, erinnern Sie sich?« Er schien kurz mit einem Krampfanfall zu kämpfen und unterdrückte den Husten, der ihn langsam umbrachte. »Nicht nachgeahmt. Ich habe eine Aufzeichnung Ihrer Stime vom Vogelsangkamm benutzt.«

Die Antwort schien Hawke zu erschüttern, und Harley hatte den Eindruck, daß Hershorn erneut lachen wollte, es aber nicht schaffte. Jedes Wort, jeder Atemzug, entkräftete ihn weiter. »Ironisch, was, Hawke?« schaffte er. Er grinste, aber Harley konnte sein Zahnfleisch bluten sehen, als sein Körper sich allmählich zersetzte.

Hawke stand auf und sah zu ihm hinunter, die Spritze in der Hand.

»Morrison wird Sie dafür bezahlen lassen«, höhnte Hershorn.

Livia nahm die Spritze in beide Hände und zerbrach sie. Der Inhalt floß auf den Boden. Ein Ausdruck des Entsetzens eroberte Hershorns Züge.

»Er hat schon alles bekommen, was er von mir zu erwarten hat«, erklärte sie.

»Sie haben es versprochen!« krächzte Hershorn laut und versuchte den Kopf zu heben, was ihm aber kläglich mißlang.

Hawke trat die Reste der Spritze davon. Sie flogen aus dem Kreis der Acer. »Jetzt wissen Sie, wie es ist, betrogen zu werden und vor den Trümmern seines Lebens zu stehen. Sie haben mich meine Kompanie und den Menschen gekostet, der mir mehr bedeutet hat als jeder andere.«

Hershorns Gesicht fiel in sich zusammen. Er lachte, erst hörbar, dann so schwach, daß kein Laut mehr aus seiner Kehle drang, obwohl sein Gesicht sich unter der Anstrengung verzerrte. Er schloß die Augen, als er die letzten Worte seines Lebens sprach.

»Sie wissen es nicht.«

25

Landungsschiff *General Gordon*, Zenithsprungpunkt, Caldarium-System
Randgemeinschaft, Peripherie

28. Mai 3059

Aus dem Tagebuch des Harley Rassor:

Der einzige Grund, daß ich mir die Zeit nehme, das zu schreiben, ist, daß Zeit das einzige ist, was ich habe. Oberleutnant Hershorn ist tot, aber meine Nerven sind zum Zerreißen gespannt angesichts der Tatsache, wohin wir unterwegs sind und was wir planen.

Die Aces sind von Gillfillan's Gold gestartet und haben das System verlassen. Konflikt-Lanze ist mit Ausnahme der Infanterie auf dem Planeten zurückgeblieben, und wir haben den größten Teil unserer Zeit damit verbracht, mit den Techs an der Reparatur unserer Mechs zu arbeiten. Kompanie Zwo hat den Hauptanteil der Kämpfe bestritten und gleich zu Anfang eine komplette Lanze leichte Mechs verloren. Für eine Bande von Raumpiraten haben die Ausbeuter verteufelt harten Widerstand geleistet.

Zwei Tage nach dem Aufbruch zum Sprungpunkt habe ich Jeremy Lewis getroffen, und er hat ein großes Theater darum gemacht, wie toll ich mich geschlagen habe. Er benutzt meinen wirklichen Namen überhaupt nicht mehr und nennt mich nur noch Teufelskerl. Und dann fing Jord auch noch ein. Die beiden haben mich zugeschwatzt damit, was für ein Naturtalent ich bin.

In Wahrheit bin ich kein Held oder großer MechKrieger. Als die Schlacht vorbei war, habe ich gezittert, geradeso wie daheim nach der Jagd auf einen Säbelzahneber. Es hätte mein Tod sein können. Das ist kein Spiel hier. Menschen sterben. Ich erinnere mich daran, wie sie gestorben sind. Besonders an einen.

Ich wache mitten in der Nacht auf, weil Hershorns Lachen mich verfolgt. Er hat dafür bezahlt, was er getan hat, aber ich habe immer noch damit zu kämpfen.

Ich wollte Da und Jolee schreiben, aber ich bin mir nicht sicher, was ich ihnen erzählen soll. Schlimmer noch, ich weiß nicht, wann ich eine Chance bekommen werde, ihnen einen Brief zu schreiben. Ich habe eine kurze Nachricht geschrieben und in meinen Spind gelegt, für den Fall, daß ich es nicht überlebe. Wenn ich bei dieser Aktion falle, sollen sie zumindest wissen, daß der Mann, der Ben verraten hat, nicht mehr lebt. Aber bis wir ›König‹ Hopper Morrison erledigt haben, werde ich nicht zufrieden sein können, daß Bens Tod endgültig gerächt ist.

Diese Alpträume machen mir zu schaffen. Es liegt nicht nur daran, daß Hershorn unter solchen Schmerzen gestorben ist. Irgend etwas an seinen letzten Worten geht mir nicht aus dem Kopf. Es war, als wüßte er etwas, wovon wir nichts ahnen, und er fand es lustig. Irgendwie habe ich schon das Gefühl, daß die Gerechtigkeit gesiegt hat, aber gleichzeitig scheint mir, daß er mit seinem Tod entkommen ist. Das ergibt vielleicht keinen Sinn, aber das ändert nichts daran, wie ich fühle.

Im Moment sind wir im Caldarium-System und laden die Sprungtriebwerke auf. Ich habe der Crew dabei zugesehen, wie sie das Sprungsegel gespannt hat, mit dem wir Sonnenenergie einsammeln, um den Antrieb für den Sprung ins nächste System aufzuladen. Ich habe so etwas noch nie vorher beobachten können. Es ähnelt dem Segel für ein Boot, aber es ist rund, mit einem Loch in der Mitte. Es ist harte Arbeit, das Segel da draußen sauber aufzuspannen. Einer der SegelTechs hat mir erzählt, daß wir unter Umständen keine Möglichkeit hätten, den Antrieb neu zu laden, wenn es beschädigt wird. Ich habe mir nie klargemacht, was für eine schwierige Operation das ist. In ein paar Stunden holen sie es wieder ein, und dann springen wir weiter.

Der Kommandanthauptmann ist mit einer Raumfähre herüber gekommen, um uns den Plan zu erläutern, während wir im All Dawn-System die Triebwerke aufluden. Noch während wir in der »Zweiten Schlacht um Gillfillan's Gold« standen, hat er die restlichen Aces zum Sprungpunkt beordert. Die Ausbeuter, denen wir auf dem Rectorplateau eine Abreibung verpaßt haben, konnten mit ihren Sprungschiffen entkommen, von einem noch näheren Piratensprungpunkt als zuvor. Unsere Jäger haben ihren Landungsschiffen reichlich Schaden beigebracht, aber trotzdem ist es den Piraten gelungen, mit zwei ihrer Mechs wieder abzuheben. Einer davon war dieser verfluchte *Timber Wolf*.

Wir sind auf der Reise zu dem Rest der Aces gestoßen. Die meisten sind schon zusammen mit uns von Gillfillan's Gold losgesprungen. Die restlichen Kompanien haben über All Dawn auf uns gewartet. Caldarium ist die letzte Station. Die nächsten Sprünge tragen uns in die äußere Peripherie.

Der Kommandanthauptmann hat uns erklärt, daß der Plan vorsieht, in die Offensive zu gehen. Er hat alles schon vor Wochen mit Präsident Moroney ausgearbeitet. Sie waren einer Meinung, daß Morrisons Ausbeuter eine direkte und akute Bedrohung der Randgemeinschaft darstellen. Deshalb hat Moroney seine Zustimmung zu einer Aktion gegeben, zu der unsere Regierung bis jetzt noch nie gezwungen war: einer Militäroffensive.

Der Kommandanthauptmann hat uns klargemacht, daß der beste Platz, um ›König‹ Hopper Morrison zu treffen, ein mieser kleiner Planet namens The Rack ist.

Nach allem, was er uns erzählt hat, ist es ein übles Loch, eine Art Mischung aus Slum und Piratenkönigreich, in dem Morrison regiert und sein Wort das einzige Gesetz ist.

Anscheinend sind eine Reihe seiner Banditen vor ein paar Jahren auf The Rack gelandet und haben bei der Suche nach etwas, das sich zu plündern lohnte, einen verschütteten Sternenbundbunker komplett mit eingemotteten BattleMechs entdeckt. Morrison hat die Mechs dann dazu benutzt, seine Mörderbande zu einer ernsthaften Bedrohung auszubauen.

Pain hat er als Wirtschaftsbasis behalten, aber seine Militäroperationen steuert er von The Rack aus. Er hat sogar eine großangelegte Suchaktion nach weiterer Sternenbund-Tech gestartet, bei der er ein Heer von Sklaven einen Berg abtragen läßt, unter dem er den Rest der alten SBVS-Anlage vermutet.

Wir haben die wenigen Daten, die wir über The Rack besitzen, alle eingehend studiert. Es ist keine angenehme Welt. Wenn die Informationen stimmen, gibt es kaum Ebenen, auf denen ein Landungsschiff aufsetzen könnte. Nur völlig zerklüftete Felsformationen, Obsidian, alle Arten radioaktive und Metallerze, die Langstrecken-Sensorabtastungen praktisch unmöglich machen. Es heißt, in unserer Landezone toben nahezu permant Gewitter mit reichlich Donner und Blitz. So ein Wetter wird unserer Luftunterstützung verdammt zu schaffen machen. Als es den Sternenbund noch gab, ließ sich das Wetter eines Planeten kontrollieren. Aber das ist lange her. Es ist genau,wie Da immer sagt: Die Natur hat eine Art, die Pläne der Menschen zu durchkreuzen.

Wir werden The Rack angreifen, das ganze Regiment. Das wird eine Operation von mehr BattleMechs, als ich je zusammen an einem Ort gesehen habe. Kommandanthauptmann Able hat erklärt, daß wir Morrisons Ausbeuter ein für allemal als Bedrohung ausschalten werden. Das ist eine höfliche Umschreibung dafür, daß unsere Mission in der Vernichtung der Ausbeuter besteht. Auf Pain werden ein paar überleben, aber wenn wir auf The Rack fertig sind, wird das ihren militärischen Möglichkeiten den Todesstoß versetzen. Morrison wird zwar ein paar Mechs behalten, aber nicht genug, um je wieder einen Angriff auf die Randgemeinschaft zu wagen.

Ich habe mich sehr verändert, seit ich mich den Aces angeschlossen habe. So vieles, wovon ich früher nur geträumt habe, ist inzwischen selbstverständlich geworden. Ben und ich haben oft darüber geredet, zu anderen Planeten zu reisen, andere Mechs als das alte *Commando*-Wrack zu steuern und Schlachten um das Schicksal des Universums zu schlagen. Jetzt kommt mir das alles vor, als wäre es in einem anderen Leben gewesen. Hier bin ich an Bord eines Raumschiffs auf dem Weg aus der Randgemeinschaft in die Tiefen der äußeren Peripherie, und es erscheint mir alles so *normal*.

Ich glaube, ich verstehe jetzt, warum Ben so von Hochtechnologie besessen war, aber auf eine andere Weise. Wenn man in und um BattleMechs arbeitet, gewinnt man eine andere Sicht dafür, was Macht in diesem Universum bedeutet und wie verletzlich die Menschen sind. Dank der Technologie können wir diese Monster steuern, und wir benutzen sie, um einander umzubringen. Ich fürchte manchmal, daß Ben sich so von der Technik in ihren Bann hat ziehen lassen, daß er die Menschen vergessen hat.

Bis jetzt habe ich geglaubt, ich könnte etwas von meiner Trauer über Ben verarbeiten, indem ich dafür sorge, daß der Verräter seine gerechte Strafe erhält. Aber Hershorns Tod hat mir in dieser Hinsicht nichts gebracht. Irgendwie scheint nichts gelöst und die Gerechtigkeit noch immer nicht erreicht.

Ich bin müde und sollte mich ausruhen, aber irgendwie habe ich Angst, daß ich schweißnaß hochschrecken werde, wenn ich mich jetzt schlafen lege, weil mich Hershorns Lachen immer noch verfolgt.

26

Höllensense, The Rack
Äußere Peripherie

16. Juni 3059

Eines der größten Probleme, denen sich Able's Aces auf The Rack gegenübersahen, war das Fehlen einer brauchbaren taktischen Karte des Geländes. Bis Hopper Morrison ein paar Jahre zuvor hier aufgetaucht war, war diese Welt vergessen gewesen. Seit Jahrhunderten hatte niemand ihr mehr einen Moment Aufmerksamkeit gegönnt. Sie hatte überhaupt nur deshalb einen Namen, weil Hopper Morrison ihr einen gegeben hatte, nachdem er das Mechlager entdeckt hatte.

Verständlicherweise verteilte er keine Geländekarten, so daß die Aces gezwungen waren, zu versuchen, selbst eine zu erstellen. Die anfliegenden Landungsschiffe der Einheit hatten den Planeten mit ihren Sensoren pausenlos abgetastet und noch im Anflug vom Sprungpunkt der roten Riesensonne des Systems eine Weltkarte zusammengestückelt.

Um die verschiedenen Gebiete des Planeten im Gefecht auseinanderhalten zu können, hatten alle Mitglieder der Einheit mitgeholfen, ihnen Namen zu geben. Dabney Fox hatte die abgeflachten Gipfel dieses Gebirgszugs »Höllensense« getauft, und soweit Harley das beurteilen konnte, hatte sie damit absolut richtig gelegen.

Aber weder die Karten noch die Vorbesprechungen hatten ihn darauf vorbereiten können, was er sah, als die *General Gordon* die Aces aus niedriger Höhe abwarf und er seinen *Enforcer* mit dem Rest der Läufer-Lanze in Position brachte.

Angeblich war es Morgen, aber es war unmöglich

festzustellen, ob das stimmte, denn die blutrote Sonne des Systems war fast völlig hinter schweren, düsteren Gewitterwolken verborgen. Das wenige Licht, dem es gelang, durch die Wolkendecke zu dringen, verlieh ihr einen kränklich violetten Farbton. Der kalte, schwere Regen, der auf das Kanzeldach trommelte, machte es beinahe unmöglich, auf dem Sichtschirm etwas zu erkennen. Er wurde vom Wind in gewaltigen, donnernden Wogen herangetrieben.

Hinzu kamen Blitz und Donner. Kaum eine Minute verging ohne Donnerschläge, die entweder nah genug waren, daß sein Mech erzitterte, oder so weit entfernt, daß sie nicht mehr als ein leises Grollen waren. Wild zuckende Entladungen von bläulich gleißender Grelle zuckten aus dem Himmel und tauchten die Landschaft durch die Geschwindigkeit, mit der sie aufeinander folgten, in ein abgehacktes Flimmerlicht, das Harley Kopfschmerzen verurdachte. Er mußte das Visier des Neurohelms anheben und sich über das Gesicht wischen, um zumindest zu versuchen, der Schmerzen Herr zu werden.

Wegen der fehlenden Informationen über die Planetographie und Geländebedingungen auf The Rack war der Schlachtplan erst im Anflug auf den Planeten ausgearbeitet und den über die Landungsschiffe verteilten Einheiten übermittelt worden. Sie hatten nur wenige Tage Zeit gehabt, ihn durchzugehen und sich alles einzuprägen, was die Ortung ihnen über die Gegenden mitteilen konnte, in der sie aufsetzen und den Gegner zum Kampf stellen würden.

Bataillon Eins befand sich jetzt auf den Berggipfeln der Höllensichel – mehr BattleMechs und Soldaten, als Harley je zuvor an einem Ort versammelt gesehen hatte. Fünf Kilometer weiter im Westen hatte sich Bataillon Zwo in einem tiefen, flachen Tal, umgeben von steilen Felsformationen, aufgestellt. Sie hatten der Schlucht den Namen »Tal der Sieben Todsünden« gegeben. Bataillon Drei, in Wahrheit nicht mehr als zwei Mechkompanien, befand sich in gleicher Entfernung von den beiden anderen Bataillonen nach Süden versetzt, so daß die Regimentsaufstellung ein gleichschenkliges Dreieck ergab.

Die Aces waren nicht mit mehreren Schiffen gleichzeitig gelandet, sondern hatten zunächst ein einzelnes Landungsschiff, die *General Chamberlain*, vorgeschickt. Bei ihrem Anflug hatten die Piraten eine Staffel Luft/Raumjäger gestartet, um sie abzuschießen, bevor das Schiff aufsetzen konnte, und die *General Chamberlain* hatte recht schwere Schäden erlitten.

Aber das alte Schiff war ein zäherer Brocken, als man ihm ansah, und mit dem Ausschleusen der Söldnerjäger hatte sich das Blatt schnell gewendet. Die Ausbeuer hatten zwei der Acer-Jäger abschießen können, dabei aber selbst neun ihrer zehn Maschinen verloren. Dann erst hatte die *General Chamberlain* sich ihren Weg zu dem schmalen Landestreifen gebahnt, der die einzige mögliche Landezone in diesem Gebiet darstellte, und die übrigen Schiffe des Söldnerregiments waren ihr gefolgt und hatten ihre Truppen aus niedriger Höhe abgeworfen.

Die einzige menschliche Siedlung des Planeten war eine Barackenstadt im Zentrum eines unebenen, schlammigen Tieflands. Die Luft/Raumjäger der Aces hatten das Gelände überflogen und insgesamt zwei Mechbataillone lokalisiert, die hauptsächlich aus dem Primärregiment der Ausbeuter stammten. Es gab Anzeichen noch zahlreicher weiterer Bewohner, Zivilisten, möglicherweise weitere Piraten, und, falls die Gerüchte stimmten, Sklavenarbeiter.

Die Stadt lag neben einer tiefen Grube, die von schweren Baggern und einer Pumpstation umringt war, die sich abmühte, die durch den steten Regen angesammelten Wassermassen abzuführen, damit die Arbeiten weitergehen konnten. Ursprünglich war es einmal ein Sternenbund-Bunker gewesen, der nach dem Zusammenbruch verschüttet und vergessen die Jahrhunderte überstanden hatte. Nach seiner Entdeckung der eingelagerten BattleMechs und Ausrüstung hatte Morrison die Ausgrabungen weitergeführt, in der Hoffnung, noch weitere Überreste kostbarer Sternenbundtechnologie zu finden. Sie war die Quelle seiner Macht und der Verwüstung, die er über die Randgemeinschaft und die Grenzwelten der benachbarten Lyranischen Allianz gebracht hatte.

Sofern die Informationen der Aces stimmten, verfügte Morrison zumindest auf dem Papier über zwei Regimenter. Darüber hinaus besaß er Infanterie, ein paar Panzer und die Überreste mehrerer ehemaliger Söldnereinheiten, die seine Ausbeuter besiegt und geschluckt hatten. Ein Teil der Ausbeuter hielt Pain besetzt, aber der Angriff auf The Rack versprach, Morrison das Genick zu brechen, indem er ihm die Möglichkeit nahm, noch weitere Offensivaktionen durchzuführen.

Der Plan war einfach genug. Die Bataillone Eins und Zwo würden von Westen und Osten vorstoßen und die Ausbeuter in ein Gefecht verwickeln. Die Kampfstärke der Truppen auf beiden Seiten würde relativ ausgeglichen sein, auch wenn die Bedingungen dieser lebensfeindlichen Umgebung beiden Seiten in dieser Schlacht Probleme bereiten würden. Sobald die Banditen abgelenkt waren, sollte Bataillon Drei nach Norden vorstoßen und ihnen den entscheidenden Schlag versetzen, mit einem Angriff auf die Mechs und die Bagger, der Morrisons Ausgrabungsanstrengungen ein Ende machte.

Das Ziel der gesamten Operation war die Vernichtung der Piratenbataillone. Keine Beschädigung, keine Einschüchterung. Vernichtung.

Die Vernichtung dieser Einheiten würde die Ausbeuter ernsthaft schwächen. Falls Hopper sich zu rächen versuchte, würde er dazu seine beiden Stützpunktwelten schutzlos den Angriffen anderer Piratenbanden aussetzen müssen. Unter Dieben gab es wenig Ehre, und jedes Anzeichen von Schwäche auf Seiten Hoppers würde ihn schnell zur Beute seiner Feinde oder, schlimmer noch, zum Opfer einer Rebellion seiner eigenen Leute machen.

Die Ortungsdaten der Landungsschiffe über die auf The Rack wartenden Mechs waren nicht sonderlich aufschlußreich. Harley hatte Oberleutnant Hawke die OrtungsTechs auffordern hören, nach einer Mechreaktorsignatur auf ihren Gefechts-ROMs Ausschau zu halten, und er wußte, wonach sie suchte: Nach dem *Timber Wolf*, mit dem sie es jetzt schon zweimal zu tun bekommen hatten.

Es war keine Spur des mysteriösen hellgrünen OmniMechs zu finden, aber das hieß noch lange nicht, daß er nicht hier war. Der Mech konnte abgeschaltet sein, sich in einer Höhle verstecken oder sich einfach nicht in dem Gebiet aufhalten, das die Sensoren abgetastet hatten.

Harley versuchte, die Mechortung korrekt einzupegeln, aber die ständigen Blitzschläge in der Nähe machten alle derartigen Bemühungen zunichte. Immer wieder flackerte die Sekundäranzeige kurz, um sich anschließend neu aufzubauen, und jedesmal verlor er wertvolle Zeit. Trotz der Störungen entdeckte er keine anrückenden Gegner. Alles, was er auf den Gipfeln der Höllensense erkennen konnte, war Bataillon Eins der Aces, begleitet vom nicht nachlassenden Hämmern des auf das Kanzeldach schlagenden Wolkenbruchs.

»Feuerball Eins an alle Talons«, drang Oberleutnant Hawkes Stimme aus dem Helmlautsprecher. »Wir stehen an der rechten Flanke des Bataillons. Die Felsformationen und Pässe machen es unvermeidbar, daß wir uns aufteilen. Bleibt als Lanzen zusammen und haltet Funkkontakt. Hier gibt es kaum ein weites Schußfeld, und wenn die Ausbeuter auftauchen, müssen wir uns schnell sammeln können, oder wir werden zerblasen.«

Die üblichen Bestätigungen der Lanzenführer kamen über die Leitung. Nachdem Gefreite Glancy die Anweisung für die Läufer-Lanze akzeptiert hatte, teilte sie Harley und die anderen in die Formation ein. Er und Bixby übernahmen die Rückendeckung, während Glancy und Fox vorausgingen.

Als Harley hinter Fox' *Hatchetman* einschwenkte, traten die stumpfgrauen Panzerplatten ihrer reparierten Mechpanzerung im Licht eines Blitzschlags deutlich zwischen der restlichen, in Tarnfarbe bemalten Schutzpanzerung hervor. Glancy und Fox positionierten sich hundert Meter vor ihm und Bix, dann machten sie sich an den Abstieg vom Berggipfel in die Schatten der Felsformationen.

Das vor ihnen liegende Tiefland war ein Labyrinth aus steilwandigen, schmalen Hohlwegen voller scharfer Kurven und Kehren. Harley behielt ständig ein Auge auf der flackernden Anzeige der Nahortung, in der Hoffnung, eine Spur des Gegners zu entdecken, bevor dieser ihn im Visier hatte. Nach einem Kilometer wurde es schwierig, Glancy und Fox in Sichtlinie zu behalten. Als er in eine scheinbar seichte Regenpfütze trat, sank er plötzlich tief ein, stolperte nach vorne und schaffte es nur mit Mühe, den *Enforcer* im Gleichgewicht zu halten.

»Alles okay bei dir, Teufelskerl?« fragte Bixby an.

»Alles in Ordnung. Paß auf die Pfützen auf, Bix. Manche davon sind tiefer als es aussieht.«

Glancys Stimme unterbrach ihn. »Wie wäre es, wenn die Herren das Geschwätz einstellen und aufschließen.«

Harley hatte sich gerade wieder in Bewegung gesetzt, als er einen roten Lichtpunkt auf dem Ortungsschirm auftauchen sah und ihn gleich wieder verlor, als nur fünfzig Meter entfernt ein Blitz einschlug und zum x-ten Mal einen Neustart des Sensorsystems auslöste. Der kleine rote Punkt tauchte nicht wieder auf. Er hatte sich hinter einer vor ihnen aufragenden Kammlinie befunden, die sich am Fuß der Berge in ein breites, langes Tal senkte. Der Talboden bot reichlich weite offene Bereiche für einen Mechkampf.

Die steilen Felsformationen zu erklettern erschien ihm schwierig, wenn nicht gar unmöglich, aber wenn es jemandem gelang, sich dort oben nahe des Kammgipfels eine erhöhte Position zu sichern, konnte er Tod und Vernichtung ins Tal hinabschleudern.

Beim Anblick der Berge und der Kammlinie lief Harley ein eisiger Schauder das Rückgrat entlang, und er fragte sich, ob Hawke dasselbe dachte wie er. Die Szenerie ähnelte den taktischen Karten des Vogelsangkamms, die er gesehen hatte. Das war dieselbe Art Gebirge, in der Ben gestorben war. Einen Augenblick fragte Harley sich, ob sich die Geschichte wiederholen und Da Jolee zu den Aces schicken würde, um herauszufinden, was aus ihm geworden war.

»Läufer Eins von Läufer Zwo«, meldete er entsprechend dem Funkprotokoll, das ihm seit seinem Beitritt zu den Aces eingedrillt worden war. »Ich hatte einen kurzen Sensorkontakt an drei Uhr.«

»Läufer Eins hat verstanden, kann die Ortung aber nicht bestätigen«, antwortete Glancy. »Läufer-Lanze halt. Kann irgend jemand die Ortung bestätigen?«

Es folgte eine kurze Pause, während der Harley den *Enforcer* anhielt und versuchte, das Signal wiederzufinden, aber ohne Erfolg.

»Ist nicht«, gab Dabney Fox über die Verbindung durch.

»Könnte das Gewitter gewesen sein«, sagte Bix.

Wieder eine Pause, während Gefreite Glancy sich durch den Kopf gehen ließ, was sie wußte und was sie brauchte. »Feuerball Eins von Läufer Eins.«

Hawkes Stimme kam deutlich über die Leitung. »Ich höre, Läufer Eins.«

»Ich benötige einen Vorbeiflug auf den Koordinaten Null-drei-fünnef-neun Alpha.«

»Konflikt Drei, laß hören, was du siehst«, befahl Oberleutnant Hawke.

Davis Gilbert in seinem *Lucifer* bestätigte die Anordnung. Harley sah den Jäger auf dem Ortungsschirm auftauchen, als Gilbert über der Läufer-Lanze einschwenkte. Der schlanke Luft/Raumjäger zog in einer weiten Kurve über die rechte Flanke der Einheit in den Bereich, in dem Harley das kurze Ortungssignal entdeckt hatte. Die Felsen blockierten seine Sicht auf die Maschine, aber er lauschte angestrengt dem Funkverkehr und hoffte, daß er sich nicht geirrt hatte ... oder möglicherweise doch.

»Feuerball Eins, ich zeichne mehrere Banditen, mindestens ein Bataillon. Koordinaten Null-drei ...« Die Meldung brach in einem lauten Rauschen ab.

Harleys Blick flog zur Taktikanzeige, und er sah den kleinen Lichtpunkt, der den *Lucifer* repräsentierte, verschwinden. Statt dessen erschien ein blinkender blauer Punkt. Gilbert hatte rechtzeitig den Schleudersitz ausgelöst und sandte ein Peilsignal aus, um die Bergung zu erleichtern.

Bei den nächsten Worten, die aus seinem Lautsprecher drangen, spannte Harley sich unwillkürlich an. »Hawke's Talons, rechte Flanke, bereithalten für Feindkontakt.« Noch während Hawke sprach, setzte sich die Feuerball-Lanze in Bewegung und schloß zu Harley und den anderen auf. Dann tauchten ein Ausbeuter-*Guillotine* und ein *Flashman* auf und eröffneten das Feuer.

Der *Guillotine* wählte sich Hawkes *Orion* zum Ziel

und griff mit dem schweren Laser an, bevor er mit den mittelschweren Lichtwerfern nachsetzte. Der armdikke rote Energiestrahl zuckte vorbei und krachte in einen nassen Fels hinter Hawke, der in einer Explosion aus Steinsplittern aller Größen auseinanderflog. Die mittelschweren Laser im rechten Arm des Piratenmechs waren erfolgreicher und brannten sich tief in die Panzerplatten auf den Oberschenkeln des *Orion*. Der ältere BattleMech schüttelte den Angriff ab, und Hawke erwiderte ihn mit einer Salve aus der Autokanone und einem Schwarm Kurzstreckenraketen. Der *Flashman* rutschte einen niedrigen Hang herab auf eine Höhe mit den Aces und griff Bixby Finch mit einem barbarischen Bombardement von Laserfeuer an.

Auch Harley stürzte sich ins Gefecht. Er riß den Steuerknüppel herum, senkte das Fadenkreuz über das Herz des *Guillotine* und löste in der vollen Absicht, den Ausbeuter umzubringen, die Autokanone aus. Eine Sekunde später schickte er einen Energiestoß des schweren Lasers hinterdrein, dessen rote Lichtlanze schnurgerade durch die Regenwand schnitt. Er sah andere Piratenmechs links und rechts seiner Position auftauchen, konzentrierte sich aber ganz auf seinen Gegner, auf diesen kleinen Teil der unter dem gnadenlos herabpeitschenden Regen wütenden Schlacht.

Das Schicksal schien es nicht gut mit Hawke zu meinen. Die Hälfte ihrer KSR flogen am Ziel vorbei und zertrümmerten statt Mechpanzerung nur Felsen. Die beiden anderen rissen nur Krater an einem Schienbein der Piratenmaschine auf. Ihre Autokanonensalve traf dasselbe Bein ein wenig höher und zertrümmerte weitere Panzerplatten.

Einen Pulsschlag später schlug Harleys Angriff ein. Sein Laser streifte den linken Arm des *Guillotine* nur, aber das AK-Feuer bohrte sich in dasselbe Bein, das Hawke bereits angeschlagen hatte. Diesmal blieb nur ein Hauch von Panzerung zurück, kaum genug, um es zu erwähnen. Die letzten Granaten zerfetzten bereits Myomermuskulatur und sprengten den Knieaktivator der Kampfmaschine.

Der Pilot des *Guillotine* wurde von der Serie von Treffern an derselben Stelle völlig überrascht, und als das verwüstete Bein unter den siebzig Tonnen des schweren Mechs einknickte, gelang es ihm nicht, ihn abzufangen. Erst neigte der Kampfkoloß sich nur leicht nach vorne und feuerte wild mit einem der Torsolaser auf Hawke, dann krachte er nach vorne in eine seichte Regenwasserpfütze.

»Platsch«, preßte Harley durch zusammengebissene Zähne. Sein Herz und sein Kopf hämmerten vor Erregung.

Harley drehte den Torso des *Enforcer* und sah, daß Bixbys *Vindicator* unter dem Angriff des *Flashman* nahezu schwarz verbrannt war. Die überlegene Feuerkraft des schwereren Ausbeuter-Mechs hatte seinen linken Mecharm zerstört. Torso und Beine waren von Lasertreffern geschwärzt. Eine lange Brandspur zog sich dicht an der Flammenbemalung des PPK-Laufs den linken Arm hoch. Es sah nicht danach aus, daß Bixby in diesem Gefecht noch lange durchhalten konnte.

Harley erkannte die Gefahr, in der sein Freund schwebte, und war entschlossen, ihn zu retten. Als erstes setzte er einen S-Laserschuß in die rechte Torsohälfte des *Flashman*. Das sicherte ihm die Aufmerksamkeit des Mechpiloten, und der schwere BattleMech drehte sich langsam zu ihm um, als wolle er diesen neuen Gegner abschätzen. Bixby nutzte die sich bietende Gelegenheit und feuerte mit dem mittelschweren Laser und den Langstreckenraketen. Eine der Raketen schlug ins Kanzeldach der Ausbeuter-Maschine ein, die anderen explodierten auf der schon beschädigten Brust- und Torsopanzerung. Der mittelschwere Laser zerschmolz eine Panzerplatte auf dem Arm des *Flashman*. Im kalten Regen zischte und dampfte das Metall.

Harley wartete nicht darauf, selbst zum Ziel zu werden, und preßte den Feuerknopf der Autokanone so fest in die Fassung, daß sein Daumen schmerzte. Die Kanone wummerte und sandte einen Strom von Granaten geradewegs ins Cockpit des *Flashman*, als der gerade seine schweren Armlaser hob und den *Enforcer* anvisierte.

Harleys Granaten brachen durch die restliche Panzerung der Pilotenkapsel und detonierten im Innern des Cockpits. Ein orangeroter Feuerball waberte im Kopf des *Flashman* und sandte eine schwarze Rauchwolke in den Wolkenbruch. Für den MechKrieger im Innern der Maschine kam jede Rettung zu spät. Der enthauptete Mech kippte zur Seite, und die glühenden Überreste seines Kopfes verdampften das auf dem Talboden stehende Regenwasser.

»Mir geht's gar nicht gut«, erkläte Bixby, und es klang, als würde er unter seinem Neurohelm nach Atem ringen.

»Bleib hinter mir«, riet Harley ihm und beobachtete einen *Cicada* bei dem Versuch, Oberleutnant Hawke an der äußeren rechten Flanke zu umgehen. Das freie Feld, über das sie rannte, war eine kaum einhundertfünfzig Meter weite Öffnung, bedeckt mit Felsbrocken und Wasser. Der kleinere Mech versuchte, hinter die Aces zu gelangen, einen Weg durch das Labyrinth der Felsformationen zu finden, über den er in den Rücken der Söldner gelangen konnte.

Dabney Fox riß ihren *Hatchetman* auf den Sprungdüsen in die Luft und jagte knapp über Harleys *Enforcer* auf den Piraten zu. Sie landete nur wenige Meter von dem *Cicada* entfernt, der mit seinen mittelschweren Lasern um sich schlug und in seinem wilden Geschützfeuer mehr Fels als BattleMech traf.

Harley hob den schweren Laser und feuerte. Er verfehlte sein Ziel ebenfalls, im Gegensatz zu Fox. Ihre mittelschweren Laser sprengten die Panzerung vom Torso des kantigen kleinen BattleMechs, und bevor dessen Pilot zurückschlagen oder die Flucht ergreifen konnte, riß sie das schwere Beil ihres Mechs hoch und ließ es auf den Rumpf des *Cicada* fallen.

Die Panzerplatten gaben nach. Das Beil senkte sich tief in die interne Struktur der Maschine. Harley sah einen gleißenden Lichtblitz, als der Fusionsreaktor des Piratenmechs zerplatzte. Der Sichtschirm filterte automatisch die schlimmste Helligkeit heraus, und das Kanzeldach des *Enforcer* verdunkelte sich unter dem Aufprall von Lichtenergie, aber trotzdem blendete die Detonation ihn. Er kniff die Augen zusammen und blinzelte heftig, um die Sicht wiederherzustellen. Als die tanzenden Lichtpunkte vor seinen Augen verblaßten, war der *Cicada* nicht mehr vorhanden. Nur ein dampfender, qualmender Haufen glühendes Metall reckte sich dem herabprasselnden Regen entgegen. Auch das Kampfbeil von Fox' Maschine war in der Explosion verdampft, zusammen mit dem restlichen Unterarm, aber sie hatte es irgendwie geschafft, ihren *Hatchetman* auf den Beinen zu halten.

»Abschuß«, stellte sie mit schwerem Keuchen über die Kommleitung fest.

Zwischen den Blitzschlägen sah Harley vor sich die Silhouette eines Mechs über den Bergkamm schreiten. Er kannte diese Umrisse. Sie waren einzigartig und gehörten dem einzigen Kampfkoloß dieses Typs, den er je zu Gesicht bekommen hatte.

Dem *Timber Wolf*.

Bixby feuerte neben ihm den Hang hinauf, und sein PPK-Schuß schlug in ein Bein des riesigen Metallmonsters ein. Hawke trat rechts neben ihn und hob die Autokanone zum Schuß auf den stumpfgrün lackierten

OmniMech, der ungerührt den Hohlweg hinab auf ein anderes, von Harleys Position aus nicht sichtbares Mitglied der Feuerball-Lanze schoß. Ihre Salve verfehlte ihn um weniger als einen Meter.

Harley setzte seine Autokanone mit etwas mehr Glück ein und pflanzte die Granatensalve an der linken Seite in den Torso des *Timber Wolf*. Die Geschosse bohrten sich mit derartiger Wucht in den Rumpf der Clan-Maschine, daß der Omni stoppte und sich zu ihnen umdrehte. Einen Augenblick hatte Harley das Gefühl, geradewegs in die Augen des feindlichen MechKriegers zu blicken.

Der *Timber Wolf* feuerte eine tödliche Breitseite Langstreckenraketen in seine Richtung ab. Eine volle Sekunde schossen alle vierzig Raketen den Berghang herab geradewegs auf Harley zu, geradewegs auf das Herz seines Mechs gezielt. Instinktiv und zugleich verängstigt wich er einen Schritt zurück und riß den *Enforcer* in dem Versuch, dem sicheren Ende auszuweichen, nach rechts.

Es war eine sinnlose Geste, denn die Raketen waren gar nicht für ihn bestimmt, sondern für Bixby Finch neben ihm. Sie pflasterten Bix' bereits angeschlagenen *Vindicator* mit einer solchen Unmasse kleiner Detonationen zu, daß der Mech hinter einer Wand aus Feuer und Rauch völlig verschwand. Harley starrte entsetzt auf den Kampfkoloß seines Freundes, der nur Meter entfernt als zerschlagenes Wrack zu Boden sank.

»Bix!« schrie er.

»Läufer Drei, Meldung«, fügte Hawke hinzu.

Harley wartete nicht auf Bixbys Antwort. Er justierte die Zielerfassung seiner Geschütze auf das Bild des *Timber Wolf* in der Sichtprojektion und löste den schweren Laser aus. Diesmal traf er den Clan-OmniMech am linken Arm, knapp unter der wuchtigen Langstreckenlafette. Die rote Energielanze schnitt eine lange, bösartige Schmelzspur den Mecharm hinab tief in die Panzerung.

Über die Funklinie drang ein Husten. »Ich lebe«, gab Bixby durch und klang so benommen, als wäre er betrunken. »Gerade noch.«

»Halt durch, Bix«, preßte Harley hervor, als der *Timber Wolf* sich in der Hüfte zu einem anderen Mech der Zweierkompanie umdrehte und mit den Extremreichweitenlasern das Feuer eröffnete. Neben ihm tauchte ein riesiger, 100 Tonnen schwerer BattleMech auf, der in dieselbe Richtung feuerte, ein *King Crab*. Aus äußerster Geschützreichweite auf Höhe des Bergkamms schleuderte er einen vernichtenden Granatregen aus seinen Autokanonen ins Tal. Eine Explosion unterhalb des Berghangs löste in Harleys Nähe einen Steinschlag aus und ließ keinen Zweifel zu, daß die Piraten einen vernichtenden Treffer gegen ein Opfer erzielt hatten, das er von seiner Position aus nicht sehen konnte, einen anderen Acer, der genau wie Bix kampfunfähig geschossen war, oder schlimmer.

»Kümmer' dich nicht um mich, Läufer Zwo«, stöhnte Bixby. »Hol dir diesen vermaledeiten *Timber Wolf*.«

Plötzlich zeichnete Harley auf dem Zweitmonitor eine große Anzahl grüner Lichtpunkte. BattleMechs der eigenen Seite. Die langerwartete Ankunft des Zweierbataillons. Auf einen Schlag hatte sich das Kräfteverhältnis gewandelt.

»Durchhalten, Talons. Der Hauptmann hat mir gerade mitgeteilt, daß Sheryl Davys Bataillon links von uns eingetroffen ist und dem Feind hart zusetzt. Läufer Eins. Glancy, was von deiner Lanze noch steht, hat Sprungdüsen. Arbeitet euch den Kamm hoch. Ich ziehe mit Feuerball Zwo die rechte Flanke hoch und versuche, einen Weg in ihren Rücken zu finden. So oder so treffen wir uns auf dem Gipfel.«

Weiter kammabwärts tobte eine wilde Schlacht, als

Bataillon Zwei in die Ausbeuter stürmte und sie um jeden Stein und Hügel, jeden Felsbocken und jede Pfütze in einen gnadenlosen Kampf verwickelte. Explosionen auf beiden Seiten machten dem endlosen Donnern der Gewitter The Racks Konkurrenz. Harley wartete, bis Gefreite Glancy neben ihm auftauchte, und als sie die Sprungdüsen auslöste, tat er es ebenfalls.

Sein *Enforcer* bot alles andere als ein elegantes Bild, als er sich in die Lüfte erhob. Er stieg unter heftigem Zittern auf, während Harley über die Neurofeedbackschaltkreise seines Helms versuchte, das Gyroskop abzugleichen und den BattleMech halbwegs aufrecht zu halten. Das Innere des Cockpits glich einer Sauna, als er endlich den Kammgipfel sah und eine Stelle fand, die eben genug war, um den Kampfkoloß aufzusetzen. Er fühlte sich, als würde er bei lebendigem Leib gesotten, als er den Mech auf den Felsboden senkte.

Glancy brachte ihren *Sentinel* neben ihm herunter und drehte sich augenblicklich die Kammlinie hinab, zu der sie so lange hochgefeuert hatten. Volle drei Sekunden später landete zu Harleys Rechten, was von Dabney Fox' *Hatchetman* noch übrig war. Aus der Nähe war deutlich zu erkennen, daß die Reaktorexplosion nur noch einen Schatten des BattleMechs übriggelassen hatte, den sie kurz zuvor noch gesteuert hatte.

Fast zweihundertfünfzig Meter den Felsenkamm abwärts befand sich das Ende der Schlachtreihe der Ausbeuter. Der riesige *King Crab* stand zwischen ihnen und dem *Timber Wolf,* der die Einheit verfolgte, seit Harley zu Able's Aces gestoßen war. Glancys Befehle kamen knapp und präzise. »Läufer-Lanze, Feuer auf den *King Crab* konzentrieren. Erst diesen Mech abschießen, und *dann* den *Timber Wolf*!«

Glancy mußte Harleys Gedanken gelesen haben. Sicher wußte sie, daß er es auf den Clan-Mech abgesehen hatte. Er legte großen Wert auf Vergeltung, aber ebenso viel auf das Befolgen von Befehlen, wenn diese einen Sinn hatten, und in diesem Fall war das gegeben.

Die drei Kampfkolosse richteten aus, was sie noch an Waffen hatten, und schleuderten ihr Geschützfeuer in die Seite und den Rücken des *King Crab.* Alle Schüsse schlugen mehr oder weniger im selben Bereich ein, auf dem langen Arm und der linken Torsohälfte des überschweren Sternenbundära-Mechs. Harleys und Glancys Autokanonensalven trafen die Piratenmaschine so hart, daß sie unter dem Aufprall gegen den *Timber Wolf* sackte. Einen unglaublich kurzen Moment wankte sie, als Harleys schwerer Laser den Arm entlangzuckte und kostbare Schutzpanzerung verdampfte. Fox' nächste Autokanonensalve pflügte in die Breschen ihrer Vorgänger. Die Granaten bohrten sich tief ins Metall, bevor sie explodierten.

Augenblicklich hallte aus dem Innern des Mechs ein grollendes Echo auf, wahrscheinlich von seiner eigenen AK-Munition, und ein Stakkato von Detonationen riß den Arm komplett vom Rumpf. Kränklich grüner Rauch stieg fast wie ein Notsignal in breiten Schwaden durch den kübelweise vom Himmel stürzenden Regen.

Der *King Crab* drehte sich um, und die Luke über seinen Raketenabschußrohren klappte hoch. Eine LSR-Salve schoß auf Läufer Vier zu und hüllte Fox' gebeutelten *Hatchetman* in einen orangeroten Feuerball. Der Mech sackte zusammen, und Harley sah, daß von seiner Torsopanzerung nur noch Bruchstücke übrig waren. Dem Regen schutzlos ausgesetzte Myomermuskelbündel zischten und dampften.

»Läufer Eins von Läufer Vier. Reaktorausfall. Ich arbeite auf Notstrom«, gab seine Kameradin wütend durch.

Als Harley sich wieder zu dem *King Crab* umdrehte, war nichts mehr von ihm zu sehen. Jetzt stand nichts mehr zwischen ihm und dem *Timber Wolf*, der ein schier endloses Bombardement hinab auf das Zweierbataillon schleuderte.

Dann wirbelte der OmniMech wie schon zuvor auf der Stelle herum und stürmte aus dem Kampf, zog sich in voller Geschwindigkeit zurück. Soweit Harley es sagen konnte, folgte der Pilot dem Vorbild seines Kameraden im Cockpit des *King Crab* und suchte sein Heil in der Flucht.

»Nicht dieses Mal«, stieß er aus, zündete die Sprungdüsen und stieg in den verregneten Himmel. Glancys Warnungen und Befehle wurden von der Wut verschluckt, die in seinen Gedanken loderte.

27

Schattensee, The Rack
Äußere Peripherie

16. Juni 3059

»Läufer Eins!« rief Hawke die Gefreite Glancy über die Kommleitung an. Sie war müde, erregt, frustriert und wütend, alles zugleich. In der Ferne war der Kampf so gut wie vorbei. Von ihrer Position aus konnten sie und die Überreste der Hawke's Talons beobachten, wie sich die zerschlagenen Überreste der Elite von Morrisons Ausbeutern den siegreichen Aces ergaben. Erst Minuten war es her, daß über Breitband die Nachricht von der Kapitulation der Ausbeuter gekommen war. Die wenigen Piraten, die nicht bereit waren, sich zu ergeben, waren in die gespenstische, morastige Dunkelheit von The Rack geflohen.

Ihre Kampfmoral war zerbrochen, als sie erfahren hatten, daß Elemente des Aces-Bataillons Drei ihre kleine Barackenstadt überfallen, die dort gefangengehaltenen Sklavenarbeiter befreit und damit begonnen hatten, Hopper Morrisons teure Baumaschinen zu zerstören. ›König‹ Morrison hatte den Kampf gegen Bataillon Zwo persönlich angeführt, aber auch er hatte angesichts dieser Entwicklung das Schlachtfeld verlassen und war geflohen.

Hawke machte sich wütend klar, daß sie den Piratenchef im Visier ihrer Waffen gehabt hatten: Morrison hatte den *King Crab* gesteuert! Seine Desertion hatte beim Rest seiner Leute die Frage aufgeworfen, wofür sie eigentlich ihr Leben riskierten.

Es hatte Hawke und Jord MacAuld volle zehn Minuten gekostet, die Kammlinie zu ersteigen. Sie hatten sich über einen langen Serpentinenpfad zum Rest der

Kompanie hocharbeiten müssen – dem kläglichen Rest. Irgendwo unter ihnen waren Feldwebel Coombs und seine Leute damit beschäftigt, Gefangene abzuführen, aber hier oben tobte der Kampf weiter.

»Wo ist Läufer Drei?«

Glancy schien mit der Antwort zu zögern, viel zu lange für Hawkes Geschmack. »Teufelskerl hat die Formation verlassen und dem *Timber Wolf* nachgesetzt«, stellte sie schließlich fest. »Sie sind kurz nach unserer Ankunft hier nach Osten abgezogen, Ma'am.«

»Warum haben Sie ihm nicht befohlen, Position zu halten?«

»Das habe ich, Ma'am. Er hat nicht reagiert. Vielleicht ist sein Kommsystem ausgefallen … Er hat nicht geantwortet.«

»Blödsinn«, spie Hawke. »Erzähl mir keinen Pferdemist, Glancy. Ihr haltet hier die Stellung. Ich folge ihm.«

»Ich komme mit, Ma'am«, warf Jord ein. »Ich habe den *Timber Wolf* in Aktion gesehen.«

»Dein Bein ist nicht gerade in bester Verfassung, Feuerball Zwo«, erinnerte Hawke ihn. »Wenn du mich begleiten willst, mußt du mithalten können.«

* * *

Der Boden ebnete sich leicht, dann fiel er in eine weite Senke ab, um die ein schmaler Felssims als Uferlinie verlief. Der Wind und der trommelnde Regen peitschten die Wasseroberfläche wie einen riesigen Kessel, in dem wahnsinnige Zaubermeister unter wildem Rühren ihr unheilvolles Gebräu mischten. Harley erinnerte sich, daß Dabney Fox diese Wasserfläche bei der Namenssuche für das Gelände des Planeten Schattensee getauft hatte. Jetzt stellte er fest, daß es ein äußerst passender Name für die beinahe tintenschwarzen Fluten war.

Aber seine Blicke und die Anstrengungen der Mechsensoren konzentrierten sich auf das »Ufer« des Sees. Auf der einen Seite breiteten sich die schwarzen Wogen über unbekannten Tiefen aus. Auf der anderen Seite erhob sich eine steile, fast dreißig Meter hoch aufragende Felsklippe. Und am fernen Ende des Ufers, hinter einem kantigen Felsvorsprung, zeichnete die Ortung die Signatur eines Fusionsreaktors. Es war dasselbe Reaktorsignal, das er über Kilometer verfolgt hatte, durch ein scheinbar endloses Labyrinth aus Felsen und grauschwarzen Gebirgsschluchten.

Der *Timber Wolf*.

Derselbe stumpf hellgrün lackierte Mech, den Harley zum ersten Mal bei Rectortown auf Gillfillan's Gold zu Gesicht bekommen hatte, wo er nach kurzem Gefecht die Flucht ergriffen hatte. Er hatte ihm wieder gegenübergestanden, als Kommandanthauptmann Ables Falle zuschnappte, und wieder war es dem Piloten des OmniMechs gelungen, der Gefangennahme oder Vernichtung zu entgehen, indem er geradewegs durch die Reihen der Acer gebrochen war. Jetzt versuchte er zum dritten Mal, aus der Schlacht zu fliehen, sein Leben für einen späteren Kampf zu retten.

Aber nicht dieses Mal, schwor sich Harley. Der *Timber Wolf* war zum Symbol für alles geworden, was er und seine Familie verloren hatten. Erst die Vernichtung dieses Mechs oder seine Kapitulation würde ihm die Befriedigung und den Frieden verschaffen, daß er für Bens Gedenken alles getan hatte, was in seiner Macht stand. Und obwohl der von den Clans gebaute Kampfkoloß erheblich mehr Tonnage auf die Waage brachte als sein *Enforcer*, war sich Harley bewußt, daß er schwere Schäden hatte einstecken müssen. Die Situation war noch nie ausgeglichener gewesen.

Falls die Sensoren oder der Bordcomputer des *Timber Wolf* nicht beschädigt waren, wußte der feindliche

MechKrieger, daß Harley hier war, aber er regte sich nicht. Harleys Zweitschirm lieferte ihm zumindest eine teilweise Erklärung dafür. Wenn seine Ortung stimmte, saß der Omni fest. Hundert Meter weiter abwärts wurde der Ufersims zu schmal für einen BattleMech. Der Ausbeuter saß in der Falle, und der einzige Weg ins Freie lief mitten durch Harley.

Es drängte ihn, loszupreschen und sich in den Kampf zu stürzen, den Clanmech in einem ruhmreichen Gefecht zur Strecke zu bringen. Aber statt dessen atmete er langsam tief aus. Das war nicht der Zeitpunkt für impulsive Aktionen. Harley wüde nicht zögern, sein Leben zu geben, um den *Timber Wolf* zu erledigen, aber er zog es eindeutig vor, dieses Ziel zu erreichen, ohne dabei Selbstmord zu begehen.

Er schaltete auf Breitband um und starrte das Ufer hinab auf die Felsnase, die seine Sicht auf den *Timber Wolf* blockierte.

»Ich weiß, daß du weißt, daß ich hier bin«, sagte er. »Wir wissen beide, daß es keinen Fluchtweg für dich gibt. Ergib dich, und du bleibst am Leben.«

Eine tiefe, von Knistern unterlegte Stimme antwortete. »Harley, schalte die Waffen ab. Das ist nicht wirklich nötig.« Harley sah auf die Kanalanzeige des Kommgeräts und stellte fest, daß die Antwort über einen abhörsicheren Kanal eingetroffen war, nicht über die Breitbandleitung, die er für seine Sendung benutzt hatte. Hershorn mußte den Piraten die Kommfrequenzen der Aces verraten haben.

Die Stimme sandte einen Schauer seinen Rücken hinunter, aber Harley schüttelte den Schrecken ab. »Woher kennst du meinen Namen?«

»Harley«, erklärte die Stimme beinahe verführerisch. »Du brauchst nicht auf mich zu schießen, um deinen Bruder zu rächen.«

»Du und deine Freunde haben Ben ermordet«, erklärte Harley, aber in seinem Innern wuchs die Ahnung, daß hier etwas nicht stimmte.

»Nein, Harley, Ben ist nicht tot. Das weißt du. Hör dir meine Stimme genau an. Ich *bin* Ben.«

Mit diesen Worten trat der *Timber Wolf* aus der Deckung. Er war schwer angeschlagen. Die auf der linken Schulter montierte kastenförmige LSR-Lafette hatte sichtlich nur noch Schrottwert. Sie war so zerbeult und zerschmolzen, daß sie nicht mehr zu reparieren war. Treffer aus Laser- , Auto- und Partikelprojektorkanonen hatten die grüne Rumpfbemalung in eine häßliche, von Kratern und Brandspuren verunstaltete Farce verwandelt.

Die Worte schlugen bei Harley ein wie einer der Blitze, die unablässig aus dem Himmel über The Rack zuckten. Er erkannte die Stimme seines Bruders, aber es fiel ihm schwer, sich einzugestehen, daß Ben doch nicht tot war. Niemand hatte je irgendeinen Zweifel daran gehabt. Er war Able's Aces überhaupt nur beigetreten, um herauszufinden, wer Ben getötet hatte. Jetzt traf ihn die Wahrheit mit der Wucht einer AK-Granate. Es war alles eine Lüge gewesen. Ben lebte noch.

»Ben?«

»Ja, Harley, ich bin's.«

»Wie … wie ist das möglich?«

»Es ist eine lange Geschichte. Worauf es hinausläuft, ist, daß ich nicht tot bin. Wir können zusammen von hier verschwinden. Morrison hat in einer Höhle etwa dreißig Klicks von hier ein kleines Landungsschiff versteckt, *Leopard*-Klasse. Wir gehen hin, starten, weichen den Abfangjägern aus und fliegen zurück nach Pain.« Bens Stimme überschlug sich fast. *Wie die eines Verbrechers auf der Flucht*, dachte Harley.

Sein ganzer Körper spannte sich. Bens Vorschlag war der eines Kriegers, der die Seiten gewechselt hatte, die Worte eines Überläufers. Sein Bruder hatte die Aces verraten, und seinetwegen hatten gute Männer und Frauen ihr Leben verloren. »Ben, ist dir klar, was du da sagst?«

»Werd' endlich erwachsen, Har. So läuft es nun mal im wirklichen Leben, Brüderchen. Ich arbeite für Hopper Morrison.«

»Und du bist ein Mitglied der Aces«, stellte Harley fest. Bei der Erkenntnis, was aus seinem Bruder geworden war, wurde ihm übel.

»Ich *war* ein Mitglied der Aces, Har. Ich weiß, was du jetzt denkst. Du willst, daß ich dich zurück begleite. Aber das wird nicht passieren. Ich bin jetzt bei einer anderen Einheit.«

»Du hast die Aces verkauft«, stellte Harley mit kalter Stimme fest. »Nicht nur die Aces. Was ist mit deiner Familie? Uns hast du auch verraten.«

»Du hattest schon immer eine melodramatische Ader, Brüderchen. Es war eine geschäftliche Transaktion, nicht mehr und nicht weniger.«

»Für die Aces, die auf dem Vogelsangkamm gestorben sind, war es mehr.«

»Komm mir ja nicht so, Brüderchen. Sie waren MechKrieger. Als sie in ihre Cockpits gestiegen sind, wußten sie, daß sie es möglicherweise nicht mehr lebend verlassen würden. Daran ändern deine Worte nichts. Du bist jetzt selbst ein MechKrieger. Wir haben uns mehr als einmal auf dem Schlachtfeld gegenübergestanden. Du hast dem Tod ins Auge geblickt, oder? Du weißt, was ein Soldat zu tun hat, was ein Soldat riskiert. Jetzt schalt' die Zielerfassung ab und laß uns von hier verschwinden, solange es noch geht.«

Bens Worte trafen Harley bis ins Mark, weil er teilweise recht hatte. »Es stimmt, Ben. Sie wußten, welches Risiko sie eingingen, aber mit deinem Verrat hast du das Risiko in eine Gewißheit verwandelt. Du hast deine Kompanie verkauft, und jetzt sind sie alle tot. Sie sind nicht nur ein Risiko eingegangen. Du hast sie in den sicheren Tod geschickt. Sie hatten nie eine Chance.«

»Stimmt, Har. Sie sind tot. Hershorn und ich haben sie verraten. Ist es das, was du hören willst?«

»Ich würde lieber hören, daß es dir etwas ausgemacht hat. Und was ist mit Da und Jolee? An deinen Händen klebt das Blut einer Menge Menschen, Ben. Und du hast Da und unsere Schwester durch die Hölle gehen lassen. Er hat eine Menge Gefallen einfordern müssen, damit ich hier stehen kann. Ich wäre gar nicht bei Able's Aces, wenn du nicht zum Überläufer geworden wärst. Ich bin gekommen, um herauszufinden, was aus dir geworden ist, um die Wahrheit zu entdecken.«

Harley fühlte Wut in sich aufsteigen. Er hatte immer zu Ben aufgeblickt, hatte bei all seinen Streichen und Plänen mitgemacht. Er hatte sich bemüht, ihm zu gefallen, wollte ihm gleichen. Das schien jetzt eine Ewigkeit zurückzuliegen, fast schon Teil eines anderen Lebens gewesen zu sein. In den letzten Minuten hatte sich Grundlegendes geändert.

»Da?« höhnte Ben. »Du machst dir Gedanken darüber, wie Da sich fühlt? Wann hat er sich je die Mühe gemacht, einen Gedanken an uns zu verschwenden? Er hat Herrgott mit unserem Leben gespielt, Har, und das weißt du auch. Er hat jeden Aspekt unseres Daseins beherrscht. Erinnerst du dich nicht, wie es war, von ihm aufgezogen zu werden? Wir hätten uns etwas Besseres leisten können. Er hatte Fähigkeiten, mit denen er reichlich Geld verdienen und uns ein angenehmeres Leben hätte verschaffen können. Statt dessen mußte er unbedingt den Bauern spielen und uns erziehen, dasselbe zu machen wie er. Das mag für dich und Jolee in Ordnung sein, aber nicht für mich. Ich will etwas Besseres. Ich *verdiene* etwas Besseres.«

Harley wußte, daß ein gewisses Maß an Wahrheit in

dem steckte, was Ben über Da gesagt hatte, aber nicht genug, um seine Handlungen zu rechtfertigen. »Er war möglicherweise streng mit uns, Ben, aber er hat uns beigebracht, unser Leben zu führen, ohne andere für unsere Fehler bezahlen zu lassen. Du hast fremde Leben geopfert, um deines zu ändern. Ich kann mich kaum an Mutter erinnern, aber ich bezweifle, daß ihr das, was du getan hast, besser gefallen würde als Da. Und bevor du ihn völlig verurteilst, vergiß nicht, daß dein Schicksal Da wichtig genug war, mich loszuschicken, damit ich herausfinde, was aus dir geworden ist.«

»Was erwartest du, Har?« zischte Ben zurück. »Glaubst du ernsthaft, nach allem, was ich getan habe, könnte ich mich noch ergeben?«

»Es ist nicht zu spät, Ben. Davon, daß du wegläufst, wird es nicht besser.«

»Wenn du mich nicht begleiten willst, dann geh mir aus dem Weg und laß mich vorbei.«

Einen Moment fragte Harley sich, ob er Ben tatsächlich gehen lassen, ihn mit dem Leben davonkommen lassen sollte. Aber der Gedanke weckte nur den Abscheu darüber wieder neu, was aus Ben geworden war. Das war nicht mehr sein Bruder, sondern ein Pirat, ein Plünderer, ein Mörder und Verräter. Was sollte er Da sagen? Was sollte er Jolee sagen?

»Ich befürchte, das kann ich nicht«, stellte Harley schließlich fest und starrte den zerbeulten *Timber Wolf* auf seinem Sichtschirm an. Er erschien ihm häßlicher als je zuvor.

»Du schaffst es nicht, auf mich zu schießen, Har.« Die Selbstgefälligkeit in Bens Stimme erinnerte ihn an die Jahre ihrer Jugend und die Selbstverständlichkeit, mit der ein älterer Bruder seine jüngeren Geschwister herumkommandierte. »Das bringst du nicht fertig.«

Harley bewegte den Steuerknüppel und hob die Armwaffen des *Enforcer*, so daß sie direkt auf den Mech seines Bruders wiesen. »Du irrst dich, Ben. Mein Wort und meine Loyalitäten stehen nicht zum Verkauf. Da hat mich hierher geschickt, um die bezahlen zu lassen, die für dein Schicksal verantwortlich sind. Wenn er wüßte, was du getan hast, würde er dich nicht länger als seinen Sohn betrachten. Und er würde verlangen, daß du dafür bezahlst.«

»Du warst schon immer etwas langsam«, antwortete Ben, hob ebenfalls die Mecharme und zielte mit den tödlichen schweren Lasern der ausladenden Waffenmodule auf Bens Maschine.

Ohne Vorwarnung donnerte hinter Harley ein Autokanonenbombardement auf, gefolgt vom Kreischen einer Salve Langstreckenraketen, und hämmerte auf Bens *Timber Wolf* ein. Der OmniMech stolperte einen Schritt zurück, als die Granaten der AK-Salve die Reste von Panzerung über dem rechten Torso zertrümmerten. Der rechte Arm und Kopf des Mechs wurden von den Raketenexplosionen durchgeschüttelt, Harleys Puls hämmerte, als er die Vernichtung von Bens Kampfkoloß beobachtete.

Eine Stimme drang über die Kommleitung. »Rassor, rauf hier, bevor er feuert!« Es war Livia Hawke. Sie mußte ihm gefolgt sein!

»Oberleutnant!« brüllte er, noch während zwei Laserlanzen sich in den zur Seite kippenden *Timber Wolf* senkten. Ben versuchte, die Neigung auszugleichen, verlor aber auf dem regennassen Kies und Fels des Ufersims den Halt.

»Nein!« schrie Harley, aber es war schon zu spät. Der *Timber Wolf* sackte seitlich weg, hing einen Moment über dem Wasser, dann stürzte er in die tiefschwarzen Fluten des Sees.

28

Schattensee, The Rack
Äußere Peripherie

16. Juni 3059

»Teufelskerl, bist du okay?« bellte Jord MacAuld über Breitband.

Harley starrte ungläubig auf die dunkle Oberfläche des Sees, der seinen Bruder und dessen fünfundsiebzig Tonnen schwere Clan-Kampfmaschine verschlungen hatte. Nichts zeugte mehr von Bens Existenz. Nur der Regen prasselte auf die Wasseroberfläche.

Ob er okay war, wollte Jord wissen. Harley wußte keine Antwort. Würde er je wieder okay sein? Er drehte den Torso seines Mechs und holte die beiden anderen Acer in die Mitte des Sichtschirms. Sie standen auf einem niedrigen Hügel hinter seiner Position. Jord und Livia Hawke.

Harley schaltete auf den abhörsicheren Privatkanal zu Hawke, damit Jord nicht mithören konnte. Er war sich noch immer nicht sicher, was er sagen sollte, als er die Verbindung öffnete.

»Oberleutnant, der *Timber Wolf*, das war Ben.« Die Worte schienen einen Teil von ihm mitzunehmen, als sie seinen Mund verließen. Es war, als ob mit ihnen ein Teil seiner Seele abgerissen würde.

Einen Augenblick erhielt er keine Antwort. »Schütze ... Harley, das muß ein Irrtum sein. Ich war dabei, als Ben starb.« Hawke klang benommen, wie jemand, der gerade aus einem Traum geweckt worden war.

Harley wußte, daß Mechs für den Einsatz unter Wasser oder sogar im luftleeren Raum konstruiert waren, aber der *Timber Wolf* war beschädigt. Es bestand die

Möglichkeit, daß Ben tot oder sterbend am Boden des Sees lag, aber ebensogut konnte er immer noch seine Flucht planen. So oder so blieb ihnen nicht viel Zeit.

»Nein, es war Ben. Wir unterhielten uns auf einer anderen Frequenz. Er war es, glaub mir. Er muß seinen Tod am Vogelsangkamm vorgetäuscht haben.«

»Mein Gott«, flüsterte Hawke.

»Wir müssen ihn finden und retten, wenn das noch möglich ist.« Harley konnte Ben jetzt nicht sterben lassen, konnte sich nicht umdrehen, einfach davonmarschieren und seinen Bruder hier in einem nassen Grab zurücklassen. Er bewegte den *Enforcer* an die Stelle, an der Ben in den See gestürzt war. Das trübe Wasser ließ nichts erkennen, keine Spur von Leben an seinem Grund.

Hawkes *Orion* lief den Hügel herab und trat neben ihn. »Ich taste den Seeboden ab. Das ist ein gehöriger Sturz, Harley, und Sprungdüsen funktionieren unter Wasser nicht. Es scheint, als gäbe es einen Felssims, zu dem wir uns hinabarbeiten könnten. Wenn die Sensoren korrekt arbeiten, liegt er da auf dem Sims.«

»Was ist mit Ben?« fragte Harley und versuchte, seine Mechortung einzujustieren.

»Ich zeichne eine aktive Reaktorsignatur, aber erheblich tiefer. Wir müssen selbst nachsehen, was da unten los ist. Ich gehe voraus.« Sie marschierte zum entfernten Ende des Sees und watete ins Wasser.

Jords Stimme drang über Breitband aus dem Lautsprecher. »Wäret ihr beide vielleicht mal so freundlich, mir mitzuteilen, was ihr da macht?« Seine Stimme klang besorgt.

»Gib uns hier oben Deckung«, befahl Hawke knapp. Noch zwei Schritte vor, und ihr Mech verschwand unter der Wasseroberfläche. Harley folgte ihr auf dem Fuß. Das Wasser stieg am Kanzeldach hoch, und er vergewisserte sich vorsichtshalber auf der Schadensanzeige des Sekundärschirms, daß es nicht ins Innere des Kampfkolosses eingedrungen war.

Er war schon fast zehn Meter unter Wasser, als der *Enforcer* plötzlich unter dem wachsenden Druck aufstöhnte. Das Licht der kleinen Navigationsscheinwerfer auf der Vorderseite des Mechs reichten gerade weit genug, um ihn Hawkes *Orion* auf dem langen Marsch hinab in den scheinbar bodenlosen See nicht aus den Augen verlieren zu lassen.

Sie brauchten volle fünfzehn Minuten, um den Sims zu erreichen. Rechts von ihnen stieg eine senkrechte Felswand bis zur Oberfläche des Sees hoch, an dessen Rand sie kurz zuvor noch gestanden hatten. Auf der linken Seite ging es ebenso steil hinab zum Grund des Sees, der nach den Sensordaten, die Harley empfing, sehr viel tiefer gelegen war. Sie befanden sich fast fünfundsechzig Meter unter der Seeoberfläche. Das einzige Licht kam von den kleinen Navigationsleuchten, und selbst die reichten nur wenige Meter.

Allmählich kam Harley nah genug an Hawkes Mech heran, um die Überreste des *Timber Wolf* auszumachen, die, im schwachen gelben Glanz der Navleuchten kaum auszumachen, zu Füßen des *Orion* lagen. Aus dem Cockpit des umgestürzten Mechs drang ein schwaches, offenbar von der Kanzelbeleuchtung stammendes Leuchten. Der Platz auf dem Sims war knapp, aber Harley gelang es, sich neben Hawkes Maschine zu zwängen. Er starrte nach unten und hatte fast Angst davor, was er zu Gesicht bekommen würde.

Im Cockpit des zertrümmerten Clan-Mechs sah er seinen Bruder auf der Pilotenliege sitzen. Der *Timber Wolf* lag schräg auf der Seite. Eine gespenstische Wolke aus grüner Kühlflüssigkeit und Sediment trieb über und neben ihm im Wasser. Luftblasen traten aus den Löchern und Rissen in der Panzerung und schwebten langsam zur Oberfläche davon.

»Harley, schalte auf Laser-Komm um«, hörte er Hawkes Stimme. Unterwasserfunk konnte in dieser Situation Probleme bereiten. Das Laser-Komm-System benutzte einen modulierten Lichtstrahl als Trägerwelle und gestattete eine störungsfreiere Unterhaltung.

Harley warf einen Schalter um. »Ben, kannst du mich hören?« fragte er und fürchtete sich vor der Antwort.

Er hörte ein Husten, dann eine Stimme, von der er nicht gedacht hatte, daß er sie jemals wieder hören würde. »Ich höre dich, Harley. Wen hast du dabei, Livia?«

»Ben«, stieß sie hervor, dann versagte ihre Stimme mit einem leisen Schluchzen. Harley sah, wie Ben sich in seinem Cockpit etwas vorbeugte, um zu ihr hochsehen zu können.

»Ich wette, du bist überrascht, mich zu sehen«, stellte er fest, dann hustete er wieder.

»Da hast du recht«, erklärte sie. Sie hatte sich wieder ganz in der Gewalt. »Wie ist dein Zustand?«

»Der Sturz hat mir den Rest gegeben, Puppe«, verkündete Ben. »Das Gyrogehäuse muß zerplatzt sein, denn er ist völlig ausgefallen. Der Reaktor arbeitet zwar noch, aber ich kann die Mechbeine nicht bewegen. Vermutlich sind die Kontrolschaltkreise für die Myomersteuerung gebraten worden.« Eine Pause. »Und nur um das Ganze etwas interessanter zu machen, dringt langsam Wasser in die Kanzel.«

Harleys Mund öffnete sich vor Schreck. Durch die Taktikortung wußte er, daß sie tief in eisigkaltem Wasser standen. Ben konnte das Kanzeldach absprengen, aber falls er das tat, würde die Kanzel augenblicklich überflutet werden, und der Kälteschock würde ihn lähmen und möglicherweise töten. Selbst wenn er es unter diesen Umständen noch schaffte, das Cockpit zu verlassen, mußte er noch mit dem Wasserdruck fertigwerden. Kurz gesagt hatte er keine Chance, die Wasseroberfläche lebend zu erreichen. Er konnte bestenfalls versuchen, das Cockpit allmählich weit genug fluten zu lassen, um die Luke ohne Druckverlust öffnen zu können, aber erstens hätte er auch dabei eine Unterkühlung riskiert, und zweitens hätte es viel zu lange gedauert. Wenn er die Rettungsautomatik auslöste, war es sein sicherer Tod, denn das Wasser hätte auf den Schleudersitz wie eine massive Felswand gewirkt.

»Tja, Har, du hast immer vorausgesagt, daß mir eines Tages das Wasser bis zum Hals stehen würde«, lachte Ben ohne erkennbaren Humor. »Wie fühlst du dich jetzt?«

»Verdammt übel, Ben«, antwortete Harley. »Gerade war ich soweit, mich mit deinem Tod abgefunden zu haben, und jetzt muß ich dabei zusehen. Was glaubst du wohl, wie ich mich fühle?«

»Ben, was ist geschehen?« fragte Hawke.

Er antwortete erst nach einer kurzen Pause. »Hopper Morrison machte mir ein Angebot, das ich nicht ablehnen konnte. Du weißt ja, wie wild ich auf Tech bin. Er hatte diesen OmniMech gestohlen, und den hat er mir angeboten. Dafür brauchte ich ihm nur die taktischen Daten unserer Kompanie zu geben, Einheitsaufstellung, Kommfrequenzen, Ausrüstungsdaten. Er versprach mir, meinen Tod vorzutäuschen. Danach konnte ich direkt für ihn arbeiten.«

»Du hast uns für einen BattleMech verraten?«

»Ich wußte gleich, daß du das nicht verstehst, deswegen habe ich gar nicht versucht, dich zum Mitkommen zu überreden. Bei dir hört sich das so gemein an, als wäre es ein schmutziges Geschäft gewesen. Laß dich nicht von Äußerlichkeiten täuschen, Livia. Das hier ist das beste Stück Gefechtsfeldtechnologie, das es jemals gegeben hat.«

Harley unterbrach ihn. »Im Moment sieht es ziemlich schrottreif aus, Ben. Ich glaube nicht, daß es den

Preis wert war.« Erst die Leben anderer, und nun vielleicht noch Bens eigenes.

»Kann sein, daß du recht hast, Har. Aber wenn du erwartest, daß ich jetzt Reuetränen über das vergieße, was ich getan habe, dann vergiß es. Ich habe ein paar Entscheidungen getroffen, mit denen du nicht einverstanden bist, aber ich bin nicht der herzlose Bastard, für den du mich hältst. Ich habe Livia am Vogelsangkamm das Leben gerettet. Das war Teil der Abmachung. Und auf Gillfillan's Gold habe ich dafür gesorgt, daß die Ausbeuter sie und dich mit Samthandschuhen angefaßt haben, nachdem ich von Hershorn gehört habe, daß du zu den Aces gestoßen warst.«

Jetzt ergriff Hawke wieder das Wort. »Du hast uns all das eingebrockt, Ben. Deinetwegen sind die Ausbeuter restlos zerschlagen worden. Egal ob sie gut, böse oder sonst etwas waren, eine Menge Menschen haben deinetwegen das Leben verloren.«

»Ich liebe dich, Livia«, erklärte Ben. »Was du auch glauben magst, es ist die Wahrheit.«

»Ich habe Benjamin Rassor geliebt«, stellte sie fest. »Er ist auf dem Vogelsangkamm gestorben. Ich weiß nicht, wer du bist, aber inzwischen ist klar, daß du nie die Oberfläche erreichen wirst.«

Harley unterbrach sie. Er konnte nicht anders. »Oberleutnant, es muß etwas geben, was wir tun können. Wir können ihn nicht sterben lassen … Nicht noch einmal.«

»Wir haben die Möglichkeiten nicht und er nicht die Zeit«, erwiderte Hawke. Sie klang erschöpft. Dann wurde ihr Tonfall bitter. »Wer immer Sie sein mögen, *Timber Wolf*-Pilot, Sie haben mein Mitgefühl.«

Sie drehte den *Orion* auf dem Absatz um und machte sich auf den Rückweg.

»Oberleutnant«, rief Harley, dann wußte er nicht mehr, was er noch sagen sollte.

»Es ist nichts daran zu ändern, Harley. Er weiß das. Du weißt das. Ich habe Ben Rassor schon einmal sterben sehen. Ich kann es kein zweites Mal tun. Ich werde es nicht tun. Er ist dein Bruder. Du schuldest ihm etwas, selbst wenn er jetzt nicht mehr als ein Mörder ist. Du kannst bleiben und tun, was immer getan werden muß. Aber ich glaube, du weißt, wie das hier enden wird.« Dann marschierte sie weiter und verschwand in der Dunkelheit des Sees.

Harley drehte sich wieder um und blickte auf Bens verkrüppelten Mech hinab. Wenn er den *Enforcer* vorbeugte, konnte er im schwächer werdenden Licht der Instrumente immer noch das Innere der Kanzel und die Umrisse seines Bruders sehen. Er starrte mit leerem Blick auf den sterbenden Mech und den sterbenden Mann in seinem Innern und fragte sich, was er tun sollte. Er wußte nicht, wie lange er dort allein mit Ben in der Dunkelheit gestanden hatte, als sein Bruder sich wieder meldete.

»Ich wußte, das du bleibst, Harley.«

»Wir sind Blutsverwandte, Ben. Du bist mein Bruder.«

»Wir hätten ein großartiges Team abgegeben.«

»Nein, Ben. Dein Weg ist nicht meiner. Das weißt du.«

»Ich schätze ja. Das kann hier auf zweierlei Weise enden, Har. Früher oder später werde ich ertrinken. Das Wasser steigt ziemlich gleichmäßig, und ich kann dir sagen, es ist verteufelt kalt. Ich will nicht ertrinken.«

Darauf wußte Harley keine Antwort. »Ben, was sage ich Da und Jolee?«

»Ich weiß es nicht mehr. Du wirst es selbst entscheiden müssen. Du bist jetzt dein eigener Mann. Vor ein paar Jahren wärst du gegangen. Aber nicht jetzt. Ich glaube ehrlich, du hättest auf mich geschossen.«

»Ich glaube, da hast du recht.«

»Na gut dann, Bruder. Jetzt bitte ich dich darum. Ich will hier unten weder erfrieren noch ertrinken. Erinnerst du dich, wie wir auf den Taylorrücken mit dem Bogen auf die Jagd gegangen sind? Erinnerst du dich, was wir tun mußten, als wir das Reh nur verwundet hatten? Ich will nicht ertrinken. Du weißt, was du zu tun hast.«

Harley verstand. »Ich habe dich geliebt, Ben«, sagte er. Dann legte er den Daumen auf den Feuerknopf des Steuerknüppels. Ein Wummern schlug durch das Wasser, als er seine Autokanone aus nächster Nähe auf die Pilotenkanzel des *Timber Wolf* abfeuerte.

Harleys *Enforcer* brach durch die Wasseroberfläche. Er sah Livia Hawkes *Orion* neben Jords *Victor* stehen. Zu seiner Überraschung hatte der Regen aufgehört, auch wenn der Himmel immer noch düster war. Für The Rack war das ein klarer Tag. Er watete aus dem tiefschwarzen Wasser und blieb vor seinem befehlshabenden Offizier und seinem Freund stehen.

Jords Stimme hallte in seinen Ohren. »Bist du in Ordnung, Teufelskerl? Was ist da unten vorgefallen?«

»Mir geht es gut«, erwiderte Harley und stieß einen langen Seufzer aus. »Der Pilot des *Timber Wolf* ist tot.«

»Es tut mir leid, Harley«, erklärte Hawke leise. »Du hast das Richtige getan. Das weißt du, nicht wahr?«

»Ja, Ma'am, ich habe getan, was ich tun mußte.« Es kostete ihn Mühe, die Worte herauszubringen. Es war, als wöge jedes von ihnen einen Zentner. »Und mir tut es auch leid. Wie wäre es, wenn wir zurückgehen und nach Hause fliegen?«

»Ich würde sagen, unsere Arbeit hier ist getan«, stimmte Hawke ihm zu. Dann drehte sie den *Orion* um und machte sich auf den langen Weg zurück zum Rest von Able's Aces.

Epilog

Planetares Hauptquartier Able's Aces, Gillfillan's Gold Randgemeinschaft, Peripherie

5. August 3059

Privatnachricht
Von: Gefreiter Harley Rassor, Able's Aces, Bataillon 1, Kompanie 1
An: David und Jolee Rassor, Porth, Slewis
ComStar-Transmissionscode:
GG2-2121-A-55392093-BRAVO
REINE DATEN
Able's Aces Freigabecode Cäsar Eins

NACHRICHTENTEXT WIE FOLGT
Da und Jolee:

Als Du mich hierher geschickt hast, wollte ich ein großes Unrecht rächen. Ich wollte herausfinden, was mit Ben geschehen war, und dafür sorgen, daß die Verantwortlichen zur Rechenschaft gezogen wurden. Ich schreibe Dir jetzt, um zu sagen, daß ich die Wahrheit herausgefunden und getan habe, was Du mir aufgetragen hast, Da. Ich habe dafür gesorgt, daß die Gerechtigkeit gesiegt hat.

Ben wurde das Opfer eines Verräters innerhalb der Einheit. Es war nicht Oberleutnant Hawke, wie ich eine Weile geglaubt habe. Es war der Analyseoffizier der Einheit, Oberleutnant Weldon Hershorn. Er hat die Aces verraten. Wir haben ihn gestellt und getötet, und wie Du sicher aus den Nachrichten erfahren hast, haben wir anschließend gegen Morrisons Ausbeuter losgeschlagen und sie für das bezahlen lassen, was sie getan haben.

Bens Tod am Vogelsangkamm ist gerächt. Jetzt können wir alle ruhiger schlafen und uns wieder dem Leben widmen.

Kommandanthauptmann Able hat mich für mein Anteil an den Kämpfen auf Gillfillan's Gold und The Rack zum Gefreiten befördert und mir angeboten, daß ich nach Hause kann. Ich habe sein Angebot nicht angenommen, Da. Ich weiß, Du hast mich Bens wegen hierher geschickt, aber inzwischen fühle ich mich als Teil der Aces. Das ist jetzt mein Zuhause. Ich schulde diesen Menschen etwas, ich muß die Lücke ausfüllen, die Bens Tod gerissen hat.

Ich hatte nie vor, einmal ein MechKrieger zu werden, aber ich habe gute Kameraden hier, und ich glaube, Ben hätte sich gewünscht, daß ich seine Verpflichtungen der Einheit gegenüber erfülle. Ich tue es zu seinem Andenken, und ich hoffe, Ihr versteht es.

Ich sende Euch meine Liebe und das Versprechen, daß ich nach Hause komme und Euch besuche, sobald ich kann.

Unterschrift
Gefreiter Harley Rassor

ENDE DES NACHRICHTENTEXTES

Oberleutnant Hawke las den Ausdruck, den Harley ihr gegeben hatte, dann reichte sie ihn zurück. Sie lehnte sich in ihrem Sessel zurück und betrachtete den jungen MechKrieger, der ihr auf der anderen Seite des Schreibtischs gegenübersaß. »Das hast du deiner Familie geschickt?«

»Ja«, erklärte er. »Ich habe lange darüber nachgedacht. Ihnen die Wahrheit über Ben zu erzählen, hätte ihn nicht zurückgebracht. Wenn überhaupt, hätte es meinen Vater umgebracht, wenn nicht seinen Körper, dann seinen Geist. Ich weiß, es ist eine Lüge, aber die

Wahrheit brächte ihnen nichts als Schmerz und Schande. Auf diese Weise ist Ben ehrenvoll gefallen, und niemand kommt zu Schaden.«

Sie nickte. »Ich habe mir dasselbe gedacht, als ich meinen Einsatzbericht verfaßt habe. Jeder, der ihn liest, wird ihm entnehmen, daß es weder dir noch mir gelungen ist, die Identität des *Timber Wolf*-Piloten festzustellen. Ich habe ihn als ›namenloser Pirat‹ umschrieben.« Sie schmunzelte leicht.

»Ich weiß es zu schätzen, Oberleutnant.«

»Ich habe es nicht für dich getan, Gefreiter Rassor. Es ähnelt in vielerlei Hinsicht deiner Entscheidung bezüglich deiner Familie. Und dem, was du am Ende für Ben getan hast. Das kann dir nicht leichtgefallen sein.«

»Es war hart, Ma'am. Aber nicht so hart, wie jeden Tag mit dem Wissen zu leben, was er dieser Einheit und unseren Leuten angetan hat.«

»Er hat uns alle getäuscht, Harley, nicht nur dich, mich auch.«

»Ich weiß nicht, wann er über die Linie getreten ist, wo er zum Verbrecher wurde. Aber das weiß ich: Ich werde wiedergutmachen, was er getan hat, und wenn es mein ganzes Leben dauert.«

Livia Hawke beugte sich vor und sah ihm in die Augen. »Etwas Böses wiedergutzumachen ist eine edle Sache, Gefreiter. Aber opfere ihr nicht dein Leben.«

Harley lächelte. »Ich werde ihr mein Leben nicht opfern, Oberleutnant. Sie wird ihm einen Sinn geben.« Er stand auf und salutierte, bevor sie ihm noch mehr zu denken geben konnte. Außerdem hatte er einen prallgefüllten Dienstplan voller Übungen und Simulationen vor sich. Und bis er den Tod der Männer und Frauen wiedergutgemacht hatte, die durch die Taten seines Bruders gefallen waren, würden Able's Aces sein Zuhause und seine Lebensaufgabe bleiben.

BATTLETECH®

BATTLETECH®

James D. Long: Black Thorn Blues · 06/5290
Victor Milan: Auge um Auge · 06/5272
Michael A. Stackpole: Die Kriegerkaste · 06/5195
Robert Thurston: Ich bin Jadefalke · 06/5314
Blaine Pardoe: Highlander Gambit · 06/5335
Don Philips: Ritter ohne Furcht und Tadel · 06/5358
William H. Keith jr.: Pflichtübung · 06/5374
Michael A. Stackpole: Abgefeimte Pläne · 06/5391
Victor Milan: Im Herzen des Chaos · 06/5392
William H. Keith jr.: Operation Excalibur · 06/5492
Victor Milan: Der schwarze Drache · 06/5493
Blaine Pardoe: Der Vater der Dinge · 06/5636
Nigel Findley: Höhenflug · 06/5655
Loren Coleman: Blindpartie · 06/5886
Loren Coleman: Loyal zu Liao · 06/5893
Blaine Pardoe: Exodus · 06/6238
Michael Stackpole: Heimatwelten · 06/6239
Thomas Gressman: Die Jäger · 06/6240
Robert Thurston: Freigeburt · 06/6241
Thomas Gressman: Feuer und Schwert · 06/6242
Thomas Gressman: Schatten der Vernichtung · 06/6299
Michael Stackpole: Der Kriegerprinz · 06/6243
Robert Thurston: Falke im Aufwind · 06/6244

DIE CAPELLANISCHE LÖSUNG:

Loren Coleman: Gefährlicher Ehrgeiz · 06/6245
Loren Coleman: Die Natur des Krieges · 06/6246

Thomas Gressman: Die Spitze des Dolches · 06/6247
Loren Coleman: Trügerische Siege · 06/6248
Loren Coleman: Gezeiten der Macht · 06/6249
Stephen Kenson/Blaine Lee Pardoe/Mel Odom:
Die MECHWARRIOR-Trilogie · 06/6250